継体大王遠征紀

伊達興治

敬文舎

継体大王遠征紀

伊達興治

敬文舎

装丁・デザイン　竹歳 明弘
地図・図版作成　蓬生 雄司
編集協力　阿部 いづみ

凡例

- 時間については、1日を12辰刻、1辰刻を4刻と見立てる平安時代の方式を採用し、1刻を今日の30分とした。
  また、距離については、1里を5町とする律令制当時の方式を採用し、1町が109メートルであることから、1里を約545メートルとした。
- 年号については、645年以前は天皇名○年（西暦）と表記した。

写真所蔵・提供

p8　高槻市立今城塚古代歴史館
p9　八女市教育委員会
p20　前田嘉彦
p27（公社）びわ湖高島観光協会
p36（公社）おかやま観光コンベンション協会
p37　総社市
p40（一社）岐阜県観光連盟
p48　太田市教育委員会
p48　前橋市教育委員会
p60（一社）越前市観光協会
p61　福井市立郷土歴史博物館
p74　宮内庁書陵部
p110　高槻市立今城塚古代歴史館
p166　藤井寺市立図書館
p194　筑前国一之宮住吉神社
p195　住吉大社
p244　行橋市教育委員会

―継体大王遠征紀―もくじ―

第四部――筑紫君磐井との命運を賭した戦い……169

今城塚古墳(上)と出土埴輪
高槻市に所在する墳丘長約190メートルの前方後円墳。継体大王陵について、宮内庁は、茨木市の太田茶臼山古墳であると治定しているが、5世紀中頃の築造とみられ、ふさわしくない。今では、6世紀前半に築造されたこの今城塚古墳を継体陵とする説が大勢を占める。
左写真は今城塚古墳から出土した埴輪で、巫女・力士・武人に加え、鳥を腕に乗せた人物がみえる。

岩戸山古墳(上)と切断された石馬　八女市に所在する墳丘長135メートルの前方後円墳。6世紀前半に築造されたものであることから、被葬者が筑紫君磐井と推定されている。東側の周堤外縁部には、一辺43メートルの巨大な区画(別区、上写真の左側)があり、石人・石馬などの石製彫造物が並べられていた。盗人を裁く見せ場もあり、民を戒めたものと思われる。なお、下の写真に見られるように、多くの石像が破壊されており、これはヤマトの兵士の仕業とされている。

おもな登場人物

男大迹王の一族

彦主人王（ヒコウシノキミ）――男大迹の父。息長氏の家系。摂津国三島郡を本拠とする
振媛（フルヒメ）――男大迹の母。三尾氏の家系。越前国坂井郡高向郷にて男大迹を育てる
三尾君都奴牟斯――振媛の兄。子に豊万呂・豊久万の兄弟がいる
阿那尓比弥――男大迹の母方の祖母。江沼臣の出で、加羅の王族の血をひく
目子媛――男大迹の妃。尾張連草香の娘
勾大兄王子――男大迹と目子媛との間の長子。太子となる
檜隈高田王子――男大迹と目子媛との間の次子。大后の妹・橘仲王女を妃とする
手白香王女――男大迹王の大后。旧王朝末期の仁賢大王の娘
広庭王子――男大迹王と大后との間の子。後の欽明大王
石姫王女――檜隈高田王子と橘仲王女との間の娘。欽明大王の正妃となる
三尾君堅楲――母方の一族。近江国高島郡の安曇川以南を領する
三尾角折君――母方の一族。九頭竜川支流の竹田川中流域にて、鍛冶を業とする
息長真手王――父方の一族。近江国坂田郡の南部を領する
坂田大跨王――父方の一族。近江国坂田郡の北部を領する

男大迹王の側近たち

息長麻呂子――彦主人王亡き後、男大迹の後見役となり、行をともにする
息長牧人――麻呂子の子。馬飼首と行をともにし、情勢通となる
尾張巳巳雄――尾張連草香の計らいで男大迹の腹心となる
馬飼首荒籠・草籠――兄弟で淀川の南にて牧を営む。職業柄、諸情勢に通じる
阿倍許登――上越地方の豪族・阿倍氏の一族。男大迹の摂津進出以降、臣従する
膳生駒――小浜地方の豪族・膳氏の一族。男大迹の摂津進出以降、臣従する
秦布留古・布津古――越前国在住の渡来人。製鉄、土木などの技術に秀でる
三国吉士――越前国在住の加羅系渡来人。航海術に秀でる
秦大津父――山城国紀郡深草郷在住の渡来人。広庭王子の後見役となる

各地の有力豪族

大伴金村大連――摂津国住吉郡を所領。平群勢をせん滅させ、男大迹を大王に推挙する
大伴連磐・狭手彦――金村大連の子。磐は、筑紫征討軍の一方の副将軍を務める
物部麁鹿火大連――河内国渋川郡を所領。筑紫征討軍の大将軍となる
物部連石弓若子――麁鹿火大連の子。筑紫征討軍の一方の副将軍を務める
許勢男人大臣――大和国高市郡巨勢郷を本拠とする。娘が、勾大兄王子に嫁ぐ
物部連尾輿――三輪山北西部を本拠とする。欽明大王の下、大臣となる

物部連大市御狩――物部連尾輿の子。上毛野征討軍の大将軍となる
平群真鳥大臣――平群郡平群郷を本拠とする。大伴金村大連に攻め滅ぼされる
平群臣鮪――真鳥大臣の子。逃亡中、奈良坂で男大迹王に討滅される
尾張連草香――尾張王。子に凡と目子媛がいる
和珥臣河内――大和国添上郡和邇を本拠とする。男大迹の河内進出を支援する
蘇我臣高麗――百済系渡来人の血を受け継ぐ。葛城地方南部から飛鳥へと進出する
蘇我臣稲目――高麗臣の子。東漢氏を率いて男大迹王の綴喜宮襲撃を企図する
東漢直弟山・角古――高市郡檜隈を本拠とする渡来系氏族。蘇我氏に服属
阿倍臣大麿――阿倍氏の宗主。継体大王を守護する
膳臣大麿――膳氏の宗主。継体大王を守護する
吉備上道臣赤石――一族が反大和に流れるなか、筑紫征討軍の企図に理解を示す
越智勝海・久米麻呂――伊予国越智郡を領する豪族の親子。物部勢の大分国攻略を支援
筑紫君磐井――筑紫・肥国・豊国連合国家を築き、反大和を標榜する
筑紫君火中・葛子――磐井君の子。葛子のみは、大和軍との戦いで生き残る
火君螺贏――肥後国八代郡を本拠とする。筑紫君葛子を娘婿とする
上毛野君小熊――上毛野氏の宗主。笠原氏の内紛に絡み、大和軍の攻撃を受ける
笠原直使主・小杵――使主と小杵は、武蔵国の領有をめぐり争う

第一部——男大迹、越前に地歩を築く

大泊瀬王子の追及を逃れて

振媛、男大迹とともに越前へ

深夜、振媛は、館のまわりのざわめきで、目を覚ました。外からは、人びとの行き交う音や叫び声、それに、馬のいななきまでも轟いてくる。急ぎ、隣室の側仕えの女に声をかけ、明かりを灯させた。そこへ、子供をともなった乳母たちが、不安そうな顔をしてやってきた。

板戸を開けさせると、外はみぞれ混じりの雨もようで、冷風が吹き込んできた。とはいえ、前方は、昼のように明るい。前庭のあちこちで篝火が焚かれ、剣を帯び甲冑で身をかためた、館詰めの兵士たちの姿が赤々と照らしだされている。

振媛は、不審に思い、縁に出て外の者に問う。

「この騒ぎは、なにごとか」

すると、守備隊の長が、前に進み出てきた。その傍らに、疲労困憊の態で、今にも倒れそうな若者をともなっている。

「彦主人王(ヒコウシノキミ)の本宅から早馬で急報がもたらされました」

その長は、そう言いながら、横の若者に言上するよう促す。彼は、息も絶え絶えに、もの申す。

「彦主人王(ヒコウシノキミ)の御館(おやかた)は、……大泊瀬王子(オオハツセノミコ)の軍により襲撃を受け、……炎上しております」

「なんと……。して、彦主人王(ヒコウシノキミ)は、いかがいたした」

「主(しゅ)は……、市辺押磐王子(イチノベノオシワノミコ)に従い、狩り場に出かけており、……その後の消息は、詳(つまび)らかではありません」

そのとおりであれば、時をおかず、大泊瀬王子(オオハツセノミコ)の軍がこの館に押し寄せてくるにちがいない。

振媛(フルヒメ)は、即座に、みずからの故郷、越(こし)に向け、出立することを決意した。

「背(せ)の君が邸宅にいなかったとなると、つぎに狙うは、この館であろう。されば、吾(あれ)は、何もかも捨て、和子(わこ)を連れて急ぎ、ここを去りたい。汝(なれ)らも、幾人(いくたり)か吾に同行してもらいたい。それから、三尾君堅械(ミオノキミカタヒ)の助力を得たい。至急連絡をとるように」

振媛(フルヒメ)は、越国(こしのくに)の出である。越国は広大で、西は、若狭(わかさ)国と接し、東は、信濃川(しなのがわ)から阿賀野川(あがのがわ)のあたりにまで及んでいた。後年、律令制のもとで、越前(えちぜん)・加賀(かが)・能登(のと)・越中(えっちゅう)・越後(えちご)の各国に区分される。越国は、大和(やまと)国の京(みやこ)からすれば、辺境にあたるが、それでも、越前は、若狭や近江(おうみ)と境を接し、大和国にもっとも近いところに位置を占めていた。

振媛(フルヒメ)が育ったのは、越前国坂井郡高向郷(さかいのこおりのたかむこのさと)の三尾(ミオ)君のもとであった。年若くして、その輝くような美貌は、近隣に鳴り響いていた。早々に、応神大王(オウジンオオキミ)の四世の孫として知られる彦主人王(ヒコウシノキミ)に見染められ、今や、琵琶湖西岸の三尾の別邸（近江国高島郡）にて、天大迹(アマホド)、大大迹(オオホド)、男大迹(ヲホド)の三人の男子(おのこ)を育てていた。

しかるに、安康三年（四五六）冬一〇月の初頭、彦主人王(ヒコウシノキミ)の本拠をなす邸宅（摂津(せっつ)国三島郡(こおり)）にて変事が出来(しゅったい)したのである。高島郡の安曇川(あどがわ)以南を領する、一族の三尾君堅槭(ミオノキミカタヒ)は、振媛(フルヒメ)からの連絡が届くよりも前に、彦主人王に振りかかった災厄のことを聞き及び、いち早く駆けつけてきた。

「おお、振媛(フルヒメ)には、ご無事で何よりです。聞くところによると、大泊瀬王子(オオハツセノミコ)の手により、彦主人王(ヒコウシノキミ)の本宅が焼き討ちに遭ったとか」

「吾(あれ)も、その報を受け、急ぎ、汝(いまし)との連絡をとりたいと望んでいたところです」

「かの王子(ミコ)は、気性がことのほか荒く、思ったことは、とことんまでやり遂げる、鬼神とまで噂されている方です。ご承知のように、すでに、二人の兄(いろえ)を弑(しい)し、葛城円大臣(カツラギノツブラノオオオミ)を討滅しています。されば、この別邸も、安全とはいえないでしょう」

「吾(あれ)も、そのように思います。それゆえ、一刻も早く、和子を連れて高向(たかむこ)に引き揚げたいと考えているところです」

「夜分のうえ、氷雨までが降るという有様で、楽ではないと思いますが、この際、我慢してもらわねばなりません。すでに、近くの湊に船を用意するよう急がせております」

「その前に、もうひとつお頼みしたいことがあります。このような逼迫(ひっぱく)した状況では、子供を三人とも連れていくのは、無理です。いちばん年上の天大迹(アマホド)をここに残していきたいと思うのです。幸い、乳母(めのと)の実家が水尾(みお)神社の神職の山崎氏です。そこでかくまってもらえるよう、口添えをお願いしたいのですが」

「わかりました。天大迹王(アマホドノキミ)のことは、吾(あれ)に任せてください」

振媛(フルヒメ)は、次子の大大迹(オオホド)（八歳）と末子の男大迹(ヲホド)（七歳）を連れ、一〇名ほどの従者とともに、安曇川(あどがわ)河口の阿渡水門(あどのみなと)に向かった。長子の天大迹(アマホド)（一〇歳）は、乳母に連れられ、船着き場まで見送りにきた。振媛は、船に乗り込む前に、寂しげなようすで自分を見つめる天大迹を、なんとか無事育ってほしいと心に念じながら、強く抱きしめた。

振媛(フルヒメ)の一行は、どんよりと低く垂れこめる黒雲の下、氷雨と波しぶきが飛び交うなか、琵琶湖を北上して塩津へと渡った。そこから、塩津街道を進み、深坂(ふかさか)峠を経て敦賀(つるが)に着くと、人目を避けるようにして一夜を明かした。

翌日、朝まだきに、北陸道を北へと向かう。敦賀から樫曲(かしまがり)・越坂(おっさか)とたどり、難所の木ノ芽峠の麓(ふもと)にいたる。折からの北西風にあおられ、吹雪(ふぶ)くなか、足もともおぼつかず、樹の根や小枝をつかみながら、地を這(は)うようにして険(けわ)しい急斜面をよじ登る。

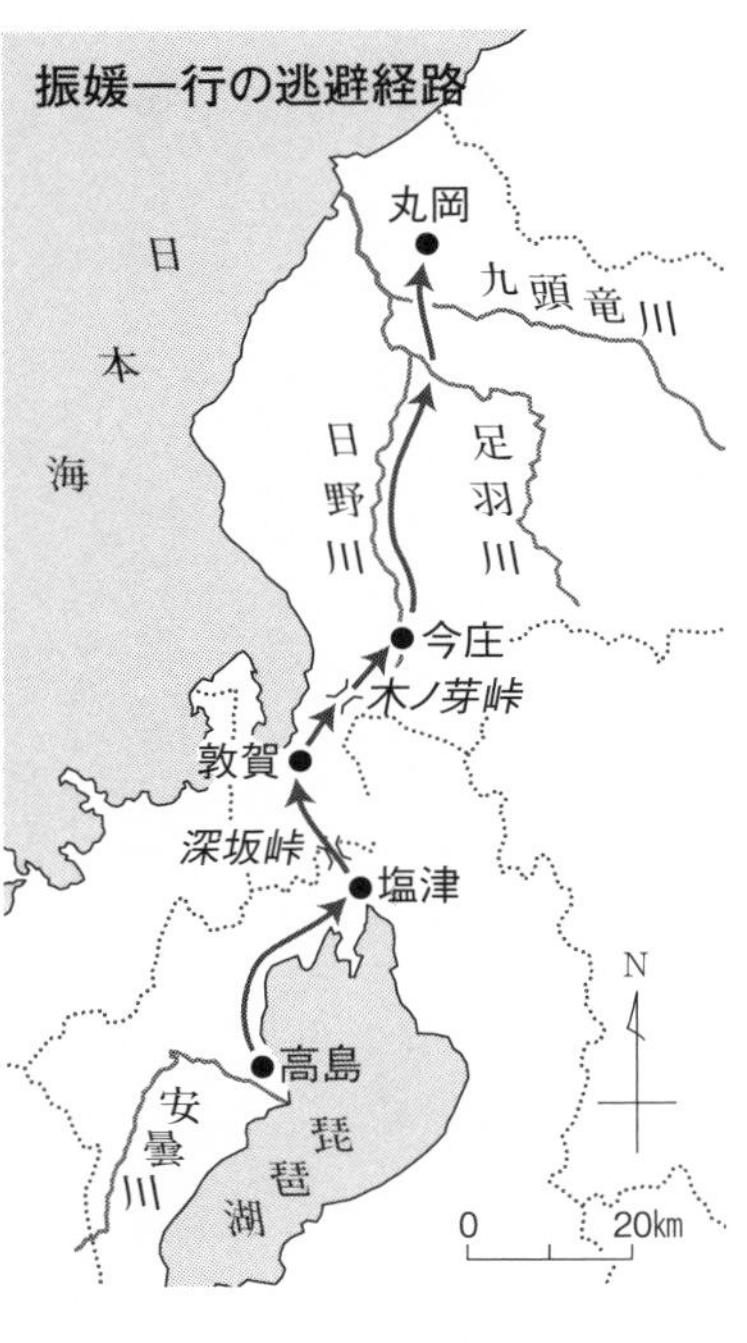

二人の乳母は、何度も登攀を諦めかけたが、振媛は、そのたびに二人をきびしく叱りつけた。振媛に同行してきた守備兵たちは、子供をくくりつけて背に負い、また、女人を押し上げ、引き揚げしながら、なんとか全員を峠の頂へと導いた。

木ノ芽峠を下ると、新雪に覆われた笠取峠が現れる。すでに夕闇が迫っており、松明の明かりを頼りに、この峠を越える。そして、とある賤の家を見つけて宿泊を乞い、脇の仮小屋にて休ませてもらう。

その後、一行は、宿泊を重ねながら、新道・今庄とたどり、なおも日野川沿いを北へと向かう。進むにつれて、川の両側に平地が開けてき、つぎつぎと集落が現れる。

武生盆地に入ったところで漁師から小舟を調達し、さらに北をめざす。やがて越前平野に移行し、足羽川（古名・生江川）との合流点に達する。

足羽川の下流域を領していたのは、生江氏であった。生江氏は、かねてより、越前国の有力者である三尾（ミオ）氏の勢力下に置かれており、現在の当主の生江有道は、幼くして三尾君の館に預けられ、そこで育てられたのである。そのような関係で、振媛（フルヒメ）と有道は、幼なじみであった。そのよしみで、振媛は、有道のもとを訪ねた。

有道は、振媛（フルヒメ）が訪ねてきたと聞いて、館から飛び出してきた。そして、泥まみれになり、疲れ果てたようすの振媛主従を目にし、呆気（あっけ）に取られていた。

「大泊瀬王子（オオハツセノミコ）の挙兵のことは、このあたりにまで伝わってきている。汝（いまし）も、それに巻き込まれたのか。よくぞ、ここまでたどり着いたものだ」

「なんとかね」

振媛（フルヒメ）と有道は、十数年ぶりの再会ではあったが、会えば会ったで、すぐに若きころの二人の関係そのままに打ち解けることができた。

「早速だけど、お願いがあるの。今、二人の子を連れているのだけど、大きいほうの大大迹（オオホド）をしばらく預かってもらいたいの。実家は、兄人（せうと）が取り仕切っているので、吾（あれ）が二人の子を連れ込むと、なにかと面倒なことになると思うの」

有道は、しばらく思案したうえで、振媛（フルヒメ）の懇望にこたえた。

「うーん。汝（いまし）のたっての頼みゆえ、聞き入れぬわけにはいくまいよ。したが、ひとつ条件がある」

「ということは……」

高向神社　坂井市丸岡町に所在。祭神は、応神天皇と振媛命。高向郷は振媛が男大迹を育てた地であり、この神社の境内には、高向宮の跡地を示す祠が収められている。

「吾は、嗣子に恵まれておらぬ。どうせ育てるなら、その子を実の子として育てることにしたい」

こんどは、振媛のほうがこたえに詰まった。しかし、高向の実家では、男子二人を設けた兄の都奴牟斯君が権勢を振るっており、そんな環境のなかで、二人の子供が自由奔放に育っていくとは思えない。最終的に、有道の申し出を容認せざるをえなかった。

「わかったわ。吾の生んだ男子が、汝の子として育つことなど、思いもしていなかったのに。人の世の定めなんて、わからないものよね」

「こうなったからには、大大迹を立派に育ててみせるよ」

「本当にありがたいことだわ」

その日、振媛の一行は、生江氏の館で、久方ぶりにゆっくりと一夜を過ごした。振媛は、大大迹と男大迹を両脇に置いて床に就き、次子との別れを惜しんだ。

翌日、一行は、さらに日野川を下って九頭竜川に入る。この大河をさかのぼって北寄りの支流へと分け入り、その北岸に築かれた三尾(ミオ)君総本家の館・高向宮(たかむく)（現在の坂井市丸岡町）の門前に着く。そこでは、母の阿那尓比弥(アナニヒメ)と兄の都奴牟斯(ツヌムシ)君とが出迎えてくれた。父の乎波智(オハチ)君は、すでに亡くなっていた。

王朝内の変事と彦主人王の行方

ここで、大泊瀬王子(オオハツセノミコ)が挙兵するにいたった背景について、説明しておきたい。

仁徳大王(ニントクオオキミ)と大后(オオキサキ)・磐之媛(イワノヒメ)とのあいだの王子(ミコ)たちは、履中(リチユウ)・反正(ハンゼイ)・允恭(インギョウ)というように、大王位を兄から弟へと順番に継承している。しかし、その後、履中系と允恭系とのあいだに後継争いが起こる。履中(リチユウ)大王には、市辺押磐王子(イチノベノオシワノミコ)と美馬(ミマ)王子がおり、允恭(インギョウ)大王には、穴穂(アナホ)王子・大泊瀬(オオハツセ)王子など五人の王子がいた。ただし、允恭大王の長子・木梨軽太子(キナシノカルノヒツギノミコ)は、大王の崩御ののち、同母妹との密通を咎められ、自決している。

まず、允恭(インギョウ)大王の第三王子たる穴穂王子が王位を継承して安康(アンコウ)大王となった。そして、安康大王は、大和王権に比する権勢を誇ってきた葛城氏の当主たる円大臣(ツブラノオオオミ)の考えを質(ただ)したうえで、みずからの後継には、履中系の市辺押磐王子(イチノベノオシワノミコ)をあてようと考えていた。

允恭(インギョウ)大王の第五王子の大泊瀬王子(オオハツセノミコ)（のちの雄略(ユウリヤク)大王）は、安康大王の後継は、弟である自分

大王家系図

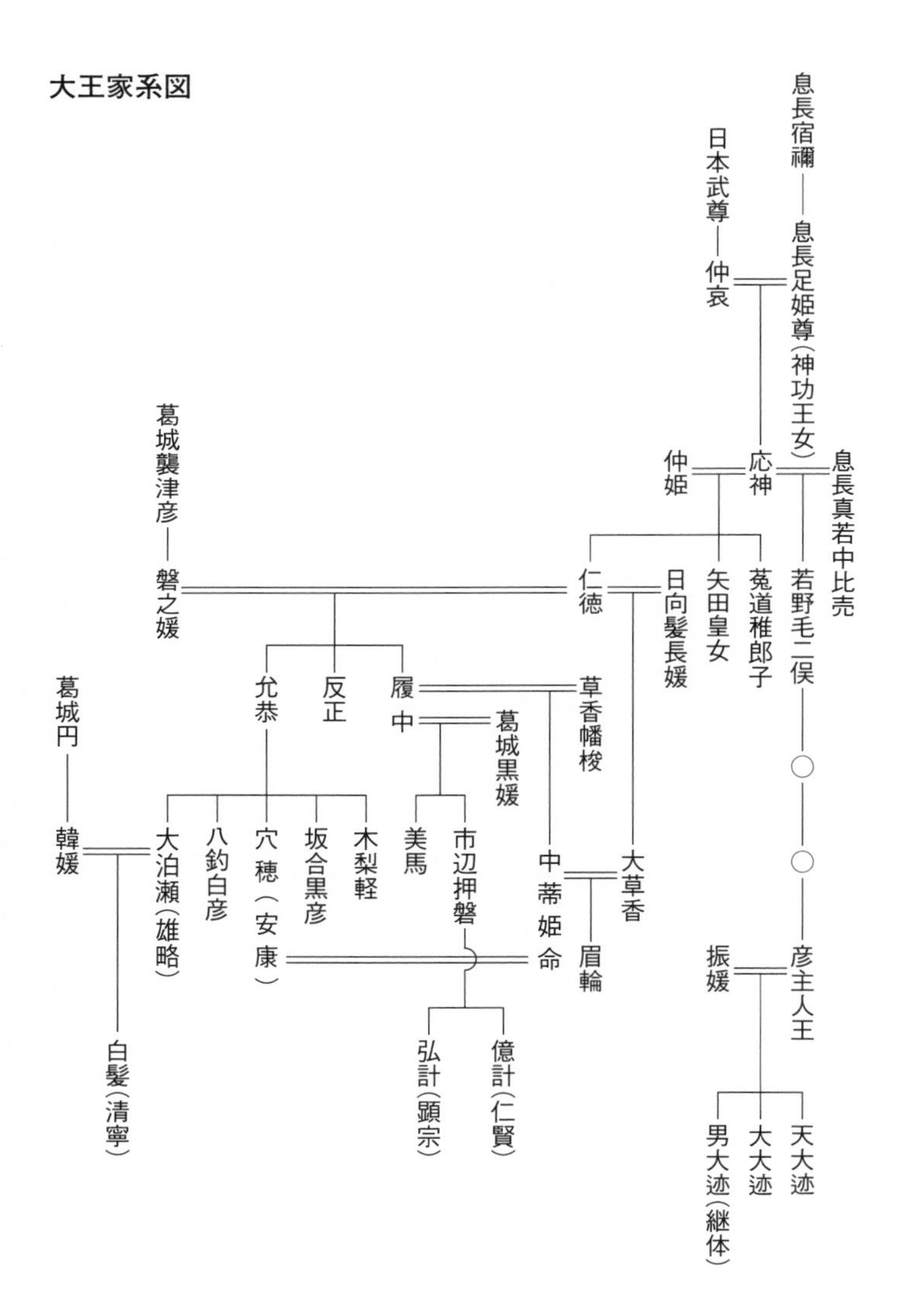

息長宿禰
息長足姫尊（神功王女）
日本武尊
仲哀
息長真若中比売
応神
仲姫
若野毛二俣
菟道稚郎子
矢田皇女
日向髪長媛
仁徳
磐之媛
葛城襲津彦
彦主人王
振媛
天大迹
大大迹
男大迹（継体）
大草香
中蒂姫命
眉輪
草香幡梭
履中
葛城黒媛
反正
允恭
市辺押磐
美馬
億計（仁賢）
弘計（顕宗）
木梨軽
坂合黒彦
穴穂（安康）
八釣白彦
大泊瀬（雄略）
韓媛
葛城円
白髪（清寧）

以外にありえないと信じきっていた。にもかかわらず、それが履中系の者に移ると知ると、大いに憤慨し、つぎつぎと秘策を練り、安康大王の周りの者に働きかけをはじめた。

かつて、安康大王は、讒言を信じて叔父の大草香王子を殺害し、後日、その妻・中蒂姫命（履中大王の女）を立てて大后とした。中蒂姫命と大草香王子とのあいだには、すでに眉輪王が生まれていた。大泊瀬王子は、人をしていまだ幼き眉輪王に、父親が安康大王に殺されたという事実を知らせ、安康大王を亡き者にするよう焚きつけさせた。その結果、眉輪王は、熟睡中の安康大王を刺し殺すのである。

安康三年（四五六）秋八月、安康大王が殺害されたとの報告を受けると、大泊瀬王子は、じつの兄たちがその黒幕にちがいないと言い張り、軍を率いて彼らに迫った。第四王子の八釣白彦王子は斬殺され、それを知った第二王子の坂合黒彦王子は、眉輪王とともに葛城円大臣の家に逃げ込んだ。大泊瀬王子は、円大臣の館を兵で囲み、許しを乞う彼らを許さず、はげしい戦いの末に、自害に追い込んだ。

ただし、大泊瀬王子は、かねてより、円大臣の女・韓媛に妻問いをしており、また、円大臣も、血筋が絶えることは忍びがたく、自決する前に韓媛を王子に差し出した。韓媛は、大泊瀬王子の大王即位後、その妃となり、白髪王子（のちの清寧大王）をもうけている。

大泊瀬王子の大王位継承への布石は、これだけでは終わらなかった。同年冬一〇月、大泊瀬王子は、市辺押磐王子（イチノベノオシワノミコ）を狩りに誘い出して近江の蚊屋野（かやの）（現在の蒲生郡日野町）で射殺（いころ）し、その弟の美馬（ミマ）王子も、捕えて処刑した。

振媛（フルヒメ）の夫（つま）である彦主人王（ヒコウシノキミ）は、息長（オキナガ）氏の家系である。息長氏は、もともと、琵琶湖東岸の近江国坂田郡を本拠とする豪族である。

崇神（スジン）王朝の末に、息長宿禰王（オキナガノスクネノミコ）の女（むすめ）・息長足姫尊（タラシヒメノミコト）（神功王女（ヒメミコ））が、日本武尊（ヤマトタケルノミコト）の子・仲哀大王（オオキミ）の大后（オオキサキ）となり、応神大王を生んでいる。また、日本武尊の曾孫・息長真若中比売（マワカナカツヒメ）は、応神大王の妃（きさき）として、若野毛二俣王（ワカノケフタマタノミコ）を生む。その曾孫が、彦主人王（ヒコウシノキミ）にあたる。

彦主人王（ヒコウシノキミ）が摂津（せっつ）国三島郡（こおり）に居を構えていたのに対し、琵琶湖東岸では、同じ一族の息長真手（マデ）王と坂田大跨（オオマタ）王とが南北に境を接していた。

彦主人王（ヒコウシノキミ）は、かねてより、市辺押磐王子（イチノベノオシワノミコ）を大王（オオキミ）となるべく運命づけられた方とみて、足しげく王子のもとに通い、なにかと頼りにされていた。彦主人王は、蚊屋野（かやの）の狩り場でも、たまたま、王子に随従していた。

その場で、市辺押磐王子（イチノベノオシワノミコ）のみならず、佐伯部売輪（ウルワ）をはじめとする舎人（とねり）たちも、大泊瀬王子（オオハツセノミコ）の手の者によって斬殺された。幸いにして、彦主人王（ヒコウシノキミ）は、従者の息長麻呂子（オキナガノマロコ）とともに、囲みを破って逃れ、市辺押磐王子の池辺宮（山辺郡石上郷布留（やまのべのこおりのいそのかみのさとふる）の近く）へと駈けこみ、急を伝えたのである。

市辺押磐王子には、葛城蟻臣の女・荑媛とのあいだに三人の子女がいた。姉の飯豊王女は、ただちに叔母の青海王女のもと（葛城の忍海宮）へと向かい、難を避けた。二人の弟、億計王と弘計王は、舎人の日下部連使主とその子の吾田彦とともに、三輪山から若草山にかけてその山裾に設けられた、山辺の道を北へと向かう。彦主人王も、息長麻呂子とともに、これに従う。

一行が、奈良坂を越え、木津川の湊・泉津（現在の木津川市木津）に着いた時分には、後方から迫る軍勢の轟音が響いてきた。二人の王と彦主人王とは、それぞれ、舟で木津川を下らんとする。敵勢も、舟に分乗し、彼らを追って木津川に乗り出してきた。王たちの舟は、巨椋池を経て桂川を北にさかのぼる。それに対して、彦主人王のほうは、敵勢の目をくらませるため、巨椋池を東に進んで宇治川へと入った。

億計王・弘計王の兄弟は、丹波王の居館のある亀岡盆地（丹波国桑田郡）にたどり着いた。彼らの父・市辺押磐王子は、生前、丹波王の知遇を得、この地の一角に別邸を設け、しばしばかよっていた。億計・弘計兄弟も、ここを幾度か訪れたことがある。とはいえ、ここも安全とはいえず、しばらくして、福知山盆地を経由し、丹後半島南東部の付け根にあたる与謝郡まで落ち延びた。

しかし、数か月もすると、村人のあいだに、「市辺押磐王子の遺児が当地にいるそうだ」という噂が立ちはじめた。主従四人は、危険を察知すると、ふたたび南へと旅立った。福知山盆地、篠山盆地を通り過ぎ、播磨国の縮見山の近くまで来たとき、追っ手が一行を探索していることに気づいた。このとき、日下部連使主は、追っ手を縮見山の岩室に誘導し、自害して果てた。その後、一行は、播磨国の明石にいたった。億計王・弘計王の二人は、丹波小子と名乗って、縮見屯倉首のもとに身を寄せた。吾田彦は、離れることなく、二人の王子に従い、仕えた。

さて、彦主人王のほうは、宇治川をさかのぼって琵琶湖に入り、東岸の朝妻湊（米原市）に上陸した。そこから、天野川沿いを東に進み、さらに、根尾川を北に伝い、本巣郡の根尾谷に身をひそめた。彦主人王の母・久留比売は、美濃国牟義郡の牟義都君の女である。したがって、根尾谷の東方には、母の里があったのであるが、そちらへも消息をいっさい伝えなかった。そして二年後、振媛や三人の男子のことを想いながら、根尾の里で非業の死を遂げたのであった。

越前国三尾君の郷にて

三尾君の本拠は、越前国坂井郡であるが、三尾君堅楲の一族は、琵琶湖西岸の近江国高島郡へと拠点を移していた。彦主人王と振媛との縁も、高島郡の三尾君の存在が大きかったといえる。振媛は、出産に際しては、そのつど、地元の水尾神社の拝殿を産屋として使ってきた。とりわけ、男大迹のときは、三度目の出産となるので、彦主人王は、拝殿のそばに仮社を設け、北辰に安産を祈った。そして、振媛は、出産を前にして、夢に現れた三尾君の祖神（垂仁大王の王子・

磐衝別命（イワツクワケノミコト））の、「生まれる子は、倭の大王となる者ゆえ、大事に育てよ」という声を聞いた。このことが、頭から離れず、振媛は、長子・次子をほかに預けるにしても、男大迹だけは、手放さなかったのである。

九頭竜川の河口に開かれた三国湊には、日本海側の国々のみならず、しばしば、加羅（から）や新羅（しらぎ）など、海西の諸韓（わたのにしもろもろのから）からの交易船も、入港してきた。三国湊の近くには、三尾君の、接客用の別館が設けられていた。

振媛（フルヒメ）の母・阿那尓比弥（アナニヒメ）は、江沼郡（えぬのこおり）（加賀国の南部）を領する江沼臣の出で、加羅の王族の血をひいていた。阿那尓比弥は、朝鮮半島から船が入港してくると、その使節に対しては、金冠をかぶり、金の首飾りや腕輪などの装飾品を身につけ、加羅の礼装で接するのを恒例としていた。

男大迹（ヲホド）の伯父の都奴牟斯君（ツヌムシ）には、息子の豊万呂（トヨマロ）・豊久万（トヨクマ）の兄弟がいた。豊万呂のほうは、突如として現れた振媛（フルヒメ）・男大迹（ヲホド）の母子に警戒心をあらわにし、

水尾神社　高島市拝戸に所在。この地で亡くなった磐衝別命を祀る。旧水尾川を隔てて振媛を祀る比咩社があったが、現在、比咩神は、水尾神社に遷座している。

男大迹になにかといやがらせをしてきた。豊久万のほうは、男大迹と歳も近く、兄よりも好意的に対応してくれた。

あるとき、男大迹（ヲホド）は、うららかな春の日和（ひより）に誘われて、近くの山裾で若菜摘みに夢中になっていた。たまたま、豊万呂（トヨマロ）・豊久万（トヨクマ）の兄弟が、そこを通り合わせた。豊万呂は、男大迹を認めると、彼のことを悪しざまになじった。

「なにをつまらぬことをしている」

「若菜を摘んで、母（いろは）に見せるんだ」

「なんだと。母（いろは）にべったりの意気地なしが。汝（なれ）なぞ、館ででかい顔するでない」

「吾（あれ）は、意気地なしなんかじゃない」

「ならば、試してみようか」

豊万呂（トヨマロ）は、やにわに、男大迹（ヲホド）につかみかかって、これを倒す。そして、馬乗りとなって、男大迹の顔をなんども殴りつけた。男大迹は、歯を食いしばってこれに耐えた。さすがに、心配になったのか、豊久万（トヨクマ）が抱きついて兄を男大迹から引き離した。かくて、かろうじてその場は収まった。

振媛（フルヒメ）は、男大迹（ヲホド）の赤くはれ上がった顔と涙の跡を目にし、なにがあったのか問いただした。が、男大迹は無言を通した。

その後も、豊万呂（トヨマロ）の男大迹（ヲホド）に対する心ない仕打ちがつづいたが、男大迹は、母に対して黙しつづけた。それでも、振媛(フルヒメ)には、どんなことが起きているのか、察しがついていた。むしろ、息子の我慢強さに、誇りに似た気持ちを抱いていた。

さて、振媛(フルヒメ)が高向(たかむこ)にきて三年目にはいったとき、息長麻呂子(オキナガノマロコ)が訪ねてきた。振媛は、彼から、彦主人王(ヒコウシノキミ)が本巣郡(もとすのこおり)の根尾谷で亡くなったことを知らされたのである。

「主(しゅ)は、今わの際(きわ)まで、妻君(めぎみ)と三人の男子(おのこ)に災いの及ぶことがないよう、心配されておりました。また、主は、妻君の夢見のことを、よく語ってくれました。三尾の祖神から、『男大迹王(ヲホドノキミ)は倭の大王(オオキミ)となる』とのお告げがあったと」

振媛(フルヒメ)は、彦主人王(ヒコウシノキミ)については、そのようなこともあろうと覚悟ができていたので、麻呂子の報告に冷静に対処した。そして、夫(つま)の意志を継いで男大迹(ヲホド)を立派に育て上げることこそ大事と、改めて誓いをたてる。

「最期まで、彦主人王(ヒコウシノキミ)によく仕えてくれました。これからは、吾(あれ)の下で働いてくれますか」

「今後は、彦主人王(ヒコウシノキミ)の気持ちを汲み、できれば、男大迹王(ヲホドノキミ)の側で仕えたいと思います」

かくて、息長麻呂子(オキナガノマロコ)は、振媛に仕えることとなった。ただし、男大迹に対しては、うるさく干渉することを避けた。少し距離を置いて、静かにその成長を見守りつづけた。

そして、ある日、麻呂子は、振媛(フルヒメ)の勧めに従い、男大迹(ヲホド)を連れて生江有道(イクエノアリミチ)の館を訪ねた。男大迹の母は、何度かここを訪れているが、男大迹にとっては、はじめての訪問である。

男大迹（ヲホド）の兄の大大迹（オオホド）は、名を改め、有恒（アリツネ）と名乗っていた。

生江有恒（イクエノアリツネ）は、息長麻呂子（オキナガノマロコ）と挨拶を交わしたあと、男大迹（ヲホド）に語りかけた。

「久しぶりだな。会えてうれしく思う」

「吾（あれ）もです。吹雪のなか、ともに、船で琵琶湖を渡り、木ノ芽峠を越えたことをかすかに覚えています」

「それ以来、吾らは別れた」

「それゆえ、寂しい思いをされたことと、申し訳なく思っておりました」

「その心配は無用だ。吾は、この生江の館で父母（かそいろは）にやさしく育てられてきた。聞くところによると、汝（いまし）のほうこそ、父（かそ）もおらず、母（いろは）ひとり、それに加えて、伯父やその子たちに遠慮しながらの毎日だというではないか。気にはしていたが、見るところ、汝は元気そうだ。それに、父を知る一族の方が、ついてくれている。少し安堵（あんど）した」

有恒（アリツネ）は、男大迹（ヲホド）と麻呂子を足羽川（あすわがわ）南岸の小高い丘、足羽山（あすわやま）へと案内してくれた。

山頂から北のほうを望むと、眼前には、足羽川がうねっており、その彼方（かなた）には、九頭竜川が、その名のとおり、いくつもの支流をともないながら、雄大な流れを横たえている。そして、その先には、広大な越前平野が広がっていた。

九頭竜川の北側の支流沿いに位置する高向宮（たかむく）は、足羽山からすると、北東の方向にあたっており、おぼろげながら、その所在を確認することができた。

また、有恒（アリツネ）の説明によると、足羽山からは、青味を帯びた美しい色調をもつ笏谷石（しゃくだにいし）が採掘されているという。笏谷石は、材質が軟らかく、加工も容易であるため、諸国に名がとおっているという。実際、足羽山の北側の裾野には、笏谷石の採石場が散在しており、笏谷石の切り出しのようすを間近に観察することができた。

男大迹（ヲホド）としては、一歳違いの兄とのあいだでいろいろと話がはずみ、久方ぶりに晴れやかな気持になれた気がした。

男大迹、試練の旅立ち

男大迹の縁組と豊万呂の戦死

三尾(ミオ)氏の一族には、年若くして、見るからに骨太で背の高い偉丈夫・三尾角折君(ミオノツノオリ)がいた。彼は、越前平野の北端に近い、九頭竜川の支流・竹田川の中流域を領していた。彼は、すぐれた事業家でもあった。秦(ハタ)系の渡来人の支援を受けながら、外来の鉄素材を得て鍛冶加工に精を出し、さまざまな鉄器具を製造していた。近ごろは、竹田川の北側の丘陵地から山砂鉄を採掘し、これを製錬する事業にも挑戦していた。そして、総本家の三尾君と協力して、竹田川の要港・金津(かなづ)から農具などの鉄製品を積み出し、三国湊経由で他国との交易に臨んでいた。

振媛(フルヒメ)は、男大迹(ヲホド)を都奴牟斯君(ツヌムシ)の下に置いておいては、伸び伸びと育たないのではないかと憂えていた。幸い、三尾角折君(ミオノツノオリ)には、一五歳になる妹(いも)の稚子媛(ワカコヒメ)がいた。そこで、男大迹が一二歳となると、いち早く稚子媛と妻合(めあ)わせ、三尾角折君のもとに同居させることにした。

振媛（フルヒメ）は、三尾角折君（ミオノツノオリ）の了解をえると、男大迹（ヲホド）に息長麻呂子（オキナガノマロコ）をともなわせ、彼の館に向かわせた。

三尾角折君（ミオノツノオリ）と稚子媛（ワカコヒメ）とが、男大迹（ヲホド）を迎える。

「おう、やってきたか。汝（いまし）の母君（いろは）には、昔から頭が上がらんでのう」

そして、稚子媛（ワカコヒメ）を前に押しやりながら、言葉を継ぐ。

「したが、汝と吾（あれ）の妹（いも）とは、良き縁だ。二人して仲良くやってくれ」

「なにかと世話をかけますが……」

男大迹（ヲホド）にとっては、振って湧いたような成り行きで、いまだ現実感がともなっておらず、どう応答すべきか、迷っていた。

「うむ。まあよい。……ところで、鉄（まがね）は、扱うのがむずかしいが、慣れてくれば、こんなにおもしろいものはない。早速だが、汝（いまし）に鍛冶（かぬち）の作業場を見せてやろう。いずれは、汝の力も借りなければならなくなるだろうからな」

彼は、こう言うと、男大迹（ヲホド）たちを、少し離れた、塀に囲まれた鍛冶（かぬち）場へと導いた。そこからは、槌を叩く金属音や、木材のきしむ音、工人たちの掛け声などがないまぜとなって響いてきた。

囲みの内をのぞくと、中央に屋根付きの場所があり、下には、角型の炉が設置され、真っ赤な炎が燃え盛っている。炉のわきでは、何人もの番子が、火勢を強めるため、交代で踏鞴（たたら）を踏んで風を炉内に送り込んでいる。さらに、その横のほうでは、数か所で、工人たちが金床石（かなとこいし）の上に灼熱の鉄素材を置き、槌で鍛打しては、成形に努めている。

男大迹は、鍛冶の作業内容をつぶさには理解できなかったものの、炎の熱と工人の熱気とに、すっかり圧倒されていた。否、感動させられたといってもよい。

その後、館に戻り、しばらくのあいだ、男大迹と稚子媛が二人きりにされた。

稚子媛が口を開く。

「汝が背の君でよかった。兄は、武骨者で、いつも鉄のことで頭がいっぱい。周りは、泥だらけの男子ばかりで、吾にふさわしい男子なんていやしない」

「そんなことはないよ。吾の母は、つねづね、『泥だらけになって働いている人たちを疎かにしてはいけない。その人たちが、国を支えてくれているのだから』と言っていた。吾は、そうした人たちに敬意を払っている。汝の兄が言っていたように、吾も、大きくなったら、兄とともに仕事をするつもりだ」

「まァ、そういうものなの。……そうね、三尾の本家には、豊万呂と豊久万がいるものね」

男大迹と稚子媛は、夫婦としてはいささか若年に過ぎたが、三年後には、二人のあいだに、男大迹にとっての最初の男子・大郎が生まれる。

さて、大和王権では、安康大王亡き後、大泊瀬王子が雄略大王として即位した。雄略大王は、すでに大豪族の葛城臣に掣肘(せいちゅう)を加えていたが、即位後、さらに各地の豪族や首長に圧力をかけはじめた。大和王権は、彼らに対して、初穂や特産物など贄(にえ)の貢納や、采女(うねめ)・人夫・兵士などの役務徴発をこれまで以上に強めた。また、彼らの子弟を朝廷に差し出させ、靫負(ゆげい)・史(ふみひと)・舎人(とねり)・膳夫(かしわで)などさまざまな役職を担当させた。その圧力は、三尾(ミオ)君の本家にも及び、都奴牟斯(ツヌムシ)君は、長子の豊万呂を靫負として中央に派遣した。

雄略大王にとって、次なる制裁の対象は、吉備(キビ)臣であった。

吉備国は、五世紀の前半から中ごろにかけて、最盛期を迎えていた。同国は、事実上、備前(びぜん)国と備中(びっちゅう)国とに分かれ、それぞれを上道(カミツミチ)臣と下道(シモツミチ)臣とが領していた。ちなみに、備前と備中の境界付近には、倭国でも有数とされる造山古墳・作山古墳などの巨大な古墳が残されており、当時の吉備臣の勢威をうかがい知ることができる。

吉備臣は、葛城臣と婚姻関係を結び、ともに権勢を誇ってきたのであるが、葛城臣が凋落した今日、雄略大王は、葛城臣に遠慮することなく、吉備臣の力をそぐことができるようになった。そこで、雄略七年（四六三）、吉備下道臣前津屋(サキツヤ)に不敬の振る舞いがあったとして、物部(モノノベ)系の兵士にその館を急襲させ、その同族七〇人を誅殺した。

同じ年、雄略大王は、京(みやこ)に上っていた吉備上道臣田狭(タサ)にも、追及の手を向けた。しかし、最終的に、田狭臣は国司として任那(みまな)（南部加羅）に赴くことを受け入れ、美人の誉れ高き、みずから

造山古墳　岡山市北区に所在する墳丘長350mの前方後円墳。5世紀前半の築造と推定され、被葬者はヤマト王権に拮抗する勢力の首長と考えられている。

の妻・稚媛を雄略大王に差し出すということで、事態は、一応、収拾に向かった。しかし、任那に駐在する田狭臣は、心底から納得していたわけではなく、新羅とつうじて雄略大王に対する復讐の方途をさぐる。田狭臣と前妻・稚媛とのあいだには、すでに成長した二人の息子、兄君・弟君の兄弟がいた。

当時、新羅は、倭国に調を送ろうとはせず、両国の関係は悪化していた。雄略大王は、吉備上道臣田狭の子の弟君と吉備海部直赤尾に、新羅を討つこと、あわせて、百済から有能な才伎（工人）を連れ帰ることを命じ、彼らを朝鮮半島へと送り込んだ。

弟君は、新羅には赴かず、百済に直行した。父が新羅に身を寄せているため、新羅を討つことにためらいがあったのである。その後も、百済の差し出した才伎を大島（海南島）に集め、風待ちをすると言いつくろって、そこに留まり、月日を重ねた。

田狭臣は、弟君が兵を用いず帰ろうとしていることを喜び、ひそかに弟君に使いを送り、ともに協力して雄略大王に対抗しようと呼びかけた。しかし、派遣団のなかに、弟君の行動に不審を抱く者が出はじめ、内紛を生じ、弟君は、大島で客死することになる。

雄略九年（四六五）春三月、再度、新羅討伐のため、紀小弓宿禰（キノオユミノスクネ）・蘇我韓子（ソガノカラコ）宿禰・大伴談連（カタリノムラジ）・小鹿火（オカヒ）宿禰らが朝鮮半島に派遣された。このとき、三尾（ミオ）君豊万呂（トヨマロ）も、一軍を率い、大伴談連の下で従軍した。

作山古墳　総社市三須に所在する墳丘長282mの前方後円墳。5世紀中頃の築造とされ、造山古墳からは西へ3kmほどの場所にある。

倭国側の、各将軍に率いられた軍勢の進撃には、すさまじいものがあった。大将軍・紀小弓（キノオユミ）宿禰は、遁走する新羅軍を追撃して敵将を斬った。しかし、残兵は降伏せず、粘り強く抵抗をつづけた。そこで、紀小弓宿禰は、兵を収め、大伴談（カタリ）連と合流して敵兵と戦った。夜にはいってはげしい戦いとなり、大伴談連は、力闘の末、討ち死にした。大伴談連に従っていた三尾君豊万呂も、奮戦むなしく傷つき、命を落すこととなる。あまつさえ、明け方、紀小弓宿禰が、陣営で休んでいるところを、敵兵に急襲され、不慮の死を遂げてしまう。

その後、派遣されてきた紀小弓(キノオユミ)宿禰の子・紀大磐(キノオオイワ)宿禰は、倭国軍の実権を握ろうとしてほかの将軍たちと対立する。結局、倭国側は、内部の内輪もめで、蘇我韓子宿禰が犠牲となり、撤退を余儀なくされる。

豊万呂の戦死の報は、三尾君都奴牟斯(ツヌムシ)を落胆させた。一族の有力な後継者を失ってしまったのである。次子の豊久万は、兄にくらべてあまりにもおとなしく、父にとって頼りなく思えた。

根尾谷を経て尾張へ

雄略九年の秋八月、大和朝廷は、三尾(ミオ)君にさらなる要求を突き付けてきた。あらたに、一族の者を靫負(ゆげい)として中央へ貢進するよう求めてきたのである。都奴牟斯(ツヌムシ)君は、一六歳となった男大迹(ヲホド)をその候補として考えはじめていた。振媛(フルヒメ)は、そのような雲行きを察すると、三尾角折(ミオノツノオリ)君の内諾を得、急遽、男大迹に息長麻呂子(オキナガノマロコ)をともなわせ、かつて彦主人王(ヒコウシノキミ)が隠棲した本巣郡(もとすのこおり)の根尾の里へと旅立たせた。その際、振媛は、男大迹に「時節を見計らって、尾張王の草香連(クサカノムラジ)を訪ねよ」と指示した。

男大迹(ヲホド)と麻呂子(マロコ)の二人は、九頭竜川を上流へと遡り、山岳地帯に入っていく。大野盆地にいたると、九頭竜川の左岸に真名川（まながわ）が合流してくる。ここからは、真名川に拠り、山岳地帯を、おおむね南の方角に向かう。つづけて、真名川に注ぎこむ雲川沿いを進み、その上流域にあたる温見川（ぬくみがわ）を辿（たど）る。これらの山間部では、河川は、いずれも峡谷をなし、ために、急峻な崖道の連続となる。

二人は、九頭竜川支流の温見川沿いの岩場を、上流に向けてよじ登っていく。そして、温見川と根尾川（揖斐川（いびがわ）支流）とのあいだの分水嶺をなす、温見峠（標高一〇〇〇メートル余）の断崖を、苦労の末、踏破する。さらに、根尾川伝いに崖道を下り、根尾谷へと行きつく。

里人は、男大迹（ヲホド）を、彦主人王（ヒコウシノキミ）の息子であると知ると、温かく迎えてくれた。この地で、男大迹は、麻呂子（マロコ）の指導のもとに、見よう見まねで農作業にはげみ、自給自足の生活に打ち込んだ。そして、一年（ひととせ）ののち、男大迹主従は、根尾の里を離れることにした。里人との別れを惜しみ、一本の桜の苗木を植樹した。それは、後世にわたって、根尾谷の淡墨桜（うすずみざくら）として名を残すことになる。

一年に過ぎなかったとはいえ、根尾の里での生活は、男大迹（ヲホド）にとって大変に有意義なものであった。男大迹は、里人の生きるがための苦労と喜びを、身をもって知ったのである。のちに、男大迹が国もとで治水に努め、農業を勧奨するにあたって、この体験が実を結ぶことになる。

さて、男大迹（ヲホド）主従は、根尾川を下り、本巣郡（もとすのこおり）を押さえる三野本巣（ミノノモトス）氏の館を訪ねた。麻呂子（マロコ）によると、三野本巣氏は、彦主人王（ヒコウシノキミ）が根尾谷に隠れ棲んでいることを知りながら、陰からそれを支えてくれていたというのである。そこで、男大迹は、麻呂子ともども、感謝の気持ちを伝えようと

根尾谷の淡墨桜　本巣市の根尾谷に所在し、樹齢千数百年ともいわれる、エドヒガンザクラの古木。ここで育った継体天皇の手植えという伝承が残されている。

思い、ここに寄ったのである。

三野本巣氏は、凛々しく育った彦主人王の遺児を見て感動を押さえられないようであった。のちのち、同氏の一族は、男大迹が近江国で起こした事業に協力し、また、美濃勢の一員として男大迹軍を支えることになる。

ついで、東方の長良川の中流域に広がる牟義郡に向かい、牟義都君の館を訪れた。そこは、男大迹の父方の祖母の里であり、ここでも歓待を受けた。数日、ここに滞在したあと、いよいよ長良川を下り、熱田の高台にある尾張連の館を訪ねることとなった。

男大迹は、館の正面にて当主の尾張連草香への案内を乞う。みずからを彦主人王の子・男大迹と名乗り、越の三尾からやってきた旨を伝えた。

越のような遠方から名のある家系の若者が、従者をひとりだけともなってやってくるなどということは、常識では考えられぬことである。草香連は、当初、身分を偽っているのであろうと考え、無視しようとした。しかし、すぐに思いなおし、側近の者に、その人となりを見てこさせた。

すると、「容貌魁夷（かいい）なり」という返事が返ってきた。そこで、興味を抱いた草香連は、物陰から当の人物をうかがった。たしかに、陽に焼けた、たくましい若者がいた。とりわけ注意をひいたのは、その温容な風貌であった。

草香連（クサカノムラジ）は、これまで、交易のため何度か越に赴いたことがあり、三尾君の内情にも通じていた。それゆえに、この若者の化けの皮をはがしてやろうと、男大迹（ヲホド）主従を呼び入れ、話を聞いてみることにした。

「男大迹（ヲホド）と申します。にわかなる来訪にもかかわらず、お目通りいただき、嬉しく思います」

「越（こし）の三尾からやってきたとか」

「じつは、母（いろは）から命じられ、父（かそ）が生前に隠棲していた根尾の里で一年（ひととせ）ほど過ごしておりました。事前に、母からは、折を見て尾張王の館を訪ねるよう言われておりました」

「汝（なれ）の母（いろは）は、なんという」

「振媛（フルヒメ）といいます」

「ほう。たしか、振媛の母（いろは）は、江沼臣（エヌノオミ）の……」

「阿那尓比弥（アナニヒメ）のことですか」

「うむ。して、汝は、どこで生まれた」

「七歳まで、近江の高島におりました」

「うーむ。彦主人王は、根尾の里にて亡くなられたのか。さぞかし無念であったろう」

いろいろと話をしてみると、男大迹が振媛のじつの子であることが確認できた。草香も、かつては振媛の美貌に魅了された者のひとりだったのである。草香は、振媛の子に会うことになるとはと、その奇縁に驚かされた。かくて、男大迹主従は、尾張王の館に逗留することを許されたのである。

尾張氏は、もともと葛城山の麓の高尾張を本拠とし、大王家に家臣として仕えてきた。それゆえ、臣姓ではなく、連姓を名乗っている。往時から、尾張連と葛城臣とのあいだの関係は深く、尾張連は、尾張地方に落ち着いたあとも、葛城臣の女を多く妻としてきた。雄略大王によって葛城臣の勢力がそがれたあとは、新興の蘇我臣が葛城臣の残存勢力を吸収し、葛城地方に進出してきた。蘇我臣は、あらたな友好関係を築こうと、尾張連に接近してきている。

尾張連は、尾張方面に転進する過程で、海人族としての性格を強めた。いまや、伊勢湾を起点とする海路や、揖斐川・長良川・木曽川などの水路を利用し、美濃・近江・大和のみならず、越にまでも、自由に行き来するようになっていた。この時代、海路による物流がこれまでになく発展を遂げており、美濃や飛騨で集荷された木材も、水運を利用して伊勢湾から難波方面へと運ばれていたのである。

また、尾張氏は、東方に向けて入植を進めており、東山道や東海道の延長線上に位置する上毛野国や武蔵国の諸豪族との交流を深めていた。

草香王には、息子の凡と女の目子媛がいた。男大迹のほうは、凡とは、早々に打ち解け、互いに相手の力量を認め合う仲となった。凡の妹の目子媛は、眼のぱっちりした、見るからにかわいらしい女子で、男大迹は、彼女と一緒に語らい、行動することが楽しくてならなかった。

草香連は、すでに、男大迹の将来性を見抜いていた。そして、目子媛を男大迹に妻合わせてもよいと考えるようになっていた。

馬飼首荒籠とともに上毛野へ

年が改まり、男大迹は一八歳となる。これまで、尾張国の水運を利用した交易の盛んなる様をいろいろと目にし、みずからの故郷においても、これを見習わなければならないと考えるようになっていた。九頭竜川水系を整備し、各種の産業を興し、交易をこれまで以上に拡大する必要のあることを痛感していたのである。

そんな矢先の初夏のこと、河内の馬飼首荒籠なる者が、何十頭もの馬群をともなって尾張国にやってきた。彼の一族は、渡来系の出で、馬の扱いに長けていた。馬の商いによって生活の糧をえていたが、同時に、各地を巡ることで、さまざまな情報を手にしていた。戦時には、一方の部将として騎馬軍を指揮する能力をも備えていた。

荒籠首（アラコノオビト）は、尾張国で取引を終えると、上毛野（かみつけぬ）国に向かう予定にしていた。このたびは、尾張国も、尾張連凡（オオシ）を長とする交易団を編成し、荒籠首とともに上毛野国を訪ねることとなった。男大迹（ヲホド）も、息長麻呂子（オキナガノマロコ）とともに、志願してこの列に加えてもらった。

荒籠首（アラコノオビト）が、男大迹（ヲホド）の素性を知り、なつかしそうに語りかけてきた。

「汝（いまし）は、彦主人王（ヒコウシノキミ）の御子だとか。そういえば、汝に彦主人王の面影が残っている。吾（あれ）の牧は、彦主人王の館に近く、よく行き来したものだ。彦主人王の館が焼き討ちに会い、他人の手に渡ったことは、じつに無念なことだ」

「なにせ、吾（あれ）は若輩者（じゃくはいもの）。よろしくお見知りおきいただきたい」

「長き道中となりますぞ。よくよく心して参られよ」

尾張から上毛野（かみつけぬ）へ行くには、東山道と東海道の二つの路線があった。しかし、東海道は、多くの大河にさえぎられ、馬の大群をともなっての移動には向かない。東山道に拠ると、美濃や信濃において、峻険な山道をたどらなければならないが、まだこのほうがましであった。

馬飼首荒籠（ウマカイノオビトアラコ）の一行は、熱田から北東に進み、美濃と尾張の国境をなす内津坂（うつつさか）（現在の内津峠）を経て、東山道美濃路へと分け入る。ついで、信濃坂（現在の神坂峠（みさかとうげ））を越え、東山道信濃路に入る。信濃は、山は高く谷は深い。青い嶽（たけ）が幾重にも重なり、道は険しく、馬群は、行き悩んでなかなか進もうとしない。

一行は、信濃坂の東麓にあたる伊那郡の阿智から伊那谷を天竜川に沿って北上し、下諏訪に出る。ここから北東に向けて、東山道随一の難所として知られる和田峠（標高一五〇〇メートル余）をめざす。和田峠を越えると、その先は、佐久平となる。ここを東に進むと、越後につうじる道（のちの北国街道）との分去れにさしかかる。そして、その先の軽井沢の南を抜けると、碓氷坂（現在の入山峠）に行き着く。ここを越えると、いよいよ上毛野国の領内となる。尾張国から上毛野国にいたるまで、じつに一か月あまりを要したのであった。

尾張連凡の随従者には、その一族の尾張巳巳雄がいた。彼は、旅をつづけるうちに、男大迹主従と親しくなり、いろいろと心遣いをしてくれるようになった。とりわけ、息長麻呂子とは馬が合うようで、なにかと麻呂子に話しかけてきては、行をともにした。

さて、上毛野君の本拠地は、赤城山の南麓から南東に広がる平野部（現在の前橋市から太田市にかけて）である。その西側には、榛名山の東麓に有馬君、榛名山の南麓に車持君、そして、車持君の南側に石上部君というように、それぞれの豪族が東から北、西と弧を描くように位置していた。さらに、これらの部族に囲まれるようにして朝倉君の所領があった。上毛野君は、これらの諸部族をまとめて地域連合国家を築き上げ、南方の武蔵国にも、強い影響力を及ぼしていた。

この一帯は、西部地域を潤す利根川水系と東部を画する渡良瀬川とにはさまれた、地味豊かな火山性土壌によって埋めつくされている。利根川流域では、水田の開拓が進み、渡良瀬川流域では、農作地に加え、桑畑が造成されていた。また、榛名山や赤城山の山裾は、牧草地として利用されていた。

上毛野(カミツケヌ)君は、五世紀の初めから中ごろにかけて、天神山古墳（太田市内ケ島町）の築かれたあたりを本拠とし、東国にあってもっとも強勢な国をつくり上げ、畿内とも緊密な関係を築いていた。上毛野国は、中央から遠く離れた東国に位置するとはいえ、信濃をつうじて越後とつながり、朝鮮半島の国々との交易にも力を入れていた。

しかし、五世紀の後半ともなると、赤城山南麓の方向へと王権の比重が移り、大王家との縁も、希薄となっていった。馬飼首荒籠(ウマカイノオビトアラコ)の一行が訪れた当時、上毛野(かみつけぬ)国の中核をなしていたのは、現在の前橋市大室地区であって、六世紀初頭には、この地域に大室古墳群が姿を現す。このとき、前国王の上毛野君島守(シマモリ)は、老齢ゆえに、いまだ幼い小熊(オグマ)にその地位を譲り、弟の首名(クビナ)にこれを補佐させていた。

車持(クルマモチ)君は、上毛野(カミツケヌ)君と同族であって、保渡田(ほどた)古墳群（高崎市保渡田町・井出町）のあるあたりを本拠としていた。当時の当主は、車持君阿萬(アマ)であった。また、有馬君と石上部(イソノカミベ)君は、物部系の豪族である。石上部君の所領の東側には、なおも物部系の支族が分布していた。彼らは、物部氏の流れを汲むとはいえ、いまでは、上毛野君とのあいだに緊密な関係を保持していた。

馬飼首荒籠（ウマカイノオビトアラコ）は、まずもって車持君（クルマモチ）の館を訪い（おとない）、河内から運んできた種馬の取引に応じた。話を聞きつけて、上毛野君（カミツケヌ）の館からも、目利きの者が派遣されてきた。朝鮮半島由来の骨格のしっかりした西国の馬は、東国の武人にとって垂涎（すいぜん）の的なのであった。これだけ長期にわたって険路に耐えた馬群であれば、なおさらのことである。上毛野国からは、見返りとして穀類・絹布・麻布・獣皮などが提供された。

男大迹（ヲホド）は、たまたま、車持君（クルマモチ）の館で、元気よく走りまわっている童（わらわ）を見かけた。話しかけてみると、なかなか真っ直ぐな気性の男子（おのこ）であることがわかり、かの者に好感を抱いた。車持君阿萬の話では、

大室古墳群の石室　赤城山南麓に位置し、いずれも6世紀に築かれたもので、横穴式石室が採用されている。

天神山古墳　太田市内ケ島町に所在。墳丘長210mで東日本最大の前方後円墳。5世紀前半の築造で、上毛野君の始祖・荒田別、またはその子孫の墓とする説がある。

その子は、名を佐太（サタ）といい、将来楽しみな孫であるとのことであった。

馬飼首荒籠（ウマカイノオビトアラコ）の一行は、上毛野君（カミツケヌ）の館に半月ほど滞在することとなった。その間、凡（オオシ）・男大迹（ヲホド）・荒籠たちは、車持君阿萬（クルマモチ／アマ）の案内で、榛名山の南東斜面の裾野に広がる牧を視察に出かけた。上方には、防護用の柵が設けられ、下方には、厩舎（きゅうしゃ）が並んでいる。そのあいだにあって、数多くの馬がいくつかの群れに分かれ、草を食（は）んでいる。

車持君阿萬（クルマモチ）が、牧の現状を説明する。

「ご覧のように、榛名山の頂（いただき）の一角では、白煙が上がっている。この山は、大昔、火山活動が活発だったようで、このあたりも、その当時の火山灰に深く覆われている。そのため、水はけがよく、牧草の育ちがよい。この季節は、飼料に事欠かないが、冬期にかけては、厩舎（きゅうしゃ）に入れて干し草を用意してやらなくてはならない。また、馬の飼育には、塩が必要となるが、国内ではまかなうことができず、越後から取り寄せている」

荒籠首（アラコノオビト）が、阿萬君に助言する。

「馬を育てるには、小さいうちから、体格や気質のすぐれた筋の良い馬を見分けることが大事です。そうした馬を選んで、飼料に稲・粟（あわ）・麦・豆などの穀類を混ぜてやるようにすると、駿馬（しゅんめ）が育ちます」

男大迹（ヲホド）も、荒籠首（アラコノオビト）の行商隊に同行する機会をえたおかげで、馬を育てるために、なにが必要かということを、いろいろと学ぶことができた。

ところで、阿萬君の話にあったように、榛名山は、重なる尾根の奥の方から絶えず白煙を立ち上らせている。凡（オオシ）や男大迹（ヲホド）にとっては、白煙を上げる山を間近で見るのは、はじめてのことであり、馬の群れもさることながら、そちらのほうが気になった。

阿萬君が、榛名山の火山活動について説明を加える。

「榛名山の頂は、多くの岳によって囲まれている。数十年前から、東寄りの岳より、白煙が噴き上がるようになった。いまは穏やかだが、時に、噴煙に火が混じることもある。そのようなときは、麓の住民は、生きた心地がせず、神の怒りではないかと恐れている。吾（あれ）も、この後、大事にいたることのないよう、神に祈っている」

凡（オオシ）が応ずる。

「山河は、吾らに恵みをもたらすが、その反面、過酷な仕打ちもする」

男大迹(ヲホド)も、みずからの故郷に思いを馳(は)せた。

「越では、九頭竜川が暴れるのに悩まされている。この川を鎮めることができたら、もっと潤うのにと、つねづね思っている」

荒籠首(アラコノオビト)も、付け加える。

「馬だって、山や川と同じことだ。飼いならすことができれば、こんなに役立つものはない」

さて、馬飼首荒籠(ウマカイノオビトアラコ)の一行は、すでに多くの馬を手放し、身軽になっている。ために、帰路は、武蔵国を経由し、東海道を行くことにした。

上毛野国(かみつけぬ)から武蔵国を通過して多摩川中流域へと向かう道筋は、のちに東山道武蔵路と名付けられる。まずは、東山道の新田駅(にったのうまや)（現在の太田市新田村田町）から南東に進み、邑楽郡(おはらぎのこおり)（邑楽(おうら)郡大泉町）に出る。そこを拠点にして利根川を越え、武蔵国の内を、ほぼ直線的に南にたどっていく。現在の地名でいえば、熊谷市—坂戸市—所沢市—府中市ということになる。

当時、武蔵国の主要国は、西の山岳部を占める知知夫(ちちぶ)国（秩父地方）を別にすると、北部の无邪志(むざし)国（荒川左岸の行田(ぎょうだ)市周辺）と南部の胸刺(むざし)国（多摩川下流域左岸）であって、この二つの国を笠原直(アタイ)の一族が治めていた。

馬飼首荒籠(ウマカイノオビトアラコ)の一行は、无邪志(むざし)国に寄り、残された馬の取引に応じた。当主の笠原直波留古(アタイハルコ)は、凡(オオシ)・男大迹(ヲホド)・荒籠たちを賓客として館に招いてくれた。その当時、无邪志国は、胸刺(むざし)国と覇を競っていたが、およそ六〇年ののちには、笠原直波留古の子・使主(オミ)が大和王権と結んで胸刺国を攻略し、これを併合する。

一行は、笠原直(アタイ)の館を辞すると、東山道武蔵路から、のちにいう奥州古道にはいる。相模(さがみ)国を、夷参駅(いさまのうまや)（座間市）、浜田駅(うまや)（海老名市浜田町）と南下し、ここから進路を西にとって相模川を渡る。さらに、箕輪駅(うまや)（伊勢原市笠窪）を経て足柄峠の麓、坂本駅(うまや)（南足柄市関本）へといたり、ここから東海道を西に進むことになる。当時は、箱根峠は整備されておらず、相模国から駿河国へ向かうには、より北側の足柄峠を越えなければならなかった。

足柄峠の頂からは、その西に、噴煙を立ち昇らせる、雄大な富士山とその裾野を見はるかすことができた。ちなみに、その十数年後に、富士山の噴火のあったことが、知られている（「走湯(そうとう)山(ざん)縁起」）。そして、九世紀初頭には、富士山の大規模な噴火の発生により、足柄路が埋没し、これに代わって、箱根路が開かれている。

足柄峠を越えると、甲斐路との分岐点の先に横走駅(よこばしり)（御殿場市）があり、そこを南下すると、長倉駅（駿東郡長泉町）にいたる。その後、一行は、海沿いを進み、大井川を渡河し、浜名湖の北側を迂回して尾張国へと戻った。

越前地方の産業振興と交易の拡大

目子媛を連れて帰国

男大迹（ヲホド）は、今回の長旅で多くの経験を積み、さらに有為なる若者に成長していた。尾張王草香（クサカ）は、早速、男大迹に目子媛（メノコヒメ）を妻わせた。翌年（四六八）、ほどなくして、長子・勾大兄（マガリノオオエ）を授かり、その次の年には、次子・檜隈高田（ヒノクマノタカタ）が生まれた。

目子媛（メノコヒメ）が、男大迹（ヲホド）に語りかける。

「父（かぞ）も兄（え）も、汝（いまし）は、家系にも資質にも恵まれていて、将来、倭国の覇者ともなる器（うつわ）だと言っているわ」

「そのような判断は、早計に過ぎる。越国（こし）は、開発が遅れている。それに、越国から大和国までは、ずいぶんと離れている。とにかく、越国を尾張国のように産業と交易で富ませることが先決なんだ。そのためにも、海西（わたのにし）の諸国（くにぐに）の文化や技術にじかに触れてみたい。いずれ、その力を借りなくてはならないだろうから。吾(あれ)のこうした思いを、早く国もとの母(いろは)に知ってもらいたいものだ」

「汝(いまし)の母は、どのような方なの」

「目子(メノコ)に劣らず美しくてやさしい。それに、きりっとした風格がある」

「早く会いたいわ。そして、汝の助けになるよう、二人の男子(おのこ)を立派に育て上げなくてはならないわ」

その明くる年早々に、振媛(フルヒメ)から、「そろそろ戻ってくるように」との文がもたらされた。かくて、男大迹(ヲホド)は、春の訪れを待ち兼ね、目子媛と二人の男子(おのこ)を帯同して越前国へと旅立つこととなった。その際、尾張王草香は、男大迹のために、五〇名ほどの兵士を用意し、その長に尾張巳巳雄(ミミオ)をあてることにした。

出立の前夜、尾張巳巳雄(ミミオ)と息長麻呂子(オキナガノマロコ)は、酒を酌み交わしながら、語り合った。

「草香(クサカ)王が、あれだけかわいがっていた目子媛(メノコヒメ)を手放すとは、実際のところ、驚きだ」

「いや、男大迹王(ヲホドノキミ)の母君も、気高く美しい方だ」

「とはいえ、男大迹王(ヲホドノキミ)は、倭国一の幸せ者よ」

「吾(あれ)は、男大迹王(ヲホドノキミ)は、将来、倭の大王(おおきみ)ともなる器量を備えた方とみている。なにしろ、あの懐(ふところ)の大きさは並ではない。敵対する者をも包み込む力をもっている。上毛野国(かみつけぬ)でも、无邪志(むざし)国でも、若年にもかかわらず、だれもが男大迹王に一目置いていた」

「同感だ。ここへ来たばかりのころは、たいした奴だとも思わず、田舎者とからかったりしたが、男大迹王(ヲホドノキミ)は、笑って取り合ってくれなかった。吾(あれ)も、このごろでは、男大迹王の心の広さだけでなく、その決断力にも敬服している。汝(いまし)の言うように、倭の覇王になることすら夢ではない。実際に、倭の覇王たらんとするならば、平素から力を蓄えておき、いざというときに、機を逃さぬことが肝心だと思う」

「汝(いまし)の、その言葉が聞けてうれしく思う。吾(あれ)は、よき輩(ともがら)を得た」

「覇王への道を切り開くために、互いに身を投げ打つ覚悟で男大迹王(ヲホドノキミ)に仕えようぞ」

ここに、巳巳雄(ミミオ)と麻呂子(マロコ)は、共通の目標に向け、誓いを交わしたのである。

一行は、十数艘(そう)の船で伊勢湾を横切り、木曾三川の流れ込む入海・味蜂間(あはちま)海を大垣までさかのぼった。そこから、東山道に拠り、関ヶ原、米原と進み、琵琶湖東岸の天野川流域（近江国坂田郡(こおり)の南部）に出た。ここは、男大迹(ヲホド)の父方の一族・息長真手王(オキナガノマデ)の領有地で、天野川が琵琶湖に注ぐ朝妻(あさづま)湊（米原市）の近くにその館がある。真手王の領国の北には、姉川下流域に、同族の坂田大跨王(オオマタ)の領国がある。ほかに、その東方の姉川中流域左岸（坂田郡上坂郷(さと)のあたり）には、根王(ネノオウ)の領国がある。

それはともかく、真手王からの連絡を受けて、坂田大跨王(オオマタ)が駈けつけてきた。彼は、男大迹(ヲホド)の義兄・三尾角折君(ミオノツノオリ)に負けず劣らず、大柄で、足が太くて長い。

その坂田大跨王が、歓喜の声を上げる。

「汝(いまし)が、あの彦主人王(ヒコウシノキミ)の三男の男大迹(ヲホド)か。たくましく育ったものだ。汝たち兄弟のことは、三尾(ミオノ)君堅槭(キミカタヒ)から聞いてはいたが」

息長真手王(オキナガノマデ)も、言葉を継ぐ。

「麻呂子(マロコ)の話では、彦主人王(ヒコウシノキミ)は、麻呂子とともに美濃の根尾谷に難を避けていたが、その地で亡くなったそうだ。もう少し生き長らえてくれればよかったのだが……。彦主人王も、男大迹(ヲホド)の成長を、草葉の陰で喜んでいることだろうよ」

「うむ。うすうすは、そのようなことだろうと察してはいたが、残念なことよのう」

男大迹(ヲホド)は、しばらく真手王(マデ)の館に逗留することにした。真手王には、年ごろの女(むすめ)の麻績娘子(オミノイラツメ)がおり、男大迹と目子媛に親しく接してくれた。

男大迹(ヲホド)の出立に際しては、息長真手王(オキナガノマデ)と坂田大跨王(オオマタ)が、はなむけとして、男大迹の配下に計五〇名の兵士を加えてくれた。こ

継体大王系図

三尾角折君
稚子媛
大郎
尾張連草香
目子媛
勾大兄王子
檜隈高田王子
彦主人王
阿那尓比弥
振媛
継体
春日大娘王女
仁賢
手白香王女
武烈
広庭王子

の新たな兵士については、息長麻呂子（オキナガノマロコ）が統率することとなった。

一行は、北陸道に入り、木ノ芽峠を越え、日野川を下り、ついで九頭竜川（くずりゅうがわ）を上り、高向（たかむこ）の館に到着した。母の振媛（フルヒメ）は、男大迹（ヲホド）の立派な成長ぶりに加え、目子媛（メノコヒメ）のかわいらしさにうれし涙をこぼし、二人の孫をいとおしそうにかき抱いた。伯父の都奴牟斯（ツヌムシ）君はといえば、勝手に家元を出奔した男大迹（ヲホド）に対し、わだかまりを残していた。しかし、男大迹の雄々しく育った風姿に加え、一〇〇名に及ぶ勇猛な兵士を従えている光景に接するに及び、気押されるものを感じざるをえなかった。

九頭竜川流域の開発

すでに祖母の阿那尓比弥（アナニヒメ）は亡くなり、その遺言により、振媛（フルヒメ）が、一族の長として外交使節団に加羅（から）の礼装をもって接遇する役目を受け継いでいた。振媛は、日を改めて男大迹（ヲホド）の体験してきた事々とその想いを聴取した。そのうえで、男大迹を三尾家の総領の資格で、九頭竜川流域の治水と殖産興業について企画・実行することを命じた。

もはや、都奴牟斯（ツヌムシ）君は、これに異を唱えることはできなかった。都奴牟斯君の子・豊久万（トヨクマ）も、男大迹の事業に協力することを申し出た。

男大迹(ヲホド)は、三尾角折君(ミオノツノオリ)や従兄の豊久万に加え、兄の生江有恒(イクエノアリツネ)にも声をかけ、尾張巳巳雄(ミミオ)と息長(オキナガノ)麻呂子(マロコ)を交えて協議を重ねた。その場には、振媛の意向を受けて、渡来人の秦布留古(ハタノフルコ)・布津古(フツコ)の兄弟も参加した。さまざまな技術に長(た)けた秦氏一族の支援をえられることは、願ってもないことであった。

かねてから、朝鮮半島における緊迫した情勢を背景に、多くの渡来人が集団をなしてつぎつぎと倭国にやってきた。彼らのなかには、進んだ技術を身につけた集団がおり、倭国の発展にさまざまな形で寄与してきた。とりわけ雄略大王の時代以降は、それまでの渡来人を古渡才伎(こわたりのてひと)と呼び、あらたな知識・技術を携えて渡来してきた人びとを、今来才伎(いまきのてひと)と呼んで区別するようになった。

こうした渡来人の中核をなしたのは、漢氏(アヤ)と秦氏(ハタ)の二大勢力で、いずれも、製鉄・土木・養蚕などの技術に秀でていた。ただし、漢氏が大和と河内に集中して居住したのに対して、秦氏は、各地に分散し、日本海側の丹後(たんご)から若狭(わかさ)・越前(えちぜん)にかけても、多くの同族が居住していた。また、漢系渡来人は、姓を変えることに執着しなかったが、秦氏は、長きにわたって秦という姓を維持しつづけた。

取り組むべきことの第一は、あらゆる産業の基礎をなす越前平野の治水であった。三大河川の九頭竜川・足羽川(あすわがわ)・日野川の下流には、上流から大量の土砂が運ばれてくる。洪水のたびにこれらの土砂が排斥されて河川の外側に堤防状の微高地をつくり上げる。とりわけ、越前平野では、こうした土砂が海辺に砂州状に積もり、長い堤防を形成し、その内側にいくつもの潟湖(せきこ)をこしらえていた。

男大迹(ヲホド)たちは、秦(ハタ)氏一族の支援のもとに、海辺の自然堤防を切り開き、潟湖の水を日本海へと注ぎ出し、さらに、干拓や埋め立てによって沼地や湿地の土地改良に努めた。そして、九頭竜川や足羽川の平野部への流入口に堰堤(えんてい)を設け、これに排水・用水の調節機能をもたせた。堰堤を築くためには、大勢して上流域の山地から巨大な石柱を切り出し、運んでこなければならなかった。

これらの作業には、数年を要した。この間にあって、三尾角折君(ミオノツノオリ)が、総力を挙げて鉄製用具の生産に励み、これを幅広く工人に配備することにより、作業の進捗(しんちょく)を助けたのであった。

越前地方の産業の振興

これまで、越前地方の主要産物は、鉄・塩・米・粟(あわ)・麻(あさ)などであった。ことに、稲作を主体とする農作物については、農地の開拓と灌漑用水の整備が進み、その画期的な増収が見込まれるようになった。また、若狭から越前にかけては、藻塩焼(もしおや)きによる土器製塩が盛んで、品質の良さから、「越の塩」として大和国やその周辺の国々に名がとどろいていた。

これらに加えて、男大迹(ヲホド)たちは、養蚕・製紙・漆器づくりなど、多分野での産業を奨励した。

――養蚕については、朝鮮半島より、早くに丹後から若狭・越前にかけて伝わってきており、こうした地方では、製糸・機織の技術を発展させる土壌が整っていた。

蚕は、北陸では、神蛾・鹿蒜・加比留などと呼ばれていた。

敦賀から今庄にかけて、北陸道の西側に、越坂からウツロギ峠・山中峠を抜けて新道にいたる別の道があった。この道は、鹿蒜道と呼ばれてきた。今日にあっても、南条郡南越前町のあたりでは、「鹿蒜」を集落・神社・川などの名にたどることができる。また、越前国敦賀郡には、加比留神社があったとも伝わっている。こうしたことからも、この沿線一帯の養蚕の盛況ぶりがうかがえる。

『日本書紀』によると、男大迹王は、河内国交野郡葛葉宮で即位したあと、つぎのように詔したという。

「男が耕作しないと、天下はそのために飢えることがあり、女が紡がないと、天下はこごえることがある。だから、大王はみずから耕作して農業を勧め、大后はみずから養蚕をして、桑を与える時期を誤らないようにする。まして百官から万人にいたるまで、農桑を怠っては、富み栄えることはできない。役人たちは、天下に告げて吾の思うところを人びとに識らせるように」

このように農耕や養蚕を奨励するのも、彼が、身をもって国起こしに取り組んできた経験を踏まえてのことである。

岡太神社　越前市大瀧町に所在。14世紀前半に戦火で焼失し、大瀧寺に合祀された。明治の神仏分離令以降、大瀧神社・岡太神社と併祀されるようになった。

――製紙に関しては、越前では、楮(こうぞ)・三椏(みつまた)・雁(がん)皮(ぴ)など和紙の原料となる樹木が豊富であった。男(ヲ)大迹(ホド)の時代に奨励された和紙づくりは、やがて越前和紙として実り、諸国から求められるようになる。この時代、つぎのような伝説が残されている。

今立郡(こおり)（現在の越前市北東部）を流れる岡太川(おかもとがわ)上流の山あいの寒村に、美しき姫君が現れ、村人に紙漉(す)きの技を指導したあと、姿を消した。村人は、和紙づくりのおかげで、豊かになり、その後も、かの姫君を川上御前と名付けて慕ったという。越前市には、川上御前を紙祖神(しそしん)として祀る岡太(おかもと)神社がある。

――漆器に関しては、やはり、つぎのような伝承がある。

男大迹王(ヲホドノキミ)が今立郡味真野郷(こおりあじまののさと)に寄った際、冠の塗り替えを片山集落の塗師に頼んだところ、塗師

笏谷石で作られた石棺　三尾氏代々の首長墓とされる前方後円墳に、笏谷石の刳抜き式石棺が使用されている。笏谷石は柔らかく加工しやすいため、各地で重宝がられた。

は、冠を修理するとともに黒漆の椀をも合わせて献上した。男大迹王は、その椀の光沢の見事さに深く感銘して、以降、漆器づくりを奨励したという。

その事業は、越前漆器として名をなし、全国から多くの漆掻き職人が越前に集まってくるようになった。

——このほか、足羽山一帯から笏谷石を採掘することにも、力を入れた。笏谷石は、用途が多岐にわたり、国外からの需要も高かった。

ちなみに、越前平野の東端にあたる、九頭竜川流域の丘陵地には、三尾氏代々の首長を埋葬したとみられる、多くの前方後円墳が築かれている。そして、これらの前方後円墳のほとんどに、笏谷石で造られた刳抜き式の舟形石棺が納められている。

海上交易の活発化

いろいろと産業の振興に努めるいっぽうで、男大迹は、海上交易を活発にする方途をさぐった。

古(いにしえ)より、日本海は「北つ海」と呼びならわされ、沿岸航路をつうじて沿岸各地の豪族間の交流が頻繁に行われてきた。

かつては、朝鮮半島との交流・交易は日本海航路が活用され、出雲国や丹後国がこれを牛耳(ぎゅうじ)っていた。その後、吉備(きび)国が大和王権と結んで瀬戸内海航路を発展させたがために、日本海の重要性は、低下した。しかし、雄略大王が吉備国の勢威を押さえるに及んで、ふたたび、日本海の大動脈が復活する気配が濃くなってきた。次代の新たな主役は、さらに東の越(こし)国でなければならなかった。

男大迹(ヲホド)は、川を浚(さら)い、澪筋(みおすじ)を定め、船の安全航行の確保に努めた。とりわけ、三国湊については、日本海航路の拠点港として位置づけるべく、その整備・拡充に力を入れた。さらに、河川や海域を航行するための大小さまざまな規模の船の建造にとりかかり、あわせて、艪(ろ)舵(かじ)や帆(ほ)をあやつる経験豊かな水夫(かこ)・楫取(かんどり)を集め、航海術の錬度の向上に努めさせた。

男大迹(ヲホド)自身も、船に乗り、北陸の国々を歴訪した。まず、母方の祖母の実家である加賀の江沼(エヌ)臣と、三尾君と同祖の能登の羽咋(ハクイ)君を訪ねた。つづけて、越後の阿倍臣とその同族である若狭の膳(カシワデ)臣を訪(おとな)った。崇神(スジン)大王の御代、四道将軍のひとり、大彦命(オオビコノミコト)が北陸道を進み、越国の東の端、阿賀野川にまで達している。阿倍氏と膳氏は、その後裔とされている。

阿倍氏は、上越地方一帯を本拠としていた。国王は阿倍臣忍国(オシクニ)で、子供に、まだ幼い大麿(オオマロ)・歌麿の兄弟がいた。その一族のうちには、若手の許登(コト)がおり、男大迹(ヲホド)は、彼とも知己をえた。阿倍氏一族は、男大迹が訪ねてきたことをことのほか喜び、同じ越国の者同士、その栄えある将来について熱く語り合った。

この国では、髭(ひげ)の濃い、異国風の容貌をした多くの人びとを見かけた。彼らは、信濃川や阿賀野川あたりから東に住む蝦夷(エミシ)と呼ばれる部族で、穀類や鉄製品を求めにやってくるのだという。

膳(カシワデ)氏の本拠地は、小浜湾に流れ込む北川と南川の流域に開けた平野部で、遠敷(おにゅう)(現在の小浜市)と呼ばれていた。北川沿いをさかのぼる若狭路は、琵琶湖西岸の今津で北陸道につながる。国王は、膳臣久和(ヒサカズ)で、その子に、いまだ嬰児(えいじ)の大麿(オオマロ)がいた。膳臣久和の叔父・斑鳩(イカルガ)は、雄略大王の時代に、朝鮮半島における高句麗軍との戦いで名をあげている。斑鳩の孫の生駒(イコマ)も、その血を受け継ぎ、見るからに、血気盛んな若者であった。

膳(カシワデ)氏一族は、越前平野の開発を進める男大迹(ヲホド)の力量を高く評価しており、男大迹を丁重に迎えた。そして、彼らは、その該博(がいはく)な知識と悠揚(ゆうよう)迫らざる風情から、男大迹が、いずれ北陸一帯を風靡(ふうび)する人物として成長するであろうことを予感したのであった。

金官国への船旅

宗像港を経由して金海港へ

男大迹（ヲホド）は、三〇歳を前にして、母の振媛（フルヒメ）や祖母の阿那尓比弥（アナニヒメ）からよく聞かされてきた任那（みまな）の国々、なかでも、倭国と歴史的に深いつながりをもつ金官（きんかん）（現在の金海市）の文化に触れてみたいという気持が強くなった。そこで、雄略二三年（四七九）夏六月下旬、阿倍氏や膳（カシワデ）氏にも声をかけ、朝鮮半島の南岸に向け船出することにした。越後国からは阿倍許登（コト）が、若狭国からは膳生駒（イコマ）が、男大迹（ヲホド）の呼びかけに応じた。

このほか、馬飼首荒籠（ウマカイノオビトアラコ）のほうからも、参加させてほしいと要望してきた。ただし、荒籠首の使者は、つぎのように言う。

「まず、中央の情勢ですが、宮廷では、雄略大王がにわかに病気になられ、上を下への混乱状態に陥っているようです。主（しゅ）は、残って今後の行く末を見きわめたいので、金官へは、代わりに弟の草籠を同行させたいと申しております」

これを聞いて、男大迹は、ふと感慨をもらす。

「雄略大王の権勢は並大抵ではない。それにくらべて、昨年、太子に任じられた白髪王子（のちの清寧大王）は病弱と聞く。大王の病状しだいでは、世が乱れることになるかもしれぬな」

ややあって、かの使者は、荒籠首のさらなる要請を伝える。

「それから、金官の港（金海港）の東方の絶影島（釜山港の南の影島のこと）では、絶影馬として知られる駿馬が育てられているとのことです。主は、金官からの帰途、ぜひ、この島に寄っていただきたいと申しております」

「さぞ、すぐれた馬なのであろうな。心しておこう」

男大迹・阿倍許登・膳生駒・馬飼草籠たちは、それぞれ五隻ないし六隻の船を率いて、小浜湊に集結した。

男大迹の乗船には、側近の息長麻呂子・尾張巳巳雄に加えて、秦布留古・布津古兄弟、それに、航海術に長けた加羅系の渡来人・三国吉士も、同乗していた。その率いる船には、交易の取引材料として、昨年収穫された大量の籾が積み込まれていた。

また、阿倍・膳両氏の船には、護衛兵を乗せた船、いわば軍船が一隻ずつともなわれていた。

それに気づくと、男大迹(ヲホド)は、「さすが、戦慣(いくさな)れした海人(あま)族だ、用意に怠りがない」と感じ入った。

男大迹(ヲホド)の船団は、阿倍勢・膳(カシワデ)勢・馬飼(ウマカイ)勢を従え、北つ海を沿岸伝いに下る。そして、響灘(ひびきなだ)を越えて玄界灘にいたるや、筑紫島北岸の鐘崎(かねざき)と神湊(こうのみなと)（ともに宗像市）にはさまれた港湾へと入る。この海域を長年にわたって支配してきた海人(あま)族の宗像(ムナカタ)氏は、九州から中国大陸や朝鮮半島へいたる海の道（海北道中）の守り神として宗像三女神を祀っていた。

しかし、この時代にあっては、筑後川下流域を押さえる筑紫君や水沼(ミヌマ)君の、筑紫島北岸に向けためざましい進出があった。彼らは、玄界灘の海域にまで影響力を拡大し、宗像(むなかた)の港の管理に関しても、宗像君と共同で当たるようになっていた。かつての海北道中の航路は、できるだけ対馬暖流にさからわないように、沿岸航法に拠っていた。すなわち、那津(なのつ)（博多港）から壱岐(いき)をめざし、壱岐の南端の東側を沿岸伝いに北上する。そこから対馬に向かい、対馬の南端から西岸沿いをさかのぼり、その北端から朝鮮半島の洛東江(らくとうこう)河口西岸の金海港に入港するというものである。しかし、このころになると、船の構造や航法に進化がみられ、宗像―沖ノ島―対馬北端―金海港とほぼ一直線の航路をとることが可能となっていた。

港湾には、日本海側・瀬戸内側の各地から、朝鮮半島に向かう多くの倭船が集まっていた。これらの船に対して、港湾管理者が船列を組ませ、出航の序列を決めるなど整理にあたっていた。たまたま、同行してきた秦布留古(ハタノフルコ)が、港湾管理者に交じって高所から船列を監視している筑紫君磐井《イワイ》に気がついた。そこで、彼は、男大迹《ヲホド》にかの男に注目するよう促した。

「かの若者は、筑紫君磐井といいます。隣国の水沼君《ミヌマ》とともに、筑紫平野を押さえており、いまや、有明海を拠点に肥前沖から玄界灘にかけて勢力圏を築こうとしております。その旺盛な行動力を見るにつけ、吾《あれ》には、倭国の覇者として育っていく、一方の雄のように思えます」

「ふむ。あの若者は、眼光炯々《けいけい》として、まさに気鋭の武者というにふさわしい」

男大迹《ヲホド》は、いずれの日にか見《まみ》えることもあらんと、かの武将の面差《おもざし》をしっかりと記憶にとどめた。

――若干、有明海から肥前沖への経路について説明をしておきたい。有明海側の諫早湾《いさはや》と、肥前沖に連なる大村湾の東の入江（津水港《つみず》）とのあいだには、地峡《ちきょう》が形成されている。この地峡の中央部には、かつて、船越駅《うまや》（諫早市小船越町《おぶなこしまち》）が置かれていた。そして、そのあたりでは、東西に向けて流れる河川が交錯している。すなわち、東側では本明川《ほんみょうがわ》と半造川が諫早湾に流れ込み、西側では、東大川が大村湾の入江に向かって流れている。船越駅は、その「船越」が意味するごとく、東西に交わる河川の水運をつなぐ中継地の役割をもになっていた。このようにして、有明海からは、島原湾を迂回することなく、船越経由で大村湾に出、肥前沖に抜けることができたのである。

翌日、出航すると、まずは、宗像三女神の長女・田心姫《タゴリヒメ》を祀る沖ノ島の南岸にいたる。その南斜面の中腹に巨岩からなる磐座《いわくら》が設けられており、航行をともにする船団の乗員は、皆して上陸し、田心姫に捧げ物を手向けて航海の無事を祈った。ここで一夜を明かしたあと、風と潮の強さを見はからい、つぎなる対馬北端の和珥津（現在の鰐浦）に向かう。ここでも野営して潮待ちし、頃合いをみて洛東江河口に向け、北西に針路をとる。

やがて、朝鮮半島の南岸が迫ってきた。加徳島を西に遠望しつつ、先へ進むと、山塊で囲まれた広大な内海が目に入ってくる。洛東江は、この内海の右方に河口を開いていた。内海の左方には、岬を西側から山塊が覆うようにして形づくられた入江が認められる。秦布留古の説明によると、その岬の奥に金官の王宮があるのだという。

金海港はというと、係留する多くの船が積荷の揚げ降ろしに忙しく、見るからに活気がみなぎっている。沖合には、多くの船が停泊しており、これらの船と船のあいだを、官船とみられる何艘もの小舟が行き交っている。男大迹たちの船団も、沖合で一夜を過ごすことを強いられたが、翌日には、港湾管理者の指示を受け、順次、金海港へと入港することができた。

加羅諸国の歴史的推移

ここで、朝鮮半島南部地方の歴史的推移とこれに対する倭国のかかわりについて、少々触れておきたい。

三世紀半ば、朝鮮半島では、西南部の馬韓、東南部の辰韓、中南部の弁韓というように、三つの部族集団が鼎立していた。このうち、弁韓の諸国には、倭の国々の影響力が浸透していた。とりわけ、洛東江下流域西岸に位置する狗邪韓国には、多くの倭人が住みつき、倭の国々に向け、鉄素材や鉄製品の調達に多大な貢献をなしていた。

四世紀の半ばになると、北部の強大化した高句麗の脅威を背景に、馬韓と辰韓では、それぞれ百済・新羅という統一国家が生まれる。弁韓では、統一国家は生まれなかったものの、狗邪韓国が豊富な鉄資源と軍事力をもって金官として発展を遂げ、弁韓の国々は、この国を盟主として加羅と呼ばれるようになる。金官の近隣の国としては、西に、卓淳（昌原市）、その先に安羅（咸安郡）があり、北には、洛東江沿いに喙己呑があった。いずれの国も、盆地に王宮を築き、その周囲を山城で護っていた。

これまでの狗邪韓国と倭国との関係を反映して、金官には、「倭府」（後世いうところの「任那日本府」）が併設された。倭国は、倭府を朝鮮半島における軍事・外交の拠点とするとともに、これに加羅諸国から調を貢納させるための官家の機能を持たせるようになっていく。

倭府には、時宜に応じ、有力豪族が卿として派遣された。平素にあっては、許勢臣・吉備臣・紀臣・膳臣・穂積臣らの系譜を引く者たちが臣として詰めていた。そして、在地の倭系の人びとが、執事として実務にあたっていた。

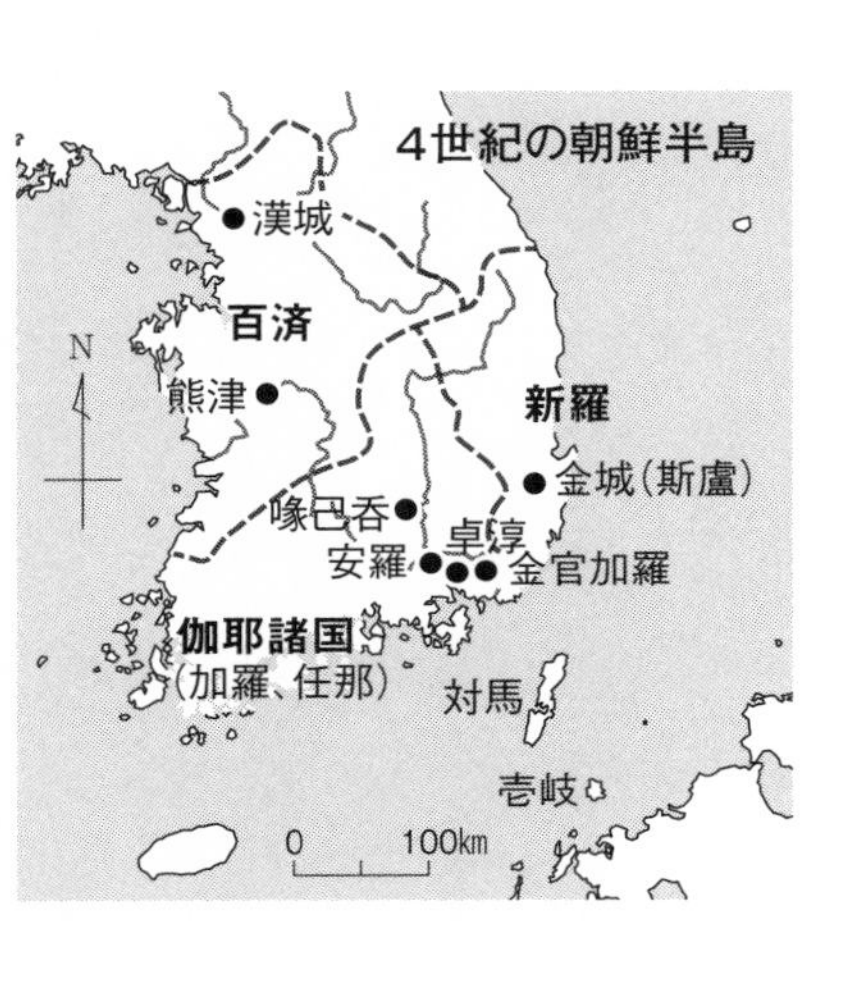

ときに、倭府の主催で、旱岐・次旱岐など加羅諸国の首長層を集め、当面する問題を協議することもあった。とりわけ、四世紀の末から五世紀にかけて、倭国は、ここを足場に軍勢を送りこみ、南下政策をとる高句麗に対して、加羅諸国や百済とともに戦いに臨んでいる。

当時にあっても、百済の南には、蟾津江以西に、百済に属さぬ慕韓の国々が残されており、新羅の南にも、洛東江以東に、新羅に服さぬ秦韓の国々が残されていた。倭府は、加羅諸国のほか、慕韓や秦韓の国々にも影響力を有していた。

若干補足すると、慕韓の栄山江流域からは、五世紀後半から六世紀前半にかけて築造された、倭国の前方後円墳を模した墳墓が十数基確認されている。そして、『日本書紀』によれば、男大迹王の即位後六年目の時点で、穂積臣押山が、栄山江東岸の哆唎の国守の地位にいる。これらの事柄からも、この時代における慕韓と倭国ないし倭府とのつながりが類推される。

また、『宋書』倭国伝によれば、倭王武に比定される雄略大王は、同二二年（四七八）、宋から「使持節都督倭・新羅・任那・加羅・秦韓・慕韓六国諸軍事安東大将軍倭王」に叙せられており、ここからも、秦韓・慕韓の独立性が推認できる。歴代の倭王は、百済に対しても、一貫して使持節・都督・諸軍事の権限を認めるよう宋に要請しているが、それは許されていない。なお、ここでは、同じ加羅諸国でも、南部加羅を「任那」、北部加羅を「加羅」として区別している。

五世紀にはいると、任那の金官の勢いが衰えはじめる。しだいに北部加羅の伴跛(はへ)の力が金官を上回るようになり、伴跛が金官に代わって、加羅諸国の盟主として大加羅を称するようになる。雄略八年(四六四)、新羅は、高句麗の脅威にさらされ、大加羅王(伴跛王)のもとに人を遣わし、倭府の将軍の助けを要請している。このとき、膳臣斑鳩(カシワデノオミイカルガ)・吉備臣小梨(キビノオミオナシ)・難波吉士赤目子(キシアカメコ)らが新羅の支援に赴いている。

その一方で、雄略一九年(四七五)、百済は、高句麗の侵略に耐えきれず、北部の領土の大半を失い、京(みやこ)を漢城(現在のソウル)から錦江のほとりの熊津(ゆうしん)に遷す。以来、百済は、南方に活路を求めるようになる。また、新羅も、南方の辺境地域の開拓に着手しはじめる。

金官国の風情と産物

男大迹(ヲホド)たちは、岸壁に降り立つ。

混雑する人ごみの先には、問屋や倉庫が横一列に並び、前方への視界をさえぎっていた。しかし、その背後にまわると、左手には、生鮮食品や日用品を扱う庶民向けの店が、通りをはさんで密集しており、所々に飯屋（めしや）や居酒屋を混じえ、たいそうな賑（にぎ）わいをみせている。そして、その右手は、異国人向けの市場となっており、それぞれの店には、陶磁器や織物・金銀細工、さらには、南蛮渡来のガラス器・象牙細工・絨毯（じゅうたん）などと、さまざまな逸品が陳列されている。男大迹（ヲホド）たちは、とりあえず、右手の市場へ向かい、ひととおり、あちこちと売り場をのぞき見し、購入すべき品物について、おおよその見当をつけた。

市場を越えて先へ進むと、極彩色の楼閣が軒を連ねる街並みが現れた。各店からは、笛・太鼓・琴などの音（ね）が響いてくる。金官の港街は、異国情緒に富んだ物品や楽曲に加え、南方系の異国人の姿が目につき、まさに、国際都市としての面目躍如たるものがあった。同行の秦布留古（ハタノフルコ）は、この街並みの一角の宿屋の者と交渉し、ここを、男大迹（ヲホド）一行の宿舎として手配した。

男大迹（ヲホド）たちは、このあたりで港の方角に引き返し、例の生鮮市場のほうへと向かった。店先に焼魚や豚の丸焼き、煮物をいれた鍋（なべ）などを並べたところも多く、いずれも、旨（うま）そうな匂いを漂わせている。彼らは、とある酒場の、屋外に設けられた席に坐してひと休みした。その店では、木の実や穀類の粉を原料とする、とりどりの粢餅（しとぎもち）が置いてあり、お互いに、これを肴（さかな）にして焼酒（しょうしゅ）・濁酒の杯をあげた。

男大迹（ヲホド）が仲間に語りかける。

「金官は、鉄(まがね)づくりの盛んなところ。倭の諸国のみならず、異国(ことくに)からも、鉄を求める交易船がここに集まっている。吾(あれ)は、この国の鉄造りの現場を見て帰りたい。また、多くの鉄の塊(かたまり)を持ち帰って、三尾角折君(ミオノツノオリ)の鍛冶(かぬち)の作業を支えたい」

秦布留古(ハタノフルコ)が、これに補足を加える。

「ここでは、鉄(まがね)は、鉄鋌(てってい)と呼ぶ、寸法を統一した短冊形の板となって流通しています。これを持ち帰り、加熱して鍛えれば、質の良い鉄器具がつくれます」

阿倍許登(コト)も、みずからの思いを伝える。

「鉄器具もいいが、吾としては、異国の織物や工芸品に魅せられる。国に持ち帰って、皆を喜ばせてやりたいものよ」

馬飼草籠(ウマカイノクサゴ)も、これにつづく。

「吾は、いまから、絶影島を訪ねたくてうずうずしている。早いとこ、幻(まぼろし)の名馬にお目にかかりたいものだ」

男大迹(ヲホド)が、話題を転じる。

「それはそうと、王宮は、盆地の中央の小高い丘に築かれているそうだが……」

ふたたび、秦布留古(ハタノフルコ)が応じる。

「今日は、日も遅くなったので、ゆっくり休んでいただき、明日、王宮に案内したいと思います。

鉄鋌　奈良市大和６号墳(佐紀古墳群のウワナベ古墳の陪塚)から、大型鉄鋌(写真奥)が182枚、小型鉄鋌(写真手前)が590枚出土した。

王宮の高楼からは、国全体が見渡せます。山裾に鉄（まがね）の作業場も望めるはずです」

ここで、膳生駒（カシワデノイコマ）が、言葉をはさむ。

「吾（あれ）は、倭府にも寄ってみたい。吾（あ）の一族が、臣（まえつきみ）として留まっており、いろいろと、積もる話もある」

男大迹（ヲホド）の仲間には、それぞれの思惑があるようだ。

ところで、男大迹（ヲホド）たちが、よもやま話を交わしているとき、同じ酒場の一角に屯（たむろ）していた、いかつい顔つきをした男ども一〇名ほどが、彼らの席に近づいてきた。そのうちの頭目とおぼしき男が、なにやら、男大迹たちにわめき声をあげる。それを聞くと、秦布留古（ハタノフルコ）が立ちあがり、

「奴らは、地回りのならず者です。『命が

惜しければ、金を寄こせ』と、息巻いています」と、仲間に警告を発した。

その連中を見ると、銘々（めいめい）が、棒切れや刃物を携えている。件（くだん）の男は、さらに、罵声を浴びせかけながら、割って入ってき、酒や肴が並べられた卓を、足蹴にしてひっくり返した。男大迹（ヲホド）の側にいた尾張巳巳雄（ミミオ）は、とっさに、その男の利き腕を逆手にとってねじ伏せた。仲間が相手に押さえ込まれたのを知るや、残りの連中が、逆上していっせいに押し寄せてきた。だが、その時分には、少し離れたところで控えていた、阿倍・膳（カシワデ）両氏の護衛兵数名が駈けつけてき、与太者どもを、その凶器をものともせず、つぎつぎと、殴り倒した。与太者どもは、相手が強いと知ると、「これで済むと思うなよ」と捨て台詞（ぜりふ）を残し、頭（かしら）を抱えるようにしてあたふたと散って行った。

阿倍許登（コト）は、何事もなかったかのごとく平然として、「さあ、明日は早い。そろそろ宿に向かうとしましょうか」と、皆を促した。男大迹（ヲホド）は、彼の落ち着きぶりに感心し、自分も胆力を鍛えなければ、と思うのであった。

金官国の王宮を訪ねて

明くる早々、男大迹（ヲホド）たちは、秦布留古（ハタノフルコ）・布津古（フツコ）兄弟の先導で、居住区域を通り過ぎ、王宮の所在する丘（鳳凰台）へと向かった。

秦（ハタ）氏兄弟の尽力により、一行は、城壁を通過して王宮内にはいることをえた。秦氏兄弟は、男大迹（ヲホド）たちを、かねて面識のある人びとのもとへと導いた。その人びとのなかには、三国湊に寄港したことのある者も多く、皆一様に男大迹の母や祖母の消息を尋ねてきた。

男大迹（ヲホド）は、特別に、国王・銍知王（チッチオウ）と王妃・邦媛（クニヒメ）に見参（げんざん）する機会をえた。そこには、王太子（のちの鉗知王（カンチオウ））も同席していた。男大迹は、祖母の阿那尓比弥（アナニヒメ）や母の振媛（フルヒメ）による加羅の礼装に馴染んでいたので、正装した金官の王族を前にして、臆することもなく、親しく挨拶を交わした。

「汝（いまし）は、越国（こしのくに）の王と聞く。吾（あ）が国と北つ海の国々との交易の歴史は古い。しばらく途絶えていたが、雄略大王の世になってから、ふたたび、北つ海からの入国がふえてきたようじゃ。さりながら、雄略大王が健在のうちはよいが、その後継の代には、倭国の内も乱れよう。それにも備えておかねばの」

「吾（あれ）も、そのように思っております」

「韓（から）の諸国（くにぐに）においても、高句麗の攻勢で転機が訪れてきておる。百済は、その北部一帯を失い、京（みやこ）を南に遷さざるをえなくなった。百済は、いまでこそ鳴りをひそめているが、いずれ、南に領地を求めてくるじゃろう。新羅も同様じゃ。任那の国々は、高句麗のみならず、百済や新羅にも、隙あらばと狙われており、護（まも）り抜くのも楽ではない。高句麗に対しては、雄略大王の威光が頼りじゃったが、それも、そう長くは続くまいて」

「金官は、倭のもっとも身近で、大切な国です。倭は、金官と、どこまでも運命をともにすべきです」

「はっはっはっ……嬉しいことをいってくれる。汝(いまし)は、まだ若い。大切なことは、これから力を蓄えて、大和国を圧するほどの国を築き上げることじゃ。今後とも、汝の活躍を見守っておるぞ」

「国王よりの、親身の情に溢れる教え、肝に銘じます」

午(ひる)過ぎ、国王の計らいで、男大迹(ヲホド)たちは、芸妓が楽曲に合わせて優雅に舞う国王主催の宴(うたげ)の席に連なる機会を与えられた。その後、王太子が、王宮内を案内してくれた。秦布留古(ハタノフルコ)も、通訳としてこれに同行した。

王宮内の一角には、倭府の建物が併設されていた。たまたま、卿(かみ)である大伴連倭胡(ワコ)が在席していた。

「王太子には、わざわざのお出かけ、ご苦労に存じます」

「今日は、越の男大迹王(ヲホドノキミ)をお連れした」

「男大迹王(ヲホドノキミ)とな。おお、越国の九頭竜川流域の開拓と産業起こしに手腕を発揮している、末頼もしき王と聞く」

「倭府の卿(かみ)は、いまをときめく大伴室屋大連(オオトモノムロヤノオオムラジ)の直系の御方。そのような方が、吾(あ)が名を承知していただいていたとは、驚きです」

「倭国の情勢に通ぜずして、倭府の卿（かみ）が務まろうか。さよう、吾（あ）が祖父（おおじ）の室屋大連は、平群真鳥（ヘグリノマトリ）大臣や物部目大連（モノノベノメノオオムラジ）とともに雄略大王を支えてきた。三人のなかでも、室屋大連の力量がず抜けているといえよう」

　ここで、王太子が、口をはさむ。

「されど、雄略大王は、明日をも知れぬというではないですか」

「たしかに。大王が崩御されるとなると、押さえ込まれていた吉備臣が、またぞろ、息を吹き返してこよう。また、鳴りをひそめていた真鳥（マトリ）大臣が野望をむき出しにするようにもなってこよう。さらに、蘇我臣などという新興の豪族も計り知れぬ力を秘めている。残念ながら、大和王権を護るには、室屋大連は、歳をとりすぎている」

　男大迹（ヲホド）が、倭胡（ワコ）連に問う。

「大伴室屋大連（オオトモノムロヤノオオムラジ）には、有能な後継者がおられるのではないですか」

「室屋大連の子の談（カタリ）連が存命ならよかったのだが、無念なことに、新羅攻めに際して、この地で命を落としている。それゆえに、談連の子の金村（カネムラ）が頼りなのだ」

「倭府の卿（かみ）の立場にて、大和の朝政に働きかけることもできるのでは」

「それはむずかしい。大和王権と倭府とは、一体ではない。倭府の臣（まえつきみ）や執事（つかさ）は、倭系といっても、在地に根を張っている者が多く、いまでは、倭国一辺倒ではない。倭府としては、倭国の動静を見守っていくほかはない」

男大迹(ヲホド)たちは、王太子に従い、倭府を離れた。ただ、膳生駒(カシワデノイコマ)のみは、その場に残った。彼は、夕刻、一族の臣(まえつきみ)から、楼閣にて饗応を受けたようである。

王太子は、男大迹(ヲホド)たちを王宮の望楼へとともなった。

男大迹(ヲホド)は、望楼から周囲を見渡す。王宮のまわりには、高床式の家屋が並び、その外周を竪穴(たてあな)式の家屋が取り巻いていた。

さらに、王宮を囲む盆地の外に視線を移すと、王宮が岬の付け根に位置しており、その西側は、内海となっていることがわかった。この内海には、洛東江の支流が流れ込んでいた。

この時代、朝鮮半島の南岸は、今日にくらべると、海岸線がかなり内陸部に食い込んでいた。金官をはじめ、加羅の国々は、稲作に適した平地が乏しく、米の収穫に恵まれていなかった。洛東江下流域に広大な平地が形づくられ、「金海」の名のごとく、秋季、金色(こんじき)の稲穂が一面に広がりをみせるようになるのは、もっとあとのことになる。

岬の内陸部にも、内海の対岸にも、山塊が群がっていた。これらの山々の頂(いただき)には、何か所か山城が望まれた。

王太子が説明を加える。

「北側の丘陵を見てください。あそこには、王家の墳墓(大成洞古墳群(たいせいどう))が集中しています。その向こうには、金官の始祖、首露王が天降ったと伝わる亀旨峰があります」

視点を変えて、内海の先をながめると、西側と南西の山の裾野に建物の密集した地域があり、煙が立ち上っていた。男大迹は、王太子に確認を求める。

「対岸の山裾に散在する小集落は、作業場か工場の集まりのように思えます。いずれも、鉄づくりにかかわる屋舎でしょうか」

「さよう、製鉄炉や鍛冶工房です。ご承知のように、吾が国の鉄素材や鉄製品は、質が高く、倭をはじめ、多くの国々と取引されています」

翌日、秦布留古とともに、近くの製鉄炉を訪ねてみた。いずこも、粘土で固めた円形ないし角型の炉に、粉砕した鉄鉱石と木炭を重ね入れ、踏鞴で風を送り込み、高温で燃焼させて鉄塊をえていた。しかし、よそ者は、作業場の中まではいることは許されず、くわしい作業工程を確認することはできなかった。

いっぽう、息長麻呂子と尾張巳巳雄は、秦布津古と三国吉士を表に立てて、港湾に面した交易所の役人と鉄鋌の購入について交渉をつづけていた。二人が見返りとして提供したのは、例の大量の籾や籾種であった。

阿倍許登と膳生駒は、市場で絹布や磁器・ガラス器を物色していた。彼らが取引に使ったのは、主として玉類からつくられた勾玉や管玉であった。とりわけ、越後の奴奈川（現在の姫川）流域で採取された硬玉翡翠（ひすい）は、きわめて希有なものとされており、その製品に対しては、相手側から強い需要があった。

帰国後、製鉄・軍事面に力を注ぐ

そろそろ、金官を離れるときがやってきた。

男大迹（ヲホド）たち一行は、金海港を出航すると、東寄りに進み、つぎの目的地である絶影島（ぜつえいとう）に向かう。男大迹たちの船団は、ほかの船団とは別行動をとったのであるが、そのじつ、後方では、十数艘の小舟が、一団となって男大迹たちと同じ方向をめざしている。船団の最後尾にいた馬飼草籠（クサゴ）は、それに気づくと、警戒するに越したことはないと考え、先頭を行く三国吉士（キシ）と男大迹に、この事実を告げ、注意するよう促した。しかし、目的地に到着する時分には、かの小舟の集団は、掻き消すように、いなくなっていた。

絶影島は、「あまりにも速く走るので、その影もついていけない」というたとえをもつ、絶影馬の放牧地として名がとおっていた。一行は、絶影島西岸の突端近くの船着き場に船を係留した。たしかに、見るからに俊敏そうな、色つやのよい馬の群れがあちこちで草を食（は）んでいる。突端の高台（のちの太宗台）からは、折からの晴天に恵まれ、海上はるかに対馬を認めることもできた。

息長麻呂子（オキナガノマロコ）・阿倍許登（コト）・膳生駒（カシワデノイコマ）・馬飼草籠（クサゴ）らは、秦（ハタ）氏や三国吉士（キシ）の通訳を介して、管理棟の者と交渉をつづけ、それぞれ何頭かの馬の引き渡しを受けることができた。いうまでもなく、馬の購入にもっとも強い意欲を示したのは、馬飼草籠で、ギリギリまで粘りつづけた。

いよいよ、帰国の途につくべく、対馬の北端をめざすこととなった。すると、例の小舟の集団が、後方の入江から姿を現し、一行の船を目がけて、たちまちに矢を射はじめた。奇襲を受けたため、一行の乗員に何人かの犠牲者が出た。それらの小船には、過日、酒場で難癖をつけてきた連中の顔ぶれが認められた。どうも、彼らには、意趣返しの狙いがあるようだ。

阿倍・膳（カシワデ）の両氏は、「しつこい奴らめ」と舌打ちしながら、所属の軍船に対応するよう命じた。二隻の軍船は、矢を斉射しつつ、群がる幾多の小船に突っ込んでいく。かの護衛兵たちは、船体をぶつけては、敵船に躍り込み、剣（つるぎ）もてつぎつぎと敵の輩（やから）をなぎ倒す。かくては、敵の過半の船が運航不能となり、その余の船で逃れ去った者とて、数えるほどしかいなかった。

さて、帰路は、対馬暖流に乗り、対馬の和珥津（わにのつ）で一泊しただけで、沖ノ島を経由して宗像（むなかた）に着いた。さらに、北つ海を北上して小浜湊にいたり、そこで解散となった。草籠（クサゴ）は、ここで上陸し、馬を引き連れて若狭路から北陸道に入り、河内へと戻っていった。

男大迹（ヲホド）は、帰国すると、大量の鉄鋌を三尾角折（ミオノツノオリ）君の館に運び込み、彼に金官における製鉄所の活気に満ちた運営の状況を伝えた。そして、その日は、久方ぶりに、稚子媛（ワカコヒメ）との一夜を過ごした。

息子の大郎（オオイラッコ）も、そろそろ一人前の若者に育ち、義兄の事業の後継者となるべく、修業に精を出す日々を送っていた。

翌日、男大迹（ヲホド）たちは、秦布留古（ハタノフルコ）・布津古（フツコ）兄弟を交えて、今後の製鉄事業のあり方を協議した。なにはともあれ、南北に伸びる加越丘陵の西麓（現在のあわら市細呂木地区）に設けられた、砂鉄採取場や製鉄炉の視察に出かけてみた。製鉄炉は、いまだ十分に機能しておらず、実用に耐えるだけの、鉄塊を生み出せずにいた。

製鉄炉は、底を掘り下げ、その上部に土の炉壁を積み上げてこしらえる。その際、火力を高めるため送風用の羽口（はぐち）を炉壁の下部に設け、かつ、生成される不純物（金糞（かなくそ））の取りだし口を炉の底に用意しなければならない。そして、原料としての、粉砕された山砂鉄や鉄鉱石が、炉の上から、木材ないし木炭と交互に落とし込まれる。

男大迹（ヲホド）たちは、製鉄原料の質と量を確保するため、加越丘陵沿いの細呂木から山室・高塚にかけて（いずれも、あわら市に属す）、山砂鉄の採掘範囲を広げることを申し合わせる。それから、燃料として熱効率が高いのは、松や栗（くり）の炭である。それゆえ、炉の近くに木炭窯（もくたんがま）を設け、加越丘陵の東側に接する加越山地から、これらの原木を伐り出してくることも必要になってくる。

半年ほど、試行錯誤を重ねる過程で、製鉄炉が本格的に作動するようになってきた。炉壁を崩すと、その底部に少しずつ、製錬された鉄の塊がえられるようになってきたのである。これらは、溶融が十分とはいえず、赤熱した海綿状の形態をなしていた。とはいえ、これを繰り返し、槌で打ち、鍛え上げ、材質の均一化をはかることによって、鍛冶（かぬち）の作業に耐えうるものとなった。

他方、男大迹（ヲホド）は、このたびの金官行きで、阿倍・膳（カシワデ）両氏の軍兵たちの精強ぶりを、身をもって知った。そして、そこから教わるべきことが、多々あった。

男大迹（ヲホド）は、息長麻呂子（オキナガノマロコ）と尾張巳巳雄（ミミオ）に、連れ帰った絶影馬の育成と繁殖について取り組ませ、別途、騎馬隊の編成についても、準備を進めるよう命じた。また、二人には、水軍の設立に向けて、軍船（いくさぶね）の建造と、兵士・水夫（かこ）の船戦（ふないくさ）への習熟に力を注ぐよう指示した。

男大迹（ヲホド）は、もとより、越前の一氏族で一生を終えるつもりはなかった。いずれは、大和の、名のある諸豪族と肩を並べる存在になってみせる、との気概に燃えていた。そのためには、財力に加えて軍事力の充実が必要になってくる。だが、軍事面では、いまだ、準備が整っているといえる状況にはなかった。

第二部――近江を経て淀川右岸へと進出

近江国一帯に勢力を扶植

雄略大王の崩御と男大迹の近江進出

雄略二三年（四七九）秋八月、中央集権の実を挙げるべく努めてきた雄略大王が崩御した。その直後に、星川王子の乱が起きる。星川王子は、雄略大王と吉備稚媛とのあいだの子である。大和王権の重鎮である大伴室屋大臣は、東漢直掬を引きこみ、吉備系の王子の大王擁立を阻止する姿勢を鮮明にしていた。それに抗して、稚媛は、星川王子に力で大王の地位を奪い取るよう説得する。星川王子は、これを受けて軍事行動に出、大蔵の役所を占拠し、母・稚媛、異父兄・吉備上道兄君らとともに、そこへ閉じこもった。

そのいっぽうで、稚媛は、吉備上道臣に救援を要請し、さらには、任那ないしは新羅に在留していると思われる、かつての夫・上道臣田狭にも、使者を派遣する準備を進めていた。

しかるに、大伴室屋大臣と東漢直掬の星川王子側に対する対応は迅速であった。先手を打って、星川王子の籠る大蔵に火をつけ、その一族を焼き殺してしまう。

吉備国からは、急遽、上道臣らが、軍船四〇隻を率いて駆け付けてきたが、時すでに遅く、やむなくして引き揚げていった。のちに、上道臣らは、責めを受け、管理する山部（製鉄集団）を召し上げられることになる。

雄略大王の没後、太子の白髪王子が清寧大王として即位する。同二年冬一一月、雄略大王に殺害された市辺押磐王子の子、億計・弘計兄弟が、播磨国明石に隠棲していることがわかり、清寧大王は、二人を宮中へと迎え入れる。だが、清寧大王は、元々、体が弱く、後継ぎもなくして在位五年で亡くなってしまう。

すると、市辺押磐王子の二人の御子は、王位を望んで対立する。王権の実権を握っていたのは、大伴室屋大臣と平群真鳥大臣であった。相談のうえ、とりあえず、億計・弘計兄弟の姉・飯豊王女に仮に朝政を執らせることにした。そして、一年足らずで、弟の弘計王が、兄を押さえて顕宗大王として即位することとなった。しかし、在位三年で亡くなり、同時に、顕宗大王の大后も、自殺して果てた。

この年（四八七）、倭府の卿の任にあったのは、紀大磐宿禰であった。彼は、二二年前、新羅征討に赴くも、倭国軍内部の統制を乱してしまい、撤退のやむなきにいたっている。

その紀大磐宿禰が、ふたたび、朝鮮半島に渡ったのである。しかも、倭国の政情不安に乗じ、高句麗と通じ、三韓の王たらんと欲した。そして、蟾津江（せんしんこう）の上流域にして、加羅（から）との境界に位置する百済（くだら）の爾林城（にりんじょう）を、高句麗の支援の下、在地の反百済勢力と呼応し攻略する。さらに、その西方に帯山城（たいざんじょう）（全羅北道南端の井邑（チヨンウプ）市泰仁のあたり）を築き、道路や港を封鎖し、百済の軍勢を分断した。結局、百済軍とのあいだではげしい戦いとなり、紀大磐宿禰は、手勢を率いて善戦したものの、ついには、城を放棄し、敗走している。

その後、倭国では、億計王（オケノミコ）が即位して仁賢大王（ニンケンオオキミ）となった。

このように、播磨王朝ともいうべき時代がつづくが、実際は、大伴室屋（オオトモノムロヤ）大連と平群真鳥（ヘグリノマトリ）大臣が権勢をほしいままにしており、大和王権の権威は、著しく低下していた。ただ、顕宗大王（ケンゾウオオキミ）と仁賢大王の母が、葛城蟻臣の娘の荑媛（ハエヒメ）であった関係で、葛城氏の立場に少々存在感の回復がみられた。

男大迹（ヲホド）は、中央政権の支配力が衰えを示している状況をみて、かねて思い描いてきた計画を実行すべき時がきたと判断した。それは、父方の息長（オキナガ）氏の本拠地であり、母方の三尾氏の一族も領する、近江国へと進出し、さらに、父の彦主人王（ヒコウシノキミ）が本拠とした淀川右岸の摂津国三島郡（こおり）を確保することであった。男大迹は、「みずからが倭の大王となる」との母の夢見のことを忘れてはいなかったのである。

男大迹（ヲホド）の越前での治水と灌漑、それに加えて各種の産業の振興に示した力量と実績は、近江の各国にも知れ渡っていた。息長系、三尾系の諸氏は、男大迹の意向を知ると、進んで男大迹との縁を求めてきた。

琵琶湖東岸の息長真手王（オキナガノマデ）は、男大迹（ヲホド）に女（むすめ）の麻績娘子（オミノイラツメ）を妃（みめ）として差し出した。二人のあいだに生まれた荳角王女（ササゲノヒメミコ）は、のちに、伊勢神宮の斎王（さいおう）となる。同じく、坂田大跨王（サカタノオオマタ）は、女の広媛を差し出した。二人のあいだの女・馬来田（ウマクタ）王女は、のちに、足羽（あすわ）神社の斉主となる。琵琶湖西岸の三尾君（ミオノキミ）堅槭（カタヒ）も、女の倭媛（ヤマトヒメ）を差し出した。その子・椀子王子（マロコノミコ）は、越前地方一帯を領する三国公の祖となる。

それから、時期は少し遅れるが、男大迹（ヲホド）は、姉川中流域左岸を押さえる根王の女（むすめ）・広媛（ヒロヒメ）とも、婚姻関係を結ぶことになる。坂田大跨王の女・広媛は、男子（おのこ）に恵まれなかったが、根王の女の方は、二人の男子（おのこ）を生んだ。とりわけ、長男の兎王子（ウサギノミコ）の系統から坂田酒人（サカヒト）君が現れ、坂田郡北部を席巻し、同南部の息長（オキナガ）氏をも圧倒するほどの勢いを示すようになる。

ところで、近江国では、男大迹（ヲホド）の長兄・天大迹（アマホド）が水尾（みお）神社の宮司となり、山崎氏を名乗っていた。早々に、男大迹は、次兄の生江有恒（イクエノアリツネ）とともに、三尾君堅槭（ミオノキミカタヒ）の案内で水尾神社を訪ね、長兄との再会を果たした。山崎宮司は、弟（いろど）たちを確認すると、ひしと抱き寄せ、うれし涙にくれた。弟たちには、長兄の、孤独を耐え忍んできたこれまでの苦労が、じわっと伝わってきた。

山崎宮司は、つとに、越前国における男大迹（ヲホド）の偉業と住民からの信望の厚さを耳にしていたが、実際にその成長ぶりを目にし、感に堪えないようすであった。そして、彼は、「この後、汝（いまし）が倭国の覇者として飛躍を遂げることができるよう、三尾君の祖神（磐衝別命（イワツクワケノミコト））に祈りを捧げつづけ

男大迹の妃と子供たち

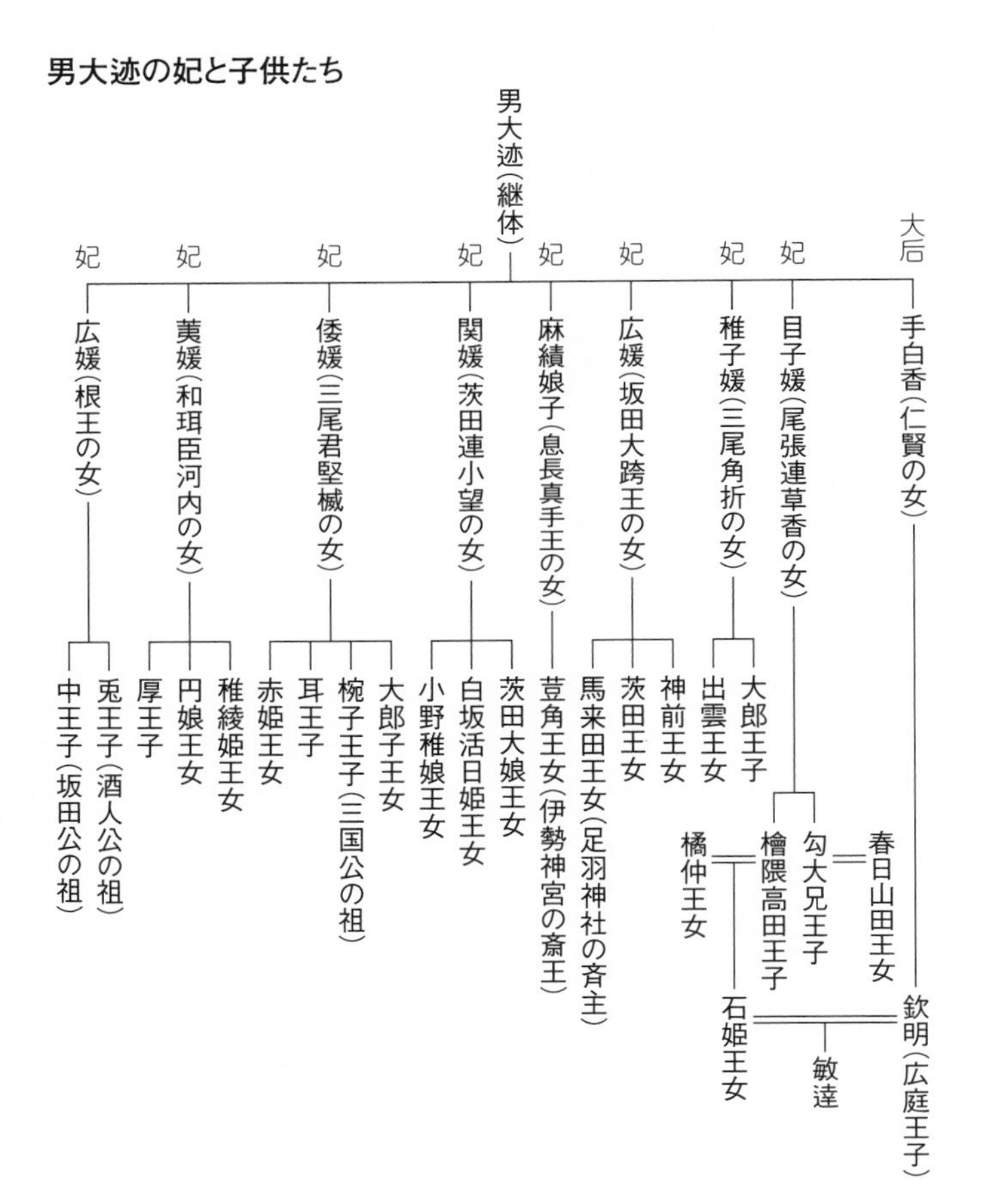

男大迹（継体）
大后
手白香（仁賢の女）
欽明（広庭王子）
妃
目子媛（尾張連草香の女）
勾大兄王子
檜隈高田王子
春日山田王女
橘仲王女
石姫王女
敏達
妃
稚子媛（三尾角折の女）
大郎王子
出雲王女
妃
広媛（坂田大跨王の女）
神前王女
茨田王女
馬来田王女（足羽神社の斉主）
妃
麻績娘子（息長真手王の女）
荳角王女（伊勢神宮の斎王）
妃
関媛（茨田連小望の女）
茨田大娘王女
白坂活日姫王女
小野稚娘王女
妃
倭媛（三尾君堅槭の女）
大郎子王女
椀子王子（三国公の祖）
耳王子
赤姫王女
妃
荑媛（和珥臣河内の女）
稚綾姫王女
円娘王女
厚王子
妃
広媛（根王の女）
兎王子（酒人公の祖）
中王子（坂田公の祖）

よう」と誓った。その後も、有恒のほうは、兄を慕い、機会を見つけては、足しげく水尾神社を訪れるようになった。それは、男大迹にとっても、嬉しいことであった。

近江の開発と製鉄業の推進

琵琶湖には、数多（あまた）の河川が流れ込み、湖南の瀬田川（下流を、宇治川と呼ぶ）から流れ出る。男大迹（ヲホド）が鋭意取り組んだのは、三尾氏や息長（オキナガ）氏の勢力圏に属する、琵琶湖西岸の安曇川（あどがわ）、同じく東岸の天野川・姉川の治水と利水であった。その進捗状況を見て、琵琶湖の南東部の豪族からの要請が相次いだ。

この地域には、北から愛知川（えちがわ）・日野川・野洲川（やすがわ）の三川が琵琶湖に流れ込んでいるばかりか、大小さまざまな内湖が点在し、広大な湿地帯が形成されていた。にもかかわらず、年間を通して雨量が少ないうえに、河川が山麓を浸食し、土砂を流域に堆積させる。そのため、用水を確保し、運用することに難しさがあった。

男大迹は、干拓により稲作の作付面積の拡大に努めるいっぽうで、河川の水流のみならず、溜池（ためいけ）や湧水を利用した灌漑施設の整備を進め、利水の便をはかった。このようにして、かつての湿地帯が水田の広がる湖東平野へと変貌を遂げていく。しかしながら、河川の管理は、一筋縄ではいかず、渇水や氾濫の対策を含めて、長期的視野に立って利水事業を継続していくことの必要性を痛感させられた。

近江国にも、今来才伎（いまきのてひと）と呼ばれる渡来人が大勢住んでおり、男大迹（ヲホド）の推進する事業を支援した。若干、彼らのことについて敷衍（ふえん）して触れてみたい。

漢（アヤ）氏は、大和王権の手によって大和側と河内側をそれぞれ基盤とする東漢（ヤマトノアヤ）氏と西漢（カワチノアヤ）氏に分別された。雄略大王（オオキミ）以降、代々の大王は、東漢氏を飛鳥の南の檜隈（ひのくま）（現在の高市郡明日香村檜前（ひのくま）のあたり）に集住させ、その先進的な技術と知識をもって、飛鳥川・曾我川流域の開発にあたらせてきた。また、王宮へ出仕させて行政・財政・外交・軍事などの任務にもつかせた。

東漢（ヤマトノアヤ）氏は、初期においては、互いに本拠が近い関係で、北方の大伴連と良好な関係を保っていた。その後、大伴連が拠点を大和川下流域へと移すにともない、東漢氏は、これに代わって、檜隈（ひのくま）の北西に本拠を置く蘇我臣を頼りにするようになっていく。

河内方面に勢力を張る物部連は、蘇我臣に対抗して、西漢（カワチノアヤ）氏を傘下に入れていた。西漢氏には、河内国のみならず、近江国にも、滋賀郡（こおり）（高島郡の南側）を拠点とする滋賀漢人（シガノアヤヒト）と呼ばれる一族がいた。

また、秦（ハタ）氏の民は、諸国の隅々に分散居住していた。雄略大王は、その多くを山城国葛野郡（かどののこおり）太秦（うずまさ）に集め、秦酒公（ハタノサケノキミ）の支配下に置いた。彼らは、養蚕を行い、絹製品を調（みつき）として朝廷に納めた。

これらの地域以外にも、なお、秦氏は、各地に残留する者が多く、近江国の愛知郡（愛知川流域）には、依知秦公に率いられた秦氏の民がいた。とりわけ、湖東平野の開拓にあたっては、彼らが、進んだ土木技術をもって多大な貢献をなしている。

男大迹は、これらの開発と並行して、製鉄業の振興に取り組んでいる。

倭国は、古来、金官をはじめ、朝鮮半島の任那諸国から良質の鉄素材や鉄製品を得てきた。しかし、五世紀も後半になると、加羅地方の実権は、大加羅を盟主とする北部加羅に移り、百済と新羅の両国が、弱体化した任那地方への侵入を窺うという情勢となっていた。

今や、倭国にとり、鉄を任那からの輸入だけに頼るのがむずかしい状況になってきた。鉄製の用具は、戦闘用としても、農作業用としても、きわめて重要なものであり、この時期、倭国では、各国が競って製鉄に力を入れはじめたのである。まさに、「鉄を制する者が国を制する」といえる時代であった。

倭国において、鉄鉱石や砂鉄を豊富に採掘できたのは、陸奥を除けば、出雲と吉備の国境をなす山岳地帯と、近江の琵琶湖を取り巻く山並みであった。吉備国は、「真金吹く吉備」と歌われるほど、鉄資源に恵まれていた。のちのことになるが、継体大王（男大迹王）の没後、力を蓄えた蘇我氏は、吉備国につぎつぎと屯倉を設け、同国の製鉄業を押さえることに腐心している。

近江国では、琵琶湖の北から北東部にかけ、比較的早くに製鉄が始まっている。ちなみに、近江・美濃の両国にまたがる伊吹山地に、第二の高峰・金糞岳（かなくそだけ）がある。その南西麓、草野川上流域の東俣谷（ひがしまただに）には、製鉄関連の遺物が数多く残されている。ここに、金糞とは、鉄を製錬する際に出る不純物を意味する。また、伊吹山地南東端の金生山（かなぶやま）では、鉄分純度の高い赤鉄鉱の鉱脈が露出していたとみられ、五世紀には、採掘が行われていたであろう。

男大迹（ヲホド）は、近江国の製鉄業を活性化するため、越前国の三尾角折君（ミオノツノオリ）のもとから製鉄の技術者を呼び、また、近江国に居住する製鉄に通暁した渡来系技術者を集めた。そして、これらの技術者の力を借り、息長（オキナガ）・坂田・三尾の各氏に美濃国の氏族や尾張氏を加え、協力して製鉄事業に取り組ませるよう仕向けた。

さて、琵琶湖の湊や津の整備も進み、湖上の交通も盛んになった。この時代の琵琶湖の要港は、湖北の塩津、湖東の朝妻湊（米原市）、湖南の大津、そして、湖西の勝野津（高島市勝野）である。これらの港から、瀬田川をはじめとする淀川水系や、東山道・東海道・北陸道などの主要街道をつうじて、瀬戸内海（せとのうちうみ）や北つ海と繋がり、また、後背の国々と結ぶことができたのである。

三島の地に盤石の礎を築く

淀川右岸に向けて侵攻

男大迹（ヲホド）は、近江国の開発に精力を注ぎ込むことによって、近江国に自己の勢力を扶植してきた。これまでは、必要により、息長真手王（オキナガノマデ）、坂田大跨王（サカタノオオマタ）、三尾君堅槭（ミオノキミカタヒ）らの居館を根城としてきた。だが、男大迹の方策が着実に成果を挙げ、この国の人びとの男大迹に対する信頼が揺るがぬものとなった段階で、彼は、いよいよ軍を率いて近江国を南下すべき時期が来たと判断した。彼も、すでに四二歳となっていた。

仁賢（にんけん）四年（四九一）の夏、男大迹（ヲホド）は、越後国の阿倍氏と若狭国の膳（カシワデ）氏に加勢を求める使者を差し向けた。そのいっぽうで、みずからは、越前の館に戻り、三尾氏・江沼（エヌ）氏・羽咋（ハクイ）氏などの一族からなる軍勢を編成した。そして、三国湊から敦賀津を経て琵琶湖西岸に沿う北陸道を進み、三尾君堅槭（ミオノキミカタヒ）の領内にて駐留した。すでに、そこには、息長（オキナガ）氏・坂田氏の軍勢が先着していた。

やがて、阿倍許登（コト）の軍勢が敦賀津経由で北陸道により、膳生駒（カシワデノイコマ）の軍勢が若狭路により、それぞれ男大迹（ヲホド）のもとにはせ参じてきた。さらに、尾張巳巳雄（ミミオ）が尾張勢と美濃勢を率いて勝野津に入港してきた。

この機会に、長期にわたって尾張国に里帰りしていた目子媛（メノコヒメ）と勾大兄（マガリノオオエ）・檜隈高田（ヒノクマノタカタ）の兄弟も、男大迹（ヲホド）のもとに戻ってきた。御子たちは、それぞれ二四歳、二三歳となっていた。

目子媛が男大迹に語りかける。

「吾（あ）が父（かそ）は、背の君の、このたびの決断をとても喜んでいました。父も、すっかり年老いてしまいましたが……」

「そうか。それは嬉しいことだ。吾は、早くに父（かそ）を亡くし、草香王を実の父と思い、慕ってきた。草香王が健在のうちに、大和国を凌ぐほどの国造りを見せてあげたいものだ。……これからが正念場ぞ。勾大兄（マガリノオオエ）・檜隈高田（ヒノクマノタカタ）の二人も、心してかかるように」

「もとより、心得ております」

二人は、父に力強く応えた。

男大迹（ヲホド）の軍勢は、総勢で七〇〇人をこえるにいたった。

三尾角折君（ミオノツノオリ）は、甥の大郎（オオイラツコ）とともに男大迹に同行してきた。彼は、顔合わせの軍議の場で、鼻息荒く、高らかに声を上げる。

「これだけの軍勢が揃ったからには、士気を高揚させることこそ大事。すぐにも、進軍すべきであろう」

何人かの部将が、これに同調した。

だが、三尾君堅槭(ミオノキミカタヒ)が、これを押しとどめた。

「いや、今少し待たれよ。この先、大津から逢坂山(おうさかやま)を越えて山科盆地へと入り、さらに、宇治地方へと向かわねばならない。このあたりは、和珥臣(ワニ)の勢力圏、無理に進めば、和珥臣との対決が避けられない」

「和珥臣(ワニ)など、何ほどのことがあろう。蹴散らしてくれるわ」

「戦いは、最終の手段。吾(あれ)が和珥臣(ワニ)と穏便に話し合いを進めるがゆえに、しばしのあいだ、待ってもらいたい」

男大迹(ヲホド)も、闘将・三尾角折君(ミオノツノオリ)をなだめるのに、少々手こずった。

和珥臣(ワニ)は、往時の面影を失ってはいるものの、大和国における有数の大豪族といえた。かつては、葛城臣と競って大王(オオキミ)に妃(きさき)を入れていた時代もあったのである。和珥臣の本拠は、添上郡(そえかみのこおり)和邇（現在の天理市和爾町のあたり）であるが、そのころには、春日山の麓(ふもと)に居を遷した、支族の春日臣のほうが勢いにおいて総本家を上回っていた。

三尾君堅槭(ミオノキミカタヒ)は、再三にわたって、和珥臣(ワニ)側との折衝を重ねた。幸い、彼の奔走のおかげで、和珥臣河内の娘・荑媛(ハエヒメ)を男大迹(ヲホド)の妃(みめ)として迎え入れることにより、お互いのあいだに良好な関係を築くことができた。

かくて、男大迹(ヲホド)の軍勢は、淀川右岸の摂津国三島郡(こおり)に向けて行軍を開始した。山科(やましな)盆地を山科川沿いに南下して行くと、右手を遮る東山の尽きたあたりから、その南西にかけて広大な巨椋池(おぐらいけ)が見渡せた。山科川は、瀬田川を源流とする宇治川と一体となって巨椋池の東端に流れ込む。その流入域に、岡屋津が設けられている。

巨椋池(おぐらいけ)の西端では、北から流れくる桂川と南東から流入してくる木津川とが淀津で合流して淀川となる。淀津は、合流点であるがゆえに、ときに洪水を起こすこともある。港としては、七里あまり（約四キロメートル）淀川の西に寄った山崎津（京都府乙訓郡大山崎町）のほうが、年間をとおして安定的に利用できた。

岡屋津の近くには、和珥(ワニ)臣の別邸があり、和珥臣河内は、そこで、荑媛(ハエヒメ)をともなって男大迹(ヲホド)の来訪を待ち受けていた。男大迹は、軍列を巨椋池(おぐらいけ)の北側沿いに山崎津まで進ませ、みずからは、三尾君堅槭(ミオノキミカタヒ)ら側近を従えて和珥臣の別邸へと向かった。そして、和珥臣河内に対し、礼を尽くして荑媛を迎えた。翌日、男大迹たちは、荑媛とともに、和珥臣河内の用意した船に乗り、岡屋津から山崎津へと渡ったのである。

山崎津を越えた先に、淀川水系の芥川(あくたがわ)や安威川(あいがわ)が潤す三島平野がある。ここは、今や、凡河内(オウシコウチノ)

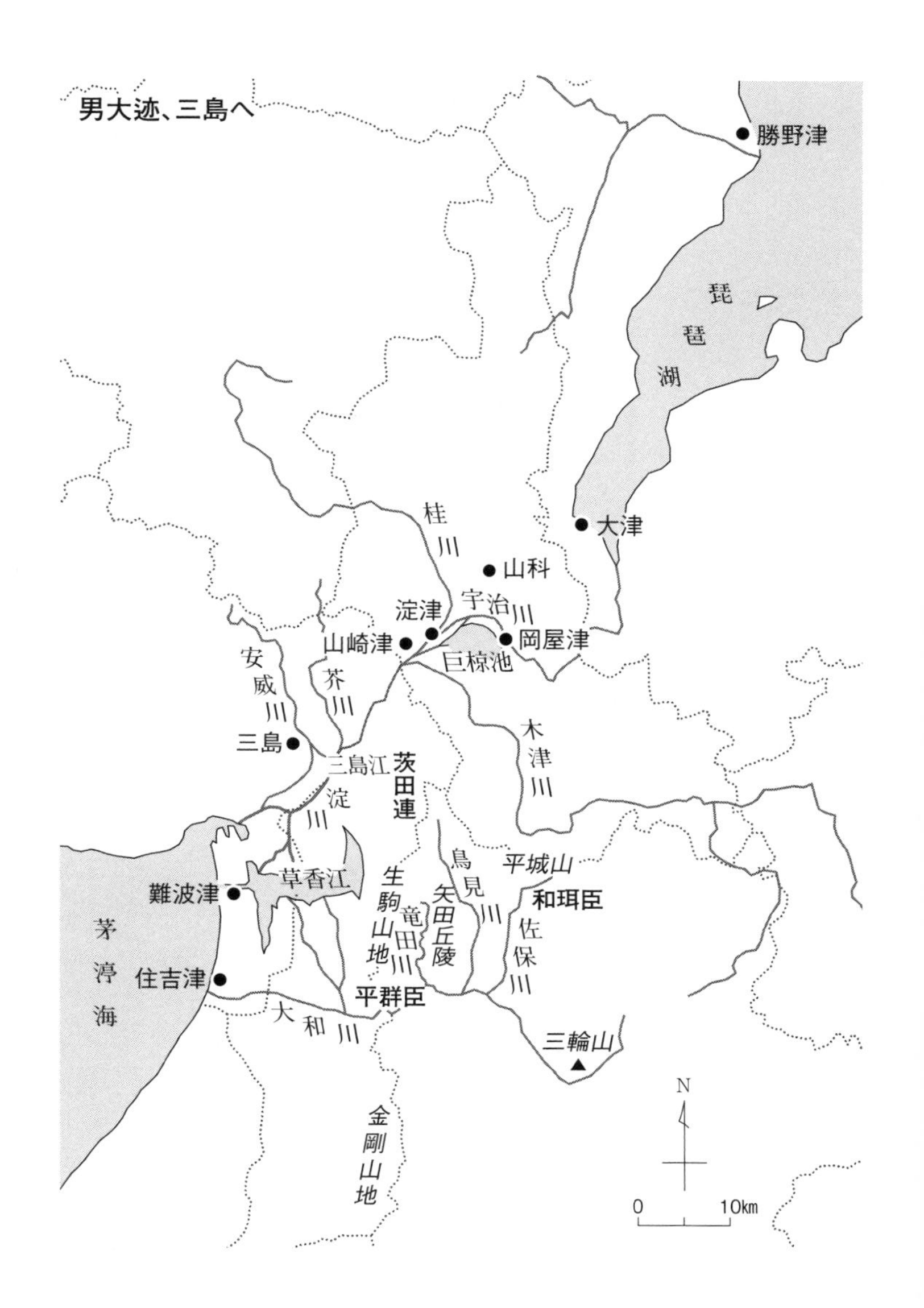
男大迹、三島へ
勝野津
琵琶湖
大津
桂川
山科
宇治川
淀津
山崎津
岡屋津
巨椋池
安威川
芥川
三島
木津川
三島江
茨田連
淀川
草香江
難波津
茅渟海
住吉津
生駒山地
竜田川
矢田丘陵
鳥見川
平城山
和珥臣
佐保川
平群臣
大和川
三輪山
金剛山地
N
0
10km

直一族の勢力圏に属していた。凡河内氏は、摂津国兎原郡（神戸市灘区あたり）に起こり、務古水門（武庫川河口）や猪名湊（猪名川河口）を押さえたあと、漸次、淀川流域に勢力を伸ばしてきた。

男大迹は、とりあえず、数十名をもって一団となり、三島平野の北限に近い、安威川の西岸（三島郡藍原）に建てられた凡河内直一族の館めがけて疾駆した。そして、身構える守備兵に、名を告げ、つぎのように言った。

「吾は、男大迹王である。この地は、吾が父の彦主人王の領地であった。雄略大王の攻撃を受けて土地を失ったが、改めて力ずくで取り戻したい。汝らが主にそう伝えよ」

「な、な、なんと。……しばらくまたれよ」

守備兵たちは、凡河内氏の一族とおぼしき領主の指示を仰いでいたが、はるかに控える雲霞のごとき大軍を遠望して戦意を喪失し、女子供ともども早々に西方の故地に向けて引き揚げていった。

三島の地での国造り

男大迹は、三島郡藍原にて新たな居館の建造にとりかかると、およそ二〇〇名の精鋭を残し、その余の兵士は、生国に帰還させた。そろそろ、稲の収穫の季節が近づいてきたので、各国とも、人手が必要になってくる。それに、いまだ、大軍勢を養うだけの糧秣を確保することが難しかったのである。

男大迹が三島の地に落ち着くためには、早々に周囲の諸勢力と手を結ぶ必要があった。

淀川中流域の左岸に、河内国茨田郡を本拠とする茨田連がいた。その一族は、仁徳大王の時代、多くの渡来人を使役し、淀川の塵埃を防ぐために茨田堤を築き、河内平野の開拓に貢献している。男大迹の父は、生前、茨田連と交流があったようで、茨田連小望は、男大迹に好意を示してくれた。両者のあいだでとんとんと話が進み、男大迹は、茨田連小望の女・関媛を妃とすることになった。

淀川流域左岸の、生駒山地の北西部にかけては、草香江（河内湖）の水がかなり迫ってきており、これらの山裾や湖の島々には、馬を育てる牧が群れをなしていた。ちなみに、のちに安羅に派遣される近江毛野臣の従者・馬飼首御狩は、河内母樹（現在の東大阪市豊浦町）の出である。その牧は、生駒山の西麓にあったとみてよい。

例の馬飼首荒籠・草籠兄弟の牧は、淀川の南側の、男大迹王の最初の王宮となる葛葉宮（枚方市楠葉）の近くに集まっていた。男大迹は、かねてより、軍備の増強には、機動力の強化が欠かせないと考えてきた。このたびは、荒籠・草籠兄弟の牧からそう遠くないところへと移ってきたので、これを好機として、息長麻呂子と尾張巳巳雄に、彼らの支援を受けて、騎馬軍のいっそうの充実をはかるよう命じた。
馬飼首（ウマカイノオビト）らは、大王家の馬飼部に所属し、豪族に馬を納めるのみならず、馬の口取りをも派遣していた。それゆえ、馬飼首のところへは、諸豪族の情報がいろいろともたらされた。このころには、息長麻呂子（オキナガノマロコ）の息子・牧人（マキヒト）が育っており、麻呂子は、その息子を絶えず、荒籠（アラコ）や草籠（クサゴ）と行動を共にさせた。このようにして、息長麻呂子は、大王家に近い諸豪族に関する情報を集めては、男大迹（ヲホド）に供したのである。

加えて、男大迹（ヲホド）は、宇治川・木津川・桂川の合流点の近くに居を定めたところから、以後、これらの水運を利用した交易に力をいれなければ、と感じていた。なによりも、淀川を下れば、草香江と茅渟（ちぬ）の海（大阪湾）を隔てる砂洲の中央部に設けられた、難波津に容易に出て行くことができた。そこからは、瀬戸内海をつうじて西国へと道が開けていた。

この時代、淀川が摂津と河内を北と南に分けていたが、淀川の下流域については、摂津が、難波津や住吉津（すみのえ）など草香江西岸の港湾地域にまで食い込んでいた。住吉津は、難波津よりも南に位置しており、大和川水系に近く、河内のみならず、大和方面との連絡にも便があった。

大和川は、三輪山の北東部に端を発し、三輪山の南麓を通過して大和盆地に流れ込む。そして、大和盆地の諸々の川の水を集め、生駒山系と葛城山系とのあいだの亀の瀬峡谷を越えて草香江をめざす。ただし、亀の瀬峡谷はきわめて狭隘（きょうあい）であって、大和川を利用するには、この地域を迂回する必要があった。

対外渡航用の港としては、難波津や住吉津(すみのえ)と並行して、紀伊水門(きのみなと)の存在も大きかった。この場合は、大和盆地の南部から紀ノ川（上流を吉野川と称す）を下り、紀伊水門から瀬戸内海を抜けて九州へと向かうことになる。

これまで、難波・河内・紀伊などの地方に拠点を置く、吉士(キシ)系の渡来氏族が、大和王権の対外交渉や朝鮮出兵に関して重要な役割を果たしてきた。なかでも、草香部吉士や日鷹(ヒタカ)吉士は、その中核的立場を担っていた。男大迹(ヲホド)は、吉士集団の果たしてきた機能を高く評価しており、三国吉士を介して彼らとの接触に努めた。そして、船の建造や航海術について助言を受けるのみならず、中国大陸や朝鮮半島の情勢について教えを乞うたのである。

やがて、男大迹(ヲホド)は、側近として三島の地にとどめた、阿倍許登(コト)と膳生駒(カシワデノイコマ)に、北つ海での経験を活かし、この地に水軍を創設するよう指示した。

三島平野の東部では、檜尾川(ひおがわ)・芥川(あくたがわ)・玉川（安威(あい)川支流）などの河川が集まって湖をつくり、淀川とつながっていた。これらの河川の合流域を三島江(みしまのえ)といい、中州をなす御島を挟んだその対岸には、茨田堤(まんだのつつみ)が、下流に向けて三十数里（二〇キロ近く）にわたってつづいていた。その当時、淀川は、三島江の先（現在の寝屋川市太間(たいま)町のあたり）で、その南側に分流した古川と並行して草香江に向け流れていた。茨田堤は、その古川の左岸をも覆っていたのである。また、御島には、淀川鎮守の神として大山祇神（オオヤマツミ）が祀られていた。
男大迹（ヲホド）は、とりあえず、三島江を軍港として整備するよう急いだのである。

淀川流域の首長たちは、応神・仁徳期の王権を支えてきたという自負をもっている。しかるに、雄略大王（オオキミ）の時代になると、大和川下流域の開発に重点が移り、大和・河内の豪族にくらべて重用されることもなく、鬱憤（うっぷん）がたまっていた。それゆえ、男大迹（ヲホド）の出現は、淀川流域の首長たちに新たな希望を抱かせたのである。

このような背景から、凡河内直（オウシコウチノアタイ）の当主・味張（アジハリ）のほうから男大迹（ヲホド）に、三島郡（こおり）の領有を認めたうえで、友好関係を求めてくるようになった。男大迹も、凡河内氏の港湾管理や対外交渉の知識と経験を頼りとするようになっていく。そのようななかで、凡河内直味張の女（むすめ）の稚子媛（ワクゴヒメ）が、勾大兄（マガリノオオエ）の弟・檜隈高田（ヒノクマノタカタ）の妃（みめ）として迎えられることとなる。

その後しばらくして、仁賢大王（オオキミ）の親書を手にした使者が、三島の館にやってきた。仁賢大王は、男大迹（ヲホド）が彦主人王（ヒコウシノキミ）の子であることを聞き及び、石上広高宮（いそのかみのひろたかのみや）（天理市石上町付近）まで会いに来てほしい、と要望しているのだという。男大迹は、この申し出を丁重に辞退した。京（みやこ）に足場をもたぬ者が、京を訪ねたとてどうなるものでもなかった。大王の周りの者から、にわかに勃興してきた反王権勢力として抹殺される恐れなしとしなかったからである。

筑紫君磐井のにわかなる来訪

仁賢八年（四九五）春三月、筑紫君磐井（イワイ）の乗る船が、前触れもなく、三島江に入港してきた。男大迹（ヲホド）は、磐井君の来航の報に接するや、勾大兄（マガリノオオエ）とともに、藍原館（あいはらのやかた）から三島江へと急ぎ向かった。そして、玉川下流域の別館にて、食事を挟みながら、磐井君と懇談した。

「にわかの寄港となり、迷惑をおかけした」

「いやいや、筑紫国の覇者とこうして話ができるとは、神の導きだろうか」

「じつは、この二年間というもの、京（みやこ）に上り、大伴連の下で靫負（ゆげい）を務めていた。帰任の途中、近年、躍進目覚ましい男大迹王（ヲホドノキミ）に、一度、会っておきたいという思いに駆られ、難波津から淀川を上ってきたという次第」

「もう一五年くらい前のことになろうか。吾（あれ）は、金官へ渡航するために、宗像（むなかた）の港に入港した。その際、渡航船の監視にあたる汝（いまし）の姿を見かけている。あのときの汝の眼は、筑紫島の覇者たらんとして爛々（らんらん）と輝いていた。爾来（じらい）、吾は、汝の動静に関心を寄せてきた。数年前、汝が中央に出仕したと聞いて驚いたものだ。吾など、とても、素手で中央へ乗り込む胆力など持ち合わせていない」

「若き時分の吾（あれ）を知っていただいていたとは、嬉しい限り、否、恐ろしい限りというべきか。それはそうとして、汝(いまし)は、越前や近江において、治水に取り組み、産業を興し、交易を盛んにし、国を豊かにすることに努めてきた。その優れた手腕に、敬意を表したい。また、実際に会ってみて思うが、汝の器の大きさは、聞きしに勝る。吾らは、旧知の仲であるかのように、心おきなく語り合うことができそうだ」

「ところで、なにゆえ、京(みやこ)へ赴かれた」

「雄略大王(オオキミ)の御代、朝鮮半島への出兵の機会が増えた。筑紫国は、兵站(へいたん)基地として数々の負担を強いられ、多くの兵士の徴募に応ぜざるをえなくなった。それがゆえに、筑紫国では、大和王権に対する不満が鬱積していた。とはいえ、大国の葛城国や吉備国すらが、雄略大王の制圧を受けて弱体化していくのを目にし、こうした中央からの圧政に耐えるしか手はなかった。しかし、雄略大王の没後、状況は変わってきた。吾(あれ)は、これからの筑紫国の向かうべき方向を模索するにあたって、大和王権とそれを取り巻く諸豪族の実情を肌で知りたいと思うようになった。それで、大和王権からの出仕の要請に応じたのだ」

「うーむ。それで、京(みやこ)は、どうであった」

「仁賢大王(オオキミ)は、大王といっても、きわめて脆弱(ぜいじゃく)な存在で、平群(ヘグリ)大臣・大伴大連・物部大連ら個々の豪族の手によって操られた木偶(でく)にすぎないということが、よくわかった。昨年早々に立てられた仁賢大王の太子(ヒツギノミコ)ともなると、まったくの暗愚というほかはない。もはや、大和王権の命運は、風前の灯火に等しいと思う」

「それは、少々、大和王権を軽んじ過ぎていないか。なんといっても、神武大王以来、数百年にわたってつづいてきた伝統ある王の家系だ」

「なんの。吾にとっては、王の家系など問題ではない。王権が弱体化したならば、多くの国々から支持される力ある者が、新たな大王の地位に就くというのが、自然の流れではないか。吾にしたって、筑紫島にて連合政権を築き上げ、大和王権に代わって覇権を志すこともできる。だが、残念ながら、中央から離れ過ぎており、中央に向けて攻め上るには、準備に時間がかかり過ぎる。しかし、汝の場合は、大和国の近辺にまで進出しており、背後には、尾張国という強力な味方もいる。しかも、汝は、大和王権とは、遠縁ながらも、血のつながりがあるというではないか。吾よりも、ずっと倭王に近いところにいる。早々に、覇権を握る決意を固められよ。事と次第によっては、吾が、汝の国取りを支援いたそう」

男大迹は、その単刀直入なもの言いから、磐井君の端倪すべからざる底力を知った。男大迹自身の秘めた思いが、すでに、あからさまにされている。

ここで、勾大兄が口を挟んだ。

「『事と次第によっては』といわれたが、それは、いかなることを指しているのですか」

「今や、大王に実権がともなわず、それを取り巻く豪族たちの放恣な権勢によって、諸国との軋轢が各所で起こっている。新たなる大王は、王権を左右しようとする豪族どもを押さえ、みずからの意志をとおすことができる者でなければならない。その上で、地方の国々と相和し、倭国の民が豊かに暮らせるよう、気配りをすることが求められる。これまで、海西の諸韓との関係では、大和王権は、百済偏重に過ぎた。加羅諸国とは無論のこと、新羅とも、もっと友好的であるべきだ。男大迹王が、そのような大王を目指すというのであれば、吾は、協力を惜しまない」

勾大兄がつづける。

「古来、丹後から越後にいたる北つ海の国々は、筑紫国と結んで海西の諸国との交易をつづけてきました。今後とも、相互の密接な関係を維持していきたいものです」

「ほう。尾張の君が、かく申されるか」

「尾張国は、近淡海（琵琶湖）を経て敦賀に出で、北つ海に拠って韓国の文物を導入しています。尾張よりも東の上毛野国でさえ、信濃・越後を経由することにより、北つ海の航路を利用しています」

「なるほど」

男大迹が言の葉を引き継ぐ。

「大和王権の現状はともかくとして、汝は、これから、どのように身を処していかれるつもりか」

「筑紫国のほか、肥国や豊国との関係を深め、筑紫島に一大勢力圏を築いてみたい。さらに、瀬戸内海（うちうみ）や北つ海沿岸の国々とのあいだに、良好な関係を拡げていけたらと考えている」

「やれやれ、それでは、倭国の西半分は、すっぽりと、磐井君の版図に収まってしまい、大和国を越える大連合国家が生まれることになる」

「はっはっは……少々、話が大きくなりすぎましたかの」

　ここから、磐井君は、話題を転じた。

「このたび、中央に出てみて、大和国の伝統的文化に強い興味を抱いた。とりわけ、あの巨大な大王墓には、驚嘆させられる。国もとにも、吾（あ）が父（かぞ）や祖父（おおじ）の大型の墳墓が築かれてはいる。しかし、大和国では、墳丘の周りに大きな埴輪群像を配置して祭祀のようすを再現したり、副葬品として金・銀・ガラスなどでつくられた装飾品を納めたりと、新しい傾向の王墓の建設が進んでいるようだ。幸い、最新の王墓の図面を手に入れたので、国もとに戻ったら、早速、吾（あれ）みずからの墳墓の造築に取り掛かりたい。すでに何人かの技術者にも、同行を願っている。汝（いまし）も、そろそろ、王墓づくりに取り掛かってもよい年頃ではないかな」

「いやいや、そこまでは……」

　一連の会談が終わると、筑紫君磐井は、「帰途、吉備国を訪ねるつもりだ」という言葉を残し、三島江を去って行った。

　磐井君の船を見送ったあと、男大迹（ヲホド）は、勾大兄（マガリノオオエ）に問うてみた。

墳丘の周りに配された埴輪群（今城塚古墳） 今城塚古墳の内堤には、千数百の円筒埴輪が並べられていたという。とりわけ内堤北側の張り出し部には祭祀場が確認されており、柵形埴輪によって四か所に区切られ、それぞれに家、武人、巫女、力士、馬や鳥などの形象埴輪が整然と配置されていた。

「今日の会談は、いかがであった」
「倭国には、京から遠く離れたところに、偉大な人物がいるものだと感心しました。吾なんかは、まだ『井の中の蛙、大海を知らず』といったところです。筑紫君のほかにも、吉備臣、上毛野君などという大豪族がおります。これからは、こうした国々と密接に連絡をとり合って行くことが重要になるのではないでしょうか」

男大迹は、磐井君の話をそのままに受けとることはできなかった。彼の存在は、みずからの進路に立ち塞がる可能性を秘めた人物として、将来に向け、不安を残した。だが、勾大兄のほうは、すっかり、磐井君に魅せられていた。

平群臣一族の栄枯盛衰

前途に立ちはだかる豪族たち

臣(おみ)姓の氏族は、元々、それぞれの地域において自立する、いわば、大王家(オオキミ)と対等の豪族であった。のちになって、各自、大和連合政権に組み入れられていったのである。

古来、臣姓を有する有力豪族は、吉備臣など一部の豪族を除き、その多くが、大和盆地を縦横に貫く大和川水系の流域に本拠を有していた。葛城・平群(ヘグリ)・許勢(コセ)・和珥(ワニ)・蘇我の各臣にして、皆、然りである。大和盆地の南西の紀ノ川流域を押さえる紀臣(キ)も、竜田川流域の平群地方に向けて勢力を伸ばそうとしていた。

いっぽう、連(むらじ)姓の氏族は、軍事や祭祀をはじめ、さまざまな職能をもって大王家(オオキミ)に仕えてきた。とりわけ、雄略大王を軍事面で支えたのが、大伴連と物部連である。加えて、彼らは、雄略大王の下で宮廷組織の整備を図り、職掌集団の管理の拡充に努めている。このような役割をつうじて、大伴連や物部連は、次第に臣姓の有力豪族を押さえ、権力を振るうようになっていく。

ここで、大伴氏と物部氏について、若干の補足説明をしておきたい。

大伴連は、雄略大王の下では、室屋連が大連に任じていたが、仁賢大王となってから、孫の金村連がこれを継ぐ。元々、大伴連は、三輪山の南西部（磯城・高市地方）を領していたが、大和川下流域へと勢力を伸ばし、住吉津と住吉大社を擁する摂津国住吉郡に本拠を移した。そして、難波地域を含め、その周辺の海浜一帯に影響力を及ぼしていた。

物部連は、雄略大王の時代には、目連・布都久留連の兄弟が登用され、目連は、大連とされた。仁賢大王在位の後半にかけて、布都久留連の流れを汲む麁鹿火連が大連となる。継体大王の時代には、麁鹿火大連に加えて、目連の系統の尾輿連が頭角を現す。物部連は、三輪山の北西部の石上神宮（山辺郡石上郷布留）を中核とする地域に拠っていたが、麁鹿火大連のころには、生駒山西麓の河内国渋川郡へと進出していった。

なお、石上神宮は、大和王権の武器庫としての役割を担ってきており、武器工房が併設されていた。また、生駒山系の南西（現在の柏原市大県）には、物部連の管理する製鉄所と鍛冶工房があり、物部連は、ここで製造された鉄製品を大王家に貢納していた。

男大迹は、いずれの日にか、強力な軍事力と豊富な財力を背景として、大和国に進出しなければならない、と決意していた。今や、その気持ちは、母の夢見にとどまるものではなかった。男大迹は、これまで、越前や近江において、産業を興し、交易の拡大に努めてきた。このようにして培ってきた経験を、倭国全域を対象として活かし、すべての民に豊かな生活を享受させたいという強い願望が、男大迹の心のうちに沸々と湧きあがってきたのである。

前途を阻む大豪族としては、大伴連・物部連に加えて、平群《ヘグリ》・許勢《コセ》・蘇我の各臣《おみ》がいる。このほか、大和盆地には、大和王権に忠実な中小の豪族がいた。三輪君、鴨君、穂積臣、矢田部連、額田部《ヌカタベ》連などである。また、葛城氏は、南部の円《ツブラ》臣系は、ほとんど壊滅状態にあったが、北部の蟻臣系が、播磨王朝の外戚として力を得ていた。

さて、男大迹《ヲホド》にとって、警戒すべき当面の相手は、立地からしても、戦力からしても、平群《ヘグリ》臣であった。その本拠地は、生駒山地とその東側の矢田丘陵に挟まれた盆地（平群郡《こおり》平群郷《さと》）であって、その中央を竜田川が南流して大和川に注いでいる。

平群臣真鳥《ヘグリノオミマトリ》は、雄略大王《オオキミ》以降、代々の大王に大臣として仕え、威を振るってきた。馬飼首荒籠《ウマカイノオビトアラコ》の一族や息長牧人《オキナガノマキヒト》からの報告によると、近年とみに、真鳥大臣の傍若無人の振る舞いが際立ってきたという。

仁賢大王《オオキミ》が、同一一年（四九八）秋八月、亡くなる。平群真鳥《ヘグリノマトリ》大臣は、この段階で、太子《ヒツギノミコ》（のちの武烈《ブレツ》大王）を無視して、みずから倭国の大王たらんと欲した。そして、表向きは、太子のために宮をつくることにして、完成すると、みずからが住み込んだ。ことごとにおごり高ぶって、まったく臣下としての節度をわきまえなくなっていた。

たまたま、太子(ヒツギノミコ)は、物部麁鹿火(アラカイ)大連の娘・影媛を娶(めと)ろうと思い、三輪山南西麓の海柘榴市(つばいち)の辻で待ち合わせることとした。平群真鳥(ヘグリノマトリ)大臣に、人をして官馬を出すよう求めたが、彼は、なぜか一向に差し出す気配をみせなかった。太子は、怪訝(けげん)に思いつつ、約束の場所に赴き、歌垣の場に臨んだ。ところが、今度は、真鳥大臣の息子・鮪(シビ)が現れ、太子と影媛のあいだに割って入ってきた。勢い、太子と鮪とのあいだで、影媛をめぐって歌の応酬となる。しかし、ここでも、太子は、鮪の攻勢の前に押し切られてしまう。

ここに、太子(ヒツギノミコ)の平群(ヘグリ)臣父子(おやこ)に対する恨みがつのっていった。

平群臣鮪との一戦

男大迹(ヲホド)は、平群(ヘグリ)臣に関する情報を集めた結果、平群臣が常軌を逸した行動に出る恐れがあり、早々にこれに備えておく必要があると判断した。そこで、一一月に入ると、寒空(さむぞら)の下、男大迹みずから木津川を南東に遡り、泉津(いずみのつ)で下船し、一帯の地勢の把握に努めた。

ときには、平城山(ならやま)を越え、佐保川沿いを南下し、矢田(やた)丘陵の方角に向かった。この丘陵の北東部の裾野（鳥見郷）には、矢田部連の領地があり、また、その丘陵の南東にあたる佐保川下流域右岸（額田郷）には、額田部連の所領がある。そこで、両者の境界をなす鳥見川（現在の冨雄川）沿いを進み、矢田丘陵の南端に近づいてみたのである。そこから平群盆地の奥のほうを窺うと、要所々々に設けられた柵に兵士がはりついており、堅固な防衛体制が築かれていることを思い知らされた。

ところが、同月の下旬になって、大伴連の率いる軍勢が平群臣の本拠を包囲したという情報がもたらされた。男大迹は、懸念していた事態の発生に接し、「ついに来るものが来たか」という感慨を禁じ得なかった。

平群谷の北は生駒山系に遮られているので、戦闘が拡大すれば、平城山あたりにまで及んでこよう。男大迹は、要員を平城山へと送り込み、佐保川中流域から矢田丘陵にかけての監視にあたらせた。

男大迹は、数日間、状況の推移を待ちつづけていたが、さしたる変化はみられず、とうとう痺れを切らした。雪が降り止み、雲間から日差しがのぞく日を選び、みずから平城山へと足を運ぶことにした。勾大兄・檜隈高田の二人の息子を身近におき、二十数艘の船を率いて泉津をめざした。下船して平城山に上り、その高みから先を見渡す。とりあえずは、特段に変わった情景はみられず、しばらく、ここに留まることにした。

しかし、数刻後、前方の佐保川沿いを、土煙を上げながら迫ってくる騎馬と兵士の集団がある、との急報がもたらされた。側近の息長牧人（オキナガノマキヒト）は、この状況をしばらく眺めていたが、やがて、その集団を平群臣鮪（ヘグリノオミシビ）の率いる軍勢にちがいないとみてとり、男大迹王（ヲホドノキミ）にその旨を告げた。

男大迹（ヲホド）は、平群（ヘグリ）一族との、降ってわいたような奇縁を訝（いぶか）しがる。しかし、迫りくる勢いそのままに、平群勢に突っ込まれれば、みずからの手勢が惨禍にさらされることになるとの思いにいたるや、瞬時に対応措置をとった。

平群勢は、平城山（ならやま）を越えるため、奈良坂を上ってくるにちがいない。そこで、一五〇名余の手勢を三つの隊に分け、一つは、全員弓矢を手にし、奈良坂の正面に向けて伏せさせた。ほかの二つは、その先の両側の茂みに潜めさせた。この時分には、男大迹（ヲホド）は、この戦（いくさ）を、みずからの力量を大和勢にみせつけるよい機会であると考えるようになっていた。

鮪臣（シビ）を先頭に、二〇〇名近い軍勢が、ものすごい勢いで奈良坂を駆け上がってくる。その前面に控える兵士の指揮にあたったのが、尾張巳巳雄（ミミオ）である。彼は、平群（ヘグリ）勢をできるだけ近くまで引きつけると、彼らに対して一斉に矢を打ちこませた。平群勢の馬は、前脚を挙げて伸びあがったり、つんのめって転がったりで、矢を受けた者も、そうでない者も、騎乗の兵士は皆、馬から放り出された。平群勢が奈良坂で重なり合い、混乱に陥っている最中（さなか）、今度は、両脇の伏兵が、剣をかざして彼らに躍りかかる。伏兵を指揮したのは、阿倍許登（コト）と膳生駒（カシワデノイコマ）であった。

この奇襲で、男大迹(ヲホド)側は、平群勢を徹底的に打ちのめした。重なり合う屍(しかばね)のなかに、平群臣鮪(ヘグリノオミシビ)が虫の息の状態でみつかった。

男大迹(ヲホド)が名乗り出る。

「汝(いまし)が平群臣鮪(ヘグリノオミシビ)か。吾(あれ)は、男大迹王(ヲホドノキミ)である。こたびの進軍は、なにごとぞ」

「父(かぞ)が越の潮を呪うのを忘れたがゆえに、このざまだ」

彼は、男大迹(ヲホド)をにらみつけ、このようにひと言吐き、息を引き取った。

改めて、前方を見渡すと、別の軍勢がこちらに向かってくる。男大迹(ヲホド)は、ただちに手勢を散開させた。しかし、彼らは、奈良坂の手前でとどまった。押し寄せてきた軍勢の将軍は、大伴連金(カネ)村(ムラ)であった。男大迹(ヲホド)は、牧人(マキヒト)から、当の人物が大伴連金村であると知らされると、折からの夕陽に映えるなか、騎乗のまま平城山(ならやま)の頂に立ち、下方の軍勢を睥睨(へいげい)した。男大迹は、金官を訪ねた折、倭府の卿(カミ)から大伴連金村のことを聞かされていた。そして、この際、大伴氏の総帥が室屋(ムロヤ)連から金村連に移ったことを、身をもって理解したのである。

大伴連金村は、馬上のまま、平群(ヘグリ)軍の惨状を見届けると、改めて男大迹(ヲホド)のほうに視線を投げかけた。その後、踵(きびす)を廻(めぐ)らせ、一団を率いて去っていった。これが、今後、深い縁をもって結ばれることになる両者の最初の出会いであった。

これよりも先のこと、大伴連金村は、太子(ヒツギノミコ)の指示を仰ぎ、大軍を組織して平群(へぐり)の地に攻め込み、真鳥大臣の館を包囲していたのである。戦いは、一〇日近くを要したが、最終的に、金村連が大臣の館に火をかけた。真鳥大臣は、逃れがたいことを悟り、広い海の潮をつぎつぎと名指ししながら、呪いをかけ、ついに死を選ぶ。彼は、自決する直前、鮪に策略を与え、囲みを抜けて佐保川沿いに北に逃げるよう命じた。ただ、真鳥大臣には、呪いをかける際、越の海の潮だけを忘れるという手抜かりがあった。このとき、鮪臣は、気になりながらも、このことを指摘するだけの余裕をもたなかった。

見方によっては、この呪いの漏れは、いずれ、大和王権が、越の物資や軍事力に頼らざるを得なくなるであろうことを暗示したものといえる。

なお、平群臣の滅亡後は、平群臣と同祖の紀臣が、かねてからの望みである平群の地への進出を果たし、この地を占有することとなった。

第三部――即位後、磐余入京に歳月を重ねる

男大迹、葛葉宮で即位

上京途上の倭彦王を撃退

中央では、仁賢大王（ニンケンオオキミ）の太子（ヒツギノミコ）が、武烈（ブレツ）大王として即位した。

しかし、武烈大王は、大伴金村（カネムラ）大連、物部麁鹿火（アラカイ）大連、許勢男人（コセノオヒト）大臣ら重臣たちのまったくの傀儡（かいらい）であって、中央の権威が急速に薄れ、地方に対する示しがつかなくなってきた。この機に乗じて、各地では、有力な連合国家が育ちつつあった。男大迹（ヲホド）の越前・近江連合国家にしてもそうであるが、そのほか、西には吉備や筑紫、東には尾張や上毛野（かみつけぬ）などと、肥大化した国々の存在があった。これらの国々は、それぞれ、周辺諸国との連携を強め、勢力圏を拡大するいっぽうで、独自の路線を使って朝鮮半島諸国との交流を重ねていた。

武烈八年（五〇六）冬一二月、大王（オオキミ）が崩御し、その直接の血統が絶えることとなってしまった。

重臣たちにとって、大和王権を建て直すためには、有能な旧王朝の血筋を探してくる必要があった。彼らが最初に目を付けたのが、仲哀（チュウアイ）大王の五世の孫と伝わる、丹波国の倭彦王（ヤマトヒコノキミ）であった。

丹波国は、かつては、強力な王権で統一され、大和王権と並ぶほどの力を有していた。崇神大王（スジンオオキミ）は、日本海へ出る必要から、丹波国との絆を深めることに意を用いた。つづいて、垂仁（スイニン）大王は、丹波道主王（タニハノミチヌシノキミ）の五人の娘を妃（きさき）とし、そのうちのひとり、日葉酢姫（ヒバスヒメ）の子を後継（景行（ケイコウ）大王）としている。

しかし、丹波地方は、深い山に覆われ、いくつかの孤立した盆地から成り立っている。ゆえに、丹波国は、強力な王権を欠くと、それぞれの盆地ごとに独立性を強め、全体としてのまとまりを欠くようになる。倭彦王（ヤマトヒコノキミ）の場合も、亀岡盆地一帯を本拠とするにとどまり、その支配力は、ほかの盆地には浸透していなかった。亀岡盆地は、その中央を、桂川が南東に向け貫流する。桂川から淀津を経由して木津川に入れば、大和国とつながることができた。

かねて、市辺押磐王子（イチノベノオシワノミコ）は、丹波国と親密な関係にあった。そうしたところから、同王子の血を引く前王朝にあっては、後継の心配があるときは、丹波王を招くとする、内々の申し合わせがあったものと思われる。

男大迹（ヲホド）は、和珥（ワニ）臣河内や馬飼首荒籠（ウマカイノオビトアラコ）らをつうじて、事前に、丹波王が、大王（オオキミ）として即位するため、桂川から木津川経由で大和国に向かうという情報をつかんでいた。

その日は、夜明け前から雪がしんしんと降りつづいた。そのような悪天候のなか、大和王権の重臣たちが、倭彦王（ヤマトヒコノキミ）を迎えるため、木津川の泉津に集（つど）いはじめた。その時分には、淀津を覆う巨（お）

椋池(ぐらいけ)には、男大迹の配下の軍船が何十艘も浮かんでいた。

やがて、降りしきる雪をついて、にぎにぎしく飾り立てた倭彦王(ヤマトヒコノキミ)の座乗する船を取り囲んだ丹波国の軍船が、桂川下流域に姿を現した。それを目撃するや、男大迹(ヲホド)側の軍船が、それ目がけて殺到する。倭彦王を護らんと、急遽、丹波勢が矢を射てきたが、逆に、男大迹側からの矢の斉射を受け、大混乱に陥る。もはや、丹波勢は、いかんともしがたく、算(さん)を乱して引き揚げて行った。

大伴金村大連、男大迹を大王に推挙

巨椋池(おぐらいけ)で発生した事態を知り、大伴金村大連、物部麁鹿火(アラカイ)大連、許勢男人(コセノオヒト)大臣の三者は、改めて王位継承者を選考するための協議に臨んだ。

まずは、許勢男人(コセノオヒト)大臣が、皆の気持ちを代弁する。

「男大迹王(ヲホドノキミ)に襲撃されて逃げ帰るようでは、倭彦王(ヤマトヒコノキミ)、頼むに足らずと言うべきですな」

大伴金村大連が、注意を喚起する。

「とはいえ、倭国の大王(オオキミ)を不在にしておくことは、地方豪族に対しても、また、海西(わたのにし)の諸韓(もろもろのから)に対しても許されることではない。とりわけ、地方豪族のうちでは、男大迹王(ヲホドノキミ)のほかにも、吉備臣と筑紫君の動向について警戒を怠ってはならないだろう」

物部麁鹿火(アラカイ)大連が、これに応ずる。

「たしかに。吉備臣は、雄略大王(オオキミ)の掣肘(せいちゅう)を受けて勢力をそがれたものの、大王の亡きあと、ふたたび勢いづき、大和王権への反発を強めている。瀬戸内海(うちうみ)を通航する際も、今や、吉備国沿いは避け、四国沿いを辿(たど)らざるをえないというのが実情だ。それから、筑紫君は、筑紫島北部の諸国と手を組み、その勢力圏を広げている。その力が強まると、瀬戸内海の先の周防灘(すおうなだ)から玄界灘にかけての水域を支配され、海西(わたのにし)の諸国(くにぐに)との交流・交易に支障が出かねない」

大伴金村大連が、筑紫君について付言する。

「筑紫君磐井(イワイ)は、十数年前、京(みやこ)に上り、吾が一族の下で靫負(ゆげい)の任に就いていたことがある。鼻っ柱の強い男であったが、今や、押しも押されもせぬ筑紫島北部の大豪族だ。このままに推移すると、大和国を上回る大連合国家をつくり上げかねない」

物部麁鹿火(アラカイ)大連も、往時の記憶を辿る。

「おう、そういえば、吾も、磐井君が兵士を率いて宮殿の護衛にあたっているのを見かけたことがある。たしかに、かの者に、ただならぬ気迫を感じたことを覚えている」

ここで、大伴金村大連が、新たな提案を行う。

「こうした状況下では、大和国の諸豪族にとっては、強力な大王(オオキミ)を立てて大和王権を再建できるか否かが、その命運を左右する重要な課題であるといわざるをえない。そこで、吾(あれ)は、男大迹王(ヲホドノキミ)

を大王として強く推したい。応神大王五世の孫である男大迹王以外に倭国の大王としてふさわしい者はいないと思う」

このとき、金村大連は、平城山の頂における馬上の男大迹王の勇姿を思い起こしていた。

麁鹿火大連が、男大迹王についての、みずからの印象を披歴する。

「ふむ。男大迹王は、尾張連と密接な間柄にあるばかりか、筑紫君磐井とつうじているとのうわさも聞く。今や、強力な武力と豊富な財力を兼ね備え、北陸から近江・摂津にかけて恐るべき国を築き上げようとしている」

金村大連が、さらに自説を補強する。

「男大迹王の存在は脅威には相違ないが、むしろ、大和王権の内部に取り込み、その力を活用するほうが得策とは思われぬか。吾のもとには、『筑紫君磐井が、男大迹王の大王即位を望んでいる』という話が、漏れ伝わってきている。男大迹王を抱き込めば、筑紫君を押さえることも可能となろう」

磐井君の本心は、畿内の豪族たちの驕りを押さえることのできる、新たな王権の出現を期待するというものであったが、そのようなことは、金村大連の理解の範囲を超えていた。

金村大連の案に、許勢男人大臣が注文をつける。

「されど、旧王朝勢力をはじめ、大和の諸豪族のあいだには、男大迹王に対する根強い反発がある。彼らは、これまでの王朝とは血縁において遠い、息長（オキナガ）系の男大迹王を、大王（オオキミ）として容認しようとはすまい。蘇我臣高麗（コマ）と大王の継承者について論じたことがあるが、彼にしても、この策には、首を縦に振らなかった」

　麁鹿火（アラカイ）大連も、問題を提起する。

「吾（あ）が一族に、尾輿（オコシ）という強者（つわもの）がいての、男大迹王（ヲホドノキミ）の、徹底した任那（みまな）・新羅（しらぎ）寄りの姿勢に怒りをぶちまけている。旧王朝は、代々、百済との友好関係を大切にして来たからの」

　ここで、金村大連が、新たな策を持ち出す。

「旧王朝の女（むすめ）を男大迹王（ヲホドノキミ）の正妃とするのは、どうだろう」

　しばらく沈黙がつづいたが、やがて、麁鹿火（アラカイ）大連が、三者の思惑を集約する。

「いずれにせよ、もはや、男大迹王（ヲホドノキミ）以外に倭国の大王（オオキミ）としてふさわしい者はいないだろう。とりあえず、いくつかの制約を付して即位を認めたらよいのではないか。大和国の京（みやこ）に入らせるわけにはいかないだろうが、その周辺なら、反発も少ないのではないか。あとのことは、大伴大連の交渉にまかせよう」

　麁鹿火（アラカイ）大連の結論に、許勢男人（コセノオヒト）大臣も賛意を示した。かくて、男大迹王（ヲホドノキミ）の扱いは、大伴金村大連に一任された。

　大伴金村大連は、双方が納得できそうな案をさまざまに練った。男大迹王（ヲホドノキミ）には、大和・河内の諸豪族や旧王朝に忠実な諸勢力を納得させるだけの、かなりきびしい条件を呑んでもらわなければならない。難しい折衝となるのは、目に見えている。

交渉には、勾大兄と金村大連の長子・磐が両者のあいだを行き来した。金村大連自身も、何度か男大迹王の居館を訪ねた。その結果、仁賢大王の女・手白香王女を男大迹王の正妃とすること、加羅・新羅寄りの姿勢を修正し、百済との関係を強化すること、この二点についての合意が成立した。しかし、王宮をどこに設けるかについては、最後まで話し合いが難航した。

男大迹は、かねてから、磐余の地（現在の桜井市南西部）にこだわってきた。男大迹にとって、磐余こそが大和国の京であって、磐余に落ち着くのでなければ、倭国の大王と呼ぶに値しなかったのである。

大和国の始祖として伝承されてきた神武大王の諡は、神日本磐余彦である。ここからしても、磐余の邑が、古来、大和国の要をなす地と捉えられてきたことを示している。さらに、息長氏の祖ともいうべき、神功王女の宮居も、磐余に置かれていた。その後も、履中大王や清寧大王の王宮が、磐余に築かれている。

とはいえ、男大迹も、この段階で、大和国の中心部に進出することの難しさは自覚していた。持てる最大限の軍事力を行使するにしても、戦いに勝つ見通しはたたず、後には、荒廃にさらされた大和国の京が残るだけである。そこで、さしあたり、水陸の交通の要衝である淀川の山崎津から南に七里余（約四キロメートル）離れた河内国の葛葉において即位することにした。

葛葉宮から綴喜宮へと遷宮

男大迹元年（五〇七）春二月初め、葛葉宮にて、大伴金村大連、物部麁鹿火大連、許勢男人大臣の三者が、男大迹王の大王即位に立ち会った。

男大迹は、母譲りの礼服を着し、金冠をかぶり、金銅製の環頭太刀を携えて王座に坐した。その傍らには、勾大兄と檜隈高田とが列していた。大伴金村大連は、男大迹王に拝礼して、大王の璽符である鏡と剣をたてまつった。このとき、男大迹は五八歳に、勾大兄と檜隈高田の兄弟は、それぞれ四〇歳と三九歳になっていた。

――男大迹は、大王に即位したとはいえ、王宮は、大和の中心部からかなり離れている。彼自身、現在の大王の地位は、仮のものにすぎず、入京してはじめて真の大王となる、と考えていた。それゆえ、男大迹が入京を果たすまでのあいだ、彼を「男大迹王」と呼称することにしたい。

この後、檜隈高田王子は、三島の藍原館に戻った。同王子と凡河内稚子媛とのあいだには、すでに火焔王子が育っていた。

三月には、手白香王女（タシラカノヒメミコ）に加え、目子媛（メノコヒメ）ら何人かの妃（きさき）が、葛葉宮（くずはのみや）に移ってきた。

手白香王女（タシラカノヒメミコ）は、開口一番、男大迹王（ヲホドノオオキミ）に留意を促した。

「背の君が、これまで目子媛を慈（いつく）しまれてきたこと、よく承知しております。されど、吾（あれ）が大后（オオキサキ）となるからには、表向きは、吾をその上位において遇していただきます」

「それは、当たり前のこと。懸念するには及ばぬ。したが、妻君（めぎみ）も、多くの妃（きさき）と相和してもらいたいものよの」

「吾（あれ）が、背の君に正しく遇していただけるなら、いかにも、さよう努めましょう」

そして、翌々年、手白香王女（タシラカノヒメミコ）は男子（おのこ）を生んだ。その子は、広庭王子（ヒロニワノミコ）と名付けられた。

ところで、男大迹（ヲホド）が三島の地に腰を据えていたとき、かつて知遇を得た金官の王太子から、鉗（カン）知王（チオウ）（在位四九二～五二一年）として即位した旨の通知があり、その後も、何度かお互いに文書を交換してきた。また、百済からも、武寧王（ブネイオウ）（在位五〇二～五二三年）が、即位の翌年、男大迹あてに「友好関係を保ちたい」と伝えてきている。そして、今回の男大迹の大王（オオキミ）即位ののち、朝鮮半島のこれら二人の国王から、祝意の文書が送られてきた。

男大迹王（ヲホドノオオキミ）は、葛葉宮（くずはのみや）の、山崎津の直近という絶好の位置を利用して、宇治川・木津川・桂川など、淀川水系の多角的運用に乗り出した。なかでも、桂川の水運を切り開くためには、上流域の丹波国の倭彦王（ヤマトヒコノキミ）との関係を修復する必要があった。そうした努力の過程で、男大迹王は、桂川中流域の秦氏《ハタ》の技術力に深い関心を寄せた。
雄略大王《オオキミ》の時代、山城国の葛野郡太秦《かどののこおりのうずまさ》（現在の京都市右京区）に集められた多くの秦氏《ハタ》の民は、太秦・嵯峨野など葛野川《かどのがわ》（桂川）流域の開発に従事させられ、嵐山の近辺に葛野大堰《かどのおおい》を築いて治水に努めている。太秦の南東にあたる紀郡深草郷《きのこおりのふかくさのさと》（京都市伏見区）にも、多くの秦氏の民が集住していた。

そんななかで、若きころより男大迹《ヲホド》を支えてくれた息長麻呂子《オキナガノマロコ》が、老齢ゆえに、寝込むようになった。彼は、訪れた尾張巳巳雄《ミミオ》に語りかける。

「かつて、尾張を発《た》つとき、汝《いまし》と交わした誓いを覚えているか」

「忘れたりするものか」

「吾《あれ》は、余命いくばくもない。男大迹王《ヲホドノオオキミ》の事業は、まだ途上にある。その思いが遂げられるよう、吾の分も含めて力を尽くしてくれ」

「弱気になるな。汝《いまし》らしくない」

「幸い、吾《あれ》の代わりに、息子の牧人《マキヒト》がいる。牧人を鍛えて、十分に使ってほしい」

「安心しろ。汝の気持ちは、わかっている」

旬日の後、牧人《マキヒト》のほか、男大迹王《ヲホドノオオキミ》、目子媛、尾張巳巳雄《ミミオ》らに囲まれるなかで、息長麻呂子《オキナガノマロコ》は、あの世へと旅立っていった。

さて、男大迹王（ヲホドノオオキミ）にとって、葛葉宮（くずはのみや）にとどまる限り、その地位をおびやかされることもなく、平穏に暮らすことはできた。しかしながら、時の経過とともに、男大迹王は、葛葉宮にとどまることに我慢ができなくなってきた。このままでは、年月を浪費するばかりで、倭国の大王（オオキミ）としての実権がともなわず、大和国に入る見通しもたたない。筑紫君磐井すらが、文（ふみ）を寄こし、「いつまで葛葉宮にいるつもりか。早く大和国に入り真の大王たれ」と、檄を飛ばしてくる始末であった。

そこで、男大迹王（ヲホドノオオキミ）は、いろいろと地勢を調査したうえで、木津川の淀津と泉津の中間あたりに位置する、山城国の綴喜（つつき）（京田辺市多々羅都谷（たたらみやこだに）のあたり）に、王宮を遷すことを決意した。木津川を南下して葛葉宮（くずはのみや）から綴喜へ遷宮するということは、大和国の中核をなす磐余（いわれ）に踏み込むぞという男大迹王の意思をあからさまにしたことになる。渋る大伴金村大連を説得し、彼をつうじて物部麁鹿火（アラカイ）大連と許勢男人（コセノオヒト）大臣に同意を強いた。男大迹五年（五一一）冬一〇月のことである。

この段階では、物部麁鹿火（アラカイ）大連は、みずからの勢力の西方への拡大と定着に意を注ぐようになり、男大迹王（ヲホドノオオキミ）の動静に十分な関心を持ち合わせていなかった。彼は、大伴金村大連の問いに、控えめな感想を述べるにとどめた。

「男大迹王（ヲホドノオオキミ）が綴喜（つつき）への遷宮を強行しようとするのであれば、これを見守るほかはあるまい。しかし、ほかの豪族たちは、男大迹王への警戒心をいっそう強めることになり、これが、男大迹王にとって得策になるとは思えないが……」

許勢男人大臣は、古参の豪族ではあるが、大和国の重鎮としての迫力に欠けていた。彼は、大伴金村大連に、つぎのように注意を喚起した。

「男大迹王は、本心をむき出しにしてきたかの感がある。吾は、いまさらどうこう言う立場にはないが、豪族たちが男大迹王への反発を強めるなかで、不測の事態が起こる恐れなしとしない。その覚悟は、しておかなければならないだろう」

このようにして、男大迹王による綴喜への遷宮の試みは、大連や大臣に黙認される結果となった。

少々歴史を振り返ると、この地は、仁徳大王の大后・磐之媛の故地でもある。磐之媛は、みずからの留守中に、仁徳大王が八田王女を娶ったので、これに怒って、宮室を綴喜郷の南につくって移り住んだという。

綴喜宮には、大后・手白香王女とその子・広庭王子とが同行した。しかし、この段階で、ほかの妃たちは、子供を連れて生家へと引き揚げていった。そのなかで、目子媛は、勾大兄王子とともに、葛葉宮に残ることにした。

この新しい王宮は、生駒山地から北東に連なる丘陵上にある。その南裾を、普賢寺川が、木津川に向けて北東へと流れている。普賢寺川が木津川に合流する地点は、木津川の北寄りの草内と南寄りの飯岡の二つの船着き場の真中あたりとなる。

　王宮の西側のほうは、深い森と谷地で覆われている。王宮の東側は、普賢寺川の左岸に平地が開けるものの、その右岸は丘陵で塞がれていた。四囲の地勢からすると、綴喜宮は、きわめて守りに堅い場所に位置を占めているといえた。

手白香王女、広庭王子をめぐって

　男大迹（ヲホド）七年（五一三）九月、男大迹王（オオキミ）は、大伴金村大連の進言を受け入れ、反男大迹の強硬派をなだめるために、勾大兄（マガリノオオエ）・檜隈高田（ヒノクマノタカタ）の二人の王子（ミコ）に、旧王朝の女（むすめ）を妃（きさき）として迎えさせることにした。

　とはいっても、男大迹王（ヲホドノオオキミ）は、旧王朝の女（むすめ）たちに関して、とんと知識を持ち合わせてなかった。弱り果てた男大迹王は、手白香王女（タシラカノヒメミコ）に事情を話して協力を求めた。すると、大后（オオキサキ）は、いとも簡単に、解決策を提示してくれた。

「そんなことは、たやすいことです。吾（あ）が父（かそ）の仁賢大王（オオキミ）には、吾（あれ）のほかにも女（むすめ）が何人かいます。吾（あ）の妹（いも）たちを選んだらよいのではないですか」

「なるほど。それは、名案だ。そんな身近なところに、打ってつけの媛たちがいたとは」

まず、男大迹王は、勾大兄王子を太子に任じ、そのうえで、手白香王女の腹ちがいの妹である、春日山田王女を娶らせた。二人は、人もうらやむほどの仲となり、目子媛にとっても、願ってもない幸せが訪れた。

また、檜隈高田王子には、すでに妃として凡河内稚子媛がいたが、新たに、手白香王女と同腹の橘仲王女が輿入れすることとなった。

ところで、広庭王子は、幼少のころは、周囲から無視された目立たぬ存在であった。なにしろ、勾大兄・檜隈高田の二人の兄は、広庭にとって、親子ほどに歳の離れた、揺るぎのない存在であった。しかし、母親からは、「大王の地位を継ぐ正統な後継者は、広庭王子である。それを忘れてはならない」と繰り返し教えられてきた。成り行きとして、広庭王子は、二人の兄、とりわけ、勾大兄王子に強い敵愾心を抱くようになっていた。

男大迹王は、広庭王子の鬱々とした状況が気になっていた。そこで、尾張巳巳雄に誰か広庭王子の支えになる人物がいないか、と尋ねた。尾張巳巳雄は、男大迹王の気持を汲み、多方面に手を回して人を求めた。そして、紀郡深草郷に、秦氏の有力者たる秦大津父を見つけ出した。

秦大津父が広庭王子と会したのは、ちょうど、彼が伊勢への旅から深草に戻る途中のことであった。彼は、絹や酒を馬列で伊勢に運び、代わりに水銀を持ち帰って財をなしていた。伊勢では、櫛田川支流の丹生川上流で辰砂が採れ、これを蒸留することによって水銀が得られた。水銀は、金めっきをするのに不可欠の材料であった。

広庭王子（ヒロニワノミコ）は、秦大津父（オオツチ）に、「道中なにか変わったことがあったか」と聞いた。これに対し、大津父は、つぎのように答えた。

「とくに変わったこともありません。ただ、伊勢から帰る途中、偶々（たまたま）、山の中で二匹の狼が咬（か）み合って、血まみれになっているのに出会いました。そこで馬からおりて、『あなたがたは恐れ多い神であるのに、荒々しい行いを好まれます。もし猟師に出会えば、たちまち捕われてしまうでしょう』といいました。咬み合うのをおしとどめて、血にぬれた毛を拭き、洗って逃がし、命を助けてやりました」

ややあって、広庭王子（ヒロニワノミコ）が、それとなくつぶやく。

「この話は、不可思議きわまりない。だが、そこから、教わるべきことがある」

この二匹の狼の例えから、広庭王子（ヒロニワノミコ）は、賢明にも、「自分が兄（え）たちと争うようなことがあれば、父（かぞ）の計画そのものを台無しにしてしまいかねない」ということを身にしみて理解したのである。

広庭王子は、大津父（オオツチ）に、これからも、自分の相談相手となってほしいと頼んだ。

大津父（オオツチ）は、広庭王子（ヒロニワノミコ）の後見役を務めただけでは終わらなかった。男大迹王（ヲホドノオオキミ）にも、その手腕を見込まれ、やがては、財務担当として大蔵を管理するうえで多大の貢献をするようになる。

百済との関係の強化

百済は、熊津(ゆうしん)に遷都して以来、国難つづきであった。武寧王の時代となり、やっと復興への動きが軌道に乗りはじめたのである。

それまで、北部加羅の倭の村々へは、百済からの逃亡者が何世代にもわたって相次いでいた。男大迹王(ヲホドノオオキミ)は、つねづね、「人は国の基(もとい)、人を得る国は盛んになり、人を失う国は滅びてしまう」という言葉を信条としてきた。それがゆえに、こうした事実を知ると、男大迹三年（五〇九）春二月、上毛野国(かみつけぬ)から呼び寄せていた車持君(クルマモチ)佐太(サタ)を加羅に派遣し、こうした百済の人民を本国に送り返す措置をとったのである。

『三国史記』では、武寧王の幼名は、斯摩(シマ)となっている。『日本書紀』は、雄略五年（四六一）、百済の蓋鹵(カフロ)王の子を孕(はら)んだ女(おみな)が倭国に向かう途中、筑紫の加羅島(かからのしま)（現在の唐津市加唐島(かからしま)）で嶋君(セマキシ)を出産し、母子ともに百済に送り返された、と伝える。この嶋君が斯摩のことで、のちの武寧王のことにほかならない。

武寧王は、武烈七年（五〇五）、倭国との関係を強化すべく、淳陀(ジュンダ)太子を倭国に送っている。しかし、同太子は、男大迹(ヲホド)七年（五一三）に亡くなっている。武寧王は、即位以降、漢江流域で高句麗との戦いを繰り返してきた。武寧一一年（五一一）には、高句麗軍に壊滅的打撃を与えることができた。それがゆえに、百済の勢威は、熊津への遷都後、久方振りに高揚期を迎えていた。百済は、高句麗や新羅に対抗する必要上、倭国に先進文物を伝えることによって、その支援を期待していた。かつては、倭国は、加羅諸国をつうじて中国南朝の文化を吸収する機会が多かったといえよう。しかし、このころは、加羅諸国に勢いの衰えが見えはじめ、新しい知識や技術の導入に齟齬をきたしていた。

男大迹王は、中国南朝の進んだ文化を入手するには、より南朝と近い関係にある百済に頼るほうが確実であると考えるようになっていた。男大迹王は、これまでの加羅諸国との経緯を清算し、百済との関係を強化していく方向を選択したのである。それは、雄略大王の進んだ道の復活ともいえた。

男大迹王は、同六年（五一二）夏四月、哆唎国守の穂積臣押山を百済に派遣し、筑紫国の馬四〇匹を送っている。ここに、哆唎とは、栄山江の東岸に位置し、慕韓の領域の半ばを占めている。穂積臣押山は、倭府の臣のひとりとして、哆唎の地を所管していたのである。なお、押山臣の妻は、蘇我韓子宿禰の女・弟名子媛である。

同年冬一二月、百済は、調を送ってきた。あわせて、上表文をもって、任那の上哆唎・下哆唎・娑陀・牟婁の四県の百済への編入を要請してきた。

哆唎国守・穂積臣押山は、上表文に賛意を示し、つぎのように直奏した。

「この四県は、百済に連なり、倭国とは遠く隔たっています。百済とこれらの地は、朝夕に通いやすく、鶏犬の声もどちらのものか聞きわけにくいほどであり、いま百済に賜わって同国とすれば、保全のためにこれに過ぐるものはないと思われます。しかし、百済に合併しても、後世の安全は保証しにくく、まして百済と切り離しておいたのでは、何年ともたないと思います」

大伴金村大連も、この意見に同調して奏上した。

ところで、この件は、「任那四県の割譲」として捉えられているが、ここでいう任那は、南部加羅のみを指すのではなく、倭国が広く影響力を及ぼしている朝鮮半島南部の領域という、広い意味で使われている。これらの四県の領地は、ほぼ慕韓全域にわたり、百済が高句麗に奪われた領土の広さを補うに十分なものがあった。じつのところ、百済は、すでにこの地方を侵攻して実質上支配しており、倭国に対して、その領有の黙認を求めてきたのである。

物部麁鹿火大連が、難波館に滞在中の百済の使者に、裁可の勅を伝える使とされた。しかし、彼は、「神功王女以降、広く任那の地において、国ごとに官家を設け、吾が国の守りとしてきたという、長きにわたる由来がある。これを崩せば、長きにわたり後世の謗りを受けることになろう」との立場から、病と称してこの役回りを忌避した。

勾大兄王子は、あとになって、この勅宣のことを知った。王子も、「応神大王以来、官家をおいてきた国を、軽々に隣国の言うままに、与えてしまってよいものか」と、訂正の令を発し、難波館に日鷹吉士を遣わして、百済の使者に伝えた。

すると、使者は、つぎのように言い、帰ってしまった。

「父王が事情をお考えになり、勅を賜ったことは、もう過去のことです。子である王子が、どうして大王の勅に背いて、みだりに仰言ってよいものでしょうか」

勾大兄王子の主張は、物部麁鹿火大連のそれとは若干異なり、加羅諸国や新羅との関係を重視する日本海側の豪族の立場を代弁したものである。いずれにせよ、任那四県割譲の経緯には、王朝の内部に指揮系統の乱れが認められる。加えて、世間では、「大伴大連と穂積臣押山とは、百済から賄賂をとっている」という流言を生んだ。

男大迹七年（五一三）夏六月、百済は、四県割譲に対する謝意を伝えるため、姐彌文貴将軍と洲利即爾将軍を使者として倭国に送ってきた。この際、穂積臣押山に副えて、五経博士・段楊爾をもたらした。五経とは、儒教の主要な経典を指し、五経博士の到来は、倭国にとって儒教の公式の伝来を意味する。

また、このとき、百済の使者は、「大加羅が百済の己汶の地を奪ったので、百済領に還付してほしい」と要請してきた。しかし、実際のところは、百済が大加羅（伴跛）の占有する己汶の地（蟾津江の中流域）を自国領としたいので、加勢してほしいというものであった。百済は、任那四県を得たあと、さらに大加羅の勢力圏にある己汶のみならず、その南の帯沙（蟾津江の下流域）の奪取を狙っており、倭国にさらなる助勢を求めにきたのである。

同年の冬一一月、姐彌文貴将軍が、倭国に派遣されている新羅・安羅・大加羅の駐在員を引き連れて王宮にやって来た。そして、彼らの面前で、男大迹王に己汶・帯沙を百済に賜るよう願い出、その裁可をえた。

このことを聞き及んだ大加羅は、急使をもって珍宝をもたらし、男大迹王に己汶の地を乞うた。しかし、大加羅の要請は、聞き入れられなかった。大加羅は、倭国と百済に恨みを抱き、翌年の三月には、子呑（己汶の東隣）と帯沙に城を築き、狼煙台・武器庫を設け、周辺国から軍兵や兵器を集め、両国との戦いに備えた。

男大迹(ヲホド)九年（五一五）春二月、百済の使者、姐彌文貴(サミモンクイ)将軍らが帰国を希望した。そこで、物部至至(チチ)連に軍勢を率いさせ、これに同行させた。そして、一行は、この月に巨済島にいたった。

物部至至(チチ)連は、巨済島にて、「大加羅の人は、倭国に恨みを抱き、力を頼みとし、無道を憚(はばか)らない」という噂を聞き込んだ。そこで、物部至至連は、水軍五〇〇をもって帯沙江(たさのえ)（蟾津江(せんしんこう)河口）に赴くことにした。いっぽう、姐彌文貴(サミモンクイ)将軍らは、蟾津江を遡ることができないため、新羅経由で百済に向かった。

夏四月、物部至至(チチ)連の軍勢は、帯沙江に向かった。しかるに、その地に留まること六日にして、にわかに、大加羅軍の襲撃を受けた。彼らの攻撃はすさまじく、倭国の兵士は、すべての物を捨て、身ひとつで命からがら、河口沖の汶慕羅(もんもら)島まで逃げのびた。

百済と大加羅とのあいだの係争は、膠着化した。だが、百済による己汶(こもん)の領有が揺るぎないものとなるに及び、大加羅も帯沙(たさ)を押さえることをもって、手を打たざるを得なくなった。結局、この地域の情勢が落ち着くまでに、一年近くを要したのである。

男大迹(ヲホド)一〇年（五一六）夏五月になって、百済は、使を送って物部至至(チチ)連らを己汶(こもん)に迎えてねぎらい、ねんごろに慰問した。そして、秋九月、百済は、物部至至連に副えて、洲利即爾(ツリソニ)将軍を倭国への使とし、己汶の割譲を受けたことを謝するとともに、五経博士・段楊爾(ダンヨウニ)に代えて漢高安茂(アヤノコウアンモ)を送ってきた。

蘇我臣による綴喜宮急襲

蘇我臣稲目、物部連尾輿に近づく

男大迹王（ヲホドノオオキミ）が即位したころの蘇我氏の当主は、高麗（コマ）臣であった。その父は韓子宿禰、その祖父は満智（マチ）宿禰である。蘇我氏は、百済系渡来人の血を受け継いでおり、満智・韓子・高麗と、代々、異国風の名前がつづく。ちなみに、高麗の子・稲目も、のちには、高句麗軍を撃破した将軍・大伴連狭手彦（サテヒコ）から高句麗の女（おみな）二人を送られ、これを己妻（おのづま）としている。

蘇我氏は、当初、畝傍山（うねびやま）の北、高市郡（たかいちのこおり）蘇我邑（現在の橿原市曾我町）を本拠とし、満智（マチ）宿禰は、雄略大王の下で蔵の管理にあたっていた。韓子宿禰はというと、紀小弓（キノオユミ）宿禰・大伴談（カタリ）連らとともに、朝鮮半島に出陣したものの、紀小弓宿禰の死後、代わりに派遣されてきた紀大磐（キノオオイワ）宿禰と対立するようになり、諍（いさか）いの上、非業の死を遂げている。

蘇我臣高麗（コマ）の代には、円（ツブラ）臣系の葛城氏の残存勢力を吸収し、その一族の女（むすめ）を妻（め）に加え、葛城地方南部をもみずからの地として領有する。つづけて、高麗臣は、その本拠地を、南東寄りの、飛鳥川東岸の丘陵に囲まれた飛鳥の地に移す。その時分には、南に接する檜隈（ひのくま）の東漢（ヤマトノアヤ）氏は、蘇我臣に服属するようになっていた。

金剛・葛城連山の東麓にあたる忍海（おしぬみ）（現在の御所市南郷付近）には、渡来人の管理する大規模な鍛冶工房があった。葛城氏の衰退後は、この鍛冶工房も、蘇我氏の管理下に置かれるようになった。蘇我臣は、二上山南麓の竹内峠を越えて草香江西岸の港湾地域につうじる丹比道（たじひみち）（のちの竹内街道）を押さえていた。それにもかかわらず、当初は、難波津や住吉津（すみのえ）を使うことはできなかった。それゆえ、紀路（きじ）により金剛山東麓を経て五条の津にいたり、そこから紀ノ川の水路を利用して紀伊水門（きのみなと）に出ていた。だが、蘇我臣の存在感が高まり、物部連や大伴連も、その力量を軽視することができなくなってくる。やがて、両者の協調関係の進展にともない、蘇我臣側も、難波津や住吉津を利用するようになっていく。

のちのことになるが、蘇我氏は、高麗（コマ）臣の息子・稲目の時代になると、東漢（ヤマトノアヤ）氏とともに、金剛山地の西側の、南から大和川に流れ込む石川の下流域、河内国石川郡に進出する。この辺りには、渡来人が多く住み、とりわけ、石川左岸の餌香市（えがのいち）は、大和国の交通の要衝、海柘榴市（つばいち）と並び称されるほどの賑わいをみせていた。

さて、その蘇我臣稲目が、若くして、男大迹王（ヲホドノオオキミ）の牙城を揺るがす挙に出、世の耳目を震撼させることになる。

物部一族にあっては、物部麁鹿火（アラカイ）大連が長として君臨していたが、今や、若いながらも、大和国山辺郡（こおり）に拠る、物部連尾輿（オコシ）が力をつけてきた。蘇我臣稲目は、物部連尾輿の器量に注目し、接近を意図する。やがて、両者は、若い者同士、腹の探り合いをしながらも、次第に誼（よしみ）をつうじるようになる。

物部連尾輿（オコシ）は、館を訪れてきた蘇我臣稲目に対して、その見解を質（ただ）す。

「任那四県の割譲は、大きな悔いを残した。この件を奏上した穂積臣押山（ホヅミノオミオシヤマ）とこれを容認した大伴金村大連は、許せない」

「吾（あれ）も、あの判断は、早計に過ぎたと思う」

「本当にそう思うか。蘇我臣一族は、百済との縁が深いがゆえに、金村大連の考えに同調しているのではないか。押山臣の妻（め）は、汝（いまし）の叔母でもあるし」

「そんなことはない。たしかに、自分は百済人を遠祖にもつ。が、物部系の者だって、百済の王朝に重臣として招かれ、幅をきかせている。穂積臣だって、元々は、物部氏と同祖ではないか」

ここで、稲目臣は、話を転じ、別の件をもちだす。

「それはそうと、男大迹王（ヲホドノオオキミ）が淀川流域から木津川中流域にまで進出してきたことも、問題をはらむ。このままに放置すれば、さらに南下して大和国に直接侵入してくることだって、十分に考えられる」

「吾も、男大迹王の愚挙を危ぶんでいる」

「この際、男大迹王になんとか目にもの見せてやる必要があると思うのだが」

このように、両者は、男大迹王の王宮遷都に対しては、危機感を共通にした。

その後しばらくして、蘇我臣稲目は、思案に思案を重ねたうえで意を決し、ふたたび尾輿連の館を訪った。開口一番、つぎのように切り出した。

「綴喜宮を襲撃してみたいのだが」

「なにっ、……汝の決意は固いのか。男大迹王が強引な手を使って建造したとはいえ、綴喜宮は、かりそめにも、倭の内政・外交が論じられる宮殿なるぞ。加えて、綴喜宮を取り巻く地形は、攻めるに難く守るに易い、と聞く。襲撃するのもよいが、失敗に終わると、痛い目に遭うぞ。その際、大連や大臣も、男大迹王を支える立場に立たざるを得なくなるだろう」

「そのような心配は無用だ。よくよく考えた末でのこと。勝算は、十分にある」

「そこまで、思いつめていたとは」

「吾の考えに賛同してもらいたい」

「わかった。汝の決意に敬意を払いたい。ただし、吾がほうにも、事情がある。宗主の麁鹿火大連を裏切ることはできない。吾は、直接、汝の攻撃に加担するわけにはいかない。このことをわかってほしい」

「わかっている。吾も、父(かぞ)をいかにして納得させたらいいか悩んでいる」

父親のことは残るにしても、稲目臣としては、尾輿(オコシ)連が黙認してくれるだけで、行動を起こすには十分であった。

蘇我臣高麗の深慮遠謀

蘇我臣稲目は、父親の高麗(コマ)にみずからの計画とこれまでの経緯を説明した。

高麗臣は、説明を聞きながら、ひとりごつ。

「うーむ。稲目にしても、尾輿(オコシ)にしても、若いがゆえに、恐れを知らぬ。吾(あれ)らの思いつきもせぬことを、いとも簡単に成し遂げようとするわい」

稲目臣は、父親が泰然と構えているので、これではならじと、口調を強め、勢い込んで説得に努める。

しかし、高麗(コマ)臣は、慎重な態度を崩さない。

「待て待て、早まるでない。汝(いまし)の計画を実行に移すには、吟味すべき項目がいくつか残されている。それに耐えられるものかどうか考えてみよう」

稲目臣にとって、高麗(コマ)臣のとる態度がじれったかった。

「すでに、計画については、その内容をくわしく説明しました。まだ、ほかに吟味すべきことがありましょうや」

「あたりまえじゃ。まずは、男大迹王(ヲホドノオオキミ)を、将来にわたって大王(オオキミ)として遇するに値する人物とみるかどうかじゃ」

「ええっ、蘇我一族にとっても、男大迹王は、邪魔な存在なのではないのですか。男大迹王は、即位してはいるものの、大和国のほとんどの豪族が、心の底では、彼を危険な人物と見なしているのは、確かです」

「目を大きく見開くことじゃ。大和国の都合だけで倭国の統治が成り立つわけではない。大和国の外には、吉備国や筑紫国という大和国を凌駕しようかという国もある。また、海西(わたのにし)の諸韓(もろもろのから)の争いを鎮め、これらの諸国(くにぐに)と良好な関係を維持していくことも大切なことじゃ」

「そのようなことは、わかっております。それがゆえに、男大迹王(ヲホドノオオキミ)の力を弱めれば、大和国の諸豪族が結束しやすくなります。そのうえで、大伴・物部・蘇我の三者の合意で事を運べば、国威を内外に顕すことも可能となるのではないですか」

「いや、そのためには、やはり、大和国の核になる人物が必要になってくる。今のところは、男大迹王(ヲホドノオオキミ)を中核に据えるほどの事態にはいたっていない。しかし、倭国の動きがとれなくなるような事態が到来すれば、大和国に強力な王権を打ち立てることが必要となる。そのときは、武力と財力を兼ね備えた男大迹王以外に、頼るべき人物はいないのではないかと思っておる」

「それでは、男大迹王（ヲホドノオオキミ）の独断による大和国への侵略を見逃してもよいと」

「そうは言っておらん。男大迹王に反省を促す意味において、かの王にかなりの打撃を加えてやるのはよかろう。だが、あまりにやり過ぎると、将来に向けて倭国統治のための有為な人材を失うことにもなる。そのへんを按排（あんばい）することが重要だと言っておるのじゃ」

「うーむ、父（かぞ）の言いたいことは、おおよそわかりました。して、つぎなる吟味の事項は」

「大和国の最大の豪族は、汝（いまし）が指摘するように、大伴大連と物部大連じゃ。綴喜宮（つつきのみや）襲撃という行為に対して、両者がどのような反応を示すかのう。ことと次第によっては、吾（あ）が一族は、窮地に陥ることになる」

「先ほど説明したように、物部連尾輿（オコシ）は、この計画に賛意を示してくれています」

「物部連尾輿（オコシ）がこれを容認しているとなれば、物部麁鹿火（アラカイ）大連は、動くまい。あとは、大伴大連じゃが、綴喜宮への急襲が成功裏に終われば、大伴大連とて、無理な軍事行動に出ることはないじゃろう」

「必ず勝利してご覧にいれます」

「されば、問題は、相手に気づかれることなく、いかにして難攻不落の砦（とりで）、綴喜宮に近づくか、ということにつきる。東漢直弟山（ヤマトノアヤノアタイオトヤマ）と角古（カクコ）の二人を加えて、再度、綴喜宮への接近方法について吟味してみようぞ」

軍略と軍勢は、東漢（ヤマトノアヤ）氏が頼みとなる。高麗（コマ）臣は、現地の地勢を落とした図面をもとに、三者から説明を受けるなかで、問題点の抽出に努め、戦術の総点検にあたった。

なお、弟山直（オトヤマノアタイ）と角古（カクコ）直は、雄略大王（オオキミ）に仕えた東漢直掬（ヤマトノアヤノアタイツカ）の孫にあたる。

蘇我臣稲目、東漢軍を率いて進撃

男大迹（ヲホド）一二年（五一八）春二月、蘇我臣稲目の率いる軍勢は、二手に分かれる。東漢直弟山（ヤマトノアヤノアタイオトヤマ）の指揮する別働隊に、綴喜宮（つつきのみや）を背後から急襲させることとし、稲目臣は、副官の東漢直角古（カクコ）とともに、木津川の方面から綴喜宮を挟撃する役割に徹することにした。別働隊のほうは、生駒山系北東部の難所を辿（たど）らなければならず、時を要する。それゆえ、稲目臣の手勢は、別働隊を先行させ、二日遅れで進発した。

稲目臣は、三輪山西麓を北に伸びる山辺（やまのべ）の道を進み、途中、石上（いそのかみ）神宮にて物部氏から兵器の提供を受ける。急遽、駈けつけて来た物部連尾輿（オコシ）と束の間の会談を交えたあと、平城山（ならやま）を越えて泉津にいたる。そこには、尾輿連の用意した二〇艘の川船が待ち受けていた。船には、いずれも、据え置き型の楯(たて)が取り付けられている。すでに、陽が落ち、辺りは薄暗くなっており、軍勢は、目立たぬよう、近くの森のなかで野営する。

いっぽう、別働隊を指揮する東漢直弟山(ヤマトノアヤノアタイオトヤマ)は、前々日の早朝、二十数艘の川船を連ねて曾我川を下り、大和川経由で竜田川に入る。紀(キ)臣に領内を通過する旨、通知したうえで、平群(へぐり)谷を進み、その尽きるところで下船する。さらに、竜田川伝いに生駒谷を北上し、前方を塞ぐ生駒山系の南麓にいたるや、露営の態勢に入った。

東漢直弟山(ヤマトノアヤノアタイオトヤマ)の軍勢は、翌朝、山中へと分け入る。この山域は、起伏に富んでおり、高地の狭間(はざま)に谷地や沼が散在している。しかも、積雪を残しており、歩行は、困難をきわめる。高山狭戸(たかやませばと)(生駒市高山町)から北へ四里余り先の穂谷(ほたに)(枚方市穂谷)に向かい、そこから北東に進む。すると、左に薪甘南備山(たきぎかんなびやま)、右に息長山(オキナガやま)と、小高い山塊が見えてくる。弟山直(アタイ)の手勢は、これらの山塊の麓に潜んで夜明けを待つことにした。綴喜宮(つつきのみや)は、その東方の下りの斜面に位置している。

翌朝、頃合いを見計らい、弟山直(オトヤマノアタイ)の率いる東漢(ヤマトノアヤ)勢は、王宮に向けて一斉に火矢を射込む。たちまちにして、王宮の建物のそこここで火の手が上がりはじめる。

男大迹王(ヲホドノオオキミ)のほうは、大伴連磐(イワ)や息長牧人(オキナガノマキヒト)から、蘇我臣高麗(コマ)の若い後継者たる稲目が男大迹王の行動に極度の警戒心を抱き、物部連尾輿(オコシ)に近づいているという情報は得ていた。しかし、こうした敵対勢力が、仮にも王の坐(いま)す宮殿を、予告もなく、攻撃してくるとは想像できなかった。ましてや、この時節、天然の要害をなす後背の地から攻め込まれるとは、夢にも思っていなかった。守備兵は、厳寒期を越えたばかりで、二〇〇名にも満たなかった。男大迹(ヲホド)は、とりあえず、尾張巳巳雄(ミミオ)の指揮のもと、百数十名の兵を防戦に差し向けた。

尾張巳巳雄(ミミオ)は、王宮の背後に対する備えが十分でなかったことを悔やんだ。息長牧人(オキナガノマキヒト)からは、蘇我臣稲目と物部連尾輿(オコシ)の動きに不穏なものがあると聞かされていた。しかし、万一に、攻めてくるようなことがあるにしても、まずは、木津川の経路からであろうと判断した。それがゆえに、牧人に指示し、普賢寺川との合流点よりも川上に位置する飯岡の船着き場の手前に、多数の丸太を打ち込んで堰を設置するよう、作業に取りかからせていたところであった。

尾張巳巳雄(ミミオ)は、王宮の背後からの攻撃に接すると、木津川方面からの来襲をも想定した。ただちに、息長牧人(オキナガノマキヒト)に手持ちの兵の半ばを与え、木津川の水路を確保すべく、草内(くさじ)の船着き場へと先行させた。

牧人は、草内(くさじ)の船着き場にて、十数艘の船に漕ぎ手を配置し、出航の準備を整えた。それと並行して、時間稼ぎのために、配下の者をして南側に建造中の堰の開口部を障害物で塞がせた。その時分には、蘇我臣稲目の率いる軍船が飯岡の船着き場を目前としていた。牧人は、それを認めると、堰よりも手前に係留されている船の群れに付け火をした。

男大迹王(ヲホドノオオキミ)は、女・子供を連れ、宮廷職員ともども、その余の兵士に囲まれるようにして丘陵を下り、普賢寺川の渡しから草内（くさじ）の船着き場を目指した。男大迹は、綴喜宮（つつきのみや）を離れるにあたり、尾張巳巳雄（ミミオ）に対して、「命を粗末にするな。機を見て撤退を図れ」と、繰り返し念を押しておいた。

蘇我臣稲目（イナメ）の軍勢は、朝まだきに木津川を下ってきたものの、飯岡の船着き場の先に設けられた堰と障害物に前途を遮られ、その通過に時間を要した。しかも、その先には、燃え盛る船が何艘も控えており、折からの北西風により、火勢が自分たちのほうへなびいてくる危険性があった。

稲目臣の軍勢の西方では、綴喜宮（つつきのみや）の所在する丘陵で火煙が上がっている。彼は、これを見て、東漢直弟山（ヤマトノアヤノアタイオトヤマ）が綴喜宮の急襲に成功したことを確信した。とはいえ、当初の計画では、稲目臣の手勢は、弟山直（アタイ）の綴喜宮に対する襲撃に時を合わせ、草内（くさじ）の船着き場を占拠し、男大迹王（ヲホドノオオキミ）側の逃走を阻止することになっていた。稲目臣は、木津川と普賢寺川の合流点を前にして進むことままならず、みずからの無為無策に焦りが重なり、怒り心頭に発していた。

男大迹王（ヲホドノオオキミ）の一行は、草内（くさじ）の船着き場で息長牧人（オキナガノマキヒト）とその手勢に迎えられ、旧王宮の葛葉宮（くずはのみや）へと退避することとなった。男大迹は、途中、何人かの兵士を炎上する王宮のほうに向かわせ、尾張巳巳雄（ミミオ）に撤退するよう伝えに行かせた。しかし、残念ながら、尾張巳巳雄の部隊は、ほぼ壊滅の状態で、彼自身も、致命傷を負っていた。

男大迹王（ヲホドノオオキミ）の一族は、尾張巳巳雄（ミミオ）の犠牲と息長牧人（オキナガノマキヒト）の機転によって、窮地を脱することができた。男大迹王としては、平穏な日々にかまけて、油断してしまったのが悔やまれた。そして、みずからの思いあがった判断と行動に大いなる反省を強いられたのである。

　葛葉宮にいたると、勾大兄王子が驚愕の表情で一行を出迎えた。ただちに馬飼首草籠に応援を要請し、その率いる騎馬軍が葛葉宮の守りに就いた。少し遅れて、三島の館から、檜隈高田王子が、息子の火焔王子とともに、五〇名ほどの兵士を率いて駈けつけてきた。翌日には、近江の高島から、椀子王子（三尾君堅槭の孫）が、一〇〇名の兵士を引き連れて馳せ参じた。

　すでに、母の振媛のみならず、尾張連草香や三尾君堅槭をはじめ、多くの一族の長が、この世を去っていた。身近に仕えてくれた息長麻呂子・尾張巳巳雄・馬飼首荒籠たちも、もうこの世にはいない。男大迹王は、駈けつけてくれた子や孫を見るにつけ、時の移り変わりを思わずにはいられなかった。

　その後、大伴連磐が、弟の狭手彦とともに、八〇名ほどの兵士を引き連れてやってきた。

　大伴連磐は、怒りに震え、男大迹王に対して、むきになって主張する。

「今回の襲撃は、蘇我臣によるものです。この際、兵力を結集して蘇我勢を討伐すべきではありませんか」

「戦では、なにも解決できない」

「なにを弱気なことを。放っておけば、攻撃の時期を失することになります」

「その申しようは、金村大連の同意を得てのことか」

「父(かぞ)は、『しばらく時をおけ』と。しかし、その判断は、間違っています。大王から、『蘇我臣を討て』との勅(みことのり)を発していただきたい」

「金村大連からの直接の要請があるなら、考えてみよう。だが、そうでなければ、動くことはならぬ」

男大迹王(ヲホドノオオキミ)は、勢い込む磐(イワ)連をなだめ、引き取らせた。大伴連を巻き込むと、物部連に付け込む口実を与えかねない。この際、物部連尾輿(オコシ)の動静は、蘇我臣よりも不気味に感じられたのである。

いっぽう、蘇我臣稲目は、館に戻ると、父親の前で深々と頭を下げた。意外なことに、高麗(コマ)臣は、気色ばむこともなく、鷹揚(おうよう)に構えていた。

「気にするな。弟山直(アタイ)の攻撃は完璧にすぎた。汝(いまし)の加勢があると、問題が大きくなりすぎただろう。この程度の始末が、ちょうどよい加減なのだ」

もとより、稲目臣にとっては、このような結果は、納得のいくものではなかった。物部連尾輿(オコシ)に嫌味を言われることを、覚悟しなければならなかった。

王宮を山城国乙訓に遷す

男大迹王(ヲホドノオオキミ)の側からしても、蘇我臣高麗(コマ)の側からしても、今回の事態にはなんらかの決着をつけなければならなかった。男大迹王の指示のもとに、勾大兄王子（マガリノオオエノミコ）が、大伴大連や和珥臣（ワニ）に仲介の労を取るよう働きかけ、その結果、平群谷（へぐり）の紀臣（キ）の館で、男大迹王と蘇我臣高麗が会見する段取りとなった。

蘇我臣高麗（コマ）は、男大迹王（ヲホドノオオキミ）に対し、辞を低くして会談に臨んだ。

それに対して、男大迹王は、潔く、完全な敗北を認めた。

「当方に油断があり、見事にしてやられた」

そのうえで、つぎのように、切り出した。

「されど、自分は、形だけの大王（オオキミ）で終わりたくない。磐余（いわれ）に王宮を置くのでなければ、真の大王とはいえないと思っている。改めて、蘇我臣に協力を求めたい」

高麗臣（コマ）は、男大迹王（ヲホドノオオキミ）の率直な物言いに感銘を受けた。彼自身としては、旧王朝との縁で結ばれた倭国の大王（オオキミ）として、男大迹王以外に適任者がいないことも、倭国の求心力を高めるために、できるかぎり早く大王の権威を確立しなければならないことも、理解していた。さはさりながら、男大迹王が強引に大和国に入ろうとする姿勢を貫いていることに対して、旧王朝系の中小の豪族のみならず、大和国のほとんどの豪族が一斉に反発を示している。そのような状況のなかで、安易な妥協は許されなかった。

「今回の綴喜宮（つつきのみや）への襲撃は、吾（あれ）の本意ではない。大和国の豪族たちの男大迹王（ヲホドノオオキミ）に対する反感が、こうした行為に結び付いたと考えていただきたい」

高麗臣（コマ）は、このように切り返し、結論へと導く。

「暫くのあいだ、綴喜宮（つつきのみや）から退いて、時節を待っていただきたい。数年ののちには、大伴大連・物部大連・許勢（コセ）大臣らと相談のうえ、男大迹王（ヲホドノオオキミ）を磐余（いわれ）に迎え入れることとしたい」

高麗臣（コマ）は、この一線を譲ろうとはしなかった。

そして、会談の終わり際に、男大迹王（ヲホドノオオキミ）の朝廷内に、朝鮮半島の経営について、意見の乱れがみられることに遺憾の意を表した。さらに、旧王朝側は、広庭王子（ヒロニワノミコ）の成長に期待している、とも付け加えた。

男大迹（ヲホド）は、高麗臣（コマ）のこれらの言及には、無言を貫いた。だが、勾大兄王子（マガリノオオエノミコ）の背後に日本海側諸国からの支持があること、広庭王子が旧王朝と血縁で結ばれていること、こうしたことを指摘したかったのであろうと察していた。

男大迹（ヲホド）一二年（五一八）春三月、王宮は、山城国乙訓宮（おとくにのみや）（現在の長岡京市今里付近）に遷される。勾大兄王子（マガリノオオエノミコ）や大伴連磐（イワ）からは、「そこまで退くことはない」と猛反発を受けたが、男大迹（ヲホド）は、「今は雌伏の姿勢に徹する時である」と、彼らの説得に労を費やした。

これを機に、目子媛（メノコヒメ）は、故郷（ふるさと）の景色をもう一度見たいと言い出した。彼女も、老齢の域に達していた。男大迹王（ヲホドノオオキミ）や勾大兄王子（マガリノオオエノミコ）の説得にもかかわらず、生家の尾張の館へと旅立って行った。男大迹は、その前日、葛葉宮（くずはのみや）を訪ね、目子媛（メノコヒメ）と一夜をともにした。

「背の君も、すでに老いの身、無理をしてはなりません。これまでたくさんの経験を重ね、力を蓄えてきたのです。好機は、自然と巡ってきましょう」

「うむ。わかっておる。汝（いまし）も、体を大切にして長寿を保ってほしい」

「ただ、心配なのは、勾大兄王子（マガリノオオエノミコ）が、大王（オオキミ）の跡目をつつがなく継げるだろうかということです」

「吾（あれ）の後継者は、間違いなく、太子（ヒツギノミコ）の勾大兄王子（マガリノオオエノミコ）だと、汝に誓う。なんの懸念もいらぬ」

「周りには、勾大兄王子（マガリノオオエノミコ）よりも広庭王子（ヒロニワノミコ）を推す方たちが大勢います。汝（いまし）も、高齢ゆえに、隙ができぬとも限りません。十分に気を配ってください」

目子媛（メノコヒメ）が帰郷してしばらくすると、尾張氏一族の二人の若者が、男大迹王（ヲホドノオオキミ）を訪ねてきた。

「吾（あれ）は、尾張間古（マコ）と申します。また、これなるは、弟の枚夫（ヒラブ）です。凡連（オオシ）の命を受け、吾らは、それぞれ、勾大兄王子（マガリノオオエノミコ）と檜隈高田王子（ヒノクマノタカタノミコ）に仕えるためにまかり越しました。これより、吾は、葛葉宮（くずはのみや）に、枚夫は、三島の館に向かうつもりです」

「そうか。二人の王子（ミコ）に仕えてくれるか。嬉しいことよ。目子媛のせめてもの心遣いとみゆる。して、凡連（オオシ）と目子媛は、息災に過ごしておられるか」

「凡連（オオシ）は、老齢ゆえにすでに身をひき、吾らが兄（え）の栗原連が、尾張家累代の跡を継いでおります。目子媛も、故郷の風景に心和（なご）まれ、穏やかに過ごしておられます」

「まずは、よかった」

これまで、葛葉宮（くずはのみや）では淀川、綴喜宮（つつきのみや）では木津川とそれぞれの水運を利用してきたが、乙訓宮（おとくにのみや）は、桂川の下流域にあたり、このたびは、桂川の水運が重要となる。じつのところ、男大迹（ヲホド）は、葛葉宮に居を定めた当時から、桂川を利用した交易の拡大に強い関心を寄せていたのである。

桂川運用の如何は、なによりも、秦氏（ハタ）の協力姿勢の有無にかかっている。幸い、葛野秦氏（カドノハタ）の統率者の地位にいたのは、秦大津父（オオツチ）の伯父にあたる秦宇志（ハタノウシ）であった。男大迹（ヲホド）は、大津父の力添えで秦宇志の支援を受けることができるようになった。

太秦（うずまさ）や嵯峨野は、すでに豊かな穀倉地帯に様変わりしており、養蚕も盛んであった。その奥の丹波の山々では、材木の伐り出しが盛んに行われていた。このようにして、男大迹は、穀類・絹織物・木材などを船便で難波や大和へと運ぶことに精を込めたのである。

ところで、男大迹王（ヲホドノオオキミ）が乙訓宮（おとくにのみや）に遷ることを余儀なくされるという状況にあって、男大迹王を支援しようとする、もうひとつの新たな動きが出てきた。

つまりは、阿倍氏と膳氏（カシワデ）とが、男大迹王（ヲホドノオオキミ）に対する軍事支援を鮮明にするようになったのである。両氏とも、すでに代替わりし、阿倍大麿と膳大麿とが、それぞれの宗主となっていた。両者は、男大迹王の了解を得たうえで、各々、造船技術者と兵士数十人を乙訓宮（おとくにのみや）に送りこみ、彼らをして軍船の建造に当たらせた。これに、葛野秦氏も、積極的に協力する姿勢を示す。かくして、乙訓宮は、桂川下流域に多くの軍船を配備した、強固な堅塁へと変貌を遂げることとなるのである。

この間、朝鮮半島においても、情勢に推移が見られる。

百済は、武寧王のもとで、男大迹一〇年（五一六）までに己汶を自領とし、帯沙の領有を巡っても、大加羅国に対して優位にことを進めていた。さらには、小白山脈を越えて、南部加羅地方に侵入せんと、虎視眈々とその機会を狙っていた。

男大迹一七年（五二三）、武寧王が亡くなる。あらたに即位した聖明王は、高句麗への対抗上、中国南朝の梁に朝貢して冊封を受けるいっぽう、倭国に対しては、これまでと同様、文物をもたらすことによって親交を深め、加羅地方への進出に理解を求めてきた。

また、新羅では、男大迹八年（五一四）に、法興王が即位する。同王は、百済に対抗し、南下して洛東江下流域東岸の国々を攻略しだした。そして、その一〇年後には、洛東江を西に越え、南部加羅地方へと侵入しはじめるのである。

男大迹王、磐余に入京

筑紫君磐井、筑紫島北部を席巻

男大迹王(ヲホドノオオキミ)が乙訓宮(おとくにのみや)に移ってのち、数年を経ても、旧王朝側からは、さっぱり音沙汰がなかった。

しかし、国内外の情勢は、確実に大きな変貌の兆しをみせていた。

朝鮮半島では、男大迹(ヲホド)一八年（五二四）には、新羅が、洛東江西岸の金官(きんかん)や喙己呑(とくことん)を攻め、それぞれの軍勢を大破している。九州では、筑紫君磐井(イワイ)が、肥大化し、大和王権としても無視できないほどの勢力を誇るにいたっていた。

筑紫君磐井の系統は、筑後川南岸において、耳納(みのう)山地の西の裾野から、その南方の八女(やめ)丘陵にかけての地域を本拠とする、筑紫国の豪族である。八女丘陵には、筑紫君家歴代の墳墓が築かれている。

筑紫君は、代々に渡って、筑後川の水利を活用してその周辺一帯で稲作に励んできた。また、有明海を拠点として肥前沖を押さえ、加羅や新羅の国々との交易にも力を入れてきた。磐井は、父の早世にともない、若くして跡目を継ぐ。才気煥発にして気鋭に溢れ、早くから筑紫島一帯にその名を轟かせていた。

仁賢大王八年(四九五)、筑紫君磐井は、二年間かけて京での靫負の任務を終える。帰途、摂津国三島郡の男大迹王のもとを訪ね、さらに、吉備国にも足を伸ばし、上道臣や下道臣とも、面談を重ねた。このようにして、有力な連合国家の首長層の人となりとその抱く志とを知ろうと努めたのであった。

筑紫島北部一帯には、なお、雄略大王時代の圧政の余波が残っていた。磐井君は、帰国後、中央に反発するこれら諸豪族を糾合し、みずからの連合政権づくりに邁進するようになっていったのである。その全容があらわになるまでに、二十数年を要することになる。

——まずは、筑後川南岸の、西隣りの水沼君(筑後国三潴郡)との絆を固める。あわせて、筑後川北岸の筑紫米多君(肥前国三根郡)を傘下に入れ、有明海に流れ込む筑後川の下流域を押さえた。

——ついで、菊池川流域の日置氏(肥後国玉名郡)と白川流域の建部君(肥後国飽田郡)との関係を強化し、有明海沿岸一帯を勢力下に置いた。

——さらに、氷川流域の火君(肥後国八代郡)、その南方の火君の支族・葦北君(肥後国葦北郡)

と同盟を結び、八代海（やつしろかい）沿岸に勢力圏を広げた。

――そのいっぽうで、博多湾北部の志賀島（しかのしま）を根城とする海人（あま）族の阿曇（アズミ）連を味方に引き入れた。あわせて、阿曇連と近縁の関係にある、同じ海人族の、那珂川下流域を押さえる住吉（スミヨシ）氏、および宗像（むなかた）地区を領する宗像氏と結び、玄界灘沿岸をも勢力下においた。

さらに、住吉氏の南に位置する筑紫三家（みやけ）連を傘下に収めた。

ちなみに、阿曇（アズミ）連は、海を主宰する神として綿津見（ワタツミ）三神を祀っていた。また、航海の守護神として、宗像氏が宗像三女神を祀っていたのに対し、住吉氏は、住吉三神を祭神としていた。

――九州の中央部では、筑紫平野の東端にあって筑後川南岸を占める的（イクハ）臣（筑後国生葉郡（いくはのこおり））、その東の日田（ひた）盆地を領する日下部氏（豊後国日田郡）、そして、阿蘇山北麓の阿蘇君（肥後国阿蘇郡）などが、磐井君を中核に置く同盟に加わった。

――九州北部の東岸では、中津平野の秦（ハタ）氏（豊前国三毛郡（みけのこおり））やその東端の海人（あま）族の宇佐氏（豊前国宇佐郡）、さらには、国東半島東部の国前（クニサキ）氏（豊後国国東郡）、別府湾沿岸の大分（オオキタ）君（豊後国大分郡）などとのあいだに、同盟関係を広げた。

かくして、筑紫君磐井は、筑前・筑後、肥前・肥後、豊前・豊後にわたる一大連合国家をつくり上げた。その影響力は、九州地方にとどまらず、瀬戸内海や日本海の沿岸の国々にまで及んだ。

しかも、肥前沖から玄界灘への海域を押さえたことにより、朝鮮半島の国々や中国南朝との交易に関して圧倒的に優位な立場を築くことができた。肥前沖から対馬を経由せず、その南方を直接、朝鮮半島の南西部の港に向かう、新たな航路も開発されていた。

ここで、秦（ハタ）氏について、さらなる補足をすると、そもそも、秦氏が最初に入植した地は、豊前国であった。彼らは、当初、香春岳（かわらだけ）（福岡県田川郡香春町）を守り神とし、香春岳山麓で銅を採掘していた。その後、銅を出荷する必要から、周防灘に面した中津平野に進出し、ここに根を生やした。その一族は、東漸し、八幡神を祀る宇佐神宮の創設にもかかわっている。秦氏は、元々、航海術に長（た）けており、やがては、多くの者が、豊前国から倭国の各地に分散していったのである。

ところで、筑紫君磐井は、生前に、みずからの墓をつくっていた。筑紫君歴代の墓域をなす八女丘陵上に築かれた、世にいうところの、岩戸山（いわとやま）古墳（墳丘長一三五メートルの前方後円墳）である。墳丘の上や側面には、石人・石馬などの大形石製埴輪が配置されている。とりわけ、別区と呼ばれる張り出し部では、石製埴輪群像を通して磐井君の人民統治のようすがうかがえる。

これに対して、継体大王（オオキミ）の陵墓とされているのは、三島平野に築かれている今城塚（いましろづか）古墳（墳丘長一九〇メートルの前方後円墳）である。そして、今城塚古墳と岩戸山古墳とは、規模こそ違え、形状において相似形をなしている。また、今城塚古墳の二重の濠を隔てる内堤部には、大型埴輪群像による祭祀空間の存在が確認されている。こうした点においても、これら二つの墳墓は、近似性を示している。

このほか、今城塚古墳では、三基の家形石棺の存在したことが確認されており、そのひとつに馬門（まかど）石が用いられている。馬門石とは、有明海と八代海を分断する宇土半島で採石された、いわゆる「阿蘇ピンク石」のことである。

こうしたことから確認できることは、第一に、磐井君が、中央における最先端の前方後円墳の形態を先取りしていることである。おそらく、磐井君は、当初、大和王権と密接な関係を維持していたのであろう。その後、王権の脆弱（ぜいじゃく）な実情を知るに及び、その立て直しに向けて、男大迹王（ヲホドノオオキミ）の即位に相当の期待をかけていたと思われる。

第二に、何トンもある巨大な岩石が、島原湾から海路により大阪湾まで運ばれていることである。畿内の古墳にあって、阿蘇ピンク石が使われるようになったのは、男大迹王（ヲホドノオオキミ）の出現する前後からである。それ以前には、同じ阿蘇凝灰岩でも、氷川産や菊池川産の灰色石が中央へ運ばれていた。これらから、当時の海運技術は、相当に高度なものであったと考えるしかない。

同時に、こうした事実からは、男大迹王の即位する以前より、大和王権と有明海や八代海沿岸の豪族との結びつきが強固であったという歴史がしのばれる。

さて、男大迹王（ヲホドノオオキミ）が、蘇我臣からの襲撃を受けて乙訓宮（おとくにのみや）へと王宮を遷さざるを得なくなったころから、筑紫君磐井は、男大迹王への過剰な期待が空しいものであることを悟るようになる。

磐井君は、男大迹王（ヲホドノオオキミ）が越の出身であるがゆえに、加羅・新羅諸国との交流が活発化することを想定していた。それにもかかわらず、男大迹王自体が、大和国の有力豪族の意見を受け入れて百済寄りの姿勢を打ち出している。しかも、百済を支援するために、ふたたび、筑紫島北部に兵站基地としての機能を求めてきている。加えて、大和国の主要豪族は、一致協力して国造（くにのみやつこ）制や屯倉（みやけ）制を活用して各地に大和王権の直轄地を設け、地方支配を強めようと意図している。

そのような状況において、新羅の法興王が、百済との対抗上、筑紫君磐井に接近を図ってきた。

さまざまな貢ぎ物を届けては、反大和王権の立場を鮮明にするよう、圧力をかけてくるのである。

磐余玉穂宮へ堂々の進軍

男大迹（ヲホド）二〇年（五二六）にかけて、九州北部の情勢は、風雲急を告げる状況となってきた。筑紫君磐井と新羅との関係は、ますます強まり、倭国に向かう加羅諸国や百済の船は、行く手を筑紫勢によって阻まれるようになる。

この時期、瀬戸内海航路は行き詰まり、むしろ日本海航路のほうが活発化するという現象が生まれた。北陸から近江国にかけての三尾系・息長（オキナガ）系の諸国のみならず、東方の尾張国や上毛野（かみつけぬ）国なども、日本海航路に拠っていた。そして、皆、男大迹王（ヲホドノオオキミ）のみならず、その後を継ぐであろう太子（ヒツギノミコ）・勾大兄王子（マガリノオオエノミコ）の手腕に期待を寄せていたのである。

筑紫勢によって穴戸（あなと）（関門海峡）が封鎖されれば、瀬戸内海航路による朝鮮半島や中国大陸への交通は、閉ざされてしまう。そして、彼らが吉備国と結託するようなことになれば、大和王権の存否にもかかわってくる。今や、畿内豪族にとって、筑紫君磐井の動きに対応するには、男大迹王（ヲホドノオオキミ）を大和国に迎え、名実ともに大和王権の大王（オオキミ）として遇する以外に選択肢はなくなっていた。

大伴大連・物部大連・許勢（コセ）大臣・蘇我臣らの協力のもと、磐余玉穂宮（いわれのたまほのみや）（現在の桜井市池之内のあたり）の設営が進められる。

　おおよその材木は、周辺の山々から集められたが、檜の巨木については、丹波産のものが用いられた。丹波の山から伐り出された原木は、葛野秦(カドノハタ)氏の力添えにより、筏(いかだ)に組んで桂川を下り、木津川を遡って泉津へともたらされる。そこから、物部臣尾輿(オコシ)の手により、修羅(しゅら)を用い、綱で曳き、あるいは、敷き詰めたコロ（丸太の棒）の上を転がして、佐紀(さき)丘陵（平城山(ならやま)の西部）を越えて佐保川へと渡される。佐保川を下って大和川に入ると、今度は、初瀬川や寺川を遡ることによって、磐余(いわれ)の邑の近くまで運ばれた。

　大連・大臣たちによって、宮殿設計の大まかな方向付けが行われ、蘇我臣高麗(コマ)の指揮の下、東漢(ヤマトノアヤ)氏を中心に、鋭意、宮殿の建造が始まった。

　同年秋九月、男大迹王(ヲホドノオオキミ)は、大后(オオキサキ)・手白香王女(タシラカノヒメミコ)をともない、乙訓宮(おとくにのみや)を出て泉津へと向かう。

　このたびは、阿倍臣大麿と膳(カシワデ)臣大麿の率いる軍勢が、桂川に八〇艘に及ぶ軍船を連ね、これに

修羅　重い石などを運ぶための、大型の木製そり。藤井寺市の三ツ塚古墳周濠から大小二つの修羅が発掘された。大勢で綱でこれを曳き、石などを運んだと考えられる。

従う。これらの軍船には、軍馬も二十数頭、積み込まれていた。

男大迹（ヲホド）は、振り返ってみて、感慨新たなるものがあった。

――吾（あれ）は、かつて、桂川を南下して京（みやこ）入りをしようとした倭彦王（ヤマトヒコノキミ）を、阻止した。今度は、吾が、桂川から京（みやこ）をめざしている。歴史とは、皮肉なものだ。倭彦王と同じ轍（てつ）を踏んではならない。国内外ともに前途多難であるとはいえ、新しい国づくりに取り組んでみせよう。産業を起こし、交

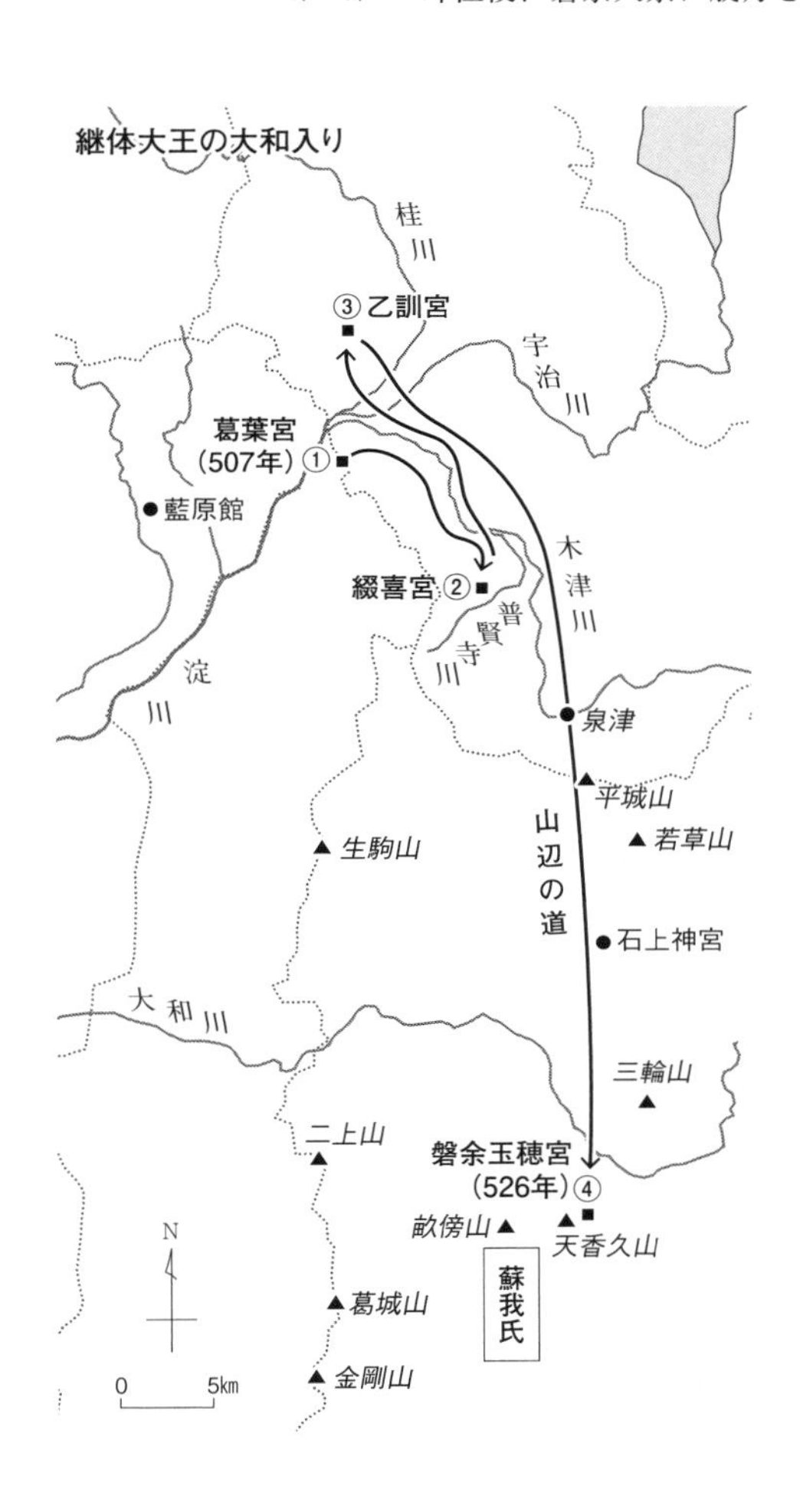

易を盛んにし、人びとの生活を少しでも豊かにするのが、吾の務めとなろう。

泉津では、大和国の名だたる豪族の長がこれを出迎えた。男大迹王(ヲホドノオオキミ)以下、主なる武将たちは、騎馬に乗り換え、出迎えの者たちの先導で山辺(やまのべ)の道を新築なった磐余玉穂宮(いわれのたまほのみや)へと堂々の進軍をした。かくて、男大迹王(ヲホドノオオキミ)は、改めて「継体大王(オオキミ)」として磐余玉穂宮の主におさまった。葛葉宮(くずはのみや)で即位してから、じつに二〇年を要したのである。継体大王は、すでに七七歳となっていた。

この間、蘇我臣高麗(コマ)は、みずからの領内の高市郡(こおり)に、継体大王の尾張系の二人の王子(ミコ)のために、それぞれの宮殿を用意していた。勾大兄王子(マガリノオオエノミコ)(五九歳)の勾金橋宮(まがりのかなはしのみや)と、檜隈高田王子(ヒノクマノタカタミコ)(五八歳)の檜隈盧入野宮(ひのくまのいおりののみや)がそれである。これらの宮殿の造営は、継体大王(オオキミ)に対する忠誠の気持ちを露(あら)わにしたものであるが、それは、同時に尾張連への配慮を示すものでもあった。蘇我臣高麗は、葛城氏の凋落後、その残存勢力とその領有地を傘下に収めるとともに、葛城臣に代わって尾張連との関係の強化を望んでいたのである。

阿倍臣と膳臣(カシワデ)は、継体大王(オオキミ)の入京にあたって、これを軍事的に支えた。両者は、その後も、継体大王の警護に従事する。そして、その務めを果たすため、両者の領地は、北から玉穂宮を覆うように、阿倍臣の所領は阿倍丘陵一帯(桜井市の安倍史跡公園を中心とする地域)に、膳臣の所領はその西方の天香具山の北東麓に、それぞれ配置されている。

第四部——筑紫君磐井との命運を賭した戦い

磐井勢との決戦への準備

物部麁鹿火大連が大将軍に

朝鮮半島では、任那(みまな)の金官と喙己呑(とくことん)とは、新羅(しらぎ)から度々にわたる攻撃を受け、はなはだしく疲弊していた。金官の仇衡王(キュウコウオウ)(鉗知王(カンチオウ)の子)からは、大和王権にしきりに新羅軍の侵略による惨状を訴えてくる。これを受けて、継体二一年夏六月(五二七)、大王(オオキミ)は、金官と喙己呑の復興を図るため、近江毛野臣(ケナ)を現地に派遣することにした。

近江毛野臣(ケナ)は、軍勢を率いて瀬戸内海を周防灘へと進み、穴戸(あなと)(関門海峡)に向かう。しかるに、その手前で、筑紫君磐井(イワイ)指揮下の数多くの軍船が立ちはだかり、近江毛野勢の航行を阻止した。

近江毛野臣(ケナ)は、正面の、旗艦とおぼしき船の舳先(へさき)に、旧知の筑紫君磐井を認めると、この理不尽な仕打ちに怒りをぶつける。

「こは、いかなることぞ。大和王権に武力をもって逆らおうとするつもりか」

対する筑紫君磐井は、早くから、近江毛野臣(ケナ)が任那に赴くことについての情報を得ていた。しかも、近江毛野臣は、みずからが京(みやこ)に靫負(ゆげい)として出仕した際の同僚でもあった。磐井君は、近江毛野臣に挑発的な言辞を弄する。

「今でこそ、汝(いまし)は、朝廷の使者となっているが、昔は、仲間として肩や肘(ひじ)をすり合わせ、同じ釜の飯を食った仲だ。使者になったからとて、にわかに、吾(あれ)を従わせることなどできるものか。やれるものならやってみよ」

ここは、多勢に無勢(ぶぜい)、戦えば、敗北は目に見えている。近江毛野臣(ケナ)の船団は、筑紫勢の罵声の飛び交うなか、やむなくして引き揚げていった。

継体大王(オオキミ)は、筑紫勢の妨害について、近江毛野臣(ケナ)から直接に報告を受けた。その場には、王子(みこ)たちも同席していた。大王は、近江毛野臣の報告を聞きながら、三島江(みしまのえ)に突如として現れ、大和王権がなにほどのものかとうそぶく、眼光鋭い磐井君の面構(つらがま)えを思い起こしていた。そして、近江毛野臣が退席したあと、大王は、王子たちの前で、みずからの決意のほどを洩らした。

「とうとう来たか、筑紫君磐井と雌雄(しゆう)を決するときが。これまでの磐井君とのあいだのしがらみを断ち切らねばなるまい」

勾大兄王子(マガリノオオエノミコ)は、父王からその覚悟を聞かされ、驚きあわてた。

「それは、短慮にすぎます。吾(あれ)が磐井君のもとに使者として発(た)ちます。なんとか話し合いで解決することはできませんか」

勾大兄王子（マガリノオオエノミコ）は、檜隈高田王子（ヒノクマノタカタノミコ）とともに、懸命に父王の説得にあたった。しかし、継体大王（オオキミ）の決意は変わらなかった。

「この決戦は、急がねばならない。筑紫君と吉備臣とのあいだに同盟関係が確立される前に事を運ばなければ、事態の解決は、ますます遠のいてしまう」

大王（オオキミ）が決断を急ぐ背景には、こうした読みがあったのである。

大王は、大伴金村大連・物部麁鹿火（アラカイ）大連・許勢男人（コセノオヒト）大臣らとの協議に臨んだ。すでに、重臣たちは、大王の決意を知り、それに賛同を示していた。

大王（オオキミ）は、重臣たちの覚悟のほどを確認すると、改めて彼らに諮問した。

「誰か、西国を攻める将軍の適任者はあるか」

すると、大伴大連・許勢（コセ）大臣らが、異口同音に答えを返してきた。

「正直で勇に富み、兵事に精通しているのは、いま麁鹿火（アラカイ）大連の右に出る者はありません」

「うむ。それが良い」

同年秋八月、継体大王（オオキミ）は、物部麁鹿火（アラカイ）大連に告げる。

「大連よ。筑紫君磐井が叛（そむ）いている。汝（いまし）が行って討て」

麁鹿火（アラカイ）大連は、再拝して、これに応ずる。

「磐井君は、西の果てのずるい奴です。山河の険阻（けんそ）なのをたのみとして、恭順を忘れ、乱を起こしたものです。道徳に背き、驕慢（きょうまん）でうぬぼれています。吾（あれ）の家系は、祖先から今日まで、大王（オオキミ）のために戦いました。人民を苦しみから救うことは、昔も今も変わりませぬ。ただ天の助けを得ることは、吾がつねに重んずるところです。よく謹んで討ちましょう」

大王（オオキミ）は、さらなる指示を伝える。

「良将は、出陣にあたっては将士をめぐみ、思いやりをかける。そして、攻める勢いは、怒濤（どとう）や疾風のようである。また、将軍は、兵士の死命を制し、国家の存在を支配する。つつしんで天誅を加えよ」

最後に、大王（オオキミ）は、大将軍の印綬（いんじゅ）を物部麁鹿火（アラカイ）大連に授け、異例とも思える勅（みことのり）を下した。

「長門（ながと）より東のほうは、吾（あれ）が治めよう。筑紫より西は、汝（いまし）が統治し、賞罰も思いのままに行なえ。いちいちに報告することはない」

筑紫君磐井は、九州北部に大連合国家を築き上げていた。その勢いは、継体大王（オオキミ）傘下の軍勢が加わったとはいえ、大和連合国家を上回るものがある。磐井勢に勝利するためには、大和勢の緊密な連携と緻密な戦略が不可欠となる。大将軍に全権を委ね、その判断と智謀に賭けてみるほかに手はなかったのである。

遠征軍の武将による戦術会議

大将軍・物部麁鹿火(アラカイ)大連は、大伴金村大連・許勢男人(コセノオヒト)大臣・蘇我臣高麗(コマ)や、みずからの一族の物部連尾輿(オコシ)らと相談のうえ、大和連合軍を構成する武将の選定にあたった。

――まず、一方の副将軍として、麁鹿火(アラカイ)大連の息子・物部連石弓若子(イシユミノワクゴ)をあてた。

――副将軍・石弓若子(イシユミノワクゴ)連の傘下には、物部勢のほかに、許勢(コセ)臣稲持(イナモチ)・紀(キ)臣小足(コタリ)の軍勢、それに、蘇我臣塩古(シオコ)とその配下の東漢直(ヤマトノアヤノアタイ)弟山(オトヤマ)の軍勢が加わった。

――つぎに、もう一方の副将軍として、大伴金村大連の息子・大伴連磐(イワ)を指名した。

――副将軍・磐(イワ)連の下には、弟の狭手彦(サテヒコ)の指揮する大伴軍に加え、阿倍臣大麿・膳(カシワデ)臣大麿・尾張連乙訓与止(オトクニヨド)・車持(クルマモチ)君佐太(サタ)らの軍勢が集結した。

さて、大将軍・物部麁鹿火(アラカイ)大連は、しばらく日数をかけて、傘下の武将たちとともに、畿内の諸々の氏族から筑紫島北部の事情にくわしい者を抽出し、さまざまな情報の収集に努めた。そして、それを体系化することによって、筑紫連合軍との戦いに向けた大筋の戦略を練った。

その後、麁鹿火(アラカイ)大連は、武将たちを集め、壁に掛けた筑紫島の地図を前にして、基本的な方向付けを提示した。それは、筑紫島北部に、北と東の二方面から攻め込む、というものであった。

「筑紫連合軍といっても、核になるのは、結束の固い磐井君と水沼(ミヌマ)君である。その周囲の豪族は、古来からの大和王権との縁を引きずっている者も多く、その意味では、筑紫連合軍は、弱点を抱えている。したがって、最終的決戦は、筑紫平野の南西部、つまり、筑後川下流域の南岸となろう。磐井君と水沼君の北方と西方への守りは堅い。筑紫平野に向けての、西海道による北からの侵入と、西の有明海からの上陸に対しては、十分な備えができている。しかし、険阻な山並みを越えて、東側から筑紫平野に押し寄せてくるなどということは、想定していないであろう。それがゆえに、北からの攻撃によって敵を引きつけ、そのあいだに、東から迫り、奇襲をかけるというのが、最善の策であろう」

ここで、麁鹿火大連は、二人の副将軍の任務を明確にする。

「ついては、北方からの攻撃は、副将軍・大伴連磐に担当してもらいたい。東方からの攻撃は、吾と副将軍・石弓若子連とで引き受けよう」

麁鹿火大連は、聞き入る各武将の真剣な顔つきを見回したあと、さらに指示をつづける。

まずは、北方軍の果たす役割についてである。

「北方軍は、当初から難敵と見えねばならず、苦労をかける。まずは、穴戸を前にして、海人族の阿曇・住吉・宗像勢、それに豊前秦氏・宇佐氏の軍勢が行く手を阻もうとするであろう。北方軍は、彼らとのあいだの船戦を制しなければならない。那津に上陸できたとしても、その先には、大和勢の進軍を阻止しようと、磐井君や水沼君など有明勢を主力とする軍勢が待ち受けておろう。

なんとか、万難を排して筑紫平野へと進軍してほしい。そして、東方軍が磐井君の本拠に接近できる状況にいたるまで、筑紫平野にて有明勢と互角の勝負を挑み、持ちこたえてもらいたい」

　ついで、東方軍の責務である。

「東方軍が菡萏湾（別府湾）に入るためには、伊予と豊後とを分ける速吸之門を渡り、大分軍を主力とする敵勢と戦わねばならない。そのあたりは、潮流がはげしく、岩礁も多く、攻略にはてこずろう。内陸部は、峰筋や谷間からなる難路の連続で、これを克服するのに時を要する。東方軍にとっては、筑紫平野の手前の日田盆地が戦略上の要衝となる。敵に気づかれることなく、ここを押さえることができれば、吾が軍は、有利にことを進めることができよう。たとえ、気取られることがあるにしても、敵側にとって、筑紫平野の東の喉元を押さえられたのでは、穀倉地帯の水利権を放棄したに等しく、長期戦に耐えられるものではない」

　各武将からは、軒並み、大将軍の開示した大方針に賛意と敬意が表明された。また、この大方針に沿った形で、武将のあいだで、さまざまな意見が交わされた。

　なかでも、議論の的になったのは、西国の雄・吉備臣の扱いであった。吉備臣は、雄略大王の強権によって、幾多の犠牲を強いられ、その勢力をくじかれてきた。しかし、大王の没後、産業の育成と軍備の強化に努め、今や大連合国家として復権を果たしている。大和王権に対して遺恨を秘めているところへ、筑紫君磐井から、反大和の働きかけを受けている公算が大きい。吉備臣が反大和を標榜したとなれば、大和連合軍は、筑紫島への遠征を前にして、吉備連合軍との戦いに臨まなくてはならなくなる。

この問題については、麁鹿火（アラカイ）大連は、このように応じた。

「吾（あれ）も、吉備臣の動静には、諸将と同様、大きな懸念を抱いている。進軍の途次、吾は、吉備国を訪ね、腹を据えて説得にあたりたい。ゆえに、この問題については、吾に一任していただきたい」

このほか、長期戦に備えた兵站（へいたん）基地の設置、北方軍と東方軍との緊密な連携など、しかるべき事項についての指摘がつづいた。麁鹿火（アラカイ）大連は、これらの指摘に対しては、両軍に対する要望とみずからの役割とを示すことによって締めくくった。

「もとより、兵站基地の設定は、この戦で欠くことはできない。北方軍においては、周防灘に面した港湾・岬・島などの地形を勘案したうえで、周防国の豪族の協力を得て、その設営にあたってもらいたい。東方軍の後方基地としては、斎灘（いっきなだ）ないし伊予灘に面した伊予国の北西部を考えている」

さらに、言葉を継ぐ。

「また、吾（あれ）は、北方軍と東方軍の、それぞれの戦況や進軍状況を的確に把握したい。北方軍と磐井勢との決戦に、東方軍が間に合うよう、双方の歩みを調整しなければならない。ゆえに、吾は、東方軍が進発したあとも、伊予国に留まり、双方からの報告を定期的に受け取ることにする。北方軍の筑紫平野入りを確認したら、吾も、ただちに東方軍の本陣に駈けつけ、日田盆地の制圧に取り組むこととしたい。そして、吾らが筑紫平野の東部にいたったら、北方軍に急使を送り、最終決戦の段取りを協議することとしよう」

最後に、戦術面で、有益と思われる見解がいくつか表明された。

一つは、阿倍臣大麿（オオマロ）からで、豊前秦（ハタ）氏に向けた懐柔策といえるものである。

「周防灘の海域では、豊前秦氏が後方基地を提供している限り、遠征軍は不利な戦いを強いられる。中央の葛野（カドノ）秦氏の力を借りて、豊前秦氏の勢いを押さえられないものだろうか。検討を願いたい」

二つは、東漢直弟山（ヤマトノアヤノアタイオトヤマ）からで、肥後の火君（ヒノキミ）勢に対する用兵上の留意点に関するものである。

「火君は、その支族の葦北君（アシキタノキミ）とともに、強力な軍事力を保持している。磐井君の本拠地からは相当に離れているとはいえ、磐井君の子の葛子（クズコ）は、火君の女（むすめ）を妻としていると聞く。磐井君勢と火君勢を合体させては、攻略するのが難しくなる。決戦段階では、なんとか火君勢を磐井君勢から分断しておきたいものだ」

大将軍・副将軍ともに、こうした提案を評価し、「十分に留意し、対応していきたい」と応えた。

大和連合軍、瀬戸内を西へと出陣

物部麁鹿火大連、吉備上道臣を訪ねる

物部麁鹿火（アラカイ）大連にとっての最初の懸案は、いかにして吉備国の動きを押さえるかということであった。吉備国と十分に意思疎通をしておかないことには、瀬戸内海の吉備国の勢力圏を無事通り抜けたとしても、九州勢との戦いの最中に、吉備軍から背後を突かれる危惧が残る。

大将軍・麁鹿火（アラカイ）大連は、吉備国の備えについて、事前に情報の収集に努めた。そして、吉備国に対して、使者を立て、筑紫君磐井を討伐するため、みずからの指揮する軍勢が瀬戸内海を西に向かうこと、吉備国にあっては、中立の立場を守ってほしいこと、この二点について文（ふみ）を届けさせた。その後、仄聞（そくぶん）するところによれば、吉備国内部では、大和王権側に就（つ）くか、これに一矢報いるかについて、喧々諤々（けんけんがくがく）の論争がつづいているかのようである。

継体二一年（五二七）九月半ば、物部連石弓若子（イシユミノワクゴ）の軍船一五〇隻、大伴連磐（イワ）の軍船二〇〇隻、

計三五〇隻が茅渟(ちぬ)の海（大阪湾）に勢揃いした。その後、本隊を小豆島の北岸で待機させ、麁鹿火(アラカイ)大連は、数隻の軍船を率いて瀬戸内の北岸沿いを西に向け進む。彼は、吉備国との硬直した関係を解きほぐすには、みずからが吉備王を説得するほかはないと考えていた。身に降る危険は覚悟の上であった。

小豆島と対岸の間に広がる大伯海(おおくのうみ)の尽きるところに、吉備国の港・吉備津がある。そこは、吉井川の河口にあたり、穴海(あなうみ)により隔てられた児島（現在の児島半島）の東端に近接している。吉備津に近づくと、児島の東岸から南岸にかけて、多くの軍船の係留されているのが目に付いた。

麁鹿火(アラカイ)大連は、吉備津に入港すると、みずからの身分を明らかにしたうえで、津守に備前王との面会を申し出た。しばらく待たされたが、やがて、小舟の先導を受け、麁鹿火大連の座乗する船は、穴海を進み、旭川の河口へと案内された。船着き場には、備前王の吉備上道臣(カミツミチ)赤石(アカイシ)が迎えに出ていた。

上道臣赤石は、天下に名の轟く大和王権の重鎮、物部麁鹿火(アラカイ)大連が単身で訪ねてこようとは思いもせず、驚きを隠せずにいた。麁鹿火大連は、数名の幕僚とともに、旭川沿いの備前王の居館に招かれた。

館にて落ち着くと、麁鹿火(アラカイ)大連は、上道臣(カミツミチ)赤石(アカイシ)に語りかける。

「いよいよ、大和連合軍は、筑紫連合軍との決戦に臨む。吾(あれ)は、大将軍として、三五〇隻ほどの軍船を率いて西に向かう途次にある。知ってのとおり、筑紫君磐井は、筑紫島北部に広く勢力圏を広げ、玄界灘から肥前沖にかけての海域を押さえている。しかも、海西（わたのにし）の新羅（しらぎ）と結び、百済（くだら）や加羅（から）諸国と倭国とのあいだの通航を妨げている。かくなるうえは、大和王権としては、なんとしてでも、筑紫君磐井の意図を挫（くじ）かねばならない。吉備国としては、現下の情勢を理解していただき、どうか、中立の立場でこの戦いを見守ってほしい」

上道臣（カミツミチ）赤石（アカイシ）がこれに応える。

「元々、大和王権の礎（いしずえ）は、九州勢に吉備勢が加勢することによって築かれたものである。爾来（じらい）、吉備国は、大和国の最大の同盟国でありつづけた。たとえ、両国のあいだに、一時的に綻（ほころ）びを生じようとも、吾（あれ）は、こうした歴史的経緯を軽んじるつもりはない。ゆえに、吾は、麁鹿火（アラカイ）大連の申される事の次第は、十分に理解できる。しかし、一族のすべてを押さえるのは難しい。いくら理を説いたところで、備中王の下道臣（シモツミチ）津布子（ツフコ）は納得しないだろう」

このように、上道臣（カミツミチ）赤石（アカイシ）は、麁鹿火（アラカイ）大連の説得に応じつつも、吉備臣一族の意志統一の難しさを訴えたのである。

麁鹿火大連は、こうした説明を聞き、下道臣（シモツミチ）への説得は、上道臣に任せ、みずからは、これ以上、踏み込むことをあきらめた。とりあえず、上道臣が吉備連合軍から抜けてくれれば、吉備軍への対応がより容易になる。下道臣としても、孤立してしまえば、周りの部族長の同意が得られず、大和連合軍への敵対に踏み切るのは難しくなろう。

翌朝、麁鹿火(アラカイ)大連は、吉備上道(カミツミチ)臣に謝意を表すと、館を辞した。麁鹿火大連は、吉備津にて、遠征軍本隊の到来を待ち、その後、堂々の船団を組み、穴海を西に進んだ。

穴海の西端をなす高梁川(たかはしがわ)の河口には、吉備下道(シモツミチ)臣の軍船が溢(あふ)れかえっていた。大和連合軍は、その勢威を見せつけんばかりに、彼らの目前を通過し、柏島と乙島(おとしま)（ともに倉敷市玉島地域に痕跡を残す）とのあいだを通り抜け、さらに、沿岸伝いに西を目指す。そして、安芸(あき)国にいたるや、麁鹿火(アラカイ)大連は、下道臣の軍船の動きをけん制するため、鞆(とも)の浦(うら)（福山市南部の港）に四〇隻の物部勢を残した。

さて、因島(いんのしま)を前にして、遠征軍は、二手に分かれる。

副将軍・大伴連磐(イワ)の軍勢は、安芸国の沿岸を辿(たど)り、倉橋島とのあいだの音戸(おんど)の瀬戸(せと)を抜けて広島湾へと入り、その湾奥北岸を伝う。この辺りは、古来、神武大王(オオキミ)や神功王女(ヒメミコ)とのゆかりを残し、軍津浦輪(いくさつうらわ)と呼ばれてきたところである。やがて、周防国と周防大島（屋代島）とのあいだの大畠(おおはたけ)瀬戸に入る。

他方、副将軍・物部連石弓若子(イシユミノワクゴ)の軍勢は、因島と弓削島(ゆげしま)のあいだの弓削瀬戸を通り抜ける。そして、岩城島(いわきじま)・伯方島(はかたじま)・大島の南方を伝い、伊予国の高縄半島北東端の今治港周辺一帯にて錨(いかり)を下ろす。

大伴勢、難航する豊前攻め

周防国には、東から見ていくと、大島氏（周防大島）、周防氏（光市・柳井市）、都怒（ツヌ）氏（周南市）、波久岐（ハクキ）氏（山口市・宇部市・防府市）などの豪族が割拠（かっきょ）していた。

筑紫連合軍との戦いが長期にわたるとなれば、食糧や兵器類を補給するための兵站（へいたん）基地を後方に設けておく必要がある。とくに、冬季ともなると、寒気に加えて北西からのはげしい季節風が吹きつけ、後方に退避しなければならなくなるだろう。

大畠（おおはたけ）瀬戸は、周防大島とその対岸をなす室津（むろつ）半島とによって閉ざされた海域で、周防大島の北西部や、室津半島の付け根にあたる柳井津は、後方基地としての適地といえた。大畠瀬戸の潮流も、沿岸を通航する限り、航行に支障を来たさなかった。

大伴連磐（イワ）は、大島氏に協力を求め、周防大島の北西部に要員を残し、後方基地の設営にあたらせた。その後、大和勢は、津守の了解を得て、柳井津から室津半島東岸にかけて軍船を展開し、宿営に入った。

翌日、大和勢は、室津半島と長島のあいだの上関（かみのせき）海峡を抜け、その先の島田川の河口にて仮泊する。大伴連磐（イワ）は、幕僚をともない、島田川沿いの周防氏の館（光市小周防（こずおう））を訪ね、改めて、周防氏に、兵站基地として柳井津を使用することについて了解を求めた。

つづけて、都怒(ツヌ)国の港湾（徳山湾）に入港した。ここは、大島半島と、仙島(せんじま)・黒髪島(くろかみじま)・大津島などの島々によって東西から囲まれ、水深も深く、船団が停泊するのに格好の場所であった。港には、急報を得て、都怒(ツヌ)氏が出迎えに現れた。

大伴連磐(イワ)は、都怒氏に語りかける。

「この湾は、岬と島々に囲まれ、天然の要害と呼ぶにふさわしい。今後、この港湾を大和連合軍の寄港地として使用させてもらいたい」

それに対して、都怒(ツヌ)氏は、懸念を顕(あらわ)にする。

「すでに周防灘の西方では、筑紫勢が大軍をもって大和軍を待ち受けております。この港湾をもってしても、筑紫勢の攻撃をかわすのは、なまやさしいことではないでしょう」

大伴連磐(イワ)は、遠征軍の大義を鮮明にし、都怒(ツヌ)氏に協力を強(し)いた。

「遠征軍には、吾(あれ)らの軍勢のほかに、物部連石弓若子(イシユミノワクゴ)の指揮する別軍が控えており、数の上で筑紫勢を圧倒している。相手は、外(と)つ国(くに)の新羅と手を組み、倭国を踏みにじろうとする者たち、負けるなどということがあってよいものか」

大伴連磐(イワ)は、緊急時に備えて、数隻の軍船をこの港湾に残留させた。

大和勢は、その先の、周防娑麼浦(さばのうら)として知られる佐波川(さわがわ)河口域へといたる。その沖合からは、心なしか、南西の方向に、筑紫連合軍の軍船が大挙して集結しているように見受けられた。大伴連盤は、これまでと同様、出迎える波久岐（ハクキ）氏に状況を説明し、中立的立場を崩さないよう厳命した。

いよいよ、大和連合軍は、筑紫連合軍との会戦に臨む。前方には、阿曇（アズミ）一族が先導する住吉（スミヨシ）・宗像（ムナカタ）勢の軍船と、豊前秦（ハタ）氏・宇佐氏からなる軍船とが待ち受けていた。これに対して、大和軍の戦法を指揮したのは、難波や紀伊に拠点を置く難波吉士（キシ）・紀伊吉士（キノキシ）の一統であった。

両陣営は、数刻、対峙（たいじ）していたが、やがて、筑紫勢の側から上空に大量の矢が放たれ、大和勢の船団に降り注ぐ。大和勢も矢を射返し、ここに、凄まじい数の矢の応酬がはじまった。だが、必要以上に矢を消費することは、大和勢にとって負担が大きい。

筑紫勢のほうは、周防灘に面する沿岸に多くの拠点港を有し、物資の補給に欠落を生じることはない。

おもな寄港地を列挙すると、草野津（かやののつ）（行橋（ゆくはし）市）、松江（しょうえ）・八屋（はちや）・宇島（うのしま）地区の沿海域（豊前市）、御毛川（みけがわ）河口（中津市、現在の山国川）、さらには、駅館川（やっかんがわ）や寄藻川（よりもがわ）の河口（宇佐市）などとなる。

大和勢は、後方からの物資の補給が期待できずして、早々に、徳山湾への後退を余儀なくされる。

数日後、小雨煙るなか、大和軍は、相手に的を絞らせぬよう、大伴・尾張・阿倍・膳（カシワデ）・車持の各軍勢が分散して九州勢に向かってゆく。このたびは、船の前面に、竹を連ねた竹柵を矢避（よ）けの楯として掲げている。そのため、筑紫勢の遠矢は本来の威力を失い、大和側の軍船が筑紫勢に肉迫する。勢力に勝る大和軍は、刻一刻と筑紫勢を圧倒しはじめる。

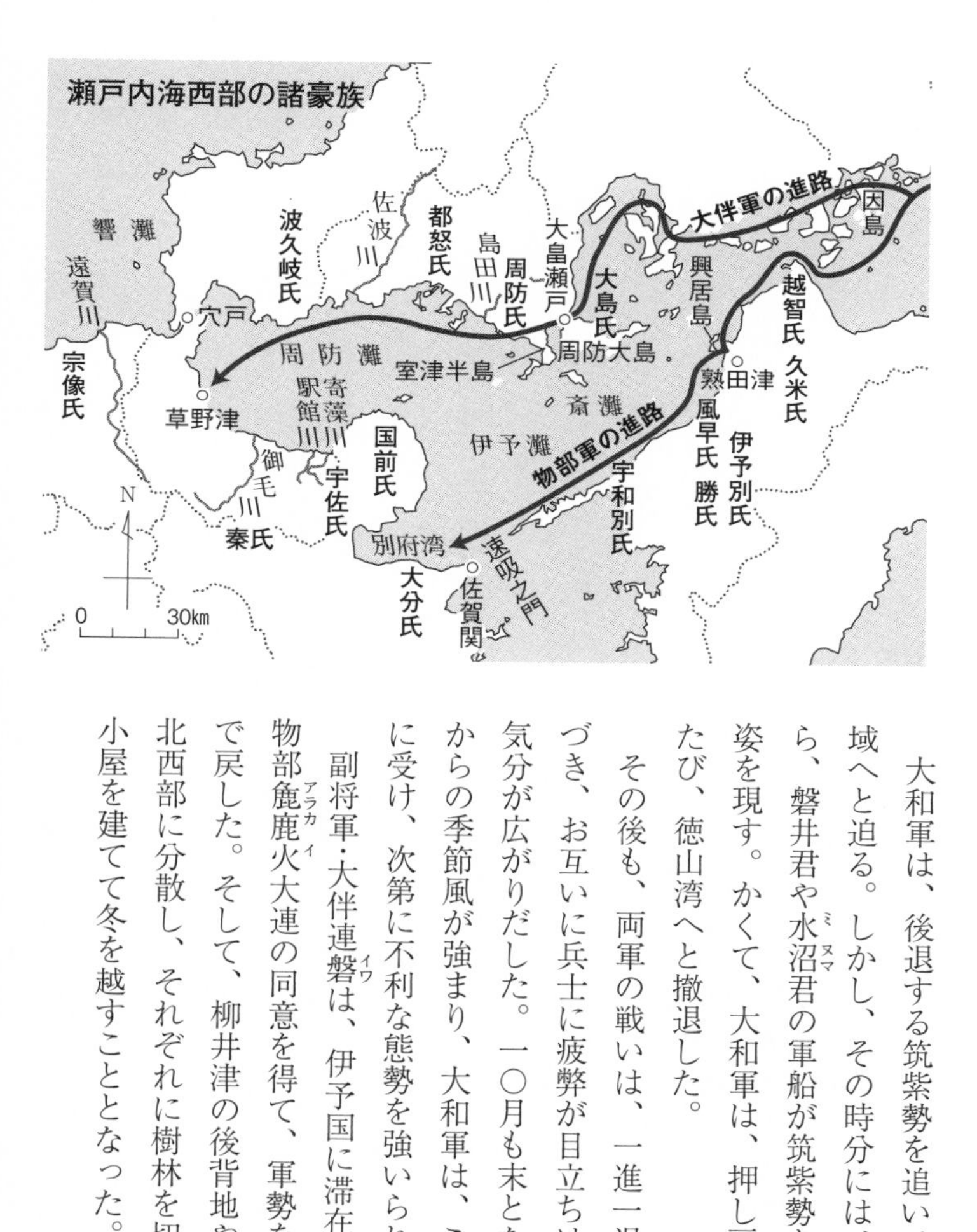

大和軍は、後退する筑紫勢を追い、豊前の沿岸域へと迫る。しかし、その時分には、穴戸（あなと）方面から、磐井君や水沼（ミヌマ）君の軍船が筑紫勢を支援せんと姿を現す。かくて、大和軍は、押し戻され、ふたたび、徳山湾へと撤退した。

その後も、両軍の戦いは、一進一退の状態がつづき、お互いに兵士に疲弊が目立ちはじめ、厭戦気分が広がりだした。一〇月も末となると、北西からの季節風が強まり、大和軍は、これをまともに受け、次第に不利な態勢を強いられる。

副将軍・大伴連磐（イワ）は、伊予国に滞在中の大将軍・物部麁鹿火（アラカイ）大連の同意を得て、軍勢を大畠（おおはたけ）瀬戸まで戻した。そして、柳井津の後背地や周防大島の北西部に分散し、それぞれに樹林を切り開き、仮小屋を建てて冬を越すこととなった。

物部勢、伊予国に駐留

大将軍・物部麁鹿火大連の率いる軍勢は、燧灘に面した伊予国北東部を訪れた。

その当時、伊予国の高縄半島北端を越智氏（越智郡）が領しており、その南に久米氏（久米郡）、斎灘に面する南西側には風早氏（風早郡）がいた。そして、風早氏の南には、伊予別君（和気郡）、その先に秦系の勝氏（温泉郡）がおり、さらに、南の佐多岬半島から先を、宇和別君（宇和郡）が押さえていた。

越智・久米・風早の三氏は、いずれも物部氏ゆかりの豪族であって、物部麁鹿火大連に靡くのは、自明の理であった。なかでも、越智氏は、海人族としての性格を兼ね備え、強勢を誇っていた。ただし、物部系以外の豪族となると、大和勢と筑紫勢のいずれにつくか、その去就は明確でなく、前途に問題を投げかけていた。

物部麁鹿火・石弓若子の父子は、越智氏の当主・勝海に出迎えられ、館（今治市国分）へと案内された。麁鹿火大連は、席に着くなり、伊予別君・宇和別君・秦勝氏らの動静について尋ねた。

これに、越智勝海が応える。

「いずれも、筑紫勢の働きかけを受けているようです。伊予別君は、古くから大和王権とのつながりが強く、簡単には筑紫勢に靡かないでしょう。ただし、宇和別君は、対岸の大分氏との縁で、筑紫勢に追従の姿勢を示しています。秦氏も、豊前秦氏と密接な関係を維持しており、彼ら（ハタノスグリ）と共同行動に出る可能性が強いと思われます」

ついで、麁鹿火大連は、越智勝海に新たな任務を付与した。

「これより大分国に上陸し、西に進んで筑紫平野を目指したい。まずは、大分軍を主力とする軍勢との船戦に備えなければならない。ついては、伊予勢の加勢を求めたい。久米氏や風早氏など物部系の部族と協議して、軍船二〇隻を用意し、これに見合う兵士を徴募してもらいたい」

「心得ました。早速、準備に取り掛かります。伊予国と大分国を分ける速吸之門を渡るには、潮流の変化や岩礁の存在に気を配らねばなりません。それゆえ、伊予勢によって編成される軍船の指揮には、吾が子・久米麻呂を当て、物部軍の先導を引き受けたいと思います」

「うむ、かたじけない。頼りに思う」

そのいっぽうで、麁鹿火大連は、越智氏の館に滞在中、伊予別君・宇和別君・秦勝氏の三者に使者を送り、大和勢に与するよう説得を行った。伊予別君からは、早々に助勢する旨の返書が届けられてきた。そこで、麁鹿火大連は、ひと月ほどすると、指揮下の軍船一一〇隻に四国勢の二〇隻を加え、高縄半島の反対側に廻り、和気郡の熟田津の一帯に移動した。

伊予別君は、物部麁鹿火大連の来訪を待ちかねていた。

熟田津は、これまで、倭の軍勢が朝鮮半島に渡る際の出撃拠点のひとつとして機能してきたという歴史をもつ。熟田津沖では、興居島（ごごしま）が、和気郡（こおり）全体を覆うほどの巨体を横たえており、風波に対し、自然の防波堤としての機能を担っていた。

熟田津（にぎたつ）から、伊予国の西岸を南西に辿り、佐多岬半島伝いに進めば、速吸之門（はやすいのと）（豊予海峡）を挟んだその先に、別府湾の東端（佐賀関半島）がある。ただし、この一帯では、穴戸における干満の差が、周防灘から伊予灘にかけての潮流に影響を及ぼしている。越智勝海の指摘したとおり、伊予灘へ出るには、こうした潮流の変化を先読みする必要があった。

この先、物部勢が大分国に上陸するためには、別府湾で待ち受ける大分君（オオキタ）や国前氏（クニサキ）の軍勢を撃破しなければならない。そうした戦いの最中（さなか）、背後から、秦勝（ハタノスグリ）氏や宇和別（ワケ）君からの攻撃を受けたのでは、たまったものではない。麁鹿火大連は、引きつづき、両者に対して中立の立場を貫くよう、粘り強く説得を続けた。

別府湾を制したとしても、そこから筑紫平野に向けての部隊の移動は、多大の困難をともなう。当時、筑紫島においては、沿海域の南北の道が重要視され、筑紫島を横断する東西の道は、なおざりにされていた。それゆえ、物部軍は、人跡まれな険路を踏破しなければならなくなる。

かれこれするうちに、冬季を迎え、物部勢は、和気郡（こおり）にて年を越さなければならなくなった。

ところで、春先からの、大和勢の筑紫への侵攻は、長期にわたることが想定される。北方軍にしても、東方軍にしても、現地調達だけでは、物資の補給を賄えそうにない。それゆえ、物部麁鹿火大連は、京に対して、輜重部隊を編成し、定期的に物資を現地に届けるよう要請した。

これを受けて、年が明けると、大伴金村大連は難波津から、物部連尾輿と蘇我臣稲目は紀伊水門から、それぞれ、食糧や兵器類を乗せた船を出航させる。その際、いずれも、吉備国を刺激することを避けるため、四国沿岸の沖合を通航しなければならなかった。

大伴連の輸送船のほうは、明石の瀬戸を抜け、淡路島の西岸沿いを南西に進んで四国の沖合に出で、大畠瀬戸ないしは徳山湾を目指した。また、物部連と蘇我臣のほうは、紀伊水門の北寄りの田倉崎から淡路島の南岸沿いを進み、阿波の水門(鳴門海峡)を越えて四国沖に出、熟田津へと物資を運んだのである。

大伴勢の筑紫に向けた進撃

豊前から筑前へと激戦つづく

継体二二年（五二八）春三月、副将軍・大伴連磐（イワ）の率いる大和勢と北部九州勢との船戦（ふないくさ）が再開された。これまでと同様、一進一退を繰り返し、なかなか埒（らち）が明かない。

ひと月ばかり経ったころ、葛野秦（カドノハタ）氏の総帥の地位を継いだ秦丹照（ハタノタンショウ）（秦宇志（ウシ）の子）が、秦大津父（オオツチ）とともに、遠路はるばる大和勢に合流してきた。

豊前秦（ハタ）氏の調略に力を貸してほしいとする、国もとの大伴金村（カネムラ）大連の要請が、やっと実ったのである。葛野秦（カドノハタ）氏としても、豊前秦氏を説得するのは、容易なことではない。さまざまな方策を検討してみたが、これという手はみつからない。結局、かなわぬまでも、豊前秦氏に接触を試みるほかなしと、覚悟を決めてこの場に臨んできたのである。

夏五月、船戦（ふないくさ）が繰り広げられている最中（さなか）、秦（ハタ）丹照・大津父（オオツチ）らを乗せた船は、阿倍勢の軍船に囲まれるようにして護られ、戦闘海域の左端を突き進んで行く。阿倍勢の軍船は、国東半島の北側の付け根に位置する寄藻川（よりもがわ）の河口にいたると、用意した川船とともに葛野秦（カドノハタ）氏を降ろし、しばらくのあいだ、周囲を取り巻く敵勢と戦いを交えた。そして、葛野秦氏の一行が、川船を操って視界の外に消え去るのを確認すると、再度、敵中突破を敢行し、自軍へと戻っていった。

秦丹照（ハタノタンシヨウ）・大津父（オオツチ）たちは、寄藻川水系の向野川（むくのがわ）を遡って、御許山（おもとさん）の東の裾野（宇佐市西屋敷のあたり）にいたる。そこから、山径（やまみち）を西に辿（たど）り、御許山の北麓に拠る宇佐氏の宮居に向かう。目的地に近づくや、彼らは、一斉に、鳴鏑（なりかぶら）を射上げ、秦氏古来の矢音を轟かせた。

宮居からは、大勢の者が出てきて、彼らを取り巻いた。両者のあいだできびしいやり取りが交わされたあと、宇佐氏の手の者は、葛野秦（カドノハタ）氏の中心的存在として知られる、秦丹照と秦大津父（オオツチ）がいることを知る。すると、その者たちは、彼らを宇佐王長野（ナガノ）のもとへと導いた。

宇佐王長野の側近には、豊前秦（ハタ）氏の一族が何人かいた。秦丹勝と秦大津父（オオツチ）は、いかに苦労してここまで辿り着いたか、そして、いかなる理由でやってきたのかを縷々（るる）説明した。しかし、宇佐王は、そう簡単には、態度を明らかにしなかった。秦丹勝・大津父たちは、ひと月近くにわたって、その地にとどめおかれた。宇佐王は、その間、豊前秦氏の本営に人を遣り、協議を重ねていたのである。

時を要したものの、宇佐王と豊前秦氏とのあいだの話し合いは、順調に進んだようである。やがて、秦丹照・大津父たちを豊前秦氏の、御毛川沿いの宮居へ迎えるための使節団がやって来た。それと同時に、筑紫勢から、豊前秦氏や宇佐氏の軍勢が脱落していった。かくして、大和勢の勢いが優りはじめ、筑紫勢は、次第に追いまくられ、穴戸を抜けて響灘へと後退していった。

大和勢も、筑紫勢を追うが、そう簡単には穴戸を越えられない。関門海峡は、響灘と周防灘とのあいだの干満の差が大きいため、日に何度も潮が逆流する。とりわけ、壇ノ浦と和布刈のあいだは、早鞆ノ瀬戸と呼ばれ、潮の流れが極度に速い。しかも、筑紫勢は、その両岸に舫う船の群れに弓箭隊を伏兵として配置させている。

秋七月、大和勢は、穴戸を通るのはあきらめ、現在の長峡川・今川・祓川などの河口に当たる、草野津から上陸することにした。その流域一帯には、京都平野が開けている。ここは、かつて、景行大王が、筑紫島征討に赴いた際、最初に寄港したところで、行宮を設け、その地を京と名付けたという謂われが残されている。

隊列は、海岸沿いを北上し、門司半島の付け根に当たる足立山の裾野にいたると、ここを北西に進む。そして、洞海（洞海湾）を西に越え、その先の遠賀川を目前にする。その対岸には、阿曇・宗像の連合軍が待ち受けていた。

しばらく対峙したあと、川中でのはげしい白刃戦となった。大和勢が相手側を圧倒するかにみえたが、副将軍・大伴連磐は、ごり押しを控え、機を見て傘下の軍に撤退を命じた。この先、筑

住吉神社　福岡市博多区に所在。。航海守護の３神を祀る。神功皇后の新羅征討に際しては、航行の安全を守り、導いた。全国の住吉神社のうち、新羅征討に関連するのは、住吉大社（大阪市）を除くと、福岡市と下関市の二社だけである。日本最古の住吉造り。

紫君磐井の本拠に行き着くまでには、相当の距離があり、幾多の戦闘が予想される。時間をかけてでも、できるだけ現陣容を温存しつつ、進軍していきたい。大伴連磐は、そのように願っていた。

大伴連磐（イワ）も、年を経、経験を重ねるなかで、かなり人間的に成長を遂げたようである。そして、機に臨んでは、父・金村大連だったら、どのような手を打つだろうと自問するようになってきたのである。

大伴連磐（イワ）は、同じような戦闘を繰り返し、相手側の消耗を待ちつづけた。そのいっぽうで、宗像勢に対し、筑紫連合軍から脱落させるべく、画策を巡らした。

かつて、神功王女（ヒメミコ）は、仲哀大王（オオキミ）の崩御ののち、神々の託宣を受け、軍を率いて新羅征討

住吉大社　大阪市住吉区に所在。ほかの住吉神社とは異なり、筒男三神に加えて神功皇后を祭神とする。『日本書紀』や『住吉大社神代記』によると、「わが和魂を大津の渟中倉の長峡に居さしむべし」との神託があり、これが住吉大社の建造につながったという。

に赴いた。筑紫国に帰還したあと、海北道中の航海に示された宗像女神の霊験を謝し、祠を建てて宗像女神を勧請(かんじょう)したという。そのことが、宗像女神の、その後の興隆につながったといってよい。

大和側は、ひそかに宗像氏の当主・津麻呂(ツマロ)の側近との接触を図った。そして、彼らに対し、神功王女(ヒメミコ)が宗像女神を崇め奉った由縁をおろそかにすべきではないと、再三にわたって説得をつづけた。宗像軍は、長期にわたる戦闘で疲労困憊(ひろうこんぱい)の極に達しており、このような説得を受けるなかで、徐々に戦意を喪失し、戦線から離脱するようになっていった。阿曇(アズミ)勢のほうも、宗像軍の士気の衰えに事寄せて戦場を去っていった。

大和勢は、遠賀川を越え、海岸伝いに南西

の那津を目指す。すると、那津の東寄りに注ぐ比恵川（現在の御笠川）の対岸に、住吉軍を主力とし、磐井勢や水沼勢を加えた軍勢が勢揃いしていた。比恵川を挟んで、数日間、両軍の動きが止まり、対峙する状況が続いた。

ところで、神功王女の新羅征討を支えた神々のうち、住吉三神は、神功王女に従い、行をともにしている。神功王女は、帰国すると、那津のほとりや長門の山田邑にて住吉の神を祀り、謝意を示した。また、京への途上、これを阻止せんとする勢力との戦いとなり、住吉の神を、その掩護を得るべく、摂津の海沿いの地に祀っている。

そのような流れのなかで、那津の中央部に注ぐ那珂川の河口を東から覆う岬に、住吉三神を祀る住吉神社が建てられた。同様に、摂津国の住吉津の北側に、茅渟の海（大阪湾）に臨んだ形で、住吉大社が造営された。それゆえ、筑紫国の住吉神社と摂津国の住吉大社とは、深い縁で結ばれている。

大和勢の陣営には、大伴金村大連の意向の下に、住吉大社の祭主・津守氏の一族が迎えられていた。彼らは、大伴連の直属軍に列し、多くの幟を立て閃かした。これらの幟は、神功王女が新羅に渡るときに船を飾ったものと同じで、その御名とともに、航海の道しるべとしての星の図があしらってあった。それを見て、対岸の住吉軍の陣営においても、同様の幟を翻しはじめた。

突如として、筑紫側の住吉軍が比恵川に踏み込み、突撃に出た。と同時に、大伴軍の陣営から、幟《のぼり》をかざした津守勢がこれに呼応して突進する。敵側の住吉軍が、喚声《かんせい》を挙げながら、迫りくる津守勢を包囲する。しかし、お互いの戦闘は見られず、ともに一団となって幟をはためかせながら、住吉神社の方角を目指して比恵川を下っていった。

残された磐井勢や水沼《ミヌマ》勢は、住吉《スミヨシ》軍が戦線を離脱する状況を目撃するや、戦況不利と見てとり、一斉に後退に入った。

大和勢が那珂川へと歩を進めると、筑紫三家《ミヤケ》連が降伏する旨、申し出てきた。大伴連磐《イワ》は、これを許し、できる限り多くの騎馬を献ずるよう命じた。その後、大和軍は、那珂川の東岸に沿って、東の三郡《さんぐん》山地と西の背振《せぶり》山地に挟まれた福岡平野を南東に進む。いうところの、西海道に当たる。

前方に開ける筑紫平野の導入部に、かつて、神功王女《ヒメミコ》が新羅征討を前にして築いた、大三輪社《おおみわのやしろ》（筑前国夜須郡《やすのこおり》）がある。大和勢は、ここで大三輪大明神（大己貴命《オオナムチ》）に供物を捧げ、必勝を祈った。

ついに筑後川北岸に迫る

副将軍・大伴連磐《イワ》の軍勢は、筑紫平野へと歩を進める。その先には、前方二五里ほど（十数キロ）のところに、迎え撃たんとする筑紫の軍勢が集結していた。

そのあたりは、東からに西に、朝倉・甘木・小郡《おごおり》の各地に区分される。朝倉地区には的臣《イクハ》の軍が、甘木地区には、水沼(ミヌマ)君の軍が、小郡地区には筑紫米多(メタ)君の軍が、それぞれ布陣していた。これら三者の後備えとしては、それぞれに、日下部氏、筑紫君磐井、それに日置(ヘギ)氏と建部(タケルベ)氏の軍勢が詰めていた。

大伴連磐(イワ)は、各武将を集め、申し渡す。

「これまで、数多くの戦いに臨んできたが、諸将の奮闘により、筑紫平野の北端にまで達することができた。前方には、筑紫勢が待ち受けている。諸将には、これからが真の戦(いくさ)と心得ていただきたい」

各武将は、「おォー」と、声高に応じた。

「迎える敵勢を見るに、中央の水沼(ミヌマ)軍には、後詰として磐井勢が控えており、この軍勢が、もっとも手強(てごわ)く思える。ゆえに、阿倍勢と膳(カシワデ)勢とで攻めかかっていただきたい」

「承知した」

ここで、尾張連乙訓与止(オトクニヨド)が、あえて意見をさしはさむ。

「西寄りに位置する筑紫米多(メタ)君は、息長(オキナガ)氏を祖とする豪族である。本気で大和王権に敵対してくるとは思えない。吾(あれ)は、息長系の近江勢を合わせ率いている。ぜひ、この軍勢には、吾(あ)が軍勢を振り向けてもらいたい」

「たしかに、筑紫米多(メタ)君も、息長(オキナガ)宗家の軍勢が相手では、意気が上がるまい。ここは、乙訓与止(オトクニヨド)

連に任せたい」

「承知した」

「そうなると、東寄りの的(イクハ)臣には、狭手彦(サテヒコ)連と車持(クルマモチ)君佐太(サタ)の軍があたるということになる。的(イクハ)臣は、古来、大和王権に忠実に仕えてきた豪族で、朝鮮半島にたびたび派遣されてきた。戦慣れした軍勢ゆえに、強敵ではあるが、最期まで大和勢に抵抗をつづけるとは思えない」

狭手彦(サテヒコ)連は、車持君佐太の顔を見、相手がうなずくのを確認すると、副将軍に対して力強く応える。

「吾(あれ)らも、的(イクハ)勢に引けを取ることはない。任せていただきたい」

つづけて、大伴連磐(イワ)が、これから始まる戦闘の見通しを総括する。

「敵勢の備えを見るに、中央の水沼(ミヌマ)・磐井勢は、なかなか崩せないだろう。東の的(イクハ)・日下部勢も、頑強に抵抗をつづけるだろう。ただ、西の筑紫米多(メタ)君を先陣とする有明勢は、乙訓与止(オトクニヨド)連が指摘するように、大和勢に対する戦意が低いのではなかろうか。筑紫米多君が息長(オキナガ)系であるというようにとどまらない。後詰の、日置(ヘギ)氏をはじめとする菊池川流域の諸部族も、大和王権と強い絆で結ばれた長い歴史をもつ。軽率に判断してはならないが、この方面では、優位に立つことができるかもしれぬ。その場合には、乙訓与止連は、深追いせず、攻撃の矛先を、中央の水沼(ミヌマ)・磐井勢に向けてもらいたい」

「心得た」

さらに、大伴連磐(イワ)は、敗勢に陥った際の、諸軍の対応を指示する。

「野戦ゆえに、これまでとは違い、戦いの過程で、進むか退くかの判断を速やかにせねばならぬ。とりわけ、統一を欠いた個々の部隊による後退は、はげしい追い打ちにさらされる。吾が、退却すべきと指令を下したときは、左右の軍勢は、ただちに中央の阿倍・膳(カシワデ)勢の脇に付き、一体となって敵勢に相対してほしい。――それでは、諸将の健闘を期待する」

各武将は、ふたたび、「おォー」と、喊声を上げた。


さて、矢合わせのあと、両軍ともが、相手に向け、突進していく。甘木(あまぎ)・朝倉(あさくら)の両地区では、予想どおり、激戦となった。しかし、小郡(おごおり)地区では、大伴連磐(イワ)や尾張連乙訓与止(オトクニヨド)の目論見どおり、筑紫米多(メタ)君の軍勢は、その戦闘姿勢に覇気がみられず、しばらくすると、後退しはじめた。日置(ヘギ)氏の軍勢も、筑紫米多軍の動きを見て、撤収に入った。建部(タケルベ)氏の軍勢だけでは、尾張・近江勢に太刀打ちできず、結局、筑紫連合軍の西翼は、総崩れとなった。

尾張・近江勢は、勝ち進んだ勢いそのままに、こんどは、水沼(ミヌマ)軍の後陣をなす磐井軍を横合いからはげしく攻め立てた。水沼(ミヌマ)・磐井勢は、阿倍・膳(カシワデ)勢に加えて、尾張・近江勢の攻撃を受け、にわかに苦境に追い込まれる。筑紫君磐井は、あたりを見渡す。すると、東翼での戦闘も、味方がもっぱら守勢に回っている。彼は、このような戦況では、筑後川の南岸まで戦線を下げざるを得ない、と見切りをつけた。

水沼・磐井勢の後方には、丸太を積み上げてつくられた防護用の砦が川沿いに広がっていた。彼らは、とりあえず、この砦の内に籠り、防戦に努めた。そこには、武具が多量に納められているようで、迫りくる大和勢に対して鼓や笛を鳴らしては、矢を斉射する。また、弩（機械仕掛けの弓）から、鋭い音を発しながら、太めの矢を飛ばす。彼らは、大和勢を退けたあと、順次、筑後川を舟で南岸へと渡っていった。

朝倉地区の的臣は、善戦していたが、水沼・磐井勢の動きを見て、このままでは、孤立してしまう、とみてとった。そこで、じりじりと後退し、筑紫平野の東端にあたる、筑後川南岸の自領へと退却し、防備を固めた。その後詰の日下部氏も、東方の自領・日田盆地へと去っていった。

筑後川北岸の筑紫米多君は、大和勢に降り、日置氏・建部氏の両軍は、すでに筑後川の南に移っていた。かくては、筑後川を挟んで、大伴連磐の軍勢と筑紫君磐井の軍勢が対峙する形となった。

筑後川の南では、耳納山地が、筑紫平野の東端からその中央部にかけて、半島状に真っ直ぐ西に伸びている。筑紫君は、耳納山地の西端をなす高良山（古名・高牟礼山。標高三〇〇メートル余）の山頂に、守護神・高牟礼神（高木神とも）を祀り、ここを本拠地防衛の要としてとらえてきた。

さらに、高良山の北西の丘陵上（現在の高樹神社のある辺り）に出城を築き、その下の、瀬戸坂と呼ばれる急勾配の斜面の裾に二か所の砦を設けていた。

筑後川は、筑紫平野の東端から蛇行を重ねながら、おおむね西向きに流れるが、磐井領を越えたあたりから南西へと向きを変える。したがって、筑紫君磐井の隣国にして、その友邦である水沼(ミヌマ)君の領地は、八女丘陵の西側になる。そして、筑紫米多(メタ)君の所領は、ちょうど水沼君の領地の対岸にあたっていた。当時は、有明海の水が、水沼君や筑紫米多君の所領にかなり近いところまで押し寄せていた。

耳納(みのう)山地の南方は、筑肥(ちくひ)山地となっており、その北縁を矢部川が西に向けて流れている。その南方の、八代海(やつしろかい)沿岸部では、火君とその支族の葦北(アシキタ)君が、北上の途につかんとして兵士の集結にあたっていた。

物部勢の筑後に向けた行軍

大分より豊後を西に横断

継体二二年（五二八）春三月、大将軍・物部麁鹿火（アラカイ）大連は、いよいよ別府湾に向けて進撃に着手する。みずからは、秦勝（ハタノスグリ）氏の動きに備え、三〇隻の軍船とともに、熟田津（にぎたつ）にとどまり、残りの一〇〇隻を副将軍・物部連石弓若子（イシユミノワクゴ）に預け、佐多岬半島沿いを南西に進ませた。

石弓若子（イシユミノワクゴ）連は、二〇隻ほどを佐多岬半島の南側に拠らせ、宇和別（ワケ）君の軍船の発進基地を監視させた。そして、佐多岬から別府湾の方向を窺う。

別府湾の南岸には、大分川（おおきたがわ）とその東隣りの大野川とが、河口を開いており、そのあたりには、多くの軍船が停泊している。大和勢は、越智勢や伊予別（ワケ）勢の先導の下に、潮流の変化や岩礁の存在に気を配りながら、速吸之門（はやすいのと）を渡り、佐賀関半島先端の関崎（せきざき）の北側に廻る。すると、これを望観していた大分軍が、一斉に迫ってきた。

ここに、大分（オオキタ）勢、大和勢入り乱れての苛烈な船戦（ふないくさ）が繰り広げられる。そこへ、国東（くにさき）半島の南寄りの守江港や北側の伊美浜（いみのはま）から、国前（くにさき）氏の軍勢が、つぎつぎと押し寄せてくる。地の利において不利な大和勢は、大分軍・国前軍の攻勢を支え切れず、数隻の船を犠牲にしつつ、辛うじて佐多岬まで後退し、残留部隊と合流した。

その後も、大和勢は、数度にわたって豊後連合軍と刃（やいば）を交えたが、犠牲が増えるいっぽうで、結果において進展はみられなかった。

それから数か月を経たのちのことである。副将軍・大伴連磐（イワ）から、物部麁鹿火（アラカイ）大連のもとに、「宇佐氏、豊前秦（ハタ）氏への説得が功を奏し、大伴勢は、草野津（かやのつ）から上陸することを得た」との連絡がもたらされた。大伴勢の進軍の成果は、絶大であった。秦勝（ハタノスグリ）氏も、豊前秦氏の動向を見て、大将軍・物部麁鹿火（アラカイ）大連のもとに使者を送り、帰順することを約した。宇和別（ワケ）君も、これまでの傍観的な態度を翻し、大和王権への忠誠を誓った。

大将軍・物部麁鹿火（アラカイ）大連は、国前（くにさき）氏も、秦氏や宇佐氏と共同歩調をとり、もはや大和軍に戦いを挑む気は失せているだろうと判断した。そこで、副将軍・石弓若子（イシユミノワクゴ）連に、つぎのように、厳命を下した。

「総力を挙げて大分（オオキタ）軍を押さえよ。そのあとは、内陸を西に進み、筑紫平野の東端に近い日田盆地の手前で待機せよ」

そして、みずからは、大伴・物部両軍の進軍の状況について報告を受ける必要があり、数隻の軍船とともに、熟田津（にぎたつ）に残留した。

さて、石弓若子連（イシユミノワクゴ）が、佐多岬から別府湾の方向を望むと、こたびは、大分（オオキタ）勢は、戦（いくさ）備えをしておらず、係留されたすべての船に白旗が掲げられている。大和勢が別府湾に入っていくと、大分側の一隻が、石弓若子連の坐す旗艦に近づいてきた。大分王・恵舟（エシユウ）とその幕僚たちが、旗艦に移乗して来、これまでの無礼を謝罪するとともに、大和王権への恭順を誓った。

石弓若子連（イシユミノワクゴ）は、考える。これからの大和勢の道のりは、かつてなくきびしいものとなろう。行軍の背後に背反する勢力を残して、先へ進むことは得策ではない。そこで、大分（オオキタ）王のこれまでの罪責を赦（ゆる）し、大分勢と和解することに努めた。

大分川（おおきたがわ）と大野川の流域には、台地や丘陵地を交えながらも、肥沃な平野が開けていた。平地も、段差のあるところも、いずこも村落と田畑で満たされている。石弓若子連（イシユミノワクゴ）は、大分川左岸の大分君の居館（現在の大分市古国府（ふるごう））に案内された。石弓若子連は、大分勢の真意を見定める必要もあり、ここにひと月近く滞在した。また、この間、この先の地勢について詳細な説明を受けるとともに、先遣隊を編成し、山径（やまみち）にくわしい者を案内にたてて先行させた。

いよいよ、大和軍本隊の進軍がはじまる。行く先々には、先遣隊の要員が、待ち受けているはずである。まずは、大分川（おおきたがわ）伝いに遡り、中流域の峡谷部を越え、由布岳（ゆふだけ）南西麓の由布院盆地へと進む。大和軍は、この地で、数日間、野営を布（し）くこととした。南西方向はるかには、白煙を上げる九重（くじゅう）連山とその先の阿蘇山とを望むことができた。

由布院盆地の先は、大分川（おおきたがわ）水系と筑後川水系を分ける分水嶺（水分峠（みずわけとうげ））となっており、この行程の最大の難所をなしていた。大和軍は、ここを踏破したあと、筑後川水系の玖珠川（くすがわ）沿いを辿ることにより、玖珠盆地へといたった。

この先、玖珠川は、日田盆地で大山川（おおやまがわ）と合流して三隈川（みくまがわ）となる。この三隈川が筑紫平野にいたって筑後川と名称を変えるのである。日田盆地では、多くの河川が三隈川に流れ込み、そこは、まさに「水郷（すいきょう）」の趣をたたえている。秋から冬にかけては、朝方遅くまで、盆地全体が隈なく底霧と呼ばれる深い霧によって包まれる。

物部連石弓若子（イシユミノワクゴ）は、日田盆地を目前とする玖珠盆地の西端に全軍を留め、大将軍・物部麁鹿火（アラカイ）大連と連絡を取り、その到着を待つことにした。その意図は、峰から峰へと狼煙（のろし）で伝えられ、最終的に大分川（おおきたがわ）河口から熟田津（にぎたつ）へと使者が向かった。

日田盆地を制圧

さて、大将軍・物部麁鹿火（アラカイ）大連のところへは、物部連石弓若子（イシユミノワクゴ）から、「準備が整ったので、大将軍の到来を待つ」との連絡が入った。その半月後には、副将軍・大伴連磐から、大伴勢と磐井勢が、筑後川を挟んでにらみ合いとなり、膠着状態に陥っている、との報告が入った。その報告には、的臣と日下部氏の軍勢が、それぞれ筑紫平野東端および日田盆地の自領に引き揚げていることも、付け加えられていた。

麁鹿火大連は、大伴連磐に対して急使を派遣し、「物部勢が現地に到達するまで、無理して筑後川を越えないよう」重ねて指示を出した。時は九月の末、冬入りを間近にしていた。

麁鹿火大連は、急ぎ、別府湾に向け熟田津を出航した。大分川河口では、大分王恵舟より礼をつくした出迎えを受け、まずは、その館に身を寄せた。その後、行く先々に待ち受ける道先案内の兵士に導かれ、玖珠盆地へと辿り着いた。

麁鹿火大連は、この盆地を取りまく山々を見て、驚かされた。大和国で見慣れた甘南備山とは異なり、いずれもが、平らな頂（卓状台地）をもつのである。盆地のなかほどまで進むと、その南には、文字どおり切り株を思わせる伐株山（七〇〇メートル弱）が異彩を放っている。そのさらに奥には、万年山（一一〇〇メートル余）が、雄大な台地の上にもうひとつの台地を重ねた、特異な形状を露わにしていた。大連にとっては、降臨した神々が、台地をなす山頂で遊びにふけっているかのように感じられた。

石弓若子連の軍勢は、玖珠盆地の西端にあたる北山田地区に陣営を築いていた。

まず、麁鹿火(アラカイ)大連は、みずからの名で、書面をしたためた。そして、側近の者数名に、日田盆地を越えた先の的臣(イクハ)の当主にそれを手渡し、返書を受け取ってくるよう命じた。その書面の内容は、こうである。

「吾(あれ)は、大和連合軍を率いて、日下部氏の館を急襲する。ゆえに、的臣(イクハ)においては、日下部氏の残党の、筑紫平野に逃げ込む輩(やから)を押さえてほしい」

その書には、的臣(イクハ)に対して、大和王権への忠誠を取り戻してほしい、また、物部軍の存在を磐井君側に気づかせないでほしい、という願いが込められていた。

麁鹿火(アラカイ)大連の使者は、小舟を操り、荒瀬の玖珠川(くすがわ)を下る。天ケ瀬を越えた辺りからきびしい峡谷がつづく。やがて、玖珠川は、日田盆地の東端にいたり、そこで大山川(おおやまがわ)と合流する。彼らは、その合流点を前にして船を降り、日田盆地の深い霧にまぎれて、盆地の東側を縁取る山塊の麓を北上する。そして、花月川(かげつがわ)に達すると、その北岸を下流へと西に辿る。途次、月隈丘(つきぐまのおか)の裾を通り抜け、ついで、花月川と三隈川の合流域に位置する星隈丘を越える。

かくて、彼らは、的臣(イクハ)の領地へと潜り込むことを得た。その館に近づいたところで、拘束を受けるも、その所持する書面は当主に届けられ、しばらくして当主との面会を許された。いろいろと究明を受けたうえで、当主からの返書を受け取ることができた。返書には、麁鹿火(アラカイ)大連の申し出を承諾する旨の内容が書かれていた。

使者は、帰途、花月川（かげつがわ）北岸を遡ろうとしたが、星隈丘の手前で警戒中の日下部氏の手の者に誰（すい）何（か）を受ける。ここで何人かの犠牲者を出すが、二人ほどが追及を逃れ、花月川から分岐する有田川を伝って山中へと分け入る。日田盆地と玖珠（くす）盆地とを分ける高原上の台地に月出山岳（かんとうだけ）（標高七〇〇メートル余）の峰がそびえている。彼ら二人は、寒風吹きすさぶなか、月出山岳の南裾に廻り込み、代太郎（だいたろう）峠を越えて玖珠盆地側へと帰還することを得た。

麁鹿火（アラカイ）大連は、的（イクハ）臣の返書を読むや、二日後に、日下部氏の本拠に奇襲をかけることを決意した。そこで、副将軍・石弓若子（イシユミノワクゴ）連以下の物部勢は、翌日、日田盆地に向けて進軍し、その東端の山裾に潜んだ。

そして、当日の明け方、底霧の漂うなか、物部勢は、日田盆地中央の、三隈川（みくまがわ）北岸の日隈（ひのくま）丘に所在する日下部氏の居館を襲い、その守兵を壊滅させた。さらに、その先の星隈（ほしくま）丘に拠る軍勢をも粉砕した。ちなみに、三隈の名は、南の日隈丘、北の月隈丘、西の星隈丘の三つの丘にちなんだものである。

物部勢が筑紫平野の入口にさしかかると、そこには、的（イクハ）臣とその手勢が待ち受けていた。的臣は、改めて大和王権への献身を誓い、控える手勢を物部勢の先導役として差し出した。前方には、西流する筑後川の周囲に、広大な筑紫平野が広がっている。西に伸びる耳納（みのう）山地の北側斜面は、急峻な崖となっていた。

磐井勢との最終決着

物部勢、磐井勢を背後から挟撃

このころは、連日のように、小雪が風に舞いはじめた。すでに、一〇月の末、本格的な冬の到来を目前にしていた。

麁鹿火(アラカイ)大連は、筑後川の北岸に陣取る大伴連磐(イワ)にあて、越智久米麻呂(オチノクメマロ)を使者として送り、三日後の早朝を期して磐井勢に攻撃をかけるよう要請させた。当日の前夜、物部勢は、耳納(みのう)山地の北壁に沿って西に進む。そして、冷気漂う朝もやのなか、その西端から四里ほど(約一二・一キロ)手前で身を潜めたのである。

明け方になると、筑後川北岸の大伴勢の本陣からは、鏑矢(かぶらや)が「ヒュー」と尾をひく音を轟かせながら、つぎつぎと上空に向け打ち上げられる。大伴勢は、調達した川船を繰り出し、川向うを目指す。対岸に近づくにつれ、敵軍から、矢が大量に浴びせられる。

大和軍と筑紫勢との戦い
大伴軍の進路
物部軍の進路
玄界灘
周防灘
宗像氏
阿曇連
那珂川
遠賀川
草野津
伊美浜
国前氏
住吉氏
筑紫三家連
比恵川
水沼君
三隈川
花月川
代太郎峠
秦氏
水分峠
宇佐氏
別府湾
筑紫米多君
筑後川
高良山
的臣
日下部氏
玖珠川
九重連山
由布岳
大分川
大分君
速吸之門
高樹神社
筑肥山地
大山川
大野川
矢部川
有明海
日置氏
金峰山
阿蘇君
阿蘇山
建部君
菊池川
八代海
火君
葦北君
N
0
30km

大伴勢は、用意した木製の楯や竹柵を舟の前面に掲げてこれを防ぐ。やがては、筑後川の岸辺のあちらこちらで、押し寄せた大伴勢とこれを迎え撃つ筑紫勢とのあいだで、白刃きらめく壮絶な戦いがはじまる。

物部勢は、鏑矢の上がるのを見て、大伴勢の総攻撃を知る。そして、大伴勢と筑紫勢とのあいだで白兵戦がはじまるころには、物部連石弓若子の直轄軍と許勢臣稲持の軍勢とが、磐井軍の背後に向け、急速前進し、やにわに喚声を上げてこれに襲いかかる。

他方、蘇我臣塩古と東漢直弟山の軍勢は、紀臣小足の軍勢をともなって、耳納山地沿いをさらに進む。そして、その北端を越えると、横合いから水沼軍に襲いかかる。

夜も更け、いずこにおいても、一時的に戦闘は休止状態に陥るが、夜が白むにおよんで、戦いが再開される。物部・蘇我勢による背後からの急襲は、筑紫勢に深刻な衝撃をもたらした。徐々に、大伴勢の攻撃力が磐井・水沼勢を上回りはじめる。やむなく、水沼軍は、後退して自領の、高台に築かれた居館内に閉じ籠り、防戦に努める。磐井軍は、反転して物部勢に襲いかかり、機をみて高良山麓の二か所の砦の内へと撤退する。磐井君自身も、息子の火中君を連れて、その上部の出城に引き揚げる。

物部勢は、磐井軍の砦を囲み、これに猛攻を加える。大伴勢は、尾張・車持勢を物部勢の支援に回し、大伴狭手彦の手勢と阿倍・膳勢は、水沼君の居館に攻めかかる。

蘇我勢は、後を大伴勢にゆだね、南下して八女丘陵の南西に陣を敷き、火君・葦北君の軍勢（八代勢）の北上に備える。

八代勢のほうはというと、途次、金峰山を囲む外輪山の西側で阿蘇軍と合流する。その後、山裾を北から西へと辿り、菊池川を越えて筑肥山地の西麓へと回り込む。さらに、北上を続け、矢部川の南岸にいたると、そこで待機態勢に入った。

八代勢は、筑紫勢の力量を過信して悠然と構えていたがために、遅れをとってしまったようである。磐井・水沼勢の形勢の急転を知るや、急遽、その救援に向けて矢部川を越え、両軍の軍場を目指した。だが、その行方には、蘇我勢が待ち受けていた。八代勢は、蘇我勢に向けて猛然と襲いかかる。ここに、蒲池地区（柳川市北部）において、蘇我勢と八代勢とのあいだで凄まじい戦いがはじまる。

しかし、二日後の午過ぎには、大伴勢が、水沼君を降し、蘇我勢の支援に馳せ参じる。八代勢は、次第に追いまくられ、矢部川の南へと後退することを余儀なくされる。かくて、大和勢は、矢部川の北岸に布陣し、八代勢の北上を遮断することを得た。火君は、地団駄踏んで悔しがったが、もはや詮なきことであった。

このとき、筑紫君火中の異腹の弟・葛子は、火君の縁者としてその保護下にいた。葛子は、火君の当主・螺贏の娘婿であった。葛子は、この期に及んでも、なお、父・磐井君の救出を諦めていなかった。義父に内密に、手勢を率いて矢部川を渡り、敵陣を迂回して磐井君の陣営に合流しようとはかっていた。

しかし、この行動は、義父の知るところとなった。火君螺贏(スガル)は、葛子(クズコ)に怒りを露(あらわ)にした。

「勝手な行動は、許さぬ」

「お願いです。吾(あれ)を父(かぞ)のところへ行かせてください。討たれようとも、それは、覚悟の上です」

「汝(いまし)の気持はわかる。しかし、それはならぬ。汝は、どんなことをしてでも、生き延びねばならぬ。たとえ、筑紫君磐井が滅ぶとも、その累代の血筋は守っていかねばならないのだ。吾(あれ)は、汝を護るために、どんなことでもしてみせよう」

「……」

義父の言うことは、正しい。それがわかっているだけに、葛子(クズコ)は、これ以上、その命令に逆らうことはできなかった。それにしても、葛子にとって、信じることのできぬ事態が、現に目の前で起こっている。あれほどの年月をかけて積み上げてきた、父の勢力圏が、これほどもろく崩れ去ろうとは、思いもよらないことであった。

彼が、子供の頃に耳にした、父の言葉が蘇ってきた。

「見ていろよ、葛子(クズコ)。吾は、大和を凌ぐほどの国をつくり上げて、大和国に代わって倭国を治めてみせるからな。いずれ、汝(いまし)は、誇り高き倭王の一族となるのだ」

葛子（クズコ）の眼からは、あまりの無念さゆえに、とめどもなく涙があふれ出てきた。

筑紫君磐井の壮烈な最期

物部勢のほうは、容易には、磐井軍の堅城を落とせない。磐井軍は、ここでも鼓（つづみ）や笛を鳴らしては、弓を射放ち、また、弩（おおゆみ）を用いて矢を射るのみならず、石を飛ばす。その勢いは、守勢に入っても、なお盛んであった。

物部勢は、磐井軍の砦に向け、火矢を集中する。大型の移動用の楯を押し立て、その後ろから燃え盛る松明（たいまつ）をつぎつぎと砦内に投げ込む。また、大木を砦の扉にぶち当て、これを打ち破らんとする。数日間、このような攻防の末、ついに、かの堅固な砦も、相ついで破壊されるにいたった。磐井軍の守兵は、すべて上部の出城へと退避した。

物部勢は、敵の牙城に向けた攻撃に移る。しかし、険阻（けんそ）な瀬戸坂（せとざか）をよじ登るのは、容易なことではない。上からは、矢を斉射し、大岩を落とし、また、油を注いで火をつける。近寄れば、矛を揃えて槍衾（やりぶすま）の態勢で応じる。

ときは、すでに一一月初旬を過ぎようとしていた。物部勢は、戦術を転換し、普通の弓に加えて、多くの弩（おおゆみ）を用意し、夜通し、敵の本陣に向けて火矢を集中した。さしもの磐井君の出城も、そこここで火の手が上がり、やがては、炎上しはじめた。

さすが、筑紫国の雄、筑紫君磐井である。彼は、覚悟を決めると、朝方、すべての手勢を率いて瀬戸坂を猛烈な勢いで駈け下り、物部勢に決戦を求めたのである。

その戦いは、これまでになく熾烈（しれつ）をきわめた。両軍の旗や鼓（つづみ）が相対し、軍勢のあげる塵埃（じんあい）は入り乱れ、たがいに勝機をつかもうと、必死に戦って相ゆずらなかった。

筑紫君磐井は、彼方に物部麁鹿火（アラカイ）大連の姿を認めると、数十人の集団でその方向にまっしぐらに突き進んだ。それは、群がる大和勢の中央部に向けて打ち込まれた、燃え盛る炎の楔（くさび）とでも形容すべきものであった。

磐井軍は、犠牲を払いつつも、抗（あらが）う大和勢を打ちひしぎ、たちまちにして、十数人の兵士が麁鹿火（アラカイ）大連の近くへと到達した。

磐井軍団の先頭を走る、新羅出身の海辺人（ウミベノヒト）が、勇躍、麁鹿火（アラカイ）大連に斬りつけた。麁鹿火（アラカイ）は、身を引いてこれを避けたが、右肩から胸にかけて手傷を負ってしまう。さらに二の大刀が舞おうかというとき、すんでのところで、麁鹿火の従者・上毛布直（カミツケフノアタイ）が二人のあいだに跳び込み、海辺人の大刀をなぎ払うや、返す刀でこれを斬り捨てた。

大将軍・麁鹿火（アラカイ）大連の負傷を目にした物部勢は、怒り狂わんばかりの勢いで、磐井君めがけてつぎからつぎへと斬りかかる。磐井君に付き従った兵士たちは、つぎつぎと討たれ、ついには、背中合わせとなって周囲の敵に相対していた、磐井君と火中君（ヒノナカ）のみが残された。二人は、大勢の物部勢に、立錐の余地もなく、ぎっしりと取り囲まれていた。

二人の武者は、死を求め、敵中に相ついで突き込んでいく。

まず、火中君（ヒノナカ）が、「父王（カソキミ）、いざさらば」とひと言残し、散っていく。

磐井君も、「吾（あ）が魂は、不滅なり」と声を張り上げ、遅れじと息子につづく。

かくて、豪勇を誇った、かの磐井君も、四方から滅多斬りの憂き目にあう。その終焉の地は、高良山（こうらさん）の麓に今なお伝わる湧泉（ゆうせん）「磐井の清水」の近くであったといわれる。

矢部川の南岸に布陣していた八代（ヤツシロ）勢も、筑紫勢の敗北を知り、大和軍に降った。筑紫君磐井の子・葛子（クズコ）は、父の罪に連座して誅せられることを恐れ、那津（なのつ）の東隣（ひがしどなり）に位置する糟屋（かすや）屯倉（筑紫国糟屋郡（こおり））を献上して、死罪を免れることを請うた。

物部麁鹿火（アラカイ）大連の被った傷は、間もなくして癒えた。この後、麁鹿火大連は、筑紫国に残り、その統治にあたるとともに、九州北部の国々との融和に努める。火君螺蠃（スガル）の進言もあり、麁鹿火大連は、筑紫君葛子（クズコ）の罪を問わなかった。彼自身、命を賭して渡り合った相手である筑紫君磐井に、今や、少なからず敬意を抱くようになっていたのである。また、磐井君との戦闘で功のあった上毛布直（カミツケフノアタイ）を、伊吉島造（いきのしまのみやつこ）に任じた。

筑紫君磐井亡きあと、火君が、有明海沿いに筑紫平野へと進出を果たす。葛子（クズコ）も、筑紫火君として筑後川南岸に地歩を築く。後年、葛子の児が、朝鮮半島へ派遣された。彼は、新羅兵に囲まれるなか、強弓をもって百済の聖明王（セイメイオウ）の子・余昌（ヨショウ）の脱出を助け、のちに、その功績に対して、余昌から鞍橋君（クラジ）なる尊称を贈られている。

他方、大伴金村（カネムラ）大連は、京（みやこ）にあって、大和軍の後方支援に尽くしてきた。また、金村大連の子の磐（イワ）や狭手彦（サテヒコ）の奮闘は、大和軍の勝利に多大の貢献をなした。しかしながら、金村大連にとっては、任那四県の割譲に際しての安直な判断が、なお尾を引いていた。

ところで、筑紫君磐井の没後、高牟礼（タカムレ）神は、瀬戸坂の上の出城の跡地に建てられた高樹（タカギ）神社で祀られるようになる。そして、高良山（こうらさん）の山頂近くには、新たに建造された高良大社に物部系の高良玉垂命（コウラタマタレノミコト）が鎮座することとなる。

第五部――継体大王の崩御とその後の内外情勢

筑紫平定後の国内外の動静

百済と新羅の加羅地方への侵食

朝鮮半島南部においては、百済と新羅による加羅地方への侵奪がつづいていた。

百済は、大加羅の帯沙をほぼ押さえるにいたっていたが、いまだ帯沙江（蟾津江河口）には手が出せなかった。そこで、継体二三年（五二九）春三月、百済王は、大王に穂積臣押山をとおして、つぎのように伝奏させた。

「倭国への朝貢の使者が、いつも海中の岬を離れるとき、風雨に苦しみます。このため、船荷を濡らし、ひどく損壊します。それで、加羅の国の帯沙江を朝貢の海路として賜りたい」

この要請は、裁可され、物部伊勢連父根・吉士郎らが勅使として派遣された。しかし、彼らが帯沙江にいたると、大加羅王・阿利斯等は、勅使に強く抗議した。

「この津は、官家が置かれて以来、吾が朝貢のときの寄港地としているところです。たやすく隣国に与えられては困ります。はじめに与えられた境界の侵犯です」

勅使・父根(チチネ)連らは、先に進むことができず、引き返さざるを得なかった。

大加羅は、帯沙(たさ)の領有をめぐり、長年、百済とのあいだで小競り合いをつづけてきたが、今や、百済の攻勢を阻むことが難しくなっていた。その意味では、大加羅にとって、帯沙江(たさのえ)は、帯沙に残された最後の足掛かりといえた。

この数年、大加羅は、倭国の百済寄りの姿勢に恨みを抱き、新羅に近づいて新羅王の女(むすめ)を娶っていた。しかし、直(じき)に、新羅の大加羅に対する侵略意図があからさまとなり、その関係は破綻した。その際、新羅側は、腹いせに、大加羅の八つの城を掠(かす)め取っていった。

新羅は、すでに、南部加羅地方の金官と喙己呑(とくことん)を侵略し、さらに、金官の西隣りの卓淳(とくじゅん)に圧力をかけていた。そのような状況下において、倭府の拠点は、金官から、卓淳の西隣りの安羅(あら)に移されていた。

継体二三年の同じ三月、倭国は、金官・喙己呑(とくことん)の再建を図るため、改めて近江毛野(ケナ)臣を倭府の卿(かみ)として安羅に遣わした。

同年夏四月には、大加羅王・阿利斯等(アリシト)がみずから来朝し、新羅の加羅地方への侵略を阻止するよう、訴えてきた。

「海外の諸国に、応神大王(オオキミ)が官家(みやけ)を置かれてから、もとの国王にその土地を任せ、統治されたのは、まことに道理に合ったことです。いま、新羅は、はじめに決めて与えられた境界を無視して、たびたび領土を侵害しています。どうか、新羅の加羅への侵入を止めさせて下さい」

継体大王は、阿利斯等を厚く遇し、使を遣わして加羅に送らせた。同時に、安羅にいる近江毛野臣に、「大加羅王の奏上するところをよく問いただし、加羅諸国と新羅が互いに疑い合っているのを和解させるように」と命じた。

近江毛野臣は、新羅軍の、南部加羅地方に向けた進出の最前線である熊川（昌原市南東部）に拠って新羅・百済両国に働きかける。しかし、近江毛野臣は、両国から相手にされず、逆に新羅軍の攻撃を受ける。その後も、久斯牟羅（昌原市西部）に二年にわたって滞留するが、驕慢な振る舞いが多く、任那の使が、大王にその行状を奏上する。大加羅王・阿利斯等も、これをもてあまし、新羅・百済の両国に兵を請う。大和朝廷は、この事態を重く見、近江毛野臣を召還する。同人は、帰国途上、対馬にて病死する。

この時期、百済国は、北方からの攻撃にさらされていた。五二九年（継体二三年）、高句麗の安臧王がみずから兵馬を率いて、百済の北部を侵した。これに対し、百済は、高句麗軍と五谷の原（黄海道瑞興郡）で戦うも、大敗し、死者二千余人に及んだという。

その二年後（五三一）、百済は、安羅の要請に基づき、帯沙江を越え、安羅に進駐している。

その翌年（五三二）には、新羅が金官に降伏を強い、その後間もなくして、卓淳をも屈服させている。かくして、安羅と卓淳の国境（くにざかい）で、百済・新羅の両国が直接相対するようになる。

継体大王の後継をめぐって

筑紫君磐井（イワイ）との戦いがはじまった頃から、老齢ゆえに、継体大王（オオキミ）の体力と思考力の衰えが目立ちはじめていた。そのため、勾大兄王子（マガリノオオエノミコ）が太子（ヒツギノミコ）の立場で、大王の内意を聞きとり、それを諸臣に伝達するという形で政治が進められていた。

勾大兄王子（マガリノオオエノミコ）は、春日山田王女（カスガノヤマダノヒメミコ）のほかに、許勢男人（コセオヒト）大臣の二人の女（むすめ）を妃（きさき）としていたが、子に恵まれないでいた。それに対して、檜隈高田王子（ヒノクマノタカタノミコ）のほうは、凡河内稚子媛（ワクゴヒメ）とのあいだに、火焔王子（ホノオ）がいる。そればかりか、橘仲王女（タチバナノナカツヒメミコ）とのあいだに、石姫王女（イシヒメノヒメミコ）・小石姫王女（コイシヒメノヒメミコ）・倉稚綾姫王女（クラノワカヤヒメノヒメミコ）の三人の媛（ひめ）をもうけていた。そして、三人の姉妹は、いずれも、広庭王子（ヒロニワノミコ）の妃（きさき）として迎えられている。

継体二四年（五三〇）の冬一一月にはいると、大王（オオキミ）は病がちとなった。すると、にわかに、群臣のあいだで、後嗣の問題が内々に語られはじめた。

大和地方の豪族には、尾張系の勾大兄王子（マガリノオオエノミコ）ではなく、旧王朝に血筋のつながる広庭王子（ヒロニワノミコ）を推す者が圧倒的に多い。筑紫国に居座りつづけている物部麁鹿火（アラカイ）大連に代わって、中央でめきめきと力をつけてきた物部連尾輿（オコシ）も、尾張系の大王（オオキミ）が誕生することは許せないと考えていた。

勾大兄王子を大王の後継として強く推していたのは、大伴金村大連であった。

しかし、新羅征討を論ずる合議の席で、物部連尾輿は、大伴金村大連を公然と非難した。

「かつて、百済にやすやすと任那四県を割譲したのは、誤りであった。現在、百済と新羅の両国が、安羅国の東西に勢力を築きつつあるが、このような事態にいたったのは、あの件が、そもそもの元凶である」

合議に参加したほとんどの者が、これに同意を示した。阿倍臣・膳臣ですら、百済の任那への侵入を快く思っていなかった。

物部麁鹿火大連は、この席におらず、許勢男人大臣は、数か月前に鬼籍に入っていた。大伴金村大連は、この場をとりなしてくれる有力な支援者を欠いていた。勾大兄王子としても、この問題に関しては、金村大連を擁護する立場に廻ることはできなかった。大伴金村大連の力は、この時点から大きく後退する。そして、本人は、住吉の館に引き籠るようになっていった。

かくて、勾大兄王子にとっては、縁戚関係を結んだ許勢男人大臣を喪ったにとどまらず、有力な後援者である大伴金村大連までが遠ざけられてしまったことになる。

同年冬一二月、勾大兄王子の勾金橋宮に、阿倍臣大麿と膳臣大麿が、檜隈高田王子をともない、訪れてきた。

勾大兄王子（マガリノオオエノミコ）が、「なにごとやあらん」と問うと、阿倍臣大麿が応える。

「今日は、大王（オオキミ）の後継の問題について、王子（ミコ）の考えを聞きたいと思い、皆して参じました」

「なんと。大王が在位されているというのに、そのようなことを論じるとは、不敬にあたるではないか」

「とはいえ、大王は、並はずれの高齢であられ、このところ、かなり衰弱されていると聞きます。この時点で、後継の問題に見通しをたてておかなければ、時宜を失することになります」

ここで、膳（カシワデ）臣大麿が、語りを引き継ぐ。

「王子（ミコ）は、太子（ヒツギノミコ）に任じられており、継体大王（オオキミ）の正統な後継者であります。にもかかわらず、大和の豪族のほとんどの者は、旧王朝の血筋を継いでいるという理由で、広庭王子（ヒロニワノミコ）を継体大王の後嗣にと望んでいます。太子を支えてきた許勢男人（コセオヒト）大臣はすでに亡く、大伴金村大連も、もはや頼りにはなりません」

阿倍臣大麿が、ふたたび、王子（ミコ）に問う。

「この際、はっきり申し上げます。継体大王（オオキミ）に、もし万一のことがあれば、政治的混乱を生じ、流血の事態にならぬとも限りません。王子（ミコ）には、それに対する方策を十分に考えておられますか」

「父王（カソキミ）は、吾（あれ）を信頼して太子（ヒツギノミコ）に任じた。吾は、今も、父王の意を汲んで太子の立場で、政（まつりごと）に取り組んでいる。今更、太子の地位に変わりがあるわけもない。しかし、それほどに心配してくれるのなら、吾が、改めて父王に確認してみよう」

　阿倍臣大麿が、語りをつづける。

「大王（オオキミ）に即位するということは、たやすいことではありません。継体大王にしても、葛葉宮（くずはのみや）で即位したものの、遷都した先の綴喜宮（つつきのみや）で蘇我氏の襲撃をこうむり、乙訓宮（おとくにのみや）に移らざるを得ませんでした。結局、京（みやこ）入りするのに、即位後、二〇年を要したのです。こうした経緯を慮（おもんばか）るなら、太子（ヒツギノミコ）には、継体大王が薨去（こうきょ）されるよりも早くに、策を講じていただかねばなりません。吾（あれ）らが思うに、葛葉宮か三島の藍原館（あいはらのやかた）に移っていただくのが、最善の策かと存じます。かつて男大迹王（ヲホドノキミ）がなされたように、北陸・近江・美濃・尾張の各地から軍勢を呼び集め、大和の諸豪族に対して明確な意思表示をしていただくことが必要です。これらの諸国には、太子に対する根強い期待が息づいています。喜んで馳せ参じることでしょう。無論のこと、吾（あれ）ら越後・若狭勢も、急ぎ軍勢を移送する準備を進めます」

　この集まりには、息長牧人（オキナガノマキヒト）、それに、尾張間古（マコ）・枚夫（ヒラブ）の兄弟も加わっていた。

　尾張間古（マコ）が、阿倍臣大麿の提案に、わが意を得たりと意気込む。

「そういうことであれば、吾（あれ）は、至急、弟（いろど）とともに国もとに戻り、尾張のみならず、美濃勢を含めて軍勢を編成してみせます」

　これを聞いて、阿倍臣と膳（カシワデ）臣は、満足げに相槌を打つ。

「吾(あれ)らも、尾張氏の兄弟(いろせ)には、大いなる支援を期待している」

この間、息長牧人(オキナガノマキヒト)は、太子(ヒツギノミコ)を取り巻く諸情勢、阿倍臣・膳(カシワデ)臣の意図するところ、さらには、尾張間古(マコ)の支援策の実現可能性について、思いを巡らせていた。

やがて、牧人は、おもむろに口を開き、彼らへの賛意を明確にした。

「吾(あれ)も、継体大王(オオキミ)亡き後、太子(ヒツギノミコ)の身に危険が及ぶのではないかと案じておりました。阿倍臣・膳(カシワデ)臣の申されるとおり、早くに軍勢を整えるに如(し)くはないと考えます。北陸・近江の軍勢は、吾が組織いたしましょう」

阿倍臣と膳(カシワデ)臣が、大きくうなずく。

「そのとおりだ。これからは、汝(いまし)の働きが吾(あれ)らの核をなす」

勾大兄王子(マガリノオオエノミコ)はというと、阿倍臣と膳(カシワデ)臣の思いもかけない建策に加え、その実現に向けた、熱のこもった論議の展開に、あっ気に取られていた。しばらく沈黙を守っていたが、やがて、気を取り直すと、彼らの申し出をきっぱりと拒絶した。

「吾(あれ)は、軍事行動を起こす気などまったくない。ようやくにして築かれた安寧の世の中、それをぶち壊してどうなる」

まわりの者は、太子(ヒツギノミコ)の断固とした拒絶反応に、一瞬たじろいだ。

阿倍臣大麿は、「これではならじ」と、さらに太子(ヒツギノミコ)に迫る。

「王子（ミコ）にその意思がなくても、大王がお隠れになった段階で、大和の諸豪族は、王子に向けて歯をむき出しにしてくるでしょう。いずれにせよ、備えは必要です」

「なんの、いざとなれば、物部連尾輿（オコシ）と蘇我臣稲目（イナメ）とが、諸豪族の動きを封じてくれるだろう」

阿倍臣と膳（カシワデ）臣は、この言葉を聞くや、即座に応答した。

「その物部連尾輿と蘇我臣稲目こそが、もっとも危険な相手なのですぞ」

これに、勾大兄王子（マガリノオオエノミコ）が反論する。

「吾（あれ）は、これまで、その二人をおろそかに扱った覚えはない」

そして、檜隈高田王子（ヒノクマノタカタノミコ）に、「そうであろう」と同意を求めた。

檜隈高田王子が応ずる。

「物部連尾輿（オコシ）はともかく、蘇我臣稲目は、太子（ヒツギノミコ）の味方になってくれるでしょう」

阿倍臣大麿と膳（カシワデ）臣大麿とは、勾大兄王子（マガリノオオエノミコ）・檜隈高田王子（ヒノクマノタカタノミコ）兄弟の現状認識の甘さ、その積極性の欠如を、心底、歯噛みして悔しがった。二人は、お互いに顔を見合わせ、もはや詮無（せんな）きことと、これ以上の具申は控えることにした。これほどに優柔不断な太子（ヒツギノミコ）であるとすれば、献身的に仕えてみたところで、まぎれもなく割を食うだけ、と気持が萎（な）えてしまったのである。

阿倍臣と膳（カシワデ）臣とが、姿勢を後退させたがために、息長牧人（オキナガノマキヒト）らも、これ以上、この場で口を差し挟むことはできなくなった。

年明け早々に、大后（オオキサキ）・手白香王女（タシラカノヒメミコ）は、勾大兄王子（マガリノオオエノミコ）・檜隈高田王子（ヒノクマノタカタノミコ）兄弟の妃（きさき）、春日山田王女（カスガノヤマダノヒメミコ）と橘仲王女（タチバナノナカツヒメミコ）を磐余玉穂宮（いわれのたまほのみや）に招き、会食を行った。彼女たちは、姉妹ゆえに、これまでも、このような宴（うたげ）を重ねてきた。しかし、このたびは、今までとは異なり、三人のあいだに緊張感が漂った。いうまでもなく、大王（オオキミ）の病状がすぐれず、その後継者の問題が、世の耳目を引いていたからである。

お互いに近況を報告し合ったあと、しばらくして、大后が、当面する喫緊の課題について言及した。

「大王（オオキミ）の容態は、日に日に悪くなっており、いつ病状が急変するかわからない状況です。万一に備えて、そろそろ、誰が後を継ぐかを決めておかねばならぬ時期にきています。吾（あれ）は、その後継者には、誰しもが納得のいく、正しい血筋の者を充てなければならぬと思います」

大后（オオキサキ）の発言内容には、みずからの子・広庭王子（ヒロニワノミコ）が正統な後継ぎであると、妹たちに意識づけようとする意図が透けてみえる。

これに対して、春日山田王女（カスガノヤマダノヒメミコ）は、大后（オオキサキ）を正面に見据え、口には出さなかったものの、「太子（ヒツギノミコ）たる吾（あ）が夫（つま）を差し置いて、大王（オオキミ）の正統な後継者はあり得ない」との気概をみせつけた。

橘仲王女（タチバナノナカツヒメミコ）の夫（つま）のほうは、太子（ヒツギノミコ）の弟（いろど）ということで、後嗣の対象としては、埒外に置かれていた。そのため、彼女は、大王の後継問題に関しては、中立の立場にいた。

彼女は、気まずくなった場の雰囲気を和らげようとして、二人の姉に語りかけた。

「吾（あれ）は、難しい政治の都合に翻弄されるのは真っ平です。誰が王位を継ごうと、大王（オオキミ）の血を引く者に変わりはありません。吾らは、血のつながった姉（せ）と妹（いも）、いかなる結果となろうとも、その絆（きずな）を大切にしなければいけません」

手白香王女（タシラカノヒメミコ）も、場を取り成そうとして、妹（いろも）の言葉に同意を示した。

「たしかに、汝（いまし）の言うとおり、吾（あれ）らの仲が裂かれるようなことがあってはなりません」

この宴（うたげ）は、春日山田王女（カスガノヤマダノヒメミコ）にとっては、相当に息苦しいものであった。

手白香王女（タシラカノヒメミコ）と橘 仲王女（タチバナノナカツヒメミコ）は、同腹であるが、春日山田王女（カスガノヤマダノヒメミコ）は、二人とは腹ちがいである。それにもかかわらず、みずからが太子（ヒツギノミコ）に嫁ぐにあたって、姉が仲介の労をとってくれている。それだけに、姉に対しては、平素から一歩下がった姿勢をとってきた。しかしながら、この場では、王位継承にかかわることだけに、太子（ヒツギノミコ）の妃（きさき）として、姉への安易な妥協は許されなかったのであった。

辛亥の変、そして欽明天皇の即位

継体大王の崩御と勾大兄王子の自刃

継体二五年（五三一）春二月になると、大王(オオキミ)は、にわかに病が重くなった。同月七日、勾大兄(マガリノオオエ)王子(ノミコ)と広庭王子(ヒロニワノミコ)のほか、手白香王女(タシラカノヒメミコ)・春日山田王女(カスガノヤマダノヒメミコ)・石姫王女(イシヒメノヒメミコ)らの親族が、大王の周りを囲んでいた。少し離れたところに、物部連尾輿(オコシ)と蘇我臣稲目(イナメ)が詰めていた。この日、大王は、ほとんど昏睡状態に陥っていた。

たまたま、大王(オオキミ)が意識を取り戻した瞬間が訪れた。勾大兄王子(マガリノオオエノミコ)は、「大王に、意識のあるあいだに後嗣をはっきりと指名しておいてもらわないといけない」と機会をうかがっていた。そこで、ここぞとばかり、父王にみずからの顔を寄せ、尋ねた。

「王位を誰に譲るのですか」

すると、継体大王(オオキミ)は、体をわずかばかり起こし、王子(ミコ)の問いにたしかな声で応えた。

「王位は、太子（ヒツギノミコ）たる勾大兄王子（マガリノオオエノミコ）に引き継ぐ」

つづけて、大王（オオキミ）は、小声でつぶやいた。

「そういえば、目子（メノコ）とのあいだでそのような約束を交わしたことがあったな」

大王は、暫時（ざんじ）、目子媛に想いを馳せていたようであったが、じきに、ふたたび昏睡状態に入っていった。それから、しばらくして息をひきとった。その容貌は、いつにもにもまして、温容にあふれたものであった。時に、八二歳であった。

列席の者は皆、嗚咽（おえつ）を漏らし、悲しみに打ちひしがれた。

一時（いっとき）ほどして、大王（オオキミ）の装いを整える必要があり、全員が、いったん、室外に出た。皆して、庭に面した、開け放たれた部屋で休息を取ることとなった。

すると、突如、一群の武装した兵士が庭に現れた。彼らは、二手に分かれ、王族の集（つど）う部屋に土足で上がってきた。一方は、勾大兄王子（マガリノオオエノミコ）を取り囲み、庭に引きずり下ろそうとする。他方は、勾大兄王子（マガリノオオエノミコ）とほかの王族とのあいだに割って入り、彼らを勾大兄王子から引き離した。

王子（ミコ）は、腕を振りほどこうと、懸命にもがく。

「理不尽な。吾を大王（オオキミ）の跡継ぎと知っての狼藉（ろうぜき）か」

うしろからは、背の君の身の上を案じる、春日山田王女（カスガノヤマダノヒメミコ）の叫びが聞こえてくる。

縁先には、尾輿（オコシ）連と稲目（イナメ）臣が控えていたが、両者とも微動だにしなかった。

王子（ミコ）は、その二人に向けて問いかける。

「汝（いまし）らは、大王（オオキミ）が、先ほど、『王位は、太子（ヒツギノミコ）たる勾大兄王子（マガリノオオエノミコ）に引き継ぐ』と語られたのを聞いておろう。なにゆえ、この狼藉を黙って見ているのか」

「……」

「してみると、こは、尾輿（オコシ）と稲目（イナメ）のさしがねか。汝（いまし）らは、それほどに、吾（あれ）を憎んでいたのか」

庭の端に控えていた、王子（ミコ）の側近、尾張間古（マコ）ら数名の者は、状況を把握するや、王子を連行する集団に向かって斬りかかっていった。しかし、王子に近づくことはできず、いずれも、無念の死を遂げる。

襲撃者の一団は、王子（ミコ）を木立のなかに連れ込むと、刀子（とうす）を渡して自害するよう強く迫った。

勾大兄王子（マガリノオオエノミコ）は、「もはやこれまで」と覚悟を決めた。「あのとき、阿倍臣と膳（カシワデ）臣の意見を容れていれば、こんなことにはならなかったのに」と、今更ながらに悔やまれた。

このとき、なぜか、噂に聞く、筑紫君磐井（イワイ）の子・火中君（ヒノナカ）の最後の光景が脳裡をよぎり、王子（ミコ）は、それをみずからの置かれた窮境に重ね合わせた。そして、「父王（カソキミ）、吾（あれ）も、すぐにあとを追います」と言いつつ、刀子を吾（あ）が首へと突き立てた。

息長牧人（オキナガノマキヒト）も、外に控えていた。急を察知するや、乱入せし兵士たちと入れ代わるようにして、その部屋に躍り込んだ。そこには、春日山田王女（カスガノヤマダノヒメミコ）が取り残されており、太子（ヒツギノミコ）が襲われたことに気が動転し、あられもない姿をさらしていた。

牧人は、大王（オオキミ）の臥所（ふしど）が荒らされているのではないかとの危惧を深め、先を急いだ。大王は、すでに事切れていたが、彼にとっては、この混乱から大王の御霊（みたま）を守ることが先決であった。牧人は、剣（つるぎ）を構え、さらなる事態の推移に備えた。

しばらくして、物部連尾輿（オコシ）が、大王（オオキミ）の寝所に戻ってきた。

息長牧人（オキナガノマキヒト）が、尾輿（オコシ）連に詰問する。

「なにゆえに、大王（オオキミ）の臨終に際して狼藉に及ぶ」

「吾（あれ）らは、勾大兄王子（マガリノオオエノミコ）を継体大王の後継に望んでいない」

「もはや、吾には、継体大王の御子があとを継ぐかぎり、誰が後継になろうと、そのようなことは、どうでもよい。それよりも、大王の御霊（みたま）が粗末に扱われるのではないかと、そのことを憂えている」

「吾（あれ）らは、継体大王（オオキミ）を畏敬してきた。これより、古来の法（のり）に従い、ただちに殯宮（もがりのみや）を設けて亡骸（なきがら）を移す。現在、三島野に用意されている継体大王の墳墓の石室を整え、一年以内に、亡骸をそこへ納めたい。もとより、この間、いかなる者であれ、大王の御霊（みたま）に指一本触れさせるものではない」

「大王（オオキミ）の御霊（みたま）が、法（のり）に則り葬られることを知り、安心した。この上は、せめても、春日山田王女（カスガノヤマダノヒメミコ）の身の安全を取り計らっていただきたい」

息長牧人(オキナガノマキヒト)は、こう言うと、大王の遺体の傍らで、自刃した。

他方、阿倍臣や膳(カシワデ)臣は、この変事を耳にするや、ただちに手兵を率いて宮廷へと疾駆した。しかるに、宮廷の正門は、彼らの手兵をはるかに凌駕する軍勢で固められており、邸内に入ることはできなかった。彼らは、油断したことを歯噛(はが)みして悔(くや)しがったが、もはやあとの祭りであった。

この武力行使は、物部臣尾輿(オコシ)の手によるもので、広庭王子(ヒロニワノミコ)・手白香王女(タシラカノヒメミコ)・石姫王女(イシヒメノヒメミコ)の三人は、尾輿臣の館でその保護下におかれた。その狙いは、継体大王の後継に広庭王子を擁立しようとするものである。

この際、蘇我臣稲目(イナメ)の立ち位置は、微妙であった。物部臣尾輿(オコシ)からは、事前にこの計画を聞かされていた。それは、大和の諸豪族の要望に沿ったものであり、正面きっての反対はできない。しかも、これからは、物部臣尾輿とともに、大和王権を主導する地位に就くことが約束されている。旧王朝の有力豪族は皆、往時の面影を失っており、蘇我臣稲目にとって、物部臣尾輿以外に強力な競争相手は見当たらなかった。

そのいっぽうで、すでに他界しているが、稲目臣の父の高麗(コマ)は、蘇我臣の所領の内に、尾張系の勾大兄(マガリノオオエ)・檜隈高田(ヒノクマノタカタ)の二人の王子(ミコ)のために宮殿を建てて住まわせてやり、彼らの後見役を買って出た。このようにして、継体大王(オオキミ)に忠誠を尽くすとともに、二人の王子の外戚の立場にある尾張連との良好な関係を保ってきたのである。

これらのことを勘案したうえで、蘇我臣稲目（イナメ）は、継体大王（オオキミ）の病が重くなり、明日をも知れぬ状態となると、檜隈高田王子（ヒノクマノタカタノミコ）の館を兵で囲み、王子とその妻子の外出を一切禁じた。ために、同王子は、一命を救われたのである。

檜隈高田王子（ヒノクマノタカタノミコ）と橘仲王女（タチバナノナカツヒメミコ）とのあいだの三人の娘は、いずれも、広庭王子（ヒロニワノミコ）に嫁いでいる。広庭王子を支持する側からすれば、檜隈高田王子が無力である限り、同王子を弑（しい）するまでの必要はなかったといえよう。この後、檜隈高田王子は、蘇我臣の庇護のもとに、館でひっそりと生を送ることになる。

ところで、継体大王（オオキミ）の崩御の年については、「記紀」をはじめとする諸文献のあいだに、明らかな相違が認められる。このことについて、付言しておきたい。

『日本書紀』は、「百済本記」の「辛亥（しんがい）の年、……聞くところによると、日本の天皇および皇太子・皇子皆死んでしまった」という記事を引用し、継体天皇即位後二五年（五三一）をもって、その崩御としている。そのいっぽうで、同書は、継体天皇の崩御を、即位後二八年（五三四）とする異説のあることも、併記している。

『日本書紀』の引用する「百済本記」の記事は、概して信頼性が高いとされる。しかし、本件については、内容が伝聞であるだけに、確信性に欠けるところもある。『日本書紀』自体が、その内容について、「後世、調べ考える人が明らかにするだろう」と付記している。

ただし、『日本書紀』は、「百済本記」の記事のうち、「天皇が死んだ」という部分のみを採用し、「皇太子・皇子も死んだ」という部分を無視している。そして、欽明(キンメイ)天皇（広庭尊）の前に、勾大兄皇子(マガリノオオエノミコ)と檜隈高田皇子(ヒノクマノタカタノミコ)を、それぞれ安閑(アンカン)天皇、宣化(センカ)天皇として即位させている。

『日本書紀』の記述に一貫性をもたせるのであれば、継体天皇の死後、間をおかず、欽明天皇が即位した、とすべきであろう。

ちなみに、『上宮聖徳法王帝説』では、欽明天皇の治世を「四十一年」としており、『日本書紀』の「三十二年」とのあいだに九年の差がある。欽明天皇の崩御の年から逆算すると、その即位は、『日本書紀』が継体天皇の薨(こう)じた年とする、五三一年となる。さらに、「元興寺伽藍縁起」によると、「仏教公伝」を五三八年（欽明七年）としており、ここでも、欽明天皇の即位は、五三一年となる。

他方、『古事記』では、継体天皇は四三歳で、五二七年に崩御したとする。この場合、『日本書紀』にいう継体天皇の没年（五三一年）とのあいだに、四年の空白が生まれる。それゆえ、欽明天皇が五三一年に即位したとしても、この間、安閑(アンカン)天皇ないし宣化(センカ)天皇の在位の可能性が出てくる。

このように、継体大王(オオキミ)の崩御に関して不自然な表記が残されているところから、大王の死後、後継を巡って政治的混乱ないし対立を生じたのではないかとする、さまざまな指摘がある。かかる類の事態の発生に対しては、「辛亥(しんがい)の変」という呼称が使われている。

継体大王は、同二五年（五三一）冬一二月五日、広庭王子(ヒロニワノミコ)の手によって、三島平野の中央、北寄りの陵(みささぎ)に葬られた。その御陵が、今日いうところの、今城塚(いましろづか)古墳（大阪府高槻市郡家新町）である。そして、同日、広庭王子が、二三歳にして欽明(キンメイ)大王として即位する。

後日、欽明大王の強い意向により、勾大兄王子(マガリノオオエノミコ)の亡骸(なきがら)も、同じ墳墓に埋葬される。また、春日山田王女(カスガノヤマダノヒメミコ)は、太后(オオキサキ)・手白香王女(タシラカノヒメミコ)の擁護を受け、余生を全うする。

欽明大王は、即位後一月(ひとつき)ののち、檜隈高田王子(ヒノクマノタカタノミコ)の女(むすめ)・石姫王女(イシヒメノヒメミコ)を大后(オオキサキ)とした。二人のあいだには、二男一女が生まれ、次男が欽明大王の継嗣として敏達(ビタツ)大王となる。このようにして、尾張の目子媛の血が後世に受け継がれていくことになる。

その後、半年を経て、京(みやこ)が、大和国磯城郡(しきのこおり)の磯城島（桜井市金屋の東南）に遷された。名づけて磯城島金刺宮(しきしまのかなさしのみや)といった。大伴金村大連と物部麁鹿火(アラカイ)大連とは、そのままの地位に留めおかれ、秦大津父(ハタノオオツチ)が大蔵の司(つかさ)になった。

しかし、大伴金村大連は片田舎に逼塞しており、物部麁鹿火大連も、数年も経たぬうちに亡くなる。そこで、彼らに代わって、物部連尾輿(オコシ)が大連に、蘇我臣稲目(イナメ)が大臣に、阿倍臣大麿が大夫(まえつきみ)に、それぞれ任ぜられた。阿倍・膳(カシワデ)の両氏は、すでに時代の流れに順応する姿勢に転じ、物部臣や蘇我臣と和解するにいたっていた。

そのいっぽうで、蘇我臣稲目(イナメ)は、女(むすめ)の堅塩媛(キタシヒメ)とその妹の小姉君(オアネノキミ)を欽明大王(オオキミ)の妃(きさき)として入れ、蘇我臣が大王家の外戚として威を振るう基盤を築くのである。

さて、磐井(イワイ)の乱の終息を契機として、大和王権の地方に対する締め付けが強まっていく。地方の有力首長層が王権の手によって国造に任命され、その支配領域内に王権の直轄地としての屯倉(みやけ)や、王権直属の職業集団たる部民(べみん)が設けられるようになる。こうした国造制・屯倉制・部民制は、これまでも個別に設置されてきたが、それが全国にわたり、しかも一体として運用されるようになっていくのである。

武蔵国造笠原氏の内紛

継体大王の時代に、筑紫連合国家を解体することができたものの、東には、上毛野(かみつけぬ)連合国家が強勢を誇っていた。筑紫勢との抗争が落ち着くと、物部麁鹿火(アラカイ)大連は、物部連尾輿(オコシ)に使者を送り、今回のような事態にいたる前に、早々に上毛野連合に楔(くさび)を打ち込むよう、留意を促した。

当時、上毛野(かみつけぬ)国は、武蔵国にまで勢力圏を広げていた。たまたま、武蔵国では、武蔵国造の地位をめぐり、北部の无邪志(むざし)国の当主である笠原直使主(アタイオミ)と南部の胸刺(むざし)国を領する同族の小杵(オキ)とのあいだにいさかいが起きていた。

物部連尾輿（オコシ）は、このことを知ると、両者の内紛をいっそう広げるよう工作した。

彼は、笠原直小杵（アタイオキ）の周辺に、「笠原直使主（アタイオミ）が大和国と結託して小杵直を抹殺しようと謀っている」と焚きつけた。このようにして、笠原直小杵をして上毛野（カミツケヌ）君小熊（オグマ）に助力を求めざるを得ないように仕向けたのである。そして、上毛野君小熊が笠原直小杵を支援する動きを察知するや、物部連尾輿は、上毛野国に向けて征討軍を差し向けることにつき、欽明大王の裁可を得た。

物部連尾輿（オコシ）は、蘇我臣稲目と協議のうえ、征討軍の大将軍に物部連尾輿の長子・大市御狩（オオイチノオカリ）を、副将軍に東漢直角古（ヤマトノアヤノアタイカクコ）をあてた。この征討軍には、阿倍臣・膳（カシワデ）臣の軍勢も加えられた。

継体大王の崩御後三年目（五三四）の夏四月、大和軍は、東山道を進んだ。途中、尾張勢を加え、碓氷坂まで進軍した。尾張連も、改めて蘇我臣をつうじ、大和国の新政権に忠誠を誓っていたのである。

上毛野（カミツケヌ）勢は、東山道の上毛野国への入口にあたる、妙義山（みょうぎさん）北麓（現在の安中市松井田町横川）に陣を張っていた。最前線の守備に就いていたのは、車持（クルマモチ）君と石上部（イソノカミベ）君の軍勢であった。大和勢としては、筑紫島攻めの反省に立ち、大きな犠牲を払ってまで戦いを挑むつもりはなかった。上毛野勢に圧力をかけ、その帰順を促すことができれば、上出来といえた。それゆえ、上毛野勢が動き出すまで、碓氷坂にて露営をつづけることにした。

だが、それにしても、北西の方向で、盛んに噴煙を上げる火山の活動が不気味であった。地元の者に尋ねてみると、その山は、榛名山（はるなさん）といい、数十年前に大爆発を起こし、周辺の地域に大きな被害をもたらした、ということであった。

大和勢が碓氷坂に滞留をつづけているあいだも、榛名山の噴煙の規模はだんだんと強まっていった。そして、四日後の夕刻、何度かにわたって大爆発を起こした。榛名山二ッ岳の大噴火である。おもに、その東側に向けて噴石を降らせ、火砕流を生じさせた。とりわけ、有馬君の領有域、車持君（クルマモチ）や上毛野君（カミツケヌ）の領地の北部に甚大な惨禍をもたらした。

夜が明けると、妙義山北麓から上毛野（カミツケヌ）勢の姿は消えていた。彼らにとっては、自領の被害を抑えるのが精一杯で、戦いどころではなかった。

大将軍・物部連大市御狩（オオイチノオカリ）は、大和軍を率いて、妙義山の東麓を高田川（利根川水系）伝いに南東に進み、鏑川（かぶらがわ）（同上）と合流するあたりで、石上部君（イソノカミベ）の陣屋にいたった。石上部君は、元来、物部氏を祖とする豪族である。大市御狩連は、使者を差し向けて石上部君を呼びつけ、物部宗家の立場から、有無を言わせず、恭順を強いた。

その後、鏑川沿いを東に進み、甘楽郡（かんらのこおり）の富岡地区を抜けて、広々とした平野部（緑野（みどの）郡）に出る。この一帯には、物部系の支族が分散しているのみで、ことさらに大和勢の行軍を妨げる者はいない。さらに、平野の西側を画する山並みの裾を南東へと辿（たど）って神流川（かんながわ）（利根川水系）を越え、荒川にいたる。ついで、荒川の北岸を東行し、東山道武蔵路を越えたところに位置する无邪志（むざし）国に落ち着く。

无邪志国の当主・笠原直使主は、このところ再三にわたって、上毛野君小熊から、笠原直小杵に臣従するよう強要されていた。それゆえ、物部連大市御狩の遠路遥々の来援を感激の面持ちで出迎えた。

半月ほど、无邪志国に滞在したあと、大和軍は、无邪志軍の先導の下に東山道武蔵路を南下し、多摩川中流域の、多摩郡府中の地に陣を敷き、長期にわたる宿営の態勢を築いた。

府中の地は、早い段階から、水陸の交通の要衝として重きをなしてきた。律令制の時代になると、ここに武蔵国の国府（大國魂神社の境内）が置かれるようになる。

大市御狩連は、多摩川下流域の胸刺国に使者を送り、笠原直小杵に降伏を迫った。小杵直も、榛名山の噴火による上毛野国の惨状を知っており、もはや上毛野国からの支援を期待することはできず、大和勢の軍門に下るしか選択の道はないと観念していた。

幾度か両者のあいだで使者の往復があったが、最終的に、小杵直自身が大和軍の陣営にやってきた。そして、胸刺国に属する橘花（橘樹郡）・多氷（多磨郡）・倉樔（久良岐郡）の三か所の屯倉を朝廷に献上した。結局、胸刺国自体は、无邪志国に併合されることとなった。加えて、笠原直使主のほうも、自領から横渟屯倉（比企郡）を朝廷に差し出した。

大将軍・物部連大市御狩は、武蔵国における笠原氏の内紛を鎮めたあと、東海道に拠り、京に帰還した。その後、上毛野（カミツケヌ）国からは、大和軍に弓引いたことを謝したうえで、緑野（みどの）屯倉（緑野郡）の供出があった。武蔵国に設定されたものを含め、これらの屯倉は、大和王権の東国支配の主要な拠点として機能を果たすようになる。

大和王権のその後

継体（ケイタイ）大王は、磐余（いわれ）の地に入ったとき、すでに、かなり老齢の域に達していた。ために、その没する前の数年は、実権を失い、物部連や蘇我臣などの有力豪族に政治の主導権を握られてしまっていた。そのうえ、継体大王の崩御に際しては、はげしい後継争いを生み、大きな犠牲を払うことになった。

とはいえ、継体大王から欽明（キンメイ）大王の時代にかけて、大和王権の中央集権体制は、大幅な進展をみる。筑紫連合国家との戦いに勝利したあと、上毛野（カミツケヌ）連合国家を懐柔することに成功し、西に東にとその権勢を如実に見せつける。その後も、国造制・屯倉制・部民（べみん）制の一体運用によって、倭国各地に対する支配を確実に強化していったのである。

継体大王の崩御後、朝鮮半島では、百済（くだら）・新羅（しらぎ）両国による南部加羅（から）地方への侵食がいっそうはげしくなった。また、高句麗と百済・新羅両国との軋轢（あつれき）も強まっていた。

御所ヶ谷神籠石　御所ヶ岳（行橋市とみやこ町の境界）の山頂に、２キロにわたって土塁や石塁が確認されている。７世紀後半、倭は唐・新羅連合軍に敗れており、このような山城を築いてこれに備える必要があったものと考えられる。

継体大王の崩御後五年目（五三六）には、倭国は、那津の口に官家を建て、ここに筑紫・肥・豊の三つの国の屯倉の穀物を備蓄して非常に備えている。

その翌年には、新羅の任那諸国への侵攻を阻止するために、大伴連磐・狭手彦の兄弟を現地対策に当たらせている。このとき、大伴連磐は、筑紫に留まり、その国の政治をとり、三韓に備えた。大伴連狭手彦は、安羅にて任那を鎮め、百済を支援すべく努めた。

その後、筑紫島北部では、筑紫平野をぐるりと取り巻くように、山々の中腹や麓に神籠石と呼ばれる石垣をもつ山城が築かれた。今日、神籠石遺跡は、おつぼ山（武雄市橘町）、帯隈山(おふくまやま)（佐賀市久保泉町）、把木(はき)（朝倉市把木林田）、宮地岳（筑紫野市阿志岐）、高良山(こうらさん)（久留米市御井町）、女山(ぞやま)（みやま市瀬高町）などにおいて確認される。これらは、有明海からの外敵に備えるとともに、筑紫島北部を実効的に支配するための、軍事的機能を有していたものと思われる。

他方、百済の聖明王(セイメイオウ)は、高句麗ないしは新羅との戦いに臨んで、倭国に度々にわたって軍事的支援を要請している。倭国は、その見返りとして、百済に対して学者の派遣や先進文物の送付を求めている。

継体崩御後七年目（五三八）には、聖明王より、釈迦仏の金銅像と経典数巻、それに、仏法の功徳を説いた上表文がもたらされている。これが、「仏教公伝」とされるものである。百済からする、かかる仏教関連の文化や文物の提供も、倭国の助成を当てにした外交努力の一環というべきである。事実、この年、百済は、高句麗の攻勢の下に、窮地に陥っており、挙句の果てに、錦江中流域の熊津(ゆうしん)から同下流域の泗沘(しび)へと遷都を余儀なくされている。

五五三年、倭国は、百済に対して、医(くすし)博士・易(やく)博士・暦(こよみ)博士を当番制により交代させるよう、また、卜書(うらのふみ)・暦本(こよみのためし)・種々(くさぐさ)の薬物などを送るよう要求している。翌年も、百済は、同様の要請に応えて、諸博士を送ってきている。

この時期においても、百済は、危機的状況に追い込まれていた。五五一年、百済は新羅と連合して高句麗を攻撃し、漢城を奪還したものの、その翌年には、新羅にその地を奪われている。百済は、新羅を攻めるも、五五四年、管山城（かんざんじょう）の戦いで大敗し、聖明王も殺されてしまう。このときを境に、新羅が優勢に転じ、五六二年には、新羅は、大加羅を滅ぼし、北部加羅諸国を平定した。時を同じくして、南部加羅諸国へも攻勢をかけ、百済を排斥してその大半を支配下に収めた。ここに、安羅に付置されていた倭府や大加羅に置かれていた官家（みやけ）などの倭国の機関は、いずれも機能を失うこととなった。

以降、倭国は、新羅王に、南部加羅諸国に代わって調（みつき）を差し出すよう、執拗に要求しつづけた。そして、五七五年、新羅は、高句麗への対抗上、旧任那地方の四か村の調を献上することによって、倭国との通交を求めてきた。こうして、新羅による「任那の調」の貢進が履行されるようになる。

大和王権は、物部連と蘇我臣の二大豪族に牛耳られる。

蘇我臣は、物部連にくらべると、新興の氏族といえるが、多くの渡来人をみずからの勢力下に置き、その先進的な技能を活用して一段と力をつけていた。蘇我臣は、朝廷の財務の管理や屯倉の経営に、こうした渡来人を当てていた。また、物部臣とは異なり、仏教容認の姿勢を貫くことによって、渡来系の人びとからの支持を集めていた。加羅滅亡にともない、大勢の加羅系の渡来人が倭国に押し寄せてきたが、そのような人びとを受け入れていったのも、蘇我臣であった。

やがて、蘇我臣稲目（イナメ）と物部連尾輿（オコシ）とのあいだで、仏教の容認を巡る意見の対立が表面化する。それは、彼らの息子の馬子（ウマコ）臣と守屋（モリや）連に引き継がれていく。蘇我臣馬子は、外戚として大王（オオキミ）の後継問題にかかわるようになり、物部連守屋の反発を食らう。そして、五八七年、両陣営の戦いに発展し、蘇我臣が勝利を収める。以降、蘇我臣主導で政治の運営が進められることになる。

つぎなる政治上の転機としては、六四五年の蘇我氏宗家の滅亡（「乙巳（いっし）の変」）と、それにつづく政治改革（「大化の改新」）を待たなければならない。

あとがき

一、私は、かねてから、多くの方々に、『日本書紀』や『古事記』の記述する内容から、わが国の草創期の風景に想いを巡らせてもらいたい、と願ってきました。

「記紀」では、話が神話から現実の世界へと移行する過程で、国づくりが進行します。かつては、その内容の信憑性に問題ありとして、顧みられることが少なかったように思います。しかし、このところ、古代の墳墓や集落の発掘をとおして、「記紀」の内容を補完する数多くの資料が得られるようになってきました。「記紀」の記述のなかで、信頼性の高い箇所とそうでない箇所との仕分けが、かなり進んできたように思います。

私の理解する大和王権の創始は、以下のようになります。

(1) 中国の史書によれば、紀元前後の日本は、「倭」と呼ばれ、多くの分立する小国から成り立っていました。その後、二世紀の後半にかけて、国々のあいだで争いが起こり、これを収めるために、邪馬台国の巫女・卑弥呼が女王として共立され、亡くなる三世紀の半ばまで君臨しております。
いっぽう、三輪山の北西麓一帯に、二世紀末、「纒向遺跡」が出現しており、出土品から、倭国各地と交流のあったことが確認されています。この地において、三世紀初頭、前方後円墳の祖形が認められるようになり、三世紀の後半にかけて、それまでとは一線を画する規模の、墳丘長二八〇メートルの前方後円墳・箸墓が現れます。まさに、この時期、纒向の地に原初的な統一国家が成立したといえるのではないかと思われます。

邪馬台国の占める位置については、かねてから、九州説と畿内説とが拮抗しています。たしかに、「魏志倭人伝」の記述する、帯方郡からの距離や方位からすると、九州説をとらざるを得なくなります。まして、この時代、遠く離れた畿内から、九州北岸の伊都国を操り、帯方郡の使者を送迎させ、周囲の国々を監察させるというようなことは、至難であったはずです。

しかし、「記紀」によると、南九州から東征してきた神日本磐余彦尊（のちの神武天皇）が、大和の西部を押さえていた饒速日命から王権を譲り受けることによって、大和王朝を創立した、ということになっています。

この文脈からすると、古に、九州から畿内を目指す民族の多様な動きがあり、それが、神武東征の伝承として結実したと考えることができます。こうした観点に立つと、卑弥呼の亡きあと、邪馬台国の人びとが、九州の地から畿内へと東遷してきた、と考えることもできます。纒向の地での巨大前方後円墳の出現という事実を考慮すれば、卑弥呼の後継者となる台与（トヨ）を担いで大和を目指したのではないかということも、一考に値すると思われます。

この際、鉄に着目すると、弥生時代、鉄器の蓄積量は圧倒的に北九州に集中し、日本海側の出雲・丹後などがこれについでいます。しかるに、三世紀末には、北九州の鉄器は激減し、畿内においてその埋蔵量が一気に増えていきます。このようなことも、北九州の部族の畿内への東遷を裏付ける材料となりうると思います。

このように、纒向に現れた統一国家は、東遷してきた邪馬台国とその連合国を基にして築き上げられたと解釈することが、歴史の流れに沿うことになるのではないかと思料します。この後、初期統一国家、ないしは、その後継となる大和連合国家は、各地の豪族に対して服属関係を拡大させていき、その墓制（前方後円墳）が、倭国の隅々を覆うようになっていくわけです。

（2）「記紀」によると、神武王朝の後継として、崇神（スジン）・応神（オウジン）・継体（ケイタイ）の各王朝がつづきます。

しかるに、『日本書紀』は、崇神天皇を「御肇国天皇（ハツクニシラススメラミコト）」と、『古事記』は、「初国（ハツクニ）知らしし御真木天皇（ミマキノスメラミコト）」と称するのです。つまり、「記紀」は、いずれも、崇神天皇が、「はじめて国を治めた天皇」だというのです。実態とかけ離れた在位の年代からしても、神武天皇は、神代から人代にかけての経過的な存在と考えたほうが理解しやすいと思われます。

そうなると、神武天皇と崇神天皇のあいだには、重複がみられるのではないか、さらにいえば、南九州から出て、中央に大和王朝を立ち上げた最初の王は、崇神天皇だったのではないか、というような解釈が可能となります。

また、崇神王朝のあとに現れる誉田別尊（ホムタワケノミコト）（のちの応神天皇）は、気長足姫尊（オキナガタラシヒメノミコト）（神功皇后）の子であって、母の東征にともなわれ、筑紫より大和に向けて上ったことになっております。

しかし、『日本書紀』によると、神功皇后は、天皇として即位することなく、六九年間、摂政として在位しており、その間、誉田別尊は、皇后の摂政三年から六十数年にわたって皇太子の地位にとどまっています。こうした事々を含め、神功皇后の存在には、不自然なところが多く、むしろ、誉田別尊は、この間、北九州を本拠とする有力豪族として権勢を振るっていた、とする解釈もありうると思います。

このようにみてくると、継体王朝に先行する王朝は、いずれも、九州地方を起源とし、大和の地に深く根づいていったといえます。九州地方は、朝鮮半島と一衣帯水にして、倭におけるもっとも先進文化の恩恵を受けやすい地域でありました。ただ、倭の覇者となるには、わが国の中央部である大和を押さえ、そこで政（まつりごと）を行う必要がありました。

二、ここからは、継体大王の事績とその時代背景について、私が本文に示した解釈に基づき、整理してみたいと思います。
（1）男大迹王（ヲホドノキミ）が、それまでの王朝の創始者と異なるのは、倭国の辺境ともいうべき、越（こし）の一角に起こり、近江を経て摂津の三島野へと進み、美濃や尾張を巻き込んだ一大勢力圏をつくり上げたことです。
男大迹（ヲホド）は、日本海に面した北陸の地において、母・振媛（フルヒメ）の慈愛と薫陶（くんとう）を受けて育ちました。男大迹のあげた数々の業績は、母譲りの資質に負うところが大きかったと、私は、考えます。その資質とは、一つは、類（たぐい）まれな懐（ふところ）の深さと忍耐強さです。しかも、ここぞというときに、決断力を発揮することもできました。二つは、好奇心旺盛なることです。各地を旅し、さまざまなことを試すなかで、旧弊にとらわれない、視野の広さを身につけました。

男大迹（ヲホド）は、故郷の越前や進出先の近江において、荒れ地を開拓して多くの産業を興し、水利を活用した交易に取り組み、かくして、豊かな財力を蓄えました。そして、近江から三島野へと移っていく過程で、騎馬軍・水軍の整備強化に努めたのです。
（2）その当時、男大迹（ヲホド）の主導する越前・近江連合国家のほかにも、吉備・筑紫・上毛野（かみつけぬ）などの大連合国家が並列していました。これらは、いずれも、大和連合国家に肩を並べるほどの力量をもつ国家群であったといえます。

男大迹王は、その強力な武力と豊富な財力を背景に、大和王権の後継者として名乗りをあげ、大伴大連・物部大連・許勢大臣らの支持の下に、河内の葛葉にて即位します。とはいえ、その地位は、旧王朝勢力をはじめ、大和の諸豪族の強い反発を受け、名実相ともなわぬものでした。結局、大和の磐余の地に入るまでに、二〇年を要することになります。

男大迹王が京入りする契機となったのは、九州北部一帯に築かれた、筑紫君磐井の主導する筑紫連合国家の脅威でした。やがて、その脅威は、現実のものとなります。筑紫君磐井は、新羅とつうじて関門海峡を塞ぎ、倭国と百済・加羅諸国とのあいだの通交を妨害するという挙に出たのです。

かつては、男大迹王と磐井君とのあいだには、その力量を認め合う、信頼関係のようなものが築かれたこともありました。しかし、男大迹王が、国内外の政策において、旧王朝の重臣たちと共同歩調をとるようになるにつれ、磐井君は、男大迹王に裏切られたとする感情を抱くようになっていったのです。両者のあいだに、中央において国を統治する側と、地方において権益を守る側との視座の違いが生じてくるのは、やむを得ないことでもあります。

男大迹王は、若くして倭の覇者となるべく志しましたが、それは、押し並べて、筑紫君磐井との宿命的な覇権争奪の道であったといえます。磐余の地に落ち着いたときは、すでに老残の身、磐井君の乱が平定されるのを待つかのように、彼は、生を終えることになります。

（3）本文に示したとおり、私は、『日本書紀』の、「辛亥（しんがい）の年、日本の天皇および皇太子・皇子皆死んだ」という記述を厳密に捉え、尾張系の二人の王子（ミコ）は、大王（オオキミ）の位から排斥されたと解釈しました。

継体大王は、早くから、勾大兄王子（マガリノオオエノミコ）を太子（ヒツギノミコ）として指名しており、彼をみずからの後継と考えていたのは、間違いのない事実です。しかし、多くの豪族は、旧王朝の血筋を欠くばかりか、その背後に北陸・近江・美濃・尾張・摂津などの諸国からの期待を一身に集めている、勾大兄王子を危険視し、その大王即位を認めようとはしなかったのです。

勾大兄王子（マガリノオオエノミコ）自身は、強引な手法を駆使する辣腕（らつわん）の持ち主ではありませんでした。母の目子媛（メノコヒメ）の温かさ・優しさに感化されたという性格的なこともあったでしょう。また、偉大なる父親が、相当に年老いるまで君臨していたため、みずからの力量を発揮する機会に恵まれなかったということもあったでしょう。

勾大兄王子（マガリノオオエノミコ）にとっては、継体大王の死を前に大和を離れ、父王の故地に国を築き、軍を構えることによって、大王位の継承を世に問うという選択肢があったように思えます。しかしながら、勾大兄王子は、無為無策に終始し、結局、物部連や蘇我臣の術中に陥り、大王位を継ぐことはかないませんでした。
総じて、継体大王の生涯は、絶えざる旅路の連続でありましたが、その壮図は、現在の皇室の歴史に輝かしい地歩を築いたといえましょう。

この作品は、私にとって、『倭国創世紀』（ヤマトタケルの物語）につぐ、古代史小説の第二作目となります。前回に引きつづき、今回も、敬文舎の柳町敬直さんから全面的支援をいただきました。とりわけ柳町さんは、継体天皇について、強い関心と広い知識を有しておられ、執筆中も、いろいろと励ましをいただきました。改めて、感謝申し上げます。
それから、本稿を表すにあたり、古代史・考古学の分野における、さまざまな文献や研究の成果を参考にさせていただきました。また、宇治谷孟氏の『日本書紀』（講談社学術文庫）からは、文章を引用・改変する形で活用させていただいております。改めて、各界の諸先達に対して、心からなる敬意と謝意を捧げます。

二〇二〇年八月

伊達興治

継体大王遠征紀

2020年 9月 26日　第 1 版 第 1 刷発行

著　者　　伊達 興治
発行者　　柳町 敬直
発行所　　株式会社 敬文舎
〒160-0023　東京都新宿区西新宿 3-3-23
ファミール西新宿 405 号
電話　03-6302-0699（編集・販売）
URL　http://k-bun.co.jp
印刷・製本　中央精版印刷株式会社

Printed in Japan ISBN978-4-906822-56-0

A Good Duke Is Hard To Find
by Christina Britton

海辺の館の一か月

クリスティーナ・ブリトン
如月　有[訳]

ライムブックス

A GOOD DUKE IS HARD TO FIND
by Christina Britton

海辺の館の一か月

主要登場人物

レノーラ・ハートレー……………………準男爵令嬢
ピーター・アシュフォード…………………実業家。公爵の後継者
アルフレッド・ハートレー…………………レノーラの父
マージョリー・キタリッジ…………………レノーラの親友。未亡人
レディ・テシュ……………………………レノーラの母の名づけ親。子爵夫人
クインシー・ネスビット……………………ピーターの親友。実業家
ヒルラム……………………………………レノーラの最初の婚約者。故人
デーン公爵…………………………………ヒルラムの父。シン島領主
レディ・クララ……………………………デーン公爵の長女
レディ・フィービー………………………デーン公爵の次女
レッドバーン伯爵…………………………レノーラの新しい婚約者

1

一八一七年、ロンドン

最初はささやき声とはっと息をのむ音だった。それらが、霧が地を這うようにセント・ジョージ教会の中に広がっていく。

次の瞬間、ミス・レノーラ・ハートレーが姿を見せたことに気づいた招待客たちの声が、教会の後方に立っている彼女のもとへと一気に押し寄せてきた。

レノーラはぞっとするような不安に襲われ、いっせいにこちらを向いた人々の顔を見た。彼らの目に浮かんでいたのは、微笑みや好奇心や思いやりではなく、憐れみと驚きのにじんだ薄笑いだった。

レノーラはすばやく祭壇に目をやった。ランドン卿が見当たらない。祭壇の周囲にも視線を走らせたが、やはりどこにもいない。胸の中にくすぶっていた不安が激しい恐怖に変わり、引き潮に足を取られたみたいにふらついた。やっとの思いでおだやかな笑みを保ったものの、父のウールの上着の袖に添えている指が震えだした。

ああもう、またなの。

ちょうどそのとき、誰かが信徒席から中央通路へ飛びだしてきた。淡いスミレ色のドレスを着た女性がこちらへ駆け寄ってくる。マージョリーだ。親友の顔を見たとたん、レノーラは安堵（あんど）のあまり、その場にへなへなと座り込みそうになった。ところが、若くして夫に先立たれた親友の目に浮かんだ表情を見て、先ほどの恐怖が一〇倍になってぶり返した。

「大好きなレノーラ」マージョリーがやけに陽気な口調で言い、身を乗りだしてレノーラの頬にキスした。さらに耳元で口早にささやかれた言葉を聞いて、レノーラの全身の血が凍りついた。「馬車に戻って。さあ早く」

頬を震わせながらもどうにか笑顔を保ち、父のほうを向いた。「お父さま、どうやら馬車に忘れ物をしてしまったみたいです」

父は珍しく口をつぐんだまま、招待客たちのほうを見ようともせずにくるりと向きを変え、レノーラとマージョリーを連れて外へ出た。胸を張って顔を上げるのよ。レノーラは自分に言い聞かせた。明るい朝の光の中へ出ると、階段をおりて――歩いて、走っちゃだめ――待たせていた馬車に向かった。無事に乗り込むなり、マージョリーが跳ねあげ戸を勢いよく叩（たた）いた。

「アルフレッド卿のお屋敷に引き返して。急いで」あっけに取られている御者に向かってきびきびした口調で命じた。馬車ががたんと揺れて動きだすと、彼女はレノーラの両手を握りしめた。マージョリーの顔は青ざめていたが、ベルベットのように温かい茶色の瞳は落ち着きを保っている。「彼があなたにこんなひどい仕打ちをするなんて信じられない。ひどすぎるわ」

「芝居がかったふるまいはそれくらいにしなさい、マージョリー」レノーラの父が口をはさんだ。車輪が砂利を踏みしめるようなざらついた声だ。「いったい何がどうなっている？ランドン卿はどこだ？」

マージョリーの目つきが険しくなった。「わかっていれば、わたしが彼に釘を刺しておいたのに。まさかこんなに卑劣な人間だったなんて」

レノーラは息を吐いた。ふだんはおだやかな友人がこれほど激怒するくらいだから、ランドン卿はよほど恐ろしいことをしでかしたに違いない。

「いいかげんにしないか、マージョリー。あの男が何をしでかしたのか今すぐ教えろ。さもなければ、教会に引き返して別の人間に尋ねる」

マージョリーはレノーラを見た。「本当に気の毒でならないわ。あなたの前でこんなことを言うのはつらいけれど、彼は来ないわ。決闘をしたらしいの」

思いもよらぬ事実を告げられ、馬車の中が沈黙に包まれた。ところが次の瞬間、けたたましい笑い声が響いた。レノーラが父とマージョリーに目をやると、ふたりはぎょっとした顔で見つめてきた。ひょっとして、今のはわたしの笑い声？　頬がかっと熱くなる。

「まさか」レノーラは思わず口にした。「ランドン卿が決闘だなんて」婚約者の印象といえば、いつも冷静沈着で、血の気の多いところなどみじんも感じない男性だった。またしてもけたたましい笑い声が聞こえ、レノーラは手で口をふさいだ。

父はレノーラが正気を失ったのではないかと疑うような目でじっと見つめていたが、やがてマージョリーに視線を戻した。「知っていることを全部話しなさい。できるだけ簡潔に」

やさしさのかけらもない命令口調だった。ありがたいことに、マージョリーは父の高圧的な態度には慣れっこなので、すぐに話を始めた。「今朝早く、ランドン卿はフランシス・デンビー卿にハイド・パークへ呼びだされたそうです。フランシス卿は腕に銃弾を受けて動脈を損傷したらしく、助からないかもしれないと聞きました。ランドン卿は国外へ逃亡して、おそらく今頃はヨーロッパ大陸に向かっているだろうという話です」

「大ばか者が」レノーラの父が語気を強めた。

混乱と恐怖がレノーラの胸の中でせめぎあった。「こともあろうに、なぜランドン卿とフランシス卿が決闘をすることになったの？」

友人は悲しげな目つきになった。「フランシス卿の妹のカトリーナのことで喧嘩になったらしいわ」

レノーラは目をぱちくりさせた。「どうして？」

「よしなさい」父がぴしゃりと言った。「おまえのような頭の鈍い人間でも、それくらいわかるだろう」

父の残酷な言葉が重々しくあたりに漂う。ぼうっとしていた頭がようやく回りはじめ、レノーラは恐ろしい事実に気づいた。

「それはつまり、ランドン卿とカトリーナが……？」

マージョリーが痛ましげな表情でうなずく。「どうやらそのようなの。かわいそうに、レノーラ」

レノーラは座席のクッションにもたれかかった。これは一種の天罰のようなものだろうか？　三年間で三人の婚約者がわたしのもとから去っていくなんて。もっとも、ひとりめの婚約者は彼自身が望んで去ったわけではないけれど。

ヒルラムのことが思い浮かんだとたん、苦痛と罪悪感がこみあげてきたので、レノーラはすぐさま心の奥底にしまい込んだ。

それでも彼の思い出が忍び寄ってきて、忘れ去られてはなるものかと蔓（つる）のように絡みついてくる。血の気を失ってぴくりとも動かなくなったヒルラムの顔は、一生忘れることができないだろう。

一年の喪に服したあと、レノーラは独身貴族を探すためにロンドンじゅうを連れ回された。父の政治的野心を支援する見返りとして、妙齢の娘をめとりたいという男性を求めて。そしてついに、フィグ卿との婚約が成立した。ところが彼は自分の屋敷の家政婦長とグレトナ・グリーンへ駆け落ちしてしまったため、今度はランドン卿との縁談が取り決められた。その彼も今や、殺人未遂事件を起こして逃亡しているという。

またもや狂気じみた笑い声をあげそうになった。口を引き結び、手袋をはめた手で銀色のウエディングドレスを飾っているレースを握りしめた。やはり父の言ったとおり、わたしには何かまずいところがあるのかもしれない。そうでなければ、なぜいつも婚約が破談になってしまうの？

父の顔がみるみる赤くなっていく。父は背筋をぴんと伸ばし、非難の目でマージョリーを見た。「セント・ジョージ教会にいた毒蛇どもの群れの中に入る前に、われわれに知らせようとは思わなかったのか？」

「その話がわたしの耳に届いたのとほぼ同時に、おふたりが到着したんです」マージョリーは言い返した。「わたしがレノーラをわざとひどい目にあわせるはずがないことはご存じのはずでしょう」

父は怒りに満ちた目をレノーラに向けた。「荷づくりができていて幸いだったな。行くのは新婚旅行ではなくなってしまったが」

「わたしをどこかへ追い払うつもりですか？」まさか父は本気で言ったわけではないだろう。なんといっても、ふたりきりの家族なのだから。

「おまえを遠くへやるのは当然だろう」父は馬車の窓の外を通り過ぎる景色を眺めた。「考えてもみろ、醜聞が広まるんだぞ。三度めの縁談も破談だと？　世間のいい物笑いの種だ」

レノーラは暴れる胃にこぶしを押しつけたが、父の言葉によってこみあげた痛みを抑えることはできなかった。こんな事態が起きたのだから、娘をロンドンから離れさせるべきだと父が考えるのは当然だと自分に言い聞かせる。それにどんなに悪い状況でも、明るい希望はある。これでめまぐるしい社交界の生活からようやく解放されるはずだ。

レノーラは深呼吸をすると、こくりとうなずいた。「たぶん、それが最善の選択なのかもしれませんね。数年経って、信託財産が使えるようになったら、ひっそりと隠遁生活を送ることにします」

「ばかを言うな」父は吐き捨てるように言い、怒りに燃える目でレノーラを見た。「これで終わりだと思ったら大間違いだぞ。おまえが田舎に引っ込んでいるあいだに、わたしができるかぎり名誉を回復しておく。うまくいけば、冬までには夫を見つけられるだろう。そうだな——」父はつぶやいた。「グレッグソン卿の跡取り息子なら、おまえの名が汚れていても大目に見てくれるだろう。いや、バージェス子爵でもいいな。ふたりとも、わたしに大きな借りがあるからな」

レノーラは信じられない思いで口をあんぐりと開けた。「まさか、また誰かと婚約させるつもりではないですよね？」

「もちろん、そのつもりだ」聞き覚えのある冷ややかな口調だ。父は鋭い目でレノーラの顔を見据えた。「夏のあいだ、この痛手から立ち直るための時間をやろう、レノーラ。夏が終わったら務めを果たす覚悟を決めて、わたしが決めた相手と結婚しろ。今度こそしくじらないように全力を尽くせ。さもなければ勘当だ。おまえにはびた一文渡さない」

父の残酷な言葉が響き渡る中、馬車がタウンハウスに到着した。使用人たちが笑みを浮かべて待ち構えていたが、父が足音も荒く玄関に入っていくと、彼らの顔から陽気さが消えた。

「家じゅうの戸締りをしろ」父が命じる。「ランドン卿以外は、絶対に誰も中に入れるな。あの男には喜んで会うぞ。絞め殺してやりたいからな」

レノーラは階段へ向かう父の後ろ姿を呆然と見送った。さんざんな目にあった日に、父がこちらを振り返り、やさしい言葉のひとつでもかけてくれないかと願った。階段をのぼりきったところで、ようやく父が振り返った。レノーラは息を詰め、期待に胸をふくらませた。

父の視線がレノーラを通り過ぎ、玄関に飾られたバラの花輪に吸い寄せられた。「その花をすぐに処分しろ。においをかぐと胸がむかむかする」

父が足早に立ち去ると、レノーラは激しい耳鳴りがしだした。父はもともとおだやかな気性の持ち主ではないけれど、あれほど衝撃的な出来事が娘の身に起きたというのに、ひと言たりともやさしい言葉をかけてもらえなかったことにレノーラは殴られたような衝撃を受けた。しばらくすると、マージョリーが重苦しい雰囲気を破った。

「結婚披露宴用に用意した料理の一部をミス・ハートレーの居間に運んでもらえるかしら、ミセス・クラーク」マージョリーは家政婦長に小声で告げた。「それからシャンパンもお願い。今日は飲みたい気分なの」

「かしこまりました、ミセス・キタリッジ」家政婦長は答え、そそくさと立ち去った。

腕の下に手を添えられ、マージョリーに連れられてぴかぴかに磨きあげられた階段をのぼる。レノーラは大きく首を振り、必死に頭を働かせようとした。

「シャンパンなんて頼まなくてよかったのに」ショックから醒めやらぬまま、どうにか口にした。「使用人たちにどう思われるかしら?」

「ねえ、今は使用人たちがどう思うかなんて心配している場合じゃないでしょう」

たしかにマージョリーの言うとおりだ。自分の世界が崩壊しかけている今の状況を考えれば、朝からシャンパンを飲むくらいどうってことはないだろう。

まもなくふたりはレノーラの部屋に着いた。張りぐるみの椅子に倒れ込んだとき、レノーラは屋敷の中がしんと静まり返っているのに気づいた。本来なら、屋敷の中は話し声や笑い声が響き渡り、人々であふれ返り、砂糖をたっぷりまぶしたウエディングケーキが話題にのぼっていたはずなのに。

ところが実際は、しわくちゃになった銀色のウエディングドレスを着たまま、自分の部屋に閉じこもっている。周囲に並んだ身の回り品のぎっしり詰まったトランクは行き場をなくし、階下で用意されたごちそうは無駄になった。

レノーラの心中を察したのか、マージョリーがそばにやってきて、慰めるように肩に手を置いた。「着替えを手伝いましょうか?」

レノーラは美しいドレスに視線を落とした。父があれこれと細かく指示してつくらせたものだった。「ええ」

マージョリーは壁にかかっているブロンズ色のドレスにちらりと目をやった。実現しなかった新婚旅行のために用意した旅行用ドレスだ。マージョリーは顔をしかめ、寝室へ向かった。ドアの向こうからトランクを動かす音が聞こえた。蓋が開けられ、ばたんと閉じられる。マージョリーが着古したドレスを両手に持って入ってきた。淡い緑色のドレスで、裾の部分に絡みあう葉の刺繍が施されている。わたしのお気に入りのドレスだ。やっぱり、マージョリーはわかってくれている。友人はわたしのすべてを知り尽くしている。どんな本を好んで読むのかということから、紅茶が大嫌いなことまで。

いいえ、彼女だってわたしのすべてを知っているわけではない。

レノーラはこらえきれずにわっと泣きだした。

「あらあら」マージョリーは声をあげてレノーラに駆け寄ると、ふっくらした腕でレノーラの震える体を抱きしめ、複雑に編み込まれた髪をそっと撫でた。「問題はランドン卿でも、あなたのお父さままでもないのよね。ヒルラムなんでしょう？」

ますます涙が止まらなくなった。せめてマージョリーに真実を告げられたら……。

レノーラが本心を明かしたと勘違いしたらしく、友人は彼女の背中をさすった。「彼の話をしたくないのはわかってるわ。でも彼は、あなたに一生想いつづけてほしいとは思っていないはずよ。ヒルラムはいい人だったし、わたしも彼のことが大好きだったけれど、彼が死んだときにあなたの人生まで終わったわけじゃないのよ。フィグ卿が駆け落ちなんて卑怯なまねをしたときもそうだし、今回もそう。ランドン卿はあなたにふさわしい男性ではなかっただけ。だいたい――」マージョリーは口の端を上げてにやりとした。「まともな神経の持ち主なら、彼と結婚してあんな名前になろうとは思わないわ。レノーラ・ラドロー、レディ・ランドン？　冗談でしょう？　とんでもなく滑稽な名前になるところだったのよ」

ほんの一瞬、心が軽くなった。けれども、その感情は繊細な糸飴細工のように壊れやすく、長続きはしなかった。身動きするたびにウエディングドレスの衣ずれの音がするし、ハムとペストリーのかすかな香りが屋敷の中に漂っている。使用人たちが入念に準備したビュッフェ形式の朝食を片づけはじめたらしく、階下からグラスが触れあう音が聞こえてくる。レノーラはあっという間に現実に引き戻された。「こんなことはもうたくさん」レノーラはか細い声で言った。

「あなたなら乗り越えられるわ」マージョリーはなおも言い、レノーラの手を取って握りしめた。「この先ずっと孤独に生きていく必要なんかないのよ。誰かのよき妻になって、幸せを見つけていいの。だから、あきらめないで」

「あなただって再婚せずに、孤独を受け入れているでしょう」レノーラは言下に言い返した。将来を見通せない無力感から、怒りの言葉が口をついて出た。

マージョリーの目に苦悩がよぎり、レノーラの手を放して薬指にはめた金の指輪にそっと触れた。思わず友人を傷つけてしまい、レノーラは苦い後悔に襲われた。「ごめんなさい、マージョリー。言い訳のしようもないわ」

マージョリーは悲しげな目をしつつも、無理して笑みを浮かべた。「謝らなければならないのはわたしのほうだわ。わたしたちはどちらも、かけがえのないものを失った。わたしがアーロンを愛していたのと同じように、あなたもヒルラムを愛していたんだもの。無理強いするべきじゃなかったわね」

レノーラはなんと答えたらいいのかわからず、黙ってマージョリーを見つめるしかなかった。ヒルラムを愛していたと親友に信じ込ませてしまったのは、これ以上ないほどひどい裏切りだ。真実を知ったら、彼女はレノーラを軽蔑するだろう。でも、どうしてもマージョリーを失いたくなかった。

そのとき、ドアをそっと引っかくような音が聞こえたので、ふたりは会話を中断した。家政婦長とふたりのメイドが食べ物と飲み物がのったトレイを運んできた。ミセス・クラークの厳しい基準を満たしたささやかなごちそうが並べられると、家政婦長はレノーラのほうを見た。

「ミス・ハートレー、ほかにご用があれば、なんなりとお申しつけください」

家政婦長の目に憐れみの表情が浮かんでいるのに気づき、レノーラはまたしても強い疲労感に襲われた。「ありがとう」小声で言い、自分の体を抱きしめる。やがて使用人たちは出ていった。

ふたたびふたりきりになると、マージョリーはただちに行動に移った。銀色のドレスが宙を舞って乱雑に床に脱ぎ捨てられ、シンプルだけれど好みに合った緑色のドレスに着替えさせられた。レノーラは枕の山に埋もれるように身を沈めると、小さな足のせ台に両足をのせ、できるだけくつろいだ姿勢になった。マージョリーはようやく食べ物ののったトレイに近づき、それぞれの皿に焼きたてのロールパンやハムやフルーツケーキを山のように盛った。

「食べて」マージョリーは山盛りになった皿を背の低いテーブルに置き、レノーラのほうに差しだした。「さあ、これも飲んで」細長い華奢なシャンパングラスをレノーラの手に押しつける。「ふたりで浴びるほど飲みましょう。不快な朝を締めくくるのに、これ以上の方法は思いつかないわ」

　自分でも驚いたことに、レノーラは言われたとおりにした。飲んでは食べ、また飲んだ。軽い甘口のシャンパンの芳香が鼻孔をくすぐり、緊張した筋肉をほぐしてくれる。ランドン卿にされたひどい仕打ちを忘れることはできないとしても、少なくともたいしたことではないと思えてきた。

　しまいにはふうっとため息をつき、枕にぐったりともたれかかった。「マージョリー、あなたはすばらしいって伝えたことがあったかしら？　最高にすばらしい人だわ」

　マージョリーは口元をゆがめてにやりと笑い、グラスの縁越しにレノーラを見た。「そうでしょう？　あるいは――」マージョリーは潤んだ目で顔をしかめ、空になったボトルを見つめた。「シャンパンを飲みすぎたかのどちらかよ」

「シャンパンはついつい飲みすぎてしまうわ」レノーラは言った。

「ええ、そうね」

　レノーラはグラスの中身を一気に飲み干し、舌なめずりをして味わった。「今までに飲んだどのシャンパンよりおいしく感じるのはなぜかしら？」

「一緒に飲んでいる相手が違うもの」マージョリーはグラスを持ったまま、レノーラに身振りで示した。「社交界のおかたい既婚夫人も、飲んだくれの貴族もいないでしょう」

　一瞬のうちに気分が落ち込んだ。「社交界」レノーラは吐き捨てるように言った。「社交界なんか大嫌い」部屋の隅でくしゃくしゃになったままの銀色のウエディングドレスをにらみつけたが、レノーラの目に映っているのは繊細なレースでも光沢のあるシルクでもなく、彼女の一挙手一投足に目を光らせていた社交界の人たちの顔だった。レノーラはまた身を起こした。「ねえ、やっぱり父の言ったことは的を射ているのかもしれない。ロンドンを離れるのは名案よ」

マージョリーは渋面をつくった。「この街はぞっとするわ」

「同感よ」レノーラは声を張りあげた。「本当にいまわしい街。決めたわ、わたしはロンドンを離れる」

マージョリーがぱっと顔を輝かせる。「それならわたしも一緒に行くわ。どのみち、あなたがいないとつまらないもの」しかし次の瞬間には、眉根を寄せていた。納得のいかない顔で目をしばたたき、空になったボトルを逆さまにして、最後の一滴をなんとかして飲み干そうとする。「でも、どこへ行くの?」

レノーラも眉根を寄せた。「父は田舎の屋敷へわたしを帰そうとするでしょうけれど、知ってのとおり、わたしはこの街以上にあの屋敷が大嫌いなの」出鼻をくじかれ、レノーラはまた枕にもたれかかった。ロンドンが社交行事に追われてひどく疲れる場所だとすれば、ケント州にある父の屋敷はその対極にあった。寒々として陰鬱で、どの上流社会からも疎外された、さながら流刑の地だ。

マージョリーの声が静けさを破った。

「だったら、祖母の地所へ行きましょう」マージョリーが声高らかに告げたとたん、レノーラはぎくりとして飛びあがり、横向きに倒れそうになった。「祖母はあなたのお母さまの名づけ親だもの。お父さまもだめとは言えないはずでしょう」

頭がぼうっとしている状態でも、鋭い茶色の目と雪山を思わせる白髪頭がレノーラの脳裏に浮かんだ。さらに海岸に打ち寄せる波の音と、足の指のあいだに感じる白っぽい砂の感触、マージョリーと即席のピクニックを始めると仲間に加わってくるカモメの鳴き声。

そして、ヒルラム。マージョリーの祖母が暮らすシン島に何度か滞在するあいだに、レノーラはヒルラムと親しい友人になり、やがて彼から求愛され、結婚を申し込まれた。それからレノーラの人生は狂いはじめた。

空になったグラスをのぞき込んだ。長いあいだ、ヒルラムの死とそれにまつわるひどい現実から目を背けてきた。そして、その後ずっと不運に見舞われつづけている。父の顔に失望が浮かぶのを見ながら、非難の言葉を浴びせられながら、毎日を送っていた。

ヒルラムのことを思いださないように自分の殻に閉じこもっているあいだに、大事なものまで心の中にしまい込んでしまったのだろうか？　わたしには何か欠けている点があるから、一度ならず二度までも、婚約者は一目散に逃げだしたのだろうか？

グラスをくるくる回し、切り子ガラスが光を受けて、多彩な色に輝く様子を眺めた。あの島へ行くことができたら、幼い頃に何度も滞在した美しいあの場所をふたたび訪れることができたら、欠けてしまったパズルのピースをもう一度見つけだせるのではないだろうか。そうすれば自分を許せるようになって、ずっととらわれてきた罪悪感から解放されるかもしれない。今のレノーラは、潮だまりで身動きが取れなくなった魚のようだ。

レノーラは座ったまま身を乗りだした。シャンパンとは関係なく、気力がみなぎってくるのを感じた。「そうね」レノーラは手を伸ばしてマージョリーの手に触れた。「あの島へ行きましょう」

2

一三年という長い歳月を経て、ついに最後の借りを返そうとしていた。

ピーター・アシュフォードは彫刻が施されたオーク材の大きなドアの前に立ち、背後の崖のはるか下にある浜辺に波が打ち寄せる音に耳を傾けた。風が強まり、重苦しい空気が電気を帯びているように感じる。嵐の前触れだ。胸の中に渦巻く感情と、腹の底で燃える期待にふさわしい天候だ。この瞬間をずっと待ちつづけてきた。あと少しで自由を味わえる。

この重荷から解放されたら、計画どおりにことを進め、代償を払わせてやるのだ。

片手を上げ、傷だらけのごつごつした指の関節で、磨きあげられた木のドアをノックした。すぐにドアが開き、むっつりした顔の執事が戸口に現れた。

「どのようなご用件でしょうか？」

「レディ・テシュにお会いしたい」

執事はピーターの伸びすぎた髪からすり減ったブーツへと視線を移し、旅で汚れた服のしわをひとつひとつ確認した。執事の表情がさらによそよそしくなり、口元がわずかにゆがんだ。「お名前をうかがってもよろしいですか？」

ピーターは歯を食いしばった。英国人ほどお高くとまった国民はいないという話は本当らしい。ピーターはコートのポケットからクリーム色の名刺を取りだした。クインシーに強く勧められてボストンでつくっておいたものだが、そのときはどう考えても金の無駄遣いだと思った。ピーターはクインシーと共同で経営する不動産会社の顔としてではなく、たいていは腕まくりをして毎日の仕事をこなしているからだ。

ところが名刺を差しだしてみると、どうやら役に立ちそうだとわかった。執事は受け取った名刺にちらりを視線を落とし、そこに書かれた名前を読むと、滑稽なほど目を大きく見開いてもう一度見直した。

「ミスター・アシュフォード？」執事はピーターの顔をまじまじと見た。彼の顔立ちに、昔の面影が残っていないか探しているようだ。「公爵家の後継者の？　アメリカからお戻りになられたのですか？」ピーターがにらみつけると、執事は顔を真っ赤にして、背筋をしゃんと伸ばした。「無礼をお許しください。奥さまのお部屋にご案内いたします」

執事のあとについて歩きながら、ピーターは冷笑を浮かべて屋敷の中を見回した。見るからに由緒ある邸宅といった印象だ。何世代にもわたって使い込まれて飴色になった木の階段の手すり、先祖代々の肖像画、どこを取っても、恵まれた一族の屋敷であることが一目瞭然だった。ピーターの目つきが険しくなる。ここは自分の来る場所ではない。もうじき爵位を受け継ぐ身でありながら、関わりあいになりたくなかった。

執事が廊下の突き当たりにある部屋のドアを開けた。「ミスター・ピーター・アシュフォードが奥さまにお会いになりたいそうです」執事は告げた。

執事の横をすり抜けて室内に足を踏み入れると、ピーターはすぐさま目をさまよわせ、室内にいるただひとりの人物を見つけた。彼女の姿を目にしたとたん、過去の記憶が襲ってきた。いやな記憶がありありとよみがえり、一瞬息ができなくなる。

泥炭（ピート）が燃える鼻をつくにおい、燃えさしの明かりがかろうじて届くベッドの上で、母が苦痛にもだえている。ピーターの頬は涙が乾いてかさかさになっていた。母は低いうめき声をあげている。そのとき、ノックとともにドアが勢いよく開いた。じめじめした狭い廊下に年配の女性が立っていた。

ピーターは目をしばたたいた。頭を左右に勢いよく振り、目の前に座っている女性に注意を戻した。少し歳（とし）を取ったかもしれないが、彼女は一三年前とまったく変わっていなかった。しかし今は、不安と憐れみの表情を浮かべる代わりに、ひどく衝撃を受けた顔をしている。ピーターは一瞬、彼女が卒倒してしまうのではないかという恐怖を覚えた。

それは困る。借りを返さなければならないのだから。

先に口を開いたのは、彼女のほうだった。「ピーター？　まあ、なんてこと、あのピーターなの？」

ピーターは鼻をふくらませ、軽くお辞儀をした。「レディ・テシュ」

彼女が見せた反応は、靴下を履いた足でジグを踊りだすのと同じくらい、まったく予想もしないものだった。ぐったりと長椅子に倒れ込み、やりかけの色鮮やかな刺繍が床にばさりと落ちた。「あなたなの」彼女は息を吐き、茶色い目を大きく見開いてピーターを見つめた。ピーターの顔に向けられたまなざしに、もつれた糸のように複雑に入りまじった表情がよぎる――信じがたい気持ちと驚嘆、そしてなぜか安堵の表情。彼女の隣にいたクリーム色の毛皮をまとった物体がもぞもぞと動き、つぶらな黒い目でうさんくさそうにピーターを見上げた。

レディ・テシュからじろじろ眺め回されたあげく、ちっぽけな犬からも人間のような目つきでにらみつけられ、ピーターは居心地の悪さを覚えて咳払いをした。「なぜいきなり訪ねてきたのかと不審に思われるのももっともです」

ピーターの声を聞いたとたん、レディ・テシュは混乱から立ち直ったらしく、背筋をしゃんと伸ばした。「あら、わたしのことをそんなふうに思っているの？」彼女は節くれだった手で、自分の前にある椅子を示した。「さあ、かけて」

ピーターは不安を覚えながら華奢な椅子を見た。彼は人並外れて背が高いうえに、長年の奮闘によって人生を這いあがるあいだにたくましい体格になっていたので、その椅子は小枝でできているように見えた。だが、レディ・テシュは彼が腰をおろすのを待っている。自分の家具が焚きつけになってしまうかもしれないとはまったく心配していないらしい。ピーターは刺繍の施されたクッションにおそるおそる身を沈めた。彼の重さで椅子は抗議のうめき声をあげたが、なんとか持ちこたえてくれた。ピーターはふうっと息を吐き、レディ・テシュのほうを向いた。

彼女は幽霊でも見ているようなまなざしをピーターに向けた。「もう二度と会えないと思っていたわ。あなたがアメリカへ渡り、不動産業で富を築いたと聞いたときは本当にうれしかったのよ」

ピーターは片方の眉を上げた。彼女は自然の成り行きだと言わんばかりに、いとも簡単に言ってのけた。実際は、恐怖心に襲われながらも決意をかため、一セント一セントを手にするために何年も戦いつづけた結果だというのに。ピーターとクインシーは、出港禁止法によってアダムズ船長一家の生計の道が断たれたとき、彼らを見捨てることもできた。だがピーターたちにとって、彼らは命の恩人だ。人から受けた恩は返さなければならない。

だからこそ、今もこうして、二度と訪れたくないと思っていた場所にいるのだ。

「見事な成功をおさめたわね」子爵未亡人はなおも言った。「あなたなら必ず成し遂げると思っていたわ。あなたの居場所がわかったとき、手紙を書いたのよ。でも未開封のまま返ってきたから、もう帰ってくる気はないんだと思っていたの」

「いつかは帰るつもりでした」

「そうだったの?」レディ・テシュは動揺したらしく、節くれだった指と指を組みあわせた。「ロンドンじゅうをあちこち探し回ったけれど、あなたは跡形もなく姿を消してしまったから、心配していたのよ、ピーター」

彼女の声には、かすかに非難めいた響きが含まれていた。ピーターの心の奥底にしまっていた罪悪感がふたたび浮かびあがってきた。この人がいなかったら、母は想像を絶する苦痛に耐えながら最後の日々を過ごすはめになっていただろう。しかし、レディ・テシュができるかぎり快適な生活を送れるように取りはからってくれた。だから彼女には、余命いくばくもなかった母の心の安らぎを守るために払ってくれた金以上に大きな恩がある。

「母が死んで、ここには何も残っていませんでしたから」ピーターはぶっきらぼうに言った。

レディ・テシュの目に深い悲しみが満ちた。「わたしがいたでしょう、ピーター。あなたさえよければ、わたしが面倒を見るつもりだったのよ」

心臓がどきどきして、心がまだ死んでいなかったことに気づかされる。いや、だめだ。彼女に心を強くとらえられてはいけない。家族なんて簡単に捨てられるものだと、ずいぶん前に学んだはずだ。誰かに愛情を抱いたところで、みじめさと心の苦しみを味わうだけだ。

それでも、苦労して手に入れた防御の壁を守るには相当な努力が必要だった。「ぼくがここへ来たのは、思い出にふけるためでも、過ぎ去ったことを嘆くためでもありません。今日訪問したのは、どうしても知りたいことがあったからです」

レディ・テシュが眉根を寄せたので、顔に刻まれたしわがさらに深くなった。「それは何？」

「昔、ぼくはデーン公爵に援助を求めて断られました。それなのに、なぜあなたはぼくを探しに来てくれたのですか？」

質問の意味がわかったらしく、彼女の表情がやわらいだ。「あなたはわたしの実のきょうだいの孫よ。手を差し伸べるのは当然でしょう？」

ピーターは片手を振りあげた。「そういうことを言っているのではありません。母の命を救うために援助を頼みに行ったとき、あなたの甥に当たる現公爵は、一族の一員であるぼくを追い返した。そのときにはっきりと言われたんです。一族のほかの人間に近づいて金を無心したら警察に突きだす、と。それなのに、なぜぼくを探しに来たのですか？　公爵自身は救いの手を差し伸べるつもりがない相手を助けるために」

レディ・テシュの目に光が宿った。いらだちと怒りと思いやりの入りまじった表情だ。しかし次の瞬間には、その光は消えていた。彼女はため息をつき、忘れられない記憶をたどるように虚空を見つめた。「あなたの祖父と父親が何をしたとしても、あなたが家族であることに変わりはないからよ」

また家族か、まったくいまいましい。ピーターは口元をゆがめた。「血縁者の義務というわけですか。古風なんですね」

驚いたことに、レディ・テシュがけらけらと笑いだした。「古風ですって？　そんなふうに言われることはめったにないわね。怒りっぽいとか、お節介とかならわかるけれど。古風だなんてずいぶん控えめな表現ね。それはともかく、本当にそれが望みなの？　手紙で簡単に答えられるような質問をすることが？」彼女は目を細めた。「あなたがこの島を訪れた理由はほかにもあるんでしょう、ピーター」

たしかに理由はふたつある。だが、それはレディ・テシュが知らなくてもいいことだ。

「ええ、そのとおりです。あなたに会いに来たもうひとつの理由はこれです」

ピーターはコートのポケットから硬貨が詰まった袋を取りだした。すべてソブリン金貨だ。あの頃、レディ・テシュがモルヒネと医師の診察のために支払ってくれた金額よりもかなり多いはずだ。レディ・テシュのほうに袋を差しだすと、金属の触れあうかすかな音がした。しかし、期待していた安堵感はわいてこなかった。母の命の価値をおとしめてしまったという空虚な悲しみを感じただけだ。

レディ・テシュは革の袋に視線を移した。「どういうこと、ピーター?」

「受け取ってください。借りをお返しします」

彼女は非難するような目つきになった。「亡き母上のためにしてあげたことへの恩返しをわたしが望んでいると思ったの?」

「お借りした分より多いはずです」手が震えだしたので、ピーターは歯を食いしばった。

「一三年分の利子と考えてください」

レディ・テシュはピーターの考えを見抜いたらしく、表情を曇らせた。「わたしがそれを受け取ったら、あなたはどうするの、ピーター? また行方をくらますつもり?」

「ここにとどまる理由がありませんからね」ピーターは不機嫌な声で言うと、手の震えを悟られる前に、革の袋を自分の膝の上におろした。

「理由ならあるでしょう? わたしはあなたの家族なのよ――」

耳障りな笑い声が喉から漏れた。「そんなものは、ぼくにとってはなんの意味もないんです。母の最後の日々に安らぎを与えてくださったことにはご恩を感じていますが、それ以上のものは何もありません」

レディ・テシュは細く白い眉を吊りあげた。「そう」

ピーターはふたたび革袋を差しだした。彼女はピーターの顔を見つめたまま、両手で犬に触れている。

「わたしは恩を返してほしいなんて思ったこともないわ、ピーター」

ピーターは革袋をまた膝の上におろした。怒りが骨の髄まで染み渡っていく。ようやく人生のひとつの章を締めくくろうとしているのに、彼女は拒むつもりなのだ。ピーターは思わず語気を強めた。「あなたに助けてくれと頼んだ覚えはありません」

「ええ、そうね。でもデーン公爵には助けを求めたでしょう」

ああ、たしかに助けを求めた。祈る思いで、ピーターは恥を忍んで親類の慈悲にすがったのだ。母が何より大切だったから。

しかし、彼の懇願はにべもなく断られた。

「ええ、そうです」ピーターは低い声で答えた。「そして、その結果がこれです。ぼくが助けを求めたときにあの人が手を差し伸べてくれていたら、母の命は助かったかもしれない」

レディ・テシュが口を引き結び、ただでさえ薄い唇が完全に見えなくなった。彼女の目に悲しみがよぎる。「今となっては悔やまれてならないわ、ピーター」

思いもよらなかった言葉を返され、メイドが紅茶をのせたトレイを運んできた音さえ耳に入らなかった。気づいたときにはふたりの前にトレイが置かれていて、レディ・テシュが犬を脇にどけ、紅茶の支度をしていた。

「紅茶はどうやって飲むの、ピーター?」

ピーターは彼女をじっと見つめた。「これは正式な訪問ではありません」

「だからといって、礼儀を無視していいわけではないでしょう。さあ、紅茶はどうやって飲むの?」

レディ・テシュは頑固そうに顎を引き、眼光鋭くピーターを見た。どうやらあきらめるつもりはないらしい。「ミルクを。砂糖はいりません」彼は低くつぶやいた。

ピーターが算数の問題をやすやすと解いたかのように、レディ・テシュは満面の笑みを浮かべて仕事に取りかかった。「わたしがしたことをおとなしく受け入れなさい。見返りなんか期待していないんだから」彼女はにこやかに言った。「言うなれば、贈り物よ」

ピーターはカップを受け取り、不透明な液体を見下ろした。「何も期待しないなんてありえない」ピーターは暗い声で言った。「それに、あなたに借りをつくったままにしておきたくないんです」

「借りなんかつくっていませんよ。一度もね」

「いいえ、あるんです!」声を荒らげた拍子に磁器のカップの縁から紅茶がこぼれそうになった。両手の中で紅茶が大きく揺れる。「あなたはわかっていない。一生かかってもわからないでしょうね。一文なしに――まったくの一文なしになるのがどういうことなのか。残飯を手に入れるために戦ったことなどないでしょう。ぼくにはプライドしか残っていなかった。

それでも、あの人のもとへ行くしかなくて――」怒りで胸が詰まりそうになり、言葉を切った。紅茶を一気に飲み干し、熱い液体を胃へと流し込んで激しい怒りを胸の奥底に沈めた。カップに視線を戻すと、底に残った茶葉が彼の未来を予見しているように見えた。「母のためです。母が一日でも長く生きられるなら、どんなことだってしたはずです」

一瞬、沈黙が流れた。静寂が迫ってきて、息が詰まりそうになる。つい自制心を失い、親しい人たちにさえほとんど見せたことのない一面をレディ・テシュに見せてしまった。ピーターはカップをそっと置いた。壁に叩きつけたいという抑えがたい衝動に駆られたからだ。

「何を言っても、受け取ってくださらないようですね」ピーターは立ちあがり、金貨の入った重い革袋をポケットにしまった。手に持った重みよりも、心のほうがずっしりと重くなったような気がした。「あなたが受け取ろうと受け取るまいとぼくにはどうでもいいことです。とにかく努力はしましたから、恩はすべてお返ししたと考えることにします。それでは、失礼します」ピーターは向きを変え、ドアのほうへ向かった。

「このまま行かせるわけにはいきませんよ、ピーター」背後から呼び止められた。「あなたの面倒を見てほしいとお母さまから頼まれているのよ」

ピーターは苦笑を漏らすと、振り返りもせずにブーツを履いた足でドアに近づいた。「面倒を見てもらうには、ぼくは少々歳を取りすぎました。その約束は反故(ほご)になったと思ってくださって結構です。時が解決してくれましたから」ピーターはドアノブをつかんだ。

「彼女はあなたにはどんな約束をさせたの?」

腹を殴られたとしても、これほどの衝撃は受けなかっただろう。次の瞬間、ピーターはレディ・テシュの広々とした豪華な居間ではなく、隙間風の入る狭苦しい屋根裏部屋に戻った。ペンキがはがれた壁はしみだらけで、ひとつしかない窓のひびを、埃(ほこり)だらけのぼろ布でふさいでいた。明かりは薄暗く、ピーターがうずくまっている部屋の隅にかろうじて届く程度だ。彼は裸足(はだし)の先で床板を踏みしめ、必死に涙をこらえていた。

ブロケードのドレスと宝石を身につけたレディ・テシュは、やけに場違いに見えた。彼女は狭いシングルベッドの脇のぐらつく椅子に腰かけていた。見るからに値の張りそうなスカートの長い裾が埃を引きずっていた。何時間も病人の世話をしたせいで、そのときすでに白かった髪がほつれていた。レディ・テシュも疲れきっていたはずなのに、薄汚れたシーツに腕をのせ、痩せ細った母の手をいたわるようにそっと取った。

母の声は病気のせいでか細くなっていたにもかかわらず、そのときだけは元気だった頃よりも力がこもっていた。〝お願いです、この子を連れていってください〟母は懇願した。〝どうかピーターをお願いします〟

〝ええ、もちろんよ〟レディ・テシュはなだめるような口調で言った。

ピーターはパニックに襲われた。すべてを置き去りにして、歯に衣着せぬ物言いをする、見知らぬ女性とどこかへ行くと考えただけで、恐ろしくてたまらなかった。〝やだよ！〟ピーターはよろよろと立ちあがり、大声で言った。

〝こっちへ来なさい、わたしのいとしい子〟母がかすれた声で言い、熱で潤んだ目でピーターを見た。ピーターは震える脚で母のそばに行った。母が触れようと手を伸ばしてきたので、ピーターはその手を取った。肌が薄く、華奢な骨は触れただけで、ぽきりと折れてしまいそうだった。

〝あなたはレディ・テシュと一緒に行かなければならないの〟

目に涙があふれだし、汚れたこぶしで乱暴にぬぐった。〝いやだ——〟

〝だめよ、ピーター。そうすると約束して〟いとしい母のやつれた顔をじっと見つめていると、母が弱々しく笑った。〝もう、頑固な子ね〟痩せこけた胸からぜいぜいという音が聞こえた。〝でも約束してもらうわ。レディ・テシュにはお願いしてあるの。わたしの望みはそれだけ。レディ・テシュの屋敷で世話になるのがどうしてもいやになったら、そのとき出ていけばいいでしょう〟

ピーターは苦悩した。息子が約束を破らないことを母は知っているのだ。父は何度も約束を破り、あとに残ったのは破滅と無力感だけだった。ピーターは首を横に振り、無言で懇願した。

〝約束して！〟

ピーターは飛びあがり、思いがけなく切羽詰まった母の声にはっと息をのんだ。母の指がピーターの手に食い込んでいた。

〝や、約束します、お母さま〟

ほっとしたとたん、母の体がしぼみ、目に浮かんだ苦痛が拡散したように見えた。母は震える手で、ピーターの手をレディ・テシュの手に重ねさせると、とぎれとぎれの浅い眠りに落ちた。息子をレディ・テシュの手にゆだねるように。

「あなたもあの場にいたでしょう」レディ・テシュの声が聞こえ、ピーターは心を締めつける記憶を払いのけた。十数年ぶりに思いだした記憶だった。「覚えているわよね。忘れるはずがないわ」

「どうでもいいことです」かすれた声で言い、額をドアに押しつけた。

「いいえ、よくないわ、ピーター」レディ・テシュは静かな声で言った。「お母さまに約束したとおり、ここに一か月間ほど滞在してみたらどうかしら」

ピーターはぎゅっと目を閉じ、押し寄せる罪悪感と戦った。

レディ・テシュが隙間風の入るあの屋根裏部屋に来てくれたおかげで、母は臨終の苦しみから解放され、安らぎを得た。ピーターの将来が不安で、母は生に執着していた。息子を安全なレディ・テシュの手にゆだねたことで、母はようやく旅立てると思ったのだろう。

ピーターは母の亡骸(なきがら)が埋葬されるのを待たずに逃げだした。レディ・テシュの住む世界に引き入れられると考えただけで、恐ろしくてたまらなかったのだ。しかし、母との約束を破ってしまったという罪悪感はずっと両肩に重くのしかかっていた。母の唯一の願いをかなえる機会を無視するのか？

脳裏で渦巻く迷いが聞こえたかのように、レディ・テシュがとどめを刺した。「彼女の最後の願いよ。まさか約束を果たさないつもりじゃないでしょうね？」

怒りがこみあげた。母との約束をわざわざ持ちだして、ここに滞在させようとしているのだ。レディ・テシュへの返事として、ピーターはドアを荒々しく開け、足早に出ていった。

苦労や、戦いや、貧困や、苦悩の何がわかるというのだ？　そんな手に乗るものか。

その一方で、心の平安を得るためには敗北を認めるしかないこともわかっていた。

くそっ。

首巻き（クラヴァット）がやけにきつく感じられた。首を締めつけられ、肺から空気が奪われていく。外へ出て、新鮮な空気を吸わなければ。外に出れば、息ができるようになって、次に取るべき行動が見えてくるだろう。それにしても、迷宮のように入り組んだ屋敷の中で迷ってしまったのだろうか？　またしても胸が締めつけられるような感じがして、肺から空気が奪われた。

とにかく出口を見つけて、自由にならなければ。

そのとき、玄関のドアがぬっと現れた。ピーターはほっとして足を速めると、手を伸ばして取っ手をつかみ、ドアを引き開けた。

その勢いで、玄関前の階段に立っていたふたりの若い女性が転びそうになった。

3

シン島をふたたび訪れたレノーラは、レディ・テシュの屋敷に着くなり、長身で大柄な男性に玄関先でぶつかって転びそうになるとはまったく想像していなかった。視界がぐらりと傾き、石の階段が目の前に迫ってくる。

次の瞬間、温かくてたくましい両手が腰に回され、体を支えてくれた。香辛料とコーヒーの強い香りが五感を刺激する。食欲をそそる風味の強い香りだ。冬に暖炉の前に座って体を温めたり、毛布にくるまってぬくぬくしたりする光景がふと思い浮かんだ。

レノーラはどぎまぎしながら地面に足をつけ、あとずさりした。非難であれ感謝であれ、口にしようとしていた言葉は、男性の姿を見たとたんにどこかへ消えてしまった。

ハンサムだけれど、ヴァイキングが生き返ったかのような風貌だった。肩幅が広く、筋肉が窮屈そうに服の中におさまっていた。襟元まで伸びた金髪はふさふさで、ウエーブがかかっている。険しい表情をしているわりには、まっすぐな眉の下できらりと光る淡いブルーの目はあまりにも美しい。低く垂れ込めはじめた雲の隙間からかすかに差し込む太陽の光を受けて、短い顎髭（あごひげ）が金色に輝いていた。

レノーラはごくりと唾をのんだ。

「これは失礼」男性が低く響く声で言ったとたん、レノーラの心はかき乱され、全身に震えが走った。

「大丈夫です」隣にいたマージョリーが答えた。「そうよね、レノーラ？」

いやだ。わたしったら、ずっと彼を見つめていたの？　ブルーの目で冷静に見つめ返され、レノーラは顔がかっと熱くなるのを感じた。「ええ、もちろん大丈夫よ」少し息が弾んでいるとしたら、転びそうになったせいだと思ってもらえればいいけれど。

恥ずかしいから早く立ち去りたいのに、男性はまだその場に立ち尽くし、レノーラたちが屋敷の中へ入る道をふさいでいる。ますます顔が熱くなり、不思議なほど淡いブルーの瞳から目が離せなかった。

「ミスター・アシュフォード、お帽子を」

スプーンで岩を掘り進められそうなほどきびきびした執事の声が、突然割って入ってきた。

一瞬、驚きの沈黙が流れる。

「ミスター・アシュフォードですって？　わたしの親類のミスター・ピーター・アシュフォードがアメリカから戻ってきたということ？」マージョリーが驚いて尋ねた。

男性の目つきが冷たくなった。最後にもう一度ふたりを凝視してから、彼はレノーラたちを押しのけて階段を駆けおりていった。

「まあ、なんてこと」マージョリーが小声で言った。

レノーラは驚きに目を見張り、男性の後ろ姿を見つめた。「あの人がデーン公爵の後継者なの？」

「そのようね」友人は答えた。

ミスター・アシュフォードは馬にまたがると、腹を蹴った。馬は全速力で私道を駆けだし、あっという間に見えなくなった。

「もしかすると」マージョリーは声をひそめて言った。「何が起きているのか、おばあさまから聞きだせるかもしれないわ」

ふたりは急ぎ足で屋敷の中に入った。緊張していたため、どちらも口をきかなかった。大理石の床を歩くふたりの足音が大広間に響き渡る。つまり、現公爵が他界したら彼が新たな公爵になるのだ。ヒルラムに代わって後継者となった男性。レノーラの胃が暴れだした。

一階にあるレディ・テシュの居間に飛び込んだ。ふたりが入ってきても子爵夫人は顔を上げずに、節くれだった指でいとも簡単そうに糸を扱い、刺繡を続けた。「ようやく決心をかためたのね、ピーター？」

「それじゃあ、今帰った人は間違いなくピーター・アシュフォードなのね」マージョリーは言いながら、祖母に近づいて頰にキスをした。

レディ・テシュははっと息をのみ、孫娘に視線を向けた。「あら、マージョリー。ここでいったい何をしているの？」鋭い目をレノーラに向け、しわの刻まれた顔をほころばせた。「レノーラなの？　まあ、思わぬ喜びだわ。驚いた、すっかりきれいになって」

レノーラも前に進みでて子爵夫人にキスをすると、なつかしいぬくもりが全身に広がった。子どもの頃は毎年、夏になるとここを訪れていて、レディ・テシュは実の孫同然にレノーラにも愛情を注いでくれた。彼女に会うのは三年ぶりだ。ヒルラムが亡くなってからは一度も訪れていなかった。やはりこの島を訪れたのは賢明ではなかったかもしれない。罪悪感が掘り起こされて、ここにいるのがつらくなるのではないだろうか。

でもひょっとしたら、幸せや安らぎのようなものを見つけられそうな気もする。

「お元気そうで何よりです、レディ・テシュ」レノーラは言い、精巧な刺繍が施された椅子に腰をおろした。

「その〝レディ・テシュ〟というのは何?」子爵夫人は問いかけた。「以前はそんなあらたまった呼び方をしなかったでしょう。まさかロンドンで過ごすあいだに、堅苦しいご令嬢になってしまったの?」

レノーラは笑みを浮かべた。「いいえ、そんなことはありません」

「そう、よかった。そんな呼び方は我慢がならないもの。今までどおり、〝おばあさま〟と呼んでちょうだい」

レディ・テシュは、レノーラたちのあとをついてきた執事に呼びかけた。「ジャスパー。孫娘とミス・ハートレーに紅茶を用意してもらえるかしら。あとできたら、わたしの若い友人にはレモネードもお願い」彼女はレノーラにウインクしてみせた。レノーラはうれしさで頬が熱くなるのを感じながら、椅子の背にゆったりともたれかかった。紅茶が嫌いなことを覚えていてくれたのだ。ちょっとした心遣いを受けて、レノーラは家に帰ったような気分になった。

「事前に知らせずに来てしまってごめんなさい、おばあさま」マージョリーは手袋を外しながら言った。「土壇場になって……心変わりしたものだから」

「そうなの？」レディ・テシュはレノーラを見た。「あなたの指に指輪がはまっていないのと関係があるような気がするのはなぜかしらね？」

楽しい気分が一瞬にして消え、四日前の出来事が一気によみがえった。「ええ、おっしゃるとおりです、残念ながら」

レディ・テシュの顔に刻まれたしわがますます深くなった。「かわいそうに」しばらく間を置いてから、悲しげな声でさらに言った。「この三年間で、三度めの婚約破棄というわけね」

レノーラは口元をゆがめた。「はい。父からも同じことを言われました」何よりもまず先に。思わずぶるっと身を震わせた。勘当されるかもしれないという恐怖がつきまとって離れない。今にも斧（おの）が振りおろされそうな気がしている。今回の滞在は楽しむためではないのだとあらためて思い知らされた。

その考えが顔に出ていたらしく、レディ・テシュの目つきが鋭くなった。「それで、この島で何をするつもりなの？」

そうよ、わたしには計画がある。「できれば――」レノーラは無理に笑顔をつくった。「昔よく行った場所を訪ねてみようと思っています。幼い頃に、わたしたちがともに過ごした楽しい時間を思いだすために」

「それはいい考えね」マージョリーはやさしい笑みを浮かべた。「わたしもあの頃の思い出にふけりたいわ」

そのとき、レディ・テシュの隣にいた毛むくじゃらの犬がぴょんと飛びおり、自分の存在を知ってもらおうとしてマージョリーに近寄ったあと、レノーラのもとへやってきた。犬はレノーラのつま先をくんくんかぐと、女王さながらに優雅な身のこなしで、かわいらしい前脚をレノーラの脚の上にのせた。

「まあ、なんてかわいいの」レノーラはつぶやき、身を屈めて犬の頭を撫でてやった。少しのあいだ、犬はされるがままになっていたが、やがてピンク色の小さな舌でレノーラの指の関節をぺろりとなめてから、意気揚々とレディ・テシュのもとへ戻り、飛びあがってふたたび主人に寄り添った。

「この子はフレイヤというの」子爵夫人は名前を教えると、愛犬の耳の後ろをいとおしそうにかいた。

「フレイヤ?」レノーラは言った。「珍しい名前ですね」

「ヴァイキングの女神にちなんだ名前よ」

レノーラは怪訝な表情で、見るからに喧嘩っ早そうな小さな動物を見た。王族のように堂々としているとはいえ、くしゃくしゃの柔らかな毛は滑稽にも見える。この小さな動物の気分を害する恐れがなかったら、レノーラは笑いだしていただろう。

実際、もう少しで噴きだすところだった。犬の気分を害することを心配したなんて。自分で思っていた以上に、わたしはこの島への旅を必要としていたのかもしれない。

「おそらく、あなたたちはミスター・アシュフォードについて知りたいのでしょうね」レディ・テシュが言った。

「ええ、まさにそうよ」マージョリーは緊張した面持ちで眉間にしわを寄せ、椅子に座ったまま身を乗りだした。「彼が近いうちに帰国するつもりだったとは知らなかったわ」

「わたしもよ。いきなり目の前に姿を現したの。でも長く滞在するつもりはないそうよ。彼はわたしに借りがあると感じていて、その借りを返すために来たようだから」

「〝長く滞在するつもりはない〟ですって?」マージョリーは尋ねた。「でも彼は公爵の後継者なのよ。この島を離れるわけにはいかないはずでしょう」彼女は申し訳なさそうにレノーラを見た。「ごめんなさいね、レノーラ」

レノーラは弱々しい笑みを返した。彼女が知っているのは、ヒルラムの死にともなってミスター・アシュフォードが推定相続人になったことと、先代の公爵の弟に当たる彼の祖父が、一族に縁を切られたという話くらいだった。しかし、その話はめったに語られることはない。影響を受けた人たちにとっては、思いだすのもつらい出来事なのだろう。

「ふん、くだらない」レディ・テシュは一笑に付した。「あなたは地位にこだわりすぎよ」マージョリーはおどけた顔で祖母を見た。「まさか子爵夫人の口からそんな言葉が出てくるなんて」

「ええ、そのまさかよ」レディ・テシュは手をひと振りした。「おじいさまが、わたしにどうしようもないほど恋をしたのはわたしのせいではないわ。彼がたまたまそういう身分に生まれついただけで」彼女はぶっきらぼうに言った。だがレディ・テシュが表情をやわらげて、ピンク色の大理石でできた暖炉の上の壁に飾られた、亡き夫の大きな肖像画に目を走らせたのをレノーラは見逃さなかった。

「別に地位を鼻にかけているわけではないわ」マージョリーは言った。「ただ公爵閣下の容体はかなり深刻だという話だし、彼が亡くなったらミスター・アシュフォードが家長になるわけでしょう」

「そのとおりよ。もっとも、彼はそんなことは気にもかけていないようだったけれど。わたしは彼をここに滞在させようと思ったの。でも――」レディ・テシュは柔らかな口調で言い、真顔でレノーラを見た。「断られてかえってよかったわね。ねえ、レノーラ」レディ・テシュは身を乗りだし、さらに訊いた。「ミスター・アシュフォードがこの島に滞在したら、あなたに苦しい思いをさせてしまうかしら?」

「いいえ、そんなことはありません」レノーラは本音が顔に出ていないことを願いながら、レディ・テシュを安心させるためにあわてて否定した。「なぜわたしが苦しまなければいけないんですか? この島は本来、彼がいるべき場所なんですから」

レノーラの言葉を聞いて、ふたりの女性の心をとらえていた心配がいくらかやわらいだようだった。まもなく紅茶をのせたトレイが運ばれてきて、より楽しい話題に移った。けれどもレノーラはもはやくつろげなくなり、上の空でレモネードをちびちび飲んだ。この島を訪れたのは、その後のあらゆるものに影響を及ぼしたひどい裏切りを過去のものにして、自分を許せるようになりたいと思ったからだ。でも亡くなった婚約者に思いをはせずに、どうしてそんなことができるだろう？　頭の中は、嵐の海を思わせるブルーの目をした、長身のたくましいヴァイキングのような男性のことで頭がいっぱいだというのに。しかもよりによって彼は、ヒルラムの死にともなって公爵の後継者になった人なのだ。

ピーターは怒りに駆られながらホテルの部屋に戻った。壁にぶつかるほど勢いよくドアを開けると、窓枠の中でガラスがかたかたと音をたてた。「くそっ、本当に頑固な女性だ」ピーターは不機嫌に言った。クラヴァットをむしり取って床に投げ捨て、金貨の入った革袋も放り捨てると、耳障りな金属音をたてて床に落ちた。

「どうやら対面は思惑どおりにいかなかったようだな」

ピーターは上着をかなぐり捨て、開け放したままのドアにもたれかかっている男をにらみつけた。「あっちへ行ってくれ」

クインシー・ネスビットは笑い声をあげると、身を起こしてドアを閉めてから、ゆっくりした足取りで部屋に入ってきた。「ひとりになりたいなら、ドアを閉めておくべきだったな。そうすれば怒りを爆発させて、思う存分悪態をつくこともできたはずだ」

ピーターはどさっと椅子に座り込むと、シャツの袖をまくりはじめた。今、友人の目をのぞき込んだら、面白がっている表情を浮かべているに決まっているし、何か感づかれそうだった。クインシーはそういう男だ。「ぼくと一緒にいても楽しくないだろう。女性にもてるためにきれいな顔のままでいたいなら、今すぐ出ていったほうがいいぞ」

長年の友人同士の気安さで、クインシーは近づいてきてピーターの向かいの椅子に座ると、ブーツを履いた足を膝の上で組み、椅子の背にもたれた。「きみが珍しくかっかしてるっていうのに、見て見ぬふりをすると思っているのか？ ふだんのきみは、いまいましいほど冷静沈着なんだから。たっぷり楽しませてもらわないと」

癪に障るが、クインシーの言うとおりだ。レディ・テシュにうまく言いくるめられ、すっかり自制心を失っていた。いや、ひどく腹を立てている理由はそれだけではない。別のあることが怒りの炎に油を注いだせいで、完全に分別が吹き飛んだのだ。

次の瞬間、ハート形の顔をしたあの美しい女性が脳裏に浮かんだ。気まぐれな太陽の光を受けて、金色の髪がきらきら輝いていた。見たことがないほど長いまつげの下からのぞく瞳は淡い緑色だった。

ピーターは大きく息を吐いて緊張を解き、片手で顔をさすった。レディ・テシュの屋敷の前で転ばせそうになった女性のことがここへ帰る道中もずっと心につきまとい、あの老婦人が狡猾にも母との約束を思いださせたという大問題にどう対処すべきか考えたいのに、集中できずにいた。それにしても彼女は何者だろう？ 一緒にいたくすんだ茶色の髪の女性は、ピーターの親類だと言っていた。あの金髪の女性も血縁者だろうか？

ピーターはうめき声をあげそうになった。またしても、あの美しい顔に気を散らされてしまった。ピーターは驚くべき意志の力で彼女の姿を頭から追い払い、目下の問題に意識を集中した。「借りた金を返したいのに、レディ・テシュが受け取ろうとしない」

クインシーの顔から退屈そうな表情が徐々に消え、油断のない表情に取って代わる。「なんだって？　一ペニーもか？」

ピーターは鼻孔をふくらませて首を振り、床に投げ捨てたままの革袋を示した。

クインシーは首をかしげ、目を細めて考え込みながら腕組みをした。「それでどうする？　もうひとつの計画をうまくやり遂げたら、ボストンに戻るのか？」

「喜んでそうするつもりだ」

「〝しかし〟という言葉が続きそうな気がするのはなぜだ？」

ピーターは顎をさすり、指先で顎髭をこすった。「あの老婦人が要求を出してきた。いや、要求なんて生やさしいものじゃなかったな。ぼくを言いくるめるために、母との最後の約束を持ちだして脅迫したんだ」

「彼女はおまえに何をさせようとしているんだ？　肉体労働か？　全裸で馬に乗って、町を通り抜けるとか？　それとも、ドラゴン退治か？」

「言っておくが、そんなに簡単な話じゃない」ピーターはいらだちを覚え、友人をにらんだ。「丸々一か月間、あの屋敷に客人として滞在することを彼女は望んでいる」

次の瞬間、クインシーがげらげら笑いだした。ピーターは石のように押し黙って友人を見つめた。この状況に面白さなどみじんも見つからなかった。母の顔がまた脳裏に浮かんだ。今日の午後だけで、すでに一〇〇回くらい思いだしているような気がする。母が亡くなってからずっと感じている罪悪感もまた暴れだした。母との約束を果たせる機会を得たにもかかわらず、その約束が昔よりも肩に重くのしかかっていた。

クインシーの笑いがようやくおさまり、彼は涙をぬぐった。「なるほど。だったらその要求に応えるべきだろうな。きみ以上にやる気のない客人はほかに見つからないだろうが」

「ぼくが個人的にどんな感情を抱いていようと」ピーターは歯を食いしばった。「そんなにのんびりしている時間はない。忘れたわけじゃないだろう、ぼくたちには仕事がある。ボストンへ帰らないと」

「そろそろ休暇を取ってもかまわないだろう。考えてみれば、ぼくたちはもう何年も働き詰めだったじゃないか。それに、アダムズ船長の子どもたちだってもういい大人だ。円滑に仕事を進められるだろうし、彼らにも経験を積ませたほうがいい」クインシーはそこまで言うと、にんまり笑った。「さらに言うなら、ぼくは地元のご婦人たちと少しばかり親睦を深めたい。取り澄まして上品ぶった英国人女性の態度を見ると、もっと早く帰ってきていればよかったと思うよ」クインシーは両手をこすりあわせた。期待に胸を躍らせ、まるで野獣のような顔つきになっている。

「きみは下半身でしかものを考えられないのか」ピーターはうんざりして言った。

クインシーは肩をすくめた。「おれの息子は舵取りを間違えたことがないからな」ばかげた話題に移ったので、ピーターは椅子からさっと立ちあがった。「一か月も滞在していられるか」

「なあ、ここもそんなに悪くないじゃないか」

「きみにはわからないんだ。この島に戻るってことがどういうことなのか」

クインシーは真顔になった。「いや、わかっているさ」彼は静かに言った。「少なくとも、あらましは知っている。何しろ、航海中にきみが悩みを打ち明ける友人を必要としていたとき、話を聞いてやったのはこのぼくだからな。病気になったときだって、きみは熱に浮かされて、母上に罪悪感を抱いていることをうわごとで繰り返していた」クインシーは前屈みに座り、膝に両肘をついた。「デーンのやつが何をしたか知っているし、きみが彼を憎んでいる理由も知っている。もっともな理由だ。だがその一方で、ぼくはレディ・テシュがどんな行いをしたのかも知っている。ぼくには彼女がそんなに悪い人間だと思えない。だいたい金貨の入った袋ではなく、きみのように無愛想な男と一か月も過ごすことを望むなんて――」黒い目にユーモアの光をたたえ、クインシーは微笑んだ。「彼女の人柄がにじみでているじゃないか」

癪に障るが、クインシーの言うことには一理ある。「それじゃあ、レディ・テシュの要求に屈しろというのか？」ピーターは低くうめき、なけなしのプライドにしがみついた。

友人は椅子の背にもたれかかった。「母上の希望に背いてイングランドを離れた罪悪感を少しでも取り除けるのなら、自信を持って言おう。ああ、彼女の要求に屈するべきだ。それで――」クインシーはにやりと笑い、さらに言った。「ぼくも仲間に加わりたい」

ピーターは友人を見つめた。「きみも一緒に?」

「いいだろう? ぼくも一緒なら、楽しい時間を過ごせるぞ。もちろん、きみが不機嫌な顔をして死にかけている男への復讐(ふくしゅう)で忙しくないときは、って意味だが」

友人と握手をしたい気持ちと、鼻っ面に一発見舞ってやりたい気持ちの板ばさみになったが、結局前者に決めた。ピーターは立ったまま、片手を差しだした。「じゃあ、一緒に来てくれ」

クインシーも同じように手を差しだし、ピーターの手を握った。「ああ、一緒に行こう」

クインシーはえくぼを浮(う)かべてにっこりした。「ただし、あとになってみたら、ぼくに感謝する気は失せているかもしれないぞ」

4

同じ日の午後、ピーターはレディ・テシュの居間にふたたび足を踏み入れたとき、彼女が驚愕の表情を浮かべるだろうと思っていた。

ところが驚いたことに、その顔に浮かんだのは心配の色だった。それを怪しむ間もなく、レディ・テシュが口を開いた。

「ピーター、戻ってきたのね」

「あなたがそうさせたんじゃないですか」ピーターは嚙みつくように言った。早くも周囲の壁が迫ってくるような感覚に襲われ、歯を食いしばる。いまいましい約束を果たすのは早いに越したことはない。

レディ・テシュがまた例の華奢な椅子を勧めたので、ピーターは今度も壊れやすそうな椅子で運試しをするはめになった。丸ひと月もここに滞在するのだから、座る椅子をどうにかしてもらいたいものだ。

「正直言って、また会えると思っていなかったわ」レディ・テシュは言った。

「だとしたら、ぼくにとって母がどれほど大切な存在だったか、おわかりではないのでしょう」

「そのようね、ピーター」彼女がぽつりとつぶやいた。その声にやさしさがにじんでいたので、ピーターは華奢な椅子の上でもぞもぞ体を動かした。しかし、彼女が声とは裏腹な表情をしているのを見逃さなかった。口をきっと引き結び、眉間には不満とも心配とも取れる深いしわが寄っている。

ピーターは目を細めた。「戻ってこないほうがよかったと思われている気がするのはなぜでしょう？」ある考えが芽生えた。「要求を撤回されますか？　ぼくは別にかまいませんよ。喜んであの金をお渡しするまでです」

「それはだめ」レディ・テシュはすぐさま答え、なぜか不安といらだちの入りまじった表情でピーターを見ると、すばやく息を吸い込み、険しい顔をした。「つまり」彼女は一語一語力強い声でさらに言った。「ここに一か月間滞在してほしいというわたしの依頼は、今も有効よ」

ピーターは乾いた笑い声をあげた。「依頼？　あなたはそんなふうに思っているんですか？」

レディ・テシュは肩をすくめた。ピーターの棘（とげ）のある物言いもまったく気に留まらないらしい。「わたしの申し出に応じなくてもいいのよ」

「なるほど」ピーターが体の位置を変えると、尻の下で椅子が抗議の叫び声をあげた。目を細めて彼女をじっと見つめる。「あなたの依頼とやらに応じますよ。そうすれば、ひと月後には母との約束が果たされますから」

レディ・テシュも目を細めた。「これで決まりね？」彼女が片手を差しだす。

ピーターは差しだされた手を見つめた。加齢によって節が曲がり、指がごつごつしている。

「いいえ、まだです」ピーターは言った。「悪魔に魂を売る契約にサインをする前に、ぼくのほうから条件があります」

レディ・テシュは手をおろし、愉快そうに口元をゆがめた。「悪魔ですって？　あらあら、そんな邪悪な生き物にたとえられたのは初めてよ」

ピーターは顔をしかめた。「あなたのほうの条件は？」返事をせきたてる。

「そうね」彼女は狡猾そうな目つきになり、背筋を伸ばした。「この屋敷に滞在するあいだ、毎日午後のお茶の席に同席して、毎晩一緒に夕食をとること。それから外出に付き添うこと。あなたがむっつり黙り込んでいたら、話し相手になるようその場で注意するわ。体だけでなく、心もちゃんとここにいること。それができなければ、契約は無効になると考えてちょうだい」

ピーターはレディ・テシュのかすかな笑みをじっと見つめ、提示された要求について頭の中で検討した。「外出に付き添う場合、具体的にどういう場所へ行くのか教えてください」

レディ・テシュはなおもおだやかな表情を浮かべていたが、目つきだけが鋭くなった。「見てのとおり、わたしはおばあさんなのよ、ピーター」悪びれずに言う。「それほど外出はしないわ」

「ご冗談を」ピーターはうんざりした口調で言った。

彼女の笑顔がぴくりと引きつった。「ええと、そうねえ、海辺の町をそぞろ歩いたり、貸本屋へ出かけたり、婦人服の仕立屋へ行ったり、景色のきれいな場所を散歩したり、それから……」彼女の声が小さくなり、言っていることが支離滅裂になった。

ピーターは首をかしげた。「失礼ですが、今なんと?」

彼女の顔から笑みが完全に消え、一瞬、不機嫌な表情をのぞかせた。「もう、本当に扱いにくい人ね、晩餐会(ばんさんかい)や舞踏会にも行くと言ったのよ」

「ああ、それは無理です」ピーターはきっぱり言った。

「いいえ、だめよ」レディ・テシュも言い返す。「週に二回、集会場で会員制の舞踏会が開かれるの。わたしが踊るのは無理かもしれないけれど――」悲しげに自分の脚に視線を落とした。「いつも参加するのを楽しみにしているの。若い人たちを眺めながら、噂話(うわさばなし)に花を咲かせるのよ」

「いやです」ピーターは熱くなって言った。「社交界の舞踏会には出席できません」

レディ・テシュは声をあげて笑った。「社交界の舞踏会ですって? ねえピーター、ここをいったいどこだと思っているの? ロンドンではないのよ。この島で開かれる舞踏会は、ロンドンの大舞踏会とは似ても似つかないわ。わたしが社交界にデビューしたての娘と似ても似つかないのと同じで」

ピーターは言いくるめられないように、眉間にしわを寄せた。「舞踏会はいやです」もう一度言った。

レディ・テシュは唇をすぼめた。「舞踏会を四回、晩餐会を六回だけでいいわ」ピーターが言い返そうとして口を開くと、彼女は片手を上げて制した。「少しくらい譲歩してもらわなくちゃ困るわ。だって、あなたのお母さまは……」

ピーターは喉元まで出かかった悪態をのみ込んだ。この女性は、彼を苦しめるために地獄から遣わされた悪魔だ。ほんの一瞬、天を仰いでから彼女に視線を戻した。「どうしてもとおっしゃるなら」歯を食いしばりながら言った。「ただし、少し調整していただきたい。舞踏会を一回、晩餐会を二回に」

彼女は悲しげに首を振ったが、勝ち誇ったように目を輝かせた。「もう少し歩み寄ってもらわないと、ピーター」

「とんでもない。舞踏会を二回、晩餐会を三回。それだったら」彼女がまた異を唱えようと口を開きかけたので、ピーターは先を続けた。「仏頂面で部屋の隅に座らないように努力します」

レディ・テシュはくすくす笑いだした。「駆け引きがうまいわね。あなたが未開の荒野アメリカで大成功をおさめた理由がよくわかるわ」

おかしさといらだちが同時にこみあげ、ピーターは思わず口元をゆがめた。「ボストンは未開の荒野ではありませんよ」

彼女はうるさそうに片手を振った。「今のは言葉のあやよ。いいでしょう。あなたの条件を受け入れます。さあ、交渉を終える前にほかにも追加したい条件があるんでしょう?」

「ひとつだけ。ぼくの共同経営者もここに滞在させてもらいたいのです」

「ここシークリフで歓迎しましょう」レディ・テシュは一瞬のためらいもなく言った。「これで取引成立?」

今回は差しだされた手を取った。レディ・テシュの手はひんやりしていた。羊皮紙のように皮膚が薄く、骨とごつごつした関節が浮いて見える。強く握りすぎたら、粉々に砕けてしまうのではないかと急に怖さを覚えた。どういうわけか彼女をいたわる気持ちがわいたが、すぐさま抑え込んだ。この小うるさい老婦人が求めないものがあるとすれば、それはいたわりだろう。

「これで決まりね。いつ荷物を運んでくるの?」

きっぱりとした口調で言われ、ピーターはひどく動揺した。なんてことをしてしまったのだろう? だが、今さらそんなことを言っても遅すぎる。どうにか気を取り直して答えた。

「すぐにでも。われわれの荷物と友人は、屋敷の前に停めた馬車の中ですでに待っていますので」

「すばらしいわ」レディ・テシュはかたわらのテーブルに置いてある呼び鈴を手に取り、大きく鳴らした。すぐに執事が出入り口に姿を見せた。「ジャスパー、私道に停まっている馬車を見てきてちょうだい。それから、寝室をあとふたつ用意する必要があるわ。甥の息子と彼の友人がしばらくここに滞在することになったの」

「かしこまりました、奥さま」

甥の息子。その言葉を聞いたとたん、背筋がぞっとした。なんとも思っていなかったはずの呼び方に反応してしまったことにうろたえ、ピーターは椅子から勢いよく立ちあがった。

「話がまとまったことをクインシーに知らせてきます」早くこの場から立ち去りたくてたまらなかった。ところがピーターが歩きだそうとしたとき、磨きあげられた木の床を犬が歩く音が聞こえ、レディ・テシュの愛犬の到来を告げた。やがて犬が飛び跳ねながら部屋に入ってきた。そしてそのすぐあとを追って、今朝会った若い女性が姿を現した。

ピーターは彼女を見たとたん、はっと息をのんだ。記憶していたよりもずっと美しかった。ウエーブのかかった金色の髪の房が肩のあたりでふわりと揺れ、きれいな首筋を撫でている。見るからに値が張りそうな淡いブルーのドレスは装飾が多く、光沢のある生地が小ぶりの胸にぴったり張りつき、彼女が歩くたびにスカートのひだがきらきら輝いた。長いまつげに縁取られた目がピーターをとらえて大きく見開かれ、なまめかしい唇が驚いたようにぽかんと開いた。

「あっ」彼女が声にならない音を発した。

ピーターは自分が何をしようとしていたのかわからなくなり、彼女を見つめ返すことしかできなかった。

「ああ、戻ってきたのね。散歩はどうだった?」沈黙を破ったレディ・テシュの声で、ピーターははっとわれに返った。

若い女性はもう一度ピーターを見てから、静かな足取りで子爵夫人のもとへ行った。彼女がそばを通り過ぎたときに空気が動き、夏に実るベリーの甘い香りがかすかに漂ってきて、ピーターの感覚を刺激した。彼が見ている前で女性は老婦人の頰にキスをした。「楽しい散歩でした、おばあさま。自分でも気づいていなかったけれど、長旅のあとで運動が必要だったみたいです」

「おばあさま？」思わず口をついて出た。やはり、この女性も血縁者なのだろうか？

そう思うと、なぜ口に後味の悪さを感じるのだろう？

「楽しんだのならよかった」レディ・テシュは柔和な笑みを浮かべて言った。「それはそうと、客人を紹介するわ。彼はわたしの甥の息子のミスター・ピーター・アシュフォード。ピーター、こちらはミス・レノーラ・ハートレー。わたしは彼女の母親の名づけ親だったの。レノーラと孫娘のマージョリーは長年の親友なのよ。彼女も当分のあいだ、ここに滞在することになったから」

ミス・ハートレーが血縁者でないとわかり、自分でも動揺するほど安堵を覚えたが、なんとなく歓迎できない事実を知らされ、腹を殴られたような衝撃を覚えた。ここに滞在する？つまり、彼の心に土足で踏み込んできた目の前の美しい女性も、この屋敷の客人ということか。「先客がいるなんて言わなかったじゃないですか」喉を締められたような声が自分の耳に響いた。

「大丈夫よ」レディ・テシュが楽しそうな笑みを浮かべる。「部屋ならたくさんあるもの。

あなたと友人に窮屈な思いはさせませんよ」

ミス・ハートレーの紅潮した顔に見入りながら、たしかにそうかもしれないと思った。もっとも、ピーターが心の平和を保てるかどうかはまったく別の問題だが。

デーン公爵の後継者について複雑な思いを――正直に言えば、よこしまな考えを――抱いたあとで、まさかレディ・テシュの居間で当の本人と顔を合わせることになるとは。

レノーラは足元がぐらつかないように祈りながら震える膝を曲げてお辞儀をすると、レディ・テシュをちらりと見た。子爵夫人は深いしわの刻まれた顔に心配と好奇心の入りまじった表情を浮かべ、レノーラを注意深く見つめている。老婦人がどういうつもりでミスター・アシュフォードを屋敷に滞在させるのかわからないが、彼にはここにいる当然の権利があるのも事実だ。

「お会いできて光栄です」今度は彼に挨拶した。

彼は首をかしげ、屋敷の前で初めて会ったときと同じようにレノーラをじっと見つめた。その瞬間、脚の震えが全身に広がり、レノーラの体が熱くうずきだした。

わたしはいったいどうしてしまったの？

「またお目にかかれてうれしいですわ」レノーラは早口で言った。「どうかご滞在を楽しまれますように。でも、わたしはもう失礼しないと。マージョリーをずいぶん待たせてしまっているので。フレイヤと散歩に行っていたんです。フレイヤが崖の近くにある雑木林をすっかり気に入って――」口をつぐみなさい、レノーラ。「思ったよりも時間がかかってしまって。彼女と散歩をするのがいやなわけではないんですけれど」おしゃべりをやめなさい！

「少しでもレディ・テシュのお役に立てるのならうれしいですから。もちろん使用人は大勢いますけれど、ここでお世話になる以上、わたしも自分の役目を果たすべきではないかと思っているんです」

ミスター・アシュフォードは、四つん這いになって吠えたてる犬を見るような目つきでこちらを見ていた。レノーラはようやく口をつぐみ、弱々しい笑みを浮かべた。

「フレイヤというのは？」彼が尋ねた。

あんなにべらべらしゃべったのに、彼にはそれすらわからなかったらしい。「犬です。フレイヤという名前の犬なんです」少し息を切らしながら答えた。

部屋にいる全員が問題となっている犬を見下ろしたとたん、フレイヤがくしゃみをした。

「ヴァイキングの女神にちなんだ名前だそうです」レノーラは言い訳がましく話を終えた。

「女神」

「ええ」

沈黙が流れた。ミスター・アシュフォードはなおもフレイヤを見つめたが、フレイヤのほうはまったく無関心で、彼を見ようともしなかった。

その瞬間、フレイヤになりたいとレノーラは心から願った。彼に惹かれる気持ちと罪悪感で、頭が混乱しているよりずっとましだ。

ぎこちない沈黙を埋めるために何か話そうとレノーラが口を開きかけたとき、罪深いほどハンサムな紳士が大股で部屋に入ってきた。「玄関にいた男から、きみがここにいると聞いてね」男性がミスター・アシュフォードに話しかける。「彼を置いてさっさと行こうとしたらつかまりそうになったから、うまく巻いてきたよ」そう言ってにっこり笑いながらレノーラのほうを向いた瞬間、彫りの深い顔に浮かんでいた少年のような笑顔が、目を半ば閉じた興味津々の表情に取って代わられた。「やあ、こんにちは」

低いうめき声が聞こえたので、レノーラは犬のほうに目をやった。しかしフレイヤはミスター・アシュフォードをじっと見つめ、大きすぎる耳を彼のほうにぴんと立てている。ということは、あの妙な音はミスター・アシュフォードが発したの？

そのことについてじっくり考える間もなく、黒髪の男性は黒い目をいたずらっぽく輝かせ、ゆっくりと前に進みでた。「ピーター」彼はレノーラを見つめたまま、間延びした口調で言った。「こちらにいる絶世の美女を紹介してもらえるかな」

ミスター・アシュフォードは無言で男性をにらみつけたが、彼は甘いケーキを見るような目つきでまだレノーラを見つめている。

レディ・テシュがようやく口を開いた。「あなたがピーターの共同経営者ね」

大胆にも彼はレノーラにウインクをしてから、子爵夫人のほうを向いた。「友人の無礼なふるまいをお許しください。代わりに自己紹介をさせていただきます」彼は老婦人につかつかと歩み寄ると、彼女の手を取って大げさにお辞儀をした。「クインシー・ネスビットと申します。あなたがレディ・テシュですね。美しいお屋敷にお招きいただき、大変光栄です」

「こちらこそ光栄だわ」レディ・テシュは答えたが、次の瞬間、今まで見たことがないほど彼女の目つきが鋭くなった。何か言いたげに、射抜くような視線でミスター・ネスビットを見る。「ネスビット？　ずいぶん珍しい名前ね。ひょっとして、ライゲート公爵の血縁者かしら？」

　彼の人当たりのいい笑顔が一瞬にしてこわばった。口が引き結ばれ、目つきが険しくなる。しかしレノーラが目をしばたたくあいだに、彼の顔に温かみが戻った。光のかげんでそう見えただけだろうか？

「いいえ、残念ながら」ミスター・ネスビットは悲しげに首を横に振った。「そうだったらよかったのですが」彼は愉快そうに笑うと、黒い目でふたたびレノーラを見た。

　レディ・テシュは彼の意図を察した。「あなたが気を引こうと必死になっている女性は、わたしの若い友人のミス・レノーラ・ハートレーよ」

「はじめまして、ミス・ハートレー」ミスター・ネスビットはゆっくりとした口調で言い、レノーラに向かってお辞儀をした。

「孫娘も一緒に来ているの」レディ・テシュはさらに言った。「あとで会えるでしょう」

「それは楽しみです」彼はゆったりと微笑むと、レディ・テシュの足元に座っているフレイヤに視線を落とし、驚いたことに犬の前にさっと片膝をついた。「そして、こちらの小さな方は？」

「この子はフレイヤよ。今にわかるでしょうけれど、わたしより彼女のほうがよほど女主人らしいわ」レディ・テシュは答えた。

「わお、きみも美人だな」ミスター・ネスビットは甘ったるい声で言い、フレイヤの顎の下をかいてやった。犬は目を閉じ、低いうなり声を漏らした。

レノーラは噴きだしそうになるのをこらえた。どうやら、女性からこうした反応を引きだすのはお手のものらしい。彼は今まで見たことがないほどハンサムで、自信満々で、社交界の人たちとも面識がありそうだ。

しかし意思に反して、レノーラの目はミスター・アシュフォードに吸い寄せられた。怖い顔でにらんでいるヴァイキングのような男性のほうに心惹かれるのはなぜだろう？

その男性が無礼な声を発した。「一緒に来るんだ、女たらし」不機嫌な声で言うと、友人の腕をつかんで立たせ、ドアへ向かわせた。ところが部屋を出る直前、ミスター・ネスビットがレノーラに向かって別れのウインクをした。

「まあ」レノーラは消え入りそうな声で言った。

レディ・テシュは男性たちが立ち去るのを見送った。「とっても楽しい一か月になりそうね」

5

ピーターは鏡に映った姿をにらみつけた。自分の見た目に腹を立てているのではない。上流階級の立派な邸宅で開かれる晩餐会に着ていける夜会服は持っていないものの、人前に出ても見苦しくない格好をしている。上着は上質なウールではないし、最新流行のスタイルでもないが、別に問題はない。こぎれいな格好をしている——大事なのはそれだけだ。

いや、違う。口をへの字に結んでいるのは、この姿を見たら、あの若い女性はどう思うだろうと気になってしかたがないからだ。

眉間のしわがさらに深くなる。上流階級の未婚女性のことなどどうでもいいはずだ。そうだ、つまらないことを気にするな。自分にそう言い聞かせて鏡から顔を背けたピーターの視線が、何げない様子でドアにもたれているクインシーをとらえた。

「ぼくの部屋にこっそり忍び込むのはそんなに楽しいか？」ピーターはきつい調子で言った。

「ああ、楽しいな」クインシーは肩をすくめて言った。「前回は完全にきみの落ち度だが、今回は純粋な好奇心に駆られたんだ。ピーター・アシュフォードが子爵夫人の晩餐会に着る服で、何をそんなに深刻に考えすぎているんだろうと思ってね」

「ぼくの服装はなんの問題もない」ピーターはつぶやき、クラヴァットをぐいっと引っ張った。クインシーが一分の隙もない真っ黒な夜会服と純白のクラヴァットを身につけていることに、いやでも気づいた。まるで大天使がよみがえったかのようだ。

まったく、いまいましいやつめ。

「ボストンで忠告したじゃないか」友人は話を続けた。「ちゃんとした夜会服を持っていくべきだって。言ったとおりだっただろう？」

友人を罵倒してやろうと思ったちょうどそのとき、戸口にメイドが現れた。彼女はためらいがちに立ち止まり、ふたりを見て目を丸くした。

メイドが黙って見つめつづけるので、クインシーは優雅にお辞儀をしてみせた。「ぼくらに何かお役に立てることはあるかな、お嬢さん？」

一六歳にも満たないように見える若いメイドは、顔を真っ赤にした。「大変失礼いたしました。応接室に晩餐会のご用意ができています。奥さまがおふたりをご案内するようにと」

「レディ・テシュはこのうえなく魅力的な案内人を選んでくれたようだな」クインシーはみだらな笑みを見せた。

ピーターが目を細めて見ていると、若い娘は照れながらもうっとりした笑みをクインシーに向け、ふたりについてくるよう手招きした。ピーターはクインシーに近づき、ふたりの会話が若いメイドに聞こえないところまで彼を引き戻した。

「やめろ」ピーターは噛みつくように言った。

「やめるって何を？」大きく見開いたクインシーの目が、滑稽なほど無邪気に見える。

しかし、ピーターは笑う気になれなかった。「この屋敷の女性たちは、きみが楽しむためにここにいるんじゃないんだ、ご婦人であろうと使用人であろうとな」

「おいおい」クインシーは目玉をぐるりと回した。「単なるたわむれだってことくらいわかっているだろう」

「たわむれだとしても、危険をともなうことに変わりはない」ピーターが険しい表情でメイドのほうを手で示すと、彼女はちらりと振り返って、またしても畏敬の念に打たれたまなざしをクインシーに向けた。

クインシーは手を振って、ピーターの不安を払いのけた。「さては嫉妬してるな」

「嫉妬？」ピーターは耳を疑った。

「みんなが、きみよりぼくのほうに好感を持っているからさ。無理もない。何しろ、ぼくはエキゾチックな魅力を漂わせている。それにひきかえ、きみは……」ピーターのすり減ったブーツから伸びすぎた髪までを身振りで示した。「まあ、そういうことだ」

今度ばかりはピーターも思わず笑った。「きみが、エキゾチック？」

クインシーはにやりとした。「今の生活にすっかりなじんで、ほとんどアメリカ人と言ってもいいほどだ。ぼくからエキゾチックなにおいがぷんぷんしてるだろう」

ピーターは鼻先で笑った。「たしかに、においをぷんぷんさせてはいるが、エキゾチックなにおいじゃないぞ。とにかく約束してくれ。見境なくこの屋敷の女性たちとたわむれるのはもうよせ」

「わかったよ」クインシーは言った。「つまりきみは、ぼくの楽しみを全部奪うわけだな」

応接室に着くと、ふたりは当惑して同時に立ち止まった。ミス・ハートレーの姿はどこにも見当たらなかったが――くそっ、どうしても気になってしまう――ハーレムさながらに女性陣が彼らを待ち構えているように見えた。

「おいおい」クインシーは不満の声を発し、うんざりしたような表情でピーターをじっと見た。

「ピーター、ミスター・ネスビット」レディ・テシュに呼ばれ、ふたりは前に進みでた。

「お部屋は気に入ってくれたかしら」

「はい、ありがとうございます」ピーターは言った。

「あなたの親戚を紹介するわ、ピーター」レディ・テシュは彼女のまわりをうろうろしている女性たちのほうを向いた。「あなたたち、こちらがピーター・アシュフォードと、その友人のクインシー・ネスビットよ。男性がた、この子が孫娘のミセス・マージョリー・キタリッジ。すでに話したように、彼女もシークリフに滞在しているの。それからそちらの若いお嬢さんたちは、レディ・クララ・アシュフォードと、レディ・フィービー・アシュフォード。デーン公爵の娘たちよ」

耳鳴りがした。つまりこのふたりは、母が苦痛にもだえていたときに、ピーターを門前払いした男の子どもたちなのだ。視界の端が真っ赤に染まるほどの激しい怒りがこみあげた。

彼女たちに会いたくなかった。だが、ふたりはすでにこの場にいて、目を大きく見開き、緊張の面持ちでピーターを見つめている。あらゆる可能性を考慮し、つねに用心していたのに。レディ・テシュの屋敷に滞在することによって、社交の場でデーン公爵の家族と顔を合わせる可能性が高くなることになぜ気づかなかった？

ピーターは体の脇で両手を握りしめた。

クインシーは用心深い目でピーターをちらりと見てから、とっておきの笑みを浮かべてお辞儀をした。「お目にかかれて光栄です、ご婦人がた」

「こちらこそ光栄ですわ、ミスター・ネスビット」年長のレディ・クララ・アシュフォードは頬を染めて言った。彼女は名残惜しそうにクインシーから視線を外すと、今度はピーターに注意を向けた。「ようやくお目にかかれてうれしいです、ミスター・アシュフォード。今夜の晩餐会は、父は欠席させていただきます。体調がすぐれず、外出できませんので」

きれいで感じのいい声だが、父親の病気について触れたとき、レディ・クララの目に苦悩の色が浮かんだ。ピーターは険しい目つきで、若い女性とその妹をじろじろ眺めた。ふたりが不安げな表情でピーターを見ているのも当然といえば当然だ。何しろ父親が死んだら、目の前にいる男に自分たちの生活を牛耳られるかもしれないのだ。

ピーターはレディ・クララをじっと見つめた。目を大きく見開いているのは、恐怖を覚えているからだろう。彼女に身のほどをわきまえさせてやろうと思い、ピーターは口を開けた。まわりに人がいようとかまうものか。

「遅れてごめんなさい」
すでに聞き慣れた声が聞こえ、ピーターは頭を殴られたような衝撃を受けた。くるりと振り返り、急ぎ足で入ってきた女性に目をやる。ミス・ハートレーのにこやかな笑顔を見たとたん、デーン公爵の娘たちを威圧してやろうという気持ちはどこかへ消えた。

ミスター・アシュフォードに見つめられただけで、彼のことで頭がいっぱいになってしまうのはなぜなのかしら？　レノーラは放心状態で思った。彼がヒルラムに代わって公爵の後継者となったから？　それとも何かまったく別の原因があるのだろうか。ミスター・アシュフォードのぶっきらぼうな態度に、自分でも気づかないうちに惹かれているのかしら？　理由がなんであれ、好ましくない反応だ。ましてや、この場にはヒルラムの妹たちがいるのだから。

「レノーラ」温かい口調で話しかけてきたクララが、レノーラをきつく抱きしめた。「あなたに会えてとってもうれしいわ。本当に久しぶりね」
親しみのこもった仕草に胸が熱くなり、レノーラも抱擁を返した。ヒルラムの妹たちのことは昔から大好きだったし、ほかの点では受け入れられない状況にあったけれど、ヒルラムと結婚したら、彼女たちを妹と呼べるようになるのはせめてもの救いだと思っていた。それでも今夜の晩餐会に出席するのをレノーラは恐れていた。間違いなく彼女たちの兄のことが話題にのぼるはずだ。過ぎ去った可能性やあの悲劇について。レノーラが極力避けようとしてきた話が。

抱擁を解いて体を離すと、案の定、クララが目を潤ませていたのでうろたえた。ヒルラムの死に対する罪悪感と向きあうためにこの島を訪れたのに、今はまだ彼を思いだす覚悟ができていないことに気づいた。レノーラはしかたなくフィービーに注意を向けた。最後に会ったときはそばかすだらけのいたずらっ子だったのに、今や若く美しい女性に成長していた。

「まあ、フィービー、きれいになって。すっかり立派な淑女ね」

フィービーは悲しげな笑みを浮かべた。「ようやくまともな容姿になったと言いたいのね？　わたしに言わせれば、遅すぎたくらいだわ」フィービーが小さなため息をつく。「でも、あなたはロンドンでの生活で元気を取り戻したようね。予定どおりにわたしたちが姉妹になっていたら、一緒にロンドンを歩けたんでしょうけれど」

「姉妹？」ミスター・アシュフォードが素っ頓狂な声をあげた。彼のほうを見ると、ただでさえ真剣なまなざしがますます真剣味を帯び、そしてその視線はまっすぐレノーラに注がれていた。

「そうなの」レディ・テシュは思いやりのこもった口調で言った。「レノーラは現公爵の息子のヒルラム卿と婚約していたの。彼が不慮の死を遂げるまで」

「彼女が？」

深みのある声を聞いたとたん、レノーラの全身に震えが走った。わたしはいったいどうしてしまったの？　戸惑いを覚え、レノーラは顔を赤らめた。

「そういえば、レノーラ」クララが口を開いた。「今も絵を描いているの？」

レノーラは顔をゆがめた。「ええ、まあね」小さくつぶやく。

「彼女はもう描いていないわ」マージョリーはきっぱりと言い、レノーラをじっと見つめた。

「そんなことないわよ」レノーラは否定した。ここ数年、この話はふたりのあいだで何度も繰り返されている。

「いいえ、描いていないでしょう。レノーラは描かなくなってしまったの」マージョリーは親戚に向かって言った。「まあ、たしかに今でも描くことはあるのよ。すてきな水彩画をね。でも、以前とはまるで違う」

ミスター・ネスビットが好奇心に満ちた目で尋ねた。「きみは画家なのかい？」

「上流階級の若い娘たちは、くだらない絵を描いて暇つぶしをするのさ」ミスター・アシュフォードがくぐもった声で言った。

一瞬、ぎこちない沈黙が流れる。平和主義者のマージョリーが陽気に笑った。「たしかに、そういう人たちもいるわね。でもレノーラの絵の才能は、単なる趣味の範囲をはるかに超えているわ。たとえば岩のようにありふれたものでも、今にも紙から飛びだしてくるかのように見せることができるの」

「まさか」レノーラは顔を赤らめ、消え入りそうな声で言った。気恥ずかしさを感じるのは、マージョリーに絵の才能を賞賛されたからではない。ミスター・アシュフォードに粗探しをするような目でじっと見つめられたせいで、紙に鉛筆を走らせていたことさえなんとなく恥ずかしく思えたからだ。

なんて攻撃的な男性なの。

「あなたの絵をよく覚えているわ」フィービーは言った。「想像力に富んでいて、いきいきした絵だった。なぜああいう絵を描くのをやめてしまったの？」

レノーラはうつむいた。心がひどい裏切りを犯した罰のようなものだと、どうして彼女たちに言えるだろう？

レディ・テシュがレノーラの腕をぽんぽんと叩いた。「そのうちまた描きたい気持ちを思いだせるわ、そうでしょう？」

それはありそうもない話だ。自分を許せるようになりたいと思ってこの島を訪れたけれど、また絵を描くことに没頭できるようになるとは思えない。

ふたたび沈黙が流れると、マージョリーがクララを見た。「滞在中に、レノーラと一緒にお屋敷を訪ねてもいいかしら？」

「もちろんよ」クララは声を張りあげ、ミスター・アシュフォードのほうを向いた。「よかったらあなたも一緒に。父はあなたにとても会いたがっているんです」

それだけはなんとしても避けたかった。ヒルラムが暮らしていたデーンズフォードを訪ねて、わき起こるさまざまな感情に対処するだけでもつらいのに、ミスター・アシュフォードも一緒にだなんて、まるで拷問だ。

ところが、彼も同じようにその誘いに心をかき乱されたようだった。「若いご婦人だけなら、エスコートは必要ないでしょう。ぼくは、また別の機会に」

胸の内で安堵と落胆がせめぎあう。レノーラは両手でしっかりと安堵のほうをつかまえた。

それなのに、レディ・テシュが口を開いてその安堵感をきれいに消し去ってしまった。

「この子たちには必要ないかもしれないけれど、わたしにはエスコートが必要よ。パーティを開くつもりなの。明日の正午でどう？」

レノーラはぎょっとして、うろたえた表情でミスター・アシュフォードに目を走らせた。彼の顔が険しくなっている。一瞬、彼はレディ・テシュの提案を断るだろうと期待した。しかし、彼は歯を食いしばりながら答えた。「お望みどおりにいたします」

おかしな反応だ。まるでレディ・テシュに強制されているみたい。もっともレディ・テシュならば、ミスター・アシュフォードのようにこの世のすべてを軽蔑しきっているかに見える男性に対しても支配力を持てるだろう。レノーラには理解できないけれど。

いずれにせよ、自分には関係のないことだ。そう思いつつも、ミスター・アシュフォードが自分の意思に反してここにいるという考えを振り払うことができなかった。

6

レノーラはシークリフに滞在中、眠れなくて困ったことは今まで一度もなかった。数世紀前に建てられたれんがづくりの巨大な建物は、孤島の海岸線を見下ろせる場所に、復讐に燃える歩哨（ほしょう）のように立っている。もっとも、何世代もかけて改装が行われてきたので、今ではロンドンの邸宅に引けを取らないほど現代的だ。レノーラが使っている広い寝室は屋敷の正面側にあり、波打つ海がいつも子守歌を聞かせてくれるので、たいていは枕に頭をのせた瞬間に眠りに落ちてしまう。

しかし今夜は、なかなか眠れなかった。結婚式直前に捨てられたことや、近いうちにヒルラムの実家を訪ねることが、回転木馬のように頭の中をぐるぐる回っているからではない。嵐が吹き荒れ、雨が窓を叩き、海が獣のように荒れ狂っているわけでもない。レノーラは胃のあたりに重苦しさを感じた。急に眠れなくなったのは誰のせいなのか、はっきりとわかっている。

ピーター・アシュフォードだ。

長い夜のあいだじゅう、ミスター・ネスビットのおかげで会話と笑い声は絶えなかったが、レノーラはどうしてもミスター・アシュフォードのことを考えてしまい、彼から目が離せなかった。彼は食事のあいだも、食後に応接室へ移動してからもずっと無愛想で、誰かに話しかけられるたび露骨に眉をひそめていた。そのうえ、自分が身につけているものまで容赦なく攻撃し、罪のない生地を両手で執拗に引っ張ったりむしったりしていた。クララとフィービーが帰っていき、ほかの人たちが自分の部屋へと引きあげる頃には、かわいそうなクラヴァットはだらんと首からぶらさがっていた。

それにもかかわらず、レノーラはずっとミスター・アシュフォードのことが気になってしかたがなかった。彼が特に目につくような行動をしたわけではないし、どんなに耳をそばだてていても、注目を集めるような言葉は彼の口からはいっさい聞こえなかったのに。

そのうえ、今は眠りまで妨げられている。

父がときおり使う汚い言葉がいくつか頭に浮かんだ。いらだちがどっとわきあがり、静かな暗い部屋に向かってその言葉を発してみた。少しは気が楽になるかと思ったけれど、まったく効果はなかった。いらだちと寝苦しさがまだつきまとっている。ミスター・アシュフォードのことを考えただけで心が千々に乱れ、体が熱くうずきだすのはなぜなの？

いいかげんうんざりして、毛布を払いのけてベッドから起きだすと、ローブをはおり、室内履きに足を入れた。温かいミルクでも飲めば眠れるかもしれない。

早足で一階へおり、磨きあげられた床を音をたてずに進んだ。持っている一本の蠟燭が、壁や肖像画に揺らめく金色の光を投げかけている。はるか昔に亡くなった貴族たちの顔がこちらを見つめ返してきた。光と影の具合で表情が微妙に変わり、目に生命が宿っているように見える。中でもレノーラの目を引いたのは、ブロケード織りの布を身にまとい、髪粉を振りかけた白いかつらをつけた紳士の肖像だった。今までに何度も見たことがある絵なのに、今夜はその紳士が不気味な目でこちらを見つめていて、サーベルを握る手に力がこもっているように見える。

レノーラは一瞬よろめいた。目の錯覚に決まっている。しかし見れば見るほど、肖像がゆらゆら揺れているように見えた。レノーラは首を振り、ぎこちない笑い声をあげた。「怖がらせようとしても無駄ですよ、閣下」肖像画に話しかけ、くるりと向きを変えようとしたとき、暗い廊下に忍ばせた足音が響くのが聞こえ、思わず蠟燭を落としそうになった。

レノーラは身をすくめ、目を大きく見開いた。「誰かいるの?」大声で呼びかけようとしたが、喉が詰まってぜいぜいとかすれた音が漏れるだけで、言葉が出てこない。勇気を奮い起こしてもう一度呼びかけようとしたとき、今度はどすんという鈍い音に続いて、男性が悪態をつく声が聞こえた。

廊下を隔てて向こう側にあるドアにさっと目を走らせた。ドアが少しだけ開いていて、かすかな光が漏れている。こんな夜遅い時間に屋敷の中をうろついているのは誰? レノーラはドアに近づき、隙間から中をのぞいた。

やけに大きな人影が室内を動き回っていた。じっと様子をうかがっていると、人影が華奢な椅子を持ちあげ、窓のほうへ運びはじめた。

泥棒だわ。体から空気が抜けてしまったように、息ができなくなった。叫び声をあげたところで助けは間に合わないだろう。気づかれないうちにつかまえて相手を弱らせようと考えたレノーラは、急いで蠟燭を吹き消し、真鍮の燭台を頭上に持ちあげた。泥棒がこちらを振り返らないようにひたすら祈りながら、じりじりと部屋の中へ入った。

しかし次の瞬間、男が振り返った。

「ミスター・アシュフォード」レノーラはふうっと息を吐き、一歩後ろにさがった。

彼は一瞬レノーラをにらんでから、彼女が頭上に振りかぶった燭台に目を留めた。「ミス・ハートレー、両手に持っている真鍮製のそれで、何をするつもりだったんだ？」

レノーラは顔が熱くなるのを感じながら、燭台を胸に引き寄せて握りしめた。「てっきり泥棒だと思ったの」そう言いつつも、自分でも見え透いた言い訳にしか聞こえなかった。

「泥棒ね」彼が金色の眉を片方、怪訝そうにゆがめた。「そんなもので泥棒を取り押さえられるとでも？　いや失礼、これほどばかげた話は聞いたことがなかったもので」

顔のほてりが首元まで広がり、恥ずかしさが怒りに変わる。たしかにばかげた考えだったかもしれないが、認める気はなかった。「ばかげてなんかいないわ」

「そうかな？　甘やかされて育った上流階級のお嬢さんの華奢な体くらい、ぼくなら片腕で抱えあげられる。それなのにあなたは、燭台だけで泥棒を倒せると思っていたんだろう？」

背の低いテーブルに置いてあるランタンのほのかな明かりを受けて、ミスター・アシュフォードの目がオレンジ色に光って見えた。彼が、炎のような目をレノーラの体にさっと走らせる。その瞬間、怒りがまったく別のものに姿を変え、心の奥のほうが熱を帯びた。

とはいえ、犬並みの礼儀しかわきまえていない男性に怯えるつもりはなかった。

いいえ、これはいい比喩とは言えないわね。レノーラはぼんやり考えた。何しろ、フレイヤは今まで会った中で最も落ち着いた物腰の犬なのだから。まあ、それはともかくとして。

「そんなことはどうでもいいわ」レノーラは言い返した。「わたしが知りたいのは、こんな夜遅くに、あなたがここで何をしていたのかということよ。レディ・テシュの家具を盗もうとしていたの？」

ミスター・アシュフォードはレノーラをじっと見つめ、甲高い笑い声を漏らした。「盗む？ぼくのことを、そんな人間だと思っているのか？」

「盗むのでないなら、その椅子をどうするつもり？」

「ぼくは」彼はきっぱりした口調で言い、向きを変えて、壁際の何も置かれていない場所に近づいた。「この椅子を移動させていただけだ」そう言うと椅子をおろしてレノーラのほうに向き直った。ランタンの明かりが影を落とす中、彼がいらだったように顎を小刻みに動かしているのがかろうじて見えた。

「なぜレディ・テシュの椅子を動かす必要があるの？」

「ぼくのように図体の大きな男になって、あんなつくりの椅子に座ってみたことはあるかい？」うんざりした口調で、椅子に向かって指を突きつけた。

レノーラは、そんなばかげた言い訳は聞き流そうと思った。しょせん、椅子は椅子だ。でも、なんとなくこわばった口調が気にかかった。よく見ると、彼はレノーラを見下ろすようにそびえているし、広い肩に上着の生地がぴったり張りついている。今度は、問題の椅子をまじまじと見てみた。ここで初めて、彼の言ったとおりだと気づいた。椅子の美しい脚が外側に向かって優雅な曲線を描いているが、見ようによってはただの小枝だ。

「ああ、なるほど」

「息をしただけでばらばらに壊れてしまいそうな椅子に座りたくない理由がわかるだろう」

ミスター・アシュフォードは部屋を横切り、より頑丈そうな椅子に近づいた――無骨なつくりで、お世辞にも洒落(しゃれ)ているとは言えない。彼は驚くほど軽々とその椅子を持ちあげてみて、そっともとの場所に戻すと、一歩後ろにさがってむっつりしながらも満足げに眺めた。

レノーラも近づき、彼よりもはるかに悲観的な気持ちでその椅子をしげしげと眺めた。

「この椅子は……ちょっと……」

ミスター・アシュフォードの口元から笑みが消えた。「この椅子の何がいけないんだ?」

薄暗がりの中でも彼の目にかすかな不安が浮かんだのがわかった。彼に傷つきやすい一面があるとは思ってもみなかったので、妙に胸が痛んだ。

しかし次の瞬間には、そんなばかな、と胸の内でつぶやいていた。ミスター・アシュフォードのような男性が傷つきやすいわけがない。あのいまいましい肖像画と同じように、光のかげんで見間違えただけだろう。「わたしがどう思おうと、気にしないでしょう」

「そんなことはない」彼がすぐさま答えた。どうやら本心から言っているようだ。

「あら」レノーラは目をしばたたいた。食い入るように見つめられ、頬がかっと熱くなる。

レノーラは何か思いやりのある言葉をかけてあげたいと思い、あらためて椅子をよく見た。

「そうね、でも……とっても座り心地がよさそう」しばらくして、どうにか口にした。

ミスター・アシュフォードが息を吐く音が聞こえたような気がした。安堵の吐息をついたのだろうか？　いいえ、そんなはずがない。

いずれにせよ、レノーラの心の凍った部分が一瞬にしてとろけたような気がした。困った。とても困ったことになった。この島を訪れたのは、ヒルラムの死を受け入れるためで、彼に代わって後継者となった男性に特別な感情を抱くためではない。

狭い空間に閉じ込められたような息苦しさを覚えた。互いの腕が今にも触れあいそうなほど接近していることを、レノーラは急に意識した。ミスター・アシュフォードの腕から発せられるぬくもり、かすかに聞こえる息遣い、うっとりと酔わせるようなあの香辛料のにおい。

レノーラは急いで彼から離れた。

「ええと」震える指で薄手のローブの前をかきあわせる。彼の目を見ることができない。

「そろそろ寝ないと」返事を待たずにくるりと向きを変え、急ぎ足で部屋を出た。

ところが先へ進んでもあたりは真っ暗で、あわてて逃げだしたのは軽率だったと気づいた。いらだちの吐息をつき、くるりと向きを変える。あんなふうに立ち去ったあとで明かりを分けてほしいと頼まなければならないなんて、ばつが悪いことこのうえないけれど。

そのとき、部屋を出てきたミスター・アシュフォードの広い胸に真正面から衝突した。

れんがの壁にぶつかったような衝撃を受け、レノーラはその場に立ちすくんだ。彼のしかめっ面を見上げたとたん、またしても感情がこみあげた。ランタンの揺らめく明かりに照らされて、険しい顔の輪郭がはっきりと浮かびあがり、とんでもなく美しく見える。体の中にかろうじて残っていた空気が抜け、また息ができなくなった。レノーラは前によろめき、彼の広い胸に片手をついて体を支えた。その瞬間、火がついたように手のひらがかっと熱くなったかと思うと、緊張した全身に熱が広がり、下腹部は潤いだした。

ミスター・アシュフォードは低く悪態をつくと、後ろへさがった。彼が離れたとたん、ひどい喪失感に襲われてレノーラは一瞬呆然とした。

「何か必要なものでも?」

静けさの中に彼のかすれた声が響き、レノーラははっとわれに返った。

頬が熱くなるのを感じる。「明かりがないんです。火を分けてもらえますか?」片手で握りしめたままだった燭台を持ちあげた。

彼がいらだたしげなため息をつく。「部屋まで送っていこう。こんな夜更けにひとりで歩き回らせるわけにはいかない」

無愛想で粗野な男性に戻っていた。見くだすような口調で言われたことに、レノーラは腹を立てた。ミスター・アシュフォードに対する感情が変わったことにほっとして、彼女はわざと怒りをかきたてた。「わたしは子どもじゃないわ」嚙みつくように言う。「自分でちゃんとベッドに戻れるので、いやいや助けてもらわなくても結構よ」

彼は目を見開いてレノーラを見た。しかし、次の瞬間には目つきを少しやわらげ、口元に小さな笑みを浮かべた。彼の表情が一変したのを見て、レノーラはまた息をするのを忘れた。「威勢のいいプリンセスだな」彼がつぶやいた。「いいだろう、ミス・ハートレー、蠟燭に火をつけてあげよう。あとはあなたの独立心にまかせる」

言ったとおりに行動したあと、遠ざかっていくミスター・アシュフォードの後ろ姿をレノーラは見送った。震える息が蠟燭の小さな炎を揺らす。彼女は顔をしかめ、階段をのぼって自分の部屋に戻った。温かいミルクをどんなに飲んでも、今夜はきっと眠れないだろう。

レノーラは遠路はるばる馬車に揺られて、三年ぶりにデーンズフォードへ向かっていた。デーン公爵の広大な領地にある、ヒルラムが生まれ育った屋敷へ。高い切妻屋根のあるエリザベス様式のれんがづくりの建物は以前のままだった。きっと何世紀も変わらないままなのだろう。ヒルラムと結婚していたら、時代を超越した趣のある屋敷でレノーラも暮らすはずだった。一瞬、ヒルラムが以前のように玄関前の階段を駆けおりてくるような気がした。驚くほどハンサムな顔に満面の笑みを浮かべて。

レノーラは首を振り、その姿を頭から追い払った。ああ、やはりここには来たくなかった。

馬車の向かいの席に座っているレディ・テシュとマージョリーが小声で話しながら、ときおりレノーラに心配そうな視線を投げてくるが、ふたりを安心させるために笑顔を取り繕うことさえできなかった。彼女たちが間違った理由でレノーラを心配しているのは明らかだった。レノーラはふたりが思っているように、最愛の人を亡くした悲しみに暮れているのではない。愛するべきだったヒルラムをどうしても愛せなかった罪悪感に打ちのめされているのだ。それどころか、ヒルラムが亡くなる直前まで彼との結婚から逃げだそうとしていた。

ミスター・アシュフォードが一緒にいることも事態を悪化させていた。彼はレノーラの隣の席に座り、引きしまった腿がレノーラの腿と触れあっているうえ、握りしめたこぶしは彼女のスカートから一〇センチと離れていない。彼が間近にいるせいで、レノーラの体は弓のように張りつめていた。こんなふうに体が熱くうずくほどヒルラムを意識したことは一度もなかったと、レノーラはいやでも気づいた。そのつらい現実に、ますます罪悪感が募った。

まもなく馬車が揺れながら停まると、レノーラの胸に安堵感が広がった。従僕が扉を開けたときは、極度の緊張状態から逃げだすために馬車から飛びおりたい衝動を必死に抑えた。

クララとフィービーが玄関前の階段で出迎えてくれた。「来てくれて本当にうれしいわ」クララが笑顔で言った。「今日は父の体調がいいの。ちょうどいいときに来てくれたわね」

みんなで玄関広間を通り抜けながら、希望を持てる知らせを聞かされても、屋敷の中が異様な静けさに包まれていることに気づかずにはいられなかった。前回ここを訪れたときも重苦しい静寂に包まれ、悲しみの暗雲が垂れ込めていたが、若者の命が奪われた衝撃と悲しみのせいでより鮮明に感じた。しかし今は、天寿がまっとうされるのを待つ、おだやかな悲しみに包まれている。

一行は重病人が待つ一階の居間へ向かった。東向きの大きな窓がある明るい部屋で、公爵閣下は彼らを待っていた。

デーン公爵の姿を見た瞬間、思わず息をのみそうになるのをレノーラはどうにかこらえた。記憶の中の健康そうな男性の姿はもうどこにもなかった。その代わりに、すっかり痩せこけた青白い顔の男性がいた。高い背もたれの袖椅子に座っているせいで、いっそう痩せ衰えて見える。

「デーン」レディ・テシュは公爵の隣に腰をおろすと、手を伸ばして節くれだった自分の手を公爵の手に重ねた。「会えてうれしいわ」

公爵は温かな笑みを浮かべたが、痛みのせいで目はうつろだった。「わたしも会えてうれしいです、おばさま。立ちあがれずに申し訳ありません」彼は少し笑い、ほかの者たちに目を向けた。「マージョリー、久しぶりだな。元気だったか？」

マージョリーは微笑んだ。「ええ、おじさま。今日はレノーラも連れてきましたよ」レノーラの腕にそっと手を置く。

「おお」公爵は驚愕の言葉をそっと吐きだした。「本当だったんだな。きみがこの島を訪れていることは娘たちから聞いていたんだが、この目で見るまでは信じられなくてね」公爵は震える手をレノーラに差しだした。「会えてよかった。きれいになったな。ヒルラムにも見せてやりたかった」

公爵の言葉を聞いたとたん、レノーラは息ができなくなった。話すべき言葉も見つからず、つくり笑いを浮かべて彼の手を取り、落ちくぼんだ頬にキスをした。

レディ・テシュがミスター・アシュフォードを身振りで示した。「もちろん、ピーターを覚えているわね?」

驚いたことに、公爵の顔から笑みがすっと消えた。彼は真剣なまなざしでミスター・アシュフォードを見た。「ピーター。会いに来てくれてありがとう」

さらにレノーラが当惑したのは、ミスター・アシュフォードの反応だった。公爵がその場で燃えあがらなかったのが不思議なほど凶暴な目でにらみつけていたのだ。最終的にミスター・アシュフォードは頭をわずかに傾けたが、しぶしぶそうしているように見えた。

張りつめた沈黙が流れた。クララがあわててその場をとりなすように、客人たちに向かってにこやかな笑みを浮かべ、父親の前に並んでいる椅子を指し示した。「軽い食事を運ばせるわ」全員が腰をおろすとクララは言った。「食事が終わったら、父にはやすんでもらって、わたしたちは庭園を散歩しましょう。夏のバラがちょうど見頃なの」

クララの陽気なおしゃべりが、ありがたい気晴らしになったらしく、しばらくするとほとんどの人が食事をしながら会話を始めた。しかし、いらだたしいことに、レノーラは向かい側に座っているミスター・アシュフォードをひどく意識してしまい、くつろいだ気分にはなれなかった。彼が怒りに満ちた目で公爵をずっとにらみつづけているのがどうしても気になった。

公爵を嫌っているように見えるのはなぜだろう? そのことにばかり気を取られていたので、腕に軽く触れられた瞬間、レノーラは椅子に座ったまま飛びあがった。顔を上げると、公爵以外の全員が立ちあがっていた。

「レノーラ、あなたも一緒に来るでしょう？」マージョリーが尋ねた。レノーラがきょとんとした顔をすると、友人は心配そうに眉根を寄せた。「これから庭園を散歩するの」彼女はほかの人たちに聞こえないくらいの小声でさらに言った。「もしあまりにもつらいのなら、もう帰ってもいいのよ」

レノーラは顔を紅潮させ、親友のやさしいまなざしを避けて目を伏せた。自分にはそんな言葉をかけてもらう資格はない。「わたしも庭園に行きたいわ」自分で感じている以上の自信をこめて答え、向きを変えてほかの人たちに加わった。しかしショールを肩にかけていると、公爵の声が聞こえてレノーラは動きを止めた。

「ピーター、きみは残ってくれないか？」

室内が静まり返った。全員が目を見開き、心配そうな表情でミスター・アシュフォードを見つめている。その瞬間、ふたりの男性がただならぬ緊張感を漂わせていると感じたのは、考えすぎではなかったのだと確信した。周囲の人たちが発した言葉や不安げな視線が、急に新たな意味を持ちはじめた。何が起きているのか、みんな知っているのだ。ますます自分が部外者になった気分になり、レノーラはあとに残してきたふたりの男性のほうを振り返るまいと心に決め、みんなに続いて庭園へ出た。

7

ほかのみんなはぞろぞろと庭園へ出ていったが、ピーターは公爵をじっと見据えていた。彼と再会してみると、激しい怒りといらだちはやわらぐどころか、ますます大きくなった。だが、その理由は思っていたものと違っていた。

一三年という歳月が、決していい意味ではなく、デーン公爵をすっかり変えていた。病に冒された彼は、ピーターの記憶の中で大きくなっていた男をそっくりそのまま青白くしたようだった。皮膚は黄ばんでいて、半透明の蠟引きの布がげっそりした顔に張りついているようだ。昔はがっしりしていた体も痩せこけ、服がぶかぶかだった。

しかしピーターが何より当惑したのは、公爵の身体的な変化ではなく、人柄まで変わったかのように思えることだ。遠い昔、母の命を助けてほしいと懇願したときとはまるで別人に見えた。

今、痛みに耐えながらうつろな目でこちらを見ている男は、真摯な謙虚さをのぞかせている。これが本当の姿だとすれば、もしかしたらピーターも心を動かされていたかもしれない。

ピーターは無言のまま、公爵の向かいの椅子に腰をおろした。子どもの頃のように、彼の前に立たされるのはいやだった。

「またきみに会えるとは思わなかった」デーン公爵が言った。

「なぜそう思われるのかわかりませんね」

しかし病気のせいで鈍感になっているのか、公爵は辛辣な皮肉には気づかなかった。あるいは、あえて聞き流したのかもしれない。口元にかすかな笑みが浮かぶ。「訪ねてきてくれてうれしいよ」

椅子の肘掛けを握りしめるピーターの指が震えた。「うれしいはずがないでしょう」

「でも、うれしいんだ」公爵の顔にかろうじて浮かんでいた弱々しい笑みが消えた。彼はどこか悲しげな表情でピーターを見た。「わたしのことをどう思っているかはわかっている」

「あなたにわかるもんか」ピーターは嚙みつくように言った。

公爵はため息をついた。ますます体がしぼんだように見える。「ああ、きみの言うとおりだ。とにかく来てくれてよかった。きみに言わなければならないことがあったから」

「あなたにはぼくに何か言う資格はありません。言うべきことは一三年前にすべて言ったはずだ」

「わたしがしたことに弁解の余地はない。わかっているつもりだ――」

「あなたは何もわかっていない」ピーターは吐き捨てるように言った。優雅な椅子が急に窮屈に感じられ、ピーターは勢いよく立ちあがり、大股で部屋の反対側へ歩いていった。

「自分がしたことを、言葉では言い尽くせないほど後悔している」デーン公爵はくぐもった声で言った。

ピーターはくるりと振り返り、公爵と向きあった。「後悔？　あなたが？」ブーツを履いた足でつかつかと歩み寄り、公爵の目の前に立った。「あなたに後悔の何がわかるというんですか？　あなたに人の心の痛みがわかるはずがない。目の前で愛する人の命が消えかかっているのに、なすすべもなく見ていることしかできないつらさが」

「わたしにはわからないと？」

みじめさのにじんだその言葉が、ピーターの怒りをナイフのように切り裂いた。

「心の痛みならわたしも知っているよ、ピーター」デーン公爵は遠くを見るような目つきで、唾をごくりとのんだ。自分の息子のことを考えているのだ。彼の息子が若くして死んだという話はもちろん知っていた。ヒルラム侯爵は馬に障害物を飛び越えさせようとしたが、馬が着地に失敗して脚を折ってしまった。公爵の息子は激しい痛みに苦しみながら婚約者の腕の中で息を引き取ったらしい。

ピーターははっとした。その婚約者というのがミス・ハートレーだったのか。その若者は彼女の腕の中であの世へ旅立ったのだ。ようやく情報の断片がパズルのようにぴたりとはまった。その瞬間、どこか他人事のように思っていた事実が恐ろしい現実感を帯び、ミス・ハートレーが顔の見えない遺体を抱き、悲しみに暮れて泣き叫ぶ姿が脳裏に浮かんだ。

よく知りもしなければ、関心もない男の死に、少しでも心が揺らいだ自分自身に腹が立ち、ピーターはデーン公爵に視線を戻した。身を乗りだして公爵が座っている椅子の肘掛けをつかむと、無理やり視線を合わせた。「今頃になって、あなたが許しを請う気持ちはわからなくもない」ピーターは歯のあいだから吐きだすように言った。「あなたは余命いくばくもない身になって初めて、自分の行いのせいで地獄に落とされると気づき、清らかな心で神に召されたいと思ったんだろう。でもそんなことは、ぼくが許さない」

公爵は怒りをあらわにするでも逆上するでもなく、ただうなずいた。痩せこけた顔の中で、落ちくぼんだ目に悲しみが浮かんだ。「許される資格などないのはわかっているが、それでも許しを請いたい。もっとも、きみが許したくないと思うのも当然だ」

「切羽詰まって怯えていた一三歳の少年を、あなたは門前払いしたんだ」ピーターは怒鳴りつけた。

「そのとおりだ――」

「助けてほしかっただけなのに」

「ああ――」

「わらにもすがる思いだった。あなたは母の最後の頼みの綱だったんだ」

痛みでうつろになった公爵の目に、深い悲しみが宿った。「もしできるものなら、自分が言ったことを撤回したい。あのとき、きみの父親に脅迫されて、恐怖で取り乱していなかったら――」

デーン公爵は歯が折れるほど強く食いしばり、恐怖としか言いようのない表情を浮かべて目を見開いた。

ピーターは神経を研ぎ澄ませ、怒りに鼻孔をふくらませた。たとえるなら、血のにおいをかぎつけた虎のように。それから身を乗りだした。「父に脅迫されていたんですか？」

公爵は口を引き結んだが、顔には追いつめられた不安がにじんでいる。

ピーターは目を細めた。「ぼくにはほかの誰よりも父を憎む理由があります。父はろくでなしの中のろくでなしで、地獄に産み落とされた悪魔だ。でも、決してばかではなかったそうですね。たとえ親類だからといって、公爵を脅迫するなんてばかなまねはできるはずがない。よほどの弱みを握っていれば話は別ですが」

デーン公爵は震える息を吐いた。「たいしたことではない」ぼそりとつぶやく。「もうすんだことだ。彼が死んだと知ったとき、わたしは泣かなかったとだけ言っておこう」彼は訴えかけるような表情を浮かべた。「どうやらわたしたちには共通点があるようだ。ふたりとも裏切られて傷つき――」

ピーターは火をつけられたようにびくっと身を引いた。「同情を引こうとしても無駄だし、ぼくはあなたに許しを与えるつもりは毛頭ありません。父があなたを脅迫していたとしても、ぼくの知ったことじゃない。きっと脅迫されてもしかたがない理由があったんでしょう。さもなければ、あなたが父のような悪党に口止め料を払う気になれなかったか」

公爵が口を開こうとしたので、ピーターは手を振ってさえぎった。「今度はぼくの話を聞いてもらいます。余命いくばくもない相手を険しい目で見据えて言った。あなたが持っているものはもうじきぼくの手に渡る。そのすべてが台なしになると、今この場でお伝えしておきましょう。農地は荒れ果て、この屋敷は廃墟と化す。ぼくは一生結婚する気はないし、子どもを持つつもりもない。ぼくが死んだら、公爵位は返還されるでしょうね」ピーターは威嚇するようにさらに近づき、持てるかぎりの憎悪をあおりたてた。「ぼくが息を引き取るとき、あなたが愛したものすべてが塵になるんだ。あなたが死ぬ前に、そのことを知らせておきたかったんです。この顔をよく見ておいてください。かつて自分が破滅に追いやった少年の顔を、もうあなたの助けを必要としていない男の顔を。悪いのはほかの誰でもない。あなた自身の冷酷な心だ」

デーン公爵の顔から血の気が引いた。返事を待たずにピーターは向きを変え、大股で庭園に続くドアへと向かった。新鮮な空気を吸いたくなってドアを引き開けたとたん、ミス・ハートレーを転ばせそうになった。またしても。

まったく、この女性はいつも間の悪いときに、間の悪い戸口に居合わせるという、ずば抜けた才能を持っているようだ。

レノーラはドアの向こうから飛びだしてきたミスター・アシュフォードをどうにかよけた。またなの？　この人は前を見て歩くことができないのかしら？　不注意をたしなめるような目で彼を見上げた。まったく、非常識にもほどがある。

ところが彼の顔を見たとたん、レノーラははっとした。

淡いブルーの目に怒りの炎が燃えあがっていた。全身の神経が張りつめているらしく、肩をいからせ、体の脇で両手を握りしめている。レノーラは直感的に、ピーターの背後の袖椅子に座ったままのデーン公爵に視線を移した。

その瞬間、心臓が止まりそうになった。

ミスター・アシュフォードを押しのけて年配の男性のもとへ急ぐ。公爵の顔は死人のように青ざめ、深いしわが刻まれていた。「閣下」デーン公爵のかたわらに屈み込み、彼の手を取ると指が氷のように冷たくなっていた。「閣下、大丈夫ですか？　クララを呼んできましょうか？　それとも、お医者さまを呼びますか？」

公爵はレノーラの言葉でわれに返ったようだった。顔に生気が戻り、彼は震えながら微笑んだ。それでも何かに取り憑かれたような目をしている。まるで心をずたずたに引き裂かれたかのように。「わたしなら大丈夫」彼はうわずったか細い声で言いながら、レノーラの手をぽんと叩いた。「少し疲れただけだ。執事を呼んでくれないか。そろそろ自分の部屋に戻りたい」

「もちろんです」すぐさま答え、急いで呼び鈴を鳴らしに行った。公爵の無事は確認できたが、ミスター・アシュフォードが庭園に続くドアのそばに黙って立っているのがひどく気になった。公爵が何事もなく部屋をあとにすると、それまで冷静で感じのいい態度を保っていたレノーラはミスター・アシュフォードに食ってかかった。

「閣下があんなに動揺するなんて、いったい何をしたの？」

レノーラの激しい口調に、彼が一瞬ひるんだ。レノーラは彼に詰め寄った。

「公爵は病人なのよ。しかも、ふつうの人以上に深い悲しみを経験しているの」彼女はさらに言った。「これ以上彼を苦しめたら、わたしが許さないわ。安らかに余生を過ごさせてあげるべきよ」

一瞬、ミスター・アシュフォードの顔にさげすむような表情が浮かんだ。「彼の自業自得だってことが、きみはわかっていないんだ」彼が歯を食いしばって言った。

その答えに言葉を失い、レノーラは彼をじっと見た。怒りのこもった言葉には、深い意味がこめられているようだ。

「あなたと公爵のあいだで過去に何があったのか、知ったかぶりをするつもりはないし」レノーラは今にも爆発しそうな火薬に触れるごとくゆっくりと慎重に切りだした。「余計な詮索をするつもりもないけれど——」

「だったらやめてくれ」ミスター・アシュフォードがレノーラの言葉をさえぎる。「ぼくにはあの男を情け容赦なく攻撃するだけの理由があるんだ、ミス・ハートレー。だから放っておいてほしい」彼は庭園に続くドアを開け、脇へどいた。「ぼくたちもみんなのところへ行こう」

急に話題が変わったのに驚いて、レノーラはすぐさまドアへ向かった。しかし彼の脇を通り過ぎようとして足を止めた。何も言わずにくるりと向きを変え、さっきまでレディ・テシュが座っていた椅子に近づいた。

「何か忘れ物でもしたのか、ミス・ハートレー？　それとも、ぐずぐず決めかねている若いご婦人のためにドアを押さえておくのをぼくが楽しんでいるとでも？」

見くだすような口調で言われ、怒りで思わず体に力が入った。レノーラはこれ見よがしに手を伸ばすと、床に置いてあったバッグを手に取り、高く持ちあげてみせた。「あなたには関係ないことですけれど、レディ・テシュに手提げ袋(レティキュール)を取ってくるよう頼まれたんです」早足で部屋を横切り、彼の脇を通り抜けた。「では失礼」

いきなり腕に手を置かれ、レノーラはよろめきながら立ち止まった。ミスター・アシュフォードは態度を決めかねた様子で黙り込んでいたが、やがて低い声で言った。「よくない言い方だった」

レノーラはあんぐりと口を開けて彼を見た。「それは謝罪？」

意外なことに、彼はうろたえたように顔を赤らめた。「まあ、言ってみればそうだ」

レノーラは驚きのあまり、思わず噴きだした。ミスター・アシュフォードはレノーラの顔にすばやく目をやると、明らかに傷ついた表情になった。しかしすぐにその表情を隠し、赤く焼けた火かき棒にでも触れたかのようにレノーラの腕からぱっと手を離した。

「ああ、いや失礼」彼は低くつぶやき、咳払いをしてからドアの外へ出た。

レノーラは恥ずかしくて穴があったら入りたい気分だった。今度は自分がミスター・アシュフォードに手を伸ばす番だ。彼ははっと身をかたくしたが、触れられた腕を引き離そうとはしなかった。

「笑うつもりじゃなかったの」レノーラは言った。「ただ驚いただけで」

ミスター・アシュフォードはまた不機嫌な顔をして彼女を見た。「それは謝罪かい？」からかわれているのだと気づくのに少し時間がかかった。レノーラは緊張を解き、口元にかすかな笑みを浮かべた。「まあ、言ってみればそうね」

彼の目にようやくユーモアの光が浮かんだ。ところが立ったまま見つめあううちに、彼の目に浮かんでいたユーモアが別の感情に取って代わられ、熱を帯びたまなざしをひしひしと感じた。やがてその視線がゆっくりと下へ移動し、レノーラの唇に注がれると、熱を帯びたまなざしが燃えあがる炎のような情熱的な目つきに変わった。

口の中がからからになり、思わず唇をなめると、ミスター・アシュフォードが目を見開いた。

レノーラはどうしたらいいかわからなくなり、なんとか話題をもとに戻そうと、かすれた声で言った。「もしよかったら話を聞かせて」

彼はレノーラの唇をじっと見つめたまま、目をしばたたいた。「え？」どうやって考えをまとめたのか自分でもわからないが、言葉が口をついて出た。「公爵について。話す気があるなら、わたしに聞かせて」

その瞬間、ミスター・アシュフォードの表情がさっと変わった。「公爵との因縁について、きみに話せというのか？」

レノーラはごくりと唾をのみ込んだ。「あなたさえよければ」

「断る」

たったひと言できっぱりと拒絶すると、彼はレノーラの腕を振りほどき、猛然と庭園へ向かった。

レノーラは震える息を吸い込んだ。ミスター・アシュフォードのことがさっぱりわからなかった。たった今、思いがけずユーモアのある一面を見せたと思ったら、次の瞬間には怒りだすなんて。驚きがおさまってくると、彼の無礼な態度に腹が立つだろうと思った。ところが、こみあげてきたのはまったく違う感情だった。相手は虚勢を張っているだけだとわかり、自分でも意外なほど彼に対してやさしい気持ちがわいた。そして強く心惹かれた。

そんな感情を抱くべきではないのに。

レノーラは両腕で自分の体を抱きしめた。ミスター・アシュフォードと一緒に過ごすこの一か月間をどうやって乗りきればいいのかわからず、途方に暮れた。

8

あの日以来、ピーターはミス・ハートレーの柔らかそうな唇とやさしいまなざしを頭から追いだすのに日々、精力を使い果たしていた。デーンズフォード訪問から三日後、レディ・テシュがシークリフで即席のピクニック・パーティを開いた。

もっとも〝即席〟という言葉には語弊があるかもしれない。ピーターは曲がりくねったトウヒの木立の下に用意された豪華なごちそうを眺めた。綿密に計画を立てなければ、こんなことを実現できるはずがない。

大きな真っ白いテントが張られ、鮮やかな青空に浮かぶ三角形の雲のように見える。テントの下に置かれた美しい木のテーブルには、ありとあらゆる種類のクリスタルガラスや上等な磁器が並べられていた。テーブルの真ん中には花瓶がいくつか飾られ、温室で育てた色とりどりの花があふれんばかりに咲き誇っている。テントの脇に置かれたもうひとつのテーブルは、料理の重みで軋み(きし)をあげそうだ。そして何より滑稽なのは、かつらをつけた従僕が一〇人ばかり、直立不動の姿勢で立っていることだった。

馬車が耳障りな音をたてて停まると、ピーターは馬からおりてつかつかと歩み寄った。ドアを開け、犬を先におろしてから、レディ・テシュの手を取って馬車からおりるのを手助けする。

「戸外で食事をするのも悪くないでしょう？」レディ・テシュが何食わぬ顔で微笑む。

ピーターは片方の眉を上げると、でこぼこの道を歩くのに手を貸そうと子爵夫人の手を自分の腕にのせた。ところが意外なことに、彼女は手を引っ込めた。

「わたしとマージョリーはミスター・ネスビットに手を貸してもらうわ」レディ・テシュは説明した。「あなたはレノーラに手を貸してあげて」

自分の祖母でもおかしくない年齢の女性に名前を呼ばれたのを聞きつけて、クインシーがすぐさまそばにやってきた。彼は臆した様子も見せずにお辞儀をした。「大変光栄です、奥さま」クインシーはにっこり微笑んで腕を差しだした。やがて三人が静かに談笑しながら草地を歩きだすと、犬が小走りで前へ出て、堂々たる態度で三人を先導しはじめた。

ピーターとミス・ハートレーを残して。

ピーターは落ち着かない気分になり、馬車のほうに向き直った。ミス・ハートレーは目を大きく見開いて、遠ざかっていく三人を見つめている。やがて滑稽なほどのろのろした動きで、ピーターのほうに顔を向けた。

ピーターは咳払いをして前に進みでると、片手を差しだした。ミス・ハートレーは一瞬ためらってから、彼の手の中に自分の手を滑り込ませた。ふたりとも手袋をはめているのに、手が軽く触れただけで胸が高鳴り、ピーターは愕然とした。必要最低限しか触れないように注意しながら、みんなのあとに続いて彼女をエスコートする。

テントまでの距離はそれほどないはずなのに、やけに長く感じられた。ミス・ハートトレーの息遣いや歩くたびに揺れる体をいやになるほど意識してしまう。寄り添って歩いているので片脚に彼女の体温を感じる。ふたりのあいだの空気が揺らめいているようだ。遠慮がちに袖に手を添えられたまま、ピーターは必死に腕を動かさないようにした。

この数日間、ミス・ハートトレーのことがどうしても頭から離れなかった。体が触れたら、自分がどんな反応を示すかわかったものではない。何しろ彼女はこんなにも美しいのだ。そのうえ、思っていた以上に芯の強い女性であることを一度ならず証明している。

だが、だからといってなぜこんなに彼女に惹かれるのか説明がつかない。なぜ彼女のことで頭がいっぱいになるのか、なぜそばにいるとひどく意識してしまうのか。

昼食が用意された場所にようやくたどり着いた。ピーターはほっとして、すぐさまミス・ハートトレーの手をほどいた。従僕がすかさず椅子を引き、彼女を座らせる。そのときになってようやく、ミス・ハートトレーの隣の席しか空いていないことに気づいた。地獄の業火が燃え盛る奈落を見るような目つきで、その席を見つめる。

「さあ、早く座って、ピーター」レディ・テシュが言った。「あなたが席についてくれないと、みんな飢え死にしてしまうわ」彼女の膝の上に女王のように座っている犬が、どことなくとがめるような目でピーターをじっと見た。

ピーターは口を引き結んで前に進みでると、右側にいるミス・ハートトレーを痛いほど意識しながら椅子に座った。

「それにしても、奥さま」クインシーが口を開いた。「すごいごちそうですね。こんなに優雅なピクニックだとは想像もしませんでしたよ」

「ミスター・ネスビット、あなたは本当にすばらしい人ね。そんなふうにいつもおだててくれるなら、一か月間の滞在が終わっても、いやがるあなたを無理に引き留めてしまいそうだわ」

クインシーはにやりとした。「ぼくを無理やり引き留める必要などありません。こちらの美しい客人たちも引き留めてくだされぱいいんです」クインシーは若い女性たちに目をやった。自分だけでなく、友人もミス・ハートレーに長々と視線を注いでいるのは気のせいだろうか？

ピーターは顔をしかめ、ブーツを履いた足でクインシーのむこうずねを蹴った。友人はうめき声を漏らし、その顔からは笑みが消えた。クインシーがテーブルの下で脚をさすりながら、ピーターをにらみつけてくる。

「どうかしたの、ミスター・ネスビット？」レディ・テシュは問いかけた。

「ちょっと膝をぶつけただけですよ」クインシーは歯を食いしばり、彼女にこわばった笑みを向けた。

レディ・テシュはクインシーの言い訳に納得したようだった。「気をつけてね」そう言うなり、待たせておいた従僕たちに料理を出すよう合図した。しばらくしてクインシーが子爵夫人とミセス・キタリッジを会話に引き込むと、ピーターはうなじのあたりが妙にぞくぞくするのを感じた。やがて、ささやくような声が聞こえてきた。

「なぜミスター・ネスビットを蹴飛ばしたの？」

よくないことだと思いつつも、ミス・ハートレーのほうに目を向けた。驚きの浮かんだ緑色の瞳で射抜くように見つめられ、ピーターははっと息をのんだ。すぐに落ち着きを取り戻し、顔をゆがめた。「ぼくの友人は度を超すことがあるから、ときどきあやって無礼をたしなめなければならないんだ」

一瞬、彼女は眉根を寄せたが、すぐにはっきりと理解したようだ。「マージョリーかわたしが彼に誘惑されるかもしれないと思っているの？　そんな心配は無用よ。ふたりとも、そんなことが起こる可能性はないから」

確信に満ちた口調で言われ、自分の気持ちが変化するのを感じた。ミス・ハートレーはまだヒルラムのことを想っているのか？　もう二度とほかの男を好きになれないほど、彼を深く愛していたのか？

そして、そのことが気になってしかたがないのはなぜだ？

食事を終え、テーブルの上の食器が片づけられると、レディ・テシュが椅子の背にもたれかかり、客人たちを眺めた。

「あなたたちは少し体を動かしたいでしょう」

その瞬間、ミスター・アシュフォードの腕に手を絡め、ふたりでなだらかな丘陵地帯を歩く光景がレノーラの脳裏にありありと浮かんだ。切望が胸にあふれ、動揺が顔に出そうになった。「おばあさまをひとりきりにするわけにはいきません」レノーラはあわてて言った。

「遠慮は無用よ」老婦人は言った。「あなたたちを送りだすのは、わたしがお昼寝をするためのただの口実だもの。それから、あなたが以前使っていた画材を見つけたから、あの木立の向こうに用意させておいたわ」

レノーラははっと動きを止めた。「画材?」レディ・テシュがうなずく。レノーラはうろたえ、思っていたよりも大きな声で言った。「わたしだけがみんなと離れて行動するのは無作法ですから」

「その点についてはすでに考えてあるわ」レディ・テシュはきっぱりと言い、手を振ってレノーラの言葉をしりぞけた。「マージョリーの画材も持ってきてあるの。ふたりで一緒に芸術活動に励めばいいでしょう。マージョリー」レディ・テシュは大声で言った。「先に行って、画材がちゃんとそろっているか確かめてきてちょうだい」

「でも、おばあさま――」マージョリーは心配そうにレノーラをちらりと見た。

「ぐずぐずしていないで」レディ・テシュは声を張りあげた。「わたしはレノーラとふたりきりで話したいの。言われたとおりに、ミスター・ネスビットと画材を見てきて」

マージョリーは気乗りしない様子でミスター・ネスビットの腕を取って歩きだした。

ミスター・アシュフォードがあとを追おうとすると、レディ・テシュは呼び止めた。

「ピーター、あなたは残ってくれてかまわないわ。一緒に聞いてもらいたい提案があるの」

大おばからそんな口のきき方をされるとは思わなかったらしい。顎の筋肉がぴくりと動いたものの、ミスター・アシュフォードはそれ以上の反応を示さず、ふたたび椅子に座った。

レディ・テシュはレノーラに注意を戻した。「実はね、あなたに頼みたい仕事があるの」

レノーラは目をぱちくりさせた「仕事ですか？」

「ええ、とっても大切な仕事よ。ここへ来た日に、あなたの話を聞いて思いついたの。昔よく行った場所を訪ねてみたいと言っていたでしょう」

「ええ、まあ」レノーラは弱々しい笑みを浮かべた。デーンズフォードを訪問して極度の緊張を強いられたので、この島を訪れた当初の目的を忘れたふりをしていたのだ。

「わたしの記憶に間違いがなければ」レノーラが関心を示さないことなどおかまいなく、子爵夫人は話を続けた。「あなたたちは蜂蜜に群がるハエのごとく、この島の風景に魅了されていたでしょう。わたしは前々から一族の歴史を記録に残したいと思っていて、覚えていることをすべて書き留めているの。でも、この島のあちこちにあるアシュフォード家ゆかりの地の絵を描いてくれる人がいなくて困っていたのよ。あなたには絵の才能があるでしょう」

「わたしにその絵を描いてほしいということですか？」

「そのとおりよ」

レノーラが首を横に振った。「マージョリーにも描けるはずです。彼女だって絵がとても——」

レディ・テシュは手で打ち消すような仕草をした。「たしかに腕はいいほうね。いかにも育ちのいい若いお嬢さんが描きそうな美しい水彩画を描くことはできる」彼女は目をらんらんと輝かせ、身を乗りだした。「だけど、それでは物足りないの。わたしが求めているのは、魂のこもった絵、卓越した才能によって命を吹き込まれた絵よ。そういう絵はあなたでなければ描けないわ」

レノーラは膝の上で両手を揉みあわせた。これだけの賞賛を受けているにもかかわらず、つらい記憶のせいで喜びがかすんでしまう。そういえば、以前は心の赴くままに絵を描いていた。しかしヒルラムがこの世を去ってからは、すっかりあきらめていた。いや、今でも絵を描くことはある。だがマージョリーがクララに話したように、以前とはまるで違っている。絵の技法を用いてはいるものの、いっさい感情がこもっていないことは自分自身がいちばんよくわかっている。

ところが今になって、創作活動に没頭することで得られる深い満足感をまた味わいたいという衝動がわき起こってきた。もう二度と絵は描かないと心に誓ったはずなのに。背筋がぞくっとした。

レノーラは断ろうと口を開いた。

けれど彼女が言葉を発するより早く、レディ・テシュが口を開いた。

「きっと、あなたからわたしへのすばらしい贈り物になるわ」レディ・テシュの声が急に弱々しく震えだした。「わたしがあの世へ行く前に仕上げてくれればなおのこと。わたしに残された時間がどれだけあるかはわからないけれど」彼女は言葉を切り、遠くを見るような悲しげな目をした。自分だけが憂鬱な真実を悟っているかのように。次の瞬間、レディ・テシュが悲しげな表情を浮かべたまま、澄んだ目でレノーラを見た。「わたしの願いをかなえてくれないかしら？」

レノーラは愕然とした。まるで死が目前に迫っているかのような口ぶりだ。子爵夫人は体調がすぐれないのだろうか？　レディ・テシュをよくよく見てみると、両肩に疲れが重くのしかかっているのか、杖（つえ）にぐったりと体を預けている。レノーラは深い悲しみに包まれた。絵を描くことに関わりたくないと思っても、結局、最後までやり通してしまうだろう。それにレディ・テシュには、長年にわたって愛情を注いでもらった大きな恩がある。

「わかりました」レノーラは言った。「わたしでお役に立てるなら」

レディ・テシュが背筋をしゃんと伸ばし、ぱっと顔を輝かせる。「よかった」はっきりと言ったとたん、顔から弱々しい表情が消えた。

レノーラはあんぐりと口を開けた。一瞬のうちに、二〇歳は若返ったように見えた。

「ピーター」レディ・テシュはミスター・アシュフォードに視線を移し、さらに言った。

「あなたはレノーラの外出に付き添ってあげてちょうだい」

レノーラは異を唱えようと口を開いた。ミスター・アシュフォードのそばで絵を描かなければならないなんて、考えただけで寒気がすると同時に体が熱くなる。

突拍子もない計画をどうにかしてやめさせようと思ったとき、ミスター・アシュフォードが先に口を開いた。「そんなことは取り決めに含まれていないはずです」

レディ・テシュは黙って微笑んだ。「あら、でも外出に付き添ってもらうという話だったでしょう。誰に付き添うかは特定しなかったけれど」

ミスター・アシュフォードのしかめっ面がいっそう険しくなった。冷ややかなブルーの目に、いらだちと敵ながらあっぱれという表情が一瞬よぎる。「わかりました」彼がぶっきらぼうに答えた。

このうえなく不可解なやり取りだった。気にかかってしかたがないけれど、レノーラは好奇心を抑え込んだ。ふたりのあいだで奇妙な取り決めが交わされていたとしても、自分には関係ないことだ。余計なことに首を突っ込むのはやめよう。

絶対に。

9

木の下に立てられたイーゼルが古い友人のように待っているのを見て、レノーラはみぞおちを殴られたような衝撃を覚えた。それ以外のすべてのものが急に色あせて見えた——画材に夢中になっているマージョリーとミスター・ネスビットも、彼女をエスコートするミスター・アシュフォードの腕さえも。レノーラは深呼吸をして、彼の腕からそっと手を引き抜くと、イーゼルに近づいた。真っ白い紙が準備を整えて待ち構えているような気がして、不安に駆られる。

そこから見える眺めと画材が、この島に滞在した子ども時代を思い起こさせた。ロンドンでは、こんなに心を動かされたことはなかった。またしても衝動がこみあげてくる。三年前に絵を描くのをやめて以来、芸術を生みだす喜びをふたたび取り戻したいと思ったことは一度もなかった。ところが今、その欲望が一気に高まり、レノーラは呆然とした。

ヒルラムの心を打ち砕いておいて、どうしたらまた絵を描けるだろう？

彼が命を落とした責任はわたしにあるのに？

イーゼルをぼんやり見つめていると、ミスター・アシュフォードが近づいてきた。体が触れるほどそばにいるわけではないのに、じかに触れられたみたいに電流が走り、ただでさえ感じやすくなっている肌がぞくぞくした。

「何か手伝うことは？」彼が低く響く声で探るように尋ねた。

「ないわ！　いえ、ええと」口調をやわらげて言い直した。「あの、手伝ってもらわなくても大丈夫よ」息を吸い込み、準備された画材をしげしげと眺める。折りたたみ式の小さなテーブルに置かれた絵の具箱はすでに開いていた。手元には水が置かれ、絵筆や鉛筆もきちんと並んでいる。スモックまで用意されていて、低いスツールにかけてあった。目の前に広がる景色はすばらしく、渓谷が緑の草木に覆い尽くされていた。アシュフォード家の歴史の中でも最も重要な場所だ。

なんてこと、レディ・テシュはすべてお見通しだったのね。

スモックを手に取り、肩をすぼめるようにしてどうにか着たところで、ひとりでは後ろを留められないことに気づいた。マージョリーの手を借りようと思って彼女のほうを見ると、友人は少し離れた場所で景色についてミスター・ネスビットに説明していた。

ふたりの会話を邪魔しない方法はないかと考えていると、ミスター・アシュフォードが口を開いた。

「ぼくがやろう」

彼女が返事をするより早く、彼はレノーラの背後に立った。一瞬の沈黙が流れ、期待感があたりに満ちた。レノーラは息を詰めて待った。

次の瞬間、かすかな気配を感じ、ミスター・アシュフォードの指がささやくようにそっとレノーラの胸の両脇にある紐をつかんだ。スモックの生地が胸に押しつけられる。彼が後ろで紐を結ぶあいだ、生地をやさしく引っ張られる感覚はまるで拷問のようだった。レノーラは震える息を吸い込み、目を閉じて自然と頭を前に垂れた。やがて引っ張られる感覚がなくなり、彼の両手が離れた。しかし、彼はまだその場にとどまっている。木の葉がさらさらと揺れる音にまじって、荒い息遣いがかすかに聞こえる。彼の熱い息がかかり、うなじの毛が逆立つのを感じた。

めまいがするほどの欲望を覚え、下腹部が熱く潤いだし、その熱が全身に広がった。レノーラは空気を求めるように彼に触れられる感触を求め、思わず背中をそらした。

小さく悪態をつく声が聞こえ、ミスター・アシュフォードがあとずさりした。レノーラは喪失感に襲われた。まるで冷たい風が全身を吹き抜けたようだ。

そのとき、明るい笑い声が耳に入ってきて、レノーラははっとわれに返った。咳払いをして小声で礼を告げると、鉛筆を取り、イーゼルの前に置かれたスツールに座った。動揺のあまり、なかなか描きはじめることができない。両手がひどく震えている。こんなふうに感じるのは生まれて初めてだけれど、これがなんなのかはわかる――欲望だ。

それにしても、よりにもよってなぜミスター・アシュフォードなの？　どうして彼にこんな感情を抱かなければならないの？　絶対に求めてはいけない相手なのに。無愛想で冷淡で、ほかの人が指輪や懐中時計を身につけるように、いつもしかめっ面を張りつけているのに。

レノーラは彼への欲望を封じ込めようと心に決めた。蠟燭の火を吹き消すのと同じくらい簡単なことだ。

もう一度紙を見つめ、胸を張った。感情をこめずに絵を描くのも簡単なことだ。この三年間、ずっとそうしてきたのだから。レノーラは口を引き結ぶと、鉛筆を持ちあげ、白い紙にスケッチを描きはじめた。


まったく、なぜあのいまいましいスモックの紐を結んでやろうなどと言ってしまったのだろう？　ミス・ハートレーの美しい首筋を目にするのは、まるで拷問のようだった。思わずうっとりと見とれてしまった。彼女の首筋に唇を押し当て、感じやすい肌に舌を這わせたくてたまらなかった。

ピーターはクラヴァットをぐいっと引っ張り、彼女から顔を背けた。彼女が着ているドレスは裾のひだ飾りが派手だし、パフスリーブも凝りすぎていて、少々けばけばしく見える。それでも淡い緑色のドレスに身を包んだミス・ハートレーは、春の若葉のようにみずみずしく輝き、巻き毛が喉のあたりで誘うように揺れていた。少し散歩でもしてこよう、とピーターは思った。しばらく歩きつづければ、そのうち海にたどり着くだろう。

もっとも、散歩をしたくらいではこの欲望は消えないだろうが。

歩きだそうとしたとき、自分のイーゼルの前に戻っていたミセス・キタリッジが声をかけてきた。「ミスター・アシュフォード、この島に古くから伝わる話を教えてあげなさいと祖母から言われているの。あなたさえよければだけれど」

黙って従うしかないではないか。ピーターは聞こえないくらいの小声でぼやき、できるかぎりミス・ハートレーから離れて、ミセス・キタリッジのもとへ行った。木陰に立つのは心地よかった。青々と茂った草のいい香りがする。眼下に広がる谷間に、長方形のくぼんだ土地があり、その外周にいくつかの穴が開いているのがかろうじて見えた。ピーターはすぐそばの木にもたれかかると、短くうなずいて話を続けるよう促した。隣にいるミス・ハートレーはすでにミセス・キタリッジは自分のイーゼルに目を戻した。隣にいるミス・ハートレーはすでに作業を始めていて、鉛筆を走らせている。

「この島がシン島と呼ばれていることはもちろん知っているわね」ミセス・キタリッジが話しはじめ、眼下の谷に目を凝らした。「だけど、その名前がわたしたちの一族の先祖のアングロ・サクソン人の娘から取ったものだということは、意外と知られていないの。彼女は、まさにあの場所で暮らしていたそうよ――ほら、印のようなものが見えるあの場所にかつては家があったらしいの」

ここに着いてから、この島とのつながりを感じたことは一度もなかったのに、ミセス・キタリッジの言葉を聞いたとたん、ピーターは体が震えるような興奮を覚えた。くぼんだ土地を目でたどると、家の輪郭が見て取れた。深い穴は、もともと柱が立っていた跡に違いない。

「それはどれくらい前の話なんだ？」気がつくと尋ねていた。

「そうね、一〇〇〇年近く前じゃないかしら。もちろん、正式な記録が残っているわけではないけれど、代々語り継がれてきた話なの」

「一〇〇〇年だって？」クインシーが、ミセス・キタリッジの肩越しに彼女の描きかけのスケッチを眺めながら口笛を吹いた。「爵位を持っていなくても、一〇〇〇年前まで家系をたどれるなんてすごいな」

「そう思うのは、きみが人生の半分をアメリカで過ごしているからだよ」ピーターはのんびりした口調で言った。「あの国では、鋳造したての硬貨みたいな新しい家柄ばかりだから」

「彼らがいきなり空から降ってきたとでも思っているのか？」クインシーが言い返してくる。

「きみだって、ぼくと一緒に一三年間もあの国で暮らしているんだ。そのへんの事情は把握しているはずだろう」

「一三年？　それって、あなたがイングランドを離れたとき？」ミス・ハートレーが耳に心地よく響く声で、ふたりの気安い会話に入ってきた。彼女のほうに目をやると、頰をかすかに赤らめている。

「ああ」ピーターは答えた。「母が死んですぐ、ぼくはアメリカへ発（た）った」

「とても幼かったでしょう。まだ少年だったはずよ」

「ああ、幼かった」ピーターは静かに答えた。「あまりに幼すぎた」なぜそんなことを言ったた？　おそらくミス・ハートレーの目に深い思いやりが浮かんでいたから、心の琴線に触れたのだろう。誰かに自分の心を打ち明けたくなったのは初めてだ。

別のことに気を取られていたことに狼狽（ろうばい）し、ピーターはあわててミセス・キタリッジに視線を戻した。「それで、話の続きは？」ぎこちない沈黙をやり過ごすために先を促した。

ミセス・キタリッジははっとして顔を赤らめた。「あっ、そうそう、シンの話だったわね」彼女は咳払いをして、ふたたびイーゼルに目を戻した。「ヴァイキングが植民地を広げていた時代の話よ。ほら、デーンロー（九世紀後半、ヴァイキングがイングランド東部に侵入してつくったデーン人の居住地域）があった時代。古代スカンジナビア人はこの島の領地は自分たちのものだと主張していたけれど、歓迎はされなかった。村人たちは、古代スカンジナビア人がその一世紀前にこの島の修道院を襲撃したことを忘れていなかったの。そういうわけで、ヴァイキングがこの島に住み着いたとき、村人たちはまだいくらか敵意を抱いていたし、シンも例外ではなかった。それどころか、彼女は古代スカンジナビア人を憎んでいた。その数年のあいだに起きた出来事を忘れて、若気のいたりだったと思えたら、彼女は歴史に名を残していたかもしれないわね」

ミセス・キタリッジはそこで話をやめ、顔をしかめて自分が描いたスケッチの一部を消した。ピーターはじれったくなり、うめき声を発しそうになった。「何があったんだ？」もたれていた木から身を起こし、問いかけた。ところがミセス・キタリッジはまったく聞いていない。それどころかクインシーに小声で相談しながら、台なしになった部分のスケッチを修正しようとしている。ピーターはいらだって息を吐きだした。

「ヴァイキングのひとりが彼女に心を奪われたのよ」代わりに、ミス・ハートレーが静かな声で言った。

ピーターはくるりと向きを変え、彼女を見た。「え？」

彼女は一瞬、ピーターに視線を投げてから、イーゼルに目を戻した。「シンは古代スカンジナビア人のイーヴァルという青年に勇敢に立ち向かったの。彼はこの島にいることがいやでたまらなくて、大陸へ送られることを希望していた。首長の領地があって、そこがデンマークの政治的中心地だったから」

なんだ、ありふれた話じゃないか。ピーターは意地悪く、胸の内でつぶやいた。しかし、話の雲行きが怪しくなってきた。

「でも、彼はシンに心を奪われた」ミス・ハートレーは話を続けた。「自分でも気づかないうちに、恋に落ちていたの」

魅惑的な抑揚のある声に引き込まれ、ピーターは知らず知らずのうちに彼女に近づいた。

「なぜそんなに詳しく知っているんだ？」

ミス・ハートレーは肩をすくめた。「子どもの頃、レディ・テシュのお屋敷によく泊まりに来ていたからよ。わたしにとって、この島は第二の故郷なの」彼女は口元をわずかにほころばせ、表情をなごませた。「マージョリーとわたしは、ことあるごとにこの話をせがんでいたわ。だって、魅了されないはずがないでしょう？　ヴァイキングの戦士、勇敢な娘、真実の愛」次の瞬間、ミス・ハートレーの笑顔が揺らいだ。一陣の風が炎を消し去ったように、彼女の顔に影が差した。

ヒルラムのことを思いだしたのだろうか？　不幸な運命をたどったふたりの婚約を。不快な感情が胸に渦巻き、頭が混乱した。今まで一度も感じたことのない感情だった。ピーターはミス・ハートレーの横顔から目をそらし、彼女が描いている絵に視線を移した。谷が描かれていた。まだ大まかなスケッチだが、場所の特徴を完璧にとらえている――なぜか感情がこもっていないように見えるが。シンという娘に何が起きたのか急に尋ねてみたくなった。彼女とヴァイキングの男は幸せに暮らしたのだろうか？　だが土壇場になって、思いとどまった。そんな話は知りたくない。真実を知って、この瞬間を台なしにしたくない。おそらく、ふたりは幸せな結末を迎えなかったのだろう。

だとしたら、この島は呪われているのかもしれない。ミス・ハートレーのうつむいた横顔を見た。彼女は愛を失った苦しみを耐え忍んでいたのではないか？　ミス・ハートレーの愛情をまたしても不快な感情がこみあげた。これは嫉妬ではない。ミス・ハートレーの愛情をひとり占めしたからといって、死者に嫉妬してもしかたがない。

やはり散歩をするのはそんなに悪い考えではないような気がする。

ピーターは黙って向きを変えると、すたすたと歩きだし、斜面をくだって丘の反対側へ向かった。混乱した感情は、ミス・ハートレーの足元の草地に置き去りにして。

10

ピーターは馬の腹を蹴り、スピードを上げさせた。馬はただちに従い、頭をさげた。蹄が乾いた地面を叩く重たい音が響いている。隣にいるクインシーの馬も遅れずについてきて、ふたりは風を切って駆け抜けた。

頭がおかしくなりそうだ。ただそれだけのことだ。レディ・テシュの屋敷に滞在してまだ六日しか経っていないのに、すっかり頭が変になっている。そうでなければ、なぜこんなにも心が千々に乱れるのか説明がつかない。ことあるごとに復讐心と怒りが胸にこみあげるわけでも、デーンの遺産をばらばらに切り裂いてやると憎悪を燃やすわけでもない。ミス・ハートレーのことで頭がいっぱいだった。彼女と一緒にいるときは、どうしても目で追ってしまうし、一緒にいないときは彼女のことばかり考えてしまう。

今もそうだ。

ピーターは低いうめき声を発し、風が顔に当たり、髪をなびかせ、目にしみる感覚に意識を集中した。ふたりは小さな丘の上まで来ると、木立のまわりを回って、次に訪ねる予定の農場を目指した。

この島を訪れた目的にまったく集中できないため、ピーターは外出することにしたのだ。まわりはみんなデーン公爵を敬愛し、決して彼のことを悪く言わない。しかし、もし彼の支配下に置かれてみじめな思いをしていると証言してくれる人がいるならば、それは借地人たちだろう。というわけで、彼の領地を耕す借地人たちに直接会って話を聞いてみようと思い立ったのだった。自分の計画が間違っていないことを証明したいわけではない。公爵が血も涙もない人間で、どんな目にあおうと自業自得なのだということを確認したかっただけだ。

ところが、これまでに会った人たちは腹立たしいほど幸せな人ばかりだった。公爵について否定的なことを言う人間は誰ひとりいなかった。ピーターはいらだちを募らせ、自分と同じくらいあの男を憎んでいる人間がいるはずだと思った。

だが、早く次の地所にたどり着いてデーンが残酷な人間である証拠を見つけたいと焦るあまり、ピーターはカーブでスピードを出しすぎた。

次の瞬間、毛を刈り取られたばかりの羊の群れにぶつかった。

動物たちは目玉をぎょろつかせ、メエメエ鳴きながらボウリングのピンが倒れるようにあたふたと逃げだしていく。ピーターが手綱を引くと、馬は前脚を上げて跳ねあがった。騒々しさの中で、クインシーが自分の馬に指示を出す大声と、第三の男の怒鳴り声が聞こえた。自分の馬が無事に四本脚で地面に立つと、ピーターはようやく息をついて混乱した状況を観察した。

年配の男性が両手を腰に当て、そばに立っていた。ざっくりとしているが、こざっぱりした手織りの服を身につけ、羊と同じように丸々とした腹をしている。男性がピーターとクインシーをにらみつけた。「このあたりで馬を乗り回すときは気をつけてくれないと」さらに大声で言った。「うちの羊たちが死ぬほど怖がっているじゃないか」

クインシーは手袋をはめた手で眉に触れた。「失礼しました。悪気はなかったんです」

男性は目を細め、ふたりをじっと見た。「きみらはこの島の者ではないな。旅行者は島の北側にはまず来ない。何か企(たくら)んでいるんじゃないだろうな？」

「それはいつものことですよ」クインシーはにっこり笑って軽口を叩いた。「ともかく自己紹介をさせてください。ぼくはクインシー・ネスビット、そして隣にいるのがミスター・ピーター・アシュフォードです」

その瞬間、羊飼いの顔から敵意が消えた。目を見開き、ピーターをじっと見つめる。「それじゃあ、あなたがデーン公爵の後継者ですか」彼はお辞儀をして、満面の笑みを浮かべた。「お会いできて光栄です。わたしはヘール・タンリーです。どうぞなんなりとお申しつけください」

好奇心をあらわにして値踏みするように見つめられたピーターは、落ち着かない気分になり、首をかしげた。「ミスター・タンリー」目を細め、男をじっと見つめ返す。どうやら次の家にたどり着く必要はなくなったようだ。「あなたは公爵の借地人ですか？」

「ええ」ミスター・タンリーは笑顔で答えると、納屋の前庭にいる雄鶏(おんどり)のように誇らしげに胸を張った。「うちは代々、借地人としてデーン公爵に仕えています。昔から本当によくしてもらっています」

「現公爵はそんなことはないはずだ」ピーターは言った。

ミスター・タンリーは頭がおかしくなったのかと言いたげな目でピーターを見た。

「とんでもない」彼は心底困惑した表情を浮かべた。「閣下はすばらしい領主です。去年、うちのせがれが病気になったときも、お医者さまをよこしてくださったり、いろいろとお気遣いいただきました」

あなたは何もわかっていない。あの男は蛇のように冷酷な人間なんだ。ピーターはそう叫びたくなった。ピーターが怒りといらだちの表情を浮かべたのに気づき、クインシーが口を開いた。

「息子さんは完全に回復されたんですか？」

「ええ、もうすっかり元気だよ」ミスター・タンリーは澄んだ目をクインシーに向けた。

「それはよかった。じゃあ、あなたの一族は何世代にもわたってこの島で暮らしているわけですね？」

「健康そのものさ」

「二〇〇年近くね。わたしの祖父の祖父の、そのまた祖父の代からずっとこの土地で羊を飼っている」

「この土地を離れようと思ったことはないんですか？」クインシーは尋ねた。「どこか別の場所へ移り住んで、新しい時代の可能性に賭けてみようと思ったことは？」

ミスター・タンリーが驚愕の表情を浮かべた。「まさか」一瞬、絶句する。「わたしの人生はここにあるんだ。この島を離れるくらいなら、右腕を切り落としたほうがましだ」

ピーターは胃がずっしりと重くなるのを感じた。ミスター・タンリーはクインシーの提案に度肝を抜かれている。彼がカトリック教徒だったら、胸に十字を切っていただろう。

「ちょっとした好奇心です。妙なことを訊いてすみませんでした」クインシーは胸に手を当てて言った。「ぼくは人生の半分をアメリカで過ごしているので、妙な考えが浮かんでしまうようです」彼が声をたてて笑うと、ミスター・タンリーも一緒に笑いだした。「さてと、そろそろ行かないと」クインシーは片手を差しだし、ミスター・タンリーとかたい握手を交わした。「羊を怖がらせてしまって、本当に申し訳ない」

「いや、とんでもない。たまにはこいつらを思いきり脅かしてやったほうがいいんだ。ぐうたらさせていたら、ぶくぶく太ってしまうからね」彼はげらげら笑うと、ピーターのほうを見た。「ミスター・アシュフォード、お会いできて光栄でしたよ」

ピーターは動揺し、黙ってうなずいて馬の向きを変えた。手綱をゆるめて走りだしてからも、ミスター・タンリーが言ったことで頭の中はいっぱいだった。

クインシーもすぐに追いついてきた。ふたりはしばらく無言のまま馬を走らせたが、やがてクインシーが低い声で言った。「公爵に関するきみの記憶はたしかなのか?」

頭の中を駆けめぐっていたさまざまな感情がまざりあって、純然たる怒りに変わった。

「ぼくを疑うのか?」ぴしゃりと言い返した。「ぼくがデーンを憎む理由を頭の中ででっちあげたとでも思っているのか？　実際に起こってもいないことで復讐をくわだて、一三年間を無駄にしたと言いたいのか？」

「いや、そうじゃない」クインシーは目を丸くし、あわてて言った。「おいおい、やめてくれよ。原因がなんであれ、公爵は脅迫されていたと言ってるんだろう。それにこれまで聞いた話では、彼はきみを門前払いしたろくでなしとは似ても似つかないし、借地人の話とも食い違っている。土地は肥沃で、どの家もきれいで、手入れが行き届いている。自分のものをないがしろにする、いかにも冷酷な人間の姿はどこにも見当たらないじゃないか。ぼくが疑問に思うのはそんなに不思議なことか？」

たしかにそうだ。ピーターはしぶしぶながら認めた。逆の立場だったら、ピーターも同じ疑問を抱いただろう。

「それはともかく」クインシーはさらに言い、ピーターを見た。ふたりは馬をゆっくり進めながら、小さな雑木林を抜けた。「もっと心配なのは、公爵亡きあと爵位と領地を葬り去るという計画をやり遂げたら、ぼくたちが今日会った家族だけでなく、数えきれないほど大勢の人たちが影響を受けるということだ」

クインシーの言葉はピーター自身の混乱した考えをよく言い表していたが、だからといって気持ちが安らいだわけではなかった。「借地人たちを説得して、デーンズフォードを離れてもらうつもりだ」

「どうやって？　金を払うのか？」

「たいていの人間は金のためならなんでもするだろう」

「まあね」クインシーは認めた。「だが、今日会った人たちはみな誇りを持っていただろう。彼らが応じなかったら？」

ピーターは奥歯を食いしばった。「いよいよとなったら、彼らは自分たちにとって何が有益か理解して、それに応じて行動するだろう」

クインシーは乾いた含み笑いを漏らした。「思っているほど簡単にはいかないと思うぞ」

ピーターもまさに同感だった。

晩餐会にかぎっていえば、今夜はかなり退屈だとレノーラは思った。レディ・テシュの親しい友人たちが一〇人あまり集まって、食事を待つあいだ静かに話をしている。ロンドンの晩餐会はまるで違っていて、招待客同士がドレスや立ち居ふるまいを張りあい、うっかり粗相をしようものなら、あっという間に社交界に噂が広まる。しかし今夜は、このうえなく楽しいことばかりで、みな親切で打ち解けている。

レノーラは、広い応接室の向こう側にいるミスター・アシュフォードに目を向けた。その顔に浮かんでいる表情を見た人はみな、彼は足の指を切り落とされ、蜂の群れに刺されながら、火あぶりにされているのかと思うだろう。

なんとかして彼を救ってあげたいという妙な気持ちがわいてきた。

そんなふうに思うなんてばかげている。何しろミスター・アシュフォードは、征服を心に誓った戦士を思わせる風貌の持ち主なのだ。笑っている人でいっぱいの部屋に入れられたくらいで打ちのめされたりはしないだろう。それにもかかわらず、彼はぎらぎらした目つきで突っ立っている。どこから見ても、拷問を受けている人そのものだ。

レノーラは眉をひそめた。ミスター・アシュフォードは無作法で癪に障る人だ。それどころか彼がそばにいると、どうしても体が反応してしまう。それでも、彼が苦しんでいるのに何もしないでただ見ていることはできなかった。

晩餐の用意が整ったと告げられると、みな自然とふたり組みになってドアのほうへ向かった。ミスター・アシュフォードは追いつめられた獣のようにその場でじっとしている。レノーラは考えるより先に彼の隣へ駆け寄り、肘に手を添えた。「席までエスコートしてくれる約束だったでしょう」

ミスター・アシュフォードはこれ以上ないほど驚いた顔をした。レノーラは彼があとずさりするのではないかと一瞬思った。しかし彼が目に安堵の表情を浮かべてわずかに首を傾けたので、ふたりはほかの人たちのあとに続いて部屋を出た。

レディ・テシュが開いたのは、形式張らない晩餐会だった。招待客は自分の好きな席を選ぶことができたので、ミスター・アシュフォードの横に座るのは造作もないことだった。従僕たちが前に進みでて一品めの料理をテーブルに並べだすと、小さく悪態をつく声がレノーラの耳に届いた。彼女は目をぱちくりさせ、ミスター・アシュフォードのほうを見た。彼は身をこわばらせ、生まれて初めて見たかのような目つきで自分の前に並んだ皿を凝視していた。

レノーラは彼のほうへ身を乗りだした。「少し多すぎるわよね」

「少し？」ミスター・アシュフォードが訊き返す。

彼女は小さな声で笑った。「実際のところ、ロンドンの晩餐会にくらべたらささやかなほうよ」

「冗談だろう」

彼の顔に恐怖と疑念の入りまじった表情が浮かんだので、レノーラは思わず噴きだしそうになった。しかし彼は笑いものにされるのを快く思わないだろうと考え直し、レノーラは言った。「冗談ではないわ。ええと、いつだったか、最初の料理で二五種類のお皿が並んだことがあったもの」

「二五種類」彼はつぶやき、テーブルに並べられた一〇種類あまりの皿を見て、かぶりを振った。

スープが運ばれてきた。横目で様子をうかがうと、ミスター・アシュフォードは自分の席に置かれたおびただしい数のカトラリーを見つめている。レノーラは大げさな身振りでスープ用のスプーンに手を伸ばし、スープ皿の上でこれ見よがしに振ってみせてから、スープの中に入れた。幸いにもミスター・アシュフォードは察しがよく、すぐさま彼女にならった。

レノーラはひとりで微笑んだ。「アメリカについてぜひ教えてほしいわ、ミスター・アシュフォード」濃厚なスープを口に運びながら、レノーラは言った。「ひとつ屋根の下に滞在して一週間近く経つのに、まだ何も聞かせてもらっていないもの。ボストンでは盛大なパーティは開かれないの?」

「さあ、どうかな」彼は答えた。

「でも、事業で成功をおさめているのだから、社交界にも顔を出さなければならないでしょう」

「そういうことはクインシーにまかせているんだ」ミスター・アシュフォードがスプーンで友人を示した。

たしかに、ミスター・ネスビットならテーブルの端の席で会話の中心になっている。彼には人を引きつける才能がある。彼のようにいつもみんなの注目の的になっている人には会ったことがない。

ミスター・アシュフォードとは正反対だ。ふたりはまったく似ていないのに、どうして親しい友人になったのだろう?

「不思議に思っているんだろう」ミスター・アシュフォードが言った。「ぼくたちがどういう経緯で親しくなったのか」

レノーラはぽかんと口を開けた。「あなたは預言者なの?」

数日前に知りあって以来初めて、彼はさもおかしそうに口元をゆがめた。「よく訊かれる質問だからだよ」

スープ皿が片づけられると、招待客たちは目の前に並んだ皿から各自で料理を取り分けはじめた。ミスター・アシュフォードは一瞬動きを止め、レノーラに問いかけるような目を向けた。

レノーラは胸を張り、近くにある大皿をそれとなく示してから、自分の空の皿を示した。

「お願いしてもいいかしら？」

ミスター・アシュフォードはてきぱきと仕事に取りかかり、ふたりの皿はあっという間にあふれんばかりになった。レノーラはこらえきれずに笑いだし、両手を振って彼の手を止めさせた。

「なんだい？」彼はトングでつかんだアスパラガスをレノーラの皿に盛ろうとしたところで動きを止めた。

「そんなにたくさん食べられないわ。次の料理もあるのに」

ミスター・アシュフォードが口をぽかんと開けた。「まだあるのか？」

「まだまだあるわ、あいにくだけれど」

彼が大皿にトングを戻した拍子に、上等な磁器に当たって金属音をたてた。彼は落ち着きなくクラヴァットを引っ張りはじめ、今にも不機嫌な顔に戻りそうだ。

「でも心配しないで」レノーラはあわてて彼を安心させようとした。「おなかがぺこぺこだから。そういえば話の途中だったわね、あなたとミスター・ネスビットがどうやって出会ったのか、教えてくれるんでしょう？」

「そうだったかな？」

「ええ、そうよ」

ミスター・アシュフォードの顔にかすかな笑みが戻った。唇がカーブを描き、短い金色の顎髭の下に小さなえくぼが浮かび、目尻に細かい笑いじわが刻まれる。レノーラは、これ以上ハンサムな男性はいないと思った。

「残念ながら、かなりひどい話なんだ」彼が話しはじめた。「一三歳でアメリカへ発ったとき、ぼくはほとんど無一文で、将来の展望もなかった。そのくせ、たいていの若者のように物事が思いどおりに運ぶと信じていた。状況が不利だったときでさえ」当時を思いだしたらしく、彼の目にふっと影が差し、顔に広がったかすかな光が弱まった。

レノーラは胸が痛くなった。さぞかしつらかっただろう。そんな幼い歳で。天涯孤独の少年が思い浮かんだ。

唐突に漂いはじめた陰鬱な雰囲気から気をそらすために、レノーラはフォークを手に取り、皿の上でくるりと回してからヤマウズラの肉をひと口食べた。さっきと同じように、ミスター・アシュフォードもそれに続く。そのささいな行為で、彼は暗い物思いからわれに返ったようだ。これ以上の質問はやめようとレノーラは思った。しかし、ミスター・アシュフォードは自分から話を続けた。

「すぐにアメリカへ行ったわけじゃないんだ。ロンドンがあらゆるものの中心地だと思っていたから、そこで名を成すつもりだった。だが、すぐに悪党どものカモにされて、殴られて気を失っているあいだになけなしの金を盗まれた。数日間、寒さと飢えに苦しみながら歩き回ったすえにたどり着いたのが波止場だった。そのとき、〈パーシステンス号〉が目に飛び込んできたんだ」

話の展開に引き込まれ、レノーラは食事をするのも忘れて彼を見た。「〈パーシステンス号〉？」

「アメリカからやってきた商船だ」くっきりした輪郭の唇にかすかな笑みが浮かんだ。「〈パーシステンス号〉のマストは天に向かってまっすぐ伸び、ぴかぴかの船体は恰幅（かっぷく）のいい貴族のように堂々としていた。その美しい船を見た瞬間、ぼくは不可解で無鉄砲な計画を思いついた」

ミスター・アシュフォードがこちらを見た。澄んだブルーの目に、少年を思わせるいたずらっぽい光をたたえている。今までとはまるで別人のような雰囲気を目の当たりにして、レノーラは息ができなくなった。

「船にこっそり乗り込んで、アメリカへ向かおうと思ったんだ」彼は話を続けた。たまらなく魅力的な笑みを浮かべると、片方の頬に小さなえくぼができた。「今では怪物みたいな大男になったが、当時のぼくはすごく小柄だったんだよ、ミス・ハートレー。栄養不足でがりがりに痩せていたから、誰にも見つからずに海を渡れると思ったわけだ」

レノーラは口をあんぐりと開けた。「密航したということ？」

「ああ、そうだ。だが、ぼくは自分の能力を過信していた。出港していくらも経たないうちに見つかって、アダムズ船長のもとに連れていかれた。海に投げ捨てられてもおかしくなかったのに、船長はぼくを船に残し、仕事まで与えて新米の乗組員とペアを組ませた」

　ミスター・アシュフォードは口元に苦笑いを浮かべ、ミスター・ネスビットに目を向けた。

「ミス・ハートレー、きみは意外に思うだろうが、ぼくの友人はもとからあんなふうに人当たりのいい陽気な人間だったわけじゃないんだ。昔はひょろりとしていて、扱いにくいやつだった。でも、ぼくたちはすぐにかたい絆（きずな）を築いた。しばらくしてボストンに着いたとき、別々の道を進むはずだったぼくたちを、今後も一緒に仕事を続けようとアダムズ船長が誘ってくれたんだ」彼は話をやめ、自分の皿を見つめた。そして、よくある話だと言いたげに肩をすくめると、山盛りの料理を食べはじめた。

「あなたの話にはまだ続きがあるはずよ」レノーラはまだ納得しなかった。

「そうかな」彼が料理をほおばりながら言った。

「事業については？　その話もぜひ聞かせてほしいわ」

　ミスター・アシュフォードは怪訝そうな目でレノーラを見てから、口の中のものをのみ込んだ。「知らなかったよ」彼がゆっくりした口調で言う。「英国の若きレディが、そんな下品な話に関心があるとは」

　性別と身分だけで関心がないと思われたことに、レノーラはいらだちを覚えた。「言っておきますけれど」彼女は声をひそめて言いながら、フォークの先でサーモンをつついてから口に運んだ。「知りたくなければ、口に出したりしないわ」

　隣にいるミスター・アシュフォードが動きを止めた。「すまなかった」彼も声をひそめて言った。「親切にしてもらったのに、いやな気分にさせてしまった」

レノーラは彼を見つめた。そんなことでわざわざ謝罪する人は今までひとりもいなかった。社交界にはただのひとりも。彼を安心させる言葉が喉まで出かかった。そうすればまた楽しい会話を続けられる。しかし土壇場になって思いとどまった。ところが彼の真剣なまなざしを見ているうちに、自分が思っていることを口にしたくなった。「あなたは英国のレディをあまりよく思っていないようね」自分の考えを思いきって口にするときは声が震えた。「でも、わたしのことをよく知ろうともせずに、わたしの価値観を決めつけないでほしいわ」

ミスター・アシュフォードは愕然とした表情を浮かべた。レノーラが言いすぎたかもしれないと思ったとき、彼の顔が一変し、一本取られたという表情に取って代わられた。「悪かった」彼が真顔で言う。「それで、きみは何を知りたいんだ？」

うれしさが胸に広がった。彼はナイフとフォークを置くと、レノーラのほうに顔を向け、質問されるのをじっと待った。その場しのぎの言葉でなかったことを彼が証明してみせてくれたので、レノーラはますますうれしくなった。心の奥がとろけそうな感覚がまたこみあげてきたが、初めて喜んで受け入れた。

レノーラは深く息を吸い込んだ。「たしか、ミスター・ネスビットと共同で事業を行っているのよね？」

「ああ。アダムズ船長と彼の家族も一緒だ。イングランドとフランスのせいで大西洋を安全に渡れなくなったあげく、出港禁止法によってアダムズ船長の事業はつぶれてしまった。彼らの生活を守るために何かする必要があったんだ」

「あなたはとてもやさしい人なのね。彼らが破産しそうになったとき、手を差し伸べてあげるなんて」

彼の頰が紅潮する。「やさしいからしたわけじゃない」彼がわざとつっけんどんに言った。

「誰だって同じことをしただろう」

「いいえ、そんなことないわ」

「まあ、そうかもな」ミスター・アシュフォードは咳払いをすると、顔をほころばせてレノーラから目をそらした。

レノーラは笑いをこらえ、彼の恥ずかしさをやわらげるために、その紛争に関する記憶をたどった。やっとのことでいくらか思いだした。「そういえば、父が誰かと議論しているのを小耳にはさんだことがあるわ。アメリカの商船が襲われて、船員たちが強制的に英国海軍に徴用されているって。あなたもそういう経験をしたの?」

気を紛らす効果はおおいにあったようだ。彼は表情をやわらげ、ふたたびレノーラを見た。

「ああ。実際に、もう少しで英国海軍に連れ去られるところだった」

レノーラは目を見開いた。「どうやって逃れたの?」

彼が苦笑いを浮かべた。「クインシーがぼくをブランデーの樽の中に隠してくれたのさ」

レノーラはあんぐりと口を開け、無意識のうちに彼の腕に手をかけていた。「まさか、冗談でしょう?」

ミスター・アシュフォードは口をゆがめた。「なんなら、あとでクインシーに訊いてみればいい。樽の中にはブランデーが半分ほど入っていたんだが、数時間後に外へ出たときはびしょ濡れで、ぐでんぐでんに酔っ払っていた」

驚きまじりの笑いが思わずこぼれた。「きっと楽しい経験だったんでしょうね」

「ああ。それが今日にいたるまで強い酒を飲んでいない理由さ。揺れる船とひどい頭痛は相性が最悪なんだ。ぼくが保証する」

ふたりは静かに笑いあった。一瞬、和気あいあいとした仲間意識が生まれた。ミスター・アシュフォードの温かいまなざしは、彼がそれまで気づかなかったレノーラの中の何かを見ているように感じられた。

賞賛の目を向けられ、レノーラはとろけそうな気分になった。彼を意識して肌がぞくぞくする。カトラリーが皿に触れる音も、ひそひそと話す声も、低く響く笑い声もだんだん小さくなっていく。

すると、ミスター・アシュフォードが視線を下のほうへ移した。そのときになってようやく、彼の腕に手をかけたままだったことに気づいた。五感で彼の腕の感触を味わった。力強さと温かさを指先に感じる。

すぐ近くから笑い声が聞こえ、親密になりそうな雰囲気に水を差した。レノーラはぎくりとして飛びあがり、彼から手を離した。自分の皿に注意を戻すと、フォークを持ち、ほとんど手をつけていないヤマウズラをつついた。「それで、あなたたちはどうやって生き延びたの？」うっとりとした気分でなれなれしく彼の腕に触れる前の気楽な会話に戻そうとした。

ありがたいことに、ミスター・アシュフォードもすぐさま応じた。「アダムズ船長の子どもたちは、家族を支えるために働くにはまだ幼すぎた。だから船長を説得して、ぼくたちにカナダへ密輸する商品の監視をまかせてもらったんだ」

過去のいきさつをあまりに率直に語るので、その言葉の意味を理解するのに少し時間がかかった。レノーラはヤマウズラの肉を切り刻んでいた手を止めた。「まさか、本気で言っているわけでは――」

ミスター・アシュフォードは片方の眉を上げた。「なんだい、ミス・ハートレー？」

レノーラは顔を赤らめ、それとなくあたりに視線を投げてから、彼のほうに身を乗りだし、声をひそめて言った。「まさか、あなたたちは密輸業者になったわけではないでしょうね」

彼も身を乗りだし、からかうような口調でささやいた。「その、まさかだよ」

レノーラは目をしばたたいた。「まあ」

彼女が驚く様子を見て、ミスター・アシュフォードは唇をゆがめた。「そうでなければ飢え死にするところだったんだ。残念ながら」

レノーラはおそるおそる彼を見た。「それじゃあ、あなたとミスター・ネスビットは今でも……密輸を？」

「犯罪者と一緒にいるのが怖いか、ミス・ハートレー？」彼がゆっくりした口調で言った。

「いいえ、全然。むしろ、興味をそそられたわ」レノーラは本心から答えた。

またしても賞賛のまなざしを向けられた。「今はもう密輸はしていないよ」彼は答えた。

「始めて一年ほど経った頃、危うくつかまりそうになったんだ。アダムズ船長は、ぼくたちがそれ以上わが身を危険にさらすのを許さなかった」ミスター・アシュフォードはワインをひと口飲んだ。「そこでぼくは、不動産業を始めようと提案した。その頃、商人たちが群れをなしてボストンを離れていてね。その機会をうまく利用して、彼らが手放したがっている地所を買い占めた。それがもうかる事業だったというわけだ」

レノーラは話の続きを待ったが、彼はさも最後まで話し終えたとばかりに鶏肉をほおばっている。レノーラは口をすぼめた。「あなたが口で言うほど簡単なことではなかったように思えるのはなぜかしら」

ミスター・アシュフォードは食べかけの料理を見下ろして苦笑いを浮かべた。「きみは実に洞察力の鋭い人だな、ミス・ハートレー。今まで誰かにそう言われたことは？」

レノーラは微笑んだ。「いいえ、あなたが初めてだわ。お世辞を言っても無駄よ。ちゃんと質問に答えてもらいますからね。すべてを捨てて新しく出直すように一家を説得するのは容易ではなかったでしょう？」

「ああ」彼はまたレノーラを見つめたが、その目には激しい感情がこもっていた。なんとかしてわかってもらいたいと思っているような表情だ。「アダムズ船長とその家族には、ありとあらゆることで世話になった。ぼくの命の恩人だ。助ける努力もせずに、路頭に迷わせるわけにはいかなかった」

その言葉が心に響いた。彼は人から受けた恩を決して忘れない人なのだ。彼とレディ・テシュのあいだで交わされた奇妙な会話をふと思いだした。てっきり、子爵夫人はミスター・アシュフォードの弱みを握っていて、彼が望まないことを無理やりさせているのだと思っていた。

しかし、それは思い過ごしだったと確信した。

ミスター・アシュフォードがまた口を開いたので、レノーラの物思いはさえぎられた。

「物事が悪い方向に転じてもおかしくなかった。すべてが台なしになって、取り返しのつかないことになる可能性もあったんだ。事業が成功してほっとしたよ」

レノーラは首をかしげ、彼をしげしげと見た。最初に抱いた印象とはまるで違って見えた。

「あなたは立派な人だわ」

またしても彼が照れくさそうに頬を赤らめた。「ばかな」そう言いながらも、自分の皿に注意を戻した彼の口元にかすかな笑みが浮かんだのを、レノーラは見逃さなかった。

そのとき、右隣に座っている男性がレノーラに話しかけてきた。礼儀としてそちらに顔を向けたが、彼女は左側にいるミスター・アシュフォードのことが気になってしかたがなかった。

はっきりとわかったのは、レノーラにとって彼はもう、ヒルラムの後釜に座った無愛想な男性ではなくなったということだ。それどころか、もっと大きな存在になっていた。

11

この島やこの島の人たちにどんな思いを抱いていようと、目抜き通りが美しい場所であることをピーターも認めないわけにはいかなかった。風変わりで面白い店が立ち並ぶ広い大通りは、砂浜と果てしなく広がる海へと続いている。

ただ、ミス・ハートレーのことで頭がいっぱいでなければよかったのだが。

彼女はミセス・キタリッジと腕を組み、店のショーウィンドウに歩み寄ると、ずらりと並んだ立派な装丁の本をふたりでのぞき込んだ。ミス・ハートレーが小声で笑い、友人の頭に自分の頭を近づけた。だが、彼女が横目でちらりとこちらを見たのをピーターは見逃さなかった。彼女と目が合ったとたん、自分の胸が高鳴ったことも。

やがて、レディ・テシュに呼び寄せられたミセス・キタリッジが歩きだし、ミス・ハートレーだけがショーウィンドウの前に残された。ピーターはためらうことなく、彼女に近づいた。

「ミス・ハートレー」

彼女はピーターの顔を見上げて微笑んだ。「ミスター・アシュフォード。町でのお買い物を楽しんでいる？」

思った以上に楽しんでいた。だが、それは町とは関係ない。彼女と一緒だからだ。

ピーターはそのことを認める代わりに言った。「昨夜の件で、きみに礼を言わないとな。親切に感謝するよ」

「どういたしまして」ミス・ハートレーは目を輝かせ、柔らかな声で言った。

温かい表情に圧倒され、ピーターはクインシーを探した。驚いたことに、ほかのみんなはすでに先へ進んでいた。ピーターはミス・ハートレーに腕を差しだした。彼女が迷わず腕に手を通すと、ふたりで歩きはじめた。

ふたりのあいだに沈黙が流れた。一歩進むたびに腕に置かれた彼女の手が揺れ、潮風が夏のベリーの甘い香りをそっと運んでくる。ピーターは咳払いをした。他愛（たあい）のない会話で気を紛らす必要があった。

「よく知らない人と接するのは苦手なんだ」

「まるで欠点みたいな言い方ね、ミスター・アシュフォード」

「だってそうだろう？」

「いいえ」

ピーターは怪訝な顔で彼女をちらりと見た。「きみは社交界に慣れているだろうが、ぼくみたいな性格の人間はなじめそうにない」

「そうね」

ミス・ハートレーがすんなり認めたことに、彼は思った以上に傷ついた。

「でも」彼女は真剣な目でピーターを見つめ、さらに言った。「だからといって、それが欠点だということにはならないわ。心を開く相手を慎重に選んでいるとも言えるでしょう。賞賛すべき資質よ」

ピーターは胸が熱くなるのを感じた。なじみのない感覚に呆然としたが、その意味を理解する間もなく、レディ・テシュが口を開いた。

「ティールームへ行くのはもう少しあとにしましょう」彼女がきっぱりと告げた。「新しいドレスが欲しい気分なの。どうかしら？　マージョリー、レノーラ、年寄りのわがままにつきあってくれる？　次の金曜日に開かれる会員制の舞踏会では、あなたたちにも華やかなドレスを着せてあげたいわ」

ピーターはうめき声を漏らしそうになった。ひとりではなく、三人分のドレスを買うつもりか？　数分前までの楽しい気分が一瞬のうちに消え去った。若い女性たちはこの機会に飛びつくに違いない。どうやらここで何時間も過ごすことになりそうだ。

ところが、またもやミス・ハートレーに驚かされた。

「わたしには新しいドレスは必要ありません、おばあさま」ある店の前で一同が足を止めると、ミス・ハートレーは地獄の門を見るような目つきで店先に目をやった。「正装用のドレスを持ってきているので、舞踏会ではそれを着ますから」

「それはそれとして、わたしのわがままにはつきあってもらうわよ」レディ・テシュがちゃめっけたっぷりに言った。「歳を取ると、自分勝手になるらしいの」彼女は若い女性たちを店の中へとせきたてた。

ミス・ハートレーは困った目でピーターを見ると、彼の腕から手を離して店内へと入っていった。またしても仲間意識が高まったことがわかり、ピーターはうれしくなった。彼女とそんな関係を築けるとは思ってもみなかった。ミス・ハートレーを助けてやりたい衝動に駆られ、肩をいからせて女性たちのあとに続こうとした。いざというときに黙って力を貸してやるつもりだった。しかし彼が店の敷居をまたぎかけたところで、レディ・テシュがこちらを振り返った。

「あなたは急いで仕立屋へ行ってきなさい、ピーター。あなたの持っている服がひどい状態だということに、わたしが気づいていないと思ったら大間違いよ。あなたが服と呼んでいるあのぼろ切れをまとって集会場に足を踏み入れるなんて、そんなことは許しませんからね」

クインシーが鼻で笑う声が背後から聞こえた。レディ・テシュの歯に衣着せぬ物言いにむっとしていなかったら、ピーターも笑いだしていただろう。

「ぼくの着ているものは、なんの問題もありませんよ」

子爵夫人は嘲るように鼻を鳴らした。「あなたの服はすべて、ごみの山に捨て去られるべきよ。今までは大目に見てきたけれど、晩餐会のときのようなひどい格好で集会場に足を踏み入れて、あの若いお嬢さんたちに恥をかかせるわけにはいかないの。さあ、早くしなさい。一時間以内にここへ戻ってくるのよ」そう言い捨てると、彼女はピーターの目の前でぴしゃりとドアを閉めた。

ピーターはあっけに取られて店の前に立ち尽くした。その横で、クインシーがげらげら笑いだす。「まったく、ぼくはあの女性が大好きになったよ」彼は宣言し、ピーターの肩をぽんと叩いた。「よし、行くぞ。ぐずぐずしている暇はない」

ピーターは信じられない思いで友人を見た。「ぼくが脅しに屈して、洒落た服でめかし込むと思っているなら大間違いだぞ。レディ・テシュのせいで、やりたくもないことをさんざんやらされているんだ。そのうえ、着飾って彼女を喜ばせるなんてごめんだ」

「おいおい、レディ・テシュは無理難題を言っているわけじゃない。正装しろと言っているだけだぞ」

「レディ・テシュとの約束を破るつもりはないが、社交界に出入りするような服を着て、彼女のご機嫌取りまでする気もないね。ぼくにだって我慢の限界がある」くるりと向きを変えて足早に立ち去ろうとした瞬間、アシュフォード家の娘たち――クララとフィービー――にばったりでくわした。

「あら！　こんにちは、ミスター・アシュフォード、ミスター・ネスビット」姉のレディ・クララがクインシーにじっと視線を注いでから、頬を赤らめてピーターのほうを向いた。「こんなところで会うなんて奇遇ですね。あとでシークリフにうかがうつもりだったんですけれど、わざわざ足を運ぶ必要がなくなったわ」

ピーターは目をしばたたいた。きっと今のは聞き違いだろう。デーンズフォードで公爵を問いつめたことについて、娘たちは何か聞かされているに決まっている。彼女たちにとって、ピーターはいちばん会いたくない人間のはずだ。

ところが彼女は満面の笑みを浮かべている。「ええと、あなたとミス・ハートレーのことです。レディ・テシュの依頼を受けて、ミス・ハートレーがこの島の名所を絵に描いて、あなたはアシュフォード家の歴史を学んでいるそうですね。デーンズフォードに代々伝わる小さな宝石があるんですが、もしかしたらあなたが興味を持つかもしれないと思って。シンが実際に身につけていたものだと言い伝えられているんです」

ピーターは全身に電流が走ったような感覚に陥った。彼の先祖で伝説上の人物が残した品物だって？　しかも、彼女が実際に触れたというのか？

ピーターはすぐさま興奮を振り払った。そんな話にはまったく関心がない。一族の歴史は自分の代で終わる。何世紀も続いた血筋は途絶えるのだ。一〇〇〇年前から伝わる先祖伝来の品など見る必要はない――ましてや、見たいという願望を抱くことさえもってのほかだ。どのみち、自分が死んだあとは無意味なものになるのだから。

「せっかくの招待だが、遠慮しておこう」ピーターは一語一語によそよそしさをにじませて言った。

レディ・クララの口元から笑みが消える。彼女が隣に目をやると、妹も同じように動揺していた。次の瞬間、姉はどうにか弱々しく微笑んだが、それまでの満面の笑みは見る影もなかった。「どうか考え直してください。父がもう一度あなたに会いたいと言って、頑として譲らないんです。あなたがまた訪ねてきてくれたら、父はとても喜ぶでしょう」

「父上がもう一度ぼくに？」ピーターは鋭い口調で尋ねた。

レディ・クララは激しくうなずいた。ピーターが訊き返してきたので、招待を辞退したことを考え直すかもしれないと、かすかな希望を抱いたようだ。「父はあなたに会うことを強く望んでいます」

なぜ公爵はぼくの再訪を望んでいるのだろう？　ピーターのほうは、あの男と話すことなどもうないのに。故郷も財産もすべて台なしになると脅かしたのだ。公爵がまともな神経の持ち主なら、金輪際、ピーターの顔など見たくないはずだ。

ピーターがレディ・クララをひどく失望させる前に、クインシーが口を開いた。「招待してくれてありがとう。ミスター・アシュフォードの時間が空いたら、こちらから知らせよう。もしミス・ハートレーも招待するつもりなら、ちょうど店の中にいるよ」婦人服の仕立屋を身振りで示した。

レディ・クララは何度も礼を言い、またしてもクインシーにじっと視線を注いだ。やがてはっとわれに返って頬を赤らめ、ピーターに用心深い視線を投げてから、妹を連れて店の中に入っていった。

とたんに、クインシーに食ってかかった。「きみには口をはさむ権利なんてないはずだぞ」ピーターは不機嫌な声で言った。

「いや、ぼくには当然の権利がある」クインシーがほとんど見せたことのない怒りをあらわにした。「この島を訪れて、ぼくも何人かと知りあいになった。きみが立てた狂気じみた計画に人生を左右される人たちと。ぼくには、きみが重大な間違いを犯そうとしている気がしてならない」

「間違いだと？」ピーターは吐き捨てるように言った。通行人たちが何事かという目でこちらを見ているのはうすうす気づいていたが、今は知ったことではない。

クインシーはピーターの腕をつかみ、歩道の端へ連れていった。「きみは怒りにとらわれすぎて、復讐を開いたとき、抑えた声にいらだちがにじんでいた。「きみは怒りにとらわれすぎて、復讐することによってあらゆるものにどんな影響が及ぶかわからなくなっている。影響が及ぶのは公爵だけじゃない。借地人から使用人にいたるまで、すべての人たちの安定した暮らしを壊そうとしているんだぞ。なんの罪もない、善良なあのふたりの姉妹の暮らしも。ああ、わかっている」ピーターが口をはさもうとすると、彼は片手を上げて制した。「迷惑がかかりそうな人はひとり残らずきちんと面倒を見ると言いたいんだろう。だが、そんなに簡単なことではないと、きみだってわかっているはずだ。なぜならきみの復讐計画には、きわめて重要なことが考慮されていない――公爵閣下はみんなに愛されているということが」

苦いものが喉にこみあげ、母のやつれきった顔が脳裏に浮かんだ。「それじゃあ、ぼくにどうしろというんだ？」ピーターはかすれた声で言った。「これまでのことは水に流して、屈辱を甘んじて受け入れろと？」

クインシーが悲しげにピーターを見た。「きみにそれができるとは思えない。ぼくがどれだけ望んでも、きみは決してあきらめないだろう。そして最終的には、自分の身を滅ぼすことになるんだ」彼はそう言い残すと、向きを変えて立ち去った。

ピーターは言葉もなく、友人の後ろ姿をじっと見送った。今までにも口喧嘩をしたことはあるが、ここまで激しい口論をしたのは初めてだ。後悔の念が胸に重くのしかかる。

「ミスター・アシュフォード？」

すっかり聞き慣れた声が、まばゆい光が差したように彼の陰鬱な気分を焼き尽くした。ピーターはくるりと振り返り、ミス・ハートレーと向きあった。彼女はすぐそばの歩道に立ち、淡い緑色の目を心配そうに見開いていた。彼女がためらいがちに微笑む。「あなたとミスター・ネスビットが言い争っているのが窓から見えたものだから、あなたの様子を確かめに来たの」

言い知れぬ熱いものが、また胸にこみあげた。「ぼくの身を案じてくれたのか？」

「ええ、もちろん」ミス・ハートレーは言った。

熱いものが胸いっぱいに広がり、心臓を包み込んだ。急に喉が詰まったような感じがして、ピーターは咳払いした。「わざわざありがとう。だが、きみの心配は杞憂にすぎない。ぼくはこれ以上ないほど元気だよ」

その言葉はまったく信じてもらえなかったようだ。現にミス・ハートレーは、とんでもない大嘘を聞いたと言いたげな表情をしている。「本当に大丈夫なのね？」彼女が半信半疑な様子で尋ねた。

「ああ、本当だ」

彼女はしばらくピーターをじっと見つめていたが、やがてうなずくと、向きを変えて店の中へ引き返そうとした。

ピーターは彼女の後ろ姿を見送ろうとしたものの、急に寂しさを覚え、気がつくと呼び止めていた。「ミス・ハートレー、なぜドレスを買うのは気が進まないんだい？」

彼女はドアに手をかけたまま動きを止め、こちらを振り返った。一瞬、目に驚きの表情が浮かんだが、すぐに隠された。「あなたが興味を示すような答えではないわ」

「そんなことはない」心底そう思っていることに気づいて、自分でも驚いた。

ミス・ハートレーはごくりと唾をのみ、ピーターをじっと見つめてから、歩道へ引き返してきた。「わたしの父は……とても……厳格な人で」彼女は口ごもりながら言った。「誤解しないで。父はわたしを愛しているのよ」一瞬、彼女の顔に緊張が走り、苦悩らしきものが目に浮かんだ。ところが目をしばたたいた瞬間、その表情は消えてしまった。「でも、ドレスを買うのはかなり退屈な作業になりがちなの。父が細かいところまでいちいち口を出してくるから。わたしが身につけているものはすべて——このボンネットも、この手袋も、この靴も——父が厳選したものなの」

ピーターは彼女が着ているドレスに目をやった。流行には疎いが、上質なものであることはわかる。歩くたびにきらめいて見える茶色の生地でつくられていた。前身頃は、糊のきいた高い襟から張りのある裾にかけて、薄青色の三つ編み飾りで飾られている。袖はふくらんでいるが、手首の部分はきつく締まっていて、こちらにもブレードがふんだんに施されている。つばの広い帽子は凝った大きな飾りがついていて、頭部(クラウン)が高く、薄青色のダチョウの羽根がふわふわ揺れている。何もかもが面白みがなくて、きちんと整いすぎていた。彼女のやさしさや温かさが少しも表れていない。

　自分がミス・ハートレーの性格を直感的に判断したことに面食らった。

　ピーターは動揺し、当たり障りのない言葉を告げて、今すぐこの場から立ち去りたい衝動に駆られた。

　しかし彼女の目をのぞき込むと、いかにも傷つきやすそうな表情が浮かんでいて、ピーターは目が離せなくなった。

「もしかしたら」ピーターはゆっくりと慎重に言った。「今こそいい機会かもしれないぞ。自分の思うとおりに選んで、自分自身のスタイルを見つければいい」

　ミス・ハートレーは怪訝としか言いようのないまなざしでピーターを見た。「わたしには自分自身のスタイルなんてないと思うわ、ミスター・アシュフォード。そんなものには、今まで一度もお目にかかったことがないもの」

「おそらく、今まで見つける機会がなかっただけだ」

　彼女は唇をすぼめた。

　ピーターはばかばかしくて笑いだしたくなった。ぼくはいったい、何をしているんだ？
この若い女性が買い物を楽しめるように励まそうとするとは。

その一方で、少し前に彼女の目に浮かんだ苦悩の色が忘れられなかった。昨夜、レディ・テシュが開いた晩餐会で思いやりを示してくれたこともだ。今でも気がつくと、ふたりで交わした会話を思いだしてどきっとする。話すべきことはほとんどないと思っていたのに、彼女にうまく話を引きだされていた。

「とにかく試してみたらどうだい？」ピーターはおだやかに言った。「失うものなど何もないだろう？」

ミス・ハートレーは目をしばたたいた。「そうね」彼女は戸惑いながらも言った。「やってみるわ。でも」いたずらっぽい笑みを浮かべてさらに続けた。「わたしがいやでたまらないことをするわけだから、あなたも同じことをしてくれないと不公平だと思うの」彼女は通りの向こうにある、紳士服の仕立屋を身振りで示した。

ピーターはこみあげる笑いを止められなかった。まったく、頭の切れる女性だ。「いいだろう。よし、決まりだ」

ミス・ハートレーがにっこりした瞬間、雲の後ろから太陽が顔を出したように、世界が色鮮やかになった。やがて彼女が店の中へ入っていくと、どんよりと雲が垂れ込めた。

ピーターは彼女の後ろ姿を見送ると、不安を覚えながら向きを変え、しかめっ面で仕立屋へ向かった。

〈ピークヘッド・ティールーム〉に足を踏み入れたレノーラは、ゆっくりと息を吸い込んだ。

小さいけれど明るい雰囲気の店で、鮮やかな青と黄色の内装のおかげで陰鬱な日々に訪れても心地よさを感じる。レノーラは長年のあいだに数えきれないほどこの店に足を運び、マージョリーとヒルラムと一緒に小さな円テーブルを囲んだものだ。思い出がどっとよみがえってくる――声をあげて笑いあったこと、甘い菓子をおなかいっぱい食べたこと、店の名物のレモネードを試してみたこと。そしてそのあいだもずっと背景に海があり、チンツで飾られた弓形の張り出し窓の向こうでは、うねる波が金色の砂浜をなめるように押し寄せていた。

レノーラはここに来る必要があった。ヒルラムが自分に特別な想いを抱いていることに初めて気づいた場所に。ヒルラムのうれしそうな顔が頭の中にちらついた。彼の目は、レノーラには応えられない愛に満ちていた。彼の想いがますます募ったら、ふたりの友情にどう影響するだろうと、あの日、レノーラは心配でならなかった。けれども今は、胸が締めつけられるように痛い。痛みのあまり息が苦しくなり、レノーラはまた記憶に蓋をした。

ちょうどそのとき、店の女主人が彼らに気づいた。長い三つ編みを一方の肩に垂らした若い女主人は、急ぎ足で客のあいだをすり抜け、こちらにやってきた。「レディ・テシュ、お越しいただいて光栄です」

レディ・テシュは頭を傾けた。「こんにちは、ミス・ピーチャム」

「今日はお孫さんとミス・ハートレーもご一緒なんですね。ミス・ハートレーにお会いするのはずいぶん久しぶりです。こちらのおふたりの紳士は、町でお見かけしたことがありませんね」ミス・ピーチャムは好奇心と不安をあらわにしてミスター・アシュフォードを見た。

無理もない。何しろ彼は、まさにことわざどおり、陶器店に迷い込んだ雄牛（A bull in a china shop とい
うことわざ。乱暴者、不器用な人という意味がある）に見えるし、店内に並ぶ小さな円テーブルには、触れただけで壊れそ
うなあらゆる種類の磁器やガラスの食器がのっているのだから。

ミスター・アシュフォードは獰猛（どうもう）な目で食器類を凝視していたが、やがて怒りに満ちた目で近くにあるスツールをにらみつけてから、ミス・ピーチャムに視線を移した。女主人は一歩後ろへさがった。

「あらあら」レディ・テシュは言った。「〈ビークヘッド・ティールーム〉といえば、この島の情報の中心地でしょう。わたしの甥の息子とその友人のことはとっくに耳に入っているはずよ」

「ああ、こちらが！」ミス・ピーチャムは声を張りあげた。「おふたりとも、お会いできて光栄です」

ミスター・アシュフォードは小さくうなっただけだったが、ミスター・ネスビットは優雅なお辞儀をした。「ぼくたちも光栄です。きみがここで売っている商品を早く味わってみたい。すごくいい香りがするね」

ミス・ピーチャムがうれしそうに頬を赤らめると、レディ・テシュは大きく咳払いをした。「テーブルの用意はできているかしら」

「もちろんです、奥さま」ミス・ピーチャムは温かい笑みを浮かべると、いちばん大きなテーブルへ一行を案内した。ほかの客たちが座っているクッションつきのスツールではなく、

見るからに頑丈そうな椅子が並んでいる。テーブルは店の正面の窓際に配置されていて、通りとその向こうに広がる海をよく見渡せた。

「わたしの好みがよくわかっているわね」レディ・テシュはミス・ピーチャムに向かって言った。「選りすぐりの甘いお菓子を持ってきてちょうだい。それから、レモネードもひとつお願い」女主人が立ち去ると、レディ・テシュはミスター・ネスビットのほうを向いた。「この店のペストリーは島内でも絶品なのよ。そうよね、マージョリー?」

三人が他愛のない会話を始めたので、レノーラはミスター・アシュフォードをちらりと見た。彼は窓の外を見つめ、物思いにふけっている。会話に加わりたくないのだろうと思い、レノーラはスカートのしわを手で伸ばしたが、生地がごわついていてうまくしわが伸びなかった。婦人服の仕立屋で注文した濃いオレンジ色の美しい夜会服のことをふと思いだした。ほかにも淡い緑色のモスリンのドレスと、柄物のキャラコのドレスを注文した。レディ・テシュから長年強く勧められてもできなかったことが、ミスター・アシュフォードにそれとなく勧められただけで難なくできた。しかも心底驚いたことに、買い物を楽しむことまでできた。

ミスター・アシュフォードの声で、レノーラのとりとめのない物思いは破られた。「きみは紅茶を飲まないんだな」

レノーラは彼を見て、目をぱちくりさせた。「ええ、そうよ」

「なぜだい?」

彼が面食らった表情になったので、レノーラは唇をゆがめた。「紅茶が嫌いなのはいけないこと？」

「いや、ただ……」彼は言いよどみ、顔を赤らめた。

まあ、男性がこんなに赤面するのはあまり褒められたことではないだろう。彼がいつもつけている鎧に割れ目があるようなものだ――小さいけれど、致命的な弱点。

人間らしさが表れている。でも、そういうところに心惹かれてはいけない。

「たいていの女性は紅茶が好きなのに、と言うつもりだったんでしょう？」

ミスター・アシュフォードは口を引きつらせた。「そのとおりだ。また一般論で話を進めようとしている、と言いたいんだな？」

かすかな笑みらしきものを向けられただけで、めまいを覚えることがあるなんて知らなかった。どうしたことか、彼の口の端がわずかに吊りあがり、目尻にしわが寄っただけで、レノーラはすっかり平静を失った。一瞬、息ができなくなり、どちらが上かもわからなくなったけれど、どうにか自制心を取り戻し、わざとまじめくさった口調で言った。「ええ、そうよ」

「すまなかった」

レノーラは頭を傾け、毅然とした態度に見えるよう願った。「失敗から学んでいることだけはたしかね」

同意したように、彼の目に温かみが浮かんだ。「でも、なぜ紅茶が嫌いなんだい？」

レノーラは肩をすくめた。「自分でもわからないけれど、とにかくあの味が耐えられなくて。でも周囲の人たちの反応を見ると、愛国心のない人間になったような気分になるの。だからときどき、無理をして飲むこともあるわ。あれこれ言われないように」

「いやなことを無理してするべきではない」

「自分の意思に反してレディ・テシュのお屋敷に滞在している人の言うことかしら？」

彼と話しているうちにくつろいだ気分になり、思わず口にしていた。レノーラははっと息をのみ、口に手を当てる。「やだ、ごめんなさい。わたしったら、ひどく無礼なことを」

しかし、ミスター・アシュフォードは肩をすくめただけだった。「母の願いだったんだ」

思いもよらない答えだった。「お母さまの？」

彼の肩がこわばり、表情が険しくなった。一瞬、彼は答えてくれないだろうと思った。当然といえば当然だ。人のことを詮索するべきではない。

ところがミスター・アシュフォードは一瞬の間を置いたあと、口を開いた。「ぼくがレディ・テシュの屋敷に滞在することが母の最後の望みだったんだ」

「お母さまのこと、心からお悔やみ申しあげるわ」

彼は目をしばたたいた。お悔やみの言葉をどう解釈したらいいかわからないといった表情を浮かべている。「なぜだ？　母はきみとは無関係だったはずだ」

「ええ、でもあなたにとっては大切な人だったわけでしょう。悲しみはわかるわ」

彼は黙り込んだが、眉を吊りあげ、口をすぼめている様子からして、レノーラの言葉を信じていないのだろう。

「すべてがわかるわけではないし、あなたがどんな苦しみを味わってきたのかは、決してわたしには理解できないでしょうけれど」レノーラは認めた。「でも、わたしも幼い頃に母を亡くしたの。わたしは母に会うことを許されていなかったのに、それでもこっそり母の寝室に忍び込んだ」レノーラはごくりと唾をのみ、うつむいた。「今でも覚えているわ。苦痛に身もだえする姿、血の気を失った肌……わたしがそこにいることに、母は気づきもしなかった」レノーラは顔を上げ、ふたたび彼を見た。「母の苦痛をやわらげるためなら、なんでもしてあげたかった」

ミスター・アシュフォードの目に同意と理解の表情が揺らめいたのは、彼も同じ思いを抱いたことがあるからだろう。「気の毒に」

レノーラはぎこちない笑い声をあげ、また膝に視線を落とした。「なぜあなたにこんな話をしたのかしら。母の話なんて誰にもしたことがないのに」

「話してくれてありがとう」

レノーラはおずおずと微笑んだ。「こちらこそありがとう」

彼も笑みを返した。その瞬間、ふたりきりでしゃぼん玉の中に入り、この世のあらゆる困難を忘れ去ったような気がした。

ちょうどそのとき、軽食が運ばれてきた。ゼリーでかためたフルーツ、カスタード、キャラメル、砂糖をまぶした小さなケーキが大皿に盛られ、湯気がのぼる紅茶とコーヒー、レノーラのために注文したレモネードとともに次々と目の前に置かれた。そしてもちろん、アイスクリームも。色とりどりのアイスクリームが小さなガラスの器の中で輝いている。冷たくて、甘いアイスクリームに、心をそそられる。

レノーラは食べたくてたまらなくなった。ミスター・アシュフォードも同じように感じているのか、テーブルに並んだすばらしい菓子に目を丸くして見入っている。彼が唇をなめた。

レノーラは全身がかっと熱くなるのを感じた。アイスクリームを手に取り、ほてる体を冷ましたくてたまらない。手近にある器をつかみ取り、一気にのみ込みたい気持ちをどうにかこらえた。

「実に見事だ」ミスター・ネスビットは言った。「こんなすばらしいものは見たことがない」

マージョリーが口を開いた。「あなたは甘いものが好きなの、ミスター・ネスビット?」

「かなり好きだが、ピーターほどじゃない。彼は甘いものに目がないんだ」

全員の視線がミスター・アシュフォードに向けられた。いや、レノーラの目だけはすでに彼に釘づけになっていたので、わざわざ視線を向ける必要はなかった。だから彼がわずかに口を引き結び、怒りに満ちた目で友人をにらみつけたのを見逃さなかった。

「〝目がない〟なんてことはない」ミスター・アシュフォードは不機嫌な声で言った。

「いや、そうだろう」ミスター・ネスビットが言い張る。「きみみたいにパンプキン・プディングをたいらげる人間には今までお目にかかったことがないよ。砂糖漬けのアーモンドにしたってそうだ。あきれたことに、満腹になるまでがつがつ食べつづけるじゃないか」

レノーラは興味をそそられた。ぶっきらぼうなミスター・アシュフォードが甘いものに目がないなんて意外だった。またしても鎧に亀裂が見つかり、ジグソーパズルのピースがぴたりとはまるように、仮面の下に隠れていた本当の姿がはっきりと浮かびあがってきた。

もっとも彼はこれまでにも、本当の自分を少しだけレノーラに見せはじめていたのではないだろうか？

ただし、ミスター・アシュフォードのごつごつした手から判断すると、友人にからかわれたのが面白くなかったようだ。居心地のよい店で女性に囲まれているにもかかわらず、傷のある日焼けした手は汚れのない真っ白なテーブルクロスの上で握りしめられている。震えそうなほど強くこぶしを結んでいるせいで、指が白くなっていた。

「ミスター・ネスビット」レノーラはあわてて言った。彼がさらに何を言うつもりか知らないけれど、やめさせなければならない。「イングランドではなじみのない食べ物を味わったことがあるんでしょう？　今までどんなものを食べたのか聞かせてもらいたいわ」

気をそらすことに成功したらしく、ミスター・ネスビットは一瞬驚いた表情を浮かべたあと、微笑んだ。みんなが目の前に並んでいるお菓子を自由に取って食べはじめると、彼はアメリカでの驚くべき経験について詳しく語りだした。

隣にいるミスター・アシュフォードが手の力を抜き、体の緊張を解くのがわかった。

レノーラはこっそり安堵の吐息をついた。ふたりの会話に割って入ったのは、ミスター・ネスビットの顔をつぶさないためだと自分に言い聞かせようとした。なぜなら、ミスター・

アシュフォードは今にもテーブルを飛び越え、気絶するほど友人を殴りつけそうな顔をしていたからだ。ところが、レノーラがアーモンド・チーズケーキをひと切れ取ってやると、彼は無防備とも言える表情を目に浮かべ、小声で礼を述べた。どうやら取り越し苦労だったようだ。ミスター・アシュフォードを気遣うあまり、衝動的に行動してしまった、ただそれだけのことだ。

なぜ彼を守ってあげなければならないと感じるのだろう？　ナポレオンが率いる軍でさえやすやすとやっつけてしまいそうな風貌をしているのに。まったくわからない。しかし彼がなめらかなケーキをひと口食べ、目を閉じて至福の表情を浮かべた瞬間、また喜んで守ってあげようとレノーラは思った。

12

翌朝、レディ・テシュが朝食のテーブルに加わった。いつもなら、子爵夫人は居心地のいい自室で朝食をとってから姿を見せるので、鮮やかな紫ずくめの服装に、羽根飾りのついたターバン風の帽子をかぶり、ありとあらゆる種類の宝石をはめた手で、小さく切ったハムをフレイヤに食べさせる姿はかなりの見ものだった。

早起きをしたレノーラは、子爵夫人の精力的な性格がよく表れた色彩豊かな服装に面白みを感じた。ところがテーブルの向こう側にいるミスター・アシュフォードの様子をうかがうと、彼は目を細め、目尻にしわを寄せていた。これ以上、五感を刺激されたらたまったものではないと言いたげに。

「ピーター」レディ・テシュは少なめに料理が盛られた彼の皿を見て、声をかけた。「ソーセージをぜひ食べてみて」彼女が丸々としたソーセージをフォークの先で突き刺したとたん、一点の汚れもないテーブルに肉汁が飛んだ。

「ありがとうございます」ミスター・アシュフォードは気乗りしない様子で答え、湯気を立てているコーヒーカップを手に取った。「でも、今朝はもう充分いただきました」

「ばかを言わないで」レディ・テシュはきっぱりと言った。「あなたみたいに大柄な男性はしっかり食べないとだめよ。わたしの甥の息子に、あなたからも言ってちょうだい。レノーラ」彼女は甲高い声で言った。「わたしの甥の息子に、あなたからも言ってちょうだい。レノーラ」彼女は甲高い声で言った。「しっかり食べておくようにって」

レノーラは目をしばたたき、口に運びかけていたフォークを止めた。全員の目が自分に向けられるのを感じ、フォークの先に刺さっている卵が震えた。「え？　今日わたしたちは、どこへ行くんですか？」

「あら、妖精の水辺に決まっているでしょう」

「妖精の水辺」レノーラはうつろな表情で繰り返した。

「ええ。昔よく行った場所を訪ねてみたいとあなたが言ったのよ。今日は妖精の水辺へ行くのにうってつけの日だわ。ほら、空を見てごらんなさい」レディ・テシュはソーセージを刺したままのフォークで窓を示した。レノーラはあきらめと恐怖を感じながら、固唾をのんで見守った。いつソーセージが飛んで、レディ・テシュの隣に座っているミスター・ネスビットの顔に命中してもおかしくない。

奇妙な光景が頭に浮かび、思わず噴きだしそうになった。

マージョリーの声がして、レノーラは物思いから覚めた。「まあ、おばあさま。それはすばらしい考えね。レノーラとわたしは、もう長いことあそこへ行っていないのよ。最後に行ったのは……」マージョリーが言いよどみ、うろたえた顔でレノーラを見た。

レノーラは友人の表情の意味をすぐには理解できなかった。ところがその意味がわかったった皿が欠けていた。

とたん、一気に記憶がよみがえり、はっと息をのんだ。ガチャンという音が部屋じゅうに響き渡る。ぼんやりした視線を落とすと、フォークの先が銀色にきらめき、そのかたわらにあった皿が欠けていた。

従僕がすばやく近づいてきて、壊れた食器を片づけ、レノーラの好物ばかりを山盛りにした新しい皿と取り替えた。湯気を立てている卵料理とスコーンと丸々したソーセージを見たとたん、胃が抗議の声をあげて暴れだした。

「おやおや」ミスター・ネスビットが苦渋に満ちた静寂を破った。「ご婦人たち、大丈夫かい？　ふたりとも、幽霊でも見たような顔をしているが」

言い得て妙だ。レノーラは今この瞬間、過去の亡霊につきまとわれていた。より強烈に感じられるのは、忘れていたから……なんとか忘れたままにしておきたかったからだ。

「実を言うと」マージョリーはぼそりと言った。「最後に妖精の水辺を訪れたとき、ヒルラムがレノーラに結婚を申し込んだの」

ミスター・アシュフォードが低く悪態をつき、深い静寂を破った。

全員がいっせいに彼を見た。もちろん、レノーラも見た。

「今、なんと言ったの、ピーター？」レディ・テシュが問いかけた。

彼の顔が紅潮する。「舌を火傷(やけど)してしまったんです、コーヒーで」

しかしレノーラは、ミスター・アシュフォードがコーヒーをとっくに飲み干していることに気づいていた。彼が冷たそうなブルーの目で、不安になるほどじっとこちらを見つめていることも。

「おばあさま」マージョリーは小声で言った。「妖精の水辺はまた別の日にしたほうがいいんじゃないかしら」

「まさか」老婦人はきっぱり言い放つと、フレイヤにフォークからじかに卵料理を与え、さらにもうひと切れをフォークで刺した。「そんなふうに先回りして避けてばかりいたら、事態をますます悪化させるだけよ」

「だったら、遠出をするのはあきらめたほうがいいかもしれないわね」孫娘は意を決したように言った。

レディ・テシュは怒りのまなざしでマージョリーを見た。「妖精の水辺をあきらめるですって？　あそこが重要な場所であることを忘れたの？　シンとイーヴァルが愛しあった場所なのよ」

「もちろん忘れていないわ、おばあさま。それに、おばあさまにとってこの島の歴史を記録に残すことがとても重要なことも。だったら、今回だけは絵を描く役目はわたしが――」

レディ・テシュは片手を振ってマージョリーの言葉をさえぎった。あろうことか、フォークを持っているほうの手を。ミスター・ネスビットがすばやく察知し、飛んできた卵料理の切れ端をうまくよけたのが不幸中の幸いだった。けれども今回は、レノーラはまったく笑う気にはなれなかった。

「これ以上聞きたくないわ。描くのはレノーラでなければだめよ」

マージョリーがなおも抵抗しようとしたので、レノーラは片手を上げて制した。「もういいわ、マージョリー」

「いいの、本当に?」

レノーラはつくり笑いを浮かべてうなずいた。「ええ。わたしも妖精の水辺には行きたいから。わたしたちはあの場所で何度も楽しい時間を過ごしたでしょう。また訪れたら、きっと楽しいはずだわ」

見え透いた嘘だった。マージョリーが疑わしげな視線を投げてきたということは、親友の目はごまかせなかったようだ。しかしやさしい彼女は、レノーラに決定を強いることはしなかった。

ありがたいことに、朝食はじきに終わった。レノーラはもう、おだやかで満ち足りた表情を保つことはできなかった。あの水辺へ行き、ヒルラムの思い出と向きあうべきだとわかっている。彼の死に対する罪悪感と向きあうこと――それがこの島に来た理由なのだから。けれども今までのところ、その覚悟さえできていない。

こぶしを腹部に押しつけながら、着替えるために階段をのぼった。ああ、ヒルラムのことを思いださずにすめばどんなにいいだろう。

ことあろうに、自分が生きているあいだに死者への嫉妬心で頭がいっぱいになるとは思ってもみなかった。

ピーターはみんなの後ろについて、島の名所である妖精の水辺へ続く雑木林を重い足取りで通り抜けた。踏み固められた小道を歩くみんなの足音が、生い茂る葉に響いてこだまする。雑木林の奥のほうで一羽のカラスが鳴くと、それをまねる仲間たちの耳障りな鳴き声が頭上から響いた。利発そうなカラスも、陰気な集団に属しているらしい。

前を歩いているミス・ハートトレーがつまずきかけた。ピーターははっと身をかたくし、画材を放りだして彼女を助けに行こうとした。しかし彼女はすぐさま体勢を立て直し、クインシーとミセス・キタリッジのあとを追ってまた歩きだした。ふだんより歩みが遅いようだ。いつもはきびきび歩くのに、今朝はひどく動揺したせいか、のろのろとした足取りになっている。

亡き婚約者のことが話題にのぼったとき、ミス・ハートトレーの顔に刻まれた衝撃の表情は一生忘れないだろう。あの瞬間、ピーターは彼女を慰め、そもそもそんな話を持ちだしたミセス・キタリッジとレディ・テシュを叱りつけたくなった。

かつてはヒルラムに恨みを抱いたこともあった。あの少年は少しばかりの残飯を求めて這いつくばる必要もなく、ピーターが狭苦しい屋根裏部屋にうずくまり、汗でぐっしょり濡れた母の額を拭いているあいだ、悠々自適の生活を送っていたのだ。

ところが今、公爵の息子が生まれながらに受け継ぐことが決まっていたすべてを、ピーターが手にしようとしている。それにもかかわらず、死んでもなお、ヒルラムはピーターを負かそうとしている。長い歳月の中で、今ほど彼を妬ましく思ったことはなかった。ミス・ハートレーがヒルラムに深く想いを寄せ、彼のために涙を流し、心を捧げていたと知ったからだ。

ピーターは深く息を吸い込んだ。湿気を帯びた潮の香りにまじって、濃厚な松の香りと豊かな土のにおいがする。ミス・ハートレーに愛されていたからといって、ヒルラムを憎むのは筋が通らない。何しろ、ピーター自身は彼女を愛するつもりはないのだから。過去のしがらみを断ち、いずれこの島を出ていく。結婚する気はないし、アシュフォード家の名を後世に残す気もない。公爵位は自分の代で消滅させる。そもそも結婚を望んだことがないから、犠牲にするものは何もない。誰かと親密な関係を築きたいと思ったことはないし、子どもをもうけたところで、一年もしないうちに相手との関係がぎくしゃくするだけだ。

なぜかわからないが、胸が痛みだした。ピーターは顔をしかめ、その場所をさすりたい衝動を必死にこらえた。この島を去ることを考えた瞬間に襲われたこの感情は、決して後悔ではない。初めからそのつもりだったのだ。そのときが来たら、喜んでこの島を捨ててやる。

それなのに、ミス・ハートトレーの髪が日差しを受けて金色に輝くと、思わず目が吸い寄せられ、心臓が一瞬止まった。どうやら、思っていたほど簡単ではないのかもしれない。やがてミセス・キタリッジが話を始めた。彼女だけが自ら進んで語っているように見える。いや、ひょっとしたらレディ・テシュの命令に従っているだけかもしれない。一族の歴史を噛んで含めるように話して聞かせ、ピーターにこの島とのつながりを感じさせようという魂胆なのではないだろうか。

「古代スカンジナビア人は小妖精（エルフ）の存在を信じていたの。それで、あの水辺は妖精の水辺と呼ばれているわけ」ミセス・キタリッジはさえずるような声で言ったが、その口調は家庭教師のようだった。「二種類のエルフがいると考えられていて、闇のエルフは地底の住人なの。言ってみれば、トロールと似たようなものね。光のエルフは天上世界に住んでいるのだけれど、ええと、名前を思いだせないわ……」

　周囲の影にのみ込まれてしまったかのように語尾が薄れた。

「アルフヘイムよ」

ミス・ハートレーのおだやかな声が重苦しい雰囲気に流れ込んできた。彼女が不思議な言葉を発したとたん、ピーターは背筋がぞくぞくした。

ミセス・キタリッジが肩越しに振り返り、友人を見た。「今、なんて言ったの？」

「アルフヘイム」ミス・ハートレーがさっきより力強い声で繰り返す。「エルフが住む世界のことを、古ノルド語でそう呼ぶの。文字どおり、〝エルフの故郷〟とか〝エルフの世界〟という意味よ。そしてエルフという単語は、古ノルド語の〝アールヴ（alfar）〟に由来しているわ」

　突然、樹木が途切れて視界が開け、小さな谷が目の前に広がった。見下ろすと、ごつごつした岩場と青々と生い茂る木々が見え、それを切り裂くように広い川が流れている。

　一行は木陰から離れた。全員が朝からずっと抱えていた暗い気分がすっと消えたようだった。ミセス・キタリッジとクインシーはわずかに足を速め、川を目指した。彼らのはしゃぐ声が風に乗って聞こえてくる。ピーターは彼らのあとを追いながらも、ミス・ハートレーに絶えず注意を向けていた。どうやら太陽の光が、彼女にもいい影響を及ぼしたらしい。あるいは、古代スカンジナビアの歴史を語ったおかげかもしれない。さっきよりも背筋が伸び、足取りがいくぶん軽くなっている。ミス・ハートレーにすっかり気を取られていたせいで、先に行ったふたりが川岸で立ち止まっていることに気づくのが遅れた。そこでいったん小道が途切れ、川の向こう岸からまた始まっているらしい。川の流れは速く、ガラスのごとく澄みきっている。川を横切るように大きな石がいくつか置かれていた。何世紀も使われてきたらしく、石の表面はすり減ってほとんど平らになっているが、はるか昔に亡くなった職人がのみで彫ったとおぼしき溝がいまだに残っている。

「男性陣はお気に入りのブーツでなければいいけれど」ピーターとミス・ハートレーが追いつくと、ミセス・キタリッジが言った。「ここで川を渡るの。でも、石が滑りやすくなっているところがあるから気をつけて。もし足を踏み外したら、ブーツの心配どころではなくなるわ」

クインシーはにやりとしてひとつめの石に飛び移ると、向きを変えてミセス・キタリッジに手を差しだした。彼女はくすりと笑いながらその手を取り、用心して渡りはじめた。無事に川の向こう岸に着いたふたりは、なだらかな勾配をのぼりはじめた。

ミス・ハートレーは絶え間なく流れる川をじっと見つめている。愛する男性とこの石を渡ったことを思いだしているのかもしれない。しかし、ピーターはその考えをぺしゃんこに押しつぶした。

「きみが渡るのを喜んで手伝わせてもらうよ」本当は喜んでなどいなかった。こんなごつごつした手で、ほっそりとした優美な手を握りたくないし、触れた瞬間に電流が走るような衝撃も感じたくない。

ピーターの言葉で、彼女ははっとわれに返った。「ありがとう。でも、大丈夫よ。ここへは何度も来たことがあるから」彼女は片手でスカートをつまみ、ふくらはぎが半分ほど見えるまで裾を持ちあげると、しっかりした足取りで最初の石に足をのせた。

ピーターはミス・ハートレーのストッキングをはいた脚や、華奢な足首、頑丈そうなハーフブーツに包まれた小ぶりな足を凝視しそうになるのを必死にこらえた。彼女のあとに続いて、つるつるした表面に足をのせてから石の上に移動すると、気を紛らそうと彼女に話しかけた。「きみは北欧神話に詳しいんだな」

ミス・ハートレーは苦笑を浮かべ、すぐに目の前の石に注意を戻した。片腕を伸ばしてバランスを取りながら、次の石へ飛び移る。「ロンドンではまったく役に立たない知識よ。すっかり忘れているだろうと思っていたけれど、つまらない雑学がまだ頭の中に残っていてよかった」

ピーターは画材を脇に抱え直し、石が濡れていない場所を選びながら進んでいく彼女の背中を見ながらついていった。「なぜロンドンでは役に立たないんだ?」

彼女がずっと黙ったままなので、答える気がないのだろうとピーターは思った。やがてふたりは向こう岸に着いた。小道の真ん中で足を止めた彼女がこちらに向き直った。

「良家の子女にはそんな知識なんて必要ないとされているからよ。ましてや、ひけらかすなんてとんでもない」そう言って、彼女は悲しげな笑みを浮かべた。

ピーターは眉をひそめた。「ロンドンでは、女性が博識家と話すことは許されていないのか？」

ミス・ハートレーは口元をゆがめて微笑を浮かべた。一瞬、目が愉快そうに輝いたが、次の瞬間には霧のようにすっと光が消えた。「いいえ、そんなことはないわ。学識を鼻にかける嫌味な女だという烙印を押される勇気があるなら。でも、アルフレッド・ハートレー卿のひとり娘は、そんな烙印を押されるわけにいかないのよ」

ピーターは胃が締めつけられるのを感じた。実の父親だというのに、娘が知性ある人間と話すことさえ許さないとは、なんてばかげた考えだろう。だが、彼女が大まじめな顔をしているということは、残念ながらそのとおりなのだろう。

「なるほど」ピーターは言った。「じゃあ、ぼくと一緒にいるときはそんな古くさい考えは気にしなくていい」

繊細な顔立ちに輝くような表情が浮かぶのを見て、ピーターは息が止まりそうになった。彼女の笑顔の魔法を解くために目をしばたたき、咳払いをして小道を指し示した。「行こうか」

ミス・ハートレーは頬を赤らめた。「ええ」

ふたりは曲がりくねった小道をのぼりはじめた。「ところで、どうやって知識を得たのか、まだ教えてもらっていないぞ」ピーターはさらに尋ねた。隣にいる彼女をひどく意識してしまうので、沈黙を埋めて気を紛らす必要があった。

「すでに気づいているかもしれないけれど、レディ・テシュはこの島の歴史に強い関心を寄せているの」

「取り憑かれていると言ってもいいほどだ」

ミス・ハートレーが笑い声をあげた。「レディ・テシュはデーンズフォードで生まれて、結婚してシークリフに住まいを移した。つまり、人生のすべてをこの島で過ごしているの。そのあいだに、彼女はこの島の行くすえを考えるのに役立ちそうな歴史の本を驚くほどたくさん集めたわ。そして、その中に北欧神話に関する本が何冊かあったというわけ」

「それを読んだのか？」

「いいえ」彼女はピーターを見上げ、にっこり微笑んだ。「それだけじゃなく、全部読んだわ。どうやら、レディ・テシュの情熱は伝染しやすいみたいなの。子どもの頃、わたしはしょっちゅうこの島を訪れて、来るたびに何か月も滞在していたの。レディ・テシュはマージョリーとわたしに、わくわくする話をよく聞かせてくれた。わたしは島の歴史や北欧神話に関する本ならなんでも貪るように読んだわ。魔法が解けないように」

ミス・ハートレーを見下ろすと、彼女が喜びに顔を輝かせていたので、ピーターは目を離せなくなった。彼女の顔は不思議な輝きを放っていた。まるで、彼女が話してくれた光のエルフが幸運をもたらすために、天上世界から舞いおりてきたかのように。

ふたりは丘の上にたどり着いた。彼女から視線を引きはがし、この世界の日常を必死に取り戻そうとした。ところが頂上からの景色を目にしたとたん、ピーターはさらなる魔法をかけられたようにすっかり魅了された。

「ミスター・アシュフォード」ミス・ハートレーはささやくように言った。「妖精の水辺へようこそ」

13

レノーラはこれまでに、数えきれないほど何度も妖精の水辺を訪れていた。ここへ来ると安らぎが感じられ、幾度となく引き寄せられた。芸術に情熱を抱いていることに初めて気づいたのはこの場所だったし、ピクニックや戦争ごっこをしたり、冷たい水の中で泳いだりする日々の中で、マージョリーと友情の絆を強めたのもこの場所だった。

そして、ここでヒルラムという友人を見つけた。困ったことに、彼に求婚されてしまったけれど。それだけは、なんとしても避けたかったのに。

レノーラはため息をつき、水辺に向かう小道をくだりはじめたが、まもなくミスター・アシュフォードがついてきていないことに気づいた。目を細めて振り返ると、彼はまだ丘の上にいた。彼が驚嘆の表情を浮かべているのを見て、レノーラは深い感銘を受けた。美しい眺めについ見入ってしまったのだろう。レノーラが初めてこの景色を見たときは、たしかマージョリーの手をぎゅっと握りしめ、アヒルの子のようにレディ・テシュのあとをついて回ったものだ。レノーラはミスター・アシュフォードのもとに引き返し、彼の目を通して景色を見ようとした。

丘の斜面に段々に広がる池があり、下へ行くほど池が大きくなった。水は蛇行しながら流れ、岩の上で跳ねたり、滝になって落ちたりしている。ここへ来るまでの道のりは青々とした木々が生い茂っていたけれど、この水辺は岩だらけで、植物はわずかにしか生えていない。水をたたえている池は、何千年にもわたって流れる水で岩が削られてできたものだ。植物がまばらにしか生えていないにもかかわらず――いや、むしろそれゆえに――息をのむほど美しい。澄んだ水の底には岩や石がまどろむように横たわり、ターコイズブルーやエメラルドグリーン、空色や藍色といった鮮やかな色合いに染まっている。あちこちにある小さな滝の流れ落ちる音は、すばらしい音楽よりも心地よく耳に響き、交響楽団に負けないほど美しい旋律を奏でている。

「知らなかったよ、この世にこんな景色が存在するとは」

ミスター・アシュフォードが発した深みのあるバリトンの声は、感動的な瞬間を台なしにするどころか、この場所が持つ不思議な力をかえって高めたような気がした。

「きれいでしょう？」

「想像以上の美しさだ」

レノーラは微笑んだ。彼女が知るようになった、気難しさをまったく感じさせないミスター・アシュフォードがそこにいた。彼がこれまで見せたことのない感情のこもった温かなまなざしでレノーラを見つめた。その瞬間、彼に触れたいという衝動に駆られ、レノーラはためらいながらも一歩近づき、手を伸ばした。彼の頬に触れたい……。

「レノーラ」マージョリーの声が聞こえた。「どこにイーゼルを立てる?」

レノーラははっとして、ミスター・アシュフォードから離れた。彼も同じく動揺しているのか、わざとらしく何度か咳払いをすると、画材を盾にするように胸の前で抱え直し、すたすたと斜面をくだりはじめた。

レノーラは顔が熱くほてるのを感じながら、どうにか平静を取り戻し、彼のあとをついていった。数秒かかってようやく声が出るようになった。「その小さな崖の上からの眺めがいちばん美しいと思うわ」努めて落ち着いた口調で、ミスター・アシュフォードの背後からマージョリーに呼びかけた。わたしはいったい、どうしてしまったのだろう?

レノーラがみんなのいる場所までやってくると、マージョリーは早くもイーゼルを立てる場所について男性たちにせっせと指示を出していた。

「なるほど」ミスター・ネスビットが作業の手を止め、景色を見渡しながら言った。「あの水辺で、美しきシンはヴァイキングの貴族を誘惑したわけだ」

「シンは誘惑していないわ」レノーラは言い、肩をすぼめるようにしてスモックを着ると、マージョリーに後ろの紐を結んでもらうために体の向きを変えた。「それどころか、彼女はイーヴァルと関わりあいになりたくなかったの」

ミスター・ネスビットは黒い眉を吊りあげた。「本当かい?」

「ええ」マージョリーに紐を結んでもらい、スモックの前のしわを伸ばしてふたたび向きを変え、今度は友人がスモックを着るのを手伝った。「忘れないでほしいのは、その一世紀前に古代スカンジナビア人がこの島に侵入して、修道院を襲撃したということよ。大勢の人が殺されたの。その中にはシンの先祖もいたかもしれない。だから彼女はイーヴァルと彼の仲間たちにいい感情を持っていなかったの」

「にもかかわらず、彼を愛するようになったわけか」

ミスター・アシュフォードが考え込むような声でそっとつぶやいた。その声を聞いたとたん、レノーラの体の奥が妙にうずきだした。

レノーラは咳払いをすると、箱から絵の具を取りだす作業に集中しながら答えた。「ええ、そうよ」

深い静寂がおり、鳥の鳴き声と画材を並べるかたかたという音しか聞こえなくなった。

ミスター・ネスビットの陽気な声が張りつめた空気を一瞬でかき消した。「さあ、ぼくたちをからかうのはもうそれくらいにして、早く続きを聞かせてくれ」

「彼らに聞かせても平気かしら？　何しろ、これは恋愛の物語なのよ」

親友の茶色い瞳が楽しそうにきらめいた。「ふたりが恥ずかしさでもじもじしても、自業自得よ」

レノーラは思わず噴きだし、肩越しに男性たちをのぞき見た。ミスター・ネスビットは座りやすそうな岩を見つけて腰をおろすと、長い脚を足首のところで組み、上機嫌な顔を見せた。ミスター・アシュフォードは大きな足を開いて立ち、たくましい腕を胸の前で組んで、この島に到着した日のようにむっつりした表情を浮かべている。

ところがなぜか、こっそり様子をうかがうようにこちらに視線を投げてくる。わたしが話しはじめるのを待っているの？

レノーラはひとり微笑むと、前に向き直り、ボンネットのつばを直した。「シンは機会があるたびにこっそり村を抜けだしては、妖精の水辺に来ていたの。彼女にとって、安全な隠れ場所だったのね。ここは人にあまり知られていなかったから、ヴァイキングたちにも見つかっていなかったの」

「ところが、イーヴァルとばったりでくわしてしまった」マージョリーが口をはさんだ。

「彼女が水浴びする姿を盗み見ていたのよ」レノーラはにやりとして言い添えた。

「レノーラ！」マージョリーは息をのみ、驚きを含んだ笑い声を漏らした。

「何？　だって本当のことだもの。子どもの頃、あなたのおばあさまがよく話してくれたでしょう」

「昔とは違うのよ」友人は顔を真っ赤にして口の中でつぶやき、箱の中をかき回して鉛筆を探すふりをした。「それにあなたは未婚の女性で、この場には男性がいるんだから」

「ぼくたちのことも女性だと思ってくれればいい」ミスター・ネスビットが言った。

レノーラはミスター・アシュフォードに目をやった。とてもそうは思えない。

「要するに、シンは現行犯でつかまったのを快く思わなかったわけだな」ミスター・ネスビットは先を促した。

「彼女は激怒したわ」レノーラは答えた。「言い伝えによれば、イーヴァルにナイフを突きつけたとか」
「それはどうかな。だって、彼女はどこにナイフを隠していたんだ？」ミスター・ネスビッ
トが間延びした声で言った。
レノーラとマージョリーは息が詰まるほど笑い、ミスター・アシュフォードは低いうめき
声を発した。
「クインシー」明らかに、声に警告の響きがこもっていた。
「おいおい、気にならないとは言わせないぞ」
「本題から外れている」ミスター・アシュフォードは歯を食いしばったまま答えた。「それ
に、この場には女性がいるんだぞ」
「わかったよ」ミスター・ネスビットは女性たちに向かって頭をさげた。「すまなかった。
いかにもアメリカ人的な野蛮な物言いをしたことを許してほしい。それで、シンが魔法のよ
うにナイフを空中から取りだして、どうなったんだ？」
レノーラは笑いをこらえた。一方、ミスター・アシュフォードは少しも面白がってはいな
いようだ。「彼女はイーヴァルを追いかけた一方、彼は応戦しなかった。やがて痛手を負っ
たの。あそこに木が見えるでしょう」いちばん大きな池からさほど遠くないところにある木
を鉛筆で指し示した――たった一本だけ、ごつごつした岩の上に根を張っている。「あの木
は、イーヴァルの血が流れ落ちた場所から生えたと言われているの」
「だけど、彼は死ななかったんだろう」ミスター・アシュフォードは物語が新たな展開を迎

えたことを非難するような口調で言った。「ふたりはあの水辺で恋に落ちたという話だったはずだ」

「ええ、彼は死ななかった」レノーラは断言した。安堵のため息をついたのはレノーラ自身だろうか？　それとも、たくましい肩からいくらか力が抜けたように見えるミスター・アシュフォードのほう？

何かが胸を締めつける。もしかして、愛情だろうか？　レノーラはうろたえ、咳払いをした。「シンは彼に傷を負わせてしまった自分の過ちに気づいたの。彼が死んでしまったら、家族全員が代償を払うはめになるということに。彼女はすぐさまあの池のほとりで、傷の手当てを始めたわ。言い伝えによると、水辺の魔法によって傷が癒え、イーヴァルは九死に一生を得たそうよ」

「当然ながら、その頃にはイーヴァルはシンにすっかり心を奪われていたというわけ」マージョリーが言い添えた。「彼はシンがしてしまったことを誰にも言わなかったの。彼女に恋をしていたから」彼女はレノーラに微笑みかけた。

「ええ、そうなの」レノーラは小声で答え、一瞬黙り込んだ。考えてみれば、大男のイーヴァルは小柄だけれど気性の激しいシンに心を奪われ、嫌われているにもかかわらず彼女を守ったのだ。「もちろんシンは、秘密を漏らさないという彼の言葉を信じなかった。彼女は毎日イーヴァルを訪ね、秘密を守る見返りに何が欲しいのかとしつこく問いつめたわ」

「そして彼は毎日、同じことを言いつづけた――欲しいのはきみの心だけだ、と」マージョリーは言うと、うれしそうに小さなため息を漏らした。

「彼女の心だけ？」ミスター・ネスビットがつぶやく。「キスさえ求めなかったのか？　古代スカンジナビア人は並外れて知能が高かったとは言えないな」

「クインシー」ミスター・アシュフォードがまた低いうめき声を発した。

「イーヴァルは体が回復すると、彼女をこの水辺に誘いだしたの」レノーラはふたりのおしゃべりを聞き流して話を続けた。「シンは拒みつづけたわ。でもある日、ついに誘いに応じた。ミスター・ネスビット、あなたはイーヴァルのことをもっと見下すかもしれないけれど――」彼女はさらに言った。「彼はキスさえしなかったの。一緒に過ごし、語りあうことで美しきシンの愛を勝ち取ったのよ。そしてシンは日ごとにイーヴァルへの愛を深め、とうとう彼女のほうからキスを求めた。話はここまでよ」

「美しい娘にキスをせがまれたのか」ミスター・ネスビットは顎を撫でた。「なるほど、そういうことなら、イーヴァルはそれほど愚かな男でもなかったようだな」

ミスター・アシュフォードがまたしても発したうめき声が、雷鳴のように小さな谷に響き渡った。

「レディ・テシュが言っていただろう。水辺の絵を描くには昼前の日の光がいちばんいいと」彼は不平がましく口にすると、そろそろ我慢の限界だとばかりに友人に視線を投げた。「そろそろ取りかかったほうがいいんじゃないか」

ああ、そうだった。絵を描かなくては。シンとイーヴァルの物語にすっかり夢中になり、レディ・テシュがレノーラたちをここへ向かわせた理由を忘れていた。それだけでなく、この場所を訪れる必要があった自分自身の理由も。

ヒルラム。暗い記憶の中から彼の顔が浮かびあがってきた。レノーラに結婚を申し込んだときの、愛に満ちた真剣な顔。罪悪感で胸が締めつけられ、思わずあえぎ声が漏れそうになった。頭を振り、ヒルラムの記憶を脳裏から追い払った。とにかく絵を描くのよ、と必死で自分に言い聞かせる。絵を描き終えたら過去の記憶と向きあえるだろう。レノーラは歯を食いしばると、イーゼルの前に座って鉛筆を手に取った。

意識せずとも線を描くことができた。小さな崖の下の岩場を流れる水のように、よどみなく鉛筆の先が羊皮紙の上を走っていく。水が大きな岩の上を流れる線、滝になってこぼれ落ちる優雅な曲線。そのうちに、正確なスケッチができあがってきた。

鉛筆を走らせているあいだも、背後にミスター・アシュフォードの気配を感じていた。彼はレノーラをじっと見つめている。なぜだか目に見える情景をただ写し取ることに物足りなさを感じた。

レノーラは心の目で見た——水面（みなも）の下で渦を巻く水の動き。魔法使いの大釜の中を思わせる複雑な色合い。水辺が魔法で息を吹き返したように感じられた。ある岩は、ごつごつした顔のトロールを思わせた。そのかたわらで、葉のまばらな木が空に向かって伸び、暖かな太陽の光を吸い込んでいる。

目の前の情景を余さずとらえたいという欲求が恐ろしいほどの勢いで押し寄せてくる。自分自身の一部だったのに何年も否定してきたものが、波となって怒濤の勢いで頭の中に打ち寄せた。その引力との戦いを終えたレノーラは、ぜいぜいと息を切らし、後ろにさがった。鉛筆が手から滑り落ち、足元の石にぶつかって静けさの中で耳障りな音をたてた。

「レノーラ、大丈夫？」

聞き慣れたマージョリーの声で、レノーラははっとわれに返り、どうにか弱々しい笑みを浮かべた。

「もちろん大丈夫よ。ちょっと手が痛くなっただけ」レノーラは嘘をついた。

マージョリーが眉をひそめる。「色を塗るのは、少し休憩してからのほうがいいんじゃないかしら」

「ええ」レノーラはぼそりと言った。「そうかもしれないわね」

マージョリーが自分の道具を確かめに行くと、レノーラは両腕で自分の体を抱きしめ、池を見渡した。表層よりも深い部分を描きたいという強い欲求がまだ鳴りやんでおらず、それが怖くてたまらない。三年間も否定されつづけた欲求が、手に負えないほど大きくなったようだ。注意を要する野獣を、二度と解き放つべきではないだろう。

「ミス・ハートレー、鉛筆を」

ミスター・アシュフォードの深みのある声を耳にしたとたん、またしても電流が走ったような衝撃を覚えた。彼が差しだした鉛筆に視線を落とし、思わず見とれた。細い木の鉛筆を握るたくましい手、日焼けした肌の下で動く筋肉と腱、傷痕の残る指の関節、短く切りすぎた爪。

鉛筆を受け取った。木の鉛筆に残る彼の手のぬくもりがレノーラの指にまで広がり、彼女はようやくわれに返った。「ありがとう」

ミスター・アシュフォードは黙ったまま隣に立っていたが、やがて口を開いた。「ふたりのあとを追ったほうがいいんじゃないかな」

レノーラはきょとんとして彼を見上げた。マージョリーとミスター・ネスビットは少し離れた場所にいる。どうやら池を見て回っているようだ。彼らの様子をうかがっていると、ふたりは屈み込んで何かをしげしげと眺めていたかと思うと、やがて岩場の陰に隠れて見えなくなった。

「まったく、気をつけろと忠告したのに」ミスター・アシュフォードは吐きだすように言った。

「マージョリーのことを心配しているの？」レノーラは乾いた笑みを漏らした。「安心して、マージョリーなら彼とふたりきりになっても大丈夫よ」

「きみはクインシーのことを知らないだろう」

「ええ、そうね。でもマージョリーのことはよく知っているもの。彼女があなたの友人の魅力に心を奪われることはないと確信を持って言えるわ」

「なぜそんなに自信たっぷりに言えるんだ？」

レノーラは小さなため息をついた。「わたしの親友は今も変わらず、亡き夫をとても愛しているからよ。見ただけでは気づかないかもしれないけれど、彼の死を深く悼んでいるの。マージョリーは誠実を尽くす人だから、放蕩者の誘惑に身をまかせて夫の思い出を裏切るようなまねはしないわ。ミスター・ネスビットをこんなふうに呼んでしまってごめんなさい」

「別にかまわない。クインシーはまさにそのとおりの男だ」

レノーラは静かに笑った。

マージョリーとミスター・ネスビットがまた視界に飛び込んできた。苦労しながら岩場を進み、次は小さな池のほうへ向かおうとしているようだ。

「彼はどうして亡くなったんだい？」

「マージョリーのご主人のこと？」レノーラはハーフブーツのつま先で小石を蹴った。「ワーテルローの戦いで亡くなったの。戦地に赴くべきではなかったのよ。結婚して半年しか経っていなかったのに、彼は将校の階級を買ったの。なぜ彼が戦争に行くと言いだしたのかはわからないわ。マージョリーは何も話そうとしないから」

「それじゃあ、彼女はもう誰も愛さないのか？」

「ええ」レノーラは言った。

「きみは？」

立ち入った質問をされたことに愕然として、彼女はミスター・アシュフォードを見つめた。彼も同じように衝撃を受けているようだ。

「失礼」彼がぼそりと言った。「今の質問は忘れてくれ」

本当に忘れられると思っているのだろうか。それどころか気になってしかたがなかった。ミスター・アシュフォードはなぜそんなことを尋ねるの？　レノーラはうろたえ、身を屈めてすべすべした小石を拾いあげると、池に投げ込んだ。小石はぽちゃんと池に落ちた。淡い青色の波紋が太陽の光を受けて、一瞬ダイヤモンドのようにきらめいた。

「そういえば、ここでヒルラムに結婚を申し込まれたんだったな」

驚きの目で彼を見ると、開けた場所に一本だけ生えている木をしかめっ面で見つめていた。その木がそこに存在しているのが腹立たしいと言わんばかりに。やがて彼はレノーラと視線を合わせた。その目は真剣そのもので、やさしさとも言える表情が浮かんでいた。

「話したくなければ、話さなくてもいいんだが」彼が低い声でぼそりと言った。

話すのは気が進まなかった。ミスター・アシュフォードは痛みを知っている人だ。自分だけの胸におさめておきたい気持ちを理解してくれるだろう。

ところが驚いたことに、彼に話したいという気持ちもあることに気づいた。彼はヒルラムのことをよく知らないし、レノーラを同情の目で見ることもないだろうけれど、それによって罪悪感が一〇倍にも増幅するかもしれない。

でもそれ以上に、彼とのつながりを感じている。思っていた以上に強いつながりを。

レノーラは深呼吸をすると、歯の痛みを確かめるように記憶をそっとつついてみた。痛みはたしかに感じるが、今のところは耐えられそうだ。「ええ、そうよ」レノーラはためらいながら答えた。「あの岩のそばで。わたしたちはピクニックに来ていたの。季節が変わる前の、その夏最後のピクニックだった。ヒルラムはむきだしの岩の上に片膝をついた。ズボンが汚れるのを心配するわたしに、彼は笑ってこう言ったわ——一族の歴史にとって大切な場所でふたりの人生を始めれば、ぼくたちの将来の幸せが約束される、って……」レノーラは言葉を切り、両手をかたく握りしめた。隣にいるミスター・アシュフォードのかすかなぬくもりに慰められ、さらに記憶をたぐり寄せた。

求婚されそうな予感はあり、ずっと恐れていた。島を離れる日が近づくにつれ、なんとか逃げきれるのではないかという望みを抱きはじめていた。しかしあの日、この水辺に誘われて、逃げきれないことを悟った。レノーラは彼の求婚を受け入れた。そうする以外に選択肢がなかったからだ。ふたりは当然結婚するものと思われていたし、みんなが——レノーラの父でさえ——喜ぶことがわかっていた。

レノーラ以外は。

ミスター・アシュフォードが咳払いをした。さらにもう一度。「この場所が人をロマンチックな気分にさせるのだろうな」

レノーラは目をしばたたいた。「え?」

彼はいらだたしげに手を振って景色を示した。「伝説にまつわるこの場所も、さっきのエルフの話も、どことなく魔力のようなものを感じさせる。シンとイーヴァルも、この場所に情熱をかきたてられたに違いない」

「わたしも昔はそう思っていたかもしれないわ」レノーラはつぶやくように言った。

「今は違うのか？」

「ええ」レノーラはためらわずに答えた。

彼が眉根を寄せる。「なぜだ？」

レノーラはふうっと息を吐いて緊張を解き、こんな話でなければよかったのにと思った。

「わたしもシンとイーヴァルの物語は大好きだけれど、この話のどこがロマンチックなの？

彼は、シンと面倒を見なければならなかった幼子を捨てたのよ。やがてシンは別の男性と結婚したものの、イーヴァルを失った悲しみに暮れながら残りの人生を過ごしたと言われているわ」

ミスター・アシュフォードは一瞬黙り込み、レノーラの隣に立ったまま、池を見渡した。

しばらくして、彼が言った。「まるで『ロミオとジュリエット』みたいだな。人々が嘆き悲しむ恋物語。しかも最大の悲劇だ」

「ええ、そうね」レノーラは答えた。「若すぎたふたりは後先を考えずに情熱に身をまかせた。そしてそのせいで、ふたりとも命を落とすことになってしまった」彼女は小首をかしげ、ミスター・アシュフォードをしげしげと見た。「でも、なぜそんなに詳しいの？」

彼は口元をゆがめた。「母にしつこく勧められて読んだんだ。母は特権階級の娘だった。

もっとも、父が財産をほとんどすべて失ったせいで落ちぶれてしまったが」

ミスター・アシュフォードは激しい痛みに耐えかねたように、一瞬目を閉じた。レノーラは手を伸ばしたくてたまらなくなった。彼の腕に手を置き、慰めてあげたい。

レノーラが行動に移す前に、ミスター・アシュフォードは背筋をしゃんと伸ばして陰鬱な空気を払いのけた。「話はまだあるはずだ」厳しい目つきでレノーラを見た。「イーヴァルがシンを捨てたときの状況を語ってくれないと、最後まで話したことにはならないぞ」

レノーラは目をしばたたいた。「でも、ふたりがどうやって恋に落ちたのかを聞かせたばかりなのに、イーヴァルがシンを捨てた話なんてしたくないわ」

彼はレノーラをじっと見つめた。まさか拒否されるとは思っていなかったらしい。「何があったのか話してくれ」彼はヴァイキングの貴族が使用人に命じるような尊大な口調で言った。まるでイーヴァルが生き返ったようだ。

レノーラはこみあげる笑いをどうにか隠した。先週はよそよそしい態度を取りつづけていた男性が、今は最後まで話を聞かせてほしいと懇願している。寝る前におとぎ話をしろとせがむ子どものように。

「申し訳ないけれど、その話はまた別の機会にしましょう」

ミスター・アシュフォードが顔をしかめた。「話してくれないのか?」

「レディ・テシュがいい顔をしないと思うわ」

「レディ・テシュなんかくそ食らえだ!」

レノーラは思わず噴きだし、手で口をふさいで必死にこらえた。ミスター・アシュフォードが信じられないという顔でちらりと見ると、レノーラはとうとうこらえきれなくなった。身をふたつに折るようにしておなかを抱え、体を震わせて笑った。こんなに笑ったのは何年ぶりだろう。自分の笑い声が岩に反響して次々と返ってくる。

しばらくして笑いがおさまりかけた頃、彼が口を開いた。

「何がそんなにおかしいんだ？」

またしても笑いがこみあげた。涙が頬を伝い、ぜいぜいと息が切れたが、それでも笑いが止まらなかった。最後の最後になって、自分の中の何かが解き放たれたようだった。ミスター・アシュフォードと何かを分かちあったことで、心の中にある秘密の部屋が開かれたのかもしれない。

涙を拭いて視界がはっきりすると、彼が大股で立ち去ろうとしているのに気づいた。

レノーラは真顔になり、すぐさま彼を追いかけた。「ミスター・アシュフォード、ごめんなさい」歩み去ろうとする彼の背中に呼びかけた。「あなたを笑ったわけではないの。いいえ、そうかもしれないけれど、あなたをばかにしたわけではないのよ。ミスター・アシュフォード、お願いだから足を止めて」

ところが彼は、こちらの声が聞こえたそぶりも見せなかった。レノーラはとうとういらだちを抑えきれなくなり、手を伸ばして彼の腕をつかんだ。

ミスター・アシュフォードがくるりとこちらに向き直った。彼の上着の袖をしっかりとつかんでいたレノーラは、体勢を崩した。前のめりによろめいた次の瞬間、彼の胸に抱きとめられ、小さく息を吐いた。

風も、鳥のさえずりもやんだような気がした。レノーラの心臓までもが一瞬止まったように思えた。ミスター・アシュフォードの顔を見上げたとたん、息ができなくなった。彼も目を見開いてレノーラを見つめ返している。濃いブルーに縁取られた瞳孔が見え、わずかに荒くなった息遣いが聞こえるほど間近に彼がいる。両腕が体に回されたかと思うと、驚くほど広くてたくましい、鋼のような胸に抱き寄せられた。

レノーラの全身が目覚め、熱くほてり、隅々までうずきだした。胸から膝まで、たくましい体にぴたりと密着している。いつになく敏感になった胸の先端に、彼の心臓の鼓動を感じた。

ミスター・アシュフォードの上着の生地を握りしめる手が震えた。レノーラはつながれた船のように彼にしがみついていた。次第に激しさを増す感情の嵐の中で、レノーラは彼という港を見つけたのだ。

いや、実際はミスター・アシュフォードが台風の目で、彼のほうこそ嵐の真っ只中(ただなか)にいるのかもしれない。

彼の唇が、今にも触れそうなほどレノーラの唇のそばをさまよっている。熱い息がレノーラの顔にかかった。五感が麻痺(まひ)したようになり、視界がかすんだ。抑えがたい衝動がこみあげた——つま先立ちになって、唇を重ねたい……。

彼がごくりと唾をのむのと同時に、喉が上下に動いた。「そろそろ」押し殺したようなささやき声を聞くのは初めてだった。「絵を描く作業に戻ったほうがいい」

恥ずかしさがこみあげた。レノーラは激しく吹き荒れる感情を遮断し、ミスター・アシュフォードを押しのけてあとずさりした。彼がレノーラの体から腕を離したとたん、一撃を受けたような喪失感に襲われた。

「ええ」レノーラはやっとのことで口にした。「そうね」

彼に背を向けてイーゼルを立てた場所へと引き返しながら、パンドラの箱の中にもう一度封じ込めた——欲望とやさしい感情、そして胸の中で渦巻く大きな何かを。もっとも、蓋はもうぴったり閉まりそうにないし、鍵をかけることもできそうにないけれど。

14

「ねえ、ピーター」数日後、夕食後にみんなで居間でくつろいでいると、レディ・テシュが言った。「明日、あの仕立屋へもう一度行く予定だったわね？」

レノーラはいけないと思いつつも、手元の刺繍から顔を上げた。妖精の水辺で心をかき乱される一件が起きて以来、ミスター・アシュフォードとのあいだに距離を置こうとしていた。彼にキスしたいという思いをどうしても振り払うことができなかった。あのとき彼がしゃべりださなかったら、レノーラは相手の首に腕を巻きつけ、唇を重ねていただろう。今でもそうしたくて、体の奥が熱くうずいている。椅子に座ったまま、もぞもぞと体を動かした。熱くほてった顔にそんな自分の考えが表れていないことを祈るのはこれで何度めだろう。

ミスター・アシュフォードのほうも距離を置こうとしているらしく、できるだけレノーラから遠い席に座り、ふたりきりにならないようにしているのがわかった。そんな必要はないのに、レノーラは傷ついていた。しかも驚くべきことに、ふたりが分かちあった信頼や、互いに抱きはじめた親近感が恋しかった。もっとも、彼が自分自身とほかの人たちとのあいだに築いた壁はびくともしなかったけれど。

これまでのところは。

ミスター・アシュフォードの顔から血の気が引いた。彼は読んでいた本をどさりと落とすと、両手をクラヴァットにやり、たこのできた長い指でかきむしった。「ええ、そうです」

「それならよかった」レディ・テシュは笑顔で言った。彼女がフレイヤの耳の後ろをかいてやると、指にはめられた宝石が蠟燭の光を受けてきらりと輝いた。「あなたが正装した姿を見るのが楽しみだわ」

ミスター・アシュフォードは口元を引きつらせた。レディ・テシュと同じ気持ちでないのは一目瞭然だ。

レノーラは眉をひそめ、刺繡に視線を落とした。今日、彼が仕立屋へ行くことをすっかり忘れていた。そういえば舞踏会に着ていく服を買うべきだと言われたとき、彼はレノーラと同様に、露骨にいやそうな顔をした。レディ・テシュが開いた晩餐会では居心地が悪そうにしていたし、社交の場に顔を出すのはミスター・ネスビットにまかせているとも言っていた。ひょっとしたら、ミスター・アシュフォードは今まで一度も舞踏会でダンスをしたことがないのかもしれない。

だから、そのような行事に出席しなければならないことに緊張しているのだろうか?

ミスター・アシュフォードにちらりと視線を投げた。案の定、いつもは冷静な彼の目に、恐怖にも似た表情が浮かんでいた。クラヴァットはすでにだらんと垂れさがっているのに、さらにめちゃくちゃにしている。

レノーラは立ちあがると、できるだけ距離を置こうと決めたことも忘れ、部屋の隅にひとりで座っている彼のところへ行った。「ミスター・アシュフォード、その本は面白いのかしら？　わたしも新しい本を探しているのだけど」

彼はぎくりとしてレノーラに視線を向けた。彼がもう手に持っていない本にレノーラが興味を示したことに、ひどく驚いているようだ。「ご自由に」レノーラが長椅子に座っている彼の隣に腰をおろすと、自分の膝の上に置いたままの本を手に取って彼女に手渡した。

レノーラはいかにも興味を引かれたような顔をして本を眺めながら、声をひそめて言った。

「あなたは、ダンスの心得はあるの？」

「なんだって？」

彼の素っ頓狂な声が部屋に響いた。それぞれの趣味に没頭していた面々が怪訝そうにこちらを見た。レディ・テシュのかたわらのフラシ天の枕の上で昼寝をしていたフレイヤまでが片目を開け、とがめるような視線を投げてきた。

「お願いだから声を抑えて、ミスター・アシュフォード」レノーラは小声で言うと、ふたりの前で本を開き、そこに書かれている言葉に興味をそそられたふうをよそおった。「不用意にあなたに恥ずかしい思いをさせたくないの。ダンスの心得はあるの？」

レノーラがなんの話をしているのかようやく理解したらしく、彼は体を寄せると、レノーラが開いている本に視線を注ぎながら口の端から吐きだすようにしぶしぶ答えた。「いや、ない」

「習得したいと思う?」

ミスター・アシュフォードが驚きの目でこちらを見る。レノーラがふたりの前にある本をあらためて目で示すと、彼はその意味を理解し、開かれたページにふたたび目を落とした。

「必要なダンスをすべて習得する時間はないと思うが」

「すべてを学ぶ必要はないわ。一、二曲をうまく切り抜けられればいいの」

彼は鼻先で笑った。「こんなぎりぎりになって、誰が教えてくれるっていうんだ? きみか?」

「ええ、もちろん」

ミスター・アシュフォードは動きを止めたかと思うと、やがて座ったまま向きを変え、レノーラをまっすぐ見つめた。彼女はもう一度本を示そうとしたが、彼は本を読んでいるふりをやめてしまった。「きみはぼくにダンスを教えるつもりなのか?」

レノーラは持っていた本を膝の上におろした。「そうよ」

「なぜだ?」

彼は心底困惑しているようだ。

レノーラは笑みを浮かべると、彼の気持ちをなごませるために少しからかってみることにした。「安心して。借りはあとでちゃんと返してもらうから」

ミスター・アシュフォードはにこりともしなかったが、目の表情が明らかに変わった。目尻にしわが寄り、冷たいブルーの瞳に温かみが差したということは、冗談だと気づき、しかも面白がってくれたようだ。「そもそも、いつダンスのレッスンを行うつもりなんだ、ミス・ハートレー？　ぼくに人前で恥をかかせたくないと思っているのに、どうやったらそんなレッスンがこっそりできるのかわからないな」

レノーラは唇をすぼめた。その問題については考えていなかった。人前で彼に恥ずかしい思いをさせるか、ほかのみんなが寝静まったあとにこっそりふたりで会うか。ふたつにひとつを選ぶしかない。

突然、後者の場面が脳裏に浮かんだ――夜の暗闇に紛れて彼の腕に抱かれながら、聞こえない音楽に合わせてくるくる回るふたりの姿が。

レノーラの体に熱い震えが走った。肌がうずうずして手足にまで広がり、胸の先端がかたくなり、下腹部が潤った。

どうやら心を読まれてしまったようだ。ミスター・アシュフォードはレノーラの唇に視線を落とし、まぶたを重そうに半分閉じた。「さては真夜中にぼくと会うつもりだな、ミス・ハートレー？」彼が小声で言った。どこか小ばかにしたような口ぶりだが、声のかすれを隠しきれていない。「亡き恋人の後釜に座った男なんかを助けるために、きみは自分の評判を危険にさらすつもりなのか？　いくらやさしいきみだって、そこまでお人好(ひとよ)しではないはずだ」

ミスター・アシュフォードの言葉がちくりと胸を刺した。ただ傷つきはしたけれど、彼が何をしようとしているのかは察しがついた。危険をちらつかせて尻込みさせ、追い払おうとしているのだ。彼が口をきっと引き結び、両手を握りしめているのにレノーラが気づかなかったら、その試みは成功したかもしれない。けれどもそういう仕草をするのは、うわべだけの無礼な態度の下にひそんでいる不安を必死に隠そうとしている何よりの証拠だ。ただし、その不安を受け入れるべきか拒否するべきか、レノーラ自身もわからなかった。

でも、それはそんなに重要なことだろうか？　とにかくこの問題を無視することはできない。この際、分別なんて知ったことではない。大人の分別なんて。「今夜会いましょう、ミスター・アシュフォード。どうなるかは見てのお楽しみよ」

しかし、レノーラの勇気は長続きしなかった。夜のあいだどころか、一〇分と持たなかった。

すべて忘れてほしいとミスター・アシュフォードに言うべきだったが、軽はずみな決断をしてしまったと後悔していることに彼は気づいたらしく、からかうような視線を投げてきたり、金色の眉を上げてみせたりして、レノーラの精一杯の虚勢を突き崩そうとした。だからこそ彼女はしゃんと背筋を伸ばし、揺らぎそうになる決心をどうにか保ちつづけた。

今さらあとへは引けなかった。

レノーラは舞踏室に続くドアの前に立っていた。手に持ったランタンが小刻みに震えているせいで、ランタンの炎から放たれる光そのものが震えているように見える。言い知れぬ不安を覚えた。

呼吸を整え、ドアを押した。

そっと押し開けると広々とした空間が現れ、部屋全体が青白い月明かりに照らされていた。ただし真ん中の一画だけが金色に見えた。ミスター・アシュフォードがかがり火のように光り輝いている。彼が床に置いたランタンの光が磨きあげられた寄せ木張りの床の上で揺らめき、まるで妖精の粉をちりばめたようだ。

声をかけたわけでもないのに、彼がこちらを振り向いた。顔は影になっていて見えないが、ほのかな月明かりを受けて目がきらきら輝いている。彼は彫像のようにじっと待っている。操り人形のごとく体が勝手に反応し、彼のもとへ足が向いた。まもなくレノーラは彼の前に立った。手を伸ばせば触れられるほど間近に。彼に触れたくてたまらなくなり、指がうずうずし、心臓が早鐘を打った。

「本当に来たんだな」

ミスター・アシュフォードの低い声はかすれていた。全身に震えが走り、うっとりして思わず目を閉じそうになる。「そう言ったでしょう」やっとのことで口にした。

「白状すると、来ないだろうと思っていた」

「わたしに遠ざかっていてほしかったのね」レノーラは言い返した。

彼が口元をゆがめた。「そうかもしれない」またしても彼の顔に暗い表情がよぎる。「こんなふうに、ぼくとふたりきりになるのは賢明ではない」

妖精の水辺で電流に貫かれたような衝撃を受けた瞬間をふと思いだした――ミスター・ア

シュフォードにキスをしたい衝動に身をまかせそうになったことを。レノーラはその記憶をぺしゃんこに押しつぶした。彼はまだレノーラの返事を待っている。「あなたはわたしに危害を加えたりしないでしょう」確信を持って言えたことに驚きを覚えた。大柄で力が強く、無愛想だからといって、ミスター・アシュフォードを恐れることは何もない。

頭の中でささやき声が聞こえた——恐れるべきはあなたの理性でしょう。そして、おそらく心も。

レノーラはうろたえ、あわてて一歩後ろへさがった。その動きを見て、彼が目を細めた。「さっそく始めましょうか」レノーラは虚勢を張った。「金曜日に集会場で安心して踊るためには、かなり練習を重ねないと。だけど——」レノーラはためらいつつ言った。「気が変わったのなら話は別よ」

「いや」彼がきっぱりと答えた。

レノーラは安堵の気持ちがこみあげるのに気づかないふりをして、そっけなくうなずいた。「それならよかった」彼のランタンから少し離れたところに自分のランタンを置き、ふたつの明かりに照らされた場所へ足を踏み入れ、彼を手招きした。ミスター・アシュフォードはいかにもしぶしぶといった様子で近づいてきた。

「カドリーユは四組のカップルが方形(スクエア)をつくって踊るの」レノーラは努めてきびきびした口調で説明した。「パートナーはあなたの右側に立つわ。まずは第一のペアのパートを練習してみましょう」

彼は眉をひそめてレノーラを見下ろした。「第一のペア？」

「ええ、トップのペアのことよ」

「きみの言うことはまったくちんぷんかんぷんだ、ミス・ハートレー」

レノーラはため息をついた。「シェイクスピアについてはお母さまから教わったのに、ダンスのステップは習わなかったの？」

ふたりのやり取りの中で初めて、ミスター・アシュフォードの険しい表情が少しだけやわらいだ。「母は教えようとしたが、ぼくはいわゆる熱心な生徒ではなかった。いや、はっきり言って、やる気のない生徒だった」咳払いする。「母がダンスのレッスンを始めると、いつも逃げだしたものさ」

なんだか面白くなってきた。「逃げた？　あなたが？」

「ああ。外へ飛びだして、夜が更けるまで戻らなかった。母はとうとう教えるのをあきらめたよ」

「でも、『ロミオとジュリエット』からは逃げださなかったのね」

「ああ、本は読むだけだからね。読書は好きなんだ」レノーラがじっと見つめると、彼は目玉をぐるりと回して天を仰いだ。「本に没頭するのと、母の腰に手を回してくるくる回るのはまったくの別物だ」

思わず笑みがこぼれ、心のどこかがほぐれていく気がした。そういえば妖精の水辺での一件が起きる前は、彼と楽しい時間を過ごしていた。レノーラは気分が弾むのを感じながら説明を続けた。「トップのペアが——つまり第一のペアが最初にダンスを始めて、ほかのペアがあとに続くの。あなたの向かい側に第二のペアが立つわ。右側が第三のペアで、左側が第四のペア」

ミスター・アシュフォードはうなずき、目に見えないペアを心の目で見ようとするかのように、床に視線をさまよわせた。

「最初はスクエアの中心を向くのよ」

彼は所定の位置につくと、まっすぐ前を見据えた。どこから見ても、銃殺隊に向きあう男性そのものだ。

「わたしのほうを向いてお辞儀をして」彼が言われたとおりにすると、レノーラも膝を折ってお辞儀をした。「今度は左側の女性にお辞儀を」

彼は向きを変えると、何やらぶつぶつ言いながら、目に見えない女性にお辞儀をした。

「こんなばかげたことをするのは初めてだ」

「だとしたら、運がよかったわね。ここで見ているのがわたしだけで。大丈夫よ、わたしだってそれなりに恥ずかしい思いをしてきたから。それにくらべたら、このくらいはたいしたことじゃないわ」

彼がレノーラをじっと見た。薄明かりの中でも目に好奇心が浮かんでいるのがわかる。前回と同じようにレノーラの打ち明け話を聞くつもりのようだが、話すことはできない。いまだに記憶が生々しすぎるし、ひどい挫折感が残っている。最近の裏切り、父からの非難の言葉——そしてあの脅し文句——そのすべてが頭から離れない。

レノーラは背筋を伸ばして言った。「さあ、次は第二のペアに向かって前進して、もとの場所に戻るのよ」

ミスター・アシュフォードは指示に従ってレノーラと並んで動いたが、よろよろしてステップがぎこちない。

「ステップは軽やかに。それから、音楽に合わせて」

「音楽なんか流れていないじゃないか」彼が歯を食いしばって言った。

「あら、そうだったわね。それじゃあ、わたしの言うとおりに動いてみて。もう一度やってみましょう」レノーラはハミングを始め、ふたりで前に進みでた。彼は集中して眉根を寄せながらレノーラとステップを合わせようとし、やがてひょいと頭をさげて後ろにさがった。

いい調子ね。それにしても、なんて魅力的なのかしら。彼は自分の魅力に気づいてさえいないの？　でも、彼の集中を妨げてはいけない。「今度は、わたしの手を取ってふたりで第二のペアのまわりを回るの」

ミスター・アシュフォードは動きを止め、レノーラが宙に差しだした手に視線を落とした。

「きみの手を？」

そこで初めて、彼が手袋をしていないことに気づいた。そしてレノーラ自身も。彼がレノーラの手を取るところを想像した——あの大きなたくましい手に、力仕事でざらざらになった指に包まれるのだ。じかに肌を合わせて。

レノーラはごくりと唾をのんだ。でも互いに手を取らないと、ダンスを教えることはできない。たとえどんな感覚に襲われようと、うまく対処しなければならない。

「ええ」レノーラはさっきよりもかすれた声で答えた。「手を取らないと、踊れないわ」

震えているのはわたし？　それとも彼の全身に震えが走ったのだろうか？　いいえ、そんなはずはない。ランタンの光が揺らめいただけだろう。

やがてミスター・アシュフォードは、手を伸ばしてレノーラの手を取り、おそるおそる握った。

その瞬間、熱いものが全身を駆けめぐった。あまりに強烈な感覚に、思わず息をのみそうになる。彼が握る手に力をこめた。顔を見上げると、彼の瞳の中でランタンの炎が燃えていた。二重にかすんで見えるせいで、内面からも燃えているように見える。

一瞬口がきけなくなり、レノーラはまたごくりと唾をのんだ。ふたりが立っている小さな光の輪の向こうには暗闇が広がっている。まるでこの世にはふたりしか存在していないように思えて、あまりの親密さに圧倒されそうになった。

レノーラは姿勢を正し、なんとしても終わらせると心に決めてレッスンを再開した。彼に身を寄せたいという衝動を必死に無視しながら、両手をつないだまま反時計回りに回る。互いの体が近づくたびに、彼の香りを吸い込みたいという気持ちを抑えた。

ふたりは何度か通しで踊ったあと、今度はコティヨンの練習に移った。二時間ほどみっちり練習し、メヌエットの最後のステップを踏んで彼を後ろへさがらせると、ようやくふたりの距離ができたことにほっとした。

「今のはかなり古風なダンスだけれど、舞踏会では昔ながらの慣習に従って、このダンスから始まることが多いの」ミスター・アシュフォードから逃げだしたいという気持ちを顔に出さないようにしながら、努めてゆっくりした足取りで自分のランタンに近づいた。「夜もかなり更けてきたわね。それにきっとレディ・テシュが朝早くからみんなを町へ連れだそうとするはずよ。だから、そろそろやすまないと」ほっとしながら膝を折ってお辞儀をし、向きを変えてドアへ向かった。舞踏室から出たら、ひと息つけるだろう。

「ワルツはどうするんだ?」

レノーラはぎょっとして身をすくめた。急に足を止めた勢いで、手に持っていたランタンが大きく弧を描いて揺れた。彼のほうは振り返らないまま、小声で言った。「ワルツは覚える必要がないでしょう」

「いや、教えてくれ」

ミスター・アシュフォードの口調にはどことなく親密な響きがあった。どうしても意識してしまい、肌がぞくぞくする。頭では戻りたくないと思っているのに、またしても見えない糸に操られるように彼のほうへ引き寄せられた。逃げる気力を失う前に、なんとかして逃げだしたかった。レノーラは背筋を伸ばし、もう一度試みることにした。堅苦しい口調で伝えることで、互いに親密に接するべきではないと理解してもらおう。そして自分自身にも言い聞かせるのだ。

「もうへとへとなの。時間も遅いし。今夜教えたダンスだけで充分なはずよ」

「どうしても教えてもらいたいんだ」

レノーラはどうにか自制心を取り戻し、よこしまな感情を胸にしまい込むと、深呼吸をして立ち去ろうと心に決めた。

手遅れになる前に……。

「頼む、レノーラ」

朝日がのぼるのを止められないのと同様に、その言葉を無視することはできなかった。レノーラは催眠状態に陥ったようにくるりと向き直り、ミスター・アシュフォードのもとへ向かった。二、三歩で、ふたたび彼の目の前に立つ。

彼の腕の中に飛び込みたくてたまらないけれど、心のどこかにまだ理性が残っていて、分別を完全に失ってはいなかった。

「これは分別のあることとは思えないわ」レノーラは消え入りそうな声で言った。

ミスター・アシュフォードは飢えた顔でレノーラを見下ろした。心の奥底から感情がわき起こっているらしく、さっきよりも目が情熱的に輝いている。「分別など知ったことか」彼がかすれた声で言った。

その瞬間、かろうじて残っていた意志の力が霧のように消えてしまい、レノーラは震える息を吸い込んだ。けれども最後の一歩を踏みだすことはできなかった。崖から飛びおりるようなまねはできない。

ミスター・アシュフォードが最後の一歩を踏みだし、目尻のしわが見えるほど間近に迫ってきた。「教えてくれ」

口の中がからからになり、どうやって言葉を発したのか自分でもわからなかった。「左手をわたしの腰に添えて」

彼は言われたとおりにした。ドレスの生地越しでも、腰に添えられた手のひらが火傷しそうなほど熱い。

「次は右手でわたしの手を取って」

あっという間に手を握られた。「こんなふうに?」彼が息のまじった声で言う。

レノーラはうなずいた。彼の顔から目を離せなかった。「ええ」

ミスター・アシュフォードは腰に添えた手に力をこめ、レノーラの手をぎゅっと握りしめると、さらに一歩近づいた。

レノーラは鋭く息をのんだ。彼が漂わせている香辛料の香りに欲望をかきたてられ、頭がくらくらする。「そんなに近づいたら踊れないわ」やっとのことで口にした。

ミスター・アシュフォードはさらに距離を詰めた。「じゃあ、これは?」

今度はほとんど言葉にならなかった。「だめよ、そんな」

彼がさらに身を寄せてきたので、とうとうレノーラの乳房が彼の胸に押しつけられた。リネンのシャツ越しに鼓動を感じる。「じゃあ、これは?」彼はささやくと、レノーラの唇を奪った。

15

やはりレノーラを部屋へ帰すべきだった。呼び戻すために口を開いた瞬間からわかっていたことだ。この数時間、彼女に欲望を感じているのに平然とした態度を保つのは、まるで拷問のようだった。ダンスの練習をどうにか無事に終えて、ほっとひと息つくべきだったのだ。ところがレノーラが向きを変えて立ち去ろうとしたとたん、ピーターはひどいパニックに陥り、何も考えずに行動していた。

そして今、レノーラは腕の中にしっくりとおさまっている。重ねた唇は柔らかく、天にものぼるほど甘くふっくらとしていて、心の闇を吹き飛ばしてくれる。ずっと抱えてきた怒りも憎しみも消え去り、彼女への欲望だけが心を占めていた。

片手で彼女の頬を包み、柔らかな肌の感触を味わった。頬骨は触れるだけで壊れそうなほど繊細で、指先に絡む髪はシルクのようになめらかだ。ピーターはキスを深め、彼女の唇を開かせた。手荒なまねをして傷つけてしまわないように、慎重にやさしく。

しかしレノーラは夢中になって体を弓なりにそらせた。彼女の力強さを感じる。ピーターの髪に差し入れている指、力強くしなやかに動く背中の筋肉。

やがて彼女が舌を差し入れてきて、舌先でピーターの舌に触れた。彼女の偽らざる気持ちにはたと気づいた——レノーラもぼくを求めている。

その瞬間、ピーターはとうとう理性の一線を越えた。低いうめき声を発すると、レノーラをぐっと抱き寄せた。互いに舌を絡めあううちに、彼女のほうもこれ以上ないほどぴたりと体を密着させてきた。

それでもまだ足りなかった。ピーターは重ねていた唇を引きはがし、レノーラの頬から、耳の後ろの感じやすい部分へ唇を這わせ、肌に軽く歯を立てた。さらに下へ唇を這わせると、彼女は驚きと歓喜のあえぎ声を漏らし、頭をのけぞらせて、ピーターが奪いたくてたまらないものを自ら差しだした。

だが、これ以上はだめだ。ピーターは体を離し、ぜいぜいと息を切らしながらうなだれた。両手で彼女のドレスの生地を握りつぶしているのに気づき、思わず小さく悪態をついた。いったい何をしようとしていた？　一生結婚せず、アシュフォード一族の血筋を絶やし、公爵位を自分の代で消滅させると心に決めていたのに。レノーラが欲しくてたまらないからといって貞操を奪えば、彼女と結婚しなければならなくなる。自分自身の名誉のためにも、これ以上先へ進むわけにはいかない。

レノーラとの結婚生活がふと脳裏に浮かんだ。毎晩ベッドをともにし、笑い声と会話が絶えない生活。ふたりで子どもを育て、ともに歳を取っていく人生。

たまらない誘惑を感じ、ピーターは愕然とした。たとえ自尊心が傷つこうとも、心が無傷のままでいられるのなら、彼女を押しのけるようにして身を離し、よろめきながらも部屋を出ていったかもしれない。

レノーラが耳元でこんなふうにささやかなければ。「ピーター」

彼女がその名前を口にするのをどれほど聞きたかったか、そのとき初めて気づいた。〝ミスター・アシュフォード〟といううわべの顔の下に隠された本当の自分を見てほしくてたまらなかったのだ。その証拠に、ピーターが望むと望まざるとにかかわらず、彼女はピーターの心をこんなにもかき乱している。

とにかく今この瞬間は、レノーラを胸に抱いていることをどうしても後悔する気になれなかった。

ピーターは口を開いて彼女の首元の繊細な部分を味わった。なぜこんなにすばらしい味と感触なのだろう? 星屑(ほしくず)と綿菓子の雲が浮かぶ天から舞いおりた天使のようだ。ピーターは彼女の鎖骨にキスを浴びせてから、さらに頭をさげ、ドレスの胸元のかすかなふくらみに唇を這わせた。泣きたくなるほど肌が柔らかかった。レノーラは喉の奥からせつなげな声を漏らすと、彼の顔を引き寄せて唇を合わせた。

ピーターが低いうめき声を漏らすと、彼女はぶるっと身震いして息をあえがせ、彼のリネンのシャツが破れそうなほどきつく爪を食い込ませた。

なんて情熱的なんだ。レノーラがこれほど情熱的になれる女性だとは思いもしなかった。

彼女はピーターの腕の中でなおも情熱の炎を燃えあがらせている。頭がどうにかなってしまいそうだ。

「ああ、きみが欲しい」ピーターはかすれる声で言い、体を離した。レノーラは頬を上気させ、目を閉じている。

そのとき、彼女の頬にきらりと涙が光った。ランタンの光を受けて、頬を伝う涙がピーターをあざ笑うようにきらめいた。いかつい体と荒々しい行いをとがめるように。

ピーターは彼女からぱっと手を離した。レノーラは後ろによろめいたが、すぐに体勢を立て直した。目の前に立っているレノーラはとてつもなく美しかった。ドレスが乱れ、唇はキスで腫れている。しかし、ピーターの目は彼女の涙に引き寄せられた。レノーラに触れるべきではなかったという証（あかし）に。これほど清らかで美しく、すばらしいものに触れる権利など自分にはなかったのだ。

ピーターは何も言わずに向きを変え、足早に部屋をあとにした。明かりも持たずに立ち去った彼は、まもなく暗闇にのみ込まれた。


レノーラはどうやって自分の部屋にたどり着いたのかわからなかった。それでもどうにか部屋へ戻り、寝間着に着替え、明かりを消し、ベッドにもぐり込んだ。

しかし、眠気はいっこうに訪れなかった。考えまいとしても、どうしてもピーターのことを考えてしまう。ピーター。今はもう、そうとしか思えない。ミスター・アシュフォードなんて呼び方はふさわしくない。あっという間に、彼はレノーラにとって大切な存在に変わっていた。とても大切な存在に。

いいえ、そうではない。もっと前から、変化は起きていたのだ。たぶん、玄関でぶつかって視界がぐらりと傾き、彼の腕に支えられたあの瞬間から。初めて会ったときからずっとピーターに魅了されていて、やがてその想いが打ち消しようがないほど大きくなり、ついにぱっと燃えあがったのだ。

さっきの記憶がよみがえってきた。ピーターが唇と手を使ってレノーラに魔法をかけたときの記憶が。

急に体がほてり、肌が感じやすくなった。レノーラは上掛けを払いのけると、窓の外から聞こえる波の音に意識を集中し、呼吸を合わせ、体のうずきを鎮めようとした。しかし母なる自然の力をもってしても、ピーターが及ぼした影響を弱めることはできなかった。ピーターに触れられ、愛撫(あいぶ)されるたびに、恐ろしいほど激しく体が反応した。

けれどももっと恐ろしいのは、レノーラのほうも喜んで彼に身をゆだねようとしたことだ。ピーターが与えようとしていたものが欲しくてたまらなかった。今もまだ、空気よりも強く彼を求めている。彼がレノーラにもたらした感情は、今まで感じたほかのどんな感情よりも強烈で圧倒的だった。その感情を体の中に抑え込んでおけなくなり、甘美な安堵感がこみあげて涙がこぼれたのだった。

ピーターがなぜレノーラから離れたのかは知るよしもないけれど、ただ彼に感謝するばかりだった。ピーターが自分からやめてとは言わないだろうと心のどこかでわかっていた。彼のほうから離れてくれなければ、あのますべてを――いや、それ以上を――捧げていただろう。さらに悪いのは、ヒルラムにはそれらしき感情を一度も抱いたことがなかったことだ。

そうこうしているうちに、空が明るくなりはじめた。ひと晩じゅう窓の外を眺めていたせいで、目が乾燥してかゆくなっていた。レノーラはため息をつき、寝返りを打った。疲労感が胸に重くのしかかっている。カーテンを閉め、頭痛がすると言ってベッドにもぐり込もうか。今日は一日じゅう、部屋にこもっているという手もある。

そうすれば、ピーターと顔を合わせることはないし、ふたりがしたことを思いださずにすむ。

魅力的な考えだった。

ところが夜が明けてみると、前夜の記憶にそれほど心を乱されなくなっていた。これなら、ベッドから起きだして新たな一日に向きあえるだろう。ピーターへの想いも吹っきれそうな気がする。

メイドを呼ばなくてもさっと着られるドレスを探そうと思い、上掛けを払いのけた。しかし室内にちらりと目を走らせてみると、自分でボタンを留められるドレスは、前夜に舞踏室へ着ていったドレスしかないことに気づいた。

ピーターのキスを受け入れたときに着ていたドレス。このうえなく甘美なキスをレノーラに浴びせながら、彼が両手でしわくちゃにしたドレスだ。

レノーラは低いうめき声を漏らすと、足音荒くドレスがかかっている椅子に近づいた。

荒々しい動きでドレスをすばやく着ると、化粧台の前へ行き、髪をあちこち引っ張ったすえにどうにか三つ編みにした。ふたりのあいだに起きたことで、怖気(おじけ)づいたりするものか。

だが階下の朝食室までやってきたところで、まだ早朝だということに気づいた。室内は朝食の用意ができておらず、メイドがひとりで暖炉の掃除をしていた。若いメイドに気づかれる前に急いで部屋を出ると、レノーラは唇を噛んだ。さて、どうしようか？　すっかり目が冴(さ)えているし、どうにか向きあいたくない事実に向きあう覚悟を決めたのだから、自分の部屋へ戻るわけにはいかなかった。

しばらく考えたすえに、早足で散歩をしようと思い立ち、肩にショールを巻きつけて外へ出た。朝の空気はすがすがしく、湿気を帯びていた。レノーラは玄関前の階段で足を止めて深呼吸をし、うっすらと霧のかかった空気で肺を満たし、潮の香りを吸い込んだ。子どもの頃、この島はレノーラにとって避難場所だった。もっとも、当時はそんなことは理解していなかったけれど。今になって思えば、自分の家では得られない自由が許されていたのだとわかる。自宅では慎重に物事を進め、絶えず父が望むとおりの娘でいなければならなかったが、この島に来れば自由に想像力を働かせ、いつもは秘めていた自分の一部分を探索することができた。

この島も、ここに暮らす人たちも昔と変わらないのに、幼い頃の楽天的なレノーラはすっかり影をひそめていた。

その事実が両肩に重くのしかかった。レノーラは私道へ出ると、短く刈った芝生を横切り、その先にある崖へ向かった。切り立った断崖に強い風が吹きあげてくる。海風は彼女のショールをはためかせ、三つ編みをほつれさせ、頬や首を叩いた。レノーラは崖の縁まで進み、波打つ海を見渡した。濃い灰色の海面に、鋭くとがった白い波頭が立っている光景は、千々に乱れた彼女の心にぴったり合っていた。

わたしはピーターを求めている。ピーターはあと二週間ちょっとでこの島を去るとわかっているのに、息が苦しくなるほど彼が欲しくてたまらない。いけないと思いつつも、一瞬、前夜の出来事を思い浮かべた。レノーラが感情の波にさらわれたとき、彼だけが心のよりどころだった。ピーターに抱きしめられて唇を重ねているあいだは、これまでにないほど自分が生きていることを実感し、自分らしさを感じた。

レノーラはため息をつくと、目を閉じて顔を上げ、風に記憶を運び去らせた。問題はもちろん、ピーターがこの国で暮らすつもりはないことだ。彼はいずれ去っていく。彼を想いつづけたら、心を持ち去られてしまうだろう。そして、レノーラはひとり残される。

聞き覚えのある軽やかな足音が聞こえ、レノーラの物思いはさえぎられた。マージョリーだ。レノーラは笑みを浮かべた。いいえ、ひとりぼっちではないかもしれない。

「こんなところで何をしているの？」友人が隣にやってきて、レノーラの肩に腕を回した。

レノーラは目を開け、心配そうな顔のマージョリーに微笑みかけた。「ちょっと風に当たりたくて」

しかし、友人は笑みを返さなかった。「眠れなかったの？」

「ええ、あまり」

「ヒルラムのこと？」

罪悪感が胸にこみあげた。元婚約者のことなどこれっぽっちも念頭になかった。マージョリーの腕から逃げだしたい衝動を必死に抑える。「いいえ」ささやかな事実を認めた。驚いたことに、マージョリーは予想どおりの答えだと言いたげな顔でうなずいた。「じゃあ、ミスター・アシュフォードのことね？」

レノーラはさっと身を引き、ぽかんと口を開けてマージョリーを見た。「え？」

「彼があなたを見つめるまなざしに気づいたの。どうやらあなたも彼に好感を抱いているようね。最初はあまり感心しなかったけれど、昨夜、あなたたちは居間で奇妙な会話をしていたでしょう。しかも朝になったら彼の姿が見えないし、あなたは崖の上に立ち、見たこともないほど途方に暮れた顔をしている」

「彼の姿が見当たらない？」

そんなことを尋ねるべきではなかったと、口にしたとたんに気づいた。

マージョリーの目に浮かんだ心配の色がさらに濃くなった。「ええ、少し前に馬で出かけたみたい。自分の命がかかっているかのように真剣な顔で馬を走らせていたそうよ」彼女はレノーラをまじまじと見た。「昨夜、わたしたちが寝室に引きあげたあと、彼とあなたのあいだで何かあったの？」

「いいえ！」顔がかっと熱くなるのを感じた。図星を指されたからではなく、根も葉もないことを言われたせいで顔が真っ赤になっているのだとマージョリーが思ってくれるよう祈った。「どうしてそんなふうに思うの？」

「あなたが心配なの。この島を訪れるのだって、あなたにとっては簡単なことではなかったはずよ」マージョリーは唇を嚙み、崖の下で波打つ海を眺めた。動揺しているらしく、レノーラと触れあっている体に力がこもった。「この島へ来たのがいけなかったのね。誘うべきではなかったのよ。シャンパンを飲みすぎていなかったら、あんなことは考えもしなかったのに」

ふだんはおだやかで冷静なマージョリーが珍しく感情をあらわにした。レノーラは友人の腰に腕を回し、慰めるように抱きしめた。「ばかなことを言わないで。何も後悔することはないわ。それにあの日、酔っ払っていたのはあなただけではないでしょう」

「でも、せめてわたしは頭をはっきりさせておくべきだったのよ。あなたは何年もヒルラムの名前さえ口に出さずに過ごしてきた。それなのに、彼を思いださずにはいられない場所へ連れてきてしまったんだもの。わたしのせいよ」マージョリーは喉の奥から取り乱したような声を発した。「それで今度はミスター・アシュフォードでしょう。ヒルラムの思い出と向きあうことで、また誰かに心を開けるようになったのだとしたら？　もちろん、あなたが誰かと恋に落ちるのはうれしいことだわ。でも、ミスター・アシュフォードはずっとこの国で暮らすわけではないのよ。心を奪われても、約束の一か月が過ぎたら彼はこの島を去っていく。そうなったらあなたが傷つくわ」マージョリーは憂いを帯びた目でレノーラを見つめた。

「あなたはもう充分苦しんできたのに。そんなことになったら、わたしは自分を許せないわ」

レノーラは呆然として黙り込んだ。マージョリーが恐れていることは、まさしくレノーラ自身も恐れていることだった。こうもあっさりとマージョリーに心の内を読まれてしまったということは、単にピーターに惹かれているどころではない。

すでに、すっかり心を奪われているのだ。

目の前のヴェールが取り去られたように、レノーラは真実をはっきりと悟った。どうしてこの想いを抑えられると錯覚してしまったのだろう。行く手には味気のない陰鬱な未来が広がっている。このままでは逃れられそうにないけれど、マージョリーには罪悪感を抱かせたくなかった。

友人に隠しごとはできそうにないので、マージョリーの肩に頬をのせ、彼女の心配そうなまなざしを避けた。「その点については心配いらないわ」レノーラはつぶやいた。「わたしの心は無事よ」レノーラは疲れた目で景色を見つめ、嘘をついた許しを求めて祈った――またしてもわたしを心から愛してくれる人に嘘をついてしまった。とはいえ、神の恵みはとっくの昔に失われているだろうけれど。

16

ピーターは鏡に映った自分の姿をにらみつけた。「やはりブーツがいい」不機嫌な声で言う。

シャツの袖口の具合を直していたクインシーが目を上げ、黒い眉を吊りあげた。「いくら頑固なきみでもわかるだろう、舞踏会にブーツはだめだ」

「だからといって、これはないだろう、クインシー？」ピーターは嫌悪感もあらわに、自分の足元の礼装用の靴を指し示した。「本気で言ってるのか？　そのうえ、このズボンを見ろ。ぼくはこんなにぴたぴたしたズボンをはいたのは初めてだ。本当に仕立屋が生地を小さく切りすぎたわけではないんだろうな？　あの男なら経費を削るために、生地をけちるくらいのことはやりかねない」

友人はその言葉を聞いて笑ったが、目玉をぐるりと回して、いつまでもぐずぐず言うなと伝えた。「ぼくを信用しろ」クインシーが間延びした口調で言い、ピーターの隣にやってきた。「夜の外出にはぴったりの格好だ」

それでもまだピーターは納得できなかった。クインシーと並んで鏡に映った姿を見たらなおさらだ。友人は、ぴったりした夜会服が引きしまった体によく似合っている。藍色の燕尾服、細身の白いズボン、きらきら光る金の鎖で腰につけた懐中時計。どこから見ても完璧なロンドンの放蕩者だ。

それにひきかえ、自分は野暮ったく見える。真っ黒な上着もズボンもどことなく滑稽だ。そのうえ図体が大きすぎるし、毛深すぎる。顎髭をきちんと整え、伸びすぎた髪を後ろでひとつに束ねても、上品にもおしゃれにも見えなかった。さながら詐欺師のようだ。

ピーターは上着の端を引っ張り、クラヴァットの凝った結び目に指を触れないよう懸命にこらえながら鏡から離れた。「せめてレディ・テシュが努力を認めてくれればいいが」

「きっと大丈夫さ」クインシーは化粧台からふたりの手袋を取り、ピーターの分を手渡してから自分の手袋をはめた。「さあ、行こうか」

ピーターはもう一度振り返って鏡に映るおぞましい姿を確かめたいという衝動を抑え、胸を張って足早に部屋を出た。もう気にするのはよそう。足取りがいくぶん速くなっているのは、レノーラに会いたくてたまらないからではない。自分は飛び抜けて頭のいい人間ではないかもしれないが、彼女に恋い焦がれるほど愚かではない。レノーラを亡くなった親類の婚約者以上の存在にするわけにはいかないのだ。

にもかかわらず、ふと気がつくと、階段をおりながら玄関広間に目を走らせていた。まだレノーラの姿はなかった。彼女の不在に気づいた自分自身への怒りが倍増するのと同時に、落胆を覚えた。やはりぼくは大ばか者だ。

「まあ、ピーター」レディ・テシュに呼びかけられ、ピーターは彼女のもとへ行った。「すっかり見違えたわね。通りで見かけても気づかないかもしれないわ。ただ——」レディ・テシュが皮肉のこもった口調でさらに言った。「いつものようなしかめっ面をしたら、すぐにあなただとばれてしまうわよ。今夜はくれぐれも若いご婦人たちを怖がらせないように」

「こんな滑稽な格好をさせられたうえ」ピーターは歯を食いしばって言った。「気の進まない行事に出席するんです。あなたを楽しませるために、楽しそうなふりをする気はありませんよ」

「あいかわらずお美しいですね、奥さま」クインシーがお辞儀をして言った。「それにミセス・キタリッジ、アメジスト色のドレスが息をのむほどきれいだ。ところで、われらが美しきミス・ハートレーはどこかな？」

「もうじきおりてくるはずよ」ミセス・キタリッジが言った。心配そうな視線を投げたのはピーターだろうか？　それとも彼女のほうだろうか？

ミセス・キタリッジはピーターとレノーラのあいだに起きたことを知らないはずだ。いや、ふたりはかなり親しいようだから、もしかするとレノーラが話しているかもしれない。

しかし次の瞬間には、その疑いは解消した。ミセス・キタリッジはいつものおだやかな表情に戻り、口元にかすかな笑みを浮かべた。「おばあさまの言うとおりね。今夜のあなたはとてもすてきだわ」

ピーターは顔がかっと熱くなるのを感じ、首を傾けた。クラヴァットをかきむしりたくて、指がむずむずする。とにかく今夜をうまく乗りきるんだ。たかが舞踏会だ。別に息の根を止められるわけではないのだから。

いや、その可能性がないともかぎらない。階段の上に現れたレノーラを見つけた瞬間、ピーターは思った。

この三日間、彼女とできるだけ距離を置こうとしていた。それだけに、美しいドレスでめかし込んだ姿を初めて見た衝撃はいっそう大きかった。彼女は息をのむほど美しい。ごてごてした飾りも、派手すぎる裾の刺繍もない代わりに、鮮やかなオレンジ色のドレスは床につくほど裾が長く、ひだ飾りがふわりと揺れている。スカートはふたつに分かれていて、彼女が階段をおりるたびにクリーム色のサテンのアンダースカートが気を引くようにきらめいた。小さなパフスリーブにも同じくクリーム色のリボンが飾られていて、胸元は深く開いている。

シンプルで上品で、清楚な装いだ。レノーララしさがよく表れていた。

レノーラは急ぎ足でレディ・テシュのもとへ行った。「遅れてすみません、おばあさま」そう言って老婦人の頬にキスをした。

「いいのよ」子爵夫人はレノーラの腕をぽんと叩いた。「ピーターとミスター・ネスビットも今来たばかりだから。そんなことより、とってもきれいよ。そのドレスはあなたによく似合っているわ。ねえ、ピーター」いきなり名前を呼ばれ、ピーターはぎくりとした。「レノーラはすてきだと思わない？」

レノーラはここに到着してから一度も彼のほうを見ていなかった。

しかたなく、ピーターは低くこもった声で答えた。「ええ、きれいです」

レノーラがようやくこちらを見た。彼女は目を見開くと、ピーターを上から下まで眺め回し、その変貌ぶりに驚いて小さな口をぽかんと開けた。

まじまじと見つめられ、ピーターは体を愛撫されたような気分になった。全身がかっと熱くなり、彼女とキスをして以来、必死に抑えてきた欲望に火がついた。意志の力を総動員して、彼女を抱き寄せ、気を失うほど激しく唇を奪いたいという衝動を必死に抑え込む。よこしまな考えがズボンのあたりに表れていないことを願いながら、ピーターはそわそわと身じろぎした。くそっ、こんなぴったりしたズボンでは想像の余地がないではないか。

「ありがとう」レノーラが口の中でつぶやいた。「あなたもとてもすてきだわ」

彼女の言葉は、これまで数えきれないほど口にしてきたであろう単なる社交辞令に違いない。それでも彼女の視線がこちらにじっと注がれるのを、ピーターは見逃さなかった。彼女のまなざしによって、心の奥底に沈めた激しい渇望が掘り返されたことも。しかも、単に彼女に触れたいだけではない。この数日間はレノーラが恋しくてたまらなかった。彼女と言葉を交わし、笑い声を聞いていると、伴侶のように長年連れ添ってきた怒りから解放されるような気がした。

くそっ、ぼくはいったいどうしてしまったんだ?

やがてレノーラははっとわれに返ると、頬を赤らめてクインシーに注意を向けた。「あなたもすてきよ、ミスター・ネスビット。目の肥えたロンドンの社交界の人たちが集まる応接間でも、あなたなら賞賛のまなざしを浴びるでしょうね」

クインシーがにやりとする。「ミス・ハートレー、ぼくの目もきみに釘づけだ」

ピーターはうめき声を発しそうになるのをどうにかこらえた。「そろそろ出かけよう。こんないまいましい夜はさっさと終わらせるにかぎる」

「あらまあ、ピーター、ずいぶん勇ましいこと」レディ・テシュはゆっくりした口調で言い、ドアへ向かった。

外へ出ると、ピーターは一行を待ち受けている馬車の御者台にすたすたと歩み寄った。今夜は御者の隣に座るつもりだった。季節外れの寒さだろうと、せっかく整えた服装や髪がぐちゃぐちゃになろうと、知ったことではない。レノーラと一緒に狭い馬車に押し込まれるなんて、とうてい無理だ。

ところが、レディ・テシュがそうはさせてくれなかった。

「ピーター、どこへ行くつもり？」

ピーターは歯ぎしりをした。「全員で乗るには狭すぎるでしょう。ぼくは御者台に座ります」

「スペースなら充分あるわ。親切なミスター・ネスビットが自分の馬で行くと申しでてくれたから」

信じられない思いでクインシーに目をやると、友人は胸が悪くなるほど堂々とした姿勢で、とっくに馬にまたがっていた。いらだちを抑え込んで向き直ると、女性たちは手を借りてすでに馬車に乗り込んでいた。ピーターはぶつぶつ文句を言いながら――ほかに何ができるだろう？――重々しい動きで馬車に乗り込んだ。中をのぞき込むまでもなく、レノーラの隣しか空いていないことはわかっていた。こんなおかしな状況に陥っていることからして、そうとしか考えられない。

ピーターが重い体を持ちあげて馬車に乗り込んでも、レノーラだけは彼に目を向けなかった。ふかふかの座席に腰を落ち着けると、彼女は車内の壁にしがみつくようにしてピーターからできるだけ遠ざかった。それでも、彼女の脚はピーターの脚に押しつけられ、夏のベリーの甘い香りがかすかに漂ってきた。

ピーターはごくりと唾をのみ、座席に座ったまま身をよじった。

「ほら、ごらんなさい」レディ・テシュが満足げな笑みを浮かべる。「ゆったりくつろげるでしょう」

みだらな欲望を抑えるのに必死でなかったら、ピーターは大声で異を唱えていただろう。そのとき、馬車が私道を走りだした拍子にがくんと大きく揺れて、レノーラが体を支えるためにとっさに手を伸ばした。困ったことに、彼女の手近にあったのはピーターの腕だけだった。レノーラは火傷でもしたみたいに、さっと手を引っ込め、もごもごと謝罪の言葉をつぶやいた。ピーターは窓のほうを向いた。過ぎゆく景色を眺めていると、クインシーの姿が目に飛び込んできた。厚かましくもにやりとして敬礼すると、クインシーは馬の腹を蹴って全速力で走りだした。

滑稽なほどぴったりしたズボンに明らかな欲望の証が表れていて恥ずかしい思いをしていなかったら、友人を生かしてはおかなかっただろう。そうならなかったのは、奇跡としか言いようがない。

17

「正直なところ、ピーターが踊れるとは思っていなかったわ」

レディ・テシュと並んで壁際に立っていたレノーラは顔を紅潮させた。「まあ、彼がダンスを？　気づきませんでした」もちろん、見え透いた嘘だ。集会場に足を踏み入れた瞬間から、レノーラは彼の一挙一動から目が離せなくなった。

今もそうだ。ピーターは人のあいだをうまくすり抜けながら、正確かつ慎重にカドリーユを踊っている。動きが堅苦しいうえに、集中しているせいで眉間に深いしわが寄っているけれど、恥はかかずにすんでいるようだ。驚くほど記憶力がいいのだろう、レノーラが教えたことをすべて覚えている。

だから、レノーラには胃がむかむかする理由などないはずだ。

ピーターは迷惑そうに顔をしかめているけれど、地元の女性たちに気に入られたことを自ら証明していた。彼はあっという間に異性の気を引こうとする独身女性たちに取り囲まれ、質問攻めにされた。様子をうかがっていると、彼の向かい側で踊っている若い女性がまつげをしばたたき、すれ違いざまにわざとらしくピーターのほうへよろめいてみせた。彼のパートナーでもないのに。

レノーラは吐き気をこらえた。あの女性がピーターの気を引きたくなるのも無理はない。仕立てのいい真っ黒な夜会服が、肩幅の広さと引きしまった体をいっそう強調している。軟弱な男性たちは彼の足元にも及ばないだろう。

レノーラが見え透いた嘘をつぶやいたにもかかわらず、レディ・テシュは話題を変えようとしなかった。「気づかなかったですって？　どうしたら彼を見逃すことができるの？　この集会場にいる男性の中でいちばん背が高いだけでなく、おかしな髭を生やしてひどい仏頂面をしていても、あんなにハンサムなのに。あら、気を悪くしないでちょうだいね、ミスター・ネスビット」パンチの入ったグラスを両手に持って戻ってきたミスター・ネスビットに向かって言った。「わたしが言いたいのは、ピーターが身なりをきちんと整えてくることは知っていたけれど、あれほどの変貌を遂げるとは思わなかったということよ」

レノーラは自分のグラスをつかむと、急にからからになった喉を潤すためにぐいっとひと飲みした。

「ぼくも知りたいですよ」ミスター・ネスビットは壁にもたれかかりながら言った。「彼がいったいどこであんなダンスを覚えたのか」

ちょうどグラスの中身を飲み干そうとしていたレノーラはむせた。

「おやおや、ミス・ハートレー」ミスター・ネスビットはレノーラの背後に立つと、力をこめて背中を叩いた。「大丈夫かい？　そんなふうにむせるのはつらいだろう」

ぜいぜい息を切らしながらレノーラが懸命にやめてと言おうとしていると、ちょうど音楽が終わったらしく、数秒と経たないうちにピーターがそばにやってきた。

「クインシー、レノ――いや、ミス・ハートレーに何をしているんだ？」レノーラは涙にかすむ目で、ピーターがミスター・ネスビットをにらみつけ、手を振って追い払うのを見ていた。ピーターがそばに来て顔を近づけ、心配そうに目を細める。レノーラはまったく別の理由で息ができなくなったことに気づいた。

「ミス・ハートレーがパンチを飲んでむせたから、喉が楽になるように手を貸していただけさ」

「手を貸していただと？　叩きのめそうとしているようにしか見えなかったぞ」ピーターはさらに身を乗りだした。淡いブルーの瞳を縁取る虹彩が見えるほど近くに。ふたりがこんなに接近したのは、キスをしたとき以来だ。「息はできるかい？」

「いいえ。「ええ」レノーラは涙を拭きながら、不快なかすれ声で答えた。「もう大丈夫よ、ありがとう」彼がこんなにそばにいるのに、腕の中に飛び込めないことに耐えられなくなり、レノーラはあわてて一歩さがった。

その瞬間、ピーターの顔から心配そうな表情が消え、冷ややかな表情に取って代わられた。

「そうか、それなら……よかった」彼は咳払いをし、びくっと指を震わせてクラヴァットに触れようとしたが、すぐにだらりと手をおろした。「では、失礼する」彼が小さくお辞儀をして立ち去ろうとしたとたん、胸に寂しさがこみあげたものの、レノーラは気づかないふりをした。

「ちょっと待って」レディ・テシュが手に持っていた扇でピーターの腕をぴしゃりと叩いた。「どうしても気になることがあるの。今みたいなダンスはどこで覚えたの？」

レノーラは青ざめたが、ピーターは表情をいっさい変えなかった。仏頂面をぴくりとも動かさずに、ちらりとレノーラに目を走らせた。ほとんど気づかないほど一瞬の出来事だったのに、記憶が滝のように一気に押し寄せた。暗がり、ほてった体、貪るようなキス、まさぐりあう手。

「あちこちで腕を磨いたんですよ」ピーターはぼそりと言った。

「どこでだ？」ミスター・ネスビットが問いかけた。「ぼくたちは知りあって一三年になるが、これだけは確信を持って言える。きみがダンスをしなければならない状況にいるのを、ぼくは一度も見たことがない」

「母から教わったんだ」ピーターは話をはぐらかそうとした。けれどもミスター・ネスビットの顔に獲物を見つけたような表情が浮かんだのを見るかぎり、どうやら彼の目をごまかすことはできなかったようだ。レディ・テシュもますます興味をそそられたらしい。マージョリーが離れたところで友人と話をしているのがせめてもの救いだった。これ以上鋭い視線を向けられるのはもうたくさんだ。

いずれにしても、いつまでも話をはぐらかしつづけることはできそうにない。ピーターの顔が緊張でこわばっていくのに気づいたら、ミスター・ネスビットはすぐさま彼を追いつめるだろう。レノーラは体がこわばるのを感じながら、ふたりの男性のあいだに割り込んだ。

「お話の邪魔をして申し訳ないけれど、ミスター・アシュフォードは次の曲でわたしと踊る約束をしているの」

レディ・テシュがレノーラをじっと見た。「本当に？」

「はい」

子爵夫人はピーターのほうを向いた。「次のダンスでレノーラと踊る約束をしたの？」

ピーターは顔色ひとつ変えなかった。「ええ」

レディ・テシュがさらに何か言おうとしたとき、幸いにも音楽が流れだした。これでなんとか逃げきれる。

しかし、ワルツだと気づいたときにはもはや手遅れだった。

レノーラは空になったグラスを両手で握りしめた。自ら窮地に陥ったと知り、頭がぐるぐると渦を巻いた。自分でステップを教えたとはいえ、彼とワルツを踊るわけにはいかない。いいえ、実際は教えていない。レノーラはあの夜のことを思いだして震えた。

「ピーター、あなたはワルツも踊れるの？」レディ・テシュは尋ねた。

「ええと……」彼は口ごもり、レノーラにうろたえた視線を投げた。

「いいえ」レノーラは必死で口をはさんだ。「彼は踊れないわ。その代わりに、ふたりで部屋のまわりを歩く約束をしたんです」

レノーラはすぐ近くのテーブルにグラスを置くと、ピーターの腕をつかんで人混みの中を歩きはじめた。

「わざわざこんなことをする必要はなかったのに」

レノーラは押し黙ったまま、前方を見つめている。レディ・テシュとクインシーから充分に離れたところまで来ると、彼女は焼けた火かき棒に触れたかのように、ピーターの腕からぱっと手を離した。ふたりは肩を並べ、集会場の長い壁に沿って歩いた。互いの体は触れていないのに、彼女のぬくもりが誘いかけてくる。背中の小さなくぼみに触れたくて指がうずうずした。どこか人目につかない場所へ連れていき、彼女を抱き寄せ……。

ピーターは手のひらに短い爪を食い込ませた。

「どのみち彼らに話すつもりはなかった」

「お願いだから、その話はやめましょう」

レノーラの言葉はかみそりのように鋭く、ふたりがしてしまったことへの嫌悪感にあふれ、実際に刃（やいば）を振るわれたようにピーターの胸に突き刺さった。

痛みと怒りがこみあげた。ここ数日、頭がおかしくなりそうなほど感情が高まっていた。しかも今夜は、馬車の中で彼女がすぐそばにいた。さらに女性たちの注目の的になり、ダンスフロアで恥をかかないよう懸命に努力した。とうとう張りつめていた緊張の糸が切れた。彼女の腕をぎゅっとつかみ、足を止めさせた。「ぼくたちのあいだで起きたことに、きみが嫌悪感を抱いているのはわかっている」

レノーラははっと息をのみ、すばやく周囲に目を走らせた。「今はその話はやめて」

「今話さずに、いつ話すんだ」ピーターは吐き捨てるように言った。

彼女が目玉をぐるりと回す。「なぜそんなにむきになるの？　わたしはただ、こんな人目につく場所で話しあうわけにはいかないと言っているのよ」レノーラは声をうわずらせた。

「わかった」ピーターは室内を見回した。白い廻り縁（まわりぶち）のついた淡い黄色の壁、高い天井にはシャンデリアがきらめいていた。しかし身を隠せそうなアルコーヴはどこにも見当たらない。

そのときパーティの出席者たちが、楽団が演奏している回廊の下にあるドアに向かって移動しはじめた。

「何事だ？」

「九時になったんだわ」レノーラは答えた。「ティールームで軽食をとる時間なの」彼女はスカートをつまみ、ごった返す人の波について集会場から出ていこうとした。

だが、今こそ問題をふたりで解決する絶好の機会だった。ピーターはすぐそばのドアに目をやると、彼女の手をつかんで何も言わずに外へ連れだした。

集会場の側面に設けられた長い柱廊（コロネード）らしき場所に出たとたん、ひんやりした夜風を感じた。通りには馬車や椅子籠がずらりと並んでいた。身を寄せあって煙草（たばこ）を吸っている厩番（うまやばん）たちと眠たそうな馬を除けば、あたりには人っ子ひとりいない。

レノーラを自分のほうに向かせた。「これでいいだろう」

「こんなところに連れださなくたって」彼女は早口で言った。「何か言いたいことがあるにしても、なぜシークリフへ戻るまで待てないの？」

「なぜなら」ピーターはむっつりと答えた。「またきみとふたりきりになったら、自分が何をするかわからないからだ」

レノーラは怒りをあらわにするのをやめ、ふうっと息を吐き、表情をゆるめた。

「ぼくにまた言い寄られたくないと思っていることはわかっている」ピーターは急に気まずさを覚え、咳払いをした。そもそもこの話題を持ちだすのは賢明なことなのだろうか？

「もう二度とあんなまねはしないと伝えたかった。それだけだ」

ところが、彼女は眉をひそめた。「そういえばさっき、わたしをここへ連れだす前に言っていたわね。つまり、その……言い寄られたことにわたしが嫌悪感を抱いているって」

「ああ」ピーターは吐きだすように言った。「実際そうなんだろう？」

「違うわ」レノーラの顔が真っ赤になったのが、街灯の薄明かりの中でもわかった。「わたしはそんなふうには思っていない。嫌悪感なんか抱いていないわ」

レノーラは彼をなだめようとしている。ピーターの胸に寒々としたものが広がった。「そんな言葉をぼくが信じると思っているのか？」

彼女は眉を吊りあげた。「なぜ信じてくれないの？」

「きみの本当の気持ちをこの目で見たからだ」彼女がただ眉をひそめたので、ピーターは荒い息を吐きだした。「たいていの女性は……キスをされたときに泣いたりしない」

ようやく意味がわかったらしく、レノーラはぱっと顔を輝かせた。「あなたに嫌悪感を抱いたから、わたしが泣いたと思っているのね？」

これ以上、この話題を続けられそうになかった。くそっ、彼女をこんなところへ連れだすなんて愚の骨頂だった。苦しみが増しただけだ。「この話は忘れてくれ」ピーターはくぐもった声で言った。

「いいえ、忘れないわ」驚いたことにレノーラが一歩近づいてきて、かすれた声でささやいた。「わたしが泣いたのは、感極まったからなの」

「感極まった？」ピーターはぽかんとしておうむ返しに言った。彼女をこの腕に抱き寄せたらどんなにすばらしいだろうということは必死に考えないようにして。

「ええ」レノーラは咳払いをしてうつむいた。「あんなに激しい感情を抱いたのは……初めてだったから」

「初めて？」彼女がうなずいたので、さらに突っ込んで尋ねずにはいられなかった。「ヒルラムだって、きみの感情をかきたてただろう」

レノーラは黙り込み、みじめとも言える表情を浮かべた。ピーターははっと気づいた。彼女はヒルラムと一緒にいても、あんなふうに激しい感情を抱いたことは一度もなかったのだ。ピーターは胸に熱いものがこみあげるのを感じた。この気持ちがなんなのかわからないし、わかりたくもなかった。

「でも、わたしの気持ちなんて関係ないでしょう。というか、あなたの気持ちも」彼女は言った。「あなたはここに残るつもりはないんだから」

質問ではなかった。彼女は薄暗がりの中で視線を合わせ、否定してほしいと訴えてきた。もしかすると、別の何かを懇願したのかもしれない。ピーターが決して与えられない何かを。

「そうだな」ピーターは答えた。「ぼくはここに残るつもりはないし――」ゆっくりと噛んで含めるように言った。彼女に理解してもらうのと同時に、自分に言い聞かせるために。「妻を連れて帰るつもりもない」

レノーラはうなずくと、くるりと向きを変えて集会場の中へ引き返した。彼女の目に浮かんだのは、苦悩の表情だろうか？　後悔が胸いっぱいにあふれて胃が締めつけられ、ピーターはほとんど息ができなかった。

18

指先に針が刺さった瞬間、レノーラははっとわれに返った。ぽつんと丸くにじみでた血をしばし見つめ、おもむろに傷ついた指を口に含んだ。

昼食後に刺繍を始めてみたものの、ずっと心は上の空だ。自分の指に針を刺すのもこれが初めてではない。きっと最後でもないだろう。しかも、できあがった模様はただの糸の塊と化していた。大きなため息をつき、レノーラは枕カバーを脇に置いた。窓に目を向けた彼女の背後では、マージョリーが祖母に本を読み聞かせていた。ややあって、その声が突然ぷつりと途切れた。

「レノーラ」レディ・テシュが話しかけてきた。「刺繍に飽きてしまったの？　それなら、絵を描く道具を持ってくるよう従僕に言いましょうか？」

一瞬、レノーラは居間から逃げだしたくなった。今はまったく絵を描く気分ではない。それどころか、創作意欲に駆られる日がふたたび来るのかどうかも疑わしい。こんなふうに感じるのは、すべてピーターのせいだ。キスだけでも一大事なのに、愚かにも本気で彼に恋をしてしまった。よりにもよって、きみの気持ちには応えられないと、にべもなく拒絶された相手に。そんな男性を思いつづけても、つらい結末が待っているだけだ。

「いいえ、おばあさま。結構です。なんだか今日は、何もする気が起きなくて」レノーラはレディ・テシュにぎこちない笑みを向けた。「まだ昨夜の舞踏会の疲れが残っているのかもしれません」

「ばか言わないで」レディ・テシュが一笑に付す。「午前零時前に帰ってきたでしょう。ロンドンではもっと遅くまで外出していたはずよ」

レノーラは肩をすくめ、ちらりとピーターに視線を走らせた。彼はミスター・ネスビット相手にカードゲームに没頭しているようで、こちらの存在など完全に無視を決め込んでいる。本来ならここはほっとする場面だ。

それなのに、どうしてピーターのつれない態度にこんなにも胸が痛むのかしら?

「ええ、そうですけれど……」レノーラはレディ・テシュに視線を戻した。「きっと天気のせいでしょう。朝から曇り空ですから」

「どうやらこれはひと雨来そうね」窓の外に目をやり、レディ・テシュがつぶやく。「残念だわ。今日はあなたに岸壁の洞窟へ行ってきてほしかったのに」

レノーラはひそかに胸を撫でおろした。シンとイーヴァルの物語はもう描けそうにない。今日は絶対に無理。ひょっとしたら、永遠に無理かもしれない。

マージョリーがレノーラにやさしい笑みを投げかけてきた。「ピアノでも弾きましょうか」にもかかわらず、部屋じゅうが明るい音色で満たされる光景を想像しただけでぞっとした。

「いいえ、あなたは物語の続きをおばあさまに読んであげて。わたしは父に手紙を書くわ。ここに来てからずっと音沙汰がないの」

レノーラはあえて軽い口調で返したが、マージョリーは心配そうな表情を浮かべたままだ。それでも彼女は何も言わず、ふたたび本を読みはじめた。

レノーラは立ちあがり、居間の隅にある小型の書き物机に向かった。そして椅子に腰をおろし、吸い取り紙をまっすぐに置き直すと、ペン先を削り、紙を用意した。そのすべてを自分好みの位置に並べ終えたところで、ようやくレノーラはせわしなく動かしていた手を止めた。

ところが、紙を見つめたきり、言葉がひとつも浮かんでこない。真っ白な紙面からあざ笑う声が聞こえてきそうだ。いったい父に何を書けばいいの？　好きな人ができたとか？　その男性はまもなくここからいなくなるとか？　だから、わたしはもうすぐ失恋するとか？

何を書こうかあれこれ考えているうちに、父がまた新たに結婚相手を探すと息巻いていたことをふと思いだした。レノーラは関節が白くなるほど強くこぶしを握りしめた。あの父のことだ。何がなんでも必ず次の相手を見つけだすに違いない。娘の婚約が三度も破談になれば、ふつうの親ならショックのあまりしばらく立ち直れないだろう。社交界でささやかれる噂話にも耐えられないはずだ。けれど、猪突猛進型のアルフレッド卿はそれくらいでひるむような人物ではない。そしてそんな父親を持ったレノーラは、ふたたび愛のない結婚を強いられるのだ。これは、愛してもいないのにヒルラムの求婚を受け入れたことへの報いなのだろうか。

それにしても、ピーターと出会って生まれて初めて恋というものを知ったけれど、それが破れたときはどのくらいつらいのだろう？

不意に、ピーターの視線を感じた。みるみるうちに背中が熱くなる。今すぐ振り返り、彼に思いのたけをぶつけたい。レノーラは激しい衝動に駆られた。目を閉じ、震える息を吸い込む。ばかなことを口走る前に、この部屋から出たほうがよさそうだ。

そのとき、磨き込まれた床に犬の爪が当たる小さな音が聞こえた。レディ・テシュの隣でおとなしく座っていたフレイヤがドアのほうへ歩いていく。やがて立ち止まり、傲慢な表情でレノーラを見上げる。まるで〝そこの田舎娘、さっさとわたしを散歩に連れていきなさい〟と言わんばかりに。まさに救世主の登場だ。

レノーラは勢いよく立ちあがった。その拍子に、椅子の脚が床をこする耳障りな音が響き、室内にいる全員をぎょっとさせた。

「フレイヤを散歩に連れていってもいいかしら？」レノーラは唐突に切りだした。

「何を言っているの。今にも雨が降るかもしれないのよ。フレイヤの散歩は従僕にまかせればいいわ」

だが、すでにレノーラはドアに向かって歩きだしていた。「いいえ、わたしが連れていきます。たしかに怪しい雲行きだけれど、あと一時間くらいは持ちこたえてくれそうだし、すぐに戻ってきますから」

レディ・テシュにふたたび言い返される前に、そしてピーターにふたたび視線を送ってしまう前に、レノーラはそそくさと居間をあとにすると、玄関広間を足早に突っ切って屋敷の外へ出た。

稲妻が空を切り裂き、続いて雷鳴が轟いた。ピーターは窓の外に目をやった。レノーラがまだ散歩から戻ってきていないことに気づいた。

いや、正確には違う。レノーラが犬を連れて居間から出ていった瞬間から、彼女が同じ空間にいないことをいやというほど感じていた。嵐の到来で、その事実をさらに強く意識しただけのことだ。

「レノーラとフレイヤはいったいどこまで行ったのかしら。そろそろ戻ってきてもいい頃なのに」

レディ・テシュの声で、ピーターは物思いから覚めた。老婦人は心配そうに眉をひそめ、雨粒が当たりはじめたガラス窓を見つめている。

ミセス・キタリッジも同じ表情を浮かべていた。「まさか事故にあったり、道に迷ったりしていないわよね」

「まさか、それはありえないわ」レディ・テシュが明るく笑い飛ばす。「だって、レノーラは目をつぶっていてもこの島じゅうを歩けるもの。あなただってそうでしょう。大丈夫よ。もうじきドアを開けて、フレイヤと一緒にこの部屋に入ってくるわ」だが楽観的な言葉とは裏腹に、レディ・テシュは本の続きを読むよう孫娘に促すこともなく、窓の外をじっと見つめつづけた。

雨がいよいよ本格的に降りだした。ミセス・キタリッジは革表紙の本を指の関節が白くなるほどきつく握りしめ、胸に押し当てている。「でも雨粒が落ちてきたら、レノーラはすぐに引き返してくるはずよ。やっぱり何かあったんだわ」

無意識のうちに、ピーターは立ちあがっていた。「ぼくがミス・ハートレーを探しに行きます」

レディ・テシュと彼女の孫娘が目を丸くする。まるで背中に翼を生やした男でも目撃したかのような表情だ。

「まあ、ピーター、本当に？」レディ・テシュが言った。

「ええ、クインシーも連れていきます。ふたりで探せばすぐに見つかるでしょう」

当のクインシーは、トランプを大きな花瓶の中に投げ込んでいる。ゲームに集中していないピーターに早々に見切りをつけ、ひとりでトランプ投げゲームを始めていたのだ。突然、自分の名前を耳にしてびっくりしたのだろうか、クインシーの手からトランプが滑り落ち、床に散らばった。「今、なんて言った？」

「出かけるからつきあってくれ」

クインシーは窓のほうへ視線を向けた。とたんに、口をあんぐりと開ける。「冗談はよせ。外は土砂降りだぞ」

こみあげるいらだちをぐっとこらえ、ピーターは応じた。「だから先に謝っておくよ。きみの服を台なしにしてすまない。だが、散歩に出かけたきりミス・ハートレーがまだ戻ってきていないんだ」

親友の最後のひと言を聞くと同時に、クインシーは椅子からぱっと立ちあがり、ドアに向かって歩きだした。「それを早く言えよ。さっさと出かけるぞ。この雨だ、一刻の猶予もない」

ふたりは玄関広間へと急いだ。すばやく外套（がいとう）を着込み、傘をつかんで、ドアを開ける。外は予想以上に風が強かった。傘はまったく使いものにならず、外套の裾が激しくあおられる。暴風雨の中でうずくまり、震えているレノーラの姿がピーターの目に浮かんだ。きっと不安でたまらないだろう。

パニックが頭をもたげ、息が詰まりそうになる。

ドアの外へ足を踏みだそうとした瞬間、犬がこちらに向かって駆けてきた。フレイヤは階段をのぼり、男たちの脇を通り抜け、玄関広間で足を止めた。全身ずぶ濡れだ。

執事が震えているフレイヤを抱きあげた。ピーターは体の向きを変え、土砂降りの雨の中に目を凝らす。フレイヤが戻ってきたということは、レノーラも近くにいるはずだ。彼女は心からレディ・テシュを慕っている。その女性の愛犬のそばを離れるようなまねをするわけがない。

とはいえ、時間との勝負だ。ピーターはあたりを眺め回し、レノーラの姿を探した。

「犬はどこから来たんだろう？」クインシーが口を開く。

「わからない」ピーターはクインシーに向き直った。「きみは島の北側と内陸部を探してくれ」焦りや不安が胸に渦巻き、思わず声がとがる。「ぼくは南側と海岸沿いを探す」

クインシーはうなずき、北方面へと駆けていった。

ピーターも反対方向へ駆けだした。横殴りの大粒の雨が容赦なく叩きつけてくる。わずか数秒で、髪は額にへばりつき、外套はびしょ濡れになった。

だが、レノーラはさらにひどい状態だろう。薄い生地のドレスと華奢な靴では、どうあがいたところでこの嵐には太刀打ちできない。ピーターは走りながら、両手を口に当てて大声で彼女の名前を叫んだが、非情にもその声は吹き荒れる風にかき消されてしまった。

落ち着いて考えろ。レノーラが行きそうな場所はどこだ？　ふと、彼女が犬を連れて崖沿いの小道を散歩していたのを思いだした。まさか今日もあそこへ行ったのか？　たちまち背筋に冷たいものが走った。ピーターは全速力で崖を目指した。レノーラが無惨な姿で海岸に倒れている光景が目の前にちらつく。それでも、確かめないわけにはいかなかった。ほどなくして岩棚に到着すると、ごつごつした岩の上を慎重に進み、端まで来たところで足を止め、意を決して海岸を見下ろした。

淡い黄色のドレスを着た金髪の女性は倒れていなかった。それどころか、海岸には人っ子ひとり見当たらない。

安堵感が一気に押し寄せ、危うく膝からくずおれそうになった。だが、レノーラはまだ嵐の中にひとり取り残されたままだ。ピーターは岩棚から離れ、あたり一帯を見渡した。わずかな動きも見逃すまいと、岩や藪の影にもじっと目を凝らす。

レノーラを探しはじめてどのくらい時間が経ったのだろう。数分かもしれないし、数時間かもしれない。ピーターは必死にレノーラの名前を叫びながら、ぬかるんだ道をひたすら歩きつづけた。そのあいだじゅうずっと、激しく脈打つ心臓の音が耳の奥で響いていた。

永遠とも思える時間が過ぎ、やがて低い柵が張りめぐらされた場所にたどり着いた。その先には平野が広がり、この時期に咲く野花が水たまりに浸かっている。シークリフからはかなり離れているので、まさかこんな遠くまで来るはずがないと思う一方で、何か引っかかるものがあった。ピーターは自分の直感を信じて柵を乗り越えた。ブーツが水浸しの地面に沈み込む。彼は声をかぎりに叫んだ。「レノーラ！」おそらく今日だけで一〇〇回は彼女の名前を口にしているに違いない。

前方の木立のあいだで何かが動いた。腕だ。誰かが激しく細い腕を振っている。一瞬、心臓が止まったような気がした。ピーターは泥水を跳ねあげながら走りだした。レノーラはぼろ小屋の戸口に立っていた。もつれた髪は肩に落ち、淡い黄色のドレスは濡れて泥まみれだ。

あまりにも絶望的な姿にもかかわらず、レノーラはとても美しかった。

ピーターはさらに足を速め、小屋へ向かった。そして震える体を両腕でかたく抱きしめ、レノーラの唇に唇を重ねあわせた。その瞬間、自分の世界がふたたび正常に動きだした気がした。

　ピーターの荒々しいキスを受けているうちに、レノーラは不安に怯えていたことも徐々に忘れていった。彼女は彼の肩にしがみつき、自ら口を開いた。キスが深くなるにつれ、甘いうずきが全身に広がっていく。初めてこの感覚を味わったときは自分の反応が怖かったけれど、今はなぜこんなふうになるのかはっきりわかっている。それは、キスの相手がピーターだからだ。

　とはいえ、恋い焦がれる男性にどんなに強くしがみついても、体の震えは止まらなかった。いきなりピーターが重ねていた唇を引きはがし、レノーラを見下ろしてきた。

「なんてことだ。顔が真っ青じゃないか」

　温かい唇の感触が消えてしまい、なおさら寒さが身にしみた。レノーラは自分の体に両腕を回し、手で腕をさすった。けれど、体は骨の芯まで凍えきっていた。

　ピーターがレノーラの手をどけ、自分の手で彼女の腕をさすりつつ、小屋の中を見回した。

「何かきみの体を温めるものを探さないと」

　レノーラはふっと笑いを漏らした。「それに関しては、完全に運に見放されたみたい。ここには何もないもの」歯をかちかち鳴らしながら言う。

　ピーターはずぶ濡れの外套を見下ろし、肩をすくめた。「いや、あきらめるのはまだ早い。ぼくはこれよりひどい状況もくぐり抜けてきたんだ」

彼は外套を脱いでレノーラの肩にかけた。びしょびしょに濡れてはいるが、それでもピーターの体のぬくもりは残っていた。レノーラは外套を体に巻きつけ、そのぬくもりを自分の中に染み込ませた。「でも、今度はあなたが凍えてしまう」

ピーターは気にしなくていいとばかりに手を振った。「薪は探してみたかい？」

レノーラは小さくうなずいた。「どこにも見当たらなかったわ」小屋の隅から隅までくまなく探したが、木の枝どころか壊れた家具のかけらひとつ見つからなかったのだ。

ピーターがむっつりとうなずいた。雨水が流れ落ちてくる朽ちた藁ぶき屋根を見上げ、それから蝶番が外れて斜めに傾いたドアに視線を移す。「これでは外とたいして変わらないな。体を温めることも服を乾かすこともできないのなら、この小屋にとどまっていても意味はない」ピーターは険しい顔をレノーラに向けた。「今すぐ屋敷へ戻ろう」

レノーラはおそるおそる戸口に目をやった。この嵐の中、いったいどうやって戻るというのだろう？「それはどうかしら……」

ピーターが人差し指でレノーラの顎を上向かせ、不安そうにしている彼女の目をじっと見据えた。「ぼくを信じるか？」

「ええ」レノーラは少しもためらうことなく返した。それは一片の偽りもない本音だった。彼を心の底から信じている。この男性にならば自分の命も預けられると思えるほどに。

ピーターのまなざしが柔らかくなった。「では、行くぞ」いきなり彼はレノーラを抱きあげたかと思うと、そのまま戸口のほうへ歩きだした。たちまち全身に雨が降りかかる。外はほとんど視界ゼロの状態だ。

「わたしを抱えなくてもいいのよ」レノーラはピーターの耳にささやいた。「ちゃんと自分の足で歩けるわ」

「地面は水浸しだ。雨の日に最もふさわしくないその靴では一歩も歩けないさ」ピーターはぬかるみもものともせず、大股でずんずん歩いた。おまけに、息切れひとつしていなかった。

「それから、しばらくその口を閉じていてくれないか。耳元で歯をがちがち鳴らされると、まともに考えごともできやしない」彼が精一杯、軽口を叩こうとしているのがレノーラにも伝わってきた。

ピーターも内心は不安なのだろう。彼の肩がこわばっているのを見ると、不意に胸に熱いものがこみあげてきた。レノーラは麻のシャツにしがみつき、ピーターの首に顔をうずめた。彼と一緒なら怖いものはない。とはいえ油断は禁物だ。ふたりとも危険な状況からまだ完全に脱したわけではないのだから。

レノーラの体をわずかに持ちあげ、ピーターが柵を乗り越えた。「ところで、いったいどうしてこんなところまで来たんだ？　なぜ、雨が降りだしたときにすぐシークリフへ戻らなかった？」

今のピーターの言葉で、レノーラは一気に現実へと引き戻された。彼のキスによって忘れていた恐怖がふたたびよみがえってくる。「フレイヤよ。あの子が雷の音に驚いて突然、走りだしてしまったの。それであちこち探し回っているうちに、気づいたらここに来ていたわ。

ないわ」

ああ、フレイヤが見つからなかったらどうしよう。レディ・テシュはひどく動揺するに違い

ピーターは鼻を鳴らすと、頭を横に振り、目にかかる髪を払いのけた。「なるほどね。だが、ぼくはあの犬のことなどちっとも心配していないよ。なぜなら、すでにシークリフへ戻っているからね。今頃は、赤々と燃える暖炉の前に置かれた豪華な金糸模様のクッションの上で、ぬくぬくと昼寝を貪っているはずだ」

レノーラはほっと胸を撫でおろした。「それを聞いて安心したわ」安堵の吐息をこぼす。

またピーターが頭を振った。今度は髪が頬に張りついている。無意識のうちにレノーラは手を伸ばし、その髪をよけて、目元から水滴をぬぐってやった。

ピーターは彼女を抱える腕に力をこめ、立ち止まった。「ありがとう」そして、彼はふたたび歩きだした。

「お礼を言うのはわたしのほうだわ。ピーター、助けに来てくれてありがとう」

ほんのつかの間、ふたりは視線を合わせた。彼のやさしいまなざしに息が止まりそうになる。レノーラはピーターの顔をじっと見つめた。こわばった顎を。青ざめた唇を。髪の毛の張りついたこめかみを。自分を救ってくれた男性の今の表情を記憶にとどめておきたかった。レノーラにとって、ピーターは世界で最も大切な存在だ。暖炉の火がなくても、彼にこうして抱かれているだけで、充分温かい。

ピーターの足取りが重くなってきた。レノーラは彼の首に腕をきつく巻きつけた。「ごめ

んなさい。わたしのせいで雨の中を歩き回らせることになってしまって、本当に申し訳なく思っているわ」

「いや、いいんだ。気にするな」降り注ぐ雨音でピーターの声はほとんど聞こえなかった。だが、その言葉はまっすぐレノーラの心に届いた。

19

屋敷から物音が消えた。どうやら全員が眠りについたようだ。ピーターは裸足でレノーラの寝室へ向かった。

行くべきではない。それは、太陽が朝にのぼるのと同じくらい、あるいは永遠にシン島を離れる日が近づいているのと同じくらい、明々白々だ。だがやはり、この目でレノーラの様子を確かめずにはいられなかった。せめて体調を崩して寝込んでいないかどうかくらいは知りたい。このままでは頭がどうにかなりそうだ。

ピーターはレノーラの寝室の前で足を止め、耳を澄ました。静かだ。もう眠っているのかもしれない。自分も部屋に戻り、少し寝たほうがいい。

廊下に敷かれた豪華な絨毯（じゅうたん）に足の指をぎゅっとめり込ませ、ドアに体を預ける。さあ、どうする？　しばしの葛藤のすえ、心を決めた。ひとつ大きく深呼吸をして、ピーターはドアをそっと叩いた。

一度めのノックとほぼ同時に、ドアが開いた。ひょっとしてレノーラはドア一枚はさんだ向こう側でじっと立っていたのだろうか。レノーラはぼくを待っていたのか。

「ピーター」彼女がささやく。

彼はレノーラを腕の中に抱き寄せ、彼女の唇をキスでふさいだ。この行為が、ごく自然なことに思えた。すかさずレノーラの細い腕が首に回された。彼女はピーターのシャツをつかみ、肩に爪を食い込ませた。まさに天にものぼる気分だ。ずっとこうしてレノーラを抱いていたかった。彼女の肌から立ちのぼる甘いにおいが鼻腔を満たす。太陽の恵みをさんさんと浴びて育った果実を思わせるにおいだ。ピーターはレノーラをきつく抱きしめて室内に入り、ドアを閉めた。

「どうしてもきみに会いたかった」レノーラと唇を重ねたまま言う。「風邪をひいたりしていないか、心配だったんだ」

かなり控えめな表現だ。屋敷に戻ったとたん、すぐさまレノーラは寝室へ連れていかれ、それきり彼女には会えずじまいだった。今日は自分の人生で最も長い一日だったと言っても過言ではない。もう少し早くレノーラを見つけられたのではないか？　土砂降りの中を引き返すという決断ははたして正しかったのか？　今頃レノーラはどうしているのか？　自室でひたすら行ったり来たりを繰り返しながらあれこれ考えているうちに、彼女が心配でいてもたってもいられなくなった。彼女に会いたい気持ちは、時間を追うごとに強まるばかりだった。

そして今、ようやくレノーラに会えた。腕の中にいる彼女は元気そうだ。ピーターは彼女の背中からヒップ、そして脇腹へと手を滑らせ、それから親指で胸の先端に軽く触れた。レノーラは薄い木綿のナイトドレスを着ている。生地が幾層にも重なったドレスも、コルセットもつけていない柔らかな体を、ピーターはゆっくりと撫でつづけた。

「あなたを待っていたの。来てくれてうれしいわ」彼の頬から耳へと唇を這わせながら、レノーラがささやいた。

「そうなのかい？」少しだけ頭を後ろにそらし、レノーラの顔を見下ろした。暖炉の残り火が放つ鈍いオレンジ色の光の中でさえ、彼女の目が熱を帯びて輝いているのがわかる。まるで一〇〇〇本もの蠟燭がともされた明るい部屋にいるかのように、それがはっきりわかった。にわかに息が苦しくなる。これ以上、深入りしてはいけない。手遅れになる前に、レノーラから離れたほうがいい。「きみが元気でよかった」彼はかすれた声で言った。「そろそろぼくは戻るよ。きみは寝たほうがいい」ピーターはレノーラの背中に回していた腕をほどいた。

彼女がさらに身を寄せてきた。そしてつま先立ちになり、両手でピーターの頬を包み込む。ふたりの胸が触れあい、ピーターは息をのんだ。たちまち体の奥でくすぶっていた火が燃えあがった。

「帰らないで」レノーラがささやく。

ピーターはやれやれと首を振った。「きみは自分が何を言っているのか、わかっていないんだな」

「いいえ、ちゃんとわかっているわ」レノーラは笑みを浮かべ、美しく澄んだ目でこちらを見上げてきた。「わたしはあなたが欲しい。ピーター、ずっとあなたが欲しかったわ」

とたんに、理性が働かなくなった。ピーターは可憐なナイトドレスに包まれた華奢な腕をつかみ、レノーラの首筋に顔をうずめ、そのなめらかな肌に口づけを落とした。

「きみから離れられない」くぐもった声で小さく悪態をつく。「くそっ、離れようとしたんだ。離れようとしたのに、どうしてもできなかった」

「じゃあ、離れないで」レノーラが彼のこめかみに唇を押し当て、髪の中に指を差し入れた。

「だが、レノーラ、きみとは結婚できないんだぞ」これは昨夜も彼女に伝えた。今夜は結婚という言葉を使って、よりはっきりと自分の考えを口にしただけだ。それなのに、なぜかピーターの胸は痛んだ。突然、人生を間違った方向へ進めている気がした。

「それはわかっているわ。ピーター、わたしはあなたに結婚してほしいなんて言うつもりはないの」レノーラの声が次第に小さくなっていく。「いずれにしても、幸せな結婚なんてもうとっくにあきらめているし」

今、レノーラはヒルラムを思いだしているのだろうか？　だが、腹の底からこみあげてきたのは嫉妬ではなく、やるせない思いだった。まだこんなに若いレノーラが深い喪失感を味わわなければならなかったことに対して。

そして、自分が彼女の初恋の相手ではなかったことに対して。

もし母との約束を守っていたら、どうなっていただろう。後悔という言葉が頭の中で渦巻く。レディ・テシュの屋敷で一緒に暮らしていたら、毎年夏になるとこの島で過ごしていたレノーラともっと早く出会っていたかもしれない。彼女はヒルラムではなく、自分と恋に落ちていたかもしれないのだ。

髪に差し込まれたレノーラの指に力が入り、ピーターは物思いから現実に引き戻された。

「だけど、今夜だけはわたしのそばにいてほしい」彼女の静かな口調に強い意志を感じた。

レノーラの首筋から顔を離し、彼女をじっと見下ろす。瞳に宿る決意を目の当たりにして、ピーターの胸が締めつけられた。「きみの望みはかなえてやれない。ぼくはきみにふさわしい男ではないんだ」

レノーラがふたたび両手で彼の頬を包み、自分のほうへ引き寄せた。「今だけよ。今だけあなたが欲しい。今、この瞬間だけでいいの。わたしはそれ以外、何も望んでいないわ」

言い返す間もなく、レノーラが唇を重ねてきた。その瞬間、彼の自制心も、不安も、迷いも、すべて消え去った。

ピーターに抱きあげられると同時に、レノーラは彼の首に腕を巻きつけた。まるで大切な宝物を運ぶみたいに、ピーターはベッドに向かってそっと歩いていった。

けれど慎重な足取りとは対照的に、彼のキスは荒々しい激しさに満ちていた。レノーラを乱れたシーツの上に横たえると、すぐにピーターが覆いかぶさってきた。

彼の体の重みが心地いい。全身が彼のにおいに包まれている。ぴりっとしたとても男らしい香りだ。ピーターの舌が口の中に入りこんできた。肌をくすぐる彼の髭の感触や、徐々に深まっていく口づけに意識が飛びそうになる。体じゅうの細胞がうずきだし、レノーラはピーターにきつくしがみついた。

「きみの人生を台なしにしたくない」レノーラの首筋に舌を這わせつつ、ピーターが言う。

「わたしは気にしないわ」彼女は息を弾ませて返した。

「だが、ぼくは気にする」ピーターはレノーラの上からおりた。そしてかたわらに片肘をついて横たわり、彼女の顔を見下ろした。どこまでもやさしく、思いやりにあふれたまなざしだ。「レノーラ、きみはあまりにも無防備すぎるよ。ぼくはきみの体面を傷つけたくはない。いずれきみは結婚するだろう。そのときまで、自分を大切にするんだ」

それでも、このまま何もなくピーターが部屋から出ていくなんて、レノーラは考えたくもなかった。どうにかして彼を説得しなければ。この機会を絶対に逃したくない。「そう言われても、わたしはあなたが欲しいの。この気持ちは変わらないわ」彼女は両手でピーターの頭を引き寄せ、額と額を触れあわせた。

沈黙が落ち、張りつめた時間が過ぎていく。やがてピーターが大きなため息をついた。

不意に彼の顔が離れたので、レノーラは思わず声をあげた。だがほっとしたことに、すぐに彼の唇が喉を伝い、胸へと滑りおりていくのを感じた。彼が胸の先端を口に含み、ナイトドレスの裾をつかんで引きあげはじめた。ひんやりとした空気が、あらわになった肌を撫でる。

ピーターの手の動きにはなんのためらいもない。レノーラにはそれがすごくうれしかった。ゆっくりナイトドレスを引きあげられたら、叫びだしていただろう。ピーターの手も唇も欲しい。彼のすべてを全身で感じたい。彼はナイトドレスを床に放り投げると、自分も服を脱ぎ、レノーラの上にのしかかってきた。ついに一糸まとわぬ肌と肌が重なりあう。

ピーターが低くうめき、レノーラの首筋に顔をうずめた。「ああ、天国にいるような気分だ」彼がささやく。

その言葉を聞き、体が喜びに震えた。レノーラはピーターの肩に唇を押し当て、両手を引きしまった広い背中に滑らせた。手のひらにかたい筋肉の収縮が伝わってくる。

ピーターは全身筋肉の塊といった感じで、これまで会ったどの男性よりも大きくてたくましかった。そのうえ、自信に満ちあふれている。現に、この二週間、彼はいつも堂々としていて、いっさい自分の弱い部分を見せなかった。その彼が今、レノーラに触れられるたびに背中を小刻みに震わせ、彼女に無抵抗な姿をさらけだしているのだ。

けれど、それもつかの間のことで、ふたたびピーターが主導権を握った。レノーラの肌にときに手を滑らせ、ときに唇を這わせ、ときに歯を立てながら、ゆっくりと彼は体を下へとずらしていった。首に、胸に、腹部に、激しいキスの雨が降り注ぐ。レノーラは背中を弓なりにそらし、そのすべてを受け止めた。彼女の凝りかたまった筋肉をピーターがほぐしはじめる。彼の手つきはかぎりなくやさしかった。たこのできた大きなごつごつした手が、たまらなくいとおしく思えた。この手には彼の人生が刻まれている。どんな苦労も、困難も、悲しみも、強い意志を持って乗り越えてきた生きざまが。そんなピーターの手が与えてくれる快感が彼女の全身に広がっていった。

突然、ピーターの唇が脚のあいだの秘められた巻き毛をかすめ、レノーラは凍りついた。マージョリーが男女の営みについて教えてくれたとき、興味をかきたてられ、ベッドの上での行為についてあれこれ想像をめぐらせたものだ。けれど、その中にこれは入っていなかった。

「ピーター？」レノーラはおそるおそる口を開いた。

「きみを味わわせてくれ」ピーターの熱い吐息が巻き毛に吹きかかり、レノーラの体が震えた。「頼む」

レノーラは、今夜は彼が求めるものをすべて与えるつもりでいた。迷いは一ミリもない。

「ええ、いいわ」そうささやき、彼女は自ら脚を開いた。

ピーターの唇が大切な場所に押し当てられた瞬間、頭の中が真っ白になった。

熱を帯びた秘所を彼の舌がゆっくり時間をかけてなぞっていく。レノーラの唇からあえぎ声がこぼれた。得も言われぬ快感に貫かれ、レノーラは柔らかい白いシーツをきつく握りしめた。じっとして、レディがはしたない反応をするものじゃないわ。彼女は胸の内でそう言い聞かせたが、ピーターの指が中に滑り込んできて奥まで満たされたとき、同時に心も満たされ、無意識のうちに腰を揺らしていた。

レノーラの喉から漏れるせつなげな叫び声が薄暗い寝室に響く。彼女は腰を高く持ちあげ、敏感な部分に愛撫を続けている唇に押しつけた。ピーターが低くうめき、指で彼女の中を激しく突きながら舌の動きを速めた。耐えきれなくなったレノーラは、恍惚(こうこつ)の高みへと一気に押しあげられていった。

全身が粉々に砕けてしまったようだ。ぼんやりした意識の中でレノーラは思った。どうしたらもとに戻れるの？　今は何も考えられない。

ピーターが起きあがり、レノーラの震える体を抱きしめてくれた。彼の強く安定した鼓動に耳を傾けているうちに、やがてレノーラの心臓もいつもどおりの落ち着いたリズムを刻みはじめた。


ピーターは身も心も満ち足りていた。過去の苦しみや怒りからも解放された気分だった。今、レノーラはかたわらでぐったりと力なく横たわっている。この女性に情熱的な一面があるのは知っていたが、今夜の彼女には心底驚かされた。レノーラはぼくを信じきっていた。そして、彼女自身をすべてさらけだした。その姿には畏敬の念さえ覚えた。できることなら、残りの日々も毎晩レノーラと一緒に過ごし、彼女と快楽を分かちあいたい。

ピーターは頭に浮かんだよこしまな考えをすぐに撤回した。積年の恨みを晴らすための復讐計画を断念するわけにはいかない。

後悔先に立たず。今さらながら、この言葉の意味を思い知らされた。だが、悔やんだところで過去に戻ってやり直すことはできない。この計画は必ずやり遂げると、自分に誓ったはずだ。ピーターはレノーラをきつく抱きしめた。何かを得ようとすれば何かを失う。人生とはそういうものだ。

「ピーター？」

突然、名前を呼ばれてどきりとする。レノーラは眠っているとばかり思っていた。

「なんだい？」

レノーラがほっそりとした指でピーターの胸をなぞった。「大丈夫？」

ピーターはあわてて顔に笑みを張りつけた。レノーラは純粋無垢な女性だ。こんなどす黒い憎悪が渦巻いている心の内を彼女には知られたくない。今はただ、彼女に何も気づかれずに復讐をやり遂げられることを願うばかりだ。

自分がそこまで運に恵まれているかどうかは疑わしいが。

「ああ、大丈夫だ」ピーターはレノーラの頭のてっぺんに唇を寄せ、そっと口づけた。そして彼女を眠りにいざなおうと、背中を撫ではじめる。

ところがレノーラは片肘をついて起きあがり、彼を見下ろしてきた。ほの暗い明かりの中でも、彼女が心配そうに眉間にしわを寄せているのがわかる。「ピーター、何か悩みごとがあるならわたしに話して」

くそっ、なんてかわいらしいんだ。金色の髪はくしゃくしゃに乱れ、唇はキスで赤く腫れあがっている。たまらずピーターはレノーラの頭の後ろに手を添え、自分のほうへ引き寄せて唇にキスをした。「悩みごとなど何もないさ」

「嘘つきね」レノーラは言い返したが、いらだった口調ではなかった。彼女は両手をピーターの胸に当てて指を広げた。頬がみるみるうちに赤く染まっていく。レノーラはピーターの顎に視線を落とした。「でも……あなたはまだ……その……」

ピーターは眉をひそめた。「ぼくがまだ、なんだい？」

今やレノーラの顔は真っ赤になっていた。「わたしが……あのとき……その……でも、あなたは……ええと……」

ひょっとして、レノーラはぼくが絶頂に達したのかどうか訊きたいのか？　ピーターは思わず噴きだしてしまった。「きみも案外、恥ずかしがり屋なんだな。もっと口が達者だと思っていたよ」

レノーラはピーターをにらみつけ、彼の胸を押した。すかさずピーターはレノーラを抱き寄せると、彼女の首筋に顔をうずめてにやにや笑いを隠した。

「きみは、ぼくが満足したかどうか訊こうとしているのか？」彼女の首の付け根に唇を当てたまま言った。

〝まったく鈍い人ね〟とたしなめるレノーラの声が聞こえた気がした。彼女がピーターのこめかみに唇をつけてうなずいた。「あなたもわたしと同じように感じたのか知りたいの」

彼女のかすれた声に、ふたたび欲望が頭をもたげた。レノーラを押し倒し、組み敷いてしまわないよう、ありったけの自制心を総動員する。ピーターは体を離し、レノーラの目をのぞき込んだ。

「レノーラ、ぼくのことは気にするな。今夜はきみだけの特別な時間だ」

彼女がなおも食い下がる。「でも……それで……あなたは平気なの？」

ピーターはうめきそうになった。「まいったな。平気なわけがないだろう」

レノーラがいらだたしげに顔をしかめた。「じゃあ、なぜ？」

ピーターは彼女の頬に手を添え、なめらかな肌を親指で撫でた。「言っただろう。きみの人生を台なしにしたくないと。その約束を破るつもりはない」

しかし感謝されるどころか、レノーラに思いきりにらまれた。「わたしはそんな約束をしてほしいなんて頼んだ覚えはないわ」

彼女の剣幕（けんまく）に圧倒され、言葉が出なかった。代わりに、なぜか急に笑いがこみあげてきた。いったん笑いだしたら止まらなくなり、ピーターは枕に頭をつけて笑いつづけた。

「何がそんなにおかしいの？」

レノーラの声に怒りがにじんでいる。ピーターは笑いを引っ込めたが、顔から笑みは消えなかった。こんなに声をあげて笑ったのは、これまでの人生で初めてだ。「ぼくがきみの純潔を奪わなかったから、きみは怒っているのか？」

「まさか、別に怒っていないわ」

ピーターは起きあがろうとしたレノーラを抱き寄せ、体を反転させて彼女の上にのった。そして、まっすぐ目を見据えた。

「ぼくに純潔を奪われたいのかい？」

「それはそんなにいけないこと？」

小さな声だった。きっと勇気を振り絞って訊いたのだろう。ピーターは顔を寄せて、レノーラの唇にそっと口づけた。「いけないことではないさ」静かな口調で言う。「実際、ぼくにとっても、間違いなく人生で最高の経験になるだろう」レノーラが言い返そうと口を開きかけたが、それよりも早くピーターは話を続けた。「でも、ぼくにはできない。一度約束したことは、名誉にかけて守る。ぼくは、きみの人生を台なしにするようなまねはしないと約束した。この約束を撤回するつもりはないよ」

レノーラが彼の髪に指を差し入れてきた。心の内で苦しみと喜びが交錯する。「ピーター、あなたは高潔な男性ね。わたしが知っている人の中で、あなたがいちばん高潔だわ」

「いや、それは違う。本当に高潔な男なら、今夜ぼくはここに来ていない」

レノーラが黙り込み、長い沈黙がおりる。おそらくレノーラから言葉は返ってこないだろう。ピーターがそう思いはじめたとき、彼女が口を開いた。「あなたが来てくれてうれしかったわ」

「ぼくもきみに会えてうれしいよ」自分でもわからない感情がこみあげ、喉が詰まった。もう一度レノーラと唇を重ね、ピーターは頭の隅でささやく声を無視した。それでも、その声は執拗にささやきつづけた。〝今を楽しむがいい。だが、おまえに待っているのは地獄の苦しみだ〟

20

「おはよう、ミス・ハートレー」翌朝、全員が朝食の席につくと、クインシーがレノーラに声をかけた。「昨日はとんだ災難だったね。だが、その割に今朝のきみはとても元気そうだ。実際、頬がバラ色に輝いている」

レノーラをほれぼれと眺めていたピーターは、コーヒーにむせそうになった。彼女の頬にほんのり赤みが差している理由を知っているからだ。ありがたいことに、マージョリーが口を開いてくれたので、誰にも失態を気づかれずにすんだ。

「まあ、レノーラ。熱があるんじゃない？」

「いいえ、熱はないわ」レノーラのほうが役者が一枚上だ。頬こそ赤いが、その声は落ち着き払っていた。

マージョリーが椅子から立ちあがり、レノーラのもとへ行った。そして親友の額に手を当て、眉をひそめる。「そうね、熱はなさそう」意外そうな声でつぶやいた。「それどころか、冷たいくらいだわ」

「だから、そう言ったでしょう」

マージョリーは腰を屈めて、レノーラの顔をのぞき込んだ。「でも、今日はどことなくいつもと違うわね」

レノーラが食べかけの三角形のトーストをちぎりはじめた。ぱらぱらとパン屑が皿の上に落ちる。彼女がちらりと視線を送ってきた。その目が、彼女も昨夜の出来事を思いだしていることを雄弁に語っていた。

ああ、なんて美しい瞳だろう。よせ。物欲しそうな目で彼女を見るな。ピーターははっとわれに返った。恋煩い真っ最中の若造みたいに、レノーラに釘づけになっているところを見つかったら、ただでさえ気まずい状況をさらに悪化させるだけだ。ピーターは背筋を伸ばして座り直し、コーヒーカップをテーブルに置いた。「昨日、ミス・ハートレーは大変な目にあったんだ。そのせいじゃないかな。まあ、とにかく無事でよかった」マージョリーの気をそらそうと、さらに先を続けた。「ところで、嵐もおさまったようだが、ぼくたちの今日の予定はどうなっているのかな？　レディ・テシュから何か聞いているか？」

マージョリーはもう一度レノーラの顔を見つめ、困惑した表情を浮かべたまま自分の席に戻った。「祖母からは、今日なら岸壁の洞窟に行けるんじゃないかと言われたの。でも、レノーラをゆっくり休ませたほうがいいということでなんとか話がまとまったわ」

マージョリーが顔をしかめる。おそらく、レディ・テシュと行く行かないでひと悶着あったのだろう。だがすぐに、いつもどおりの柔和な顔つきになった。彼女はコーヒーをひと口飲むと、レノーラに微笑みかけた。「そういうわけで、今日は一日じゅうのんびり過ごせるわよ」

レノーラが笑みを返した。「まあ、すてき」

柔らかく弧を描いた唇にピーターは目を奪われた。昨夜、何度もキスをした唇に。彼の肌の上をさまよった唇に。

ピーターはハムにフォークを突き刺し、口へ運んだ。そしてすぐさまコーヒーカップを手に取り、深い苦みとこくのあるコーヒーを胃に流し込んだ。レノーラと親密な時間を過ごした昨夜の記憶が脳裏にちらつく。だが、もうあんなまねはしない。そもそも彼女の寝室へ行くべきではなかったのだ。二度と同じ過ちを犯すものか。

しかしその決意も虚しく、ピーターの視線はレノーラに戻っていった。彼女と目が合い、胸が温かい感情で満たされる。レノーラは彼にそっと微笑みかけてから、友人のほうへ顔を向けた。

ピーターは、彼女のやさしい笑みとまなざしに気絶しそうなほどだった。この屋敷に滞在するあいだ、はたしてレノーラに近づかずにいられるのだろうか。永遠に彼女に会わずにいられるのか。それには間違いなく強力な意志の力が必要になるだろう。

もはや自分をごまかすのも限界だ。今や、ピーターの世界はレノーラを中心に回っていた。この島を離れるとき、疎遠になっていた親族から去るのではない。レノーラから去っていくのだ。この世の何よりもかけがえのない存在から。

不意に、レノーラとの未来の光景が目の前に浮かんできた。レノーラと向かいあって朝食をとりながら、ふたりで昨夜の出来事を微笑みあいながらなつかしそうに話したり、夜明けにベッドから抜けだすことなく、レノーラを腕に抱いて目覚めたり、間借りした部屋ではなく、ふたりの寝室で彼女と朝を迎えたりすることができるのだ。

そういう生活ができたら、どんなに幸せだろう。

たちまち胸に鋭い痛みが走り、呼吸が苦しくなった。レノーラとともに歩む人生。そんな未来が待っていたらどんなにいいか。

彼女に求婚し、ふたりで一緒にボストンへ帰り、家庭を築く。

レノーラと家族になる。

ピーターは深く息を吸い込んだ。〝家族〟という言葉が頭の中を駆けめぐり、とぎれとぎれにしか空気を吸い込めなかった。いや、家族などいらない。これまで一度も欲しいと思ったこともなかった。

だが、それは本心なのだろうか？　心の奥底からそう問いかける声が聞こえた。愚かな質問だ。家族を持ったところで、またつらい思いをするだけに決まっている。

長いあいだ、自分には母しかいなかった。母とふたりで生きてきた。その母を失ったとき、ぼくは同時に家族を失ったのだ。ぼくに無償の愛を注いでくれた唯一の家族を。

あんな目にあうのは二度とごめんだ。レディ・テシュは家族ではない。クインシーも違う。アダムズ船長や彼の家族も、両手を広げてぼくを受け入れてはくれたが、彼らを自分の家族だと思ったことはない。

アダムズ家はみんないい人たちだ。ぼくに〝おまえも家族の一員だ〟とまで言ってくれた。だが、あえてぼくはいつも彼らから少し距離を置いていた。親しくなればなるほど、失ったときの悲しみや苦しみが大きくなるからだ。一度ならず命を救ってくれたクインシーにさえ、心の内を見せたことはない。母の死後、誰よりも近しい存在だったクインシーにさえも。そう、ぼくは家族など欲しくもなかった。結婚する気も、子どもを持つ気もなかったのだ。デーン公爵家の全員を破滅させる計画を遂行するには、かえってそのほうがいいと思っていた。ぼくは長い年月をかけて自分の心のまわりに分厚い壁を築きあげた。まさか、その壁に穴を開ける人物が現れるとは想像もしていなかった。

レノーラと出会うまでは。

彼女の登場で、自分の立てた人生計画が味気なく孤独なものになった。今やレノーラのいない人生は考えられない。喜びも笑いも愛もない人生は。

コーヒーカップを口元へ運ぶ途中で、ピーターの体がかたまった。愛だって？　いったいどこからそんな言葉が出てきたんだ？　自分はレノーラを愛していない。もちろん、彼女には好意を持っている。だが、愛してはいない。そもそも、自分の心に愛などという甘ったれた感情が入る隙間はないはずだ。

とはいえ、愛という言葉の響きには温かみを感じた。雪を溶かす春の太陽のような温かみを。そろそろ認めたらどうだ？　本当は自分をごまかしていることくらい百も承知だろう？ふたたび心の声がささやく。ピーターは息を吸い込んだ。ああ、そのとおりだ。ぼくはレノーラを愛している。今さらながらその事実に気づき、愕然とした。

ピーターはコーヒーカップをテーブルの上に戻し、椅子を引いて立ちあがった。とたんに、まわりのにぎやかな話し声がやんだ。食堂にいる全員の視線が彼に注がれる。

「ピーター、どうしたの？　顔が真っ青よ」マージョリーが心配そうに額にしわを寄せて言った。「大丈夫？」

「ああ、なんでもない。大丈夫だ」もしかしたら、大きな声を出しすぎたのかもしれない。マージョリーの眉が生え際まで吊りあがった。ピーターはレノーラではなく、マージョリーに意識を向けようとした。迷いを断ち切り、前に進むために。ひとたびあのかわいらしい顔を見てしまったら、彼女から離れることができなくなる。

「ちょっと馬に乗ってくるよ」ピーターは言った。

クインシーが椅子から立ちあがる。「だったら、ぼくもつきあおう」

「いや」またしても声が食堂じゅうに響き渡り、みんなをぎょっとさせてしまった。クインシーがうさんくさそうにこちらを見ている。まあ、無理もないだろう。ピーターの態度は、いかにも挙動不審だ。

「つまり」ピーターは続けた。できるだけふだんと変わらない声を出そうとした。「頭をすっきりさせたいんだ。何しろ昨日の今日だし」

この表現はほぼ真実をついている。ただ昨日のどの出来事を指しているのか、はっきり言わなかっただけだ。

「まあ、好きにすればいいさ」まだ怪しんでいるのは、クインシーの口調からして明らかだ。

「ああ、そうさせてもらう」

ひと呼吸置いて、クインシーがうなずき、椅子に腰をおろした。それを見て、ピーターはすばやくきびすを返した。

「夕食までには戻ってくるでしょう?」

レノーラの声が背筋を這いあがり、彼の全身を燃えあがらせる。ピーターはやっとの思いでレノーラと視線を合わせた。彼女は心配そうな顔をしていた。だが頬はピンク色に染まったままだ。ピーターと目が合ったとたん、その色がさらに濃くなり、顔から首、胸元へと広がった。一瞬、彼はよろけ、椅子に座りかけた。

だめだ。座るな。ピーターはすんでのところでとどまった。これ以上レノーラのそばにいたら、頭をすっきりさせるどころか、ぼうっとなってしまう。「夕食までには戻るよ」

たちまちレノーラはほっとした顔になり、小さな笑みを口元に浮かべた。そのかわいい笑顔がピーターの脳天を直撃し、ほんのつかの間、息が止まった。

気が変わる前にくるりと体の向きを変え、ピーターは足早に食堂を離れた。

急いでシークリフをあとにし、行く当てもなくピーターは馬を走らせた。すがすがしいさわやかな空気が肺を満たす。昨日の雨で地面はぬかるんでいたが、埃や塵が洗い流され、すべてが真新しい硬貨のごとく光っている。草についたしずくが太陽の光を受けてまるで宝石のように輝き、雨上がりの草原が虹色の光を放っている。

ピーターは青ざめた。ついに頭がいかれてしまったらしい。宝石だとか、虹色だとか、いったいいつからただの雨のしずくをこんな言葉で表現するようになったんだ？　やはり単独行動にしてよかった。クインシーがいたら、何を言われたかわかったものではない。ピーターは馬と呼吸を合わせ、先へと進んだ。ほどいた髪が風にたなびく。彼はひたすら呼吸に意識を集中させた。そして、自分はどんな未来を望んでいるのか、それなしでは生きていけないものは何かなど、自らの心に問いかけつづけた。

やがてなだらかな丘の頂上にたどり着き、ピーターは馬を止めた。

そして、デーンズフォードをじっと見下ろす。格調高い大豪邸を。れんがと石を組みあわせた外壁。日差しを浴びてきらめく窓。低い谷間に立つこの屋敷はデーン公爵にとっての聖域だ。そのたたずまいは、ふたつの丘陵のあいだにある谷で眠る巨大な獣を連想させる。ピーターは広大な敷地をぐるりと見渡した。すべてが、美しく手入れされた庭からきれいに刈られ芝生にいたるまで、富と地位と名誉を象徴している。三つとも、公爵がこよなく愛するものだ。

長年、あの男がすべてを失い、落ちぶれる姿を楽しく見物させてもらうつもりでいた。だがレノーラと結婚したら、復讐はあきらめなければならない。彼女はこの島を愛している。デーン公爵の家族のことも。そんな彼女が、公爵と関わりのあるものすべてをめちゃくちゃにしようとしている自分を許すわけがない。

復讐を取るか、愛を取るか。究極の選択だ。

遠い過去の記憶がよみがえってきた。あっさり門前払いされたあの日、デーン公爵の顔に張りついていた冷酷な表情はまぶたの裏に焼きついている。しかし今の公爵には、かつての面影はかけらも残っていなかった。彼は病に伏し、おまけに過去の自分の言動を悔やみ、謝罪までしてきたのだ。それがなんとももどかしい。

ピーターの喉から太いうなり声が漏れた。その声に動揺し、馬が足踏みをした。ピーターは馬を落ち着かせるために首を撫でてやりながら、なぜ自分はデーンに報いを受けさせたいのかを思いだそうとした。ふと母のやつれた青白い顔が目に浮かぶ。たちまちなじみのある怒りが全身に広がった。ぼくはあんな男を許せるのか？　過去を水に流せるのか？

だが、この恨みを晴らしたら、レノーラを失う。自分の命よりも大切なレノーラを永遠に失ってしまうんだぞ。それでもいいのか？

ふうっと大きく息を吐きだし、デーンズフォードをにらみおろす。それから彼は馬を方向転換させて、その場から走り去った。結局、決断できず、かえって終着点の見つからない迷路にはまり込んでしまった。いったいどうすればいいのだろう。

それほど走らないうちに、灰色の髪をした小柄な男が視界に入ってきた。男は帽子を脱ぎ、元気よく頭上で振りだした。はげた頭頂部に日差しが当たり、ぴかぴか光っている。

「ミスター・アシュフォード！　ごきげんよう！」

ピーターはうめいた。今は誰とも話したい気分ではなかった。

「ミスター・タンリー」彼はそっけなく返した。この口調で、ひとりでいたいという気持ちを相手が察してくれればいいのだが。

しかし、それは考えが甘すぎた。ミスター・タンリーはシン島一ずんぐりした男だが、人なつっこさにかけてもシン島一だ。彼は道の真ん中で立ち止まり、ピーターを見上げてにんまりと笑った。ここで会えたのがうれしくてたまらない、とでも言いたげな表情だ。

「乗馬をお楽しみ中ですか？」ミスター・タンリーは鼻から深く息を吸い込みながら雲ひとつない青い空を見上げると、くたびれた帽子を頭にのせた。「本当にいい天気ですからね。まさに絶好の乗馬日和だ。昨日はひどい嵐だったでしょう？」

「ああ」またしてもピーターはそっけない返事をした。とにかく一刻も早く話を終え、とっととこの男から逃げだしたかった。

ところが、ミスター・タンリーは道のど真ん中に立ったまま、一ミリも動く気配がない。

「実を言うと、わたしは嵐が好きでね。大地をきれいに洗って、新しく生まれ変わらせてくれる。嵐というのは恵みの雨なんですよ」

「そうだな」

「アメリカにも昨日みたいな大嵐は来るんですか？」

「ああ」

まるでピーターが何か興味深い話を披露したかのごとく、ミスター・タンリーが大きくうなずく。「そうですか。それは知らなかった。ひとつ賢くなりましたよ」

勘弁してくれ。こいつはいつまで話しつづける気だ？　早くひとりになりたくて、ピーターはわざと応えなかった。だが、ミスター・タンリーはふたたび口を開いた。

「一緒に朝食をどうですか？」そう言って、手に持っていた包みを掲げる。

いきなり話題が変わり、ピーターは目をぱちくりさせた。もうこの男には完全にお手上げだ。ひとりになるのはあきらめるしかない。「ぼくの分もあるのか？」

「ああ、ありますとも。まあ、正確にはちょっと違って、これはわたしの朝食ではないんですがね。夜が明ける前から起きているから」ミスター・タンリーは包みを鼻に近づけてにおいをかぎ、にやりとした。「わたしの予想が当たっているなら――これがまた、たいてい当たるんですけどね、この中にはミートパイと早摘みのりんごが入っているはずです。あと、ハードチーズも。ああ、間違いありません。いつも妻から、わたしはすこぶる鼻がきくと言われているんですよ」ミスター・タンリーがくっくっと笑う。

突然、腹が鳴り、ピーターは顔から火が出そうになった。レディ・テシュは豪華でおいしい料理をふるまってくれるが、どれもこれも凝りすぎていて、どうにも口に合わなかった。だがミスター・タンリーが鼻をきかせて予想した朝食は、子どもの頃から食べ慣れたもので、ピーターの好物でもある。しかも三品とも栄養満点だ。

それでも、いくらハムひと切れとブラックコーヒーだけの朝食で腹が鳴ってしまったとはいえ、ピーターは首を横に振った。「ミスター・タンリー、あなたの食事を横取りするわけにはいかない」

「遠慮しないでください。わたしはちっともかまいませんから。それに、妻はいつも多めに入れてくれるんです。だから、こうなってしまった」ミスター・タンリーが丸い腹を叩き、ほがらかに笑った。ついつられて、ピーターの口元にも笑みが浮かんだ。

「本当にいいのかい？」

「もちろん！　わたしこそ一緒に食べる相手ができてうれしいですよ」

自分でも気づかないうちに、ピーターは馬からおりて、手綱を引きながらミスター・タンリーと並んで歩きだしていた。

21

「向こうの浜辺へ行く途中だったんです」ミスター・タンリーは果てしなく広がる青空を背景にして立ち並ぶ雑木林のほうを指さした。さらに快活な声で続ける。「わたしは神の偉大な創造物を愛でながら食事をするのが何よりも好きでね。体だけでなく、魂も満たされる気がしませんか？」

ピーターは黙っていた。ミスター・タンリーには悪いが、そんなふうに考えたことは今まで一度もない。自分にとって食事は単に空腹を満たすためのものでしかなかった。ふとレディ・テシュと出かけたピクニックを思いだす。眺望の美しさや料理の豪華さばかりを重視した堅苦しいピクニックを。そういう食事は少しも楽しめなかった。

ふたりは木立のあいだを進んだ。まもなく浜辺が見えてきた。ミセス・タンリーの手料理はきっとおいしいに違いない。

ピーターは白い砂浜を見渡した。寄せては返す波の音が心地よく耳に響く。ミスター・タンリーは帽子で太い流木の汚れを払っている。その上によれよれの上着を広げ、腰を落ち着けた。年配の男の口から満足げなため息が漏れる。ピーターは馬を木につなぎ、ミスター・

タンリーのものと似たり寄ったりのくたびれた上着を脱ぎ、流木の上に敷いて座った。ミスター・タンリーが食事の準備を始めた。包みを開き、中から食べ物を取りだすたびに賞賛の言葉をつぶやいている。

ふたたびピーターはあたりを見回した。あらためてシン島にはいい意味で驚かされる。自然のままの砂浜と美しい海。海辺には家も更衣小屋もない。あるのは静かな波の音と、木の葉が風にそよぐ音と、鳥たちが魚を獲るために海中に飛び込む音だけだ。ミスター・タンリーはテーブルクロス代わりに広げたハンカチの上に食べ物を並べた。質素な食事だ。ここには従僕もいなければ、日よけの天幕も、手のこんだ彫刻が施されたテーブルも椅子も、豪華なごちそうもない。だが、ミスター・タンリーはとても誇らしい表情を浮かべている。

「見てのとおり」ミスター・タンリーがきれいに並べられた食べ物を手で示した。「妻はわたしに甘いんです。あなたが食事につきあってくれてよかった。ミスター・アシュフォード、ふだんはこんな質素な食事はとらないでしょう。口に合うといいのだが」

不安のにじむ声だ。ミスター・タンリーの顔からも、いつものにこやかな笑みが消えていた。

「ミスター・タンリー、すごくうまそうだ」目の前に置かれた食べ物を眺め、ピーターは言葉に力をこめた。お世辞抜きで、本当にうまそうなのだ。丸々とふくらんだ黄金色のミートパイ。淡黄色の大きなチーズの塊。太陽の光を反射して輝く赤いりんご。おおいに食欲をそそられる。

ミスター・タンリーは満面に笑みを浮かべた。「実際に食べたあとも、その評価が変わらないことを願いますよ。もっとも、味はわたしが保証します。妻はシン島でいちばんの料理上手だと言われているので」

「では、ミセス・タンリーの腕前が世間の評判どおりかどうか、ぜひ確かめてみよう」ピーターはにやりとして、ミスター・タンリーから受け取ったミートパイにかぶりついた。その様子をミスター・タンリーが不安げに見つめている。こんがり焼きあがった生地が破れ、羊肉と野菜のうまみと肉汁が口いっぱいに広がっていく。ピーターは目を閉じて、じっくりと味わった。

「奥さんに伝えてくれ」のみ込んでから口を開く。「あなたの崇拝者がもうひとり増えたと。母が亡くなってから、これほどおいしい料理を食べるのは初めてだ」

ミスター・タンリーが誇らしげに胸を張る。それきり男たちは何も話さず、打ち解けた雰囲気の中で黙々と食べ物を口に運んだ。素朴な風景を眺めながら食事をとっているうちに、緊張も不安もいらだちもやわらぎ、ピーターの気分はほぐれていった。

やがてすべて胃の中におさまったところで、ミスター・タンリーがふたたび話しはじめた。

「ミスター・アシュフォード、ようやく肩の力が抜けましたね。あなたのくつろぐ姿を見られてよかった。道でばったり会ったときは、険しい顔をしていましたからね」

「そんなふうに見えたか？」

「ええ」

ピーターはうなずき、水平線に目をやった。「まいったな。本来ぼくはあけっぴろげな人間ではないんだ」

「わたしはあなたがどんな人間なのかはわからない。でもまあ、恋の悩みを抱えていれば誰だって険しい顔にもなりますよ」

ピーターはびくりとした。「恋の悩み?」

「そうですとも。あなたは恋に悩んでいる。わたしのいちばん上等な帽子を賭けてもいい」

満腹感に浸っていたはずが、突然、酸っぱいものが食道を逆流してきた。ピーターは立ちあがり、海に向かって歩いていった。そして波打ち際にしゃがみ込み、石を投げる。彼の手から飛びだした石は水面を何度か跳ねて、水中に消えた。

寄せては返す波の音のせいかもしれない。あるいは、自分の心がレノーラのいるシークリフに戻っているせいかもしれない。しばらくのあいだ、話しつづけているミスター・タンリーの声が聞こえなかった。ふと視界の端に、片肘をついて砂の上に横になっている彼の姿が映り、ようやくピーターはわれに返った。

「わたしは老いぼれだが、恋愛に疎いわけではないんですよ」ミスター・タンリーがにやりとする。「わたしにも若いときがあったからね。胸が張り裂けるような思いをしたことだってあります」

胸が張り裂けるような思い。まさしく自分のことだ。どんな選択をしようと、大きなものを失うだろう。

ミスター・タンリーが訳知り顔でこちらを見ている。ピーターは彼に何か訊かれる前に、口を開いた。「あなたにもそんな経験があるのか？」

「それは、もちろん」ミスター・タンリーがふっと笑う。「今、わたしは幸せな結婚生活を送っています。だが、妻とはすんなり一緒になれたわけじゃない。実際、結婚するまでに何年もかかりました。彼女に見向きもされなかったんです。若い頃のわたしは頑固で横柄な男でしたから。心を入れ替えたおかげで、やっと妻と結婚できました」ミスター・タンリーはひと呼吸置いて続けた。「ところで、あなたは自分の恋愛問題を話したくなくて、わたしの気をそらそうとしましたね？」

ピーターは苦笑いするしかなかった。「鋭いな、ミスター・タンリー」

年配の男がにっこりする。「別にわたしは詮索好きなわけじゃない。だけど嘆かわしいことに、なぜか気づいたら他人の問題に首を突っ込んでしまってるんです」彼は小さな笑い声をたてると、上着のポケットから柔らかい光沢を放つ懐中時計を取りだし、ちらりと時刻を確かめた。「そろそろ帰るとしますか。妻がわたしの帰りを待ちわびているでしょうから。女性を待たせてはいけない。遠い昔に学んだ教訓です」ふたたび小さく笑う。「帰り道はわかりますか？　案内したほうがいいですか？」

「いや、大丈夫だ」ピーターは言った。「ぼくはもう少しここにいるよ。ミスター・タンリー、ごちそうさまでした。食事に誘ってくれてありがとう。とてもおいしかった」

「こちらこそ楽しい時間をありがとうございました。ミスター・アシュフォード、幸せになってくださいね」ミスター・タンリーは帽子のつばに手を添え、軽く傾けた。海鳥の鳴き声に合わせて陽気に口笛を吹きながら、来た道を引き返していく。ミスター・タンリーと別れたあと、ふとピーターは気づいた。重く沈んでいた心が軽くなっていたのだ。これは終着点にたどり着く前兆なのか。答えはもう手の届くところにあるということだろうか？

幸せ。ミスター・タンリーが言った言葉を、ゆっくりと噛みしめるようにつぶやいてみる。なんとも奇妙な気分だ。新品の靴を履いたときと似ている。幸せになるという目標はピーターの人生計画には入っていなかった。生きるだけで精一杯で、自分は幸せとは無縁だとずっと思っていた。

だが、ひょっとしたら、こんなぼくでも幸せになれるのではないだろうか？　ほんの一週間前までは、こんな考えなど頭の片隅にもなかった。ところが、レノーラがぼくの憎悪にまみれた人生に喜びと安らぎを吹き込んでくれた。彼女と一緒なら、この手に幸せをつかむことができるのではないだろうか？

不意に、心の中で何かがうごめいた。なじみのない何かが。これが希望なのだろうか。だが間髪をいれずに、もうひとりの自分が耳元でささやく。デーン公爵はどうするんだ？　あの男の王国をこのままにしておくつもりか？　いや、それはまたあとで考えよう。今は自分の未来にレノーラがもたらしてくれるものを最優先に考えるべきだ。そうだろう？

ピーターは馬をつないだ木へ向かうと、急いで手綱をほどき、その背に飛び乗った。彼のはやる気持ちを読み取ったのか、馬はすぐさま駆けだした。

木立を抜け、丘を越え、やがてシークリフが見えてきた。太陽の光を受けて、正面のファサードと縦仕切りのある窓が黄金の輝きを放っている。まるで、早く戻ってこいと手招きしているみたいだ。

ピーターは手綱を引き、馬を方向転換させて厩舎に向かって走らせた。馬を操るように自分の感情もうまく制御できたらいいのだが。意志の力を総動員して、彼はレノーラに会いたい気持ちを抑えた。自分の未来がかかっているとはいえ、一時の感情にまかせて突っ走りたくはない。

そこでピーターは、しばらく厩舎で過ごすことにした。厩番が彼の乗った馬にブラシをかけ、えさと水を与えるところまで見届け、それから屋敷に向かって歩きだした。懸命に自制心を働かせているにもかかわらず、レノーラに一歩近づくたび、鼓動が速くなっていく。彼女との明るい未来を思い浮かべただけで胸が躍った。屋敷の正面玄関へと通じる私道に差しかかった頃には、走りだしたいという強烈な衝動に駆られ、もはや自制心は制御不能になる一歩手前まで来ていた。落ち着け。あと数歩の辛抱だ。そうしたらレノーラに会える。

自然とピーターの顔がほころんだ。さらに足を踏みだそうとしたそのとき、誰かが馬を駆って私道に入ってきたのに気づき、ピーターは立ち止まった。見事な馬だ。つややかな漆黒の毛並みや、柔軟な筋肉に覆われたしなやかな馬体を見れば、馬に詳しくなくてもそれくらいはわかる。馬上の男が手綱を引いた。それを合図に、馬はスピードを落とし、やがて停止した。

男が流れるような動作で馬からおり、ピーターに向き直った。てっきり挨拶されるものと思っていたが、まったく予想外のことが起きた。

「おい、そこのおまえ。ハデスを厩舎に連れていってくれ」

ピーターの体がかたまる。「今、なんと？」

男はにやりとして、馬の首をぽんぽん叩いた。「心配するな。この馬はギリシア神話の冥府の神にちなんで名づけられたが、性格はおとなしい」

それは真っ赤な嘘だとでも言いたげに、馬は頭を上下に振り、後ろ足を蹴りあげた。

男は馬をなだめながら、ふたたび口を開いた。「ほら、ぐずぐずするな。早くハデスを連れていけ。ぼくはロンドンからの長旅で疲れているんだ」

ピーターの顔がかっと熱くなった。これほど屈辱的な扱いを受けたのは久しぶりだ。だが、この男の目には自分はぼろをまとった卑しい人間にしか見えないのだろう。たしかに、目の前の男はピーターが持っていないものをすべて持っているようだ。細身で均整の取れた体型。あか抜けた物腰。ルネサンス期の名画でさえ足元にも及ばない端整な顔立ち。誂えた高級な衣装。そして、全身からにじみでる家柄のよい男だけが持つ自信。

とはいえ、それとこれとは話が別だ。この傲慢男の鼻をへし折ってやる。「きみはとんでもない勘違いをしている」ピーターは背筋を伸ばし、語気を強めた。「ぼくはレディ・テシュの甥の息子で、ピーター・アシュフォードだ。きみは何者だ？　どんな用件でここに来たんだ？　それをぜひ知りたい」

上流階級に属する男たちの常で、反論されるとさらに高圧的になるかと思ったが、男はばつが悪そうに顔を赤く染めた。「面目ない。穴があったら入りたいとはこのことだ。大変申し訳ない。悪気はなかったんだ。ロンドンからはるばる来たので、疲労困憊していて。だが、これは見苦しい言い訳だな。あらためて謝罪する。どうか許してくれ。ぼくはローレンス・ウォトフォード、レッドバーン卿だ」男が手を差しだしてくる。

ピーターはしぶしぶ手を伸ばし、レッドバーン卿と握手した。その細い体に似合わず、この男の握力はすこぶる強かった。まったく、いらだたしいかぎりだ。「それで、きみはどんな用件でレディ・テシュに会いに来たんだ？」

「レディ・テシュ？」レッドバーン卿が声をあげて笑う。「ぼくはその女性には会ったことはない。だが、ぜひお目にかかりたいものだ」

ピーターがさらに話を続けようと口を開きかけたとき、厩番があわてて駆け寄ってきたので、彼はふたたび口を閉じた。レッドバーン卿がハデスの世話の仕方について厩番に指示を与え、厩番はハデスを厩舎へ連れていった。そのあいだ、わずか数分。だが、いやな予感がして肌がずっとざわついていたピーターにとっては、やたらと長く感じられた。彼はレッドバーン卿とともに屋敷の正面玄関に続く階段をのぼりはじめたところで、中断していた会話を再開させた。

「レディ・テシュに会いに来たわけではないなら、きみは誰に用があるんだ？　ミセス・キタリッジか？」

一縷の望みを託した。しかし、その望みはあっけなく打ち砕かれた。

「いいや、ぼくはミス・レノーラ・ハートレーに会いに来たんだ」

「どんな目的で？」

レッドバーン卿は正面玄関の前で立ち止まると、ピーターに向き直った。「目的も何も、彼女はぼくの婚約者だ」レッドバーン卿がにやりと笑う。「ミス・ハートレーとぼくは結婚するんだよ」

22

「レノーラ、どうしたの？　なんだかぼんやりしているわね」

突然レディ・テシュに話しかけられ、レノーラはびくりとして顔を上げた。恥ずかしさで頬が熱くなる。いつの間にか目の前のテーブルの上に、山と積まれた手紙がのった銀のトレイが置かれていた。レノーラの頬がますます熱くなる。物思いに深く沈み込んでいて、執事が居間に入ってきたことにも、テーブルにトレイを置いたことにも、まったく気づかなかった。「ごめんなさい、おばあさま」

マージョリーが刺繍を膝に置き、心配そうにこちらを見ている。親友の顔には、朝食のときから同じ表情が張りついたままだ。「午前中からずっとあなたは上の空よ。レノーラ、本当に大丈夫？　ベッドに戻ったほうがいいかもしれないわ。昨日、あんなひどい目にあったのだから、休んでいても誰も文句は言わないわよ」

でも、寝室には行きたくない。なおさらあれこれ考えてしまい、休むどころではなくなるからだ。ピーターのにおいがまだ残るシーツの上にひとたび横たわったら、昨夜の出来事をまざまざと思いだしてしまう。どんなふうに彼が歓(よろこ)びを与えてくれたのかを。どんな経験を彼がさせてくれたのかを。

いけないことだとわかっていながら、寝室にピーターを招き入れた。あんな軽率な行動に走った自分が情けない。まったくあきれたものだ。それなのに、昨夜ふたりが分かちあった行為はひとつも後悔していなかった。

無駄だと知りつつも、レノーラはピーターのことを頭から締めだそうとした。彼は今月末にはここを出ていくのだから。

そのときに備えて、心の準備をしておかなければ。

レノーラはひとつ咳払いをして口を開いた。「マージョリー、わたしはあなたとおばあさまと一緒にいたいの」彼女は手に持ったままの薄い本を見下ろした。題名も内容も覚えていない。「でも――」顔をしかめて言葉を継ぐ。「この本はもういいわ。ちっとも面白くないんだもの」

廊下から足音が聞こえてきた。男性の話し声も。レノーラはドアに目をやった。すぐにピーターの低い深みのある声がはっきりと耳に届いた。たちまち鼓動が速まり、期待に肌がざわめく。レノーラは背筋を伸ばして座り直し、彼を待った。

その瞬間は突然やってきた。ピーターの姿が視界に入ったとたん、一瞬にして息が止まった。これは前途多難だわ。彼を笑顔で見送る自信がまったくない。なんとかして彼への気持ちを断ち切らなければ。ところが、そう思ったのもつかの間、レノーラはにっこり微笑んでいた。おかえりなさいと言おうとして口を開きかける。

そのとき不意に、ピーターが口を真一文字に結び、厳しい顔をしていることに気づいた。けれど彼に声をかける暇もなく、もうひとりの男性が居間に入ってきた。ミスター・ネスビットではないが、知っている顔だった。

「まあ、レッドバーン卿！」

「この男を知っているのか？」ピーターの声には苦々しさがにじんでいた。

レノーラはピーターに目をやった。「ええ、彼とはロンドンで知りあったの」レッドバーン卿に視線を移し、微笑みかける。「シン島でお会いできるなんてうれしいですわ、閣下」

レッドバーン卿がお辞儀をした。そして、輝かんばかりの笑みを浮かべる。ロンドンにいる半数の女性の心をとろけさせる、とっておきの笑顔だ。「ミス・ハートレー、きみはいつも美しいが、今日は一段と美しい。やあ、ミセス・キタリッジ」今度はマージョリーに向き直り、お辞儀をした。「またお会いできて光栄です」

マージョリーは戸惑いの視線をちらりとレノーラに投げかけてから、レッドバーン卿に柔らかな笑みを向けた。「こちらこそ、お会いできてうれしいですわ、閣下。ところで、わたしの祖母にはまだ一度も会ったことがないですよね」

マージョリーがレディ・テシュとレッドバーン卿を引きあわせている隙に、レノーラはピーターを盗み見た。彼はこちらを見ていなかった。一気に気持ちが沈む。彼はまるでレノーラなどこの部屋にいないかのようにふるまっている。レノーラはピーターの視線の先をたどった。彼は鋭く目を細め、ものすごい形相でレッドバーン卿をにらみつけていた。

このふたりのあいだには何か因縁でもあるのだろうか。いいえ、それはありえない。ピーターは人生の半分をアメリカで暮らしているのだから、前からふたりが知りあいだったとは考えにくい。それに、レッドバーン卿はつねに物腰が柔らかくて、あちこちに敵をつくるタイプではない。

それはそうと、レッドバーン卿はなぜここにいるのだろう？　ピーターのただならぬ様子も気になるが、こちらも謎だ。

「レノーラ」興味津々といったまなざしでレッドバーン卿を見つめたまま、レディ・テシュが口を開いた。「紅茶を用意するよう伝えてちょうだい」

「はい、おばあさま」ベルを鳴らしに行く途中で、レノーラはピーターを見た。彼の注意を引こうとするものの、いまいましいことに反応はなかった。彼はちらりともこちらを見ようとしない。レディ・テシュが椅子に座るよう居間にいる全員に指示した。懸命に平然をよそおいながら、レノーラは自分が座っていた椅子に戻って腰をおろした。ところがピーターは大おばが勧めた椅子には座ろうとせず、レノーラから離れた椅子に座った。

「それで、レッドバーン卿」フレイヤの頭の毛を指ですきながら、レディ・テシュが口火を切った。「シン島にはどういう用件でいらしたんです？」

向かい側にいる仏頂面の男性を無視して、レノーラも笑顔のすてきな伯爵に目を向けた。これでようやく謎がひとつ解けそうだ。

なぜかレッドバーン卿がレノーラを見て、にっこり微笑みかけてきた。「奥さま、それについては、ミス・ハートレーの口から直接聞いたほうがいいかと思います」レノーラは眉をひそめ、マージョリーに目をやった。親友もわけがわからないという顔をしている。「あのう、すみません、レッドバーン卿、あなたが何をおっしゃっているのか、わたしにもさっぱりわからないのですけれど」

彼の顔からすっと笑みが消えた。「まだお父上から手紙を受け取っていないのかい？」「シン島に来てからというもの、父からは一通も手紙は届いていません」「まいったな」レッドバーン卿はばつが悪そうに弱々しく笑った。「まさかこんなことになるとは。ぼくがここへ来る前に、きみはお父上からの手紙を受け取っているはずだったんだよ。アルフレッド卿はすぐにきみに手紙を書くとぼくに約束したんだ」

レノーラの耳の奥で血管がどくどくと激しく脈打ちはじめた。思わず椅子の肘掛けを握りしめたが、指にまったく力が入らなかった。父がすぐに手紙を書くと約束した理由はただひとつだ。レッドバーン卿がこの部屋にいる理由もひとつしかない。

ふと、レノーラはトレイにのった手紙の山を思いだした。あわててそちらに手を伸ばし、絨毯の上に散らばるのもかまわず、大量の手紙をかき分けていった。そして、ようやく目的の一通を見つけた。父の手紙は一番下にあった。その几帳面な文字に、ぎろりとにらみつけられている気がした。

父の手紙をつかむレノーラの手が震えた。「父からの手紙が届いていました」麻痺した唇をやっとの思いで動かす。「わたしが気づいていかなかっただけでした」レノーラはゆっくりと息を吸い込み、激しく動揺する気持ちをなんとか落ち着かせようとした。「申し訳ありませんが、少しだけ席を外してもいいですか？」そう言って、椅子から立ちあがった。

男性ふたりも立ちあがる。レノーラはピーターに目を向けた。その瞬間、体がかたまった。彼がこちらを見ていた。まっすぐ彼女を見据えている。ピーターが居間に入ってきて初めて、ふたりの視線が交わった。

よほど顔色が悪かったのだろう。レッドバーン卿がすぐさまレノーラのかたわらに駆け寄ってきた。「ミス・ハートレー、ぼくもきみと一緒に行こう。お父上の手紙の内容について、ぼくに訊きたいことがあるかもしれないからね」

レノーラはふたたびピーターに視線を戻した。彼の目はレッドバーン卿に向けられていた。その敵意むきだしのまなざしに、レノーラは内心縮みあがった。別にレッドバーン卿と一緒にこの部屋から出たいわけではない。まして父の手紙に自分の恐れている内容が書かれているとしたらなおさらだ。

とはいえ、レッドバーン卿を殺気立ったピーターとここに残していくことを考えただけで、背筋に悪寒が走った。

「そうですね」レノーラはレッドバーン卿に言った。「あなたも一緒に来てください」

若き伯爵はレノーラに腕を差しだした。彼の腕を見つめたまま、逃げだしたい気持ちを必死に抑え込む。やがて、レノーラは差しだされた腕を包む上質な生地にそっと手を添え、居間をあとにした。まっすぐ前だけを見て歩くのよ。自分に強く言い聞かせる。振り返ったら、きっとピーターの腕の中に飛び込んでしまうだろう。

けれど、ピーターのほうは彼女をふたたび腕の中に迎えたいとは思っていないようだ。彼の表情がそれを如実に物語っていた。

「ミス・ハートレー」廊下を進み、めったに使われない小さな居間に入ると、レッドバーン卿が口を開いた。

レノーラは片手を上げて、先を続けようとした彼をさえぎった。今は何も聞きたくない。ありがたいことに、彼はこちらの気持ちをすぐに察して、ふたたび口を閉じた。

レノーラはきびすを返し、部屋の奥に向かった。そして震える手で封蠟をはがし、手紙を開いた。整然とした文字が並ぶ、わずか数行の手紙。予想どおりの内容かどうかはすぐにわかるだろう。それでも、結果が怖くて、文面に目を通す勇気がなかなか出なかった。そうこうするうちに、叫びだすか気絶してしまいそうになり、ようやく覚悟を決めた。レノーラはひとつ息を吸い込み、読みはじめた。

レノーラへ

さっそく、おまえの結婚相手が見つかった。つまり、三度も破談になったおまえにもまだ結婚できる可能性が残っているというわけだ。今度の男は伯爵だぞ。まさに奇跡ではないか。くれぐれもレッドバーン卿に不快な思いをさせないように。いいか、つねに礼儀正しく、愛想よくふるまい、求婚されるまで伯爵の関心を引きつづけろ。

今回も破談に終わったらどうなるかは、今さら言われなくてもおまえはよくわかっているはずだ。

父より
サー・アルフレッド・ハートレー

レノーラの胃がずっしりと沈み込んだ。もう一度読み返してみたが、やはりひとかけらのやさしさも見当たらなかった。冷淡な言葉で自分の伝えたいことだけを綴った父の手紙に、心の芯まで冷えきった。

手に持った手紙をぼんやり見下ろしたまま、その場にどのくらい立ち尽くしていたのだろう。不意に父の文字が目に飛び込んできて、レノーラは現実に引き戻された。目をしばたたき、息を吸い込む。「正直に申しあげて」彼女のやけに大きな声が静寂を破る。「驚きました。まったく……思いもよらない内容でしたので」

レノーラが口を開く瞬間を辛抱強く待っていたレッドバーン卿が、ブーツの音を響かせてこちらに近づいてきた。すぐそばに立たれ、とっさに離れたい衝動に駆られたが、それは身勝手なふるまいだと思い直した。レッドバーン卿はいい人だ。訪問のタイミングが悪かったのは彼のせいではない。わたしに彼と結婚する気がないことも、わたしの心がもうすでにほかの男性のものになっていることも、何ひとつ彼が悪いわけではない。

「驚かせてすまない。きみを動揺させるつもりはなかったんだ。お父上の手紙はかなり前に届いていたようだね」レッドバーン卿が言葉を切り、ふっと笑う。「だが、ぼくの勇み足でもあるんだ。ぼくはふだん、日曜日は出かけないんだよ。でもきみに会うのが待ちきれなくて、こうしてここに来てしまった。ぼくがいないことに母が気づいたら、間違いなくひと騒動起きるだろうな」

レノーラはレッドバーン卿の顔を見上げた。「なぜです?」

彼が黒い眉をひそめる。「なぜ、日曜日は出かけないか?」

「なぜ、わたしに会うのが待ちきれなかったんですか? あなたもわたしに関する醜聞は耳にしているはずです」

レッドバーン卿はぎょっとしたようだ。今の言い方は自分の耳にさえ辛辣に響いたくらいだから、彼が驚いたとしても無理はないだろう。けれど、父の手紙の衝撃からまだ立ち直れていないレノーラには、言葉づかいに気を配る余裕などなかった。

すぐにいつものほがらかな表情に戻ったレッドバーン卿が言った。「きみ自身もすでにわかっているはずだよ、ミス・ハートレー。きみは魅力的な女性だ。実際、きみはぼくの知りあいの中で最も美しい女性のひとりだと断言できる。だが、それは単に外見だけではない。ぶしつけに聞こえるかもしれないが、ぼくはきみの内面も少しは知っているつもりだ。きみはとてもやさしい。きっときみのその性格は持って生まれたものだろう。ぼくはずっと思っていたよ。きみこそレディ・レッドバーンにふさわしい女性だとね。ランドンさえ抜け駆けしなければ、ぼくがきみに求婚するつもりだった」彼がにやりと笑う。けれど、その笑みは瞬く間に消えた。「すまない。無神経なことを言ってしまったね。きみはまだつらいだろう。あんなひどい仕打ちを受けたんだ。つらくないほうがおかしい」

いかにもわたしの今の心境を聞きたそうな口ぶりだ。でも、わたしがランドン卿のことなどとっくに忘れていると知ったら、レッドバーン卿はどう思うかしら？　わたしの頭の中は別の男性で占められていると知ったら、彼はどんな反応をするだろう。レノーラは黙って首を横に振った。話す気力もなかった。

レッドバーン卿が安堵の息を吐いた。「それならよかった。安心したよ。ミス・ハートレー、ぼくはきみが好きだ。だが、きみはぼくに特別な好意は持っていない。それはよくわかっているんだ。それでも、いつの日かきみもぼくを好きになってくれることを強く願っている」

無言のまま、レノーラはレッドバーン卿を見上げた。しかし心の中では、驚きやら、戸惑いやら、悲しみやら、ごちゃまぜの感情が渦巻いていた。彼が照れくさそうに笑う。「ぼくは順序が違うと思ったんだ。まだ正式にきみに求婚もしていないわけだし。だが、きみのお父上がきみは必ず喜んでぼくと結婚すると言ってくれたんだ。それで、結婚許可証も取ったんだよ。それにしても、正直驚いたな。未来の夫選びを全面的に父親にゆだね、そのうえ、結婚許可証に署名するのも父親にまかせる若い女性がいるとはね。しかも、婚約を発表する前に」

結婚許可証に署名？　レッドバーン卿はさらりと言ったけれど、いったいどういうこと？

父はこの夏が終わるまでは待つと約束してくれたはず。それなのに、わたしに何も知らせず、勝手に結婚許可証に署名したの？

レッドバーン卿がさらに近寄り、レノーラの手を握りしめた。彼女は呆然とその場に立ち尽くしていた。「この瞬間をどんなに望んでいたことか」彼が小声で言う。「ぼくは片膝をついて、正式にきみに求婚する日を待ちつづけていたんだ」

彼は真剣な表情でこちらをじっと見つめている。ほんのつかの間、混沌とした心の渦の中に後悔が入りまじった。レッドバーン卿が一週間前にここへ来ていたら、父の望みどおり、喜んでこの男性の求婚を受け入れただろう。一週間前なら……。

ピーターの腕の温かさと、体をいつくしまれる歓びを知る前なら。

ピーターがわたしの魂に触れる前なら。

わたしがピーターに心を奪われる前なら。

レノーラはレッドバーン卿の手から自分の手を引き抜いた。そして彼に背を向け、火の消えた暖炉の前に立った。冷たい大理石の炉棚に両手をのせ、こぶしを強く押しつける。何もかもがうまくいかない。ひとつも思いどおりにならない。今すぐこの場で、レッドバーン卿との結婚を断るべきだと、心が叫びだした。舌の先まで拒絶の言葉が出かかった。早く言ってしまいなさいと、心の声が焚きつける。

レノーラは、持ったままだった父の手紙を見下ろした。きつく握りしめていたせいで、くしゃくしゃになっている。その最後の行が目に留まった。

〝今回も破談に終わったらどうなるかは、今さら言われなくてもおまえはよくわかっているはずだ〟

レッドバーン卿の求婚を断ったら、父に勘当されるだろう。

胃がぎゅっと締めつけられた。レノーラは喉までせりあがってきた酸っぱい液体を無理やりのみ込んだ。

父はわたしを愛している——きっと愛しているはず。ふたりきりの家族だもの。でも、父は有言実行の人だ。狡猾だけれど、ばかがつくほど正直でもある。これは、はったりではない。父は本気で娘を勘当する気だ。

背後から静かに話す声が聞こえてきた。「きみの頭が混乱するのも当然だよ。あまりにも突然のことだからね。しかも、ランドンとの一件からもそれほど日数が経っていないだろう。時間をかけて考えるといいよ。この結婚はきみにとってもいい話だと思うんだ。ぼくはいずれ必ずきみがそのことに気づいてくれると確信している」

なんて思いやりのあるやさしい人なのだろう。それなのに気持ちが軽くなるどころか、激しい罪悪感が襲ってきた。

「まずは父と話したいわ」レノーラはか細い声でつぶやいた。

「もちろんだ。アルフレッド卿も用事をすませたらこの島に来ると言っていたよ。三人で話をしよう。ぼくがいたほうがきみも気が楽だろう」

思わずレノーラは大声で笑いそうになった。この結婚について話しているときに、気が楽になるなんてありえない。たしかに、レッドバーン卿はこれまで父が見つけてきた婚約者の誰よりも好感が持てる。だけど彼はピーターではない。

「それまでには」レッドバーン卿が近づいてきた。彼はレノーラの肩に手を置き、そっと彼女の顔を自分のほうへ向けさせた。「ひょっとしたら、きみはぼくの求婚を正式に受け入れているかもしれないよ。一緒に人生を歩んでいこう。ぼくたちは結婚相手として最適な組み合わせだ。お父上が到着するまでに、できればきみにそれをわかってもらいたいと思っている」

レッドバーン卿はレノーラの手を取り、手の甲に軽く唇を当てた。そのとき廊下から物音が聞こえ、レノーラは伯爵の手を振り払ってドアに駆け寄った。彼女のあまりにすばやい行動に、レッドバーン卿が目を丸くする。

ドアを開けると、廊下にピーターが立っていた。魂まで凍りつきそうなほど冷たい視線を向けられ、レノーラは一瞬言葉を失った。なすすべもなく見つめているうち、彼はきびすを返し、歩き去っていった。

罪悪感がレノーラの胸に突き刺さる。でも、なぜ罪の意識を感じなければならないのだろう？ ふたりの人生が交わることはないと言いきったのはピーターで、いずれ彼はボストンへ戻ってしまう。そしてわたしの生きる場所は、ここ英国だ。

それでも……ピーターに頼まれたら、地の果てまでもついていくだろう。

レノーラはレッドバーン卿のほうを振り返った。「少し席を外してもよろしいでしょうか、閣下？」

レッドバーン卿の返事を待たずに、レノーラは廊下を走りだしていた。毛足の長い絨毯に足音が吸い込まれる。はるか先を、長い脚で大股で歩くピーターとの距離はなかなか縮まらなかった。ようやく玄関広間で追いついたが、彼は磨き込まれた床にブーツの音を響かせながら、玄関に向かってすたすたと歩いていく。

「待って、ピーター」息を切らして、レノーラはピーターの腕をつかんだ。

勢いよく振り向いた彼の瞳に宿る冷たい光におののき、レノーラは思わずあとずさった。

逃げだしたい。一瞬、そんな考えがレノーラの頭をかすめた。まるで別人だ。この人は昨夜何度もキスをしてくれた男性ではない。すばらしい歓びを与えてくれた男性とは違う。

でも、これくらいでひるむものですか。ピーターは今もわたしの心の中にいる。それに、これにはわたしの未来もかかっているよ。

「今、少し話せる？」

「悪いな、ミス・ハートレー。これから出かけるんだ」

拒絶の言葉に胸が痛む。ピーターが一刻も早く彼女から離れたがっているのは、その口調からわかった。

とはいえ、レノーラはまだあきらめるつもりはなかった。ピーターがこんなに不愛想な態度を取るのはレッドバーン卿が現れたせいだとしたら、思っているよりも彼はわたしのことを気にかけているのかもしれない。

「ふたりだけで話ができるかしら？」

「ふたりだけで話すことなんか何もない」

なんてわからず屋なのだろう！　耳を貸そうともしない彼に、レノーラはいらだった。でも、ここでかんしゃくを起こしたら負けだ。ピーターはさっさとどこかへ行ってしまうだろう。それだけは避けたかった。

ピーターに一歩近寄り、レノーラは声を落とした。「わたしたちは昨夜起きたことについて、まだ話をしていないわ」

ピーターのまなざしがさらに冷たくなった。「そのことなら心配するな。誰にも言わないから」

「それはわかっているわ。わたしが話したいのはそういうことではないの」

「ミス・ハートレー、もういいかな。ぼくは出かけたいんだ」

レノーラは息を吸い込んだ。「五分だけでいいの」

「レッドバーン卿をそんなに長く待たせてもいいのか？」

思ったとおりだ！　今、ピーターは唇ゆがめて、苦々しげに〝レッドバーン卿〟と言った。どんなに隠そうとしても、本音は表情や声に現れるものだ。ピーターはわたしのことを気にしているんだわ。彼自身は意地でも認めないでしょうけれど。「レッドバーン卿がわたしにとってどういう存在か気になるのなら――」

「なぜ、ぼくがそんなことを気にしなければいけない？」

ピーターが声を落とそうともしないので、レノーラはあわててまわりを見回した。ふたりには気づかないふりをして従僕が廊下を歩いている。恥ずかしさに顔が熱くなりながら、レノーラはピーターに向き直り、声をひそめて言った。「お願いよ、ピーター。ふたりだけで話がしたいの」

彼はしばらく唇をきつく引き結んでいた。沈黙が広がり、レノーラが柱時計の秒針が刻む音を数えはじめた頃、ピーターはうなずいてくるりときびすを返し、玄関脇の部屋のほうへ歩きだした。

レノーラは急いで彼のあとを追いかけた。部屋に入ったところで、いきなりピーターが立ち止まったので、危うく彼の背中にぶつかりそうになった。

「ほら、ミス・ハートレー、ここならふたりきりで話せるぞ」

「ピーター、昨夜はわたしをミス・ハートレーとは呼んでいなかったわ」

レノーラは声に気持ちをこめようとした。昨夜の出来事をピーターに思いだしてほしかった。彼にとってもほんの一夜のたわむれではなかったはずだ。

だが、その考えはレノーラの単なる希望的憶測にすぎなかったらしい。「ああ、そうだな。しかし互いに合意の上でひと晩楽しんだとはいえ、あれは大きな間違いだった」

「間違い？」その言葉がレノーラの耳の奥でこだまする。「ピーター、わたしは間違いだったとは思わないわ」

「はたしてきみの婚約者もそう思うかな」ピーターが鋭い視線を投げつけてきた。「あの男はきみの婚約者なんだろう？」

別に結婚の約束はしていない。レノーラは否定しようと口を開きかけた。

とはいえ、結婚許可証にはすでに署名ずみだと、たしかレッドバーン卿が言っていた。あの父のことだから、きっとレッドバーン卿がロンドンを発つ前に万事抜かりなく手続きを終わらせているに違いない。つまり、彼との婚約は成立しているということだ。レノーラの胸に深い絶望感が広がった。

否定しようか。ごまかそうと思えばごまかせる。けれども、ピーターに嘘はつきたくなかった。

レノーラはのろのろと口を開いた。「ええ、そうよ」たちまちピーターが顔をこわばらせ、ドアに向かって歩きだした。レノーラは部屋から出ていこうとする彼の前に立ちはだかり、胸に両手を当てて顔を見上げた。

「お願い、わたしの話を聞いて。わたしは何も知らなかった。本当よ。父が勝手に結婚許可証に署名してしまったの。ふだんはこんなひどいことをする父ではないんだけれど……。少なくとも今までは、わたしの気持ちを無視して物事を強引に進めたりはしなかったわ。でも、わたしの結婚相手がなかなか見つからなくて、それで父はこういう強硬手段に出たんだと思う。この話が破談になったら、わたしは父に勘当されるわ。もしかしたら、結婚直前にランドン卿と破談になったことが父のプライドを傷つけたのかもしれない。わたしが思っていた以上に、父にはこたえたのかも——」

「ランドン卿？」ピーターの声が室内の空気を切り裂く。「ヒルラムだろう？」

レノーラの顔からみるみるうちに血の気が引いた。「実は……わたしはランドン卿と婚約していたの……つい最近まで。でも、結婚式当日の朝……彼は教会に現れなかったわ。だから、わたしはシン島に来たの。スキャンダルから逃れるために」

ピーターの激しく打つ鼓動が手のひらに伝わってくる。彼が口を開いた。温かみのかけらもない声で言う。

「なるほどね。つまり、きみはヒルラムのあとにそのランドン卿とかという男とも婚約していたんだな」

嘘はつけない。「そうじゃないの」

ピーターの目がすっと細くなる。「違うのか？」

レノーラはあとずさりした。ピーターの胸から両手を離し、体の脇にだらりと垂らす。ふたりきりで話しはじめてから、レノーラは初めて彼との距離を空けた。ピーターには自分のいわくつきの過去について話すつもりはなかった。恥ずかしい思いをしたくなかったからだ。けれど事はそう都合よく運ぶはずもなく、結局、滑稽なほどみじめな姿を彼にさらしてしまった。レノーラはごくりと唾をのみ込んだ。「ランドン卿の前はフィグ卿と婚約していたわ」

ピーターの体がかたまった。まるで石みたいに全身が硬直している。

「教えてくれ」しばらくして彼が話しだした。初めて聞く、怖いくらい静かな口調だ。「婚約者はほかにもまだいるのか？　それとも、全員出尽くしたかな？」

レノーラは恥ずかしさと怒りで顔を赤らめた。「三回婚約したくらい、どうってことないわ」自分にもそう言い聞かせてきた。

「四回だ。レッドバーン卿を忘れているぞ」

レノーラの顔から赤みが消えた。「彼はわたしが選んだ人ではないもの」

「では、ほかのやつらは自分で選んだのか？」ピーターは腕組みをした。上着の下に隠れた筋肉が盛りあがる。「ヒルラムの人生は短かったが、案外、彼にとってはそれでよかったのかもしれないと思えてきたよ。きみの移り気な性格を知らずにすんだんだからな。しかし、恋は盲目とはよく言ったものだ。きっとヒルラムもきみにあまりに夢中で、きみのいい部分しか見えなかったんだろうな」

ひどい言われように、レノーラは息が苦しくなった。こみあげる涙で目頭が熱くなる。

「あなたはどうなの、ピーター？」そう訊いた声はほとんどささやきに近かった。「あなたもわたしに夢中になった？」

ピーターにどう思われているのか知りたくて、レノーラは彼に言われた言葉をそのまま返した。羞恥心も、わずかに残るプライドもかなぐり捨てて訊いたのに、この問いに対する彼の答えは残酷なものだった。胸の奥にかすかにともっていた小さな希望の光も完全に消えてしまった。

「いや、まったく。ミス・ハートレー、安心してくれ。ぼくがレッドバーン卿と決闘騒ぎを起こすことはない」

ピーターはそっけなくうなずくと、部屋から出ていった。レノーラは深い悲しみに打ちのめされ、息をするのも忘れて、彼が立っていた場所をぼんやり見つめていた。

わたしはなんて愚かなのだろう。

ピーターに恋してしまった自分が情けない。ふたりのあいだに未来がないのは初めからわかっていたはずだ。それなのに、夢中で彼のキスを受けた。それ以上のものを彼に求めてしまった。

レノーラは両手のこぶしをかたく握りしめた。もう二度とあんなまねはするものか。彼女は背筋を伸ばし、レッドバーン卿が待つ部屋へ引き返した。

ひょっとしたら彼はもういないかもしれない。それならそれでもいいと思いつつ、ドアを開けた。レッドバーン卿は部屋の中央に立っていた。レノーラの姿を見たとたん、彼は満面に笑みを浮かべた。

目の前にいる女がすでに身も心もほかの男性に捧げていることを知ったら、レッドバーン卿もこれほどうれしそうな笑顔を向けてはこないだろう。けれど、抜け殻同然と化したレノーラの心には罪悪感はわいてこなかった。

「レッドバーン卿」レノーラは彼の顔をまっすぐ見上げて言った。「あなたとの結婚を前向きに考えてみたいと思います」

レッドバーン卿はまぶしい笑みを浮かべて、レノーラの手を取り、唇を押し当てた。レノーラは手の甲にキスを受けながら、黒髪のハンサムな伯爵を見下ろしたが、なんの感情もこみあげてこなかった。

23

レノーラは玄関先までレッドバーン卿を見送り、居間へ引き返した。室内に足を踏み入れる間もなく、マージョリーが食べかけのビスケットを手に持ったまま駆け寄ってきた。「レノーラ、レッドバーン卿はあなたのお父さまが選んだ結婚相手なの？」

一瞬、ピーターの冷たい無表情な顔が目に浮かんだ。レノーラはうなずき、マージョリーの腕に腕を絡ませて部屋の中へ入った。彼女は長椅子に腰をおろし、高い背もたれに頭を預けてふっとため息をついた。

温かい小さな体が膝の上に飛び乗ってきた。フレイヤが大きなまじめくさった目でレノーラを見上げている。小犬はかわいらしいピンク色の舌でレノーラの指をなめ、やがて体を丸めて眠りに落ちた。

「気ままでいいわよね。人間の感情などどこ吹く風だもの」レディ・テシュがぽつりとつぶやいた。「レノーラ、ずいぶんと浮かない顔をしているわね。もしかして、レッドバーン卿から求婚されてもうれしくないの？」

どう答えたらいいのだろう？　息をしている女性ならひとり残らず、レッドバーン卿は理想的な結婚相手だと考えるだろう。ハンサムで、やさしくて、高貴な貴族の家柄で、裕福だ。結婚相手に求める条件はすべてそろっている。

でも、彼はピーターではない。

だめよ！　ピーターのことなんか忘れなさい。彼にまったく好かれていないことはよくわかった。ピーターとともに生きる未来が潰えた今、誰と結婚しても同じだろう。別にその男性に心まで捧げるわけではないのだから。

そう強がってはみたものの、胸は悲しみでいっぱいだった。

「でも、わたしには選択肢がないので」

「さあ、飲んで」マージョリーが冷たいレモネードの入ったグラスをレノーラの手に押しつけた。

レノーラはグラスに口をつけ、ゆっくり飲みはじめた。甘酸っぱい液体が喉を滑り落ちていく。彼女は首を振り、言葉を継いだ。「この日が来るのはわかっていたんです。まあ、レッドバーン卿がよぼよぼの放蕩者だったら断ることもできたかもしれませんが」

「たしかに、あの方はよぼよぼの放蕩者ではないわね」レディ・テシュが相槌を打つ。子爵夫人は遠い目をして、口元にかすかな笑みを浮かべた。「うまくいかないものだわ。わたしがあと五〇歳若かったら……いいえ、あと二〇歳若かったら、レッドバーン卿との再婚を真剣に考えるのに」

「おばあさまったら！」マージョリーが大声をあげる。

レディ・テシュは孫娘のたしなめる声を払いのけるように手を振った。「あなただって、あの方を魅力的だと思ったはずよ」

マージョリーの顔がみるみるうちに真っ赤になった。「魅力的とかそうではないとか、そんなことはどうでもいいの。たとえ、レッドバーン卿が天使みたいに美しい男性でもね」

「わたしは天使より人間と結婚したいわ」レディ・テシュがつぶやく。

レノーラはレモネードにむせそうになった。

「わたしが言いたいのは、レノーラがレッドバーン卿と結婚したくない理由は、少なくとも彼の容姿とは関係ないということよ」マージョリーが声を張りあげた。「ねえ、レノーラ、彼と結婚するつもりなの？」

「もうわたしにはレッドバーン卿と結婚する以外に道はないのよ。父に逆らったら――」喉がつかえてしまい、レノーラは声を絞りだした。「わたしは勘当されるわ」

レディ・テシュとマージョリーが目を丸くした。「レノーラ」マージョリーが慰めてくれる。「あなたのお父さまなら言いそうだけれど。でも、本気で勘当なんかしないはずよ、レノーラ」

レノーラはしわくちゃの手紙を差しだした。祖母と孫娘は一緒に読みはじめたが、読み進めるにつれてふたりの顔色が変わっていった。

マージョリーが手紙から顔を上げた。目を大きく見開いている。「どうしてこんな冷酷なことが言えるの」

「しかたがないのよ。三度も破談になって、わたしは父につらい思いをさせたんだもの。これはきっと、今度こそうまくいってほしいと願う親心よ」

「でも、破談になったのはあなたが原因ではないでしょう」マージョリーが声を荒らげる。

「三度ともあなたのせいではないわ」

いいえ、一度めはわたしのせいだ。わたしが愛しているふりをしつづけていたら、今でもヒルラムは生きていたかもしれない。

ありがたいことに、この心の声が聞こえなかったマージョリーが、なおも言葉を継いだ。

「心配することはないわ、レノーラ。ただの脅しよ」

親友の表情を見れば、彼女自身も自分の言葉を信じていないのは一目瞭然だ。マージョリーはレノーラの父の性格をよく知っている。もちろん、必ず脅しを実行することもみじめすぎる。父は親指に刺さった棘を抜くみたいに、簡単に自分の娘を切り捨てられる人なのだ。その事実を知り、レノーラは想像以上に深く傷ついた。

とはいえ今は、自己憐憫に浸っている場合ではない。レノーラは背筋を伸ばして座り直した。「父もこの島に来るそうなの。そのときに、ちゃんと話しあうつもりよ。それに、父を待っているあいだに、レッドバーン卿とわたしもお互いをよく知ることができるかもしれないでしょう」

レディ・テシュが口を開いた。「でも、わたしは……」

「でも、何、おばあさま？」

一瞬ためらったが、レディ・テシュはひとつ息を吐いて話しはじめた。「少し早すぎるのではないかしらね。三度めの婚約が破談になってから、まだ一か月も経っていないのよ。必ずひどいスキャンダルになるわ」

レノーラは顔をしかめた。「ひどいスキャンダルは祭壇の前に置き去りにされたときに、もうすでに経験ずみです」

「それは、そうだけれど」レディ・テシュはほんのり頬を染め、黙り込んだ。

ところが突然、背筋を伸ばし、レノーラに突き刺すような鋭い視線を向けてきた。「レッドバーン卿があなたの婚約者になるなら、ここにもしょっちゅう来ることになるわよね？」

「ええ、そうでしょうね。でも、おばあさまがいやなら、それはそれでしかたありません」

レノーラの目の前がぱっと明るくなった。あわよくば、父が島に来るまで彼と会わずにすむかもしれない。ただしレッドバーン卿を避けたところで、結婚からも逃れられるわけではないけれど。それに署名ずみの結婚許可証や父からの脅迫を別にすれば、レッドバーン卿は彼女の知りあいの中で最も親切でハンサムな男性のひとりだ。

でも、彼はピーターではない。

ふたたびささやいた心の声は、どこか切羽詰まっていた。自分の人生なのに自ら主導できないなんて。膝の上で両手を握りしめ、レノーラはこみあげるパニックを抑え込もうとした。

レディ・テシュが話しだした。子爵夫人の口から出た言葉にレノーラのわずかな期待もしぼんだ。

「いいえ、わたしは大歓迎よ。レッドバーン卿にはぜひ来ていただきたいわ」

レディ・テシュの顔に何か企んでいそうな表情がよぎった。でも、気のせいだったのかもしれない。その表情は瞬く間に消え、笑顔に変わっていた。

「では、さっそくだけれど」レディ・テシュが先を続ける。「今夜、レッドバーン卿を夕食に招待しましょう。レノーラ、すぐ彼に招待状を送ってちょうだい」

またしてもピーターの顔が目に浮かんできた。彼は冷たい視線をこちらに投げつけている。声まで聞こえてきた。残酷な言葉を――少し前にわたしの心を粉々に打ち砕いた言葉を浴びせる声が。

レノーラはごくりと唾をのみ込んで口を開いた。「それはどうかしら。レッドバーン卿を夕食に招待するのはまだ早いと思いますけれど」

「ばかをおっしゃい」レディ・テシュは言下にはねつけた。「もう決定事項よ。さあ、早く招待状を送りなさい」年配の女性は居間のドアのほうを指さした。

呆然としたまま、レノーラは膝の上で昼寝中のフレイヤを抱きあげた。そしてレディ・テシュのかたわらにある刺繍が施されたクッションの上に小犬を寝かせ、居間をあとにした。

もうこの島を出よう。ピーターは大おばの屋敷を取り囲む崖の端に立ち、海を見ていた。アメリカ行きの次の船に乗ろう。荷物もクインシーも置いて、さっさとこの島から出ていこう。ここにいてもつらいだけだ。なぜそんな場所にとどまっている？　もっと苦しみたいのか？

母の顔がまぶたの裏に浮かんできた。苦悶にゆがむ顔が。母はとても美しい女性だった。その美貌を病気が奪ってしまった。この一三年間、母との約束を守らなかった罪悪感をずっと背負ってきた。母の最期の姿を思いださない日は一日たりともなかった。長い時を経て、今ようやく母の魂を安らかに眠らせてやれる機会がめぐってきたのだ。これを逃すことはできない。やはり、まだこの島を離れるわけにはいかない。

ピーターははるか彼方（かなた）の水平線に目を向けた。まるで地の果てに立っているみたいだ。そんな場所にいても、何もかもがレノーラを思いださせた。潮風に髪がなびけば、昨夜のようにレノーラの指で触れられた気がした。心地よい日差しに包まれると、隣で彼女が体を丸めて横たわっているように感じた。海鳥のさえずりが、レノーラの吐息に聞こえた。

それにしても、あの話は衝撃的だった。まさか別の男とも婚約していたとは。しかも、三度も。てっきり婚約者はヒルラムひとりだけだと思い込んでいた。レノーラが実は次から次へと相手を変える移り気な女だったとは想像もしなかった。自分も単に彼女の気まぐれにつきあわされただけだったというわけだ。

これを怒らずにいられるか。レノーラとともに生きるために、長年温めてきた復讐計画を危うく断念するところだったのだから。

それでもまだレノーラを求めている。彼女にいいように扱われたというのに。

そんな自分が腹立たしくてならなかった。ピーターは落ちていた石を拾いあげて、腕を大きく振りあげ、眼下に広がる海に向かって放り投げた。頭の中ではレノーラの歴代の婚約者ン卿。彼女と未来を約束しあった男たち。彼女が人生をともにしようと決めた男たち。しばらく四人の男たちのことを考えているうちに、レノーラへの怒りも消えていった。自分はいったい何様のつもりなのか。彼女はぼくがシン島に来るのを待つべきだったとでも？　そもそも母との約束を守っていたら、この一三年間の空白はなかった。ふたりの人生はもっと早く交わっていたかもしれないのだ。自分のことは棚に上げて、彼女だけを責めるのは間違っている。それに、レノーラは良家の令嬢だ。結婚相手に身分の高い男を選ぶのは当然だろう。そのうえ、彼女のあの口ぶりからしてきっと父親には逆らえないに違いない。

ピーターはレッドバーン卿がレノーラの手を取り、お辞儀をする光景を思い浮かべた。あの瞬間、世界はふたりだけのものになっていた。まわりの者たちは消え、彼らはまるで互いしか見えていないようだった。あの男の黒髪がレノーラの金髪をより美しく引き立てていた。美男美女の組み合わせ。まさに似合いのふたりだった。

喉からこみあげてきた苦いものが口の中に広がる。くそっ。やっぱり耐えられない。ピーターは木に近づき、そのごつごつした幹に手のひらを強く押しつけ、力いっぱい爪をめり込ませた。樹皮の破片がぬかるんだ地面に落ちていく。

どのくらいその状態のまま立っていただろう。潮の香りを含んだ空気をゆっくりと吸い込み、肺の中に満たした。気づくと、太陽が西の空に沈みかけていた。渦巻く海から吹きあげる冷たい風で骨まで冷えそうだ。ピーターは深いため息をつき、木から離れた。そろそろ屋敷へ戻ろう。今夜はレディ・テシュが夕食会を開く。それには出席しなければならない。シン島に滞在する時間も残り少なくなってきた。これから先は、平常心で過ごそう。そして、このいまいましい場所を離れたあとは、ここでの日々をすべて記憶から消し去ろう。

24

あそこへは行きたくない。馬車に揺られながら、レノーラは内心悶々としていた。だが、レディ・テシュとの約束は守らなければいけない。それに、ヒルラムとの思い出ともきちんと向きあう必要がある。もっとも、ピーターのことで頭がいっぱいでヒルラムのことはほとんど忘れていたけれど。今は、そのピーターを頭から追い払ってしまいたかった。思いだすのは、胸が張り裂けるほどつらい出来事ばかりなのだから。

けれど運命とは皮肉なもので、今日もピーターと行動をともにしている。おまけにレッドバーン卿も一緒だ。彼らとともに、よりにもよってシン島で最も悲しい場所、岸壁の洞窟へ向かっている。

レノーラはうなじに手をやった。昨夜の疲れがまだ残っていた。本来であれば、パーティの席で演技をするのはお手のものだ。いつもなら父の言いつけを守り、隅に隠れたりせず、顔に笑みを張りつけて、まわりの人となごやかに話ができる。

しかし昨夜の夕食会では、人生がすべて順調で、心に傷などないふりをするのは至難の業だった。本当は上掛けを頭からすっぽりかぶって、涙が涸れるまで泣いていたかった。とはいえ、レノーラは拷問にも等しい夕食会をなんとか乗りきった。意志の力を振り絞ってピーターを視界から完全に消し、レッドバーン卿と、彼とともに生きる未来に意識を集中させつづけた。

けれども、わたしはそんな未来など少しも望んでいない。レノーラはドレスのポケットに手を入れ、くしゃくしゃになっている父の手紙を握りしめた。なぜこの政略結婚を受け入れなければならないのかを思いだすために。

ところが、父の脅し文句もまったく効果がなかった。今も心は泣き叫んでいる。こんなことは間違っている、この結婚を取りやめにしたいと。レノーラはポケットから手を出して、膝の上で握りしめた。でも、どっちみちピーターと一緒になれないのなら、レッドバーン卿との結婚を拒むことになんの意味があるの？

馬車はゆっくりと速度を落とし、やがて止まった。扉が開いてレノーラがおりようとしたとき、ピーターの仏頂面が目に入った。

マージョリーが外にいる厩番に何か小声で話していたかと思うと、彼女は扉を閉めて、レノーラの向かい側の座席にふたたび腰をおろした。

「レノーラ、顔色が悪いわ。本当に行っても大丈夫？」

「大丈夫よ、マージョリー。スケッチするだけだもの」

「もう、レノーラったら。わたしの言いたいことはわかっているくせに」マージョリーはひと呼吸置いて続けた。「あなたとミスター・アシュフォードのあいだに何があったの？」

レノーラの胸に鋭い痛みが走った。「何もないわ」その痛みを無視して、精一杯平然をよそおう。

けれど親友の目はごまかせなかった。「嘘ばっかり。レノーラ、わたしの目は節穴ではないのよ。あなたたちのあいだには絶対に何かあるわ」マージョリーが手を伸ばして、レノーラの手を握りしめた。「ねえ、ミスター・アシュフォードのことが好きなら、レッドバーン卿との結婚は断ればいいじゃない。まだ間に合うわ。正式に婚約——」

「そんなの無理よ。あなただってわたしが断れないのはわかっているでしょう」レノーラは声を荒らげ、マージョリーの手の下から手を引き抜いた。親友に八つ当たりしてしまい、たちまち罪悪感に襲われたものの、レノーラの精神は崩壊寸前だった。

「断ったら勘当されるのよ」レノーラは少し声をやわらげた。それでも、マージョリーと視線を合わせられなかった。親友が傷ついた表情を浮かべているのはわかっている。「あなたも父の手紙を読んだでしょう。これがわたしの運命なの。いやでも逃れられないわ」

「何が運命よ！　無理に結婚する必要はないわ！」今度はマージョリーが声を荒らげた。「レノーラ、もしお父さまに勘当されたとしても、住む家はあるわよ。わたしたちにまかせてちょうだい」

「そして、わたしは一生、あなたとおばあさまの情けにすがって生きるの？」レノーラはマージョリーと目を合わせた。「アーロンが亡くなったとき、あなたはお父さまから実家に戻ってくるよう命じられたわよね？　言われたとおりにした？　それとも、これからは自分の思うように生きるとお父さまに言った？」

マージョリーがはっと息をのんだ。やさしい茶色の瞳に苦痛の色がよぎる。「それとこれとは話が別よ。今のあなたの状況は、わたしとはまるで違うもの。でも……」一瞬言いよんだが、早口で先を続けた。「ミスター・アシュフォードとあなたが結婚することになったら、お父さまに脅される心配はない――」

「でも、ピーターにはまったくその気がないのよ！」レノーラの口から言葉がほとばしった。これ以上、心に秘めた苦しみを暴露してしまわないよう、あわてて手で口を押さえた。しかし時すでに遅く、マージョリーはそのひと言ですべてを理解したようだった。

「あなたはミスター・アシュフォードを愛しているのね」親友の声が静かに耳に響いた。

レノーラはこくりとうなずいた。

「どうして話してくれなかったの？　なぜわたしに嘘をついたの？」

マージョリーの悲しげな声を聞いて、涙があふれてきた。「この島でしばらく過ごそうと言ってくれたとき、あなたにとても気を遣わせたでしょう。だから、もう余計な心配をかけたくなかったの」

「余計な心配ですって？」マージョリーがあきれたと言いたげにふっと笑い、レノーラの手を握りしめた。「ばかね。それはまったくの見当違いよ。あなたこそ、そんな気を遣わなくてもよかったのに」彼女は眉をひそめ、言葉を継いだ。「でも、本当にミスター・アシュフォードはあなたと結婚する気がないの？　はっきりとそう言われたの？」

レノーラはビロードのふかふかの背もたれにどさりと体を預けた。「そうよ、マージョリー。わたしは文字どおり、ピーターにすがりついたわ。わたしたちのあいだには何か特別なものを感じると。それなのにピーターは、頑として認めないの。そんなものはどこにもないの一点張りよ」

マージョリーは目を丸くして、こちらを見た。「彼は大ばか者ね」

「大ばか者はわたしよ」レノーラは片手を上げて、口を開きかけたマージョリーを押しとどめた。今にも取り乱してしまいそうなのに、親友に慰めの言葉をかけられたら最後、感情が制御不能に陥りかねない。

「もうこの話はやめましょう」

その声の調子から自制しようともがいているのを感じ取ったのだろう。マージョリーは沈痛な面持ちでレノーラの手をぎゅっと握りしめてうなずくと、馬車の扉を開けた。

レッドバーン卿がすぐに近づいてきて、馬車からおりようとする女性たちに手を差しだした。

「どうしたんだい、ミス・ハートレー」レノーラに手を貸しながらささやく。「顔色があまりよくないよ。外に出ても大丈夫かい？」

本当にこの人はやさしい。やさしすぎるくらいだ。レッドバーン卿は純粋に彼を愛してくれる女性と結婚するべきだ。わたしみたいに、心がばらばらに砕けた女とではなく。

視界の隅にピーターをとらえた。その険しい顔にちらりと目をやったとたん、彼はくるりときびすを返してしまった。

レノーラは背筋を伸ばし、レッドバーン卿の顔を見上げて微笑んだ。彼は辛抱強く返事を待っている。こんなにいい人を落胆させてはいけない。

「ええ、閣下、大丈夫です。さわやかな潮風は万能薬ですもの」

レッドバーン卿は目尻にしわを寄せて、ほがらかに笑った。そしてはるか眼下に広がる海に向かって大きく手を振った。「それなら無限にあるよ」彼はレノーラを見下ろし、腕を差しだした。彼女を見つめるまなざしは、どこまでも温かい。「では、行こうか?」

レノーラはうなずいて、伯爵の腕に手を添えた。違う男性の腕だったらよかったのに。その心の声は聞こえないふりをした。

25

一行は崖の端に向かって小道を歩きだした。ピーターはひとり離れて後ろからついていく。レノーラとレッドバーンのほうを意地でも見るまいとしても、なぜか見ずにはいられなかった。そしてふたりに視線が吸い寄せられるたび、気分はますます悪くなった。

まあ、それでもとりあえず荷物を運ぶラバにならずにすんでよかった。自分にそう言い聞かせてみたが、いらだちはまったくおさまらなかった。ラバ役を買って出たレッドバーンが、うれしそうにレノーラの画材を運んでいるからだ。クインシーはマージョリーの道具を運び、ピーターは自分のものだけ運んでいる。

最悪だ。あまりに手持ち無沙汰なせいで、かえってレノーラと彼女の婚約者のことばかり考えてしまう。

まさに昨夜の夕食会は拷問の極みだった。招待客ひとりひとりにレッドバーンを紹介して回るレノーラの姿が脳裏に焼きついて離れない。輝かんばかりの笑顔に、洗練された柔らかな物腰。ロンドンでは、いつも彼女はあんなふうにふるまっているのだろうか？ 昨夜は自分の知らないレノーラの一面を見た。自分とは違う世界で生きている本来の彼女の姿を。

だが、レッドバーンはレノーラと同じ世界に属する人間だ。あの男なら彼女が望むすべてを与えられる。自分はなんて身のほど知らずで愚かなのだろう。レノーラを幸せにできると思っていたとは。

ピーターが物思いに沈んでいるうちに、一行は大きな岩の下にたどり着いた。遠目からだとただの石にしか見えなかったが、岩には大きな穴が開いていた。彼らはひとりずつ洞窟の中へ入っていった。徐々に広くなる洞窟を進んでいくと、やがて出口が見えてきた。その先には紺碧（こんぺき）に輝く海が広がっている。

海に向かって突きだした広い岩棚の手前で立ち止まり、ピーターはしばらく壮大な景色を眺めた。シン島に来てから、これまでもしょっちゅう崖の端に立ち、白波の立つ海を見つめて過ごしてきたが、ここは何か違う。初めて妖精の水辺を訪れたときに感じたものともまた違った。魂の奥底が激しく揺さぶられるような、なんとも不思議な感覚がじわじわとわきあがってくるのだ。

いきなり洞窟内に突風が吹き込み、まばらに生えた植物が奇妙な揺れ方をした。風の音がすすり泣きに聞こえた。一〇〇〇年も前の時の彼方から聞こえてきたみたいな、くぐもったすすり泣きに。今日は暖かいはずなのに、思わず背筋に震えが走った。すすり泣くような声が徐々に大きくなり、深い悲しみと絶望のにじむ声が骨の髄まで染み込んできた。

「すごい場所だな」クインシーに声をかけられ、ピーターはわれに返った。クインシーがおそるおそる岩棚の縁まで歩いていき、海を見下ろす。その腰が引けた格好を笑う気にはならなかった。風にあおられてピーターの髪が舞いあがり、外套が大きくふくらむと、不意に、そのまま海へと引きずり込まれてしまうのではないかと不安になった。

「足がすくむわよね」マージョリーが口を開いた。「でも、ここはシンとイーヴァルの物語にとってとても重要な場所なの。あなたたち男性陣は平気かしら？　高所恐怖症でなければいいんだけれど」

レッドバーンがふっと笑う。「ぼくは平気だよ」虚勢を張っているのが見え見えだ。

「ぼくもまったく平気さ」クインシーも言った。だがその強気な言葉とは裏腹に、すばやく岩棚の縁から離れた。

「わたしのいとこはどうかしら？」

「わざわざ訊くまでもないだろう」ピーターは返した。「これくらいで怖気づくわけがない」

マージョリーはピーターをしげしげと見つめ、それからレノーラに向き直った。「じゃあ、そろそろ始めましょうか？」

レノーラがうなずき、岩壁を背にしてスカートを整えながら平たい岩に腰をおろした。すかさずレッドバーンが彼女にスケッチ帳を渡し、鉛筆を削ったほうがいいかどうか尋ねている。レノーラがお願いしますとつぶやくと、レッドバーンは嬉々としてナイフを取りだし、鉛筆の芯が長く出るように削りだした。

ピーターはこみあげる吐き気をぐっとこらえた。レノーラはこんなふうにかいがいしく世話を焼かれるのが好きなのか？　愚問だ。好きに決まっている。

だが、うんざりしつつも、本心ではレッドバーンがうらやましくてたまらなかった。レノーラのかたわらで、ピーターも彼女のために鉛筆を削ってやりたかった。彼女に笑顔を向けてほしかった。

マージョリーがふたたび口を開いた。「前にも話したけれど、シンとイーヴァルは妖精の水辺で恋に落ちたの」彼女はレノーラの隣に座り、クインシーから画材を受け取ると、彼に笑顔を返した。「それからしばらくは幸せに暮らしたわ。やがて、ふたりのあいだに息子が生まれた」

マージョリーが海に目を向ける。「イーヴァルはしょっちゅう海に出ていた。そしてそのたびに、シンはイーヴァルの帰りを待ちながらここで祈りつづけたの」彼女がレノーラとのあいだの岸壁に指を這わせる。「イーヴァルが道に迷わず無事に帰ってこられるようにという願いをこめて、シンはこのシンボルを刻んだと言われているわ」

そういった伝説にはたいして興味もなかったが、いつの間にかピーターはマージョリーの話に聞き入っていた。馬車の車輪みたいに円から八本の線が放射状に伸びるシンボルは荒削りで、どことなくルーン文字を連想させた。

ピーターはよく見ようとして、岩壁に近寄った。そのとき、すぐそばにレノーラがいることに遅ればせながら気づいた。彼女は体をこわばらせ、まだ何も描いていないスケッチ帳に視線を落としている。突然、風が吹き、レノーラの巻き毛が彼女の頬を撫でた。あたりにべリーの甘い香りがふわりと漂い、ピーターの全身を包んだ。いやおうなく、二日前の夜の記憶がよみがえってきた。薄暗い寝室。白いシーツの上に力なく横たわる体。舌に触れる彼女の味。彼女の唇からこぼれるせつなげな甘い声。

ピーターは火傷でもしたみたいに、さっと後ろにさがった。それでもレノーラから視線を離せなかった。彼女は身動きひとつせず、スケッチ帳をじっと見つめたままだ。その美しい緑色の瞳は大きく見開かれ、顔は青ざめている。レノーラもあの夜を思いだしているのだろうか？　彼女に触れたくてたまらない。あの頬に触れたくて指がうずいた。レノーラは彼の手のひらに頬を押しつけてくるだろうか。それとも顔を背けるだろうか。不意にレノーラのふっくらした唇が開いた。ひょっとして、こちらの心の声が聞こえたのか？　ただ手を伸ばすだけでいい。それだけで彼女に触れられる……。

「愛する人の無事を願うシンボルか」突如、レッドバーンの明るい声が響く。その瞬間、ピーターにかかっていた魔法が解けた。「なんてロマンチックな話なんだ。きみもそう思わないか？」レッドバーンが笑みを浮かべ、レノーラを見下ろした。

ピーターは洞窟に向かって歩いた。正気を保っていたいなら、レノーラからできるだけ離れたほうがいい。

「あいにくだけれど」マージョリーが言った。「ふたりの物語はハッピーエンドではないの。この島はイーヴァルにとって安住の地ではなかった。彼は田舎暮らしを嫌い、あるとき、大きな町で働かないかと持ちかけられて、イーヴァルはその話を受け入れたわ。でも、シンと息子は連れていかなかったの」

沈黙が落ちた。

「嘘だろう」洞窟の中から声が聞こえ、その場にいる全員の視線がそちらに向けられた。そのとき初めて、ピーターは自分が声をあげていたことに気づいた。たちまち顔から火を噴きそうになる。

「いや、今のは――」平静をよそおい、ピーターは先を続けた。「予想外の展開で驚いたんだよ」

「まったくだ」クインシーが口をはさむ。「てっきり甘い恋物語だとばかり思っていたら、男がひとりでさっさと出ていくなんて。大どんでん返しとはまさにこのことだ。これはロマンスではない。ロマンスは〝それからふたりはずっと幸せに暮らしましたとさ〟で終わらないとだめなんだよ。これは悲劇だ。『ロミオとジュリエット』みたいなね」

レノーラがピーターに視線を向けた。大きく見開かれた目には悲しみが宿っている。突然、妖精の水辺でレノーラと交わした会話が鮮明によみがえってきた。もう少しで彼女にキスをしそうになったことも。

緊張をはらんだふたりの視線が絡みあう。ありがたいことに、ほかの人たちは熱弁をふるうクインシーのほうを見ていた。「ごめんなさい、ミスター・ネスビット」マージョリーが物柔らかな口調で言った。「最初に言っておくべきだったわね」

「ぜひそうしてほしかったよ」クインシーがぼそりとこぼす。

マージョリーは声をたてて笑った。「じゃあ、この話の続きはもう聞きたくない?」

クインシーは岩壁に寄りかかり、手のひらを上に向けて肩をすくめた。「せっかくだから最後まで聞くよ。今以上の悲劇は起こらないだろう」

マージョリーがにっこり笑い、話しはじめた。「イーヴァルがシンと息子のもとから去ったあと、ほどなく彼女は再婚したわ。人生はまだ先が長いし、未来に希望を託したの。でも、子どもは生まれなかった。ひょっとしたら第二の人生もあまり幸せではなかったのかもしれないわね。シンが亡くなったとき、彼女の遺灰はこの場所から海にまかれたそうよ。それがシンの遺言だったから。彼女はきっと来世でも最愛のイーヴァルと会いたかったのね」

「これは前言撤回だ」クインシーがつぶやく。「まだ悲劇は終わっていなかった。しかし、まったく救いようのない話だな」

マージョリーは肩をすくめた。「恋愛がすべてハッピーエンドとはかぎらないわ」

ずっと無言を通していたレノーラが、いきなり口を開いた。「マージョリー、もう始めましょうよ。ここはなんだかいたたまれないわ」

妙な表現だと、ピーターは内心思った。たしかにレノーラは落ち着かない様子だ。まあ、それも無理はないだろう。この岩棚はかなり高い位置にあり、おまけに絶え間なく風も吹いている。クインシーでさえ顔色が悪い。

いいや、待てよ。レノーラは〝落ち着かない〟ではなく、はっきり〝いたたまれない〟と言った。彼女もこの場所を不気味に感じているのだろうか？　ここには二度と幸せな時間は訪れないような気がするのか？

ふと気づくと、クインシーとレッドバーンは小声で何やら話し込み、レノーラとマージョリーはスケッチ帳に顔を近づけて絵を描きはじめていた。羊皮紙の上を滑る鉛筆の音と、低くうなる風の音、男たちの低い話し声が重なりあう。耳に入ってくる音を何げなく聞いているうちに、鉛筆が一本しか動いていないことに気づいた。ピーターは女性たちのほうへ目をやった。マージョリーは手を動かしているが、レノーラは鉛筆を握ったまま、何も描いていなかった。

レノーラは眉をひそめ、スケッチ帳を見つめた。いつもは気分が乗らないときでさえ、紙と鉛筆があれば何かしら描けるのに。だがどういうわけか、今は少しもイメージがわいてこない。レノーラは意志の力を振り絞って数本、線を引いた。悲しいことに、ためらいがちな線ばかりだ。彼女は顔を上げて景色を眺め、それからスケッチ帳に視線を戻して、さらに線を描き加えようとした。

もどかしげにため息をついたとたん、イメージも一緒に消え去ってしまった。もう一度、試してみよう。次はきっとうまくいくはずだ。ところが意気込みが空回りするばかりで、まともな線は一本も引けなかった。レノーラは紙を引きちぎると、くしゃくしゃに丸めて岩棚に放り投げた。その紙は風に乗って崖の向こう側へと飛んでいき、やがて視界から消えた。それでも、気分はまったく晴れなかった。

ふたたびレノーラは膝の上にのせたスケッチ帳を見下ろした。今度こそ。決意も新たに、何度も描こうとしたけれど、いくら頑張っても、イメージはわかなかった。結局、紙をすべて無駄にして、レノーラは呆然とただ座っていた。

「レノーラ」

ピーターの声がぼんやりと耳に届き、レノーラはまぶたを閉じた。その声がじわじわと全身に染み渡っていく。彼女は深く息を吸い込み、彼に恋い焦がれる気持ちをなんとか抑え込もうとした。

ふと、すぐそばにピーターの存在を感じた。「大丈夫か?」

どうして今さらやさしくするのだろう。忘れようとしているのに、愚かな自分がまた希望を持ちたくなってしまう。ふたりの関係は一夜かぎりで終わった。その現実をしっかり心にとどめておかなければ。

目を開けると、ピーターがかたわらにしゃがみ込んでいた。「ええ、大丈夫よ」レノーラは彼から視線をそらしたまま言った。彼を見たら、きっと決心が揺らいでしまうだろう。

ピーターは黙って彼女を見つめた。彼の息がかかり、頬にかかるおくれ毛が揺れる。レノーラは折れそうなほどきつく鉛筆を握りしめ、ピーターの腕の中に飛び込みたい衝動と戦った。

ピーターがようやく口を開いた。「何かぼくにできることはあるか?」

〝わたしを放っておいてちょうだい。わたしにはもうかまわないで。あなたを忘れさせて。この苦しみから解放して〟レノーラは舌の先まで出かかったその言葉をぐっとのみ込んだ。

ピーターがシン島にいるかぎり、わたしは彼への未練を断ち切れないだろう。レノーラは唇を一文字に引き結んだまま、首を横に振った。ピーターが立ちあがった。けれど、まだ動こうとしない。もう耐えられない。神経の糸は限界まで張りつめ、今にも切れてしまいそうだ。〝お願いだから、わたしから離れて〟彼女は心の中で何度も念じた。心の声が届いたのか、ようやくピーターは洞窟に向かって歩いていった。レノーラは震える息を吐きだした。

彼女は平たい岩から立ちあがった。その拍子に膝の上から画材が滑り落ち、音をたてて岩棚に散らばった。男性ふたりの話し声がぴたりとやみ、マージョリーが茶色い目を心配そうに曇らせてこちらを見上げた。

一瞬、彼女に、大丈夫かと訊かれるのではないかと思い、レノーラは体をこわばらせた。何も言わないでほしい。少しも大丈夫ではないからだ。大丈夫とはほど遠い状態だった。

マージョリーも立ちあがった。親友は顔に笑みを張りつけているものの、目は笑っていない。「わたしも今日はこのへんでやめにするわ。ここはスケッチしにくい場所ね」

マージョリーは屈んで岩棚に散らばったスケッチ帳や鉛筆をせっせと集めだした。レッドバーン卿とミスター・ネスビットは、その場でぼんやりと立ち尽くすレノーラをじっと見ていた。彼女の頭の中では、ピーターやイーヴァルやシン、ふたりの悲恋の物語、自分自身の失恋がごちゃまぜになってぐるぐる駆けめぐっている。どのくらいそうしていたのかわからないが、そろそろ帰ろうと声がかかり、レノーラはひとつ大きく深呼吸してきびすを返した。

その場にはもうピーターはいなかった。馬車が待機している場所へ戻ると、彼の馬も消えていた。不意に、駆けていく馬の蹄の音が風に乗って聞こえてきた。その音に、レノーラの胸は切り裂かれた。

26

なぜ一週間がこんなにも長く感じるのだろう？

突然、耳障りな笑い声がピーターの鼓膜を揺らした。ああ、これだ。原因がわかったぞ。レッドバーンのせいだ。

どうにか存在を無視しようにも、こんなにしょっちゅうシークリフに来られては、それも難しい。そのうえ、レノーラがレッドバーンの訪問を歓迎している様子なのも腹立たしかった。

レノーラ……。レッドバーンがシン島に来てからというもの、ピーターはずっと胸の痛みにさいなまれていた。彼は胸元を撫でながら窓際の椅子に深く沈み込み、外を眺めた。空は快晴で、レディ・テシュご自慢のローズガーデンには季節の花が咲き誇っている。あと三日で、この島ともおさらばだ。ここで起きた一連の出来事もすべて過去のものとなる。

それなのに、せいせいするどころか鬱々としている。ピーターは小さく悪態をついた。残るも地獄だが、去るも地獄だ。ボストンに帰ることを考えても、まったくわくわくしなかった。それを言うなら、デーン公爵を破滅に追いやることを考えても、高揚感が少しもわいてこないのだ。いったいなぜだ？　積年の恨みを晴らすときを心待ちにしていたはずなのに。あれほど激しく燃えあがっていた復讐心はどこへ行った？　まったく何がどうなってしまったのだろう？

愚問だな。それは自分でもよくわかっているだろう。レノーラの出現が、こうなったすべての始まりだ。以前は復讐こそが生きる糧だった。ピーターにとって血わき肉躍るものだった。それが今は虚しく感じる。もはや寒い夜に心を温めてもくれないし、安らぎも喜びも与えてくれない。

「ピーター」いきなりレディ・テシュの声が陰鬱な思考の中に割り込んできて、グラスが派手に砕け散った音を聞いたかのごとく、驚いた彼は椅子から飛びあがりそうになった。「紅茶の用意ができたわよ。あなたもこちらにいらっしゃい」

ため息をつくと、ピーターは目を閉じてゆっくりと息を吸い込んだ。母との約束は最後まできっちり果たそう。これまでもレディ・テシュにつきあってきただろう？　毎日午後のお茶の席に同席し、毎晩一緒に夕食もとった。ばかげた夜会服も着た。外出にも付き添った。誰と誰がくっついて別れたとか、心底どうでもいい話もぐっとこらえて聞いた。それもこれも、あと三日の辛抱だ。

ピーターは立ちあがり、みんなのもとへ向かった。そして、いかにも不細工なつくりだが座り心地のいい頑丈な椅子を避け、レノーラからできるだけ離れた華奢な椅子に腰を落ち着けた。この椅子が粉々に壊れ、ただの木片と化そうと知ったことか。においがわかるほどレノーラの近くに座り、あれこれと彼女に気を配るレッドバーンを間近で見たら、今度こそ本当に胃の中のものをぶちまけてしまいそうだ。

マージョリーがすでに準備を始めていた。彼女はティーポットに茶葉と湯を入れ、それからピッチャーに入ったレモネードをグラスに注ぎ、レノーラに手渡した。

「いまだに理解に苦しむよ。どうしてきみは紅茶よりもそんなものが好きなのか」いかにもレッドバーンらしい明るい口調だ。おそらく本人に悪気はないのだろう。だが、ピーターはその言いぐさにかちんときた。まるでばかのひとつ覚えみたいに、この男は毎回レノーラの飲み物の好みにけちをつけている。

「自分でも変わっているのはわかっているんですけれど」レノーラが小さく微笑む。

いつものように、これでこの話は終わりだろう。ピーターは内心そう考えていた。なんだかんだ言っても、このふたりは仲がいい。

この先も変わらず、相手に対して礼儀正しく接し、互いを思いやって生きていくのだろう。

ところが、今日のレッドバーンはこの話題に固執した。

「本当だよ。まさか、まったく紅茶を飲めないわけではないんだろう」

「我慢すれば少しは飲めるかもしれないわ」

「でも、それでは困るんだ。きみが女主人役を務めるときは、招待客と同じものを飲む必要があるからね。さもないと、彼らに居心地の悪い思いをさせてしまうだろう」

室内に沈黙が広がり、レッドバーンの押しつけがましい言葉が宙に舞う。たしかに単刀直入な表現ではなかったが、レッドバーンの意図ははっきりと伝わってきた。〝招待客の前で夫に恥をかかせるな〟これがこの男の本音だ。

平和主義者のマージョリーが気まずい静寂を破り、ひとりひとりに好みの紅茶の飲み方を訊きはじめた。とはいえ、この数週間、マージョリーは同じ顔ぶれに同じことを尋ねているだけなのだが。

「ミスター・ネスビットは、どういうふうにして飲むのがお好みかしら？」

クインシーが答えている隙を突き、レッドバーンがふたたび口を開いた。

「紅茶を好きになる努力をしてみたらどうだろう。案外おいしいと思えるかもしれないよ」

そう言って、彼はにっこり微笑んだ。

レノーラはドレスのポケットに手を入れ、伯爵をじっと見つめている。この傲慢男に言い返せ。ピーターは心の中で声援を送った。

だが彼の声は届かず、レノーラはうなずいた。「そうですね」

ピーターの中でくすぶっていた怒りが燃えあがる。つけあがるのもいいかげんにしろ。ピーターはレッドバーンのクラヴァットをつかみ、思いきり顔を殴りつけてやりたい衝動に駆られた。しかし、そこまで浅はかではない。彼はマージョリーに向き直った。

「ぼくもレモネードをもらおうかな」

クインシーのティーカップにミルクを入れていたマージョリーが、ピーターに顔を向けて目をぱちくりさせた。カップの中にどんどんミルクが注ぎ込まれていく。ややあって、マージョリーははっとわれに返った。

「まあ、どうしましょう。ごめんなさい、ミスター・ネスビット。すぐにいれ直すわね」

「いや、いいよ」クインシーがマージョリーに笑みを返す。「今日はミルクがたっぷり入った紅茶を飲みたい気分だから」彼はティーカップを手に取り、目を細めてピーターをにらみつけてきた。

どうやらマージョリーはまだ動揺しているようだ。「ええと、次は……」ティートレイを見つめてつぶやく。「そうだわ！　ピーター、あなたはレモネードを飲むんだったわね」

完全にレッドバーンを視界から消し、ピーターはレモネードの入ったグラスを受け取った。だが決意も虚しく、レノーラのほうを見ずにはいられなかった。その顔は無表情だ。しかし、緑色の瞳には何やら読み取れない感情が宿っていた。

その後は、当たり障りのない会話が続いた。天気や、〈ビークヘッド・ティールーム〉自慢のミス・ピーチャムが焼くビスケットと、レディ・テシュの手作りビスケットと、よりおいしいのはどちらかとか、今夜開かれる舞踏会について話した。

つかの間、会話が途切れた。そのとき、ずっと押し黙ったままだったレディ・テシュがようやく口を開いた。「ところで、洞窟には次はいつ行くの？　あとは最後の仕上げだけでしょう？　早く完成した作品を見たいわ」

「ええ、そうね」ここ何日も繰り返されている同じ質問に、マージョリーが今日も忍耐強く答える。「でも、まだレノーラは描けそうにないの」

「では、いつになったら描く気になるのかしら？」

ピーターはレノーラの様子をちらりと盗み見た。彼女は無言を決め込んでいる。マージョリーとレディ・テシュは彼女のことを話しているのに、まるで聞こえていないみたいだ。レノーラは唇を引き結び、まだひと口も飲んでいないレモネードの入ったグラスをきつく握りしめていた。この顔なら知っている。先日、洞窟へ絵を描きに行ったときも、今と同じ表情を浮かべ、何も描いていないスケッチ帳を見下ろしていた。あのとき、レノーラに何かしてやりたいと思った。彼女が心配でたまらなかった。もっとも、彼女にはこちらの心配など余計なお世話だったようだが。それでも、今日は見過ごすわけにはいかない。

「もう少し待ってあげたらどうです？　ミス・ハートレーも描く気になったら洞窟に行きますよ」ピーターはむっつりとして言った。

目の前の霧がさっと晴れたみたいに、レノーラがまっすぐ彼を見据えてきた。こんなふうに彼女に見つめられるのは、ふたりで最後に話をした日以来だ。

長いまつげに縁取られた美しい緑色の瞳と視線がぶつかった瞬間、濃厚なミルクを垂らされたかのごとく、ピーターの肌にぞくぞくした感覚が走った。だが、すぐにレノーラは視線をそらしてしまった。

不意に、ピーターの脳裏にふたりきりで話をした日の記憶がよみがえった。レノーラはこちらを真っ向から見つめ、自分は何も知らなかったのだと必死に訴えてきた。レッドバーンとの結婚は父親が勝手に進めた話で、彼は自分が選んだ相手ではないと。

それなのにぼくは聞く耳を持たず、一方的にレノーラを突き放した。なんてばかだったのだろう。彼女に背を向けるなんて、ぼくは救いようのない大ばか者だ。

しかし、今さら後悔してももう遅い。ピーターはレモネードをがぶりとひと口飲んだ。レッドバーンはあらゆる面でレノーラにふさわしい。あの男なら彼女が望むものをすべて与えてやれるだろう。

だが、レッドバーンはレノーラを本当に理解しているのだろうか？ 彼女を幸せにできるのか？ ふと疑問が頭をよぎる。ピーターはレモネードの残りを飲み干した。いや、それこそ大きなお世話というものだろう。この一週間で見たかぎりでは、ふたりの波長は合っていた。だから苦痛だったのだ。ひとつくらい意見の違いがあったところで、ふたりの未来になんら影響はない。

それからしばらくのあいだ、まわりの会話を聞くともなしに聞いていると、執事が部屋に入ってきた。

「奥さま、レディ・クララとレディ・フィービーがお見えです」

女性たちは、椅子から立ちあがった男性陣に満面の笑みを返した。

「まあ」レディ・テシュが顔をほころばせる。「あなたたちに会えるなんてうれしい驚きだわ。外出できたということは、今日はお父さまの具合がいいのね？」

「ええ、おかげさまで」レディ・クララが返し、ちらりとクインシーに視線を走らせた。一瞬よろめいたものの、何事もなかったかのように、その場にいる全員に明るい笑みを向ける。

「父から、たまには外出しなさいと言われたんです。それで、真っ先にわたしたちの頭に浮かんだのがこちらだったんです」レディ・フィービーは弾んだ口調で言い、レディ・テシュの頬にキスをした。

姉妹が椅子のほうへ向かう。そのとき突然、ピーターの隣に座っていたクインシーが立ちあがった。「レディ・クララ、どうぞこちらへ。この椅子は座り心地がいいですよ」

たちまちレディ・クララの頬が赤く染まる。彼女はうなずき、勧められた椅子に腰を落ち着けた。「おばさまもお元気そうでよかったわ」

「若い人たちに囲まれているのよ。老いてなんかいられないわ」

なごやかな雰囲気の中、挨拶が交わされ、やがてレディ・クララがピーターにやさしく声をかけてきた。「ミスター・アシュフォード、また会えてうれしいわ」

ピーターは生返事をして、手に持ったグラスに視線を落とした。これ以上話しかけないでくれという無言の意思表示だ。

ところがレディ・クララには通じなかった。ほかの者たちは楽しげに話に花を咲かせているのに、隣に座る彼女だけはピーターをじっと見つめている。「ぜひまたデーンズフォードに来てほしいんです」レディ・クララはいったん言葉を切り、マージョリーからティーカップを受け取った。「父がとてもあなたに会いたがっています」

思わずピーターの肩に力が入る。次第に肩の筋肉のこわばりは首の後ろへと広がり、あげくの果てには頭痛までしてきた。「あいにく、そんな時間はない」ぼそりとつぶやく。

レディ・クララが声をあげて笑う。「時間がないですって？　少なくともまだ数日はここに滞在するのでしょう？　そのうちのほんの一、二時間でいいんです」

「無理だ」

「困りましたね。おばさまに許可を取らないといけないかしら？」レディ・クララがまたほがらかに笑った。「では、わたしがおばさまと話してみます」

「話しても無駄だ」

「大丈夫よ。おばさまは気難しい女性ではありませんから。あなたの希望は必ず聞いてくれるはずです」

「だから、ぼくが公爵に会いたくないんだ」レディ・クララのおしゃべりに耐えられなくなり、ピーターはいらだたしげに言い返した。

彼の言葉が宙に重く垂れ込める。ピーターを見つめているレディ・クララの顔から温かい笑みが消えた。

「父に会いたくないの？」

そろそろ態度をやわらげるべきだ。この女性は何も悪くない。彼女にきつく当たるのはお門違いだ。

それはわかっていたが、一度怒りを吐きだしたら、もう引っ込めることはできなかった。

「ああ。あのとき、こっちの言い分はすべて伝えた。きみの父親とは二度と会うつもりも、話をするつもりもない」ピーターはそっけなく言い捨てた。「きみの父親は血も涙もない冷酷な人間だ。今さらぼくに会いたいとは、あまりにも虫がよすぎる」

レディ・クララは引きつった表情を浮かべている。ふとピーターは室内が静まり返っていることに気づいた。驚きや怒り、憐れみの表情を顔に張りつかせ、全員の目がこちらに向けられていた。

ピーターの耳の奥で血管がどくどく脈打ちはじめた。急にいたたまれなくなり、勢いよく椅子から立ちあがって部屋をあとにした。そして大股で廊下を進み、玄関広間のテーブルにまだ手に持ったままだったグラスを叩きつけるようにして置くと、明るい日差しの中へ出ていった。心の中では手に負えないほど激しい感情が渦巻いている。肩にのった悪魔は高笑いしていた。

彼はまっすぐに厩舎へ向かった。だが、二〇歩も歩かないうちにいきなり腕をつかまれた。振り返ると、憤怒(ふんぬ)の形相をしたクインシーが立っていた。

「いったいあの態度はなんだ、ピーター?」

ピーターは友人の手を振りほどき、ふたたび歩きだした。貝殻を敷きつめた小道を怒りにまかせて踏みつける音を高らかに響かせながら、クインシーが後ろからついてくる。

「おい、なんとか言ったらどうだ」

「ぼくにかまうな。放っておいてくれ」ピーターは振り向き、クインシーをにらみつけた。

「そんなわけにいくか。きみにつきあって、わざわざ地球を半周してここまで来たんだぞ。ピーター、きみは今もあの計画を実行するつもりなんだろう? まだ公爵一家を破滅させる気でいるんだな？」

「ぼくがあきらめると思ったのか？　長いつきあいのわりに、案外きみはぼくのことをわかっていないんだな」

「きみはどうしようもないばか野郎だ」クインシーが吐き捨てる。「足を止めて、こっちを向け」

ピーターはしぶしぶクインシーに向き直った。侮辱されたからではなく、友人の声に悲しみがにじんでいたからだ。いつも陽気な男の顔が怒りにゆがんでいた。

「一か月近くもここにいるんだ。彼らがどういう人たちか、もうわかっただろう？」クインシーが低い声でまくしたてる。「それでも復讐するというのか？」

「ああ」答えはひとつしかない。

その無情なひと言で、ふたりのあいだの空気が張りつめた。「ろくでなしめ」クインシーが歯を食いしばって吐きだすように言った。

ピーターは背筋を伸ばし、仁王立ちした。「あいつの自業自得だ」

「まったくあきれるな」クインシーが笑う。「公爵の余命はもう長くないんだぞ。死期を少し早めるだけの復讐になんの意味がある？」

「ぼくに忘れろと言っているのか？　公爵が死んだあとは、過去をすべて水に流して忘れろと？」

「それでいいだろう。公爵をこのまま逝かせてやれよ」

ピーターの頭に一気に血がのぼった。「つまり、あの男はまもなく死ぬんだから、それでよしとしろ。そういうことか？」

「ああ」クインシーも断固折れようとしない。「公爵の最期のときをもって、きみの復讐は終了だ」

「冗談じゃない。あいつの大切なものをすべて壊すまで、ぼくの復讐は終わらないぞ」ピーターが頭を振る。「別に、あいつが実際に自分の目でそれを見るのが重要ではないんだ。ぼくの目的はそこじゃない。ぼくがこの目で見たいんだ。あいつの王国が滅びるのを。あいつの血統が絶えるのを」

「やめろ。きみは頭がどうかしているぞ」クインシーは声を荒らげた。「故意にこれから生まれてくる命も奪うつもりか？　よく考えろ。そんなことをしても、きみの死んだ母親は喜ばない。きっと凶暴な人間に成長した息子を恥じるはずだ」

ピーターのこぶしがクインシーの顎にめり込んだ。その拍子に、関節に鋭い痛みが走り、皮膚が裂けた。彼は荒々しく肩で息をつきながらその場に立ち尽くしていた。ふと気づいたら、友人が血のにじんだ唇を指でぬぐっていた。

「すまない」クインシーがピーターの肩越しに目をやり、つぶやく。「きみの母親を持ちだして悪かった」

謝るくらいなら、最初から言うな。一瞬、ピーターは大声でそう言い返したい衝動に駆られた。だが、肌の下でうごめいていた罪悪感がみるみるふくれあがってきた。クインシーとのあいだに生まれた亀裂を修復したい。ピーターは口を開きかけた。しかし、謝罪の言葉が声になるよりも先にクインシーが話しはじめた。

「ぼくはできるだけ早いうちにボストンへ戻るよ。きみの計画の片棒を担ぐのは、もうごめんだ。きみがあの人たちの人生を、そしてきみ自身の人生もめちゃくちゃにするのを、黙って見ていられないから」

ピーターの胸に激痛が走り、息が詰まった。「この島から出ていくのか?」

クインシーはピーターと視線を合わせようとしなかった。「ああ、それが最善だろう。今のでよくわかったよ。ぼくはあの人たちがきみに痛めつけられて傷つく姿は見たくない」

今のピーターは強烈な痛みしか感じなかった。その痛みをなんとかして純然たる怒りに変えようと心の中でもがいていた。

「ここで別れよう。じゃあな、ピーター」そう言うなり、クインシーはきびすを返し、歩み去っていった。

27

「ミスター・ネスビットが今夜の舞踏会に来られなくて残念だわ」レディ・テシュがまたしても嘆いた。

ピーターは目を閉じて、悪態をつきたいのをぐっとこらえた。ただし、レディ・テシュからすでに一〇〇回は同じ台詞(せりふ)を聞かされているからなのか、それとも、やたら窮屈な夜会服を着ているからなのか──どれがいらつく原因なのかは自分でもわからなかった。ああ、浴びるほど酒を飲みたい気分だ。つぶれるまで酔っ払ってしまいたい。だがあいにく、ここシン島の健全な集会場にはアルコールは一滴も置かれていない。

くそっ。こんなときにかぎって、クインシーがいないなんて。あいつなら必ずスキットルを隠し持っているのに。

ピーターはにやりとした。だが、友人と激しく言いあったことを思いだし、その笑みは瞬く間に消え去った。はたしてクインシーとの仲を修復できるのだろうか。ピーターはかたくこぶしを握りしめた。たちまち痛めた関節に激痛が走り、今さらながら失ったものの大きさをいやというほど実感した。

そんな彼の苦悩などおかまいなしに、レディ・テシュはほがらかに話しつづけている。

「まあ、なんてすてきなのかしら。レノーラとレッドバーン卿は本当にお似合いだわ。まさにあのふたりは完璧な組み合わせね」

「どこが？ あんな思いあがり野郎にレノーラはもったいない」よく考えもせずに、ピーターはぼそりと口走った。

「ピーター、今なんと？」

「いえ、なんでもありません」ピーターはクラヴァットを力まかせに引っ張り、だだっ広い舞踏場を見回した。「そろそろ帰る時間じゃないですか？」

レディ・テシュが高らかに笑う。「ばかを言わないで。ここに来てまだ一時間も経っていないでしょう。あなたは若い女性たちの楽しみを奪うつもり？ 夜は始まったばかりよ」

意志に反して、ピーターの視線はふたたびレノーラに引き寄せられた。彼女がレッドバーンに微笑みかけている。その光景が目に飛び込んできたとたん、一瞬にして頭にかっと血がのぼり、こめかみが脈打った。おい、レッドバーン、レノーラから離れろ。思わずそう叫びたい衝動に駆られたが、かろうじて抑え込んだ。彼女はあの男のものだ。そのことをしっかり自覚しろ。

「ところで、ピーター」レディ・テシュがなおも続ける。「あなたは今夜、一度も踊っていないでしょう。ぜひあなたが踊る姿を見たいわ」

「あなたをがっかりさせて申し訳ないんですが、ぼくは踊りません」

「なんですって？」長椅子に腰をおろしていたレディ・テシュが、あんぐりと口を開けてピーターを見上げた。「よく見てごらんなさい。ここにはパートナーのいない女性たちがたくさんいるわ。それなのに、あなたは夜じゅうそこに突っ立っているつもり？　踊らないとだめよ、ピーター。ちゃんと紳士の務めを果たしなさい」

「あいにく、ぼくは紳士ではありません」ピーターは歯を食いしばって言った。

「たわ言ね。あなたは正真正銘の紳士よ。わたしが保証するわ」

ピーターは乾いた笑いを漏らした。「ひょっとして眼鏡が必要ですか？　お言葉ですが、ぼくよりレッドバーンのほうがよっぽど紳士ですよ」

レディ・テシュに訳知り顔で見つめられ、遅ればせながらピーターは自分の犯した失敗に気づいた。「もちろん、礼儀は大切よ。でもね、ピーター、真の紳士に求められるのは何よりもまず心意気なの」

「たとえば、どんな心意気ですか？」無意識のうちに、ピーターの口から言葉が滑りでていた。

「そうね、たとえばとても困っている若い女性の気持ちをほぐしてやるために、紅茶ではなくレモネードを飲むとか、寂しい年配の女性につきあって丘や谷を歩き回るとか、自分の身の危険もかえりみず、若い女性を助けるために嵐の中へ飛びだしていくとか、そういう気概があるかどうかで男性の価値は決まるのよ」

顔から火を吹きそうになり、ピーターは目をそらした。「男なら、それくらいは誰でもやりますよ」

つかの間、ふたりのあいだに沈黙がおりた。「いいえ」レディ・テシュが静かに言った。「わたしはそうは思わないわ」

レディ・テシュに反論しようとしたそのとき、楽団の演奏が終わった。ダンスフロアからぞろぞろと人々が戻ってくる。口を開きかけたものの、どう言い返したらいいのかわからなかったピーターにとっては、絶好のタイミングだった。

レノーラとレッドバーン、そしてマージョリーがふたりのもとに戻ってきた。「レディ・テシュ、今夜はお誘いいただきありがとうございます」レッドバーンが満面の笑みを浮かべた。「これほど楽しい時間を過ごすのは久しぶりです。本当にすてきな舞踏会ですね」

レディ・テシュがくすりと笑う。「ロンドンで盛大な舞踏会や、優雅な夜会に出席している方にそんなふうに言ってもらえるなんてうれしいわね。最大級の褒め言葉として受け取らせていただくわ」

レノーラは無言でふたりのやり取りを聞いていた。彼女の口元には笑みが浮かび、その表情は明るい。だがピーターの目には、陶器の人形みたいに表面だけ笑顔をつくっているふうに映った。

「ミス・ハートレー」ピーターは手を伸ばして触れたいという欲求をこらえ、レノーラに一歩だけ近づいた。「何か飲み物を持ってこようか?」

レノーラが目をぱちくりさせる。まるで、たった今夢から目覚めたかのように。彼女は頬を染めて、かすかに微笑んだ。「ありがとう。でも、いらないわ」そうつぶやいて、ピーターからすっと視線をそらした。

レノーラににべもなく断られたからといって気にすることはない。彼女が自分と距離を置きたいと思っているなら、その気持ちを尊重しよう。ピーターはこぶしを握り、一歩さがった。ところが、レッドバーンが口をはさんできた。「アシュフォードの言うとおりだよ、いとしい人。ぼくがパンチを持ってこよう」

レノーラが返事をするより先に、レッドバーンは人混みを縫ってすたすたと歩み去っていった。

一瞬、ピーターの目に赤みがかった膜が張り、その後ろ姿がぼやけて見えた。いとしい人？　いったいぜんたい、あの男はいつから彼女をそんなふうに呼ぶようになったんだ？

いや。ひとつ大きく息を吸い込み、気持ちを落ち着かせる。ふたりは結婚するのだから、あいつがレノーラをそう呼んでも少しもおかしくはない。

あっという間に、レッドバーンがパンチの入ったカップを持って戻ってきた。レディ・テシュとマージョリーの分も手に持っている。この男のことだ。もちろんそうするだろう。

四人は楽しげに談笑を始めた。当然、ピーターは無視を決め込んだ。そうこうするうちに、楽団の演奏がまた聞こえてきた。すかさずレッドバーンがレノーラに腕を差しだす。「いとしい人、踊ろうか？」

「ええ」レノーラは笑みを浮かべてレッドバーンの腕に手を添えた。

「レッドバーン卿、ちょっと待ってくださるかしら」ふたりがダンスフロアのほうへ歩きだそうとしたところで、レディ・テシュが呼び止めた。「またレノーラと踊るの？」

レッドバーンは胸が悪くなるほどにこやかな笑みをレディ・テシュに投げかけた。「ええ、もちろん。ミス・ハートレーみたいに魅力的な女性と踊らないわけにはいきません。実際、彼女はこの舞踏室にいる誰よりも輝いて――」

「それはわかっているわ」レディ・テシュが片手を上げて、レッドバーンの話をさえぎった。「でも、わたしが言いたいのはそういうことではないのよ。ひとりの相手を独占してはならないというルールは、こういう小さな舞踏会でも守っていただかないと」

ピーターはにやりとほくそ笑んだ。だがレディ・テシュにぎろりとにらまれ、あわてて顔から笑みを消した。「だから次はあなたがレノーラと踊りなさい、ピーター」

ピーターはあっけに取られてレディ・テシュを見下ろし、それからレノーラに視線を移した。彼女はぎょっとした表情を浮かべ、こちらを見つめている。たちまちピーターは舞踏室での出来事を思いだした。片方の手を握りあい、もう一方の手をレノーラの腰に添えてダンスの練習をしたあの日のことを。ふたりの唇が重なり、彼女の口から甘い声が漏れたことを。

「いやです」思わずきつい言葉がピーターの口をついて出た。「あの、つまり」あわてて言い添える。「今夜は誰とも踊らないと決めているので」

「何を言っているの。ばかばかしい」レディ・テシュが一笑に付す。「ピーター、あなたが踊れるのは知っているんですよ。そんな下手な言い訳はよしなさい」

「無理です。踊れません」

「なぜ？」

「それは……」視線を宙にさまよわせ、口実を探す。ほどなくして、ピーターはひらめいた。「脛を打撲したんです。テーブルの角にうっかりぶつけてしまって」

レディ・テシュが不満げに唇をとがらせる。「初耳だわ。ピーター、あなたはそんなこと、ひと言も言わなかったじゃないの」

「心配をかけたくなかったんです。大怪我をしたわけではないので。でも――」レディ・テシュが口を開きかけたが、それより先に言葉を継ぐ。「ダンスはできそうにありません」

そこですかさずマージョリーが仲裁役を買って出てくれた。彼女はすまなそうにピーターに微笑み、そして祖母をやさしく諭した。「おばあさま、ミスター・アシュフォードは怪我をしているのよ。無理強いをしてはいけないわ」

ピーターは感謝のあまり、いとこにキスしたくなった。彼はレノーラには目を向けずにすばやくお辞儀をして、片方の脚をかばう演技をしつつ、できるだけ急いで集会場の外へ出た。ああ、これで地獄行きが決定だ。だが、レノーラとダンスをせずにすむのなら、喜んでその決定を受け入れよう。

ピーターは通用口の扉に寄りかかっていた。舞踏室から明るい音楽が漏れ聞こえてくる。

曲に合わせて踊るレノーラの姿が目に浮かび、あわてて振り払った。そもそも、彼女の踊る姿を見たくなくて外に出てきたのだ。絶対に思いだすまい。あの柔らかな肌の感触も、自分の名前をささやいたときのかすれた声も、激しくキスを求めてきた唇も……。

ピーターは潮の香りを含む空気を吸い込み、頭を振ってそのすべてを消し去った。くそっ、まったくばかにもほどがある。季節外れの寒さの中で、もうかれこれ一時間以上も突っ立ったまま、レノーラのことばかり考えているとは。

澄んだ夜気もこの鬱々とした気分をまったくなだめてはくれなかった。そろそろ中に戻らなければ。きっとレディ・テシュもいつまでも戻ってこない彼に腹を立てているだろう。

いや、この際そんなことはどうでもいい。レッドバーンの腕に抱かれ、あの男に微笑みかけながら踊るレノーラの姿を目の当たりにしたら、今度こそ完全に常軌を逸してしまいそうだ。

ピーターは目をすがめ、街路灯の光の向こう側に広がる暗闇を見つめた。このままシークリフへ帰ろうか。そんな考えが、ふと頭をよぎる。ここからはせいぜい八キロほどだろう。早足で歩いたら、一、二時間もあれば屋敷に着くはずだ。

ただし、ひとつ問題がある。このいまいましい正装用の靴だ。とはいえ、ぼろぼろになったとしてもかまうものか。ピーターは扉から体を起こした。歩きだそうとしたとき、例の耳障りな声が聞こえ、思わず立ち止まった。

レッドバーンのやつめ。

「……きみが言うほどまずくはない……」

たちまちピーターの肌の下で怒りがくすぶりだす。それでも、そのまま歩み去ろうとしたが、すぐにレッドバーンが誰と何を話しているのかわかり、無視できなくなった。

「本当だよ。単純にきみの飲まず嫌いなんじゃないかな。紅茶は少しもまずくないよ」

しつこい男だ。またレノーラをちくちく責めているらしい。

何を飲もうが彼女の勝手だろう。

とんだお笑い草だ。この男はささいな問題を必要以上に大げさに騒ぎたてている。ただでさえいらだっているところに、さらにまたくだらない話を小耳にはさんだことで、ピーターの怒りは一気に爆発した。彼は力まかせにドアを開けた。その拍子に、勢いあまってドアが壁にぶつかる。そばにいた女性たちがぎょっとしてあとずさったが、そちらにはかまわずにただひとりの男をにらみつけた。

「レッドバーン、いいかげんにしろ。ミス・ハートレーはそんなものは嫌いだと言っているだろう。彼女の好きにさせてやれ」

レッドバーンは目を大きく見開いている。「いきなりなんなんだ?」

「だから、レノーラにレモネードを飲ませてやれと言っているんだ」

目を丸くして啞然(あぜん)としていたレッドバーンが突然笑いだした。「冗談だろう」

「いや、大まじめだ」ピーターは体の両脇できつくこぶしを握りしめ、一歩前に足を踏みだした。

レノーラがふたりのあいだに割って入ってきた。「ミスター・アシュフォード」彼女の声は低く張りつめていた。「時と場所をわきまえてください。レディ・テシュの屋敷に戻ってから話をしましょう」

ピーターは澄んだ緑色の瞳を見下ろした。くそっ。なんて美しいんだ。ピーターの体から力が抜けた。

レノーラに手を伸ばそうとしたそのとき、レッドバーンが口を開いた。

「そうしよう」レッドバーンがレノーラに近づき、彼女の腰に腕を回す。「いとしい人、実にすばらしい考えだ」

別に今のレッドバーンの言葉も、レノーラを見つめるこの男の思いやりと心配の入りまじった顔もたいして気にならなかった。だが、あたかも自分のものであるかのように、レッドバーンが手袋をはめた手をレノーラの腰に回した瞬間、ピーターの中で何かがぷちんと音をたてて切れた。

彼はうなり声をあげ、レッドバーンの上着の襟をつかんだ。伯爵がレノーラの腰から手を離し、ピーターの手首を握る。すかさずピーターはレッドバーンを思いきり壁に叩きつけた。その衝撃で壁にひびが入り、漆喰のかけらがぱらぱらと床に落ちていく。

「ろくでなし野郎」ピーターは嚙みついた。

「くそっ、やめろ、アシュフォード」レッドバーンが声を荒らげる。「何様のつもりだ。ぼくから手を離せ」

「二度とレノーラに触れるな。今度彼女に触れたら、おまえの首をへし折ってやる」

突然、小さいが力強い手で腕をつかまれた。「ピーター」レノーラの必死の叫び声が、どくどくと血管が激しく脈打つピーターの耳に響いた。「やめて、ピーター」

その声がピーターの正気を取り戻してくれた。目をしばたたき、レノーラを見下ろす。彼女の顔は青ざめ、悲しみがくっきりと刻みこまれていた。

ピーターはレッドバーンの上着の襟から手を離し、ふらふらとあとずさった。床にくずおれたレッドバーンが荒い息をついている。レノーラは彼のもとへ駆け寄り、かたわらに膝をついてしわくちゃになった上着をやさしい手つきで整えると、ピーターを見上げた。「ピーター、お願いだからもう帰ってちょうだい」

レノーラのこわばった声を聞き、ようやくピーターの頭が回りだした。彼は今夜の舞踏会の参加者たちに目を向けた。彼らは怯えた表情や薄笑いを浮かべてこちらを見ている。だが、それよりも何よりも、レノーラに恐怖と落胆のにじむ目で見つめられたことのほうがこたえた。ああ、なんてことをしてしまったのだろう。

心の中で謝りつつ、彼女にちらりと目をやり、ピーターは野次馬をかき分けてふたたび冷たい海風が吹く外へ出た。しかし、大失態を犯した現実からは決して逃れられなかった。

28

　レノーラは裸足のまま廊下を急ぎ足で進み、一瞬だけためらってからピーターの部屋のドアをそっとノックした。自分のしていることが分別ある行動と言えるのかどうか、考えないようにした。前に部屋でふたりきりになったときは、最後には抱きあってしまっていたのだ。だが、今回は違う。あまりに憤慨していて、とてもそんな雰囲気になるとは思えない。

　ピーターがドアを開けた。反応を待たず、レノーラは彼を押しのけて中に入った。室内は暗かった。暖炉に火はなく、明かりはベッドのそばのランプひとつきりだ。スパイシーでとても男らしい、彼のにおいがした。急速によみがえる記憶に引きずられまいと、彼女は目を閉じてあらがった。

「レノーラ――」ピーターが口を開いた。

「やめて」覚悟を決めて振り返ったとたん、レノーラは後悔した。入ったときに気づくべきだったが、もう遅い。ピーターは裸足でシャツを着ておらず、髪も結んでいなかった。肩をこわばらせて体の脇でこぶしをきつく握りしめ、厳しい顔つきで足を広げて立つ姿は、まるでヴァイキングの首領だ。

だめ。気をそらされるわけにはいかない。レノーラは、舞踏室での騒ぎからずっと胸でくすぶりつづけている痛みと怒りに意識を集中させた。

「あんなふうにレッドバーン卿を攻撃するなんて、どういうつもりだったの？」

傷ついた激しい怒りをにじませて問うと、ピーターがたじろいだ。「あれはぼくのやり方がまずかった」口元をこわばらせて言う。

レノーラはあきれて彼を見た。「やり方がまずかった？　言うことはそれだけ？」

ピーターがこぼしたため息は、心の底から絞りだしたように苦しげに響いた。「ぼくにちゃんと言ってほしいんだ、レノーラ？」

「謝るくらいしてもいいはずよ」彼女は歯を食いしばって言った。

「わかった」ピーターは自らを差しだすかのように両手を持ちあげた。「すまなかった。全身全霊をこめて謝罪する。騒ぎを引き起こして、きみに恥ずかしい思いをさせるつもりはなかったんだ」

レノーラはさっと手を振った。彼の唇からこぼれでる言葉を聞けば聞くほどますます怒りが募り、心は痛んだ。なんてひどい人なのだろう。どうしてわたしをそっとしておいてくれないの？

それに、わたしはどうして彼を気にせずにいられないの？

「謝る相手はわたしではなくレッドバーン卿だと思うけれど」彼女はぴしゃりと言った。

ピーターが緊張するのがわかった。だが、爆発するだろうかと思った次の瞬間には、彼は感情を抑え込んでいた。肩を落とした姿がひどくやつれて見える。「ああ、きみが正しい。今度彼に会ったら謝罪するよ」

レノーラはぽかんとピーターを見つめた。まさか、こちらの言い分を反論もせずに受け入れるなんて。彼は頑固で、横暴で、絶対に考えを曲げたりしないはず。こんなのはピーターではない。

怒りが燃えあがった。まともに喧嘩するつもりもないらしい。レノーラのほうはしたくてたまらないのに。「あなたはわたしを自分のものにする気はないと宣言しておきながら、ほかの男性が――それもわたしの未来の夫が――わたしに触れたからといって、その人を攻撃する。どうして、ピーター？　あなたはわたしに何を望んでいるの？」

無表情だったピーターの顔に、ようやく感情が浮かんだ。だがそれは、レノーラの心の奥深くの何かを揺さぶる、暗い絶望だった。彼はぎこちなく息を吸い込んだものの、黙ったまま口を開かなかった。

これが答えだというの？　わたしが抗議しているあいだ、無言でそこに立っているつもり？　レノーラの全身を怒りが貫いた。望んでも絶対に手に入らないものに対する怒りや、今でも彼を愛していることへの怒りが。

彼女はピーターに詰め寄った。「ひどいわ！　わたしの人生に無理やり入ってきたあげく、すべてをめちゃくちゃにして！　あなたが現れる前はなんの問題もなかったのに――」

「問題はあっただろう」ピーターが絞りだすように言葉を発した。「きみはあらゆる感情を必死に隠して、殻に閉じこもっていた。それがどれほどきみを苦しめていたか、ぼくが気づかなかったと思うか？　きみは認めようとしなかったが、ぼくにはわかった」

　今度はピーターがレノーラに詰め寄ってきた。両腕をつかまれ、かたく広いむきだしの胸に引き寄せられて、彼女は息をのんだ。「その殻の下に情熱的な女性を見つけたときの、ぼくの驚きを想像してみてくれ」彼の声がかすれ、視線がレノーラの唇に落ちた。彼女は下腹部に熱が集まるのを感じて息をあえがせた。全身に満ちていた怒りが欲望へ変わる。

　けれどもすぐにピーターが顔をゆがめた。不意に手を離されたレノーラは、よろめいてあとずさった。ベッドの反対側へしりぞく彼を、呆然と目で追う。ピーターが両手を髪にくぐらせると、ランプの明かりに照らしだされた筋肉が盛りあがるのがわかった。「すまない」彼はつぶやくように言った。「ぼくには関係のないことだった。きみがこれからともに生きるのはレッドバーンだ」

「そうよ」レノーラは小さな声で言った。「彼よ」音をたてて唾をのみ込み、重い石のごとく胸に居座る後悔も一緒にのみくだそうと試みた。ここまで押しかける原動力となった怒りはすでに、冬に枯葉が散るようにはがれ落ちていた。胸の中には、何もない不毛な景色だけが広がっていた。「もうわたしのことは放っておいて、ピーター。お願いだから」

　気持ちが変わらないうちにと、レノーラは急いでドアに向かった。だが、このまま立ち去ることはできないと気づいた。襲いかかるさまざまな感情の嵐の中、自分を正気につなぎとめる唯一のものであるかのようにドアノブをきつくつかみながら、彼女は疲れきって息を吐いた。これ以上頭をもたげていられず、目を閉じて木製のドアに額を押し当てた。

「どうしてこの島へ戻ってきたの、ピーター？」

「理由は話したはずだ」

彼の声の根底に流れる苦しみを、レノーラは感じ取ることができなかった。閉じたまぶたの裏に、今日の午後レディ・テシュの居間にいた彼の姿が浮かんでいたからだ。全身から怒りをほとばしらせて、クララを激しく非難する姿が。

「あなたが帰ってきたのは、お母さまを助けてくれたレディ・テシュに借りを返すためだと言っていたわね」ドアに向かって発した声はかすれて響いた。「でも、理由はそれだけではないんでしょう？」

重たい間が空く。やがてピーターが答えた。「そうだ」

「クララのお父さまのことで彼女を責めていた様子からして、そのもうひとつの理由は公爵ね？」

「ああ」

レノーラが黙って続きを待っていると、しばらくして彼が話しだした。

「一三歳のとき、ぼくはデーン公爵を訪ねていって、病気の母を助けてほしいと頼んだ。母は死に瀕していた。ぼくには金も、頼れる人脈もなかった。彼が最後の頼みだったんだ」ピーターはそこで苦しげに息を吸った。「だが公爵は拒否した。そしてぼくを屋敷から追いだしたんだ。あのとき手を差し伸べてくれていたら、母は死なずにすんだかもしれない」

「ではあなたは、お母さまを助けてくれなかった彼に仕返しをするつもりだったのね」

「そうだ」

レノーラはドアノブを握りしめた。唇から耳障りな笑い声がこぼれる。「少なくともこれで、あなたが結婚しない理由がわかったわ。あなたは自分の代で家系を絶やそうとしている。そうなんでしょう？　公爵への罰として。あなたにとっては、返さなければならない借りなのね。お母さまの人生を、あなたの人生を台なしにされたから」

沈黙が広がる。答えはもらえないようだとレノーラが思ったそのとき、重い空気を通してささやくような彼の声が耳に届いた。「そうだ」

そのひと言で証明されてしまった。ピーターと人生を歩んでいけると考えた自分は、なんという愚か者だったのだろう。すでに亀裂の入っていたレノーラの心は完全に砕け散った。ふたりがおとぎ話のように幸せな結末を迎える可能性は、最初からなかったのだ。

レノーラは無言でドアを開け、そっと部屋を出ていった。


ピーターはレノーラのいた場所を見つめつづけた。彼女が去ってしまったという衝撃が、ほんの数分を何時間にも感じさせる。舞踏会のあと、最悪の気分だと思っていたが、それは誤りだった。今のほうが比較にならないほど悪い。

これ以上シークリフにはいられない。レッドバーンが現れた時点で立ち去るべきだった。そうしなかったのは、ひとえに頑固さのせいだ。自分に言い聞かせていた。母との約束を果たせば、ここを離れられる。そのあとはこの島のことも、ここにいる人たちのことも、考えずにすむだろうと。

だがそれが間違っていたことを、レノーラはほんのわずかな時間で彼に気づかせた。彼女が浮かべた苦悶の表情は、これから一生ピーターにつきまとうだろう。彼はけだもののようにふるまってレッドバーンを攻撃し、レノーラを悲しませた。

彼女の瞳には苦痛がよぎり、声には怒りが満ちていた。レノーラは何も悪くないのに、ピーターが彼女の人生に苦悩をもたらしたのだ。明日、ここを出ていこう。そしてもう二度と戻らない。そうすれば今後はレノーラも彼の存在に苦しめられずにすむだろう。

しかし立ち去れば、母との約束をまた破ることになってしまう。これまでもずっと、母親の最後の望みを無視した罪悪感にさいなまれていたというのに。望みをかなえて母の魂を安らかに眠らせてやらなければ、彼も苦しみから逃れられない。

ピーターはベッドの端に腰をおろし、両手で頭を抱えた。レノーラを傷つけるとわかっていて、どうしてここにとどまっていられる？　きつく閉じた目の奥に、緊張で色を失った彼女の顔が浮かびあがった。だめだ。自分のことなんかどうでもいい。すでに人生の半分を、罪悪感を抱えたまま生きてきたのだ。これ以上レノーラを苦しめるほうがつらい。

彼は立ちあがってシャツを頭からかぶり、部屋を出た。足音をたてずに廊下を進む。レノーラの部屋のドアの外で足を止めたものの、すぐに突き当たりの部屋へ向かって歩きだした。磨き込まれた木のドアをノックした。夜も遅い時間なので、すでに寝ているかもしれない。

出直したほうがいいのでは——臆病な自分がささやく。

そのとき、室内からかすかに声が聞こえた。「お入りなさい」

深く息を吸って、ピーターはドアを開けた。

レディ・テシュはベッドに入っていたものの、上体を起こし、開いた本を膝に置いていた。ほのかな明かりの中で宝石のようにきらめく上等なブロケード織りの布地に囲まれた姿は、まるで年老いた妖精だ。白い髪を細く一本に編んで片方の肩に垂らし、喉元まで覆うレースのナイトドレスに身を包んでいる。そばで白い縮れ毛の塊が頭をもたげ、ビーズのような目で眠たげにピーターを見つめた。フレイヤはあくびをすると、ふたたび眠りに戻った。

レディ・テシュは、にこりともせずにまばたきした。「ピーター、あなたが来るとは思わなかったわ」

抑えた口調に非難は感じられなかった。責める価値もない人間だと思われているのだろうか？　彼はレディ・テシュの屋敷にやってきてからというもの、ことあるごとに彼女に反発した。レディ・テシュのほうはピーターばかりか、彼女にとっては見ず知らずの人間である、彼の友人までも温かく迎えてくれたというのに。そんなレディ・テシュに自分は何をした？　大勢の人々が見ている前で彼女の客を攻撃し、恥ずかしい思いをさせたのだ。レノーラに激怒されて当然だったように、レディ・テシュがピーターに腹を立てていても不思議はない。

ところが、レディ・テシュは怒りをぶつけるわけでもなく、悲しげな目でピーターを見つめている。ずっと昔、彼の母親を助けに来てくれたときと同じ表情だ。

ああ、この女性には大きな借りがある。それなのに、親切な行為の見返りに求められた、たったひとつのことすら拒もうとしているのだ。

ピーターは心を鬼にしてレディ・テシュのベッドに歩み寄った。「それでも、ぼくがここへ来た理由はご存じのようですね」

彼女の目に、昔も見た悲しみがちらつく。「ええ」レディ・テシュがため息をついた。「あなたにとどまってもらうために、わたしにできることは何もないの？　あとたった三日で、お母さまとの約束を果たせるのよ」

ピーターは口元をゆがめた。「それに関しては、もういいと思えるようになりました」

レディ・テシュがうなずき、薄い肩を落とした。「いつ出発するつもり？」

「夜明け前には。ぼくは……つまり……」

彼女は微笑んだが、落胆は隠しきれなかった。「わかっているわ」

急に目の奥が熱くなったが、ピーターはまばたきして振り払った。「それでは、さようなら」

「さようなら、ピーター」

彼はきびすを返した。急ぐあまり、上質な毛織物の絨毯にこすれて足の裏が熱を帯びる。瞬く間に部屋の外へ出た彼の意識はすでに、これからの旅に向いていた。あとに残していこうとしているものについては、必死に考えまいとした。

29

　翌朝のレノーラにとって何より気が進まなかったのは、階下へおりて、何も問題はないふりをすることだった。先週も充分につらかった。本当は泣きたいのに、レッドバーン卿と一緒にいることを、自分の人生の定めを、喜んでいるふうによそおわなければならなかったのだから。

　だが、今日のつらさとはくらべものにならなかった。レノーラは首をさすった。神経が張りつめて眠れなかった夜の証である筋肉のこりをもみながら顔をしかめ、今ではなじみになった胸の痛みを無視しようと努めた。ピーターがレッドバーン卿を攻撃したことに対する憤りは消えていた。代わりに、彼に心を奪われてしまったことへの怒りが燃えあがりつつあった。ピーターにとってはレノーラよりも自尊心と復讐のほうが重要で、ふたりには初めから未来などなかったのに。だけど、泣かない。彼のために涙を流すつもりはないわ。そんな価値もない人だもの。

　わたしの気持ちを知らせて、彼に満足感を抱かせるつもりもない。レノーラは意を決して部屋から出た。ぼろぼろの心に気づかれないよう、うまく殻をかぶれていることを願いながら。

　レディ・テシュのバラ園を歩いていると、マージョリーが追いついてきた。「昨夜はよく眠れた？」

　尋ねられたくなかった質問だ。レノーラは悲しげな笑みを向け、友人と腕を組んだ。「あまり。でも、なんとか少しは休んだわ。あなたは？」

「一睡もできなかったの」マージョリーは言葉を切り、夏咲きの繊細なバラの花を手でなぞった。「昨夜の話がしたいなら、いつでも聞くわよ、レノーラ」

　マージョリーの声にためらいを感じ取り、ただでさえ苦しかったレノーラの胸はさらに痛んだ。ふたりは、これまでのような気安い間柄ではなくなってしまった。悪いのはレノーラだ。胸の内を秘密にしておこうと必死になるあまり、親友とのあいだに壁を築いた。ピーターに対する気持ちに関しては、やっといくらか心を開いてマージョリーに話したものの、ヒルラムについては、いまだに本当のことを隠している。すべてを打ち明けるべきだ。ずっと前に話すべきだったのだ。真実を告白できたら、ひどい孤独を感じずにすむようになったら、どんなにほっとするだろう。

　けれどもそうすることによって、いちばんの親友を失ってしまうかもしれない。

　だから涙ではなく笑みを浮かべて、レノーラはかぶりを振った。「悲惨だったわ。でも、もう大丈夫。本当よ。今はただ、驚いたレッドバーン卿が離れていってしまうんじゃないかと心配なだけ」

マージョリーがひどく悲しそうな顔をしたので、レノーラは嘘を見透かされているのだろうかと不安になった。だが友人はすぐに苦笑いを浮かべて言った。「それはないと思うわよ。彼はあなたにすっかり夢中みたいだもの」

レノーラも微笑んだ。悲しみに打ちひしがれているのではなく、まもなく花嫁になることに幸せを感じているかのように。喜ぶべきなのだ。レッドバーン卿は思いやりがあってやさしい人だとわかった。女性なら誰もが夫にしたいと願うだろう。それなのにレノーラは、自分の中に存在する、彼に対するひと粒の不安の種を意識せずにいられなかった。彼女はきっぱりと頭を振り、心のささやきを無視しようとした。こんなふうに感じるのはまだピーターに強く惹かれているせいだ。正気でいるためには、その状態から脱し、過去に邪魔されずに結婚へと進む方法をなんとかして見つけなければならない。

でも、ヒルラムのことで罪悪感と悲しみを忘れられずにいるわたしが、どうやってピーターへの想いを断ち切れるというの？　もしそれがうまくいったとして、わたしには何が残るのだろう？

屋敷に戻ったふたりは、今日の予定を決めるためにレディ・テシュの居間へ向かった。しかし、彼女がまだベッドにいると知って驚いた。子爵夫人はふだんから午前中は自室にとどまっているが、それでも夜明けとともに起きだし、手紙を処理したり、家政婦と打ちあわせをしたりと、シークリフの管理にいそしんでいるのだ。

けれども今朝のレディ・テシュは上掛けにすっぽりとくるまり、かつてないほどに年老いて見えた。

「おばあさま、どうしたの?」マージョリーがベッドに駆け寄り、祖母の手を両手で包んだ。「気分がすぐれないの? お医者さまを呼びましょうか?」

「あらまあ、年寄りだからって、少しゆっくり寝ようと決めただけで急に瀕死の病人みたいに扱われるの?」レディ・テシュは手を振ってマージョリーを追い払い、ベッドの上に起きあがった。

「おばあさま、どこか具合の悪いところはありませんか?」レノーラはマージョリーのかたわらに立って尋ねた。

レディ・テシュがちらりとよこした視線と目が合い、レノーラは小さく震えた。ひどく暗い目だったのだ。

とはいえ、すぐに雰囲気は変わった。「あなたたちのおかげで年齢を感じさせられただけ。わたしのように年老いた者にとっては、自分が年寄りだと日々意識することのほうが危険なのよ。さあ、ふたりとも、もう起きて身支度をするからさがってちょうだい」

レディ・テシュが上掛けをめくると、主人のそばですやすや眠っていたフレイヤはブロケード織りの布のあいだに埋もれてしまい、いらだたしげにうなり声をあげた。レディ・テシュがおぼつかない足取りで化粧台に向かったところでようやく布地から抜けでた犬は、不機嫌に鼻を鳴らし、飛び跳ねるようにして部屋を出ていった。

「マージョリー、わたしのためにドレスを選んで。ああ、あなたがいつも着ているような、陰気でうっとうしい色はだめよ。鮮やかで明るいものにして。今日は型にはまりたくない気分なの」

「おばあさまがそうじゃないときなんてあるの？」マージョリーは愛情のこもった笑みで応じると、レディ・テシュの衣装部屋へ入っていった。

鏡の前に立ったレディ・テシュが、レノーラのほうへブラシを差しだす。「あなたも役に立ってくれていいのよ」

レノーラはすぐさま子爵婦人のもとへ行き、三つ編みのリボンをほどいて指で髪をほぐした。そして頭のてっぺんから腰のあたりまで、艶やかな白い髪にブラシをかけはじめた。

「気持ちがいいわ」レディ・テシュが目を閉じて言った。「うちのメイドよりずっと器用ね。彼女はしょっちゅう、わたしに恨みでもあるんじゃないかと思うくらい強く引っ張るのよ」

それを聞いてもレノーラは少しも驚かなかった。決して無慈悲ではないものの、レディ・テシュは寛大な主人というわけではない。今日の予定について尋ねるには、今がいちばんいいタイミングだろう。聞くのは怖いが、なんとか乗り越えてみせる。

「今日は何かわたしたちにしてほしい用がありますか、おばあさま？」

「用事ではないわ。でも、あなたはわたしが頼んだ絵をまだ仕上げていないようだから、もう一度崖へ行ってみてはどうかしら」

最後にそこを訪れたときのことを思いだし、ブラシをかけるリズムが乱れた。ピーターへの思いで胸を痛め、単純な描画のスケッチにすら苦労した。だが、いつまでもあの場所を避けてはいられない。レノーラはなんでもない顔をよそおい、わざと明るい口調で言った。

「そうですね」

「よかった」レディ・テシュがため息をついた。「ピーターが一緒に行けないのはとても残念だけれど」

心臓が飛びだしそうになったが、レノーラは動揺を見せまいと手元に意識を集中させた。

「それでいいんです、きっと。彼がここに滞在するのも、あとわずかですもの。わたしたちと一緒に出かけるより、自分で島を見て回りたいでしょう」

レディ・テシュが驚きをあらわにした。「まあ、聞いていないの？　ピーターは今朝、夜が明ける前に出発したのよ。アメリカへ戻ったの」

急に指の感覚がなくなり、手から滑り落ちたブラシが音をたてて床に転がった。「なんですって？」彼が行ってしまった？　まさか、そんなはずないわ。

老婦人が悲しげにうなずいた。「彼が昨夜、わたしのところへ来たの。朝になって確かめさせたら、部屋が空になっていたわ。彼の馬もいなくなっていた」

目がちかちかして足がふらつくまで、レノーラは自分が息を止めていたことに気づかなかった。レディ・テシュに腕をつかまれて、はっとわれに返る。

「レノーラ、あなた、今にも卒倒しそうに見えるわよ。座りなさい。マージョリーを呼び戻して、あなたの部屋へ連れていってもらうわ」

「いいえ」絶望のにじむ大きな声に、レディ・テシュが驚いて手を離した。しっかりしなくては。ては。レノーラは自分に言い聞かせた。ピーターは行ってしまったけれど、結局のところ、それでよかったのよ。おかげで彼の及ぼす影響に邪魔されずに自分の将来に集中できるわ。おかしくもないのにこみあげてくる笑いを、レノーラは急いで抑え込んだ。本当に、これで楽になれる。

「ただ」懸命に落ち着こうとしながら、彼女は言葉を続けた。「新鮮な空気を少し吸えば大丈夫です。マージョリーには、わたしは出かけたと伝えてもらえませんか?」

レノーラはレディ・テシュの返事を待たずに部屋をあとにした。だが廊下へ出たものの、どこへ行けばいいかわからなかった。頭を占めているのはピーターのこと、彼がさよならも告げずに去ってしまったことばかりだった。

とうとうこらえきれなくなり、レノーラは乾いた笑いをこぼした。彼をこの屋敷から追い払ったも同然のわたしに、別れの挨拶なんてするわけがないでしょう。〝もうわたしのことは放っておいて、ピーター〟レノーラは彼に懇願したのだ。〝お願いだから〟ピーターは言われたとおりのことをしたにすぎない。

胸が締めつけられ、息をするのが苦しくなった。この屋敷から出なければ。まるで波にのまれて、どの方向が海面か、わからなくなってしまったかのようだ。

レノーラは画材をまとめて厩舎へ向かうと、手早く馬に鞍(くら)をつけて出発した。風が強く、簡単にねじってまとめただけの髪がゆるみそうになる。ふだんなら今日のような天候の日に崖へ行こうとは思わないだろう。風雨から守られている洞窟とはいえ、心休まる場所ではなかった。幸福など存在しないと言わんばかりに、つねに物悲しい雰囲気を漂わせている。だがそんな場所だからこそ、今のレノーラはより強く引きつけられた。悲しみが悲しみを呼ぶのだろうか。崖に到着すると、彼女は馬をつなぎ、岩の裂け目をすばやく通り抜けて洞窟の中へ入っていった。

何も変わっていない。大昔に巨人が削ったのかと思うようなその洞窟からは、はるか彼方まで海が見渡せ、まるで自分が世界の端にいるような気になった。

レノーラは巨石へと進み、かつてシンが刻んだというヴァイキングのシンボルに近づいた。画材を地面に置き、深呼吸して目を閉じる。彼のことは忘れなさい。行ってしまったの。もう二度と戻らないのよ。しかし、いくら頭が追い払おうとしても、心はまったく従おうとしなかった。レノーラが忘れたいと切望しているのに、傷ついたままの心が、絶対に忘れたくないと主張するのだ。

涙がこみあげてきた。あふれでた涙は止まらず、次々に頬を流れ落ちていった。レノーラはその瞬間、ピーターを忘れ去る方法など存在しないことを悟った。彼女の心は、これからもずっとピーターのもとにあるだろう。そして死を迎えるその日まで、彼を失ったことを後悔し、悲嘆に暮れつづけるに違いない。

絶望で胸がいっぱいになった。それと同時に、経験したことがないほどの悲しみに襲われる。心の底から欲していた人生が手に入らない悲しみ。もっともヒルラムの死で、自分にはそんな人生を送ることは不可能だろうとわかっていたのだが。臆病にも、これまで彼女はあの悲劇を引き起こした罪悪感と向きあうことができずにいた。だから、これは当然の報いなのだ。

レノーラは息をのんだ。石壁に手が触れ、シンの彫ったシンボルを指でたどる。こんな苦しみには耐えられない。このままでは壊れてしまうだろう。できるかぎり隠してきたが、もう疲れた。本当の気持ちにあらがいつづけて疲弊してしまった。彼女は深呼吸してきつく目を閉じ、これまで一度も自分に許さなかったことをした。自らを解き放ったのだ。

それは波のように押し寄せてレノーラをのみ込み、全身を満たしていった。溺れる。そう思った次の瞬間、その強大なエネルギーが彼女の痛む心から力ずくですすり泣きを引きだした。どうすることもできず、レノーラは膝をついて冷たい石の上に倒れ込んだ。

こんなふうに泣きじゃくるのは母が亡くなって以来だ。ぎゅっと丸まり、悲しみに壊れそうになる体を抱きしめた。そうすれば正気を保っていられるかのように。けれども、いったん始まってしまったものは、どうやっても止められなかった。涙が延々とあふれて落ちる。空っぽになって流すものがなくなっても、内臓をえぐりだすような苦しみは続いた。そのあいだずっと、さまざまな光景が脳裏に浮かんでは消えていった。レノーラを拒んだピーターの冷たいまなざし。愛していないと告げられて、ヒルラムの顔に浮かんだ苦悩。またしても失望させてしまったときの父の落胆。レッドバーン卿を攻撃したピーター。永遠に閉ざされてしまったヒルラムの目。スカートをぐっしょり濡らした彼の血。

永遠にも思える時間が過ぎて、ようやくむせび泣きがおさまり、やがてすべてがぴたりと止まった。レノーラは大きく息をつき、汚れた石の床に頬を押し当てて、そこに横たわりつづけた。体が痛みを覚えはじめた頃、こわばった四肢で起きあがり、涙で湿った地面を見下ろした。それから洞窟の外に広がる海に目を向ける。この島へ来たのは、ヒルラムとふたりで過ごしたつらい記憶を強制的に思いだすことで、彼の死に対する罪悪感から抜けだすためだった。だが間違っていた。初めから違っていたのだ。

レノーラは、どれほどヒルラムを大切に思っていたか思いだした。彼は大事な友人のひとりだった。幼い頃は遊び友だちで、成長してからは秘密を打ち明けあう親友になった。でも、彼を愛することはできなかった。ヒルラムが望むようには、必要とするようには、彼にふさわしい形では、愛せなかった。レノーラは痛む胸のあたりをさすった。その決定的な真実が、ふたりのあいだに存在したすばらしい思い出までも覆い隠してしまっていた。そのせいで、彼女はヒルラムの死をきちんと悼むことができずにいたのだ。

ひどく疲労を感じたレノーラはよろめきながらあとずさり、岩に腰をおろした。ふと、何かかたいものに足が当たる。

画材を入れたバッグだ。

レノーラはしばらくのあいだ、ぼんやりとそれを見つめた。この三年間、心のままに描くことをやめるのが、自分に必要な罰になると思ってきた。しかしそれは、ヒルラムの死を正しく受け入れるために必要な感情を、押さえつけていたにすぎなかった。ピーターへの気持ちがふくらみ、抑圧していた心の一部を目覚めさせたおかげで、彼女はようやく真実に気づくことができたのだ。

思い出と、それにともなう感情を解き放つときが来た。そうしなければ、傷が完全に癒えることはない。怖かったが意を決し、レノーラは震える指を伸ばしてバッグからスケッチ帳と鉛筆を取りだした。

膝の上に置いて、洞窟を見渡す。それからおもむろに鉛筆を持って描きはじめた。最初のうちはまだ不安があり、手は止まりがちだった。だがすぐに調子をつかんだ。洞窟を描くつもりだったにもかかわらず、紙の上に現れたのはヒルラムだった。ふたりが友だちになった頃の、若くて屈託のない彼の顔。描き終わると、新しい紙を抜きだした。指がふたたび動きだし、今度は妖精の水辺のほとりで頭にちょこんと三角帽をのせ、剣に見立てたステッキを掲げるヒルラムの姿をスケッチしはじめた。もう一枚、さらにもう一枚。レノーラの目に映っていた彼のあらゆる姿を思いだしながら、紙が束になるまで描いていく。やがてついに手が止まると、彼女は紙束を胸に抱えて立ちあがり、岩棚の端まで歩いていった。そしてスケッチにそっと口づけた。「ごめんなさい、わたしの大切なお友だち」そうささやいて紙から手を離す。

風にのったスケッチは、まるで別れを告げるかのようにひらひらと宙を舞いながら落ちていき、やがて見えなくなった。その瞬間、レノーラは胸の締めつけがゆるむのを感じた。疲労がのしかかってくる。だが、まだ終わりではない。

巨石のところへ戻り、ふたたび画材を取りあげた。今度はヒルラムではなくピーターを描くのだ。レノーラは次々に彼の姿を描きだし、一枚仕上げるごとにスピードが増した。出会った日の、怒ってにらみつけるピーター、晩餐会で心もとなげにしていたピーター、舞踏室でレノーラにキスしたピーター、嵐の中、彼女を探しに来てくれたピーター。すべての紙が彼のスケッチで埋め尽くされるまで、レノーラの手は止まらなかった。描き終えて自分の作品を見下ろした彼女の顔には、笑みが浮かんでいた。ピーターが恋しい。その気持ちはこれからも消えないだろう。だが過去を振り返り、ふたりで分かちあった幸せなときを思いだすことはできる。

痛みを通じて喜びを感じられるという発想にわれながら驚いたものの、すぐに笑いがこみあげてきた。ヒルラムが亡くなる前の自分に戻るつもりでいたが、あの若い娘はもう存在しない。ここにいるのは現在を生きるレノーラなのだ。

それはうれしいことだった。今までになく強くなったように感じた。

だが、そろそろシークリフへ帰ったほうがいいだろう。みんなレノーラがどこへ行ったのかと、ひどく心配しているに違いない。彼女は荷物をまとめて岸壁をあとにした。

ところが充足感は長く続かなかった。屋敷の前に見覚えのある馬車が停まっていたのだ。

レッドバーン卿。

なんということだろう。今朝は彼のことを完全に忘れていた。現実がのしかかり、レノーラの足取りが乱れた。新しい人間に生まれ変わったように感じていたけれど、実際は何も変わっていなかった。ピーターは去り、今頃はアメリカへ向かっていて、彼女のほうは結婚したくもない相手と婚約したままだ。

いらだちと怒りが全身をめぐる。この三年間のレノーラは、自分には愛のない結婚しかふさわしくないと考え、心のままに生きる資格はないと信じて自らを罰していた。

けれども、それは違った。今のレノーラは絵への情熱を取り戻し、過去のいいことも悪いことも、両方を受け入れられるようになって息を吹き返した。友だちとしてしか愛せないのに、ヒルラムと結婚しなければならないと思い詰める必要はなかった。フィグ卿もランドン卿もレッドバーン卿も、押しつけられるいわれはなかった。ピーターが復讐をあきらめられないせいで、彼の人生において二番めの扱いに甘んじる必要もない。変わらず存在しつづけることで想像を超えた美しさを見せる妖精の水辺の水のように、レノーラにはゆるぎない決意と粘り強さで自ら切り開いていく人生がふさわしい。

だが、自立を求めるにはどうすればいいだろう？　良家の子女として生まれ育った彼女には、自活するすべも経験もなかった。

画材を入れたバッグが脚に当たる。そうだ、これを忘れていた。絵を描くことへと彼女を駆りたてる熱情が、それを見出したときの安堵がたちまちよみがえってきた。

レノーラはバッグのストラップを握りしめた。もしかしたら、わたしにもできることがあるかもしれない。

屋敷の中に入り、まっすぐレディ・テシュの居間へ向かう。ドアを開けたとたん、彼女の目はレディ・テシュとマージョリーのそばに座る男性の姿をとらえた。

「レッドバーン卿」レノーラは前置きなしに言った。「お話ししたいことがあります。ふたりきりで」

「おやおや」温かな笑みを浮かべて、彼が席を立った。「来てくれてよかった。驚かせることがあるんだ」

「とてもありがたいのですが、話が終わるまで待っていただいたほうがいいと思います」

「あの、レノーラ?」マージョリーがためらいがちに口をはさんだ。

レノーラは彼女のほうを見ないまま応じた。「ごめんなさい。だけど、どうしても今すぐレッドバーン卿と話さなければならないの」

「レノーラ、でも――」

いらだちが募る。今を逃せば、言いだす勇気を失ってしまうだろう。「あとにして、マージョリー」彼女はきっぱりと言った。

「おまえをそんな無作法な人間に育てた覚えはないぞ、レノーラ」

レノーラは息をのんで振り返った。「お父さま、いらしていたのね」

父が窓のそばで立ちあがる。いつものようにいかめしく、柔らかいところのまったくない顔立ちだ。父が片方の眉を上げて言った。「わかりきったことを口にする癖は直っていないようだな」

レノーラは体の前で両手を握りしめた。「いらっしゃるとは思っていなくて」

「そうだろうとも。知っていればおまえも、どこかのおてんば娘のような気ままなふるまいはしなかっただろうからな。こうなるとわかっていたら、ここへ来ることを許さなかったのだが」

あからさまな非難にたじろぎ、レノーラの頰が赤くなった。

「レノーラにはわたしの頼みを聞いてもらっていたのよ、アルフレッド。だから彼女を責めないであげて」レディ・テシュがゆっくりと言った。

「なんということだ、オリビア」レノーラの父がきつく言い返す。「あなたは昔からこの子に甘すぎる。好きなようにさせて、自由を与えすぎるんだ。幼いときにあなたがもっとうまく管理してくれていれば、今頃は公爵夫人になる準備をしていただろうに」

レディ・テシュが杖を手にして立ちあがり、身も凍るまなざしでアルフレッド卿をにらんだ。「デーン公爵はまだ生きているのよ。よくもそんなことが言えるわね」

子爵夫人のこれほど怖い声を聞くのは初めてだった。レノーラとマージョリーが彼女をひどく怒らせたことはこれまでにも何度かあったが、そのときでさえ、ここまで恐ろしくはなかった。アルフレッド卿は口を引き結び、謝りこそしなかったものの、不愛想にひとつうなずいた。

父がレノーラに冷たい目を向けた。「まあ、ここではレッドバーンに対してまだへまをしでかしていないようだな。そろそろ結婚式の話をする頃合いだろう。ロンドンから特別許可証を持ってきた。今日じゅうに終えてしまえるぞ」

驚きのあまり全員が言葉を失い、水を打ったように静まり返ったが、次の瞬間、口々に話しだした。

「アルフレッド、そんなに早く、しかもこんなひどいやり方で嫁がせるなんて、本気じゃないわよね」

「アルフレッド卿、レノーラにはもっと時間が必要です」

「あの、アルフレッド卿、事を迅速に運ぶという点においては賛成ですが、それはいささか性急に思えるのですが」

レノーラは無言のまま、信じられない思いで父を見つめていた。何もかもが、ひどく用意周到で薄情だ。単なる商取引のように。お父さまにとってわたしはその程度の存在なの？これまでずっとそうだったの？

アルフレッド卿が片方の手を上げてみんなを黙らせた。「もう充分だ。とにかく、結婚式は今日とりおこなう。この話はそれで終わりだ」

「いいえ、お父さま、結婚式はあげないわ」

父の眉がふたたび傲慢に持ちあがったが、今回はそれだけでなく、冷たい目に怒りの炎が燃えあがった。「この件に関して、おまえに発言権はない」

「あるわ。だから言います。今日、結婚するつもりはありません。というより——」レノーラは申し訳ない思いでレッドバーン卿を見て続けた。「これからもしません。ごめんなさい。でも、あなたとは結婚できないわ」

今までずっと、やさしく思いやりにあふれていたレッドバーン卿の表情が、困惑に変わった。「すまない、ミス・ハートレー、正しく聞き取れなかったようだ」

バッグを近くの椅子に置くと、レノーラはレッドバーン卿の前へ行き、両手で彼の手を取って言った。「あなたはすばらしい人よ。あなたが夫なら、どんな女性も幸せになるでしょう」彼女はそこで深く息を吸った。「だけどわたしは、あなたとは結婚できません」

レッドバーン卿の眉がさがっていく。「だが、もう署名もすませているのに」

レノーラは彼の指をぎゅっと握った。「婚約を続けることはどうしてもできないの。許してください。あなたならきっとほかにも大切に思える人が、そして向こうもあなたを心から愛してくれる人が見つかるわ」

レッドバーンは唖然とした顔で彼女を凝視しつづけている。この善良な人を傷つけてしまったに違いないと思うと、レノーラの胸は痛んだ。

ところが次の瞬間、彼の顔が醜悪にゆがんだ。レノーラの手から乱暴に手を引き抜く。「きみはぼくが愛情から婚約者に名乗りを上げたと、本気で信じるほど単純なのか？」

驚いて口もきけずにいるレノーラをよそに、彼はアルフレッド卿に向き直った。「ぼくの務めは果たしましたよ。それに、この茶番を最後までやり抜くつもりもあった。だから、あなたへの借金は帳消しでいいですよね」

「結婚までたどり着かなかった」怒りに満ちた目でレノーラをにらみつけながら、彼女の父親は吐き捨てるように言った。「債務はまだ有効だ」

「恥知らずな老いぼれめ」レッドバーン卿が罵った。「三度も結婚に失敗した汚点を持つ娘を押しつけただけで充分だろう。ぼくはそんな傷物なんて欲しくなかったが、それでも引き受ける心づもりでいたんだ。借金は帳消しだ。違うと言い張るなら、あなたがいちばんの高値をつけた男に娘を売り渡そうとしたと、ロンドンじゅうの人々に言いふらしてやる」

そう言い捨てて、レッドバーン卿は部屋を出ていった。

レノーラはあっけに取られてその背を見送っていたが、やがてゆっくりと視線を戻して父親を見た。生まれたときから知っていて、ずっと愛してきた男性だが、この瞬間はまるで見知らぬ人のように見えた。

「わたしを借金と引き換えに彼に与えるつもりだったの？」

父が不快そうに唇を捻じ曲げた。「あの男がおまえを愛しているとでも思ったか？　ばかばかしい。彼の言うとおり、おまえは本当に単純だな」

レノーラは父を凝視した。「どうしてこんなことを？」

アルフレッド卿が耳障りな声で笑いだした。「フィグや、あの愚かなランドンにしたこととなんら変わりはない。あいつらがおまえの人柄に惚れ込んだと思っていたのか？」

レノーラは思わず息をのんだ。父の表情からは愛情がまったく感じられなかった。その瞬間、彼女は気づいた。お父さまはわたしを愛していない。おそらく一度も愛したことはないのだろう。父にとって娘はただの所有物で、利益を得るために利用するものにすぎない。

その真実は痛烈な打撃となってレノーラを傷つけた。

レディ・テシュが前に出て、声を震わせて言った。「アルフレッド、あなたが冷たい人だってことは、以前からわかっていたわ。でもここまでの仕打ちができる人間だったなんて、信じられない」

「社交界ではこういうやり取りがいっさい行われないとでも？　オリビア、あなたはそれほどうぶではないはずだ」

子爵夫人はすっと背筋を伸ばし、アルフレッド卿をにらみつけた。「自分の娘を利用して、社交界での地位と富を交換する人たちが大勢いることは、充分に承知していますとも。だけど、娘を無理やり結婚させるために脅迫までした人はひとりも知らないわ。あなたはとんでもない――」

どんなに不快な言葉を投げつけようとしたにせよ、レディ・テシュがそれを口にすることはなかった。レノーラが彼女の腕にそっと手を置いたのだ。レディ・テシュが必死に擁護してくれることはうれしかったが、今はひとりで対処しなければならない。「この件はわたしが自分で片をつける必要があるんです、おばあさま」

静かな言葉に、レディ・テシュの怒りはたちまちそがれたようだ。レノーラの目を探るようにうかがうと、悲しげにひとつうなずき、彼女の手をぽんぽんと軽く叩いた。「マージョリー」孫娘に声をかける。「わたしたちは外へ出ていましょう」レディ・テシュは最後にもう一度アルフレッド卿をにらんでから言った。「帰るお客さまのために、馬車の準備をさせなければなりませんからね」

ふたりの女性は退室し、ドアが閉まった。

レノーラは深呼吸して父の正面に立った。「どうしてこんなことができたの？」

「わたしがおまえを、爵位のある上等な紳士と結婚させようとした理由が知りたいと？」

「わたしのためではないわね」手がぶるぶる震える。「自分のため。それだけなのね」

怒りが父の顔いっぱいに広がった。「わたしのせいにするんじゃない。おまえは自分の務めを果たして、わたしが選んだ相手と結婚するべきだったんだ。レッドバーン卿はおまえにとって最後のチャンスだった。今度の縁談もうまくいかなければ、容赦はしないと警告しておいたはずだ。それとも、忘れたか？」

「忘れてはいないわ」レノーラの胸は締めつけられた。まだ、父を愛しているからだ。だが今は臆病になっている場合ではない。ちゃんと話しあってこの問題に片をつけなければ。そのうえで結果がどうなるか、自分の運命を知る必要がある。

「次の婚約も不首尾に終われば、わたしを勘当するつもりだと言っていたわね。そして、そうなった」

「そのとおりだ」父が吐き捨てる。

ほんのつかの間だが、父が以前よりずっと年老いて見えた。顔は青白く、目や口元には記憶にあるより深いしわが刻まれている。昔から、人間らしい弱さとは無縁に思えた人だった。レノーラにとっては、実物以上に大きな存在に感じられたのだ。しかし、母よりかなり年上だったのだから、もう若くはない。ひとりきりで人生を終えたくないだろう。

レノーラはいちかばちか賭けてみようと父に近づき、袖に手を置いた。これまでは絶対に許されなかった行為だが、今はひるんでいられない。ふたりの関係が、彼女の未来のすべてがこの瞬間にかかっているのだ。

「まさか本気でわたしを切り捨てるつもりではないわよね、お父さま」彼女は静かに言った。「わたしはあなたの娘なんですもの。ふたりきりの家族なのよ」

父の気持ちが揺らいだように見え、レノーラの胸に希望がふくらんだ。けれども次の瞬間、父は彼女の手を振り払った。顔にはあからさまな敵意が浮かび、怒りで頬が紅潮している。

「それがわたしにとって何か意味があることだと思うのか?」彼は噛みつくように言った。「おまえは昔からお荷物だった。今では恥でもある。もう終わりだ」

父は激怒して出ていった。その日二度めの胸が張り裂ける思いを味わい、部屋の真ん中にひとり立ち尽くす娘を残して。

30

間髪をいれず、レディ・テシュとマージョリーが心配そうな顔で部屋に入ってきた。

レノーラは笑みを浮かべようとしたが、できなかった。「ふたりとも、ドアの外で立ち聞きしていたの？」

「ええ」レディ・テシュが臆面もなく答えた。

「ああ、レノーラ」マージョリーが駆け寄ってくる。「アルフレッド卿が冷たい人なのは知っていたけれど、こんなに残酷なことができるなんて」

レノーラは友人の抱擁に身をまかせた。今日のさまざまな出来事が一気にのしかかってくる。熱い涙がこみあげてくるのを感じ、彼女はマージョリーの肩に顔をうずめた。

「ひどい愚か者だわ」レディ・テシュが強い口調で言い、念じれば遠くからでも父を焼いて灰にできると言わんばかりの目つきでドアをにらみつけた。「それにしても、あなたはうまくやってのけたわ」

「かわいそうなレノーラ」マージョリーがレノーラの髪に口づけてやさしく語りかけた。

「つらい思いをしたわね。ヒルラムが生きていて、あなたと結婚してさえいれば、今頃はこんな目にあうこともなく、彼とふたりで幸せな人生を送っていたでしょうに」

友人はよかれと思って言ったのだろうが、いちばんつらいときにそんな言葉をかけられ、レノーラはついに耐えきれなくなった。「だけど、わたしはヒルラムと結婚したくなかったの！」彼女は叫び、マージョリーから体を引きはがした。

ふたりの女性はびっくりしてレノーラを見つめている。だが、彼女自身のショックも大きかった。わたしは何をしてしまったの？　ほかのみんなのために、ヒルラムの思い出のために、こんなに長いあいだ隠し通してきたというのに。一度口に出した言葉は、もう取り戻せない。

でも、わたしは本当に取り戻したいと思っているの？　たしかにショックではあるが、ついに真実を打ち明けることができて心が軽くなったように感じているのも事実だ。

「いったいなんの話をしているの？」マージョリーが強い口調で言った。「あなたはヒルラムを愛していたじゃないの」

「そうよ」レノーラは慎重に言葉を選んでゆっくりと言った。「友だちとしてね。それ以上ではなかったの」

マージョリーは驚きのあまり、理解が追いつかない様子でレノーラを見つめている。レディ・テシュも同じくらい動揺して見えたが、彼女はふたたび口を開きかけた孫娘の腕に手を置いて言った。「マージョリー、ベルを鳴らして紅茶を用意させてくれないかしら。いいえ、それよりあそこのサイドボードからシェリー酒を持ってきてちょうだい。わたしたちみんなに必要なのは紅茶よりアルコールだわ」

マージョリーは言われたとおり、シェリー酒を取りに行った。やがて全員が、バラ園を見渡せる場所で小さく輪になって座った。腰をおろしながらレノーラは、ピーターがシークリフで迎えた初めての夜に、まさにこの椅子をこの場所に置いていたことを思いだした。思わず肘掛けを指でなぞる。

三人はしばらくのあいだ無言でシェリー酒を飲んだ。誰もが、これからするであろう会話を引き延ばしたがっているように思えた。とうとうグラスが空になり、マージョリーがレノーラを見てためらいがちに口を開いた。

「話すなら今がいちばんいいタイミングだと思うわ」

レノーラはごくりと喉を鳴らした。もう偽る必要がなくなってほっとしたものの、だからといって話すのが楽になるわけではない。「ヒルラムはあなたの次に大切な友だちだったわ。でも、わたしにとってはそれだけだったの。彼を愛してはいなかった。あなたがアーロンを愛したようには」

マージョリーが頭を左右に振った。空のグラスをきつく握りしめているせいで指が白くなっている。「なぜ彼との結婚に同意したの？」

レノーラは力なく肩をすくめた。「そうするよう期待されていたから。それに、徐々に彼を愛するようになると思ったの。そうならないわけがないでしょう？　ヒルラムは思いやりがあって愛情深くて、やさしくて魅力的だった」

「でも愛してはいなかったのね」

レノーラはかぶりを振って膝に視線を落とした。「ええ」ささやくように言う。「日が経つにつれ、偽るのがどんどん難しくなっていったわ」熱い涙がこみあげ、彼女はぎゅっと目を閉じてこらえた。「ヒルラムは、わたしが差しだせるよりずっと多くを求めた。彼が愛を語っているときに微笑むのも、内心では何も感じていないのに彼のキスを喜ぶふりをするのも、つらくてたまらなかった。わたしが彼と同じ気持ちになることはないとわかっていたの。ヒルラムが亡くなった日……」

急に喉がふさがって声が出なくなった。レノーラは悲しみをのみ込んで続けた。「彼はだんだんいらだちをあらわにするようになっていったわ。わたしが……熱意を見せないから」ヒルラムに触れられて思わずひるんでしまった瞬間に彼の目に浮かんだ苦悩を思いだして、顔が熱くなる。「何が原因だったのかはわからない。だけど突然、それ以上は一瞬たりとも偽っていられなくなったの。わたしは彼に――」ふたたび喉が詰まった。レノーラは咳払いすると、最後まで話そうと勇気を奮い起こした。ずいぶん時間が経ってしまったが、何もかも出し尽くしてしまわなければならない。「そんなふうにはあなたを愛していないと告げたの。あくまで友だちで、それ以上の存在ではないと。求婚を受け入れたのは、お互いの家族を喜ばせるためだけだったと打ち明けたわ。彼はとても傷ついて、ひどく怒った。無言で立ち去ったの。そのせいで、帰り道であんなに無茶な跳躍をしようとしたんだわ。デーンズフォードに呼ばれて彼の顔を見たときのことを思いだすと、苦痛に満ちた目をして、絶対に放さないというようにわたしの手を握っていたことを思いだすと——」こらえきれず、レノーラはうめいた。手の甲を唇に押しつける。わたしにはヒルラムを思って泣く権利はない。彼の心を引き裂いたのはわたしなのだから。

マージョリーが青ざめた頬に涙を流しながら手を伸ばし、レノーラの手をきつく握りしめた。レノーラが懸命に引き抜こうとしても放してくれなかった。ヒルラムのいとこであり、彼をとても愛していた彼女に、こんなふうに思いやってもらう資格はないのに。

「だめよ、マージョリー……」言葉に詰まる。

「聞いてちょうだい」マージョリーの目に涙が浮かび、レノーラの手を握る手にさらに力がこもった。「ヒルラムの死はあなたのせいじゃない。彼はすばらしい人だった。ええ、わたしは憧れていたわ。あなただって、彼が驚くほど楽観的だったことは知っているでしょう。それに誰よりも寛大だった。ヒルラムならきっと、事故にあう前にはあなたを許していて、なんとかしてあなたの愛を勝ち取る計画を練っていたはずよ。彼はそういう人だったもの」

「マージョリーの言うとおりよ、レノーラ」レディ・テシュが言った。静かだが確信に満ちた強い声だ。「あれは悲劇的な事故だった。それだけよ」

レノーラはびっくりしてふたりの女性を交互に見つめた。「ヒルラムの心を打ち砕いたのがわたしだとわからないの？　わたしが黙ったままでいれば、帰る途中で彼が注意散漫になることもなく、今でも生きていたはずよ。ふたりとも、わたしが憎くないの？」

マージョリーの顔に涙まじりの笑みが浮かぶ。「あなたはヒルラムに本当の気持ちを伝えただけ。わたしがよく知るいとこなら、あなたが彼のために黙ったままでいるより、正直になるほうを望んだでしょう。それに、あなたを憎むことなんてできないわ。わたしにとっては姉妹のような存在だもの。これからだって、ずっとそうよ」

信じられない思いで首を振り、レノーラは友人を引き寄せた。「わたしはあなたにふさわしい人間じゃない。あなたにも、おばあさまにも」

「あなたは幸せになるのがふさわしい人よ、レノーラ」マージョリーがレノーラの髪に顔をうずめてつぶやいた。

ふたりはしばらくそうして抱きあっていた。レノーラはこの世でいちばんの親友にしがみつきながら、これまで磁石のようにくっついて離れなかった罪の意識が徐々に溶けていくのを感じた。長い年月を経て初めて、彼女は心の底から深く息を吸った。

やがて抱擁を解き、それぞれが涙で濡れた頬をぬぐう。「それで、あなたはこれからどうするつもり?」マージョリーが小さな声で尋ねた。

本当に、どうすればいいのだろう? けれども返事をする前に、レディ・テシュが紙のように薄くなめらかでひんやりした手をレノーラの手に重ねて言った。「わたしと一緒にここにいればいいわ」

レノーラの胸はレディ・テシュへの愛情でいっぱいになった。本心では、それが最も簡単な解決法だとわかっている。だが、依存する相手が父親からレディ・テシュに変わるだけだ。それではだめだ。これからは自分の足で立ち、自立して生きていかなければならない。

どうにかして。

「心から愛しているわ、おばあさま」レノーラは笑みを浮かべて言った。「でも、きっとおわかりでしょうけれど、それはできません。だめよ、マージョリー」彼女は続けて言った。「あなたと一緒に住むこともできないわ。あなたがもらっている手当ては、ひとりで暮らしていくのにかろうじて足りる額でしょう。わたしはあなたの負担になりたくない」

「あなたが負担になんてなるわけがないわ」マージョリーが激しい口調で反論する。

「マージョリーとは暮らさず、わたしのもとにもとどまらないというのなら、どこへ行くつもりなの？」レディ・テシュが訊いた。

レノーラの視線が、部屋に入ったときに置いたままの画材バッグをとらえた。「おばあさま、わたしの絵にはいくらの価値があると思われますか？」

子爵夫人は困惑したように眉をひそめたが、レノーラの言葉の意味をすぐに理解し、ぱっと顔を輝かせた。「そうねえ」にっこりして言う。「この敷地の奥にある、今は誰も使っていない未亡人用のコテージの最初の一年分の賃料にはなるんじゃないかしら。あなたはどう思う？」

レノーラはレディ・テシュの手を握りしめ、満面の笑みで言った。「すばらしいです、おばあさま。このうえなくすばらしいわ」

リバプールに到着してすぐ、ピーターはクインシーがまだボストンへ向けて出発していないことを知った。彼の泊まっている宿は簡単に見つかった――当然ながら、この港町でいちばん豪華な宿だ。クインシーは快適な暮らしを我慢するタイプではない。

それよりも、本人の居場所を突き止めるほうが何倍も時間がかかっている。

目につくかぎりのパブや売春宿を回ったが、クインシーを見かけた者はひとりもいなかった。いらだち、意気消沈したピーターは、狭い路地を通って波止場へ向かった。

人でにぎわう波止場の、擦り切れた板の上を歩いていく。目に入ってくる光景やにおいが昔を思いださせた。アダムズ船長の愛する〈パーシステンス号〉での生活。そばにはクインシーがいた。髪に風を受け、足の下に船の揺れを感じた。復讐に駆りたてられたピーターは、たいていの男があきらめてしまう場面でもくじけなかった。復讐心を原動力に、成功するため、富を得るために前進しつづけた。あの頃、世界は可能性に満ちていたのだ。

だが今は、どこへ行けばいいのかも、何をすればいいのかもわからない。レノーラを失い、何もかもがつまらなくなった。

「ピーター」

はっとして振り返ると、見たことがないほど気難しい顔をしたクインシーが立っていた。顎にくっきりとついたあざは、すでにいやな緑色に変わりかけている。思わずこぶしを握りしめたとたん、治りかけの皮膚が引きつれる。ピーターはうなずいて言った。「クインシー」

「ここで何をしている？」

「ボストンに戻るところだ」

友人の眉がさがり、不機嫌そうな仮面がはがれて困惑があらわになった。「だが、きみの母上との約束は――」

「破ることにした」

クインシーが無言でピーターの顔を探る。「母上はきみにとってすべてだ。これまでの年月、きみを駆りたてていたのは彼女への愛だった」

「そのとおりだ」ピーターは静かに応じた。「母を愛することをやめるつもりはない。とはいえ、そろそろ前に進むべきときなんだ」

クインシーの黒い瞳に期待の光がちらつく。「デーン公爵は？」

ピーターはため息をつき、活気に満ちた波止場を見渡した。「どうやら――」ゆっくりと答える。「もうどうでもよくなったみたいだ」

たちまちクインシーの緊張が解けていつもの気さくな態度が戻ってきた。彼がピーターの肩を叩いた。ふたりは向きを変え、波止場に沿って歩きはじめた。「それなら、家系は絶やさないことにしたのか？」

レノーラのこわばった顔を思いだしたとたん、ピーターの胸に後悔が押し寄せ、クインシーと和解した安堵感を追いやった。巻かれたロープの山をよけながら、ピーターは乾いた笑い声をあげた。「その件に関してはどうかな。自分が結婚したり、家族を持ったりする姿は想像できない……」唾をのみ込んで喉のつかえを抑え込む。「だが、領地が荒廃して小作人が苦しむことのないように、公爵の娘たちが不自由なく暮らせるように、ぼくにできることはなんでもするつもりだ」

彼は、クインシーがそれ以上追求しないでくれることを祈った。けれども友人はあいかわらず、自分に関係のない事柄にまで首を突っ込まずにはいられないようだった。「ミス・ハートレーはどうするんだ？」

静かな口調で問われ、怒りが再燃しそうになる。ピーターは肩をすくめた。「どうするって？　彼女はレッドバーンと結婚するんだから――」

「あの間抜けと？」クインシーが冷笑した。「彼女にはふさわしくない」

「ふさわしい男なんていないさ」ピーターはつぶやくように言った。

「きみがいるじゃないか」

思わず立ち止まり、陰鬱な顔を友人に向けた。「ぼくは、ことさらふさわしくない」

クインシーはあきれたように目を回して天を仰いだ。「頑固なやつだな、まったく。きみはいまいましい愚か者だが、ミス・ハートレーにとっては完璧だよ。きみがそばにいるとき、彼女がどれほど顔を輝かせていたか、ぼくにわからなかったとでも思うのか？　きみは彼女を幸せな気分にしていた」

ピーターはぽかんとして友人を見た。「妄想じゃないのか」

「きみがようやく目を覚ましたかもしれないと妄想してる。なあ、ミス・ハートレーが好きなんだろう？」

ピーターは赤面した。全否定するべきだ。レノーラとのあいだには何もないと断言するべきだろう。想像力をたくましくさせすぎだと。

だが、それはできない。相手はクインシーだ。一〇年以上もそばにいて、何度も命を救ってもらった。それに、親友に隠しごとをするのはもうやめると決めたのだ。

「わかったよ」ピーターは吐きだすように言った。「そうだとも。ぼくはミス・ハートレーが好きだ。くそっ」顔を手でこすり、よれたクラヴァットを手荒に引っ張った。「愛している。レノーラを愛しているよ。これで満足か？ お節介なろくでなしめ」

クインシーは怒るだろうと予測していた。ショックを受けるかもしれないとさえ覚悟していた。けれども実際の彼は、満面の笑みを浮かべて言った。「ああ、そのとおり、満足だね」

「ぼくは違う！」ピーターは激怒し、両手を広げて友人に食ってかかった。「レッドバーンと一緒にいるレノーラを見て、どんな気持ちになったと思う？ 彼女がいずれあの男の妻になり、彼の子どもを産んで、ともに歳を取っていくのだと想像したら？ 腹をナイフで刺されたってこれほどつらくはないだろう」胸を切り裂く痛みのせいで息ができない。なんとか肺に空気を取り込み、彼は続けた。「もっと悪いのは、ぼくがかっとなってあの男を攻撃したことで――」

「きみがレッドバーンを？」クインシーがあっけに取られて訊き返す。

「そうだ」ピーターはうなった。屈辱が全身をめぐり、耐えられずに目を閉じる。「あのいまいましい集会場で」

「そいつはぜひ見たかったたな」クインシーがつぶやいた。「われを失ったきっかけはなんだったんだ？」

「彼女がレモネードを好むことに、あの男がまた難癖をつけた」

クインシーの黒い眉が片方上がった。「それだけ？」

頬が熱くなる。「褒められたことじゃないのはわかっている」ピーターは低い声で言った。

「たしかに」友人の声は面白がっているような響きだったが、みじめな気分のピーターには、いらだちしか感じられなかった。

「だが、それよりぼくが知りたいのは」クインシーが続けた。「きみの行動に対するミス・ハートレーの反応だな」

「どうだったと思う？」ピーターはまっすぐクインシーの顔を見た。「愕然として、恥ずかしい思いをして、激怒したよ」

「それできみはあの屋敷を出たんだな」ピーターがうなずくと、クインシーは続けた。「彼女を愛しているから」一度めより悲惨な気分で、もう一度うなずく。

ふたりとも無言になると、周囲の喧騒がいっそう騒がしく感じられた。それ以上友人の目を直視できず、ピーターはあたりに目を向けた。痩せて筋張った若者が木箱を抱え、商船にかけた渡り板をのぼっていく。自分にもあんなふうに働いていた時期があったことを思いだした。あの頃、人生ははるかに単純だった。

若者が次の積み荷を運ぶためにおりてくる。ピーターもクインシーも、まだ黙ったままだ。クインシーと一緒にいてこんなふうに不安を感じることに慣れておらず、落ち着かない。ついに耐えきれなくなり、ピーターは口を開いた。「それで、きみはいつ出発するんだ？」

「明日の夜明けに」

ピーターは咳払いした。「船の名前を教えてくれ。ぼくの分の乗船切符を手配する」

一瞬の間があり、クインシーが言った。「だめだ」

ピーターは驚いて友人を見た。ふたりの友情にひびが入りかけたものの、危機は乗り越えたと思っていた。だが、クインシーは本気のようだ。つらそうな目をして唇を引き結んでいる。「まだ謝っていなかったな。先にそうするべきだったのに」ピーターは言葉に詰まりながら言った。「すまなかった、クインシー。きみが――」

クインシーがさっと手を上げて制した。「ばかだな、きみの気持ちならわかっている。それに、きみの愚かなふるまいも全面的に許すよ」

ピーターは戸惑ってまばたきした。「それなら、なぜ……？」

「きみはボストンへは戻らないからだ。絶対に」

今度はピーターが難色を示す番だった。「帰らなきゃならない。ぼくの居場所はあそこなんだから。仕事だって――」

「きみがいなくたってつぶれはしない。アダムズ家の子どもたちも成長して、今では問題なく仕事をまかせられるようになった」

「だが、ぼくの家はボストンにある。きみや、アダムズ船長や、彼の家族が――」

「きみがいないと寂しくなるよ。みんな、心からそう思うだろう」

すっかり困惑して、ピーターは頭を左右に振った。「わけがわからない」

クインシーの厳しい表情がようやくやわらいだ。「昔からばかなやつだったな。きみはぼくと一緒にボストンへは戻らない。なぜなら、きみがいるべき場所はシン島であり、デーンズフォードだからだ」そこで微笑む。「ミス・ハートレーとともに」

クインシーが話し終える前から、ピーターはかぶりを振っていた。「彼女はレッドバーンと結婚するんだ」

「ああ、そうなるだろうな。きみが止めなければ」

怒りで体がかっと熱くなる。「簡単そうに言うな」

「簡単だよ。きみは彼女を愛しているんだろう、ピーター。そしてぼくには、ミス・ハートレーもきみを大切に思っているとわかる。きみに心を奪われているのに、彼女が本気でレッドバーンと結婚したがっていると思うのか？」

レッドバーンが到着した日の彼女の顔を覚えている。目にためた涙を光らせながら、ほとんどささやくような声で彼に尋ねた。〝あなたはどうなの、ピーター？　あなたもわたしに夢中になった？〟

悪態が口をつく。「今となっては、レノーラがぼくを求めることはないだろう。あんな愚かなまねをしたあとでは」

「まあ、きみが愚か者だってことはミス・ハートレーもわかっていたと思うよ、ピーター」クインシーがのんびりした口調で言った。

とてもではないが、うのみにできない。「ぼくは彼女にふさわしくない。洗練されていないし、粗野で、公衆の面前で騒ぎを起こすような無作法者だ。ぼくといたら、彼女はみじめな思いをするようになるだろう」

笑いをたたえたクインシーの目は揺らがず、面白がる色が濃くなるばかりだ。「ほう、なるほど、愛する男に愛されたらみじめになるのか。なんと恐ろしい運命だ」

真剣な悩みを茶化されて、腹立たしさがこみあげる。「わかったような口をきかないでくれ」ピーターはうなった。

「それなら、ばかな男のようにふるまうのをやめろ！」啞然として自分を見つめるピーターにかまわず、クインシーは続けた。「きみはつねに舵取りをしてきた。ぼくやアダムズ船長や彼の家族を助け、決断をくだし、窮する寸前のぼくたちを何度も引っ張りあげてくれた。その点に関して、きみには感謝してもしきれないとみんな思っている」彼はピーターの肩に手を置いた。「だがぼくらの財政問題以上に、人生には賭けてみなくちゃならないことがある。いちかばちか、ほかの人間を信じてみるんだ。ミス・ハートレーに、自分で決めさせるんだよ。その権利を彼女から取りあげてはいけない。そんなことをすれば、彼女の父親やレッドバーンと同じになってしまう。それに――」クインシーは、見たことがないほどまじめな表情で続けた。「きみは本気で、あの愚か者のイーヴァルのようになりたいのか？彼はシンを置いて立ち去り、彼女を悲嘆に暮れさせた。その後、彼女は別の男と結婚した。それもこれもイーヴァルがあまりに愚かで、愛する女性のそばにいなかったからだ。きみも同じ道をたどりたいのか？　それとも彼の過ちから学び、その手で幸せをつかみ取るか？」

ピーターの胸で火花が散り、真っ暗だった場所に小さな炎が燃えあがった。一瞬ののち、彼はそれが希望の火だと気づいた。

ピーターはうずく胸のあたりをさすり、クインシーの言葉によってともされた切望の炎を消そうと試みた。「レノーラはノーと言うだろう」ぶっきらぼうに答える。

クインシーが肩をすくめた。「そうかもな。でも、イエスと言うかもしれない。そしてきみたちふたりに、生涯続く幸せをもたらしてくれるかもしれない。結果的に拒まれたとしても、死ぬまで彼女を愛しつづけられる可能性に賭けてみる価値はあるんじゃないか？」

〝ああ、そのとおりだ〟頭の中で答えた声にならない声が全身に広がっていく。最初は火花にすぎなかったものは、やがて燃え盛る大きな炎になった。そうだ、レノーラを愛せる可能性、彼女を妻にできる可能性は、どんな痛みをともなったとしても賭けてみる価値がある。そして今度こそ誰にも、レッドバーンにも彼女の父親にも、邪魔をさせるつもりはない。

レノーラを愛しているのだ。もしも彼女が受け入れてくれるなら、たとえ何があろうと、一瞬たりとも彼女への愛を疑われないように全力を尽くそう。

「クインシー？」

友人がにやりとした。「ボストンへ戻る船の切符は手配しないんだな？」

「絶対にしない」ピーターも笑みを返す。それから真剣な顔になり、手を差しだして言った。

「きみが恋しくなるだろうな」

クインシーがその手を取り、力いっぱい握りしめた。「こっちこそ、きみがいないと寂しいよ」彼の目がきらりと光り、ピーターは友人が泣くのではないかと思って動揺した。だが次の瞬間には満面の笑みが戻り、まなざしの揺らぎはいたずらな輝きに変わった。「どうせぼくのほうから訪ねていくだろうがね。それも頻繁に。イングランドの美女が好みだと気づいたんだ。そんなに長く離れていられそうにない。きみはそのうち、たびたびやってくるぼくにうんざりするようになるかもしれないぞ」

「きみにうんざりするなんてありえないよ」こみあげる感情が喉をふさぎ、ピーターはなんとかそれだけ言った。クインシーの肩に腕を回す。「さあ、リバプールでいちばん速い馬を探しに行こう。何しろ求婚しに行くんだからな」

31

シン島へ到着する頃には、希望を見出したことによる一時的な興奮は消えてしまっていた。ほぼ三日三晩、猛スピードで馬を走らせたせいで、慣れない感情がすっかりおさまり、あとには胸が悪くなるような不安とぼんやりとした恐怖だけが残った。いったいぼくは何をしているんだ？　これがレノーラにとっていいことなのか、自分と一緒にいて彼女は幸せになれるのか、いまだに確信が持てずにいる。少なくとも、ピーターがレノーラにふさわしい人間でないことはたしかだ。

それでも、ここまで来てしまった。彼女を自分のものにする可能性に賭けて。

デーンズフォードとシークリフの岐路で、ピーターは馬を止めた。レノーラはすぐそこに、胸に抱きしめる瞬間が感じられそうなくらい近くにいる。ふたりの距離を縮めたくてたまらなかった。そして、このみじめな状態からきっぱりと抜けだすのだ。

しかしそのとき、ピーターの胸に恐怖がせりあがってきた。息が詰まるこの感覚は、生き延びようと必死に〈パーシステンス号〉で密航した、まだ少年だったあの頃以来だ。雨の中でレノーラの行方がわからなくなったときの恐怖とはまた違う。あのときは恐怖がかえって集中力を高め、なんとしても彼女を見つけて無事に連れ帰るという決意を強めただけだった。だが今のこの恐怖は、尻尾を巻いて逃げだしたい気分にさせる。何もかもが計画どおりに定められていた、慣れ親しんだ暮らしに戻りたい気分になる。あの頃のピーターにとって、恐れるものといえば銀行口座の残高くらいで、心をずたずたにされる危険など存在しなかった。

ピーターは顔をしかめた。いや、そうではない。彼の心は初めから完全体ではなかった。その欠けた心を、レノーラが小さな手で、才能あふれる優美な指で、つかんだのだ。だから失うものは何もない。得るものばかりだ。

それでもピーターは馬を進めることができなかった。まだ終わっていない別の何かが彼をためらわせていた。ふと視線を左へ、デーンズフォードへ続く道へ向けたとたん、それが何かを理解した。デーン公爵との問題が未解決のまま、レノーラを訪ねて妻になってほしいと頼むことなど、どうしてできるだろうか?

あまりにも長いあいだ、あらゆる決断をくだすために、憎しみと復讐心が魂を蝕む(むしば)ままにしてきた。だがレノーラのところへは、なんの妨げもしがらみもない状態で行かなければならない。これ以上考えていてもしかたがないと、ピーターは馬をデーンズフォードの方角へ向けた。

屋敷へ続く私道を進みながら、今の自分の形成に大きく関わった場所であるにもかかわらず、まっすぐで長いこの道を通るのが、まだ三回めだと気づいて驚いた。最初のときは、不安でいっぱいになりつつも、一縷の望みを抱く少年だった。二度めのときの彼は、憎しみに満ちた冷酷な心を持つ、怒りくるった男だった。そして今は一周してもとに戻り、ふたたび不安に駆られながら最後の望みにすがっている。もう過去にとらわれることなくうまく対処できることを祈るばかりだ。

しかし、自分の反応を心配こそすれ、向こうに拒まれることになるとは予想もしていなかった。

「申し訳ございません、ミスター・アシュフォード。公爵閣下はどなたともお会いになれません」

毅然とした執事の目に浮かぶ静かな悲しみに、ピーターは凍りついた。「彼は……その、つまり……」最後まで口にすることができなかった。たしかにずっと公爵の死を願っていた。彼が大切に思っている人々にピーターがどんな仕打ちをするつもりか、恐れながら最期の日を迎えればいいと考えていた。だがいざそうなってみると、その考えは苦痛でしかなかった。だめだ、こんなふうに終わらせることはできない。

だから執事の次の言葉を聞いて、ピーターは崩れ落ちそうになるほど安堵した。「いいえ。ですが、もうまもなくかと」

このまま立ち去るべきだ。公爵はすでに意識が朦朧（もうろう）としているかもしれない。亡くなったときの母がそうだった。つじつまの合わないことを口走り、ピーターが置いていかないでと懇願して手を握っても、握り返すことすらできなくなっていた。

だが、あきらめるわけにはいかない。

なければならない」

「頼む」ピーターはかすれる声で言った。「はるばるやってきたんだ。どうしても彼に会わなければならない」

「ミスター・アシュフォード、申し訳ないのですが――」

「わたしがお父さまのところへ連れていくわ」

はっとして顔を上げると、階段の途中にレディ・クララが立っていた。やつれた顔をして、以前より痩せたようだ。いつもバラ色に染まっていた頬にも今は色がなく、やさしい目には苦悩が満ちてぼんやりしている。彼女がピーターに向かってうなずいた。以前は温かい歓迎しか見えなかったまなざしに冷たさを感じ取り、胸が痛くなる。父親の死が近いせいだけではないとわかっていた。ふたりのあいだに壁を築いた、ピーターのせいなのだ。

「ミスター・アシュフォード」執事がお辞儀をして静かに立ち去ると、レディ・クララが言った。「ついてきてくださるなら、父のところへご案内します」

背を向けて階段をのぼりはじめた彼女のあとを、ピーターは急いで追いかけた。玄関から入ったとたんに感じたのは、しんと静まり返った重い空気だった。屋敷の主の迫りくる死を映しだしているのだろう。肌の内側にまで染み込むようなその雰囲気は、ピーターに一三年前と同じ恐怖心をもたらした。少年に戻って、あの世へ旅立つ母を見ているような気分になったのだ。絶望が押し寄せる。

彼は頭を鋭く左右に振り、レディ・クララの背中を見つめた。まっすぐ伸ばした背筋が折れそうにはかない。思わず、何もかもうまくいくと声をかけたくなった。だが、今にも父親を失おうとしている彼女には、空虚な言葉にしか聞こえないだろう。

家族の私室がある区画は静けさに包まれていた。レディ・クララはピーターを突き当たりの部屋へ導いた。しかしドアに手をかけたところで、ためらってうつむいてしまう。震えているのだろうかと思った次の瞬間、彼女は音もなくドアを押し開けた。

「お父さま、ピーター・アシュフォードが会いに来てくれたわ」

部屋の奥から耳障りなかすれた音が聞こえたが、廊下に立つピーターには聞き取れなかった。レディ・クララは脇によけると、床に視線を落としたままひとつうなずき、彼に入室を促した。

ピーターは深呼吸して彼女のそばを通り過ぎ、デーン公爵の私室へ足を踏み入れた。

その場所は、これから死を迎える部屋にしては予想外に明るかった。カーテンが開かれ、窓から光が差し込んでいる。だがそれでも、あたりには暗い悲しみが充満していた。死がすぐそこまで来ていることを、ピーターは肌で感じた。身震いして、部屋の大部分を占める大きな四柱式ベッドに視線を向ける。

前回会ったときのデーン公爵の姿にショックを受けていたとしたら、今回その衝撃は倍になったと言えるだろう。彼はひと月で衰え、骨と皮ばかりになっていた。透き通るように薄い肌が骨張った顔に張りついている。色を失ってかさついた唇から発せられた声は、ピーターを体の芯まで凍えさせた。

「来たんだな」

ピーターはごくりと音をたてて唾をのみ込み、うなずいた。「ええ」一瞬の間を置いて、室内に入る。ベッドのかたわらに置かれた一対の椅子は、夜通し看病する娘たちのためのものだろう。ピーターはそのひとつに腰をおろした。堅苦しい礼儀作法を気にしているときではない。視線が、毛布の下に埋もれている公爵の姿をとらえる。そのとたん、ピーターの肩に後悔が重くのしかかった。「もっと早く来なくてすみません」

乾いた唇が持ちあがり、笑みらしきものをつくった。「だが、来たじゃないか。重要なのはそれだけだよ」笑みが崩れる。強い意志はあっても、体には微笑みをとどめておく力さえ残っていないかのように。「すまない、ピーター。きみの母上のことは、とても残念に思っている」

涙で目がちくちくした。公爵に見くだした態度で追い払われたあの日のことを思いだし、かつての憤怒がよみがえりそうになる。だが怒りの勢いは弱く、炎になる前に衰えてしまった。「ぼくは……」言葉が喉につかえ、ピーターは咳払いして言い直した。「ぼくはあなたを許します」

安堵したのか、公爵の体から空気が抜けるように力が抜けた。ぴくりと動いた手がピーターのほうへ伸ばされる。彼は今にも折れそうな骨張った手を取り、おそるおそる握った。「でも」こみあげる感情で喉を詰まらせながら、ピーターは続けた。「それはあなたがぼくを許してくれるならの話です。あなたを脅すなんて、むごいことをしました。ぼくはこの場で約束します。デーンズフォードを荒廃させはしません。あなたの小作人たちや、あなたの家族の面倒はぼくが見ます。彼らに不自由な思いはさせないと誓います」

老人がうなずいた。しなびた頬に涙がこぼれる。痩せ細った指がピーターの手の中でぶるぶる震えた。伝わってくる安らぎは、ピーターが一度も知らなかったものだった。レノーラのおかげだ。この癒しは彼女がもたらしてくれたのだ。レノーラのことを考え、彼女と人生を歩む可能性に思いをはせると、胸がいっぱいになった。

だが、彼はレディ・クララの存在をすっかり忘れていた。

「どういうこと？　あなたはお父さまを脅したの？」彼女は部屋の向こう側で立ちあがり、体の脇でこぶしを握りしめてピーターを見た。「死に瀕している人を、あなたは脅したというの？」

「クララ」公爵が弱々しい声でささやいた。

「恥を知らないの？」目に怒りをたぎらせて、彼女は非難した。「あれは父のせいじゃなかったのに。誰かを責めたいのなら、わたしを責めればいい。わたしがあんなことをしなければ、あのときお父さまはあなたを門前払いしなかったはずだもの」

「あなたが？」ピーターは声をあげた。公爵の手を放して椅子から立ちあがる。緊張が全身に広がっていった。「どういう意味だ？　あなたが原因だと？」

そこで初めてレディ・クララの目に不安が浮かんだ。「だって、もちろん……」父親を見て、それから困惑してピーターに視線を戻す。「なぜあなたを追い払ったか、もちろんお父さまはあなたに話したはずです」

「クララ、やめなさい」デーン公爵がふたたび声をあげ、娘のほうへ手を伸ばした。

「ああ」ピーターは父と娘のあいだで視線を行ったり来たりさせた。恐ろしい予感が、まるで洪水の水のようにじりじりとせりあがってくる。「父が公爵を脅迫していたことは教えてもらった。だから、ぼくが来たのも父の指示だと思ったと」

「脅迫の内容は?」

「聞いていない」

レディ・クララはのろのろとベッドに腰をおろした。「お父さま、なぜ彼に話さなかったの?」

公爵が無言で首を左右に振る。彼女は涙を浮かべて微笑むと、身を乗りだして父親の頬に口づけた。「愚かで、頑固で、そしてすばらしい人ね」ささやくように言う。「わかっているでしょうけれど、永遠にわたしを守ることはできないのよ」

彼は娘を見てかすかに微笑んだ。「守るとも。この体に命があるかぎり」

レディ・クララは父親の手を軽く叩いてため息をついた。「ミスター・アシュフォード、座ったほうがよさそうです。わたしたち――あなたとわたしには、話すべきことがたくさんあるようですから」

胸で渦巻く不安を感じながら、ピーターは言われたとおり椅子に座り直した。それでも、レディ・クララが口を開くまでには少し時間がかかった。

「最初から話さなくてはならないでしょうね。何が問題だったのかを、あなたにきちんと理解してもらうために」彼女は話しはじめた。「ミスター・アシュフォード、前公爵とあなたの父方のおじいさまが対立していたことはご存じかしら？」

「ピーターと」

彼女はぎこちなく微笑んで言い直した。「ピーター」

「ぼくが知っているのは、祖父が無一文で追いだされたということだけだ。父親が亡くなって兄、つまりあなたのおじいさんが実権を握ると、ふたりは喧嘩になり、ぼくの祖父が追放されたと」妻と息子を捨ててさらなる貧困に突き落とす以前、ピーターの父はしょっちゅう酔って暴れていたのだが、そのときに決まって持ちだされる話題だった。自分たちの不運をたどれば、すべてそこにたどり着くのだ。

クララはうなずいた。「ええ、そのとおりよ。でも、彼らが仲たがいした理由は知っている？」

ピーターは首を横に振るしかなかった。公爵を罵るとき、彼の父は細かい部分を都合よく省いていたのだ。

「聞いたところによると、あなたのおじいさまは与えられた暮らしを拒み、それどころか過度に贅沢な支援を要求した。祖父は、あなたのおじいさまが自分の人生に責任を持たざるを得なくなるよう期待して縁を切ったのだけれど、彼はその夜、大量の宝石とお金を盗んで逃げてしまった」

ピーターはうなずいた。この話がそこで終わりではないと察し、続きを聞くのが恐ろしくなる。

「数年後……」クララはそこでためらいを見せて父親を見たが、公爵は目を閉じていた。悲しみが、こらえているのであろう痛みとまじり、やつれた顔にしわを刻んでいる。彼女はため息をついて続けた。「数年後、あなたのお父さまが、家族のために助けてほしいとうちを訪ねてきたの。祖父は疑念を抱いて信用しなかったけれど、手を差し伸べるよう父が説得したわ。父親の罪を息子に担わせてはならないと。だから祖父は相当な額のお金を渡したうえ、その晩に泊まる場所を提供した。今後の援助も約束したわ。でも、あなたのお父さまはその内容では満足しなかった。彼の父親と同じように、可能なかぎりのものを持って、夜が明ける前にいなくなったの」

「いつ?」ピーターは強い口調で尋ねた。「それはいつのことだ?」

「二〇年近く前になるわ」クララが悲しげに微笑んだ。「その場にいて、何もかも見ていたから知っているの。おじいさまはその出来事に古傷を開かれ、心を打ち砕かれた。そのあと病に倒れて、二度と回復しなかったわ」

二〇年前といえば、父が妻子を捨てたあとだ。あのろくでなしは自分の利益のために母とピーターの存在を利用した。もちろん、ふたりを助けるつもりなどまったくなかったのに。

今この瞬間、あの男の首を絞めることができるなら、ピーターは喜んでそうしただろう。

だが、話はまだ終わっていない。父は公爵を脅迫するために戻ってきたはずだ。

しかし、いつもはおだやかなクララの顔がつらそうにしかめられているのを見ると、ピーターは続きを知りたくない気持ちになった。

「それ以上はもう話さなくていい」部屋に広がる重い沈黙の中で、彼の声はぶっきらぼうに響いた。

クララがピーターを見て小さく笑みを浮かべる。「いいえ、話さなくてはならないの。わたしたちがこれを乗り越えるためには、あなたに理解してもらう必要があるから」

彼女の目の中に決意の炎が見えた。ピーター自身も、いやというほど経験してきた感覚だ。彼はしぶしぶながらうなずいた。

クララは深く息を吸った。「以前、わたしは結婚を約束してくれた若い男性に心を奪われていたの」そこで陰鬱に笑う。「いいえ、心だけではなく、ほかの部分もすべてその人に捧げていたわ。世慣れたあなたなら、わたしの言いたいことがわかるでしょう」

座っている椅子をつかみ、ピーターは歯を食いしばってうなずいた。

「残念ながら、約束はかすみのように実体のないものだった。わたしは彼に捨てられたの」彼女は膝の上に置いた手を、関節が白くなるほどきつく握りしめた。「その結果わたしは具合を悪くして、一時は危険な状態に陥った。そんなときにあなたのお父さまがふたたび現れたのよ。もっと多くの援助を求めて。彼がどうやってわたしの……状況を知ったのかわからない。もしかすると、わたしのメイドから聞きだしたのかもしれないわ。あの直後に姿を消して、二度と戻ってこなかったから。わかっているのは、わたしの不品行を知ったあなたのお父さまが、その情報を使って父からお金を得ようとしたことだけ」

「なんということだ」ピーターの口から声がこぼれた。

クララがうなずいた。「父はあなたたち父子が共謀しているものと思い、わたしの愚かさをそれ以上利用されないようにと、あなたを助けなかったの。だけどレディ・テシュから事の真相を聞いて、あなたに連絡を取ろうとした。でも、その頃にはもう手遅れだったわ。あなたは姿を消してしまっていた」彼のほうをまっすぐに見て続ける。「ピーター、それ以来ずっと、あのときのことは父の心に重くのしかかっているの。悔やまれてならないのよ」

初めてシン島に来たときに、レディ・テシュにも同じことを言われた。彼は頭を振りながら言った。「どうして誰も教えてくれなかったんだ?」

「あなたのお父さまが脅迫していたことも、わたしの恥も、誰ひとり知らなかったからよ。レディ・テシュでさえ」

この女性が耐えてきたことを思い、ピーターの胸に怒りがこみあげる。「あなたの恥なんかじゃない」彼はうなった。「恥を知るべきはあなたを捨てた男、そして、そのことを利用したぼくの父親だ」

クララの顔にかすかな笑みがよぎった。「やさしいのね」彼女は深呼吸して続けた。「これであなたも事実を知った。だけど」わざと顔をしかめて父を見る。「お父さまはもっと前に話すべきだったのよ」

公爵が愛情に満ちた笑顔をクララに向けた。静かに言葉を交わす父と娘を見ながら、ピーターは古い傷の痛みが徐々に消えていくのを感じた。最後に残った過去の足かせから自由になると決意したのは数日前だが、今ようやく、本当の意味で解放された。息を吸い込むと、長いあいだ彼をとらえて胸を締めつけていた憎しみと復讐の輪が、完全に外れるのがわかった。そして突然、明るい未来が見えてきた。以前なら夢にも思わなかった、希望にあふれた未来が。

それから一時間ほど、ピーターとクララと公爵の三人は静かに話をした。公爵はいくらか元気を取り戻したようで、ピーターが語る将来の展望に目を輝かせて聞き入っていた。デーンズフォードと彼の愛するすべてが大切にされるであろうことにどれほど感謝しているか、言葉以上に彼の微笑みが物語っていた。やがて時間が来てアヘンチンキを服用すると、公爵は安らかにまどろみはじめ、ピーターはクララに促されて部屋を出た。

「ありがとう」並んで廊下を歩きながら、彼女が口を開いた。

「ぼくのほうこそ。おぞましい状況だったことを理解できるように、あなたはぼくを信用してつらい真実を打ち明けてくれた」彼はクララを見下ろした。「公爵にはすでに、許すと伝えたんだから、そもそもあなたが礼を言う必要はないんだ」

「わたしにはそれくらいしかできないから」彼女はピーターを見て言った。「あなたが考える以上に申し訳なく思っているのよ」

クララは過去の過ちが課した重荷をいまだに背負っている。すぐに手放すつもりもないのだろう。「過ぎたことだ」いくらかでも安らぎを与えられることを願い、ピーターはおだやかな声で言った。

うなずいたものの、クララは納得していないようだった。だが正面階段の上まで来ると立ち止まり、顔を輝かせて言った。「忘れていたわ。あなたに見せたいものがあるの」きびすを返して西棟のほうへ向かう。ピーターは困惑しながらも、あとについていった。

ふたりは広々として長い部屋に入った。壁のところどころに飾られている絵は、先へ進むほど大きくなっていた。「ここは肖像画のギャラリーなの」クララが説明した。「ピーター、あなたの先祖たちよ」

壁沿いに歩きながら、ピーターは通り過ぎる絵のそれぞれに目を凝らした。何世紀にもわたるアシュフォード家の面々が見つめ返してくる。気づくと、彼らの顔の中に自分と同じところがないか探していた。すると、ひとりの絵に冷たいブルーの目を、別のひとりに頑固そうな顎を、三人めに淡い金色の髪を見つけた。それだけでなく、全員の中に少しずつ同じ部分があった。シンと彼女の物語を初めて知ったときのように、ここに飾られた、今はもう死んでしまった人々と自分をつなぐ糸の存在を感じた。レノーラと一緒にこれをつなげていけるだろうか？　彼らの、ふたりの子どもたちの、そのまた子どもたちの肖像画もこの壁を飾るのだろうか？

けれどもピーターの物思いは長く続かなかった。クララがガラス製の小さなキャビネットの前で足を止めたのだ。中には宝石をちりばめた小ぶりの短剣や、精巧な細工の金の十字架、細密画がところ狭しと飾られていた。しかし、ほかよりはるかに質素なつくりにもかかわらず、ひとつだけ目立つものがあった。鈍い色をした金の指輪だ。荒削りで、ふつうなら注意を引くような指輪ではない。それなのに、ピーターはその指輪から目が離せなくなった。

「シンの指輪を見つけたのね」クララがおかしそうに言った。

指輪に目を奪われたまま、驚いて尋ねる。「これはシンのものだったのか?」

「そうよ」一瞬の間を置いて、彼女は続けた。「持ってみる?」

ピーターは断ろうとした。これほど古く、しかも壊れやすそうに見えるものを、乱暴で大きすぎる自分の手で持てば、きっと壊してしまうだろうと思ったのだ。だがクララは彼が口を開く前にキャビネットの扉を開け、ベルベットの台座から指輪を取りだした。そして次の瞬間にはピーターの手を取り、手のひらに指輪を置いていた。

金属は冷たいはずなのに、肌に触れる指輪はなぜか熱く感じられた。全身に広がるその感覚は、過去の彼を消し、本来の姿に戻してくれた。そして、ピーターは理解した。これまではか弱く、保護が必要だと思っていたものが、実は強くてたくましいということを。

レノーラのように。彼女への愛のように。

胸がうずく。「ありがとう」ピーターはささやいた。彼はもとの台座に戻される指輪を敬意のこもったまなざしで見つめると、また戻ってくると約束してクララに別れを告げた。

馬にまたがり、シークリフを目指す。今や彼をためらわせるものは何もなかった。まもなくレノーラは彼の気持ちを知ることになるだろう。そしてピーターは、彼女を自分のものにするためならなんでもするつもりだった。

32

「ピーター！」それから半時間もしないうちに居間に入ってきた彼を見て、レディ・テシュが声をあげた。「ボストンへは戻らなかったのね」

ピーターは唇をゆがめて彼女に近づいた。「見てのとおりですよ」皮肉をこめてそう言いながらも、部屋の中を見渡さずにいられなかった。しかし、レノーラの姿はなかった。くそっ、彼女はここにいるに違いないと踏んでいたのに。だが、もしかするとこれでよかったのかもしれない。レノーラがいれば、間違いなくレッドバーンもいるはずだからだ。あの男のことを考えただけでも胸が悪くなる。

「お元気そうですね、おばさま」ピーターは屈んで彼女の頬にキスした。フレイヤが頭をもたげる。もつれたモップのようなその頭を手荒に撫でてやってから、彼はレディ・テシュの隣に腰をおろした。

子爵夫人はまだぽかんと彼を見つめていた。内心は焦りでいらだっていたものの、ピーターはなんとか笑顔をつくってみせた。「言葉を失わせてしまったようですね。人が見たら、ぼくに会えてうれしくないのかと思われますよ」

レディ・テシュはたちまちわれに返った。「もちろん、あなたに会えてうれしいわよ。寂しかったもの。戻ってきてくれてよかった」

一瞬、皮膚の下で不安がうごめく。ピーターは声をあげて笑ったが、自分でもわざとらしく聞こえた。「寂しい？　若い淑女がふたりも一緒にいるのに、寂しいはずがないじゃありませんか」

驚いたことに、レディ・テシュは落ち込んでいるように見えた。「知らないの？　レノーラもマージョリーも、もうここにはいないのよ。ふたりとも数日前に行ってしまったから」

ピーターは背筋を伸ばして身を乗りだした。「行ってしまった？　どういう意味です？」表面下でくすぶっていた懸念が爆発し、息を詰まらせるほどの恐怖に変わる。「レッドバーンも？」

レディ・テシュは肩をすくめた。「彼もよ。ロンドンへ戻ったわ」

ショックのあまり、ピーターは椅子に沈み込んだ。彼らがロンドンへ帰る理由はひとつしかない。結婚だ。遅すぎたのだ。レノーラは手の届かない存在になってしまった。手で顔をこする。もう少しだったのに、間に合わなかった。

だが希望の火はまだ消えていない。レノーラが出発してわずか数日だ。ふたりは馬車で移動しているだろう。ロンドンに到着したレッドバーンがすぐに結婚許可証を手に入れたとしても、馬で急げば遅れを取り戻せるかもしれない。

ピーターは勢いよく立ちあがったが、狂人のような形相をしていたに違いない、レディ・

テシュがぎょっとした顔で彼を見つめた。

「ピーター、いったいどうしたの？」

「ロンドンへ行かなければなりません」彼はドアへ急ぎながら答えた。

「なぜ？」

「レノーラのためです」肩越しに嚙みつくように言う。「レッドバーンと結婚させるわけにはいかない。彼女を止めなければ」

何ものもこの瞬間のピーターを阻止できなかっただろう。レディ・テシュの笑い声を除いては。

彼は驚いて後ろを振り返った。「何がそんなにおかしいんです？」

「まあ、ピーター」子爵夫人は息が切れるほど大笑いしている。「それなら、はるばるロンドンまで出向く必要はありませんよ」

ピーターは眉をひそめた。「何をおっしゃっているのか理解できません。はっきり言うか、さもなければ行かせてください」

笑いはおさめたものの、レディ・テシュの目はまだ面白そうにきらめいている。「レノーラに会うためにロンドンへ行っても無駄よ。だって、いないもの。彼女はまだここに、シン島にいるわ」

レディ・テシュは唇をすぼめ、何かを考えるように眉を上げた。「あなたが去って、レノーラはひどく落ち込んでいたの。口にこそ出さなかったけれど、マージョリーとわたしにはわかったわ」

その言葉はピーターにこれ以上ないほどの衝撃を与えた。そして希望も。なぜなら、彼が急に出発したことでレノーラが苦しんだとすれば、それは彼女の心が彼に向けられているせいだと考えられるからだ。

もしかすると、本当にもしかすると、ピーターが愛しているのと同じくらい、レノーラも彼を愛してくれているのかもしれない。彼がこの世の終わりまで嫌悪されてもしかたがない、どうしようもない愚か者だったにもかかわらず。

ピーターは先ほどまで座っていた椅子に戻った。「お願いです」懇願するのは初めてだ。

「彼女を取り戻すためならなんでもします」

レディ・テシュの鋭い目がきらりと光った。「なんでも?」

子爵夫人は興奮しているように見えたが、恐ろしく回転の速い頭で彼女が何を企んでいようとかまわなかった。「ええ」ピーターはためらいなく答えた。

見定めるかのように長いあいだ彼をうかがったあとで、レディ・テシュはついにうなずいた。「レノーラは、今夜の慈善舞踏会に出席することになっているわ」

「ぼくも出ます」ピーターは立ちあがってドアへ向かった。すでに頭の中ではこれからのことをめまぐるしく考えていた。胸の内では恐れと希望が優位を争っていた。レノーラを勝ち取るためになんでもするかとレディ・テシュに訊かれたが、一瞬の迷いもない。火の中でも歩くつもりだ。ドラゴンとだって対決するだろう。

これから死ぬまで毎日、あのばかげた正装をすることになってもかまわない。

だが、それをどうやってレノーラに証明すればいいだろう？

ピーターはドアに手をかけたまま動きを止めた。本当に、どうすればいい？　過去二回の舞踏会でしたように、集会場に飛び込んでいって、隅からにらみつけるだけではだめだ。何があろうと生涯愛しつづけることを、どれほど本気で彼女を思っているかを、レノーラに示してみせなければ。

「ピーター、怖気づいたんじゃないでしょうね？」

ドアをつかむ手に力がこもる。決意が全身にみなぎっていた。「まさか」彼はレディ・テシュに向き直った。「舞踏会は何時間も続くわけじゃない」

白い眉がふたたび持ちあがった。「たしかに」

彼はにやりとして言った。「あなたは以前、ぼくを紳士だと言った。それを正式なものにしてみませんか？」


黄褐色の石でつくられた集会場の建物を、レノーラは眉をひそめて見上げた。馬車の列は長く、ゆっくりとしか進まない。「言ったはずよ、マージョリー」彼女は手袋を引っ張ってしわを伸ばしながら不平がましく言った。「未亡人用のコテージではするべきことがたくさんありすぎて、舞踏会なんて楽しんでいる場合じゃないの」

「ばかなことを言わないで」マージョリーが笑顔で力説する。「あなたはあのコテージを住めるようにするために、昼も夜も身を粉にして働いたわ。それだけでなく絵も描いていて、のんびりする暇が少しもなかったじゃない」

舞踏会へ出席することを〝のんびりする〟とは言わないわよ。レノーラはそう口にしかけた。だが寸前で言葉が喉に引っかかってしまう。ピーターも舞踏会をいやがっていたのを思いだしたのだ。彼のことを考えるつもりはない。今はだめだ。つらい気持ちになるのは、静まり返って真っ暗な自分の寝室の中でなければ。安らかにまどろむこともできずに流した涙を知るのは、頭の下の枕だけにしなければ。

とはいえ、悲嘆に暮れるばかりの毎日ではなかった。人生で新たに、まったく未知の道を切り開いていく決意をしたおかげだ。未亡人用のコテージは何年も使われておらず、修理はきちんとされていたものの、かつての輝きを取り戻すためにはかなりの手入れが必要だった。ペンキを塗ったり、埃を払ったり、磨きをかけたりという肉体的な労働と、絵を描くというきわめて頭脳的な労働に、レノーラはこれまで自分が持つとは思いもしなかった目標を見つけた。そして父に勘当されても、ピーターに去られても、この新たな人生で充足感や達成感を得られることに驚いた。

しなければならないことは、まだまだたくさんある。だから、このタイミングで慈善舞踏会へ連れだされることにいらだっていたのだ。

手にマージョリーの手が重ねられるのを感じ、レノーラの注意は現実に引き戻された。

「今夜、あなたが来てくれてうれしいわ」マージョリーがそっと言った。「あなたが恋しかったの」

静かな言葉に胸を打たれて何も言えなくなる。新しい生活を始めるに当たり、できることがあれば手伝うとマージョリーが言い張るので、先週はよく顔を合わせたのだが、以前のように座ってゆったりくつろぐことはなかった。そう考えた瞬間、レノーラは友人と過ごす時間をいかに恋しく思っていたかに気づいた。お互いを思いやりながらふたりで散歩をする気楽なひととき。マージョリーのそばにいると気持ちが落ち着いた。友人のやさしい茶色い瞳をのぞき込むと、彼女もまた、結びつきを取り戻したがっているのがわかった。

胸が締めつけられ、レノーラは前屈みになった。「わたしもあなたが恋しかったわ」そう言ってマージョリーの手を両手で包む。「あなたの言うとおりね。わたしにはこれが必要なんだわ。わたしたち、ふたりともに」

馬車ががたんと揺れて停まり、かつらをつけた従僕によってドアが開けられた。レノーラとマージョリーは敷石におり立ち、ふたりで腕を組みながら集会場に入っていった。音楽の調べとともに、おだやかではあるが大きな笑い声や話し声が聞こえてくる。レノーラがいつの間にか慣れてしまったロンドンの堅苦しい社交行事より、シン島の舞踏会のほうがはるかに好ましく感じられるのは、こういうところだ。どうやらすでに盛況らしい。

舞踏室の広い両開きのドアを目指して玄関の柱廊を歩きながら、レノーラはあたりにひしめく大勢の人々に目をやった。「おばあさまはもう到着していらっしゃると思う？」

「あら、おばあさまのことですもの」マージョリーは入り口付近にいた若い女性たちの一団をよけ、レノーラに身を寄せて言った。「きっといちばんに中へ入りたがったはずよ。三〇分以上は前に着いて、わたしたちのことを待ち構えているに違いないわ」

レノーラは小さくため息をついた。「遅くなったのはわたしのせいよ。それに、すべてをきちんとしておきたいと思うあまり、最近はおばあさまに気を配っていなかったわ。そうするべきだったのに。ここ数日のわたしのふるまいを許してくださるといいのだけれど」

「そうねえ」舞踏室の中へ入ると、マージョリーが声に笑みをにじませて言った。「今夜はどんなことでも許してくださるんじゃないかしら」

その言い方に引っかかりを覚えたレノーラは眉をひそめた。だが問いただそうとする前に目の前の人混みに隙間ができ、レディ・テシュの姿が目に入ってきた。壁沿いの、いつもの場所に座っている。そばにはこちらに背を向けた男性がいて……。

「ピーター」レノーラは息をのんだ。

彼がぴくりとして、振り返った。まるで自分の名前を呼ぶ声が聞こえたかのように。まさか、ありえない。こんな騒がしいところで。だが、ピーターの目は迷いなくレノーラをとらえていた。その熱さに膝が崩れそうになる。マージョリーと腕を組んでいなければ、立っていられなかっただろう。

「ど――どういうことなの」こわばった唇ではまともに言葉が出なかった。「彼は出ていったのよ。今頃はアメリカに向かっているはずなのに」

「戻ってきたのよ」耳元でマージョリーが言った。

レノーラはさっと友人を振り返った。微笑むマージョリーに驚いた様子は少しもない。理解が追いつかずにまばたきする。「あなたは知っていたの？」

友人は黙ってただ笑みを深め、安心させるようにレノーラの腕をぎゅっと握ると、彼女から離れて人混みの中に紛れてしまった。まったく、わけがわからない。荒れた海で方角を見失ったような気持ちで、レノーラはその場に立ち尽くしていた。

そのとき、よく知っている低い声が聞こえた。

「レノーラ」

楽しげに集う人々の中で、ピーターは石柱さながら微動だにせず立っていた。それでいて周囲になじんでいるようにも見える。あんなにいやがっていた、あの見事な仕立ての夜会服で正装した彼は、まるで貴族の見本のようだった。背筋を伸ばして立ち、整えた髪を後ろでひとつに結び、髭も短く刈り込んである。ロンドンの舞踏会で社交界の上層の人々に囲まれていても、決して場違いには感じないだろう。

でも、これはわたしのピーターじゃないわ。レノーラは彼の全身に視線を走らせ、目の前にいる非の打ちどころのない装いをした色男のどこかに、自分が愛するようになった男性の姿が隠されていないかと探し求めた。だが、どこにもないとわかり、泣きたい気持ちになった——彼の目を見るまでは。瞳は同じだった。飼いならされていない野生の獣のようなまなざし。しかも燃えている。

彼の胸に身を投げだしたい。その衝動は圧倒的で、レノーラはもう少しで流されそうになったが、なんとか耐えた。ピーターは自分の考えをはっきり示したのだ。彼にとって復讐は何よりも重要なのだと。慎重に練った計画を、彼は絶対にあきらめないだろう。とりわけ、彼女のために断念することなどありえない。

レノーラはおなかに手を回して体を丸めた。まわりにいる大勢の人々の存在が痛いほど意識された。彼らの楽しそうな声は、彼女とピーターをすっぽり覆っている張りつめた膜に跳ね返され、耳障りに響いた。「あなたはボストンに戻ったんでしょう。今頃は船の上にいるはずなのに」

「できなかった」

たったそれだけの簡潔な言葉には隠された意味が満ちあふれていた。知りたくて胸がうずく。彼が戻ってきた理由はわたしなの？　だが、それを口にするつもりはなかった。そんなことはできない。

ピーターの視線は彼女の顔をとらえたままだ。ブルーの瞳には以前のような防御壁がなく、奥でちらちらと揺れる、はかない切望の炎を見ることができた。「あなたと踊る栄誉にあずからせていただけませんか、レノーラ？」彼はそう言って、真新しい手袋をはめた手を差しだした。

気づくと、レノーラの手は彼の手の中にあった。頭が止めているにもかかわらず、心が主導権を奪って体を動かしているかのようだ。ピーターは慎重だが堂々とした足取りで彼女をダンスフロアへといざなった。今すぐ手を引き抜いて彼を拒むべきだ。けれどもレノーラにはできなかった。そんなことをすれば人目を引いてしまう。彼女は自らに言い聞かせた。だが頭の中に響くその声は、自分でも嘘だとわかっていた。ピーターの手を振り払わないのは、たったひとつの理由のため。そこが正しい場所だと感じるからだ。

レノーラの混乱した頭は、艶やかなフロアの中心でピーターが足を止めるまで、奏でられている旋律に気づかなかった。ワルツだ。

視線を合わせたまま低くお辞儀をする彼に、レノーラは力なく首を振って言った。「あなたはワルツの踊り方を知らないでしょう、ピーター」

彼は答える代わりにレノーラの右手を取り、もう一方の手を彼女の背中のくぼみに沿わせた。

渇望が押し寄せてくる。深く息を吸うと、スパイスとブラックコーヒーと馬と革の入りまじった彼のにおいがして、目に涙がにじんだ。レノーラはうつむき、まばたきして涙を振り払おうとした。こんなふうに体を寄せることがどんなに苦しいか、どれほどまだ心をかき乱されてしまうか、絶対に知られるわけにはいかない。

ピーターは彼女から適切な距離を取っていた。姿勢は完璧で、触れ方に眉をひそめるようなところは何もない。それでも、彼の存在はふたりのあいだの空間を占め、ただそこにいるだけで彼女を圧倒した。やがてピーターが動きはじめ、レノーラはなすすべもなく彼のリードに身をまかせた。これは間違いよ。心の中でささやく。心臓はまったく別の激しいリズムを刻んでいたが、心の声も体の反応もできるかぎり無視しているうちに、いつの間にか彼の動きに集中していた。ステップは優雅で、彼女を導く動きには風格がある。ただでさえぼうっとしていたレノーラの頭はさらに混乱した。

「あなた、ワルツを踊っているわ」気づくとそう口走っていた。

「親切にもオリビアおばさまが指導してくださいましたので」

あらたまった話し方だけでなく、レディ・テシュの呼び方にもびっくりして、レノーラは目をぱちぱちさせた。いつから子爵夫人を称号以外の名前で呼ぶようになったの？　ピーターにくるりと一回転させられたところで、問題の老婦人とマージョリーが頭を寄せあい、至福に満ちた笑みで顔を輝かせながらこちらを見つめているのが視界に入ってきた。思わず目を細める。そういえば、ここにピーターがいるのを見つけたとき、友人は驚いていなかった。その前にも、レノーラも舞踏会に出席するべきだと、彼女らしくもなく頑固に言い張っていた。

「マージョリーも？」レノーラはこわばった口調で尋ねた。「彼女も、あなたの指導にひと役買ったの？」

「いとこの手助けは非常に有益でした」

ピーターの過度に堅苦しい態度に、すでにすり減っていたレノーラの忍耐は、ぽきりと音をたててふたつに折れてしまった。「間抜けな貴族のようなその気取った話し方も彼女に教えてもらったの？」

ピーターは驚いたようにまばたきしてステップを乱したが、すぐに立ち直って言った。

「きみがロンドンの社交界で知る人たちと同じように話しているだけだ」

「わたしがそんなことを気にするように見える？」思わず感情を爆発させてから、ここが大勢の人たちに囲まれたダンスフロアだったことを思いだした。好奇心をあらわにした視線をいくつも感じ、レノーラは目を閉じて深く息を吸った。ピーターの手の感触に気を取られてはいけない。きっちりと乱れのないダンスの型に合わせてやさしく揺れる、彼の大きな体から意識をそらさなければ。

疲れ果てたレノーラは、わっと泣きだしてしまうかもしれないと思った。もう無理だ。彼に置いていかれる悲しみを、もう一度やり過ごすなんてできない。

いや、できるのかもしれない。この一週間で、自分が思っていたより強いことを知ったのだから。だがそれでも、またあの苦しみを乗り越えなければならないと思うと、あらためて胸が痛くなった。

「どうしてここにいるの、ピーター？」彼女はささやいた。疲労困憊するあまり、それ以上は言葉にならなかった。

彼はレノーラの危うい状態を感じ取ったようだ。口を開いたときには以前のぶっきらぼうな口調に戻っていた。彼女が好きだった話し方だ。「きみに会う必要があったからだ」

「なぜ？」

ピーターがまばたきした。途方に暮れているらしい。彼は唐突に言った。「きみはレッドバーンと一緒にロンドンへ行かなかったんだね」

「ええ」

「彼とは結婚しないのか」

レノーラは眉をひそめた。質問ではないが、彼が答えを欲しがっているのはわかる。「そうよ。わたしたちは合わないだろうとわかっていた。だから婚約は破棄したわ」

「言ったとたん、彼女は舌を噛み切りたくなった。なぜそこまで話してしまったの？　わたしの婚約がまた失敗に終わったからといって、彼が気にするはずもないのに。

ところが、それまでは張りつめていたピーターの肩が、安堵をあらわにしてさがった。

「よかった」周囲が騒がしいせいで、かろうじて聞き取れるくらいの声だったが、飢えたレノーラの心には大声のように響いた。

「どうして？」

喉から絞りだしたそのひと言が、つらい悲しみからついに彼女を引きはがし、代わりに深い怒りをもたらした。こんなところまでやってきて、わたしがやっとのことで築こうとしている新しい人生を根底から覆すようなまねがよくもできるわね？　レノーラはダンスフロアの真ん中で足を止めた。人前で醜態を演じたってかまわない。彼女はピーターの腕から抜けだした。周囲では何組もの男女がくるくる回っていて、目がくらむような鮮やかな色の連なりに、まるで万華鏡の中心にいるような気分になった。

「どうしてよかったと思うの、ピーター？」レノーラは強い口調で訊いた。「これまでのあなたは、喜んでわたしをレッドバーン卿と結婚させようとしていたはずよ。だから、別れの言葉も言わないまま去ったんでしょう」

「喜んできみを置いていったわけじゃない」かすれて耳障りな声で彼が言った。

「それならどうして？」レノーラは叫んでいた。言葉が勝手にほとばしり、その激しさに自分でも驚く。以前の彼女なら身を縮め、騒ぎを起こしてしまったことを謝罪しただろう。だが、感情を抑えるのはもううんざりだ。それに、自分を求めてくれなかったこの男性に、これ以上の時間を割くのもごめんだった。

レノーラは涙をこらえると、ありったけの怒りをこめて彼をにらみつけ、足早にフロアを横切って部屋の端へ向かった。踊っていた人々が二手に分かれて道ができる。「気にしないで。もうどうでもいいことだから」

ピーターの口から低い罵りの言葉が漏れた。「どうでもよくなんてない」彼女を追いかけ、腕をつかむ。「レノーラ――」

躊躇（ちゅうちょ）の残る彼の手から、レノーラは両手を振りあげて逃れた。パニックに襲われる。こんなときでさえ、ピーターの胸に飛び込みたくてたまらない。「やめて」

彼はいらだったように唇を引き結んだものの、無言でうなずき、脇におろした手を握りしめた。「きみを置いて去りたくなんてなかった。だが、それがぼくの知る唯一の方法だったんだ」

「なんのための？」

「きみが幸せになるためのの」

ピーターの告白に、レノーラは息が止まるほど驚いた。「自分が去ることで、わたしを幸せにできると思ったの？」

返事はなかったが、目によぎった苦悩から、きれいに整えられたクラヴァットをぐいっとつかんで以前のように垂らしてしまう指の動きから、彼がまさにそう信じていたことが見て取れた。

胸を占めていた怒りがやわらぐのがわかった。ピーターが意図せずに見せるもろさに、レノーラはいつも心を動かされるのだ。彼の頬を撫でて、自分を責めるせいで額に深く刻まれたしわをキスで取り去ってあげたい。彼女はごくりと音をたてて唾をのみ込み、自分を見失うまいと意志の力をかき集めた。

だが、彼の苦しみを黙って見ていることもできない。「あなたがいなくなっても、わたしは幸せにならなかったわ、ピーター」低く悲しい声で言う。

彼の目に希望が燃えあがった。危険だ。レノーラはすでに彼を手の届かないところに遠ざけておくべき理由を忘れかけていた。

けれども彼女の決意は、ピーターの言葉でついにくじかれてしまった。

「ぼくがばかだった、レノーラ。去るべきではなかったんだ、きみのために戦うべきだった。ぼくがどんなに尊大で、粗野で、無教養だったとしても。どんなにきみにふさわしくない男だとしても。あんなに簡単にきみを手放すべきではなかった」

衝撃のあまり何も言えずに見つめていると、彼が近づいてきた。ゆっくりと、慎重に、まるでレノーラが逃げだすのを恐れているかのように。今この瞬間にもピーターを置いて立ち去ることが、彼女にできるとでもいうように。

「レッドバーンがシークリフに到着したとき、彼に本当のことを告げるべきだった」彼は感情のこもった声で続けた。「きみに心を奪われて、きみなしの人生なんてぼくには考えられないことを」

「ピーター」レノーラはささやいた。

彼の口元にやさしい笑みがかすかに浮かんだ。手を伸ばし、彼女の頬の曲線を撫でる。

「それに、レッドバーンのせいできみにとても大切なことを告げられなくなるような状況を、許すべきではなかったんだ」

鼓動が速まる。レノーラが震える指でピーターの胸に触れると、彼の心臓もまた激しく打っているのがわかった。「大切なことって?」

彼が床に両膝をついた。レノーラが知る誰よりも強く、誰よりも誇り高いピーターが、熱気の立ち込める混みあった集会場で、大勢の人が見ている中で、彼女の前に跪(ひざまず)いたのだ。

ピーターはレノーラの両手を取り、しっかりと握りしめた。「きみを愛していることだ。全身全霊をこめて。愛している、レノーラ」

彼女はずっと止めていた息を吐きだして小さく言った。「まあ」

彼の笑みが揺らぎ、目に不安が浮かんだ。「それはいい意味の〝まあ〟かな? それとも、悪い意味の〝まあ〟?」

答える代わりに、レノーラは自分も膝をついてピーターの首に両手を回し、彼に唇を押しつけた。ピーターの中で何かが解き放たれたのか、混じりけのない切望の低いうめきが漏れた。それが反響して彼女の全身にも伝わってくる。ピーターは荒っぽい過去を持つとは思えないやさしさで、長年の肉体労働で筋肉が浮きでた腕で、つらい人生が課した試練と苦難で傷だらけになった手で、レノーラを抱きしめた。唇はレノーラを賛美し、ピーターが公言した彼女への愛が、苦しいほどやさしい口づけに残らずこめられていた。キスが解かれ、額に彼の額が押し当てられると、レノーラは思わず抗議の叫びをあげそうになった。

そのとき、すっかり聞こえなくなっていた周囲のざわめきが戻り、ふたたび彼女を押しとどめた。音楽はまだ流れていたものの、息をのむ音や、びっくりしたような笑い声があたりに響いている。視界の隅に、ショックを受けてささやきあう人々の顔が見えた。

スキャンダルの恥ずかしさなら相応に経験がある。だが、今回は違った。これほど幸せな気分なのに、どうして恥ずかしくなれるだろうか。

こらえきれずにくすくす笑いだすと、レノーラは立ちあがり、ピーターも引っ張って一緒に立たせた。ふたりで手をつなぎ、急ぎ足で人々をかき分けて裏口から外へ出る。ドアを閉める前に最後にちらりと見えたのは、壁際のいつもの場所で輝かんばかりの笑みを浮かべているレディ・テシュとマージョリーの顔だった。

だがそこでふたたびピーターの腕に抱かれ、ほかのことはすべて忘れ去られた。

「自分が社交界の洗練された紳士でないことはわかっている」ピーターがささやいた。むきだしの首筋に触れる、肉感的な唇とは対照的な粗い髭の感触は、めまいがするほどの興奮をかきたてた。「ぼくは粗野で、がさつで、礼儀作法も知らない」

胸がうずき、レノーラは後ろへさがっていとしい男性の顔を両手で包んだ。「これは全部そのせいなの？」彼女は尋ねた。声は少しも笑っていない。「だからこんな格好をして、堅苦しい態度を取っていたの？」

「きみには紳士がふさわしいからな」ピーターの声は低くこもり、目は理解してほしいと懇願していた。「きみのためなら紳士にだってなれる。ロンドンへ行って、毎晩このばかげた服を着て、誰も文句を言えないくらい洗練された話し方を身につけるつもりだ」

レノーラは首を振った。胸が張り裂けそうだ。「わたしがそれを望むと思うの？」

唇をかたく結んだ彼の目に苦悩がよぎる。

彼女は涙まじりに微笑んだ。「欲しいものがそれだけなら、レッドバーン卿とでも幸せになれたと思うわ。だけどわたしは、ヴァイキングのように髪を乱した男性のほうが好きなの」ピーターの髪をまとめているシルクの紐に手を伸ばして引っ張ると、金色の房が肩に広がった。「女性の話を、敬意と興味を持って聞いてくれる男性のほうが好き」彼の耳の上にかかる髪を指ですく。「口先だけの言葉より、本当に思っていることを言ってくれる男性のほうが好きなの」やわらいだ唇のラインをなぞる。

「それに」レノーラは微笑んで続けた。糊をきかせて丁寧に結ばれたクラヴァットに指をかけ、手間がかかったに違いないそれを崩していく。「心の内を率直に打ち明けてくれる人が、特にくたびれてゆがんだクラヴァットに包まれている人がいいわ」

ピーターの目に愛と喜びが燃えあがった。彼はレノーラの手を取って手袋を脱がせ、手のひらに温かい唇を押しつけた。「きみの心がこれからもずっとヒルラムのものだということはわかっている。でも、いつかぼくを愛するようになるかもしれないとは考えられないだろうか、レノーラ?」

「ばかな人ね」こみあげる涙をこらえて喉が詰まった。「ええ、ヒルラムを愛していたわ、でもそれは大切な友人としてで、それ以上ではなかったの」

ピーターのまなざしが彼女の目の奥を探っている。「本当に?」

「あなたがわたしのところへ来た夜に、ほかの誰に対しても、あなたに感じているような気持ちを抱いたことはないと言ったでしょう。あれには愛情も含まれるの」レノーラはにっこりした。「あなたはこれまでに出会った中でも最高に寛大で思いやりのある人だわ。そんなあなたをわたしが好きになれるかどうか、どうして疑問に思うの? ピーター、わたしはレディ・テシュの屋敷の玄関前の階段でぶつかったその瞬間から、あなたを愛しているのよ」

レノーラの顔をうかがう彼の瞳は、ランタンの金色の光よりも明るく輝いていた。「もう一度言ってくれ」ぶっきらぼうに要求する。

困惑して目を瞬かせたものの、レノーラはすぐに察した。微笑みながら、鋭い曲線を描くピーターの頬を親指で撫でる。「あなたを愛しているわ、ピーター」

言葉を発したとたん、ふたたび口づけられた。「ぼくと結婚してくれ」唇を重ねたまま彼が言う。

承諾したくてたまらない。けれどもわずかな疑念が、レノーラを包み込む幸せのもやに違和感を与えていた。「デーン公爵のことはどうするの？」

言いたいことはわかるはずだ。あなたは復讐をあきらめられるの？　公爵に思い知らせることが何より重要なあなたが、わたしと一緒になって幸せになれるの？　レノーラは緊張して答えを待った。

だが、時間はかからなかった。ピーターが微笑み、彼女の顔にかかるほつれた巻き毛を両手で後ろへ撫でつけながら、驚くほど晴れやかな表情で言ったのだ。「デーン公爵とぼくは和解した」

衝撃が体じゅうに広がる。理解よりも疑問を浮かべるレノーラを見て、彼は真顔になった。

「結婚してくれ、レノーラ。ぼくの妻になってほしい」

最後に言った。「頼む」

そのひと言でレノーラの胸にくすぶっていた疑念は跡形もなく消えた。ピーターは彼女がそうするべきだと告げているのではない。彼は心の底から頼んでいる。懇願しているのだ。受けるにしろ拒むにしろ、彼女に選択権を与えてくれている。「ええ、いいわ」レノーラは躊躇なく言った。

ピーターの目に安堵が広がった。やさしく、厳かに口づけられる。けれどもレノーラはもっと多くを求めていた。彼のすべてが欲しい。ピーターの髪に指を絡め、背中をそらせて彼に体を押しつけた。

彼女が伝えたいことを、ピーターは正しく理解した。「レノーラ」あえぎながら尋ねる。

「本当にいいのか?」

「ええ」

彼の目に燃えあがった欲望は、どんな炎よりも輝いていた。視線がレノーラの唇に向けられると、期待が全身を貫き――。

そのとき、どっと笑い声が起こった。集会所のドア越しに聞こえるくぐもった音ではなく、もっと近くから。ピーターにも聞こえたのだろう。彼はレノーラを守るように体に回した手に力をこめると、頭をもたげて音のしたほうを見た。

数人の馬丁がにやにやしながらすぐそばに立っていた。中のひとりがピーターに向かって携帯用の酒瓶を掲げた。

「こう言ってはなんですが、旦那はとんでもなく幸運なお人だ」

レノーラが驚いたことに、ピーターの胸の奥から低い笑い声が響いてきた。「きみが思うよりずっと運がいいぞ。きみたちはぼくを祝う最初の人間になってくれるかもしれないな。このレディがたった今、ぼくの妻になることを承諾してくれたんだ」

騒がしく歓声をあげる男たちに囲まれながら、レノーラはピーターの顔を見上げた。そこに輝く幸せを目の当たりにして、息が止まりそうになった。こんなに満足そうな彼を見るのは初めてだ。その喜びをもたらしたのが自分だと思うと胸がいっぱいになった。

並木道を照らすランタンの明かりの中に別の男が進みでた。レディ・テシュの馬丁だ。

「ミスター・アシュフォード？　馬車がご入用ですか？」

ふたりはすぐさま待っていた馬車のほうへ案内された。男たちの歓声が徐々に後ろへ遠ざかる。「シークリフへ向かいますか？」乗り込んだ彼らに馬丁が尋ねた。

ピーターが返事をする前に、レノーラは微笑みを浮かべて言った。「未亡人用のコテージへ行ってもらえるかしら？」

33

馬車の中でピーターは問いかけるような目をレノーラに向けたものの、何も言わなかった。腕を彼女の肩にかけてそばへ引き寄せる。レノーラは喜んで身を預け、彼の腰に手を回して胸に頭をもたせかけた。まさにここが、望んでいた場所なのだ。期待がふくらむ。耳の下で響く心臓のあまりに貴重なこの瞬間に、言葉はいらなかった。音に意識を奪われていたレノーラは、窓の外の月明かりに照らされた景色などほとんど目に入らなかった。まもなく馬車の速度が落ち、やがて停まった。ピーターは即座に動きだし、外から開けられる前に自分で扉を開けて私道におり立つと、レノーラに手を貸して馬車からおろした。

鍵を取りだした彼女がドアを開けるまで、実にあっという間の出来事だった。

背後で小さな音をたててドアが閉まり、ふたりきりになる。

玄関広間は薄暗かったが、縦に仕切りのある窓から差し込む月の光で、レノーラを見下ろす彼の顔が賞賛に満ちていることが見て取れた。しかし彼が周囲に目を向けると、その表情は困惑に変わった。

「ここはどういう場所なんだ？」

レノーラは答える代わりに小さなサイドテーブルに近づき、ランプに明かりをともした。金色の淡い光が玄関広間を照らしだす。なぜか急に緊張してきて、あたりを見回すピーターの様子をうかがった。狭い廊下、小さな応接間に続くドア、素朴な階段。

「わたしの家よ」彼女は説明した。どうしても誇らしげな声になってしまう。「厳密に言えば、所有しているのはレディ・テシュで、わたしは賃貸契約を結んだの」

ピーターが驚いたようにレノーラを見た。「賃貸契約？」

たちまち不安が押し寄せてきた。彼女は働いて収入を得るわけだが、淑女ならそういうことはしない。

だが次の瞬間、レノーラはそんな感情をきっぱり追いやった。恥じることなど何もない。それに、ここにいるのはピーターだ。彼女が自立することの重要性を理解してくれる人がいるとすれば、それは彼だろう。

彼女はうなずいた。「わたしの絵で支払うの」

その言葉を理解したとたん、彼の表情が明るくなった。とても誇らしげな顔を見ると、レノーラはうれしくて泣きそうになった。するとピーターがすばやく動いて彼女を抱きしめ、息ができなくなるほど激しく唇を奪った。腰をつかまれ、ピーターの体にぴったり合うように引き寄せられると、自分が彼に及ぼしている影響がはっきりと感じられた。重なった彼の唇は、これまでのどのときよりも多くを求めていた。レノーラは喜んで応じ、彼にしがみつく手と身もだえする体で、自分が傷つく恐れのある繊細な花ではないことを示した。彼女の指はせわしなく動き、クラヴァットの優美なひだをほどいたかと思うと、広い肩から上着を脱がせ、ベストのボタンを手探りした。その動きのひとつひとつが、ピーターをますます燃えあがらせていくようだった。ついに彼が唇を引きはがした。

「ベッドへ」息をあえがせながらピーターが言う。

レノーラが階段を指さすと、ピーターは彼女をすくいあげてかたい胸にもたれかからせ、階段を上がりはじめた。狭い入り口を通り抜けて室内に入り、後ろ手にドアを閉める。息をする間も、考える間もないうちに唇が重なった。キスのあまりの激しさにレノーラの足から靴が脱げる。

今回は、ふたりを止めるものは何もないとわかっていた。誰かに見られるかもしれない恐れはなく、明日はどうなるかわからないという不安もない。今夜、ピーターは彼女のものになるだろう。

彼はわたしを愛している。

ベッドに横たえられながら、レノーラは全身で実感した。多くの苦悩を経験し、意志の力だけで生き延び、人生のあらゆる面で冷静に自制心を働かせることにこだわってきたピーターが、彼女の愛を得るためにすべてを投げだしてやってきてくれた。誇り高い彼が、レノーラに身をゆだねてくれたのだ。子どもの頃から心のまわりに壁を築いてきた誇り高い彼が、どれほどのものを犠牲にしなければならなかったか、それを思うと涙がこみあげてきた。

上質のシルクのドレスを脱がせていく、ピーターの荒れた手の感触が肌に心地いい。だが、レノーラが一糸まとわぬ姿になったところで、彼の動きが不意に止まった。不安に目を曇らせている。

レノーラはすぐさま理解した。彼の手を取ってうずく胸の上に置き、乳房をつかませる。

「わたしは壊れたりしないわ、ピーター」彼女は薄暗い明かりの中でささやき、信頼をこめていとしい男性の顔を見上げた。「約束する」

ピーターがうめき、乳房を包む指に力がこもった。とたんに快感が全身に広がり、レノーラは息をのんでのけぞった。「ピーター」

欲望で覆われたそのひと言が、レノーラの体の素直な反応が、自制心の糸をぷっつり切ってしまったらしい。気がはやるあまりか、ぎこちない手つきで自らも脱ぎはじめる。レノーラも手伝い、まもなくピーターの服は彼女のドレスのそばに脱ぎ捨てられた。古いベッドで、彼がレノーラの隣に身を横たえる。だが、そんな気遣いはいらなかった。彼女はピーターの肩をつかんで自分の上に引き寄せた。たくましい体でマットレスに押しつけられる感覚が最高だ。

「ぼくは重すぎるよ」ピーターが言った。

「前にも言ったけれど、わたしは見かけより強いの」

彼女の目の奥を探って本心だとわかったのか、ピーターの緊張が解け、まなざしがこのうえなくやさしくなった。「きみが強いことは知っている」彼がささやく。唇がレノーラの唇をふさぐと、言葉は必要なくなった。

キスが体をたどって滑りおりていく。肌にこすれる髭が興奮をかきたてた。敏感な乳首をとらえられても、今回はショックを受けなかった。彼がさらに下へおり、腹部を通って脚のあいだに顔をうずめても、もう驚かない。レノーラは進んで体を開き、彼に愛されることを楽しんだ。快楽の頂点へと導かれ、限界を超えそうになる。彼女はピーターの髪をつかんで中心に押しつけた。応じた彼のうなり声が全身を満たす。このままでは弾けてばらばらになってしまいそうだ。

けれども今度は一方的な終わりを迎えるわけにはいかなかった。体は抗議の声をあげたが、レノーラはピーターをぐいと押しやった。

「今すぐあなたが欲しいの、ピーター」息を切らして言う。「わたしの中に来て」

それ以上促す必要はなかった。彼が体を起こし、引きしまった腰をレノーラの腿のあいだに据える。だが、彼女のうずく中心に彼自身を向けてもなお、ためらいを見せた。

「本当にいいのか？」

これほど心を奪われ、胸がいっぱいになることがあるとは思わなかった。信じられないほどすばらしいこの男性は、こんな瞬間になっても、彼女が頼めば自分を抑え込むつもりなのだ。答えの代わりに、レノーラはピーターの腰に脚を巻きつけて彼を招き入れた。

歓びを注ぎ込まれた頭では、ほとんど痛みを感じなかった。全神経は、入ってきたピーターの熱さに、レノーラに包まれた瞬間の彼の息遣いに、そして心も体もいっぱいに満たされる感覚に向けられていた。

額と額を合わせ、ピーターが息をあえがせながら言った。「大丈夫か？」

レノーラは微笑んで彼を見上げた。「すばらしいわ。だけど……」

ピーターが動きを止める。「だけど？」

「これ以上があるの？」

彼の喉からかすれた笑い声がこぼれた。「ああ、いとしい人、もちろんあるよ」

最初はゆっくりと、ピーターが彼女の中で動きはじめた。快感がレノーラを満たし、高みへと導く。それでも彼は自制心を失わず、動きを制御しつづけた。ばかな人。いつだって慎重なんだから。だが、どんな言葉をかけても意味がないだろう。彼を自由にするのは自分の体の反応だけだと、レノーラにはわかっていた。

だから彼女は汗で滑る背中に爪を食い込ませ、腰を持ちあげ、耳元であえいだ。そして肩に歯を立てたとき、ピーターはレノーラが必要としているものをようやく完全に理解した。彼の腰の動きがどんどん激しくなり、呼吸がますます荒くなる。レノーラはベッドに踵を押しつけて彼を迎えた。欲望が募り、渦を巻き、波が強さを増し、そして決定的なひと突きとともに弾けた。

極まった自分の声とピーターの叫び声が響きあうのが聞こえ、彼が身震いするのを感じた。やがて彼がベッドに――もちろん、よくできた男はレノーラの隣に――倒れ込み、彼女を腕の中に引き寄せた。レノーラが最後に覚えているのは、髪に触れるピーターの唇の感触と、耳の下で一定のリズムを刻む彼の心臓の音だった。

レノーラは顔に当たる日の光を感じて目覚めた。あくびをして体を伸ばし、ぼんやりと室内を見回す。満足感が四肢から力を奪い、怠惰な気分にさせていた。このまま永遠にでも横たわっていられそうだ。体を重ね、愛する人のそばでひと晩を過ごしたあとで、満ち足りた彼女は小さく笑みを浮かべた。隣に手を伸ばしてピーターのぬくもりを探す――たちまち、心臓が止まるかと思うほどのパニックに襲われた。彼はそこにおらず、シーツが冷たかったのだ。

行ってしまったの？　恐怖がこみあげ、体が熱くなる。

だが、すぐに理性が声をあげて主張した。ピーターはわたしを愛しているのよ。恐れることなど何もないわ。

ちょうどそのとき、階段をのぼる足音が聞こえてきた。寝室のドアが開くと、そこに彼がいた。

思わずうっとりと見とれた。ピーターは腰にブランケットを巻いていたが、上半身は裸で、髪をほどいていた。ヴァイキング船の船首にいるのが似合いそうだ。ただし、抱えているのは恐ろしげな剣ではなく……朝食？

レノーラはまばたきして見つめ直した。「あなたが料理したの？」

ピーターがきまり悪そうな笑みを浮かべる。「たいしてうまくはない。でも、生き延びるには充分だ」

にっこりすると、レノーラは柔らかいマットレスの上によろめきながら膝をついた。彼女の胸に落ちたピーターの視線が熱を帯びるのを見て初めて、シーツが滑り落ちて乳房があらわになっていることに気づいた。

「とは言うものの」彼がつぶやくように言った。「食事は二の次でいいと思う」

レノーラにも異論はなかった。それからの一時間を、ふたりは食べ物以外のことに夢中になって過ごした。

疲れ果て、ひどく空腹を覚えてようやく、絡まったシーツを脇へ押しやり、乱れたベッドの上にトレイを持ちこんだ。

「まあ、これはすばらしいわ」レノーラは卵料理をほおばって言った。放っておかれたせいで冷めていたが、それでもおいしかった。

ピーターがにこやかな笑顔になる。けれどもバターつきのパンにかぶりついたレノーラが低いうめきをあげると、たちまちその笑みがいたずらなものに変わった。「そんな声は出さないほうがいいぞ。さもないと食事をまた放置するはめになる」

彼女は声をあげて笑った。それからは心地よい沈黙の中、ふたりで食事を楽しんだ。最後のひと口を食べ終え、抱きあって横になる。

ピーターがレノーラの腰を物憂げに撫でながら言った。「きみの絵を見たよ」

レノーラは彼の胸を覆う薄い金色の毛を指ですいた。「見たの?」

ピーターがうなずき、彼女の髪に髭をこすりつけた。「美しい絵だった。スケッチも見た。テーブルに広げてあって……どれも驚くほど見事だったよ、レノーラ」

それはただの言葉ではなかった。冷静な仮面の下に感情を隠してしまうことの多いピーターが、彼女の絵が自分にとってどんな意味を持つのか、その重要性を懸命に伝えようとしてくれているのだ。レノーラは片肘をついて上体を起こし、彼の顔を見下ろした。「わたしが自分を解き放つ手助けをしてくれたのはあなたよ」

ピーターが顔を赤らめて顔を背けようとした。彼の顔に手を置き、視線を合わせる。

「本当なの。あなたが去る前に喧嘩をしたわよね。あのときにあなたが言っていたことは正しかった。わたしは幸せを与えてくれるものを、才能も含めて何もかもを、覆い隠そうとしていたの。自分には資格がないと信じていたから」レノーラは深呼吸した。「あなたが手を貸して、理解させてくれたのよ。人生に起こるいいことは、悪いことで経験するつらさと同じだけの価値がある。だから、わたしは両方を受け入れるべきだったの。そうでなければ生きているとは言えないから」

ピーターの手が上がり、たこのある荒れた手のひらが計り知れないやさしさでレノーラの頬を包んだ。

「ぼくだって同じだ」彼は認めた。「苦しみにしがみついて身をゆだね、ついにはそれが自分のすべてになってしまった。そんな人生には生きる価値すらないことに気づかなかったんだ」目をきらめかせて微笑む。「それをわからせてくれたのはきみだよ、レノーラ。きみがぼくに安らぎと、幸せを与えてくれた」彼が唾をのみ込むと喉が動いた。ピーターはかすれる声で続けた。「ぼくがどれほどきみを愛しているか、これから毎日知ることになるよ、レノーラ」

涙でレノーラの視界がかすんだ。「愛しているわ、ピーター」彼女はささやいた。唇が合わさり、指が絡みあう。ふたりの心の結びつきと同じくらいしっかりと。

エピローグ

レノーラは水で絵筆をすすいだ。木製の持ち手がガラスに当たる軽やかな音が、遠くからかすかに聞こえてくるピアノの調べの美しい伴奏に聞こえる。公爵の死後、デーンズフォードの雰囲気が明るさを取り戻すまでには時間がかかった。けれども今では幸せそうな笑い声が廊下に響き渡るのがあたりまえになり、なつかしい記憶が悲しみに取って代わりはじめている。

目の前の作品に集中し直し、レノーラは絵の具に目を向けた。青をすばやくひと塗り。それとなく紫を。緑を大胆に。そして紙の上に絵筆をさっと走らせ、豊かな色合いを織りまぜ、組みあわせた。もう一度絵筆をすすぐと、今度は何もつけないまま、まだ濡れている絵の具の上で、ちょうどいい深みができあがるまで動かす。

手をおろし、頭を傾けて、新しく描きあげた部分をじっと見た。まさしく、思いどおりの出来栄えだ。頭ではすでに次に取り組むべき箇所のことを考えながら、レノーラはまた絵筆を水に浸し――うなじに温かい唇を感じてはっとする。

彼女は微笑んで、ウエストにそっと巻きつけられた腕を抱きしめ、背後のたくましい胸にもたれかかった。それからいたずらっぽく笑い、はにかんだふりをして無邪気に尋ねた。

「どなたかしら？」

ピーターがうなり声をあげ、ふざけてレノーラの耳の下の敏感な皮膚にかじりついた。

「誰だか、きみはよく知っているはずだよ、奥さん」

くすくす笑った彼女は、首の横を滑っていく唇の感触にため息をついた。「ミスター・タンリーとの昼食はどうだった？」

「すばらしかった」肌に口づけたまま、彼が答える。「工場に関して、彼は独創的なアイディアを持っているんだ。製織技術に革命をもたらすアイディアだ。ボストンにいた頃、似たようなものを見た覚えがある。利益が飛躍的に上がるはずだから、これでシン島はかなり潤うだろう」

首筋を唇でもてあそばれていると、ピーターの言葉に集中するのが難しい。色気とは無縁の話でも、彼が語ると誘惑しているように聞こえるから不思議だ。アトリエの隅に置かれた小さなソファにピーターを誘う方法はないかとレノーラが思案しはじめたちょうどそのとき、彼が顔を上げて言った。「ミセス・ハリスに依頼された絵は、ほぼ完成したようだな」

「ええ」彼女はその水彩画をじっくり吟味した。この世のものとは思えない優美な妖精が池のほとりに腰かけ、指先を水に浸している絵だ。妖精のまわりでは木々の枝が天に向かって伸び、霧が渦を巻き、葉のあいだから小動物が顔をのぞかせている。「気に入ってもらえるといいんだけれど。正直なところ、こういう絵の人気が高まるなんて、予想もしていなかっ

「人気が出るのはあたりまえだろう？」ピーターが彼女の腰に両手を回して言った。「きみにはたぐいまれな才能がある。きみの作品には誰もが魅了されるんだよ」

頬が熱くなる。彼が擁護してくれることが、言葉では言い表せないほどうれしかった。だがそれでも、レノーラはつけ加えずにいられなかった。「だけど、王立芸術院が価値を見出すような絵ではないのはたしかよ」

「それなら、彼らが損をしているんだ。著名な機関が定める堅苦しい基準に合わせるより、きみには心に浮かんだままを描いてほしい。それにシン島の善良な人々は、きみの作品に不足があるなんて思っていないよ」ピーターはそこでいったん言葉を切ると、レノーラの頭のてっぺんにキスして、微笑んでいるのがわかる声でふたたび話しはじめた。「きみは成功したんだ、いとしい人。必ず成功すると思っていたよ」

レノーラの胸はいっぱいになった。ずっと以前のあの夜、未亡人用の離れのコテージで、父親に勘当されても不安と悲しみに泣き崩れるのではなく、自活するために画家として生きる計画を立てる彼女を、ピーターはとても誇らしく思ってくれた。結婚後も目標に向かって絵の仕事を続けたいと切りだしたときも、まったく動じなかった。彼の支えとレディ・テシュの支援があったからこそ、長年シン島に暮らす人々や、同様に昔からこの島を訪れてくる人々から空想的な水彩画の依頼を受け、彼女は夢を実現させることができたのだ。今では希望者に絵を教えることもある。

「そうだ、理由があってきみを探していたんだった」心地よい沈黙の中で、彼が口を開いた。レノーラはピーターの腕の中で向きを変え、彼の首に両腕を回した。「わたしにキスする以外の理由？」

彼女のかすれた声に反応してピーターのまなざしに熱がこもる。レノーラが彼の頭を引き寄せると、彼の唇から低いうめきが漏れた。キスは熱く激しく、ピーターが部屋に入ってきた瞬間からくすぶっていた炎をかきたてた。

彼の手がレノーラの胸にいたずらを仕掛けているあいだに、彼女はいつ見てもゆがんでいる彼のクラヴァットをほどくことにした。そのとき、遠くから犬の吠え声が聞こえた。ピーターは頭をもたげ、残念そうな浮かない顔で言った。「ああ、そうだ。レディ・テシュとマージョリーが到着したんだった」

レノーラはくすくす笑った。「フレイヤも一緒みたいね」

「当然ながら。従僕たちへの指示なら心配いらない。クララとフィービーが引き受けてくれている。それに彼女たちなら、ぼくの大おばをうまくもてなして、余計なことを思いつかせないようにしてくれるだろう」

ピーターに手伝ってもらってエプロンを外そうとしながら、レノーラはほろ苦い悲しみを感じていた。「一週間後にはロンドンへ出発するのね。社交シーズンが終わってデーンズフォードへ戻る時期になっても、彼女たちのどちらか、あるいは両方ともが、わたしたちと一緒には帰らないような気がしているの」小さくため息をつく。「ふたりが結婚したら寂しくなるわ」

ピーターの手がレノーラの腕を探り、安心させるように握りしめた。「ぼくも寂しく思うだろうな」彼はやさしく言うと、エプロンの背中の結び目をほどきはじめた。「だが、彼女たちにとってはいいことなんだ。将来の幸せに向かって踏みだすんだから。父親を亡くして以来、ふたりともつらい思いをしてきた」紐をほどき終え、レノーラの前に回る。「彼女たちがどんな気持ちだったか、少しはわかっているつもりだ。この世を去ろうとしている人の世話をするのは簡単なことじゃない。病が長引いてつらいものであった場合はなおさらだ。父親が亡くなった今、ふたりともどこかをさまよっているようにぼんやりした気分でいるに違いない。ロンドン行きは、彼女たちが苦しみを乗り越えて心を癒す助けになるかもしれないよ」

レノーラは涙を浮かべ、髭の生えた彼の頬を両手で包んだ。「あなたはふたりにとてもよくしてきたわ。あなたが示したやさしさと愛情がなければ、彼女たちの人生はもっと大変なものになっていたはずよ」

ピーターが肩をすくめた。褒められて照れているのだ。「そこまでだ」ぶっきらぼうに言うと、レノーラの唇にすばやくキスしてから腕を差しだした。「さあ、ぼくらの家族のところへ行こう」

わたしたちの家族。ピーターの肘に手をかけ、彼とともに階段をおりるレノーラの胸で、その言葉が温かい光を放っていた。たしかにそのとおり。階下にいる淑女たちは、今や彼女の家族だ。血はつながっていないが、心が結びついている。それは何よりも大事なことだった。

ふたりは客間のドアの外で足を止め、中から聞こえてくるにぎやかで楽しそうな話し声に耳を澄ませた。ピーターの腕をぎゅっとつかみ、愛情のこもった彼のまなざしと目を合わせる。彼が浮かべた小さな笑みを見たとたん、レノーラの胸はどきどきした。このやさしい表情に免疫ができる日など来そうにない。

「幸せかい、レノーラ?」

「ええ、もちろん」ささやいた唇は、たちまちピーターのキスで覆われた。

訳者あとがき

クリスティーナ・ブリトンによるヒストリカルロマンスの人気シリーズ「Isle of Synne」の第一作『海辺の館の一か月』(原題：A Good Duke Is Hard To Find) の邦訳をお届けします。

物語の舞台は、イングランド北部の沿岸にあるシン島です。

レノーラ・ハートレーは、婚約者に結婚式をすっぽかされてしまい、ほとぼりが冷めるまでロンドンを離れ、友人マージョリーの祖母の屋敷に滞在させてもらうためにシン島を訪れます。実は、レノーラの結婚が破談になるのはこれで三度め。しかもひとり目の婚約者は、シン島の領主、デーン公爵の長男ヒルラムでしたが、彼は三年前に落馬事故で亡くなっています。レノーラはヒルラムのことで誰にも言えない秘密を抱え、ずっと罪悪感を抱いていて、そのせいで絵を描くことに対する情熱も失っていました。今回シン島を訪れたのは、ヒルラムとの過去にきちんと向きあうためでもあったのです。

一方、ピーター・アシュフォードは一三歳のときに母を病気で亡くしたあと、こっそり商船に乗り込んでアメリカへ渡り、不動産業で富を築きました。そんな彼が一三年ぶりにシン島を訪れた理由は、かつてレディ・テシュから受けた恩を返すためと、ある人への復讐を遂げるためです。レディ・テシュの強い勧めで、亡き母との約束を果たすためにシン島に一か月だけ滞在することになったピーターは、友人のクインシーとともにレディ・テシュの屋敷を訪れます。ピーターとレノーラはすぐに惹かれあうものの、それぞれが抱える過去とうまく折りあいをつけられず……。

本作では、どちらかといえばヒロインのレノーラよりも、ピーターのほうが大きな存在感を放っています。大きな図体、伸びすぎた髪と顎髭、そしていつも仏頂面。ヴァイキングのような風貌をしているにもかかわらず、すぐに赤面したり、大の甘党だったり、クラヴァットをかきむしる癖があったり、いわゆる〝ギャップ萌え〟なヒーローで、レノーラが放っておけなくなるのもうなずけます。また、鋭い洞察力の持ち主なのに、少女のように天真爛漫な子爵夫人レディ・テシュ、女王のような風格を漂わせている愛犬のフレイヤも本作には欠かせない存在で、くすりと笑わせられること請け合いです。さらに、この島に伝わる地元の娘とヴァイキングの悲恋の物語と、島の名所の美しい情景描写が本作に彩りを添えています。

さて、シリーズ二作め「Someday My Duke Will Come」についても少しだけご紹介しておきましょう。次作では、今回登場したクララ・アシュフォードとクインシー・ネスビットが主役を務めます。今作では陽気な放蕩者といった感じのクインシーでしたが、実は彼には親友のピーターにも打ち明けていない秘密があるようです。もちろん、晴れて夫婦となったレノーラとピーターも登場しますのでお楽しみに。また、二〇二一年夏頃には三作めが本国で刊行される予定で、こちらのヒロインはマージョリーです。これから先も「Isle of Synne」シリーズをご紹介できる機会に恵まれることを願っています。

最後に、本書が形になるまでにはたくさんの方々のお力を頂戴しました。この場を借りて厚くお礼申しあげます。

二〇二一年二月

ライムブックス

海辺(うみべ)の館(やかた)の一(いっ)か月(げつ)

著　者　クリスティーナ・ブリトン
訳　者　如月(きさらぎ)　有(ゆう)

2021年3月20日　初版第一刷発行

発行人　成瀬雅人
発行所　株式会社原書房
〒160-0022東京都新宿区新宿1-25-13
電話・代表03-3354-0685　http://www.harashobo.co.jp
振替・00150-6-151594
カバーデザイン　松山はるみ
印刷所　図書印刷株式会社

落丁・乱丁本はお取替えいたします。
定価は、カバーに表示してあります。
 ISBN978-4-562-06540-0 Printed in Japan